本书获中国社会科学院老年科研基金资助

外国文学评论集
WAIGUOWENXUEPINGLUNJI

康 林○著

中国社会科学出版社

图书在版编目（CIP）数据

外国文学评论集／康林著．—北京：中国社会科学出版社，2015.8
ISBN 978 - 7 - 5161 - 6232 - 3

Ⅰ.①外… Ⅱ.①康… Ⅲ.①外国文学—文学评论—文集
Ⅳ.①I106 - 53

中国版本图书馆 CIP 数据核字（2015）第 123592 号

出 版 人	赵剑英
责任编辑	张　林
特约编辑	金　沛
责任校对	董晓月
责任印制	戴　宽

出　　版	中国社会科学出版社
社　　址	北京鼓楼西大街甲 158 号
邮　　编	100720
网　　址	http://www.csspw.cn
发 行 部	010 - 84083685
门 市 部	010 - 84029450
经　　销	新华书店及其他书店
印刷装订	三河市君旺印务有限公司
版　　次	2015 年 8 月第 1 版
印　　次	2015 年 8 月第 1 次印刷
开　　本	710×1000　1/16
印　　张	24.75
插　　页	2
字　　数	418 千字
定　　价	88.00 元

凡购买中国社会科学出版社图书，如有质量问题请与本社营销中心联系调换
电话：010 - 84083683
版权所有　侵权必究

外國文學評論集

军山题

题写人朱军山先生：中央工艺美术学院教授，中国著名山水画家、书法家。

目 录

序 …………………………………………………………………… (1)

马克思主义文艺思想在新时期的地位
　——兼谈韦勒克对马克思主义文艺观的批评 ………………… (1)
坚持和发展马克思主义文艺思想 ………………………………… (11)
怎样批判地继承托尔斯泰的文学遗产 …………………………… (14)
20世纪外国文学走向的反思 ……………………………………… (18)
文学典型问题探讨
　——在北京师大俄苏文学进修班、研究班学术讨论会上的
　　发言 ……………………………………………………………… (29)
借鉴与超越
　——《伤逝》与《玩偶之家》的比较 ………………………… (33)
影响与创新
　——《驿站长》和《外套》比较 ……………………………… (45)
《大雷雨》《雷雨》和雷雨 ………………………………………… (56)
普希金对俄国文学的贡献 ………………………………………… (58)
天才诗人——普希金 ……………………………………………… (68)
普希金的抒情诗 …………………………………………………… (72)
普希金的叙事诗 …………………………………………………… (116)
普希金的童话诗 …………………………………………………… (146)
普希金的诗体小说《叶甫盖尼·奥涅金》………………………… (167)

"多余人"的形象及其社会意义 …………………………………………（173）
普希金的小说《上尉的女儿》
　　——谈普加乔夫形象的塑造 ……………………………………（178）
俄国第一部历史悲剧
　　——评普希金的《鲍里斯·戈都诺夫》 …………………………（183）
普希金的诗剧 ……………………………………………………………（194）
普希金的童年时代 ………………………………………………………（202）
《死魂灵》中泼留希金的形象 ……………………………………………（211）
俄国官吏的百丑图
　　——果戈理的喜剧《钦差大臣》 …………………………………（215）
对农奴制的激动人心的抗议
　　——屠格涅夫的小说《木木》 ……………………………………（220）
"俄国革命的镜子"
　　——评托尔斯泰的《复活》 ………………………………………（227）
《复活》总评 ………………………………………………………………（235）
对"黑暗王国"的勇敢挑战
　　——评奥斯特洛夫斯基的《大雷雨》 ……………………………（256）
谈契诃夫的《变色龙》 ……………………………………………………（263）
契诃夫的《凡卡》评析 ……………………………………………………（268）
魔术般的本领
　　——谈契诃夫的《苦恼》中表现人物心理的方法 ………………（273）
契诃夫《套中人》的结构 …………………………………………………（277）
百万富翁的丑恶灵魂
　　——蒲宁的小说《从旧金山来的先生》初探 ……………………（285）
惨遭迫害的俄国作家群 …………………………………………………（290）
谈高尔基的《海燕》………………………………………………………（295）
马雅可夫斯基和他的长诗《列宁》 ………………………………………（301）
钢铁就是这样炼成的
　　——奥斯特洛夫斯基的《钢铁是怎样炼成的》评析 ……………（310）
道德的审判
　　——田德里亚科夫的《审判》评析 ………………………………（320）

艾特玛托夫和他的《一日长于百年》 …………………… (327)
尤尼娜和她的小说《女厂长》 ……………………………… (335)
安徒生的《皇帝的新装》艺术特色 ………………………… (344)
评夏绿蒂·勃朗特的《简·爱》 …………………………… (348)
易卜生和他的《玩偶之家》 ………………………………… (357)
马克·吐温的《哈克贝利·费恩历险记》 ………………… (366)
一夜幸福荣华,十年痛苦挣扎
　——莫泊桑的《项链》评析 ……………………………… (377)

序

张　炯[*]

康林教授是 20 世纪 50 年代由苏联专家在北京师大培养的我国第一批俄苏文学研究学者。他年过八旬，从事外国文学教学与研究工作逾数十年，有丰富的教学经验和较深的学术造诣。在俄苏文学、欧美文学、比较文学、马克思主义文艺学等方面，发表了许多有分量的论文，在外国文学界有一定的影响。特别是对普希金的研究，在国内享有盛名。《外国文学评论集》是他数十年从事外国文学研究和教学的精粹之作的结集，从中可以看到他的学术视野的开阔和专题研究的深入。

在文艺学方面，他的《马克思主义文艺思想在新时期的地位》一文有较大的影响，针对当时文艺界一些人对西方现代文论的迷恋，他较早地提出坚持马克思主义文艺思想的必要性。文中深入地阐述了马克思主义文艺思想的重要性，深入地阐述了马克思主义文艺思想的突出贡献，以及对我国新文学建设的指导意义。

他在评论中，用马克思主义文艺观来审视权威的文学理论：如对美国文艺理论家韦勒克的"形式主义批评"的批评；对俄国文学批评家别林斯基某些论点的质疑；对苏联批评界某些观点的否定，都以事实为依据，进行有理有据的分析，得出令人信服的独立见解。他的评论文章大多从马克思主义文艺理论的高度来观察文艺现象。北京师范大学刘洪涛教授在《出版赞助推荐意见书》中写道："康林教授的著作是马克思主义文艺思

---

[*] 中国作家协会名誉副主席，中国当代文学研究会名誉会长，中国社会科学院名誉学部委员、研究员，中国社会科学院研究生院博士生导师、教授。

想在外国文学研究领域的结晶，是重要的文学学术史文献，对当代外国文学研究有重要的参考价值。"

他对普希金的创作，以中国学者的视角，做了全面、系统、深入、细致的研究。如此研究普希金，国内少见。他发表的独到见解，受到学术界的重视，并且经常为同行所引用。一些俄国文学研究者认为他是位有成就的研究普希金的专家。有两部我国高校外国文学教材的普希金章节都请他撰写，而这两部教材为很多高校所采用。

他的《影响与独创》和《借鉴与超越》是两篇水平很高的论文。前一篇通过普希金和果戈理的创作，充分细致地论述了继承和发展以及作家的独创性。该文不囿于旧说，对文学史上对《外套》评价上的传统观点，提出颇具说服力的新见解。他的观点已被外国文学教学所采用。后一篇论文对易卜生的《玩偶之家》和鲁迅的《伤逝》进行比较，论述了鲁迅如何借鉴又超越了易卜生，以及借鉴与创新的重要价值，内容充实，观点新颖，见解深刻，有理论高度。对从事文学创作具有很大的启发意义。

他对托尔斯泰的创作思想和艺术成就做了深入的研究，分析了其独创之处和对世界文学的贡献。他指出托尔斯泰批判的特点，与果戈理相比，托尔斯泰的批判是严肃的，不带任何"微笑"；与巴尔扎克比较，托尔斯泰的批判不是对上流社会必然崩溃的"挽歌"，而是一曲无尽的赞歌，充满激情和力量。他指出，托尔斯泰的人道主义和道德自我完善属于人类进步的文化传统，是人类精神的理想境界，不应随意否定，更不应借此否定革命暴力。

他的一组关于契诃夫小说的评论，针对契诃夫心理小说的特点，从心理学角度进行研究，充分阐述了契诃夫心理小说的审美追求和特有的风格。

他的《20世纪外国文学走向的反思》《艾特玛托夫和他的〈一日长于百年〉》《尤尼娜和她的小说〈女厂长〉》和《田德里亚科夫的〈审判〉评析》，是对欧美文学、苏联文学出现的新变化和特点的研究。他指出当代作家创作理念的改变、艺术创新取得的成果和社会发展、科学进步以及人们道德观念、自我意识的提升的内在联系，对我们认识欧美文学和苏联文学的现状和特点有重要意义。

他的评论既有学术水平又通俗易懂。他对莫泊桑的《项链》和屠格涅夫的《木木》的评论，曾在电台多次广播。

可以说，收在《外国文学评论集》中的文章，是康林教授毕生研究中优中选优的研究成果，具有较高的学术水平和实用价值，加之文风的清新朴实、语言的华美流畅，对加强读者探讨外国文学的兴趣、提高其鉴赏水平和建设社会主义精神文明，无疑是具有积极意义的。评论中出现的某些闪光思想和真知灼见，可作为发展我国文学事业有益的借鉴。

总之，康林教授的《外国文学评论集》对于读者了解和深入认识外国文学名家名作，是一部十分有益的书。我很愿意向广大的读者推荐。

是为序。

二〇一四年六月五日于北京

马克思主义文艺思想在新时期的地位

——兼谈韦勒克对马克思主义文艺观的批评

西方文艺学理论和方法的介绍和引进，扩展了我们的视野，促进我们在比较中思考，使我们的理论研究和应用研究出现了活跃的气氛。但同时我们也应该看到，西方现代派理论和文学的反传统，反理性主义，强调文学要"表现自我"和艺术形式上一味追求标新立异，在我国造成的消极影响：在一些头脑不清醒的人中，认为任何社会制度和社会秩序，任何科学和理性都是对人的自由的束缚和限制，他们否定传统文学和理论，怀疑马克思主义文论的作用及其应有的价值，他们在现代派文学中发现了自己和自己的意向与要求，现代派文学也在他们身上找到了"知音"。对于外国的文学、理论和研究方法，我们必须采取科学的态度，批判地吸收其中对我们有用的东西。我们的眼光再开放，也不应沦为五光十色的资产阶级文学批评流派的俘虏，把民族传统文学看成一种束缚；我们的思维空间再"拓展"，也不能无视马克思主义文艺思想对我国新文学建设所起的巨大作用和占有的重要指导地位。

一

美国的文学理论家雷·韦勒克对文学理论的一系列问题进行了有益的探索。他的《文学理论》（1942）是西方形式主义流派的代表作，也是西方文艺学的权威性著作，目前在我国有很大的影响。韦勒克在资产阶级理论家中可说是比较有创造力的，但他对马克思主义文艺批评缺乏理解，而又妄加訾议。他狂妄而武断地说："马克思主义者，试图通过十分粗略的捷径从经济方面来研究文学。"① 采取简单粗暴和虚无主义的态度否定任何一种理论，均无助于文学事业的发展。他这种轻率的否定，不仅使他的理论失去严肃性，同时也减弱了其中迸出的富有启发性的火花。

文学研究不可能与其他领域截然分开。文学与社会不可分割的联系以及环境对人的作用，早在18世纪意大利哲学家维柯（1668—1744）在对《荷马史诗》的研究中就引起了重视。他在社会学论著《新科学》第三卷"发现真正的荷马"中，就根据对古代希腊社会的研究来探讨荷马史诗的内容和作者，揭示了希腊人生活的社会环境。不过他的研究主要是围绕艺术的起源、艺术与环境的关系的狭窄范围进行的，利用的材料主要是文化人类学、民族学和考古学。19世纪文学批评家泰纳（1828—1893）用实证主义的观点把这种批评模式向前推进。他在《英国文学史·序言》（1863）中提出：文学是时代、种族和社会环境的产物。他认为文学不是孤立的现象，不是作家主观的幻想，而是社会生活的再现。西方资产阶级学者把他的理论称为社会学派。他的理论受孔德的实证主义的影响，是从资产阶级社会学的角度来考察文学现象，把文学作品看成时代风俗、社会心理、作家个人生活和心理气质的佐证。

马克思主义以前的文艺批评家，对文学理论和文学方法的研究虽有所贡献，但都存在着一个共同的缺陷，那就是忽视了文学发展的最终的历史动因——社会经济基础。这一点正是马克思提出来的。这一理论在一百多年来迅速发展，形成了马克思主义的社会批评的强大的文学流派。马克思认为：一切社会意识形态都是受当时社会物质经济基础决定的。马克思第一次把文学研究的理论牢固地根植在历史唯物主义和辩证唯物主义的哲学基础上。既强调文学与社会经济制度、政治制度等的关系，又区分了艺术生产与物质生产的不同，指出二者之间存在的不平衡性以及文学与社会的相互作用，正确地阐明了文学发展的内在原因和客观规律，从而与庸俗社会学、西方现代派文艺流派划清了界限。前者由于没有掌握辩证法，片面强调经济基础对意识形态的制约性，看不到其他意识形态对文学的影响，导致文学批评的简单化和庸俗化；后者由于对生活本源的忽视或否定，对决定文学的因素往往造成错误的理解。

马克思主义认为，文学的发展虽然受其他意识形态的影响，但经济基

---

① [美] 韦勒克、沃伦：《文学理论》，生活·读书·新知三联书店1981年版，第107页。

础是文学发展的最后的决定因素，艺术等观念形态归根到底应由这基础来说明。文学的高度发展通常有它的社会经济的根源，或是经济繁荣的结果（如古希腊戏剧的繁荣，我国唐诗的昌盛）；或由于经济发展的要求，新的生产关系要求打破旧的生产关系的束缚，为社会变革而发出的反抗呼声（如18世纪的德国文学，19世纪的俄国文学和后期的挪威文学，"五四"时期的中国新文学）。恩格斯写道："政治、法律、哲学、宗教、文学、艺术等的发展是以经济发展为基础的。但是，它们又都互相影响并对经济基础发生影响。并不是只有经济状况才是原因，才是积极的，而其余一切都不过是消极的结果。这是在归根到底不断为自己开辟道路的经济必然性的基础上的互相作用。"[①]

马克思主义文艺思想极为丰富，它有独立的、完整的体系，绝不像某些资产阶级学者信口胡言的"只言片语、不成系统"，更不像韦勒克理解的那样简单。研究马克思主义文艺思想需要丰富的知识，它比新批评派只对文学的形式主义研究，"本体论"的批评只注意文学的表层研究，更为复杂和艰巨。它把文学的内容和形式，文学的社会价值和美学价值，看作有机的整体，作为衡量文学的标准。新批评派所谓的"内部研究"，其价值只在于作品自身的形式。其实，以独特、新颖为主要特征的文学，主要不是表现在形式上，而是在文学创作的思想和性格冲突之中。离开作品的思想内容，摒弃对社会、历史、道德和政治观点的研究，很难对作品作出价值的判断。道理很清楚：文学对人的价值不止于美学的感受，还在于文学的社会功能，即对是非的判断和对美好理想的追求。事实上，对美的追求和对真善的追求也是很难截然分开的。马克思主义文艺思想反对文学研究的片面性，揭示了文学的丰富性、复杂性及其内部的多种功能，从而把文学批评提高到了一个新水平。

马克思主义文艺思想，当然也需要在实践中不断完善、丰富和发展。马克思主义并没有结束真理，而是在实践中不断地开辟认识真理的道路。马克思主义对一切理论和思想方法都要分析、鉴别和批判，从中吸取有价值的东西来丰富自己。对西方现代文艺流派也应该这样。西方的"文学心理学派"，用精神分析学说，从心理角度研究文学，为文学研究开辟了

---

① 恩格斯：《致符·博尔吉乌斯》，《马克思恩格斯选集》第4卷，人民出版社1972年5月第一版，第506页。

新的途径。这一学派注重创作过程中作家的心理活动和作品表现的心理类型以及读者的心理感受，有助于文学创作与文学欣赏的研究。但是，它侧重于表现人的心理欲望，轻视环境和社会生活对人心理形成的作用。它的浓厚的唯心主义易于陷入不可知论，况且有些作品并不是什么心理研究或理论所能阐释的，文学并不是情感的宣泄。"道德批评派"注意文学对人的观念形成的作用，但它把文学看成表现道德内容的手段，其缺陷是道德没有统一的标准。这种理论带有很大的抽象性，因而易于陷入人性论。"形式主义批评派"即新批评派，强调文学的独立价值，注意作品表现形式的研究，将重点放在文学自身的语言、结构的表达方式上。这一学派抓住了文学的一个方面，而忽视了另一方面，避开了文学与社会的关系，不把文学作为社会生活在作家心理的反映和折射。这种"纯艺术"的研究，"除了形式上的光泽，就再没有别的什么了"。"原型批评派"又称图腾式的神话批评，同样否定作品是作家心理有意识的表现，而认为是民族心理的不自觉的流露。提出考察文学现象要与原始神话相联系，重视人性中的原始因素。它打破每部作品本身的界限，强调带普遍性的原型因素（神话和仪式的因素），从宏观上把文学纳入一个完整的结构，力求找出文学的普遍规律。它比新批评派只注意作品文字显得眼界开阔，但不能揭示文学的精微奥妙和辨别审美价值的高低。其理论最大的缺陷是"它本身并不包含任何审美价值的标准"。

　　只有用马克思主义的观点来考察，才能对西方各种文学流派分清良莠，辨明是非，作出科学的正确的结论，才能选取其中各种具有科学价值的部分来丰富我们自己的研究方法。但是，有些人与此相反，他们认为"新理论"的介绍和"新方法"的开拓，就是要冲破马克思主义的束缚，用以取代马克思主义。他们大肆鼓吹西方"现代派"思潮，竭力宣扬"观念更新""现代意识"和文学的目的就是"表现自我"，把人性论、人道主义看作文学的灵魂。这种对西方文艺思潮和流派的一窝蜂地盲目崇拜，连西方进步学者都感到吃惊！

　　马克思主义文艺思想，并不因眼花缭乱、五光十色的"新理论、新方法"的蜂起而失去它的理论价值和指导作用。西方文学流派花色不断改变，观念不断"更新"，论家不断涌现，这是与西方社会矛盾的加剧、社会的动荡分不开的。两次世界大战暴露了西方资本主义的反动与腐朽，中小资产阶级知识分子陷入精神危机。资产阶级的传统思想在人们头脑中失去了它的价值,"万物崩离,中心失依",这是西方知识分子表现的幻灭情绪。这种"时代病"是西方现代派文学产生的社会条件和阶级基础。西方文论各派观点难以统一,理论陷于摇摆不定的窘境,几乎每年都有新的花样出现,每五年就要变更,一方面是理论缺乏坚实的基础的反映,另一方面也是社会不稳定的表现。有人把这种情况比作街上流行的短裙子,流行一阵子,又不时髦了。赶时髦的人总是陷于窘境,追也追不上。

马克思主义文艺批评,不反对文学研究的多角度、多层次,它肯定文学研究应该揭示出文学的丰富性和复杂性。文学研究从经济学的、历史学的、伦理学的、心理学的,甚至数学和统计学的角度等方面来进行都是可以的,但是只有用马克思主义来指导,才能对文学现象作出科学的有价值的结论。任何把历史唯物主义的方法归入"传统观念""传统方法"加以贬斥,都是错误的。

二

马克思主义文学批评有着坚实的哲学基础。马克思主义的辩证唯物主义,是认识世界的最科学的方法。随着经济的衰退和社会矛盾的加剧,现在西方那些不满现状、积极探索社会出路的正直的批评家,也有不少倒向马克思主义文艺阵营。宣传马克思主义文艺思想的各种杂志、各种论文集大量涌现,并且有广泛影响。目前在我国热衷于对西方现代主义流派的理论介绍,而对当代国外马克思主义文学流派和正直进步学者的严肃的有价值的著作介绍得太少。其结果是不仅不能从世界文艺思潮的整体上把握和认识文学现象,而且还造成了我们理论的偏斜和错误思潮的滋长,这是值得理论界和翻译界重视的重要问题。

深入研究和进一步阐释马克思主义文艺思想,是坚持和发展马克思主义文艺思想的重要课题。《中共中央关于社会主义精神文明建设指导方针的决议》指出:"离开实践的观点,发展的观点,创造的观点,就谈不上坚持马克思主义。把马克思主义当作僵死的教条,是错误的;否定马克思主义的基本原则,认为马克思主义'过时'而盲目崇拜资产阶级某些哲学和社会学说,也是错误的。"

把文学看成生活的一面镜子对不对?形式主义批评派对此表示了否定

的态度。韦勒克写道："倘若研究者只是想当然地把文学当作生活的一面镜子，生活的一种翻版，或把文学当作一种社会文献，这类研究似乎就没有什么价值。"① 他从"作家的社会学，作品本身的社会内容以及文学的社会影响"三个方面出发，予以否定。其结论是明确的："我们有些文学名著与社会关系很小，甚至没有关系；就文学理论而言，社会性的文学，只是文学的一种……文学并不能代替社会学或政治学。文学有它自己存在的理由和目的。"② 韦勒克把文学的社会历史的研究，贬斥为"因果性"的"单向线性思维"，认为社会学派不能揭示文学本身的特性和内在的审美价值。这种理论，被我国擅长模仿和赶时髦的人看作"圣经"和"真理"，马克思主义文学批评受到责难。他们把时代背景、作家与作品结合起来研究，贬斥为"三位一体式"的研究，认为是"拼盘"和"大杂烩"，"取消了文学研究自身的任务"，有的甚至用"教条主义""公式化"和"庸俗社会学"等词语加以否定。

"教条主义""公式化"和"庸俗社会学"在文艺批评中存在过的事实毋庸讳言，问题是我们如何分析和对待，是认识它表现的主要标志（用政治评论代替文学评论）和产生的根源（政治上"左"的错误），正确地总结历史经验呢？还是从一个极端走向另一个极端，否定马克思主义的指导地位，以西方的某种哲学和社会思潮作为我国新时期文艺的指导思想？是坚持马克思主义的能动反映论，还是把反映论当成"庸俗社会学"的同义语而加以抛弃？两种不同的态度必然得出两种不同的结论。

唯物主义反映论认为，文学是社会生活在作家头脑中的反映的产物。在西方，从柏拉图开始，一直延续到今天，许多杰出的文学理论家和著名的作家都用自己独特的语言做过精彩的论述。巴尔扎克认为：一个国家的作品是"形成照出这个国家的镜子"。马克思曾把优秀作家的作品称作镜子。梅林写道："……巴尔扎克的《人间喜剧》却使他十分欣赏，认为它把一整个时代包罗在艺术镜里面。"③ 列宁把托尔斯泰称为"俄国革命的镜子"，并连续发表七篇论文进行阐述，这在文艺批评史上是罕见的现象。

---

① ［美］韦勒克、沃伦：《文学原理》，生活·读书·新知三联书店1981年版，第104页。
② 同上书，第112页。
③ ［德］梅林：《马克思传》，生活·读书·新知三联书店出版1956年版，第548页。

列宁论托尔斯泰一组论文是文艺批评史上的伟大文献。他用辩证唯物主义反映论的原理，科学地揭示了文学的本质。文学是社会生活的反映，说明文学现象必须放在特定的社会生活中去考察，离开生活的前提，对作家和他的创作就无法评价。作家的"主体意识"和"创作客体"也就失去了依据，就会造成随心所欲的评价。马克思主义把是否真实反映时代的本质，作为衡量文艺的重要标准。列宁称赞托尔斯泰是"天才的艺术家"，创作了一幅"无与伦比的俄国生活的图画"，他的作品反映了俄国"革命的某些本质方面"，具体说就是"1861年以后到1905年以前的时代"——俄国革命准备时期的真正特点。农奴制的崩溃和资本主义的崛起，造成经济结构的更替、社会关系的变动和阶级矛盾的激化，这些都深刻地反映在托尔斯泰的作品中。《安娜·卡列尼娜》的开篇写道："奥布浪斯基家里一切都混乱了"，表现了贵族社会受资本主义的冲击引起的惶恐不安的气氛和历史性的变革引起的社会动荡，以及贵族阶级必然灭亡的历史命运。奥布浪斯基经不住资本主义的侵袭，变卖森林，向资产阶级卑躬屈膝。列文这个贵族地主为摆脱资本主义的侵袭，紧张探索，寻找出路。《复活》中的地主聂赫留道夫力图与本阶级决裂走向"新生"。农民与地主、资产阶级的矛盾，他们憎恨旧制度、旧秩序的强烈不满情绪以及他们不了解自己追求的新生活是什么样子和用什么手段才能争得，表现出的忍耐、梦想、诉苦和祈祷等消极心理，在托尔斯泰的作品中都得到了鲜明的反映。列宁说托尔斯泰"反映了一直到最深的底层都在汹涌激荡的伟大的人民的海洋，既反映它的一切弱点，也反映了它的一切有力方面"。列宁"从俄国革命的性质、革命的动力这个观点去分析托尔斯泰的作品"，从而认为托尔斯泰的创作是"俄国革命的镜子"。根据这面镜子生动反映的俄国革命的性质和特点，列宁确定了托尔斯泰创作的社会价值及其在世界文学中的地位。列宁文章的伟大之处，在于他用反映论的原理揭示了文学与社会生活的联系，因而受到"精神主体派"和否定文学社会价值的"形式主义学派"的反对，是不难理解的。辩证唯物主义反映论是马克思主义的基本原理和基本方法，绝不是对个别作家的具体论断，因此必须坚持。否则，就是放弃马克思主义的指导地位。

文学作为生活的镜子，是对生活能动的反映，是通过有别于其他意识形态的独特的审美方式来反映，它不仅要反映生活，而且要影响和指导生活。正是为了这一点,作家的世界观就是很重要的问题。列宁用唯物主义反映论分析了托尔斯泰世界观的矛盾及其根源。尽管韦勒克认为"今天的新理论的危险也许在于过分强调了'世界现'"①,但我们则认为作家的世界观和他反映生活的广度和深度是分不开的。列宁认为托尔斯泰后期创作所以能真实再现俄国社会生活的宏伟画面,大无畏地对地主资产阶级社会进行猛烈的批判,反映了一定的客观生活的真理,在艺术上独树一帜,是与托尔斯泰世界观发生根本变化分不开的。同时又指出转变后托尔斯泰又相继出现了宗法农民世界观内部所固有的种种新的矛盾,即显著矛盾的两个方面;一方面是愤怒的揭发者、激烈的抗议者和伟大的批评家;另一方面又是道德自我修养、不用暴力抵抗邪恶和精巧的僧侣主义的鼓吹者。所以列宁指出:"作为俄国千百万农民在俄国资产阶级革命快到来的时候的思想情绪的表现者,托尔斯泰是伟大的";"作为一个发明救世新术的先知,托尔斯泰是可笑的"。只有掌握唯物主义辩证法,才能作出这样准确的结论。列宁在分析托尔斯泰世界观矛盾的社会根源和阶级根源之后,把站在宗法农民立场的托尔斯泰的批判,与无产阶级对旧世界的批判划清了界限,从而阐明了托尔斯泰与俄国资产阶级革命的联系以及他和工人运动的分歧。文章最后自然地提出如何对待托尔斯泰遗产问题。列宁教导我们不要因为托尔斯泰学说有违反革命的一面,就拒绝这份遗产。他号召人民要从托尔斯泰批判的民主主义思想成分中,吸取革命的力量:"俄国工人阶级研究列夫·托尔斯泰的艺术作品,会更清楚地认识自己的敌人;而全体人民分析托尔斯泰的学说,一定会了解他们本身的弱点在什么地方,由于这些弱点他们不能把自己的解放事业进行到底。为了前进,应该了解这一点。"列宁论托尔斯泰的伟大之处,在于他揭示了文学的社会功能和世界观在创作中的指导作用,因此受到"形式主义学派"的反对,也是不难理解的。马克思主义的世界观是无产阶级及其政党认识世界和改造世界的理论武器和科学方法,在西方现代主义思潮的严峻挑战面前,无产阶级世界观是战斗的有力武器。

列宁论托尔斯泰的文章的伟大意义是:把作家与俄国革命联系起来,精辟地论述了托尔斯泰及其作品中的矛盾和世界观矛盾的根源,阐明了他

---

① [美] 韦勒克、沃伦:《文学理论》,刘象愚等译,生活·读书·新知三联书店 1981 年版,第 209 页。

创作所反映的巨大历史内容和它的真正意义。同时也指出了伟大作家的出现是经济发展和客观历史进程的必然结果。列宁结合托尔斯泰作品的艺术表现，坚持思想与艺术统一的观点去评价作品。他指出这位作家描述的艺术画面在反映时代的准确和塑造农民形象上杰出的艺术技巧以及情感的饱满。列宁论托尔斯泰的一组文章是对马克思主义文艺思想的重大发展，是文艺批评的典范，直到今天仍具有重要的指导意义。

韦勒克用他的语言表达了"崛起的新的一代人"的逆反心理："现代的观点反对权利主义及其制定的理论和对作品的评价。"在西方，可以说这是时代病的表现。在我国，是"文化大革命"留下的后遗症的一种反映，是粉碎"四人帮"后产生的所谓信仰危机的一种表现。这种逆反心理，在我国是由于长期"左"的理论造成我们曾经犯过长期阶级斗争扩大化的错误而出现的变态心理。正如《中共中央关于社会主义精神文明建设指导方针的决议》中指出的：

> 党在长时期内的重大失误，就是没有把工作重心转移到经济建设上来，仍然坚持以阶级斗争为纲，轻视教育科学文化建设，极端夸大意识形态领域的阶级斗争，直到发生文化大革命这场内乱。由于权力过分集中而造成的工作失误，引起人们的反感是可以理解的，但却走向了另一个极端，否定权威和集中，甚至否定马列主义的理论和根据这一理论所制定的政策，主张绝对自由化。这种逆反心理既是对过去长期"左"的错误的一种惩罚，也正是前一个时期资产阶级自由化思想泛滥的结果。

我们并不认为马克思主义理论句句是真理，可以不根据马克思主义经典作家的审美经验把自己局限起来。没有一个马克思主义批评家会把自己的审美规范看成万古不变的、绝对的。但是，他们向我们提供的、经过实践检验证明是科学的、正确的理论，是不能怀疑和否定的。他们证实了他们的研究方法所发现的价值，确实存在于他们所论述的文学理论和作家的创作中，并且用正确的哲学观点、辩证的思维方式和丰富的科学知识发现的。"引用权威的论据"是否就成了"理论上的教条"？那种认为"并不需要求助于某种固定不变的典范"，一切传统的东西都已经"过时"，不要理睬和掌握，甚至词句也容纳不了"新观念"，语言也得翻新，所谓用

"现代意识"和"现代眼光"来研究一切问题,究竟有多少正确性和可靠性,难道不值得怀疑吗?我们认为不掌握过去的理论类型,不了解传统文化,就不可能理解它对现代的影响力,对理论和文化的未来发展方向就会陷入盲目和无知的状态。不错,没有新的创造,便不能前进。但是,任何新的创造绝不能脱离前人的成就平地而起。

在我国社会主义文艺中,马克思主义文艺思想处于指导地位。因此,在文艺领域的各个方面,都要发挥它的主导作用。只有坚持马克思主义文艺思想,我们的文艺才能沿着社会主义方向健康发展。

——载《文艺理论与批评》1987 年第 4 期

坚持和发展马克思主义文艺思想

马克思主义的伟大学说，是科学的世界观和方法论。马克思主义文艺思想运用辩证唯物主义与历史唯物主义的基本原理，考察文艺现象，揭示了文艺创作、文艺批评的重要规律。

在人类进入 21 世纪的时候，面对世界日新月异的新发展和新变化，面对我国社会主义现代化建设的新形势和新任务，我们要把马克思主义的思想理论建设摆在更加突出的地位，坚持马克思主义文艺思想是时代赋予我们的历史使命。但是，马克思主义文艺理论是随着时代的变迁、科学的发展和实践的深化而不断向前发展的，要坚持马克思主义文艺思想，就必须坚持解放思想，勇于创新。没有坚持就谈不上发展，没有发展也谈不上真正的坚持，邓小平同志有句名言——"发展才是硬道理"。

邓小平同志曾说过，"绝不能要求马克思为解决他去世之后上百年、几百年所产生的问题提供现成答案。列宁同样也不能承担为他去世以后五十年、一百年所产生的问题提供现成答案的任务。真正的马克思列宁主义者必须根据现在的情况认识、继承和发展马克思列宁主义"，"不以新的思想、观点去继承、发展马克思主义，不是真正的马克思列宁主义者"。江泽民同志指出："创新是一个民族的灵魂，是一个国家兴旺发达的不竭动力，也是一个政党永葆生机的源泉。"他进一步提出："思想创新，理论创新，是引导社会前进的强大动力。"

什么是创新？创新就是发展，就是超越。没有超越就不是创新，没有创新就根本谈不上发展。从世界历史进程来看，人类社会经济发展每上一个新的台阶，都是创新的必然结果。从中国革命和建设事业的过程来看，没有毛泽东同志的创新，就没有毛泽东思想的形成和中国新民主主义革命的胜利；没有邓小平同志的创新，就没有邓小平理论的形成和改革开放的伟大成就。

创新是冲破旧体制、旧观念、旧模式束缚的必然要求；创新是适应经济全球化进程日益加快、国际竞争日趋激烈的必然要求。理论创新既是社会发展的强大动力，又是社会前进的重要标志。

理论创新，首先要解放思想，实事求是，研究新情况，解决新问题，总结新经验，开拓新境界。这是马克思主义的宝贵品格，也是马克思主义充满无限生命力的根本原因。要解放思想，就必然彻底破除阻碍思想解放的一切障碍，不仅要与旧的传统观念、理论、经济体制实行彻底决裂，而且要与传统的计划经济理论实行彻底决裂。

马克思主义的文艺理论是根据当时的历史条件提出的科学结论，如果我们把马克思的学说固定在某一个历史定点上，那就等于封杀了马克思主义文艺思想的无限生机，我们文学批评的思维定式就是庸俗的阶级斗争论和直观反映论的线式思维惯性。改变这种惯性需要巨大的勇气和力量。因为要涉及自身观念的改变，必然要经历痛苦的斗争，但是，惯性的改变会给马克思主义文艺思想带来蓬勃的生机。

文艺理论创新应包括下列几个方面：第一，结合新的时代特点和文艺创作实践，对前人的基本理论观点进行创造性的丰富和发展，作出符合各国文学、而不是一国或几国文学的新的阐释和说明，其中包括修正某些不完善的观点，扬弃某些陈旧的观点，创造适应新情况的观点。第二，积极吸纳自然科学以及其他一切科学门类的丰富养料，尤其是当代西方文论的精华，深入地借鉴世界各国的文学成就，真正站在世界文学的前列，以广阔的世界眼光实现传统文艺理论和文艺批评的自我超越和突破。第三，大胆改革传统的文学研究方法，实现文学研究方法论的创新。传统的研究方法只限于文艺与社会的关系，从外部研究文艺创作的方法，越来越表现出它的局限性。要注意文艺自身的规律，探讨艺术的审美特征。文艺研究的心理学方法、比较文学研究方法、西方文学批评流派和方法，都从不同方面对文艺研究和文艺批评作出不同的开拓与贡献。

文学理论的创新要避免两种错误倾向，一是偏离马克思主义和社会主义的政治方向；二是对文艺理论创新在政治上随意上纲上线，打棍子、戴帽子。邓小平同志生前一方面反复强调要坚持四项基本原则，另一方面对随意打棍子、戴帽子的现象深恶痛绝。1992年6月，邓小平同志在上海接见香港某知名人士时说:"我叫一些人把帽子工厂赶快关闭,帽子拿来我来戴。"

要创新,就要在文学队伍中形成一种宽松的学术空气。宽松的学术气氛,起码应该包括"三要三不要",内容是:要百家争鸣,不要内耗;要积极开展学术评论和学术批评,对学术骗子要认真揭露毫不留情,下力气铲除学术腐败,但不要打棍子、戴帽子。对不同见解,动辄以"右派"恶语伤人,不利于理论创新;要互相支持、互相团结,不要文人相轻和相互拆台。在这"三要三不要"方面,历史给我们的教训是太深刻了。

创新不是简单的标新立异,创新的前提是"创",而"创"意味着勇敢地开拓与探索,要付出艰辛的劳动与汗水。创新往往与风险同行,因循守旧、四平八稳是不可能创新的,理论创新的最大成果和希望往往就在险区当中。没有探险精神,在真理碰到鼻尖时也会被放过,探险精神比理论家本身的知识和智力更为重要,这就是我们常说的"无限风光在险峰"。

我国日益推进的政治民主与学术民主,为实现文艺理论和文艺批评的创新提供了有利的条件。我们应以创新精神把马克思主义文艺思想不断推向前进。

怎样批判地继承托尔斯泰的文学遗产

用什么观点和方法来研究和评价古典作家的作品，这是对待文化遗产的重要问题，也是总结文艺创作经验、揭示文艺创作的客观规律、发展文学创作的重要问题。

在对待文化遗产问题上，长期以来存在着两种错误的态度：一是只批判不继承，全盘否定的虚无主义态度；一是只采取继承不批判，全盘肯定的复古主义态度。列宁曾对这两种错误倾向做过严厉批评，他驳斥资产阶级自由派和孟什维克把托尔斯泰视为圣人、对托尔斯泰全面肯定的种种谬论，揭穿这些马克思主义的敌人回避托尔斯泰提出的时代的迫切问题和对统治阶级的抗议，他们利用不以暴力抗恶为中心的托尔斯泰主义，利用托尔斯泰创作中的弱点，来与无产阶级革命相对抗。

苏维埃政权诞生后，围绕新旧文艺之间的关系，展开了激烈的争论。新出现的形形色色的文学团体和派别，极力否定古典文学的价值和意义。如何对待文学遗产，怎样处理继承与革新的关系，成为当时文学斗争的焦点。以波格丹诺夫为代表的"无产阶级文化派"，声称要"扔掉普希金、托尔斯泰和其他一切作家"，否定文学遗产，鼓吹"纯无产阶级文化"，强调"继承的关系是不需要的"。这种"左"倾思想看来很时髦，又很"革命"，迎合了某些人的激越情绪，然而是非常危险和有害的，它不仅破坏了无产阶级文学的根基，而且否定了文学的优秀传统。"文化大革命"时期，把优秀的古典小说列为"黑书"，是"左"倾思潮在我国"专政"的登峰造极的表现。列宁为捍卫俄国古典文学遗产的审美价值和认识价值，确保苏联文学的发展，同极"左"思想展开了坚决的斗争。列宁指出：无产阶级文学不是从天上掉下来的，"无产阶级文化应是人类在资本主义社会、地主社会和官僚社会压迫下创造出来的全部知识发展的必然结果"。列宁不仅在思想和理论上纠正否定文化遗产的错误,他还签署命令,指示大量出版古典文学作品,编纂作家全集、文集和选集,如规模宏大的《列·尼·托尔斯泰全集》共有91卷;修建古典著名作家塑像、纪念馆、博物馆等。列宁为弘扬优秀古典文化遗产作出了卓越的贡献。

列宁专门写了七篇论述托尔斯泰的著名论文,对托尔斯泰的思想和创做了全面而深刻的分析,这是马恩经典作家中少见的。这七篇文章的名字是:《列夫·托尔斯泰是俄国革命的镜子》《列·尼·托尔斯泰》《转变没有开始吗?》《列·尼·托尔斯泰和现代工人运动》《列·尼·托尔斯泰和无产阶级斗争》《列·尼·托尔斯泰和他的时代》《"保留"的英雄们》。这七篇文章是马列主义论文艺的光辉著作,是评价历史人物和古代作家的典范,是批判地继承托尔斯泰文学遗产的指导文献。

这七篇专门对托尔斯泰论述的文章,列宁明确地告诉我们要批判地继承托尔斯泰的文学遗产,他指出:"俄国无产阶级要接受这份遗产,要研究这份遗产。"托尔斯泰的思想和创作是复杂的,充满矛盾的,他的学说和作品中既有积极的、进步的内容,也有消极的、落后的因素,要用马克思主义观点加以鉴别,取其精华,去其糟粕。

首先,要用辩证唯物主义的反映论科学地阐明托尔斯泰的世界观、创作和生活的关系,揭示出他的世界观和创作的客观内容和社会根源。他的作品是对俄国农奴制崩溃、资本主义生长时期的现实生活的反映。社会的变革、政治经济结构的更替、阶级关系的变化、历史发展的趋势,给托尔斯泰的思想和创作带来了深刻的影响,因而他广阔而深刻地反映了社会生活。他的世界观和创作中的进步与落后的因素,则是由生活本身的矛盾决定的,是有其社会的历史的阶级的根源的,必须用辩证唯物主义的反映论加以阐释。

其次,要用历史唯物主义观点,把问题提到"一定的历史范围内",给予作品一定的历史地位,从而对作家作品所产生的历史作用作出准确的评价。历史评价最重要的原则是不要苛刻地要求古人,不要无理地要求古人提供现代人所要求的东西。列宁指出:"托尔斯泰观点中的矛盾,不应该从现代工人运动和现代社会主义的角度去评价(这样评价当然是必要的,然而是不够的),而应该从那种对正在兴起的资本主义的抗议,对群众破产和丧失土地的抗议（俄国有宗法式的农村，就一定会有这种抗议）的角度去评价。"历史评价的另一原则是反对把古人还没有的思想硬挂在他们的名下，抬高或贬低他们的思想和创作都不是科学的历史评价，对古代作家应给予历史的科学的地位。列宁指出："判断历史的功绩，不是根据历史活动家有没有提供现代所要求的东西，而是根据他们比他们的前辈提供了新的东西。"① 不错，"托尔斯泰的批判并不新。他所说的，没有不是那些支持劳动者的人早就在他之前很久在欧洲文献和俄国文献中说过的。但是托尔斯泰批判的特点及其历史意义在于，他的批判是用只有天才艺术家所特有的力量，表现了这一时期的俄国（即乡村的农民的俄国）最广大人民群众的观点的急剧转变"②，真实地反映了千百万群众的不满情绪。托尔斯泰对贵族地主阶级的批判，不仅有利于宗法式农民，而且有利于他所憎恨的资产阶级，因为他的批判在客观上为资本主义发展扫清了道路；同时也有利于无产阶级，因为宗法农民的觉醒，会壮大无产阶级革命同盟军的阵容，构成工农联盟的牢固基础；他对封建制度和生产关系的批判，也对无产阶级革命肃清封建残余势力有利；他对资本主义的愤怒揭发和强烈抗议，对启发农民和工人的革命思想、对激发俄国无产阶级革命，具有重要意义。阐明托尔斯泰的思想和创作对旧世界的掘墓人——无产阶级革命斗争的重大意义和认识作用，是列宁论文的主要宗旨，也是托尔斯泰创作的重要价值。列宁说："俄国工人阶级研究列夫·托尔斯泰的艺术作品，会更清楚地认识自己的敌人；向全体俄国人民分析托尔斯泰的学说，一定会明白他们本身的弱点在什么地方，正是这些弱点使他们不能把自己的解放事业进行到底。为了前进，应该明白这一点。"③

再次，要把历史评价和现实评价结合起来，指出托尔斯泰创作的历史局限以及现在的意义。从历史评价的角度看，列宁首先对托尔斯泰思想和创作的进步因素给予高度的评价，称赞他是"强烈的抗议者、激愤的揭发者和伟大的批评家"，是"曾经以巨大的力量、信念和真诚提出许多有关现代政治和社会制度的基本特点问题的思想家"。从现代工人运动和现

---

① 列宁：《评经济浪漫主义》，《列宁全集》第 2 卷，人民出版社 1989 年版，第 150 页。
② 列宁：《列·尼·托尔斯泰和现代工人运动》，《列宁全集》第 20 卷，人民出版社 1989 年版，第 40—41 页。
③ 列宁：《托尔斯泰和无产阶级斗争》，《列宁全集》第 20 卷，人民出版社 1989 年版，第 72 页。

代社会主义角度看，他的"不用暴力抵抗邪恶""道德的自我完善"为主要内容的托尔斯泰主义，对无产阶级革命运动有着严重的危害。从今天的角度看，"在他的遗产里，却有着没有成为过去而是属于未来的东西"，"可供群众在推翻了地主和资本家的压迫而为自己建立了人的生活条件时永远珍视和阅读"。但是，列宁同时又提到在历史上起过进步作用的东西，随着时代的发展，社会条件的变化，它的积极意义有的正在缩小或消失，有的甚至走向了反面，其批判成分"恰与历史发展进程成反比例"。托尔斯泰的文学遗产里既有民主主义的精华，又有封建主义的糟粕，要吸取其精华，扬弃其糟粕。

20世纪外国文学走向的反思

20世纪是人类文化史的一个腾跃时期，自然科学与技术新成果迅速改变世界的面貌。它不但使人类对宇宙、社会和人的本身认识能力大为提高，同时也使地球大为缩小，使各国人民成为休戚相关的整体，全球意识逐渐形成。人类文化再不是封闭的孤立现象，各国文学成了人类文明的共同财富。各民族文学对话日益频繁，相互影响和渗透越来越大。

20世纪的时代特征是绝对性的丧失、多样性的扩展。认识的世界越来越复杂，越来越多样化。试图用固定的文学模式来表现所拥有的空间日益有限。文学史不同时期出现的古典主义、浪漫主义、现实主义、超现实主义等一系列的变化和不同的叙述形式以及风格，不断为在艺术上有所创新的流派所代替。

20世纪进入了一个前所未有的文化冲击时代。各种文艺思潮、创作方法和它们所体现的美学原则，五花八门，相继出现。流派众多，互相撞击，互相融汇。各种风格争奇斗艳，手法不断变化翻新。文学多样性所呈现出的无限丰富、波澜起伏的局面，标志着人类对文学历史发展的深刻反思，标志着人类思维方式的改变，标志着人类审美视野的延伸与开拓，标志着人类精神文明的觉醒。

文学是社会的产物。不同历史条件，会产生不同的文学思潮和不同的美学原则。新的历史条件出现后，也必然出现新的文学思潮和美学原则。源远流长、万古不变的创作手法和创作原则是不存在的。在艺术领域里，任何一种艺术手法和创作原则都不能贯通古今，想万岁也万岁不了。20世纪社会的时代潮流和文学创作的实践，使传统的"按照人应有的样子来描写"和"按照人的本来样子来描写"两种基本的创作方法，受到了巨大的冲击。人们不再把浪漫主义和现实主义当作创作的"永恒的准则"。社会主义国家文学的发展和现状，也从正、反两方面给社会主义现实主义提出了新的课题。创作方法的多样已成为历史的必然。

以巴尔扎克、狄更斯、托尔斯泰为代表的19世纪的现实主义，已不足以反映20世纪复杂多变的社会生活和人们复杂的感情。在第二次世界大战以后，荣获诺贝尔文学奖的西方小说家中，几乎没有什么人完全运用19世纪传统方法来写作了，现实主义受到了冷遇和责难。有的认为通过生活本身的形式来表现生活，无疑是重要的，但不是唯一的，生活真实可能通过各种途径，用各种不同的形式来表现，如幻想、象征、荒诞、变形、寓意、神话等。离开典型环境中的典型人物也可以表现生活的真实，甚至更能反映出生活的丰富性。有的认为现实主义的叙述形式机械、呆板、单调，表现为：事情的编年顺序，主人公的统一原则，用丰富的次要情节衬托主要情节，内容的外在性和纪实性，因果的依附关系，有头有尾的线状封闭结构，以作者的单维视野为基础的全知全能的单调叙述，将作者主观意图强加于现实和描写人物所持有的明显立场以及统一风格等。因此，19世纪现实主义的特征，巴尔扎克、托尔斯泰式再现现实的创作方法，在20世纪作家、特别是在现代主义作家身上几乎逐渐消失了。西方现代作家反对用因袭的程式和空洞的说教来破坏小说的内在规律，为使小说更有客观性和真实性，提出作家"退出小说"。他们受人文科学和心理学的影响，越来越深入人们的内心世界中寻找个人经验。共同认知的世界退却了，"虚构型"的写作方式代替了"经验型"的写作方式。人物的内心意识活动代替了外部活动，小说中不同人物的叙述代替了小说家的叙述，人物的多维视觉代替了作家单维视角，丰富的表现力代替了作家干瘪的说教。多层次的小说结构代替了传统小说的线状的封闭结构，小说中众多人物的个性语言避免了作家本人语言的个性色彩。

拉丁美洲现实主义文学的崛起和它所取得的举世瞩目的成就，是研究20世纪外国文学走向的不可忽视的现象。拉丁美洲文学的崛起，是长期受帝国主义控制，特别是受美国资本控制的拉美人民的觉醒，是维护民族利益而形成的"拉丁美洲意识"激发拉美作家创作热情的成果。拉丁美洲作家敢于破除迷信、敢于超越自我、敢于超越前辈大师，力图在欧洲现实主义与现代主义之间独辟蹊径，寻找自己的道路。

拉美作家继承现实主义文学传统，只限于保留了其中的反映现实的特色。他们认为现实主义不是永恒的创作准则，他们以自己的视觉和准则摆脱了现实主义的单一模式，同时也改变了步欧洲文学之后尘的爬行主义。拉丁美洲文学爆炸于20世纪60年代，拉美新现实主义有魔幻现实主义、结构现实主义、心理现实主义、社会现实主义等名目繁多的现代文学流派。拉美新小说立足于本民族文化传统来借鉴外国文化，具有反帝、反殖民、反封建的内容和民族主义的特色。拉美新小说以印第安人丰富的民间文学、高度发展的神话传说为主，就其表现形式来说，它是一种现实与虚幻相结合的新小说。它与19世纪现实主义不同之处在于：

首先，在反映现实上，它不采用生活本身的形式来表现生活，不是现实生活的再现，而是"现实的再创造"，是现实生活在人们头脑中的折光反映。作家并不绝对逼真地精确地反映现实，而是把现实重新组合，创造出源于现实又比现实绚丽多彩的艺术化的现实。这种艺术化的世界，丰富了现实主义艺术的审美领域。它不再是传统现实主义文学，而是现实和超现实的、事实存在的和魔幻的、理性的和非理性的成分高度的融合，人们称之为"魔幻现实主义"。例如哥伦比亚作家加西亚·马尔克斯的《百年孤独》（1967）中的马孔多这个镜子城（幻景城），既是哥伦比亚农村的缩影，又是作家创作的神话世界。那里有美帝国主义对自然资源的掠夺，有工人罢工和反动政府的血腥镇压，有不同党派之争和连年内战，有居民的传统信仰和落后的风俗等，再现了马孔多百年兴衰史和社会的变迁。但是"马孔多"这个光耀夺目的镜子城，是由于与表妹乌苏拉结婚的阿卡迪奥·布恩地亚担心生出猪尾巴孩子被人耻笑，而逃到荒无人烟的地方，在梦中出现的奇异世界。在这个奇异世界死人能复活，地毯会飞上天，瓦罐会自己走动，冷水自己能开沸，人能长出猪尾巴。更为神奇的是被枪击的阿卡迪奥的鲜血，能流过几条街，最后登上台阶流进家门，把死者不幸的消息告诉给亲人。这既是印第安人古老神话传说、宗教意识、愚昧落后思想的真实反映，又是作家借助魔幻形式揭示现实的特殊表现。现实与虚幻、真实与幻想融成一体，造成一种强烈的艺术效果。

其次，在典型化上，拉丁美洲的新现实主义不是塑造人物的个体典型，而是塑造社会和集团的群体典型。拉丁美洲的新小说是一群人物的故事，而不是一个人的故事。例如危地马拉作家阿斯图里亚斯继《总统先生》之后写成的《玉米人》（1949），反映的是玛雅人与玉米种植主的矛盾。玉米种植主们为发展资本主义，扩大商品粮生产，侵吞了玛雅人的土地和森林，引起了保卫自己生活资源和传统观念（玛雅人是玉米制成的）的玛雅人的反抗。但小说并没有以哪一个人作为主人公，而是表现不同民族不同文化的冲突。作者着重探索的是玛雅人特殊的内心世界、传统观念、民族意识以及他们在现实斗争中的表现，揭示了危地马拉的社会现实和民族特性。

再次，作家本人退出小说，用小说中人物的多种眼光，以不同文化传统和信仰对现实的奇特理解，来叙述故事所发生的一切。因此，新现实主义摆脱了19世纪传统现实主义作家单维视野的单调叙述。例如墨西哥作家胡安·鲁尔弗的小说《佩德罗·帕拉莫》（1955），是通过胡安、苏萨娜、佩德罗等许多冤魂的集体回忆，从不同角度描述了科马拉与佩德罗的历史，反映了酋长式的残暴统治和连年战争的破坏给墨西哥农村带来的悲凉景象。这部小说，在艺术形式上打破了传统小说的格局和时序观念。

苏联在解体前，它的文学在世界各国有着广泛的影响，社会主义现实主义文学被誉为"世界文学发展的新阶段"，是无产阶级文学的旗帜。但近几年来社会主义现实主义在苏联处在决定自己命运的时刻。自1954年西蒙诺夫在苏联作家第二次代表大会上提出修正这一理论后，不断地引起人们的反思和争论，社会主义现实主义在它诞生的国家里越来越受到人们的怀疑和非难，它作为唯一的或主要的创作原则，已经远离苏联文学创作的实际情况，失去了对创作的指导意义。解体前的苏联对社会主义现实主义的看法，大致有三种不同的意见。

第一种看法，认为社会主义现实主义是斯大林发明的教条，是意识形态中的政治概念，不是美学上的科学定义。几十年的文艺实践证明它已不是创作方法，而是平庸之辈的保护伞，是打击别人的棍棒。认为它从来没有给苏联文学事业带来好处，自1934年提出这个定义以来，苏联文艺创作从来就是不自由的。有些批评家认为"社会主义现实主义这个概念已经不能再当作分析当代文学过程的范畴了"，审视当代文学不需要求助于社会主义现实主义的理论。批评家卢基扬宁随手查阅过61篇评论文章，竟没有一处提到社会主义现实主义这个概念。作家在进行创作时，突破了社会主义现实主义的规范。

第二种看法，认为社会主义现实主义是反映当代现实生活的最有成效的方法，是世界上最先进的创作方法。它的代表作品经受住了时间的考验，应该发挥它的潜在力量。它不是意识形态的政治概念，而是纯文学术语，绝不应放弃这个优秀的创作方法。

　　第三种看法，认为社会主义现实主义的理论公式已经陈旧，落后于当代社会主义文化发展的要求。尽管其中有合理的因素，但理论上有缺陷，需要动大手术，改变理论上的软弱，提出新的定义。他们认为其存在的缺陷是片面强调思想性，忽视了艺术的美学特征；把基本创作方法当成了唯一的方法，结果一统天下把许多优秀作家排斥在社会主义现实主义之外；它的理论属于封闭体系，客观上阻碍了其他艺术概括形式和艺术方法多样化的发展道路；其创作原则同目前创作实际相脱节，失去了对创作的指导作用。

　　作品在七十多个国家翻译出版、具有世界声誉的苏联当代作家、作协核心领导人艾特玛托夫对苏联文学中简单说教与陈词滥调不满。他大力提倡对社会主义现实主义进行更有想象力的探索，他向苏联文学中的保守派提出了挑战。他的创作突破了社会主义现实主义固有的模式，意识流方法（如《永别了，古里萨雷》中老人塔纳巴依对自己一生的回顾）、象征手法（如《花狗崖》中的风、浪、星辰的象征）、神话传说（如《白轮船》中，神话是情节结构的中心）等被大胆使用，重复出现，表现了他探索新的艺术手段和向西方文学流派吸取新方法时采取的正确态度。他的《一日长于百年》（1980）代表了苏联当代文学发展的新趋势。

　　《一日长于百年》是一部关于人类命运的长篇小说，通过铁路工人叶吉盖为亡友老养路工卡赞加普发丧送葬的一天一夜的回忆与见闻，囊括了千百年的多种社会悲剧。作家把远古的传说（乃曼族牧民关于曼库特的传说）、残酷的现实（几家铁路工人的坎坷命运）和未来的忧患（苏美宇航员的悲剧）以三组各自独立、互相关联的悲剧贯串一起，以与历史进程相关的回忆和现实的交替，时间与空间的交错，架起了由现实通向过去、由过去通向未来的桥梁。把眼前的事件和造成的原因及结果，进行简洁而富有表现力的对比，集中反映了时代的特征，谴责了人类互相嫉妒、不信任和互相残害所带来的种种不幸，呼吁人们要从"全球性思维"的高度来考虑20世纪末人类的前途和世界的命运。这部小说的创作方法与社会主义现实主义创作方法的不同之处，明显地表现在不是在"革命发展"中描写现实生活，而是在社会暴力和变形的环境中，描写丧失理性的现实生活造成人类自我毁灭的灾难。它抛弃了官方的乐观主义,摆脱了苏联文学"一味服从"的所谓真实。无私奉献的人,或惨死在泥板房(如卡赞加普),或冤死在狱中(如库泰巴耶夫),或人为地被困死在太空(如苏美宇航员)。作家对人类社会做宏大规模的思考,从"全球性思维"出发,表达了对世界分裂和对立的忧虑以及对人类自我毁灭的担心。这部警世小说在反映现实所采用的原则上,不同于传统现实主义。它把神话传说、科学幻想和现实生活融为一体,提出传统价值和行为方式同现代技术世界的关系问题。他的创作既是当代现实主义文学的新发展,又是民族的和世界的因素的和谐融合,它同马尔克斯小说的不同之处在于:首先它不是缩小现实与虚幻的界限,而是立足于现实的科学幻想,因而显得更为真实。作者在《一日长于百年》的前言中写道:"幻想必须如此紧密地接触现实,使之几乎可以相信。"

其次,它不是套用神话传说的模式,制造奇异世界,而是用虚构的传说(忘记了民族的传统、丧尽天良的曼库特的传说)联系和对应人世间各种悲剧事件,把过去、现在、未来进行综合和历史剖析,总结人生的哲理。他小说中意识流的运用与现代派艺术也不相同。"意识流"在现代派那里与极端夸大的人物心理的非理性相联系,而与客观物质世界很少联系,有时甚至是梦呓般的主观感受,艾特玛托夫的"意识流"不带任何随意性、跳跃性和非理性,因而不用文学专家来阐释,读者凭自己的理性思维便可理解,一切纷纭复杂的现象,都通向读者的感知世界,绝不给人以飘忽杂乱、蒙眬虚幻、摸不着头脑的感觉。

苏联在20世纪30年代,也就是第一次作家代表大会上正式提出社会主义现实主义作为文学的基本创作方法后,随之把西方现代派文学看作文学的异端和消极反动的意识形态表现加以否定和排斥。50年代思想的松动,特别是60年代文艺政策的放宽,西方现代派思潮又重新渗入一统的苏联文坛,苏联文学开始出现了现代主义方法的尝试。这在自称"二十大"产儿、评论家称之为"第四代作家"如叶甫图申科、沃兹涅辛斯基、阿克肖诺夫等时髦文人创作中自不必说,就是在较老的作家如潘诺娃、西蒙诺夫等人的创作中,也是如此。1972年,苏联文学界权威人士马尔科夫在《社会主义现实主义艺术概括的形式》一文中提出苏联文学"开放体系"的理论,主张坚持社会主义现实主义,同时要广泛吸收其他各种创作方法和艺术流派在艺术表现方面的经验和成果。这一有见地的观点,在苏联文艺界产生了广泛影响。近些年来，苏联作家在发扬本民族传统风格的基础上，吸取西方文学的创作经验，运用各种流派的创作方法，探索新的文学表现手段，如运用象征、寓言、神话、传说、怪诞等假定性的艺术方法作为典型化手段，注意表现人的内心世界的复杂性，逐渐"从事实的真实走向虚构的真实"，突出了虚构在小说中的地位，表现了作家审美心理的转变，同时克服了文艺为政治服务、美化英雄人物、粉饰现实矛盾、题材重复贫乏、人物缺乏个性等苏联文学发展中所特有的单一倾向，从而使苏联文学出现了新面貌。

在谈及解体前的苏联文学的发展和趋向时，有一种倾向值得注意：出现了"价值重新判断"的现象，在基调中发生了某些急剧的变化。重新评价历史事件和历史人物，否定斯大林的作品大量涌现，一切揭露社会主义缺点的东西变为时髦，甚至否定苏联文学的成就，怀疑高尔基作为一个伟大文学家的地位。这与一代人对历史的反思有关，与十月革命后人们处于历史的动荡中所造成的逆反心理有关，也与西方文学的涌入有关。

集中致力于文学形式和方法的发展和创新的是现代主义。与传统文学相反，现代主义反对用生活的原有形式复制生活，主张背离可见的自然、摆脱对客观物象的摹写。现代主义认为文学不是对生活的模仿、反映和再现，而是对生活的表现和创造。表现人的主观意识，创造出一个独特的艺术世界。现代主义要求发挥情感与想象，依赖幻想和直觉，以独特的幻想展示生命的异化和个体存在的危机。现代主义文艺思潮是社会思潮在审美领域的反映。两次世界大战造成巨大的物质破坏，动摇了人们对资产阶级"理性王国"的信仰。现代化生产成为压迫人的异己力量，否定了人的自身价值。现代主义是对资产阶级传统观念的怀疑，是理想破灭后的彷徨、苦闷和绝望的思索，是对个人自由和人的自身价值的探索，并把这种探索推进到无意识的领域，是处在精神危机中的人对自我的信赖和无可奈何的抗议。尼采和叔本华的唯意志论、柏格森的直觉主义、弗洛伊德的精神分析学说和萨特的存在主义哲学，构成了现代主义的反传统的非理性精神。新的现实和新的社会思潮需要一种新的审美形式加以体现，现代主义登堂入室进入人们的审美视野是历史的必然。现代主义包括象征主义、超现实主义、意识流小说、存在主义、荒诞派戏剧、新小说、表现主义、意象派、迷惘一代、垮掉一代、黑色幽默等十几种流派。尽管这些流派不断更迭，理论与创作不一，极为驳杂，但它们的创作原则有其共同之处。从作品内容上看，表现人的自我异化，人丧失自我后的悲哀，重新寻找自我的痛苦是现代主义文学的基本主题。从艺术上看，注重主观表现，以怪诞反常的艺术形式，去表现怪诞反常的人生，因而采用夸张、怪诞、幻想和象征等假定性艺术手段，有意改变对现实的真实描写，使被描写的事物变形，探求人的内心的"最高真实"。艺术的假定性手段不是现代派的发明和创造，古今中外文学早已有之。《聊斋志异》中妖魔变人，《唐·吉诃德》中人与风车作战，果戈理的《狂人日记》与鲁迅同名小说中主人公的狂态和自由联想，《开会迷》中人身分成两部分分头去开会等都采用过假定性的艺术手段，但这种假定性在于以明喻和暗喻加强事物的某些特征，起到夸张作用，是属于追求物象的表达方式。把假定性作为脱离客观物象的认识和阐述现实的方法，并集中全面使用和发展创新的，却是现代主义各种流派的艺术追求和艺术实践。

奥地利作家卡夫卡（1883—1924）在现代主义文学中占据重要地位，并具有巨大影响。当代英国诗人奥登说："如果要举出一个作家，他与我们时代的关系最近似但丁、莎士比亚、歌德与他们时代的关系，那么，卡夫卡是首先会想到的名字。"这位擅长运用艺术变形手段的大师，对现代主义文学的发展起了重要的作用。有人把他视为表现主义流派的代表，也有人把他归为存在主义流派的代表。这也许是由于他的创作具有现代主义文学的共同特征，使人们不便进行直接的归类。"卡夫卡"特色、"卡夫卡式"作品被称为现代主义文学的楷模。他的著名短篇小说《变形记》（1915）表现了现代派文学的典型特征，广泛地使用了象征、荒诞、夸张等艺术手段。旅行推销员格里高尔一觉醒来，发现自己变成了一只巨大的甲虫，从此不仅自己丢了职业，而且也给家庭带来不幸，遭到家庭的遗弃，最后被锁在屋里，在孤独与痛苦中死去。卡夫卡以独特的方式，采用变形的荒诞与夸张，表现了资本主义社会人与人之间的关系和家庭关系的异化以及社会与人本身的异化。残酷的社会把人压扁、扭曲、变形，有如格里高尔变成甲虫一样，价值贬低、处境孤独、被人遗弃、精神崩溃。现代派对众所周知的事物进行陌生化的处理，造成惊异，产生了震动人心的艺术效果；同时，也以不同的审美方式扩大了审美领域，给人以巨大的审美享受。如果我们将其与用传统现实主义描写小人物小说相比较，便可以看出二者在表现方法上的不同。

首先，在人物塑造上，不论普希金的《驿站长》还是果戈理的《外套》都对人物的出身、经历、地位和性格做了详细的介绍，人物的典型性和个性交织在一起，体现典型环境中的典型性格。两部作品都是通过主人公辛酸的一生来揭示小人物命运的。维林和巴施马奇金的谨小慎微、胆小怕事和忍耐顺从的共同性格特征，与他们的小公务员的低劣经济状况和社会地位以及冷酷的社会和森严的等级制度，有着必然的联系，从小人物的性格发展中显示出造成悲剧的社会原因。但《变形记》中的主人公格里高尔却是一个类型化的人物。小说只交代了他目前的职业，看不到他性格的发展和完成的过程，不重视环境的写实和人物性格的刻画，强调偶然性在生活中所起的作用。其次，在艺术形式上，现实主义通过生活本身的形式表现生活，因而从内容到形式都符合读者的思维定式。现代派常采用荒诞不经的故事，表现世界的荒诞性，引起读者新的审美判断。作家根据自己的感受，创造出的是一个想象的象征世界，表现的是西方世界人被异化的困境。在假定性的背后，表现了艺术的真实。格里高尔的"变形"引起家人的惊惧与变化，深刻地表现了资本主义社会冷漠的家庭关系。父亲拿苹果作为投掷的炸弹向儿子打去，甚至用亲人的死亡来换取家庭的幸福。现象的荒诞暴露出现实的荒诞，使人感到颤栗。卡夫卡为了摆脱具体写实的约束，运用变形和荒诞的艺术形式，在艺术天地自由驰骋，抨击稀奇古怪的现象。

现代主义文学在暴露资本主义荒谬方面，对理解现代西方社会的某些侧面是不可代替的一面镜子，但它否定理性，宣扬"自我"和悲观主义又带有极大的破坏性。它在艺术上追求创新，提倡运用多种艺术手法表现生活，特别是在探索人的主观世界、直觉和下意识方面，有较大的开拓作用。但它一味追求标新立异，走上了形式主义。现代主义的小说带有强烈的实验性质，借鉴其艺术技巧的成功方面，会促进现实主义文学前进的步伐。

文学流派的更迭转变，并不否定某种流派的继续发展，但否定某种流派的合法存在，则影响文艺的繁荣与发展。创作原则的多样化，才能使文艺园地百花盛开。百花园中的奇花异草，更能夺人眼目。以熟悉的眼光看世界，看不到世界的新奇。文化的冲击时代，各种流派、不同风格的文学不断涌现，并互相渗透、互相撞击。面对这种复杂的情况，我们不应闭关自守，也不必对一切流派和风格同样赞成，但应避免囿于己见，用某种流派和风格的尺度去衡量另一种流派和风格，需要进行高空瞰视，冷静客观地去鉴别。

当前，外国文学没有主导潮流。现代主义与现实主义潮流平行交叉发展和兼收并蓄，构成外国文学的历史走向。面对20世纪文学的眼花缭乱、五彩缤纷的景象，作出理论的说明是文学理论当前的任务。实践证明，传统的文学观念对文学的复杂本质无力作出充分的说明。这种软弱无力的现象，在于目前的文学理论离开了与生动活泼的文学实践的联系。文学的本质到底是什么？这个有关文学发展的重要理论问题，并没有得到很好的解决。对文学的本质的认识，各种流派有着不同的理解。古典主义的主张是"模仿"自然，"我们永远也不能与自然寸步相离"（布瓦洛）；浪漫主义认为"想象"比"模仿"更为巧妙，艺术是"在我们的人生中替我们创造另一种人生"（雪莱）；现实主义又重新回到模仿现实的老路上，主张"再现现实"，"按照生活的本来面目反映生活"（车尔尼雪夫斯基）；现代主义反对对客观物象的摹写，认为文学不是对生活的模仿，而是表现人的主观意识。"我坚持认为，杜撰的真实比之日常的现实更加坚实，更加丰富。"（尤奈斯库）现代派认为艺术作品的价值，在于其虚构的力量，艺术本质是一种"想象的结构"。

当我们对各种流派的理论进行反思时，首先，我们发现各种流派的理论都是人类集体智慧的结晶，各种流派的理论所侧重的各个要素都为文学理论提供了不可缺少的具有独特价值的东西，表现了人们对文学本质认识的不断深化和文学观念的转变。其次，我们发现一种文学理论仅仅抓住文学发展过程的某一局部，用其囊括整个文学、概括其本质时，立即暴露出这种流派理论的缺陷。模仿论、反映论、再现论，强调生活对文学的决定作用，把整个文学大厦建立在以生活为中心的基础上，强调文学与社会生活的联系，为人们掌握文学的本质及其规律提供了坚实的基础。但是，文学与生活的联系并非作为特殊意识形态的文学所独有，而是一切意识形态所共有的本质。文学审美创造的特点，被其所忽视。浪漫主义虽与现代主义不同，但在文学活动中强调作家的作用和文学的创造性上，二者取得了共识。现代主义文学理论强调创作主体，把作家置于文学的中心地位，重视作家的创造力、情感和心理状态，不把文学看作社会生活的机械反映，而把它看作作家思想和心灵的表现。其价值在于强调了生活转化为艺术和作家创造性的作用，区别了文学与其他意识形态不同的特点。但是，它忽视了文学与社会生活的联系，文学成为作家瞬间印象、情绪和感受的自我表现。

　　从文艺流派的发展过程来考察，不外是"再现论"与"表现论"两种主张。前者强调社会作用，后者强调个人动机。二者的共同缺陷是：都只强调了文学本质的一个层次。只有二者互为补充，才能从文学的整体性和统一性全面地把握文学的本质。许多优秀作家的成功作品向我们证明了这一点，在他们那里二者融合为一体，是很难区分的。

　　20 世纪外国文学发展的事实表明：以一种文学模式独霸文坛的局面结束了，文学表现方式从单一走向多样，从简单走向复杂，从低级走向高级，成为文学发展的规律。审视的多视角、表现的多层次所出现的文学的无限丰富性，因袭传统的文学理论和现代主义的文学理论都是难以概括的。因此必须用发展变化的眼光对文学进行历史的整体的审视和研究，才能构筑一个充满活力、更符合文学现象实际的文学理论框架。

——载《世纪末的反思》，广西师范大学出版社 1996 年版

文学典型问题探讨

——在北京师大俄苏文学进修班、研究班学术
讨论会上的发言

回忆过去，令人兴奋，也令人慨叹。30 年过去了，多数同学健在，有的不幸早逝了。几经动乱，活下来的虽是满头皓发，但矢志不渝，把全部精力奉献于教学与科研。让我们为生命的播种者干杯，祝北京师大万岁！历史的车轮转到 1956 年，教育部委托北京师大举办俄苏文学进修班和研究班。在历史转折的年代，我们入学了。偏斜的时代航标，决定了我们的生活道路，每个人心中都留下了时代的烙印。

俄苏文学史、文学理论、俄语等是学校为我们在高层次上开设的课程。苏联专家柯尔尊先生不辞辛苦，日以继夜地为我们赶写教材，并提出了大量的阅读书目和思考题。感谢他在突出强调"红专道路"的年代，把我们引入专业知识的海洋，为我们的成长铺平了道路。不知他是否还健在，作为学生，我们永远怀念他。他特别注意提高我们的理论水平和科研能力，学术讨论会就是在这种思想指导下安排的。我的文章《关于文学的典型问题》被确定为首次学术活动讨论的中心。历史的误会把我推到了前台，做了大会发言。

学有成就、为人憨厚的班长韩长经同志（他永远活在我们的心中）是会议的主持人。进、研班九十多位同学准时来到了会场，苏联专家柯尔尊坐在了前排，翻译把铁梅和潘桂珍分坐他的两旁。

听众不是我任课时的大学生。相似的年龄和知识结构，使我有些紧张。看到专家的和悦目光，我紧张的心情略有缓和。这时，讨论会开始

了，首先由我宣布文章的要点。

文学的典型问题使我感兴趣，因为它是马克思主义美学的中心问题。正确地理解典型问题，有助于克服创作中的公式化、概念化和自然主义倾向，以及文艺和文学教学中存在的庸俗社会学现象。

"阶级斗争是生产力发展的动力"是那个时代流行的观点，它渗透到意识形态的各个领域，文学理论也不能例外。浓厚的政治、阶级色彩把典型问题弄得简单化，几乎堵塞了文艺研究的视野。我从文学反映生活的特殊方式出发，提出了以下四个问题。

一　文学典型与社会本质

我认为表面的、偶然的、非本质的生活现象不能创作出有社会意义的典型，不能反映出生活的真实和帮助人们认识生活的规律。但是，生活的真实只是对创作典型的低层次的要求，不具备美学意义的事物不能构成典型。真实性与艺术价值没有必然联系。任何作品都不能详尽地表现生活的真实，只能表现生活的某些方面。文学作品不是社会本质的简单反映。只强调社会本质，必然导致一个阶级只有一个典型。用所谓"本质"代替生活的复杂现象，实质上是否定生活的矛盾性和复杂性。个性化的原则是创造典型不可缺少的条件，并贯穿创作过程的始终，没有个性便没有典型。典型人物不仅仅代表一个阶级，它常常代表一个时代，赫莱司达阔夫精神不仅是贵族纨绔子弟所独有的，而且也是沙皇尼古拉时代的社会现象。同样，阿Q性格也并不是他那个阶级所独具的。高度的概括与集中使典型超越了他的阶级和时代。

二　典型与政治性

文学与政治有密切的关系，但文学不是政治的传声筒。描写爱情、自然风景、虫鱼鸟兽和表现乐观情调的抒情诗并不直接"为政治服务"（这个不恰当的口号现已纠正了）。文学除了教育作用、认识作用，还有美学作用。丰富复杂的人物性格，有时很难用政治标准来划分。把典型归结为政治问题，必然导致以政治为标准来衡量作家和作品。在政治上对作家的否定，"无产阶级文化派"的错误应引以为戒。对待文化的态度，马克思主义与虚无主义的态度根本不同。文学有社会的功能，还有自身的审美特征。把文学典型归结为政治问题，不仅混淆了文学问题与政治问题的界限，而且取消了文学的特性；漠视文学技巧，造成典型创造的公式化、概念化，使文学变成政策的图解。文艺批评乱贴政治标签并不是真正的文艺批评。作家的政治观点有时与作品的观点是有矛盾的，作家的宣言和创作意图不能代替对他作品的准确研究，作家和他亲友的回忆只能作为参考。创作存在着非自觉性，形象大于思维，作家没有意识到的可以反映出来。作家世界观的矛盾，在描写生活的过程中会提高作家对生活的认识，丰富的生活往往会突破作家思想的局限性。世界观与创作不是一种简单的因果联系。作家的阶级出身并不能完全决定他的立场，优秀作家背叛其隶属的阶级，托尔斯泰是生动的范例。先进的贵族作家，反映的是人民的呼声。思想进入文学有它自己的独特方式，典型创造有技巧问题和审美情感问题，它的底蕴并非政治概念所能揭示的。世界观只能制约创作。

三　典型与夸张

　　夸张是典型的属性，艺术的概括与集中已有夸张成分在内，文艺不仅要再现生活，还要创造生活。此外，夸张又是艺术典型化的方法。把夸张仅限于讽刺文学，是缩小了夸张在艺术中的应用范围。夸张能表现作者的激情和理想，增强艺术的感染力。夸张不仅仅对反对照相式地描写现实的自然主义有积极作用，而且不违反生活真实的夸张，对现实主义同样有积极作用。夸张的乱用，会抹杀现实的真实和造成艺术典型的虚假。当代文学使用夸张存在两种不良倾向：一是夸大了好人，把好人写成高不可攀，毫无缺点，看不到他内心世界细微的隐蔽的活动，形象虽高大但难以感人。二是夸大了坏人，写成恶棍，到处通行，令人难以相信。夸大了好的现象，会使人看不到前进的困难；夸大了现实的坏现象，会使人失去前进的信心。世界是复杂的，人对世界的认识同样是复杂的，没有缺陷的完整的人是不存在的。优秀作品的典型性格，不是单一的，而是多层面的对立统一，同时也是不断变化和发展的。

四　大量、少量与典型

20世纪50年代，有的文艺理论家曾把典型看成某种"统计的平均数"，认为只有大量的、常见的事物才能构成典型。这种看法遭到反对后，有人提出"典型不仅是最常见的事物"，少见的事物，只要能反映社会本质，也能构成典型。脱离历史条件看不出这个争论有什么意义。这个争论的背后，在当时表现为写英雄人物和平凡人物之争。只有写英雄人物才是时代的要求，写平凡人物受到排斥，到后来发展为批判"中间人物论"。我在这个论题中只论述了英雄人物与平凡人物的关系，他们之间的紧密联系和发展变化，二者在艺术表现上不可分割，论述了发现新人和新的典型的意义。

时间过去了30年，历史在前进，典型理论有了巨大的发展。直到今天虽然还存在着争论，但随着改革开放，引进西方文艺理论、方法，对我国文学经验的总结，以及对马克思主义的深入学习，认识有了新的高度。我当时对典型的看法，已经落后于今天理论发展的现实。这里我把文章的要点摘出，作为对青年幼稚时期的回忆和对那个时代的反思。至于讨论会上产生什么样的争论和反拨，我对不同意见有什么样的看法，专家做的是什么样的结论，似乎都表示对理论的繁荣和发展的期待。这次学术讨论给我的启示是：首先，我更加清楚地认识到专业或科研水平的提高与理论水平有着直接的联系，提高理论水平是取得科研成果的重要条件。其次，我感到摆脱理论的僵化和教条主义的束缚，不是轻而易举的，这需要有足够的勇气和丰富的知识。以政治气候为转移，采取"风派"的态度或粗暴的批评，无助于理论的建设。最后，我认为只有自由、舒畅的环境与团结、和谐的气氛，结合实际、实事求是地展开认真讨论，才能推动马克思主义文艺理论的发展和纠正某些不正确的文学观点。

（1988年）

——载陈惇、刘洪涛主编《窗砚华年》（北京师范大学苏联文学进修班、研究班纪念文集），中国社会科学出版社2012年1月第1版

借鉴与超越

——《伤逝》与《玩偶之家》的比较

　　本文运用比较研究的方法，对鲁迅的《伤逝》和易卜生的《玩偶之家》这两部伟大作品，从创作思想、人物塑造以及艺术手法等方面分析了它们的异同，并探讨了其主客观原因。作者认为，鲁迅在这里既借鉴了、又超越了易卜生，这对我们当前的文艺创作也很有启发意义。

　　爱情、婚姻、家庭作为人类社会生活的重要组成部分，吸引了古今中外的许多艺术大师。他们就此创作出来的大量艺术珍品，表现了各自的出色才华和对生活的深刻理解，启迪着人们对社会问题的思考和对幸福理想的追求。挪威戏剧家易卜生的《玩偶之家》和我国文学大师鲁迅的《伤逝》，就是这方面的两部代表作品。

　　这两部脍炙人口的爱情悲剧，对传统的爱情描写进行了创新和突破，以生动简练的手法、单纯朴实的风格和充满哲理的思想，塑造了娜拉和子君两个动人的女性形象，揭示了许多深刻的社会问题，也为我们提供了丰富的艺术经验。

一

　　亨利克·约翰·易卜生，作为19世纪后半期的杰出作家，不仅为北欧文学开辟了一个新的历史时期，而且对其他国家的文学产生了深远的影响。英国的萧伯纳、德国的霍普特曼、法国的罗曼·罗兰、美国的尤金·

奥尼尔、中国的欧阳予倩和曹禺等的剧作，都有着借鉴易卜生戏剧的"印记"。易卜生被誉为"现代戏剧之父"，是当之无愧的。

鲁迅从1907年开始，在《文化偏至论》《摩罗诗力说》等文章中多次评论了易卜生，热情地赞扬了易卜生批判资产阶级社会的勇敢反叛精神。鲁迅还在他主办的《奔流》杂志上刊出了易卜生特集。鲁迅说他对易卜生的介绍"立意在反抗，指归在动作"，目的是号召青年做"精神界之战士"。通过介绍易卜生，在思想领域，猛烈地冲击了封建礼教的堤防，启发了群众的觉醒；在文化领域，沉重地打击了专写才子佳人的鸳鸯蝴蝶派。鲁迅把戏剧革新家易卜生引进中国，也对中国话剧的建设起了开拓作用。

《玩偶之家》（1879）被介绍到中国时，正是反帝反封建的"五四"革命风暴的前夜。剧本提出的男女平等、婚姻自由、妇女解放等思想，正适应中国当时反封建礼教的潮流，于是出现了"易卜生热"。面对社会上个性解放思想的发展和反帝反封建斗争的深化，鲁迅对《玩偶之家》所表达的美学思想进行了深刻思考。1923年12月，他在为北京女子高等学校讲演所写的《娜拉走后怎样》一文中指出："从事理上推想起来，娜拉或者也实在只有两条路：不是堕落，就是回来。"《玩偶之家》的悲剧思想，吸引鲁迅写成了他唯一以爱情为题材的小说《伤逝》（1925）。鲁迅不仅让《玩偶之家》的女主人公直接进入自己小说的情节，来启迪人物的思想，推动人物性格的发展，而且还塑造了娜拉式的人物——子君的形象。小说通过这一形象，表现了娜拉式的个性解放思想的进步意义及其背后潜藏着的深刻危机。

《玩偶之家》所反映的社会矛盾，主要是围绕娜拉与海尔茂的性格冲突展开的。纯洁活泼、追求妇女独立人格的娜拉与虚伪自私、维护男权思想的海尔茂的结合，埋藏着深刻的危机。他们美满幸福的家庭是在"沙滩上"建立起来的，一遇风浪就会马上坍倒。尽管虚伪的海尔茂对娜拉表示无限的温柔、体贴，向娜拉表示"我非常盼望有桩危险事情威胁你，好让我拼着命，牺牲一切去救你"，但的真威胁来了，娜拉为丈夫治病借钱的伪造签字暴露时，海尔茂卑劣自私的面目就立刻现出了原形。他大发雷霆，认为娜拉破坏了他的名誉，断送了他的前程，大骂娜拉是"坏蛋""下贱女人""犯罪分子"，指责她沾上了她"父亲的坏德性"，并剥夺了她教育子女的权利。娜拉看透了海尔茂卑鄙自私的灵魂，明白了自己在家庭中的地位只不过是丈夫的"玩偶",进而向整个社会提出了抗议,"我一定要弄清楚,究竟是社会正确,还是我正确"。她再也不爱海尔茂,砰的一声关上门走了。在妇女还没有任何社会地位的时代,易卜生通过《玩偶之家》对当时的婚姻家庭、伦理道德、法律、宗教等进行的猛烈抨击;对婚姻自由、男女平等、妇女解放所发出的热烈呼唤,不能不产生震撼人心的效果,从而使这部戏剧演遍了全世界的舞台。

《伤逝》也描写了个性的觉醒和爱情的幻灭。文静而孱弱的子君在涓生的进步思想启发下,萌发了妇女解放的觉悟。听着涓生讲争取男女平等、反对家庭专制的道理和"果决"的娜拉的故事,子君"微笑点头","两眼里弥漫着稚气的好奇的光泽"。她开始产生了对美满生活的大胆追求。她不顾父亲和叔父的反对和社会上守旧势力的讥笑,勇敢地同热爱她的穷困小公务员涓生结合,实现了自己的理想。但是婚后,子君沉醉于小家庭生活之中,思想变得麻木起来,以致夫妻间出现了裂痕。子君企图用爱情的回忆来弥合这个裂痕,但涓生的失业彻底摧毁了这个家庭,出走的子君悲惨地死去。

如果说《玩偶之家》是给了大男子主义当头一棒,那么《伤逝》则是对热衷于个性解放、醉心于自由恋爱的青年的猛烈一击,因而在青年中产生了广泛的影响。巴金说他当学生的时候就曾经背诵过鲁迅的《伤逝》。《伤逝》同样是具有世界影响的杰作,它已被译成英、俄、日、法等各种文字,在国外广为流传。

把《伤逝》和《玩偶之家》加以比较,我们发现两位艺术大师在创作思想上有许多相似之处。

第一,他们都以敏锐的思想反映了时代生活中千百万人关心的问题,对妇女命运表示了极大的关注,并对妇女解放的道路做了积极的探索。鲁迅以同情的笔墨描写了子君冲破封建礼教的牢笼,毅然地同她所爱的涓生结合以至幸福家庭的毁灭;易卜生以饱满的热情赞扬了娜拉冲破庸俗的生活和摆脱做丈夫"玩偶"的处境,毅然离家出走去追求理想的生活。对她们所进行的勇敢抗争,两位作家都给予了积极的肯定,并对造成她们爱情悲剧的罪恶社会进行了有力的控诉。

第二,作品中都强调了人的精神面貌的改变对改造社会的巨大意义。两位作家塑造的两个觉醒的女性,都把争取人的地位、尊严和生活权利放在首位。娜拉说:"首先我自己是一个人。"子君则表达得更为有力:"我是我自己的,他们谁也没有干涉我的权利!"她们都属于自己时代的新型女性。在争取婚姻自由、男女平等、家庭幸福的斗争中,她们都以极大的勇气首先否定了现存的世俗偏见和伦理道德。海尔茂企图用妻子对丈夫和孩子的"神圣责任"以及社会舆论来限制娜拉对平等、独立的要求,阻止她的离去,然而传统的道德观念对觉醒的娜拉来说已经失去了它的约束力,如她自己所说:"这些话现在我都不信了。"同样,子君也通过自己的言行表示了对传统观念的蔑视和反抗。不论专制家庭的反对,还是社会的冷遇,她全不放在眼里。她与涓生的结合,如同娜拉与海尔茂的决裂一样,都是反抗世俗偏见和伦理道德的胜利。两位作家热情地赞扬了两位觉醒女性的决断能力和行动勇气。

两位作家都痛恨社会的虚伪,把"瞒和骗"看作是社会的恶习和国民性的致命弱点,从而彻底加以否定。易卜生把对社会的虚伪的义愤熔铸在海尔茂的形象上。不放弃任何机会咒骂谎言和欺骗的海尔茂,却在谎言中过着满意的生活,易卜生对他的虚情假意、言行不一做了深刻地揭露。易卜生认为夫妻之间必须相互了解,真诚相见。在实际生活中,易卜生曾有过劝阻友人劳拉为给丈夫治病而瞒着丈夫借钱的事,但在根据劳拉的故事写成的《玩偶之家》中,易卜生却站在了女主人公方面。在娜拉与海尔茂的激烈交锋中,娜拉处于主动地位,表现了她对爱情的真诚和对谎言的产物——资产阶级的法律、宗教和道德的否定。《伤逝》则从正面揭示了涓生坦荡的胸怀和诚实的灵魂。他毫无保留地将自己的一切"真诚地说给了子君","很少隐瞒"。涓生在子君走后内心里进行过真诚与虚伪的交战,确认"人是不应该虚伪的"。

易卜生提倡精神革命,他的格言是"人的精神的反叛";鲁迅则提出了"做精神界的战士"的名言。两位作家的主张并不是对立的,在反对社会的压抑和人性的卑劣上是相通的。两位作家都注意描写人的精神觉醒的复杂过程,以及觉醒的思想给他们的主人公带来的巨大力量。娜拉同丈夫一刀两断,并对压抑她的社会进行了审判;子君没有"堕落"也没有"回来",她选择了第三条路,以一死表示了对吃人社会的抗议。

第三,为了妇女的解放,两位作家都反对妇女沉溺于毫无理想的小家庭生活。子君在建立小家庭后"只是为了爱——盲目的爱,而将别的人生要义全盘疏忽了",变成了牵着丈夫衣角过日子的家庭妇女。头脑空虚,没有理想和信念,找不到生活的"新路",使她陷入了绝境。娜拉顺着丈夫的意志生活了八年，尝够了苦头。她对丈夫说："事情都归你安排，你爱什么我也爱什么……把我害苦了。"盲目的爱曾经成为两个女主人公生活的动力。两位作家通过她们的命运、对满足于个人小天地的幸福生活和思想的停滞，做了彻底的否定。易卜生指出家庭不只是夫妻"逗着玩儿的地方"；鲁迅思想更为深刻："爱情必须时时更新，生长，创造。"

但是，两部作品也存在着显著的区别，这种区别表现了两位作家对妇女解放问题的探索有所不同。

第一，他们所关心的对象不同。易卜生让主人公跨出了资产阶级小姐的生活圈，这是他的进步，但他所关心的毕竟还是属于中产阶级的妇女的命运。鲁迅则把小资产阶级知识女性作为他描写的对象，这比之易卜生又是一个进步。而从鲁迅作品女性形象的系列来考察，则可看出鲁迅更为关心的是贫困的劳动妇女（如单四嫂子、祥林嫂、爱姑等），他所反映的主要是底层人民的思想情绪。鲁迅与人民大众有血肉的联系，这在易卜生的戏剧中是看不到的。

第二，他们对个性反抗的看法不同。两位作家都看清了资产阶级提出的自由、平等、博爱等口号已失去了原有的光泽，变成了欺骗群众的谎言。但是，易卜生只是要努力恢复个性解放的本来面目，强调个人对环境的精神反抗，把个人力量看得高于一切，歌颂娜拉式的单枪匹马的斗争和她为争取发展个性的权利而走出家门的行动；鲁迅则对此做了否定，认为像娜拉那样走出家门，脱离物质基础和没有正确思想指引的精神反抗，不会有什么出路。因此，他笔下的子君是负着穷困和空虚的重担，在"威严与冷眼"中走进了"连墓碑也没有的坟地"。鲁迅通过子君的初恋和幸福家庭的建立，肯定了个性解放思想在反封建斗争中的进步作用；但又通过她的爱情悲剧，宣布了个性反抗的失败和个性解放思想的破产，在更深刻的意义上强调了个性主义的局限性和危害性。这是易卜生没有看到、也不可能看到的。

第三，由于对个性反抗的看法不同，两位作家在实现妇女解放所应走的道路问题上存着严重分歧。美国戏剧理论家劳逊指出："易卜生的人物为求取完整而斗争，但是他们的斗争是伦理的，而不是社会的，他们反抗的是习俗，而不是产生习俗的社会条件。"[①] 在易卜生看来，改变社会的

---

① 引自［英］萧伯纳《华伦夫人的职业·序言》。

习俗，摆脱男权的统治和资产阶级伦理道德的束缚，男女双方在思想上结合，美满婚姻和幸福家庭就会降临。与此相反，鲁迅则通过思想上结合的、不受男权和社会习俗限制的一对青年爱情的悲剧，宣布此路不通。他指出，造成子君悲剧的社会原因是涓生失业所带来的经济打击，主观原因是子君思想的空虚。鲁迅认为，现存的经济制度和社会制度不改变，婚姻自由、妇女解放只是一句空话。他把改变社会习俗、改造人们的主观世界与改造社会联系了起来。从解决社会问题的方法上来看，如果说易卜生"始终是一个地道的唯心主义者"，那么鲁迅则是一个唯物主义者。正因为如此，鲁迅对社会的批判比易卜生有了新的深度，对读者的启发也比易卜生有了新的力量。

二

如果不是从家庭而是从性格上划分，涓生与海尔茂、子君与娜拉恰好是两部作品给我们提供的可以比较的两组人物。

涓生与海尔茂性格的共同点，主要表现在他们都充当了扼杀梦想的工具。娜拉错把海尔茂当成理想的丈夫，为了救他的命而不顾犯法和牺牲名誉，伪造签字去借钱。她确信"大祸临头"时海尔茂会挺身而出，"把全部责任担在自己的肩膀上"。她停留在幻想的世界里，等待奇迹的发生。但事与愿违，面对柯洛克斯泰的要挟，海尔茂为了自己的名誉、地位和前途，把一切责任都推到妻子身上，从而扼杀了娜拉的梦想。子君也把涓生看成理想的丈夫，但婚后他并没有给她带来任何理想和信念，使她的理想之梦也幻灭了。涓生把子君从封建家长专制的虎口中救了出来，但又把她推进了深渊。他遇到失业和经济上的打击之后，不是与子君"携手同行"，患难与共，反而把子君看成负担，用娜拉的"果决"暗示她离开，致使子君在"无爱的人间死灭了"。海尔茂与涓生都是渺小自私的人物，这是与他们的律师出身和小公务员出身的阶级地位分不开的。两位作家对他们自私的劣根性的批判，是以同一方式进行的：在易卜生的笔下，灵魂丑恶的海尔茂以"正人君子"的面貌出现；在鲁迅笔下，涓生的利己主义涂着一层光滑的油彩。

但是，涓生与海尔茂毕竟是属于不同道德的两种类型的知识分子，在性格上存在着显著的差异。律师海尔茂是资产阶级社会的卫道士，男权主义者，卑劣自私的伪君子。他利用资产阶级的道德、法律来维护他个人的地位，作为他向上爬的阶梯和束缚妻子的绳索。他认为养儿育女、侍候丈夫是妇女的"神圣职责"，妻子只能听从丈夫的摆布，不允许有独立的意志和权利，就连娜拉的爱好也要以他的爱好为转移。他把女人当成玩偶，从未把救过自己命的妻子放在平等的地位。

与海尔茂相反，涓生是"五四"时期觉醒的青年，是诚实正直的知识分子和没有社会地位的小职员。他反对传统的道德观念，主张男女平等，妇女解放。他听到子君的"战斗宣言"感到"说不出来的狂喜"，在子君身上看见了"辉煌的曙色"。他决然和几位"忠告"的朋友绝了交，在讥笑与冷眼中同子君建立了平等和睦的家庭。他们爱情的不幸，不是由于夫妻性格的对立，而是由于客观上经济的打击和主观上没有使爱情"更新，生长，创造"。与子君分离后，涓生时刻想到她的处境，对于她的死"立刻自责""悔恨和悲哀"，要"祈求她的饶恕"，甚至要到"孽风和毒焰中拥抱子君"。在爱情上和品德上，他同海尔茂都有天壤之别。但是，鲁迅并没有把小资产阶级知识分子看成理想化的人物，他从探索革命动力的角度上批判了知识分子身上的弱点。

娜拉与子君的共同点是：她们都属于自己时代的觉醒的知识女性，都为独立人格和平等幸福的爱情生活进行了勇敢的抗争。这种性格的形成是与家庭条件、学校教育有关的。她们的家庭都不富裕，这对她们不厌弃劳动和对幸福的追求有直接的影响。娜拉受过资产阶级教育。当时，自由、平等、博爱的思想在挪威课堂上已畅行无阻，挪威社会正在高涨的女权运动洪流冲击着娜拉的精神世界。她的平等、独立的要求，并不是建立小家庭之后才产生的。子君受教于20世纪20年代初期，尽管当时"'寡妇主义'的教育，仍在摧毁青年代"，但"五四"新文化的大潮和西方资产阶级民主主义思想的传人，已冲决学校的堤防，使青年学生受到了新思想的洗礼。如果在她身上没有觉醒的基因，单凭涓生的启发是难以爆发出炽热的火花的。

同时，在娜拉与子君身上又存在着共同的弱点，这就是她们的觉醒仍然只限于个人生活的小天地，眼光狭小，没有明确的奋斗目标和远大的理想。因此，她们在现实生活中的失败是必然的。

娜拉与子君又有明显的不同。在性格基调上，娜拉热情奔放，充满向上的活力；子君深沉庄重，婚后迷茫空虚。前者进取，后者倒退。婚后的娜拉没有丧失理想和信念，子君却"似乎将先前知道的都忘了"，"识见也似乎浅薄起来"。如果子君尚有生活的理想和坚定的意志，那么即使面临涓生失业所带来的爱情的幻灭，她也还可以坚强地站起来，迎接光明的未来而忘掉个人的不幸。易卜生把为摆脱夫权而斗争的娜拉看成是个性解放的理想人物，鲁迅则通过子君的形象指出：即使摆脱了夫权，如果思想停滞和空虚，没有远大的理想，还会产生夫妻感情的裂痕，最终导致爱情的毁灭。鲁迅为知识女性"未脱尽旧思想的束缚"所表现出来的空虚、麻木和丧失斗争勇气，表示了无尽的哀叹和忧伤。鲁迅与易卜生作品情调的不同，在这里得到了明显的表现：前者沉郁，凝重；后者明快，高昂。

三

任何伟大的作品都是时代的产物和作家世界观的反映，这也就是出现在两部作品中的相同点和不同点所产生的基本原因。

挪威长期受到外国的奴役和控制。从 14 世纪到 19 世纪初，它一直是丹麦的附属国，经历了"四百年的黑暗"；1814 年摆脱了丹麦的统治后，又被迫与瑞典合并，直到 1905 年才宣告独立。这个国家地处欧洲边陲，交通不便，人口稀少，加之自然条件较差，遍布冰川和山谷，因而经济发展比较迟缓，资本主义出现较晚。另一方面，挪威从来没有农奴制度，农民一直有人身的自由权，几百年来构成挪威社会主体力量的是自然状态的小农和中小资产阶级。"挪威的小资产者是自由农民之子"，受封建的压迫和大工业的冲击较少，他们眼界虽然狭小，但"还有自己的性格以及首创的和独立的精神"。挪威社会的这种历史和阶级状况，为易卜生的资产阶级个性反抗思想提供了客观条件。

易卜生的创作生涯是在 1848 年欧洲各地风起云涌的革命浪潮影响下开始的。经历了家庭破产、药店学徒而受人歧视的易卜生，被革命的风雷激起了强烈的民族意识和政治热情。他写道："当时世界为革命思想所激荡，我跟我由于命运和境遇的意志而生活在那里面的那个小社会处于公开的战争状态。"[①] 他为营救一个受迫害的作家参加过请愿游行，协助社会

[①] ［俄］普列汉诺夫：《亨利克·易卜生》，《易卜生评论集》，吕荧译，外语教学与研究出版社 1982 年版，第 162 页。

主义者马尔库斯做过革命宣传工作,从而使其创作一开始就同民主运动有着内在的联系。写作《玩偶之家》的1879年,正是挪威妇女解放运动高涨的年代。易卜生先后结识了两位女权运动活动家——卡米拉·科莱特和奥斯塔·汉斯泰。前者激发了他写这个剧本的热情,如1889年他给她的信中所说:"您开始通过您的精神生活道路,以某种形式进入我的作品。"后者发动的强大的女权运动给他以巨大的鼓舞,更促使他以自己的作品来支持妇女解放运动。

挪威社会生活的矛盾构成了易卜生创作的特点。他的创作是对挪威社会的严厉判决,但他的批判是站在小资产阶级立场进行的,因而具有软弱性和局限性。他不了解社会经济发展进程所造成的把人当成"玩偶"的社会力量,因而未能给自己的剧本找到一个真正的结尾。脱离社会物质条件来观察问题,即或是伟大的天才也无法保证自己发现真理,这是易卜生给我们提供的深刻教训。"忧虑道德,关心良心问题"是易卜生思想的显著特点,他不是从受物质条件决定的社会关系上寻找解决社会矛盾的途径,而只求通过"人的精神的反抗",通过人的内心解放和心灵净化来实现社会的幸福。他改造社会的幻想一旦被残酷的现实所粉碎,便会产生对生活的怀疑和动摇。易卜生晚期创作中出现的消极悲观思想和神秘主义,就是其直接的后果。

总之,易卜生思想的局限表现为以唯心主义方法来解决社会问题。这有主客观两方面的原因。一是他对政治的否定,认为"人的精神革命远胜于政治革命"。1870年他在给丹麦批评家勃兰兑斯的信中写道:"自由、平等、博爱——现在已经不是已故的断头台时代那个样子了。政治家们固执地不肯理解这一点,这就是我憎恨他们的原因。他们想要局部的、完全表面的政治革命,这都是些空事。重要的只有人的精神反抗。"他对资产阶级革命后的现实感到失望,这是他的进步,但用政治怀疑的眼光和无政府主义思想来否定现实,则表现了他政治视野的局限。对政治的冷淡,导致他对社会问题的苦恼和无法解决的矛盾。二是挪威的资本主义经济发展迟缓,直到19世纪70年代"才零零散散地出现了一些大工业的萌芽",80年代才开始形成无产阶级。历史没有给易卜生提供一条解决社会问题的正确途径,正如他自己所说:"发问是我的事,答案我却没有。"

鲁迅处在另一个时代、另一个国家。在半殖民地半封建的中国社会,帝国主义和封建主义的双重压迫给广大劳动群众带来了空前的灾难。十月革命的炮声促进了中国知识分子的觉醒，爆发了伟大的"五四"运动，中国开始进入了反帝反封建的新民主主义革命时代。鲁迅的创作生涯就是在震撼世界的"五四"运动前夜开始的，他声讨封建势力的第一篇小说《狂人日记》写于1918年。生长在破落士大夫家庭，从小和下层人民接近，对农民疾苦有深切感受的鲁迅，目睹了中国社会的腐朽，逐步走上了救国图强的道路。他参加过辛亥革命、"五四"运动、女师大学潮和抗议"三·一八"惨案等革命实践活动，使他的创作不断增加新的因素，认识生活、概括生活的能力达到了易卜生所达不到的高度。鲁迅的进步思想建立在相信人民大众的基础之上，与易卜生把改造社会的希望寄托在少数具有反叛精神的"天才人物"身上显然不同。鲁迅鞭挞国民性的弱点，为的是"揭出疾苦，引起疗效的注意"，唤醒民众，寻求民族独立的道路，而易卜生的"精神的反抗"则只是着眼于改造人的内心世界，净化心灵。鲁迅批判个性主义，否定个人奋斗的道路，认为它不能使人获得真正的解放，而易卜生则陶醉于个性解放，认为它是救世的灵丹妙药。

因此，与易卜生不同，鲁迅创作的突出特点是：（1）有鲜明的政治倾向。他站在劳苦大众的立场，无限同情和关怀人民群众的不幸命运。他真实地反映他们物质生活的贫困、精神世界的痛苦和苦难中的追求，善意地批判他们的弱点，"哀其不幸，怒其不争"，希望他们奋起，为他们抗争和呐喊。（2）有积极进取和不妥协的战斗精神。面对现实，他勇于探索，勇于进行民族的自我批判，也勇于剖析自己，勇于批判自己过去用以反封建的个性解放的思想武器。

作为革命民主主义者的鲁迅和作为民主主义者的易卜生，虽然在思想立场和政治实践方面有很大的差别，但他们的思想体系并没有本质的不同，都是属于资产阶级思想的范畴。对于怎样争得人的地位，过上真正的人的生活，鲁迅和易卜生一样也没有指出正确的道路。他们都如黑格尔所说："仅仅指示不可以做什么，但是没有说应当做什么。"如果说对于易卜生，时代和社会生活没有给他提供解决社会问题的正确道路，社会发展的进程还没有提出革命的任务，这是历史的局限；那么，对鲁迅来说，创作《伤逝》的时代，无产阶级已经走上政治舞台，中国共产党已经成立，社会生活已经显示出应该往哪里去，社会发展的进程已经提出了革命的任务，而他却没有在创作中反映出来，这就是阶级的局限了。

四

没有写过小说的易卜生和没有写过戏剧的鲁迅，在他们作品的艺术表现上却存在着许多共同点，这也是很值得我们借鉴和学习的。

突破传统的爱情描写模式，大胆地进行艺术创新，是两位作家的重要成功经验。过去许多中外文学作品的爱情描写，都是不同阶级的男女青年的爱情被出身和门户的偏见所断送，作品的矛盾冲突主要是在相恋的男女与家庭守旧势力之间展开。卢梭的《新爱洛绮丝》、席勒的《阴谋与爱情》，王实甫的《西厢记》、冯梦龙加工编写的《杜十娘怒沉百宝箱》等，都是如此。这些作品揭露了森严的等级制度对妇女的戕害，表现了妇女不幸的命运和为争取自由、幸福的爱情所付出的巨大牺牲，具有重大的社会价值。但是随着社会的发展，社会生活与社会结构的变化，出身与门户的悬殊已经不再是酿成爱情悲剧的唯一原因，因而传统的爱情描写模式已经不能适应现实的需要。易卜生和鲁迅各自立足于自己的时代和本国民族的土壤，对作品主人公婚后感情出现的鸿沟和家庭破裂的原因进行了新的探索，反映了生活的演变和时代的变迁，把值得思考的现实问题提到了读者的面前。另外，过去中外文学作品的爱情描写多有误会、谋杀、决斗等，常以主人公含恨而死、还魂成婚告终，用一些惊险的场面、离奇的情节吸引读者。易卜生和鲁迅也突破了这种传统的格局，在作品中排除了至今常见的三角、多角之类的纠葛。抛弃了意外的事件和偶然的因素，从日常的平凡事情中反映生活的真实，为我们树立了严格遵守现实主义创作原则的典范。

情节的单纯与集中是两部作品的重要特点，这与作家采用倒叙的手法、"回顾式"的结构是分不开的。倒叙手法的好处是节省笔墨，有利于展开情节冲突和在矛盾中展现人物性格，但这种结构方式如运用不好，也会导致情节单调、平板和拖沓。两位作家对这种手法的运用是十分成功的。《玩偶之家》从故事接近结局的地方开始，把娜拉伪造签字的往事放在剧情的开端，"第一幕好像剧本最后一幕"。这样处理不仅缩短了剧情开展的时间，节省了许多场面，而且制造了悬念，构成了推动剧情发展的外部动力，引起娜拉和海尔茂之间关系的变化和矛盾冲突的爆发。《伤逝》采用涓生自我回忆的方式，也把故事的结局放在前边。这样处理不仅避免了直线和呆板，而且便于集中笔墨表现涓生的"悔恨和悲哀"，渲染悲剧的气氛。涓生再度回到一年前居住的会馆破屋，已是人去楼空，他触景生情，回顾往事，凭吊子君，扣人心弦。如果说易卜生的剧本是以对问题的争论而闻名，那么鲁迅的《伤逝》则以强烈的抒情而著称。在这里，两位作家都显示了自己出色的才能，给我们提供了宝贵的艺术经验。

以深刻的心理描写来展示人物的性格，两位作家也都取得了突出的成就。娜拉的觉醒过程，自始至终是通过她的心理变化来实现的。同样的，子君那初恋的狂热、新婚的幸福和失去爱情的痛苦等不同时期的不同心理状态，也被鲁迅通过她的眼神和面部表情描写得绘声绘色，从中把子君纯真、忠实、可爱的性格刻画得细致入微，真切感人。人物的心理活动受性格的制约，特定的性格在特定的情境中具有特殊的心理表现和不同的感情色彩，在这方面，"娜拉式"与"子君式"心理活动的描绘所取得的成就，很值得我们学习。

对人生哲理的艺术探索，也是两位作家所表现出的共同特点。不论是生活中的强者娜拉，还是生活中的弱者子君，她们走过的坎坷的人生道路都向我们揭示了深刻的哲理：人不能没有理想的追求，但这种追求如果仅限于个人的小天地，必然在生活中碰壁；在生活中要去掉盲目性，要面对现实，要勇敢地掌握自己的命运。娜拉说："什么事我都要用自己脑子想一想，把事情的道理弄明白。"《伤逝》中提出，"爱情必须时时更新，生长，创造"，"人必生活着，爱才有所附丽"。这些活都十分发人深省，并具有广阔的想象天地，应该成为人生的座右铭。两部作品的哲理思想之所以具有艺术的说服力，是因为它们是从人物悲惨的命运中总结出来的血泪教训。作家与哲学家的不同，就在于作家不是单纯地说理，而是将哲理渗透到形象中，用艺术展示对生活的看法。优秀的文学作品应当在美学上和哲学上达到和谐统一，易卜生和鲁迅在这里给我们作出了优秀的榜样。

——载《中国社会科学院研究生院学报》1979 年第 1 期

影响与创新

——《驿站长》和《外套》比较

本文从考察文学史上作家的相互影响和个人独创的关系出发，具体分析了果戈理对普希金的继承和发展。文章通过对《驿站长》和《外套》两篇作品的比较，研究了两位作家在创作风格、审美取向上的共性与个性；对某些传统的观点提出了自己的不同意见。

果戈理成为伟大的作家是与普希金的帮助和影响分不开的。在果戈理的成长中倾注了普希金的心血，在果戈理的作品中辐射着普希金创作的光环。本文试图从历史事实的联系和具体作品的比较中，考察影响和独创、批判与继承的关系。

一

果戈理把普希金看作他最爱戴的文学导师，他在《关于普希金的几句话》中写道："在我们诗人中间，没有一个人比得上他，而且没有一个人能更适宜于被称为民族诗人；这种权利是完全属于他的。"普希金的诗篇照亮了孩提时代的果戈理的童心。中学时代果戈理就能熟练地背诵普希金的《自由颂》和一些长诗的片断，并曾把自己的体会写给他的同学丹尼列夫斯基，称普希金的诗是"壮伟、宽广的大洋"。他选择以文学为职业和决心忠于一个作家的正直心声，是被普希金的历史悲剧《鲍里斯·戈都诺夫》所激起的。他中学毕业后来到彼得堡供职，一方面是为实现"为祖国效力和为人民谋福利"的美好愿望；另一方面就因为在这里住着他奉若神明的普希金。果戈理原是不走运的田园诗《汉斯·古谢加顿》的作者，他曾把自费出版的这部失败的长诗付之一炬。在他灰心失望、穷困潦倒之际遇见了普希金。高尔基指出，"他在普希金的指导下……踏上正确的道路"。普希金为扶植果戈理承担了伟大的义务。在果戈理的作品遭到反动批评界无理非难时，普希金总是勇敢地站出来用他那正直的声音为果戈理辩护。果戈理的《狄康卡近乡夜话》第一部于1932年9月出版，这部受到群众欢迎并首先使排字工人捧腹大笑的书，引起文学界的争论。争论的实质是人民性和民族性的问题。《夜话》中广泛地运用了神话、传说和民间歌谣。它的民间幽默、抒情笔调和创作的民主倾向受到普希金的赞赏，认为是"文学中极不平凡的现象"。次年《夜话》第二部出版时，普希金又一次进行了评论。普希金对果戈理《旧式地主》的创作风格和特色也做过准确的评价，他写道："这是我们不由得含着忧伤和感动的眼泪而发笑的田园诗。"

普希金不仅正确地评价果戈理的作品，而且对他的创作还进行具体的指导。果戈理在《作者自白》中谈到，普希金要他"严肃认真地对待事业"，要他"以塞万提斯为师"。普希金还把自己的创作题材交给果戈理，后来写成了《死魂灵》和《钦差大臣》，成为他的两部代表作。普希金曾对友人纳肖金说：果戈理在《塔拉斯·布尔巴》中对俄罗斯草原的描写是他授意的。《钦差大臣》的出版和上演，也是与普希金的奔走分不开的。普希金在他创办的《现代人》杂志创刊号上，向读者推荐了果戈理的《密尔格拉得》和《小品集》。果戈理的讽刺小说《鼻子》被当时的保守杂志《莫斯科观察家》拒绝发表时，普希金把它发表在《现代人》上，并以编者名义加了赞誉性的注释。

普希金邀请果戈理主持《现代人》的文艺批评栏。果戈理在创刊号上发表的《论1934和1935年的杂志文学运动》一文，对反动评论家布尔加林和格列奇之流进行了猛烈的抨击。由于这位年轻人缺少斗争经验和策略，同时还对莫斯科几家杂志发出"排炮"，致使《现代人》主编受到了围攻。但是，普希金始终未讲出文章作者果戈理的名字。

普希金的创作对果戈理的创作产生了深远的影响。普希金创作艺术上的单纯和抒情，对小人物命运的同情，对人民和未来的信心，对统治阶级的揭露及其爱国主义和现实主义的创作原则，都被果戈理继承和发扬。普希金的《驿站长》表现的思想，在果戈理的《外套》中得到进一步的发展；普希金鞭挞上流社会的诗篇，在果戈理的《彼得堡的故事》中变成了对官场的强烈讽刺；果戈理的《死魂灵》洋溢着普希金的爱国主义精神和对人民光辉未来的信心。普希金在《青铜骑士》中把俄罗斯比喻为奔驰的骏马，预言俄罗斯将迅速发展；《死魂灵》的结尾以同样抒情的笔调，把俄罗斯的发展比喻为闪电一样飞驰的"三驾马车"。普希金的《吝啬的骑士》中守着黄金箱而死、不肯给借债度日的儿子分文的男爵，在《死魂灵》中泼留希金身上得到进一步发展，他宁肯让财物烂掉也舍不得给女儿一文。普希金的《黑桃皇后》中图财害命的骗子手赫尔曼，在《死魂灵》中变成从死人身上榨取钱财的吸血鬼乞乞科夫。《青铜骑士》中因被洪水夺去妻子和女儿而发疯、向彼得一世铜像挥拳的贫困小官吏叶甫盖尼，在果戈理笔下以疯人的形象和日记的形式，对沙俄官僚等级制度进行了愤怒的控诉。普希金的历史悲剧《鲍里斯·戈都诺夫》用人民对沙皇的"沉默无言"戛然结束，这种明快有力的表现手法，被果戈理运用到讽刺喜剧《钦差大臣》的哑场结尾之中。

果戈理的生活和创作道路都受到了普希金的有益影响，难怪他说："我的一切好的东西都该归功于普希金"，"没有他的忠告，我不敢尝试任何一件事情，我没有写过一行文字而不想象他在我的面前"。别林斯基说："如果没有茹科夫斯基，我们就不会有普希金。"同样，我们也可以说：如果没有普希金，便不会有果戈理。

高尔基在谈到普希金对俄国文学的重大意义时曾说过："没有普希金，长时间不可能有果戈理、列夫·托尔斯泰、屠格涅夫、陀思妥耶夫斯基。所有俄罗斯的伟大人物都承认普希金是自己精神的开拓者。"指出一位作家受另一位作家的影响或对某位作家的文学借鉴，并不是埋没他的天才和独创性。没有借鉴就没有辨别和发展。丢掉民族的优秀传统，也就失去了前进的方向。许多大作家并不以承认别人对他的影响为耻辱。普希金曾说他"因拜伦而发狂"。他在《高加索的俘虏》《茨冈》等作品中都创造了拜伦式的人物，他的《叶甫盖尼·奥涅金》的艺术形式是运用了拜伦式的诗体小说的特点。果戈理把自己受普希金的影响和盘托出，并没有影响他的声誉，相反，却给后来者指出了继承前人艺术成就对发展自己创作的重要意义。借鉴和影响并不是孩提式的机械模仿，而是通过取舍和改造，创造出属于自己的新的艺术品，作出自己的价值判断。模仿是初学写作者的一种学习手段，他们希望能掌握自己所尊崇的范本和沿着天才的足迹去发现新世界，但仿制品没有独立的美学价值。

俄国文学取得的世界声誉，是与"俄罗斯文学之父"普希金的功绩分不开的。高尔基写道："俄国文学中的现实主义，正是由普希金的《驿站长》开始的。"而果戈理的《外套》又把普希金所开创的现实主义道路和描写小人物的主题引向了新的发展。在普希金和果戈理的影响下，19世纪的俄国出现了一批雄踞文坛的现实主义作家，他们创作了大量描写小人物的作品，如涅克拉索夫的《彼得堡的角落》、屠格涅夫的《猎人笔记》、陀思妥耶夫斯基的《穷人》、契诃夫的《小公务员之死》等。描写小人物形象和他们的苦难，像一条红线贯穿俄国文学的始终。小人物进入作品，是文学的重大变革。它不仅扩大了文学反映生活的范围，使文学题材平民化，而且唤醒了人们的反抗精神，促进了反农奴制的革命思想的传播。1932年鲁迅在他的《祝中俄文字之交》一文中写道："那时就知道了俄国文学是我们的导师和朋友，因为从那里面，看见了被压迫者的善良的灵魂，的酸辛，的挣扎；……从文学里明白了一件大事，是世界上有两种人：压迫者和被压迫者！从现在看来，这是谁都明白，不足道的，但在那时，却是一个大发现，正不亚于古人的发现了火的可以照暗夜，煮东西。"[①]

二

普希金的《驿站长》（1830）和果戈理的《外套》（1842）是俄国文学中出现较早、影响较大的描写小人物的名篇。《驿站长》是普希金的《别尔金小说集》中的代表作。它通过驿站长维林辛酸的一生，揭示了小人物的悲剧命运。作者以故事叙述人的身份描写他三过小驿站所看到的维林命运的变化。小说在开篇就介绍了人物的身份和地位："驿站长是什么样的人呢？不折不扣的第十四等受苦人，凭着自己的官职只能免遭殴打，而且未必总能这样幸运（希望读者能扪心自问）。维亚泽姆斯基戏称他们为主宰者，他们的义务是什么呢？难道不是真正服苦役吗？他们日夜不得安宁。旅客往往把因旅途寂寞而产生的怒气发泄在他们头上。天气恶劣，道路坎坷，车夫固执，马匹乏力——这全是驿站长的过失。旅客一走进他

[①] 《鲁迅全集》，人民文学出版社1982年版，第460页。

那简陋的屋子，就像对仇人一样盯着他。"维林终日辛苦地为旅客服务，为人忠厚，但经常受到盛怒的旅客的责难和推撞。在备受欺凌的生活中，美丽单纯的独生女杜妮亚是他唯一的慰藉。她不仅能照顾父亲，"掌管家务"，而且还能熄灭旅客的怒火，使父亲免遭侮辱。但横祸突然飞来，女儿被路过的骠骑兵上尉明斯基拐走了。维林追到彼得堡明斯基的公馆，结果不但没有领回女儿，反而被推下楼梯。回家后借酒浇愁，不久抑郁而亡。

在《驿站长》影响下诞生的《外套》，是果戈理的《彼得堡的故事》中的代表作，描写的也是受欺压的小人物的悲惨命运。主人公巴施马奇金是受人嘲弄和奚落的九等文官，在文字抄写中消磨了穷困的一生。他已经秃了头，可是"部里的人对他一点也不表示敬意。当他走过的时候，看门人不但不站起来，甚至也不对他望一眼，就当是一只普通的苍蝇飞过接待室一样。长官对他冷淡而又横暴"。不管对方有无权利吩咐，公文塞到他鼻子前他就抄写。为人这样老实，大家还讥笑他，如问他何时与70岁的女房东结婚，拿纸屑撒在他头上说是下雪了。只是在玩笑开得难以忍受时他才说："让我安静一下吧，你们干吗老是欺负我？"有时发出哀诉说："我也是你的兄弟呵！"他的千疮百孔的外套破得不能再补了，这个可怜的小公务员的最大理想就是添置一件御寒的外套。他勒紧腰带，缩减一切开支，好不容易做成了外套，高兴得嘴都闭不上了。但是，他只享受了瞬间的温暖，就在当天晚上返家的路上，新外套被彼得堡的强盗抢走了。他去找警察局局长，反而被怀疑和盘问；他去见"要人"，又受到将军的无理斥责和恐吓。可怜的巴施马奇金从此一病不起，含恨而死。

两篇名著有许多共同点，也有很大的不同。

（1）两位作家都以普通的日常生活为题材描写了小人物的不幸遭遇，其中都浸透着他们对普通人的深厚同情、对造成小人物悲剧的社会根源的有力揭露和批判。表面看来拐走杜妮亚的是明斯基，抢走外套的是强盗，实质上都是黑暗社会造成的。遭到不幸的两位主人公都到处奔走，结果都是"竹篮打水一场空"。普希金在小说中诘问道："如果不按照做官的尊敬做官的这样一条公认的准则，而代之以聪明人尊敬聪明人这种原则行事，那我们的社会将会变成什么样子？将会产生什么样的争吵？"因此驿站长没有去上告。巴施马奇金两次上告，但在豺狼当道、弱肉强食、等级森严的社会里，没有国法和公理保护弱小人物。

在暴露与批判黑暗社会和等级制度方面，《驿站长》是通过旅客、明斯基和维林的矛盾展示的。明斯基对维林的蛮横态度，维林失去爱女后内心的痛苦，以及他死后的旧屋换新主和凄凉墓地，是小说描写的中心。因而小说的笔力集中，艺术概括力强，主题突出，给读者的印象深刻而完整。果戈理吸取了普希金的表现手法，在《外套》中通过职员们对巴施马奇金的嘲笑与侮辱的态度，巴施马奇金失去外套后内心经历的打击，以及死后他的位子旧凳换新人，展示了他的悲剧命运。此外，根据艺术的需要，果戈理还增添了一些新内容。他描写了巴施马奇金的穷困生活：外套破旧的程度（无法再补，"针一碰它就破"），为制作一件普通外套所经历的痛苦（他的思想斗争，节衣缩食，向裁缝讨价还价），死后留下的遗产（"不过是一束鹅毛笔，一帖公家的白纸，三双袜子，两三颗裤子上脱落下来的纽扣……"）；描写了他的呻吟和挣扎：他的告状和受到申斥，他病中说的胡话，用最难听的字眼对"大人"骂起街来。其批判的锋芒指向岗警、警察局局长直到社会的最高层。果戈理在借鉴普希金时增加了新的内容和新的意境，使他的作品获得了独特的艺术感染力。

小说结尾处巴施马奇金的幽灵出现，也是《驿站长》中所没有的。这个幽灵一到晚上就出现，在寻找他被抢去的外套。他见到官员的外套就剥走，向那个见到拦路抢劫他外套而不管的岗警吐了满脸唾沫，抓住"要人"的衣领说："啊！这下子可找到你了！……我正需要你的外套呢！你没有给我的外套想办法，并且还骂了我——现在把你的给我！"剥下"要人"身上的外套之后，幽灵的身材越来越高大起来，使整个彼得堡都陷入恐惧之中。果戈理不仅对小人物表示同情，而且还为他们出气，显示他们的力量，对欺压他们的人和加害于他们的环境采取报复行为，这是与《驿站长》显著不同之处。

评论界根据《外套》中主人公死前大骂"要人"和死后出现的幽灵，认为"《外套》比《驿站长》有更大的抗议力量"。对于这个传统的、流行的结论，笔者不敢苟同。

首先，这种借助于死前的胡话和死后的幽灵所表现的报复行为，只能使读者感到一时的痛快，而不能给等级制度以实际的打击。作者把希望寄托在死后的幽灵上，实际是通过彼岸世界来获得心灵的解放，弥补情感的损伤，表现的是宗教的幻想，而不是人的现实力量。小说结尾处出现这种荒诞的幽灵，与普希金那荒芜凄凉的坟墓相比，显得不够真实和严峻。契诃夫在《小公务员之死》中就摒弃了果戈理的这种表现方法，仍然采取了普希金式的结尾，使读者耳边久久回荡着幽谷钟声，余音袅袅。

其次，在普希金的《驿站长》中，没有爱的拯救力量，没有回复到善良感情和赎罪的思想。维林不分昼夜地辛勤工作，没有得到过来往官员的同情（"谁不诅咒驿站长，谁没有和他吵过架"），更没有得到过上级的特殊奖赏。那些向他发过脾气的不速之客，没有任何人有自惭的心理和悔过的表示。维林几次找到明斯基，含着眼泪苦苦哀求说："老爷！……您行行好吧！""把苦命的杜妮亚还给我，您已经把她玩够了……"但明斯基丝毫没有受到感动，始终蛮横无理，拒绝交出杜妮亚。《驿站长》全篇充满着社会的冷酷和残暴，表现出腐朽的社会已无法挽救和旧制度必然灭亡的历史命运。

《外套》虽然也暴露了社会的黑暗和残暴，但果戈理仍确信爱的拯救力量。这在小说中的三个人物身上都有明显的体现。

第一个人物是与同事们一起把纸屑撒在巴施马奇金头上的年轻人。当巴施马奇金向他们求饶时，引起了他的怜悯。他"忽然竟像被刺痛了似的停住了，从此以后，仿佛一切在他面前都变了样……以后有一个很长的时期，在最快乐的时刻，他会想起那个脑门上秃了一小块的矮小官员和他的痛彻心脾的话：'让我安静一下吧，你们干吗欺负我？'——并且在这些令人痛彻心脾的话里面，可以听到另外一句话：'我是你的兄弟。'"这个年轻人从此变得高尚正直起来，见到凶残和粗野便"忍不住战栗"。

第二个人物是小说中那位好心的部长。他"大发慈悲"，赏给巴施马奇金"整整60卢布"（相当于做外套钱的四分之三）。他总是以善良的感情对待下属，曾想提拔巴施马奇金，让他摆脱抄写工作去草拟公函。可惜，巴施马奇金没有这样的才能而加以拒绝。

第三个人物就是那位"要人"。他严厉斥责了巴施马奇金之后，一种怜悯和道德感使他极度不安，甚至还派过一个官员去打听巴施马奇金的情况。当听到巴施马奇金已经暴死的消息时，"他甚至吃了一惊，受着良心的责备，整天心绪不宁"。在他的外套被剥走后，他对下属不再声色俱厉了，赎罪的心理使他回复到善良的感情。果戈理写道："他内心却是一个善良的人……可是将军的头衔完全把他弄糊涂了。得了将军头衔之后，他就神魂颠倒起来，迷失了方向。"普希金认为阶级社会的准则是"做官的尊敬做官的"，官僚制度是统治阶级社会的支柱，它使国家沦于绝境。果戈理提出了另一个准则：做官的可以迷途知返；只要回复到善良的感情，阶级对立就可以消失。他把爱看成一种社会的穿透力量，可以用来启迪人们的心灵（后来托尔斯泰把这种思想更加完善化）。他在《外套》中向一切人发出呼吁："我是你的兄弟。"号召人们联合起来，在阶级对立的社会呼唤着爱的拯救力量。

《外套》是果戈理在完成《死魂灵》第一卷、着手写第二卷的间隙期写成的。这篇作品已经透露出果戈理的思想转折和精神危机的信息。后来同专制政权的和解，导致其独特感受的丧失，使果戈理的艺术天才遭到了可悲的毁灭。

（2）两篇作品的主人公都是被欺压的小人物（一个是人们发泄怒气的对象；一个是被嘲弄的对象），都是老实忠厚、勤恳工作的小官吏。不管刮风下雨日夜为旅客操劳的维林，是个"很和气的人"，"天生乐于助人，甘愿忍让，对荣誉极少要求，对钱财也不贪婪"，对人抱有善良和信任的感情。巴施马奇金是一个"乐天知命，对生活无所求的人"，"他压根儿没有注意过自己的衣着"，只要"肚子填饱了"就行。"很难找到像他这样忠于职守的人"，在别人的纠缠中他也"没有抄错一个字"。他从不寻找任何消遣，下班后还"抄写带回家的公文"。他们又都是性格怯懦和软弱的人。面对旅客的谩骂和威胁，维林"躲到门廊里"不敢讲理。他追到彼得堡见到明斯基时，"泪水在眼眶里滚动，声音颤抖着"，用恳求的口吻请"老爷"还回女儿。巴施马奇金平时就"以低声说话出名"，面对挖苦和嘲笑"一句话也不回答"，在无法忍受时才请求怜悯。去告状，见到"要人"时，"他早已不寒而栗，有点张皇失措起来，费了很大的力气转动着他那不灵活的舌头"，吓得全身出汗，听到"要人"的威吓立即失去了知觉。冷酷的社会和森严的等级制度，造成了他们谨小慎微、胆小怕事和忍耐顺从的性格。两个人物身上都体现着作家对小公务员的低劣经济状况和社会地位的义愤，对改变人的精神面貌、提高人的社会地位和尊重人的价值的呼声。

恐惧感在两篇小说中占有突出地位，并具有双向意义。维林害怕过往旅客，每天在"战战兢兢"中生活。他害怕住在豪华公馆的明斯基，女儿被拐走却不敢上告，在孤独中郁郁而终。但骗子明斯基做贼心虚也怕维林。他总是用勤务兵和女佣人来挡驾，甚至换了住址，不敢见维林。当维林破门而入时，浑身颤抖的明斯基说："你干吗像强盗似的处处跟着我？

你是不是想杀了我？滚出去！"巴施马奇金被"要人"吓得晕了过去，一病未起，含恨而死。但"要人"也怕巴施马奇金，特别在外套被幽灵剥去后，"他的恐惧就更无法控制了"，"差点没被吓死"，几乎病倒。果戈理把幽灵的出现作为审美过程的心理方式，是有艺术表现力的。建立在虚弱基础上的官僚等级制度，它的"威严"被两位作家剥得精光。

在两个被欺凌的弱小人物身上，都曾闪现过幸福的阳光。两位作家都以绝妙的心理剖析的技巧，写出了他们主人公内心的欢快，并用对比的手法来加强人物命运的悲剧性。维林为有一个美丽、聪明和能干的女儿而感到高兴和自豪，不时地在客人面前夸奖她。巴施马奇金为新外套的温暖和漂亮发出微笑，对着外套看个不够，像孩子过节一样由衷地感到高兴。女儿和外套分别是两个主人公孤寂生活中的阳光，给了他们温暖和精神的支持，但这种愉快很快就消失了。在弱肉强食的社会里，他们生活的快乐是暂时的、靠不住的，正如《驿站长》中所写的："灾难是躲也躲不了的。"人的起码的生活被暴虐地破坏了，两篇小说从这里显示了强大的批判力量。维林和巴施马奇金被剥夺的不是女儿和外套，而是人的起码的生活权利。普希金通过维林对女儿命运的忧虑，提出了发人深省的哲理："被路过的浪荡鬼拐骗的，杜妮亚不是头一个，也不是最后一个，这些姑娘给玩弄一阵就被扔掉了。这样的人在彼得堡有很多，都是些年轻的傻姑娘，今天她们穿的是绸缎丝绒，明天呢，你瞧，她就得和小酒馆里的穷光蛋一起去扫马路了。"巴施马奇金想找回外套，上告的结果是丢了自己的命，其意味也是深长的。本来，抢劫和拐骗是旧社会衍生和繁殖的双胞胎，是屡见不鲜的事物，但是，能用日常生活的题材反映出旧制度吃人的本质，写出扣人心弦的作品，并流芳百年，这并不是任何一个作品都能做到的。

两个弱小人物性格的不同，主要反映在其情感的表现形式上。维林对事物的情感、需要和感知都是一个正常的人所具有的常规反应，巴施马奇金则属于被不合理的社会关系压抑而扭曲了性格的人。他失去了任何思想和精神要求，甚至失去了说话的能力，心灵被践踏到畸形的程度。一件价值80卢布的外套压得他几乎失去知觉，晕头转向地走反了回家的路，还不时地撞到人身上。为凑足做外套的钱，他黑夜不点灯，走路光让脚尖着地，下班后就用旧棉袍换下内衣，甚至"每晚挨饿"。一穿上新外套，"忽然跟着一个女人后面跑起来"。平时走路也不管楼上倒下的西瓜皮之类撒在头上，吃饭是"食而不知其味，连着苍蝇和这时老天爷送到他嘴边的不管什么东西，一股脑儿吞到肚里"。这个抄写的奴隶由于社会的践踏，丧失了自我价值和自我意识，心灵的重压使他的情感变形，失去了人的正常情感、需要和感知。果戈理以人物的变态心理，描写了因社会压抑而扭曲了的性格。通过精心设计的性格扭曲，表示了对扭曲性格的社会的批判。他把心理学浸透到文艺创作中，以心理的变态，反映人物的心灵感受及其承受的打击，写得极其感人。果戈理在借鉴普希金的艺术时，有了自己的独创，作出了新的贡献。两位作家在塑造人物上的共同点是：采用静态的方式，表现人物性格的单一性，突出人物身上的主要特征。这是一种"扁平"式的人物塑造方式。

（3）在叙述方式上，两篇小说都是以议论开始，然后交代人物的身份和处境，展示矛盾冲突。故事情节以一条线、一个方向的方式进行。《驿站长》是普希金作为对友人的回忆以第一人称写成的。小说中写道："大家不难猜到，在驿站长这一类可敬的人当中有我的朋友。事实上，有一位驿站长留给我的回忆，我是珍惜的。从前我们有机会接近过，现在我想把他的事讲给读者们听听。"作者以他三过驿站，他同维林的初交和二次探访以及拜谒友人的墓地，组成小说的结构。作者的回忆、议论和同友人的对话交织进行，成为小说主要的叙述方式。写作手法灵活多样，富于变化，情节进展神速，文字简练。果戈理的《外套》不是以目睹或经历的事情作为叙述模式，而是用第三人称写成的。但作者并没有从小说中消失，他经常作这样或那样的交代："小说里每一个人物的性格都非说得清清楚楚不可"，"读者也许觉得这个名字有点古怪，别出心裁，但我可以保证，绝没有人搜索枯肠把它想出来"，"我们这样交代，为的是让读者明白"，"得交代一下亚卡基·亚卡基耶维奇的外套"，等等。这样不断同读者对话有利于把作者、作品和读者的感情联系在一起，从接受美学的角度来说是有意义的。这种方法，我们在《简·爱》《青年近卫军》等优秀长篇小说中经常看到。他们运用这种方法，或组织结构，或叙述情节，或加深主人公对事物的印象和感受，或启发读者的联想，起到了多方面的作用。但在《外套》中，这种方法不止起着提醒读者的作用，有时反而影响情节的进展，造成情节的中断，交代巴施马奇金名字的来历就是一例。果戈理是擅长用人物名字揭示性格的艺术大师，他在许多作品中都是用比喻、象征、拟声等方法给人物命名，使人名具有深刻的含意。巴施马奇金这个姓是"鞋"的意思。鞋被人踩在脚下，穿完就扔掉，以此比喻他的价值和命运。但命名过程在小说中叙述冗长，中断了情节，也引起读者的不耐烦。

把两篇作品的情节和人物加以比较，我们就会发现：普希金对待情节和人物，采用的是真实的、冷静的叙述方式，没有任何修饰、夸大和臆想的成分；果戈理采用的则是夸张的、想象的方式，并在夸张中带有嘲讽和滑稽的成分。此外，他还采用虚幻的手法制造某种意象（如巴施马奇金死前的幻觉、死后的幽灵）作为审美过程中的心理感受方式，来塑造他的人物，造成联想的审美效果。《驿站长》是普希金根据他经常路过驿站的见闻加工而成的；《外套》是果戈理在奇闻轶事的基础上创作的（题材来源于一生幻想能有支猎枪、因猎枪掉在水里而病倒的小官吏的故事）。前者建立在真实生活的基础上，后者建立在虚构和想象的基础上。两篇作品的题材和人物的处理方式不同，表现了两位作家的性格和文风的不同。

两位作家都有自己独特的艺术世界，在创作风格上有各自不同的特点。普希金表现了简洁、明快、自然的艺术才能，果戈理表现了精雕细刻的艺术匠心，普希金用心于作品的整体构架和严谨布局，给人以清晰完整的印象，果戈理致力于细节（如裁缝经常弹打的、带有没脸的将军像的鼻烟匣等）、场面（如巴施马奇金见"要人"等场面）和环境（如外套被抢劫时那可怕的黑夜等）的描写，造成鲜明强烈的感受。普希金的《驿站长》具有朴实、冷静、沉郁的艺术风格，果戈理的《外套》具有浪漫、嘲讽、激昂的情调。前者的艺术色彩素淡雅致、纯净透明，后者色彩绚烂、明朗丰艳。两位作家的作品给予了读者以不同情趣的高度满足，它们具有各自独立的艺术价值。

——载《中国社会科学院研究生院学报》1988 年第 4 期

《大雷雨》《雷雨》和雷雨

奥斯特洛夫斯基的《大雷雨》和曹禺的《雷雨》，是不同时代的两个国家、两位作家以"雷雨"命名的两部世界名剧。它们都以尖锐的社会冲突、暴露社会的罪恶，揭示"黑暗王国"的必然灭亡，而得到了广大观众的热爱。

《大雷雨》（1859）通过一个商人家的儿媳卡杰林娜，忍受不了婆婆卡巴诺娃的专制和虐待而投河自尽的故事，反映了争取自由独立、摆脱奴役的思想与封建专制、野蛮风习的矛盾。《雷雨》（1933）通过资本家周朴园对鲁侍萍一家三代的剥削与侮辱，反映了半殖民地半封建的中国社会的阶级矛盾。

两部《雷雨》无独有偶，都以自然界的现象——雷雨，作为塑造人物形象和推动情节发展的艺术表现手段。就表现人物的心理活动来说，戏剧、电影要比小说困难得多，然而两位剧作家各自在自己的作品中运用"雷雨"渲染气氛，制造舞台效果，震撼人物的心灵，有力地揭示了人物内心世界的复杂感情。在《大雷雨》中，渴望自由解放的卡杰林娜萌发了对鲍里斯的爱情，陷入了爱情与封建专制、伦理道德的矛盾之中。她说："我不爱丈夫，爱别人，难道还不算一件坏事，一个可怕的罪恶吗？"于是响起了第一次雷声，加剧了她的恐惧与痛苦。她似乎感到灾难临头，无法摆脱。第一次雷雨是个警号，它预示了卡杰林娜的悲剧。第二次雷雨到来时，人们躲在一起避雨，滚滚的沉雷轰轰作响，耀眼的闪电发出通明的火光，卡杰林娜畏缩地挤在人群中。一个游客说："不是劈死一个人，就得烧毁一所房子。"她内心矛盾达到了顶峰，当众说出了内心的隐秘。第二次雷雨把情节推向了高潮，紧接着她就投河了。

《雷雨》中雷声起伏回旋，撕裂四凤的心弦。鲁妈追问她与周家孩子的关系时，远处响起了雷声，精神极度紧张的四凤不知如何作答。当她违背心意地表示以后"永不见周家的人"时，雷声滚了过去。妈妈问她"你要是忘了妈的话"时雷声又起，吓坏了的四凤硬着头皮回答说："让天上的雷劈了我。"于是雷声轰鸣，四凤哭叫起来。雷声的威逼使她恐惧到了顶点，她虽没有说出，但动作已泄露出她的隐秘。周萍深夜跳窗进四凤的家，她生怕被发觉，于是雷声大作，惊惧使她不由自主地喊起妈来，结果真相大白。待她得知自己与周萍是同母异父的兄妹时，她触电而死。救她的周冲烧焦了，周萍用手枪自杀了，缠着他的繁漪发疯了，周朴园罪恶的家庭在雷声的轰击中毁灭了。

两位剧作家把两个妇女的性爱与伦常的矛盾放在命运的轨道和情感的波涛上，通过雷雨的撞击，造成紧张的气氛，深入细致地展示了她们丰富复杂的思想感情，有力地推动了剧情的发展，深刻地揭示了剧本的主题。"雷雨"在这两个剧本中的作用，可以这样说：没有自然界的雷雨，也就没有这两个剧本。此外雷雨还有象征意义，它既表示社会的黑暗（《雷雨》集中展现的一天时间"整天没有阳光，天空灰暗，是将要落暴雨的气氛"），又预示着雷雨过后光明即将到来。雷雨将冲走旧社会的一切污泥浊水，光明的新世界就在眼前。这些可能是两位剧作家共同以《雷雨》命名剧本的原因吧！

——载《艺术世界》1985年第5期

普希金对俄国文学的贡献

普希金的创作，对俄国文学的发展，对俄国解放运动的推动都具有十分重要的意义。俄罗斯文学形成独特的民族文学，并以思想上和艺术上的卓绝成就而迅速地进入世界文学的前列，应首先归功于普希金。鲁迅指出："俄自有普式庚，文界始独立。"郭沫若写道："普希金是俄罗斯近代文学的开山祖，他在俄国文学史上的地位类似意大利的但丁，英国的莎士比亚，德国的歌德。同这些光辉的名字一样，他也不单是俄国的大诗人，而且超越过国境了。"普希金被誉为"俄罗斯文学之父""文学泰斗"和"诗歌的太阳"，他为开拓和发展俄罗斯文学所建立的不朽功绩，将永远地载入文学史册。

民族文学的创始者

在普希金之前，俄罗斯文学没有形成自己的真正的民族文学，俄国文学只不过是欧洲文学的模仿，用别林斯基的话说："俄国诗是一种移植而非本土的果实。"俄国第一位抒情诗人罗蒙诺索夫在革新俄语和总结诗歌格律方面作出过重大贡献，但他的诗歌紧步法国文学之后尘，多是模拟之作。杰尔查文的颂诗闪耀一些俄国生活的小小火星，但诗句粗俗、平淡。巴丘什科夫和茹科夫斯基的诗歌，音韵优美，但缺少与俄罗斯现实生活的联系和具有社会意义的主题。冯维辛的喜剧反映了现实生活，但他只是个有才能的抄录家，却不能创造性地再现生活。普希金把前辈作家的成就和不足进行了衡量，深感自己国家幼稚的文学没有提供任何典范。他说："我们大家从小就娴熟法国文学，也许就是造成这种现象的原因。"普希金的诗在俄国文学史上是个突变，他开创了俄国文学的新时代。别林斯基正确地指出："由于有了普希金，俄国的诗歌便从一个胆怯的小女学生一变而成为天才的经验丰富的巧匠了。"

普希金成为第一个俄罗斯的民族作家，并不是偶然的。1812年在俄国发生了决定民族命运的伟大事件——反对拿破仑入侵的卫国战争，唤醒了民族意识的觉醒和促进了民主主义思想的发展。反对专制农奴制的秘密革命团体发动了十二月党人起义。贵族中优秀人物播撒的革命火种，唤醒了人民。普希金被时代召唤，他的创作成了时代的敏感的回声。他成为一代宗师，又因为他有了许多先辈，他们各有所长，他能集前人之大成，囊括他们的一切成就。他本人又具有很高的文化教养、聪明和才智，善于独立不羁地开拓文艺新路，因而他成了民族文学的开创者。

普希金对俄国文学的首要贡献，是他冲破传统观念，把文学从上流社会消遣品中解放出来，大胆地用来表现社会生活和普通人民的命运。他的《自由颂》《乡村》《强盗兄弟》等描写了农民的悲惨生活。在《斯金卡·拉辛之歌》《戈留欣诺村的历史》《杜勃罗夫斯基》《上尉的女儿》中描写农民的不满与骚动。农民问题是俄国社会中的首要问题，普希金以深切的关心和巨大的同情描写了他们的处境，并展示了他们的精神力量，成为后来的涅克拉索夫、托尔斯泰等作家描写农民问题的开路先锋。

普希金对政治上无权，生活上贫困的被侮辱与被损害的小人物，"哀其不幸，怒其不争"，从多方面展示了他们的命运并谴责了造成小人物悲剧的社会。他的《棺材匠》《驿站长》《青铜骑士》等作品开创了俄国文学描写小人物的先河，给果戈理、陀思妥耶夫斯基、契诃夫等作家描写小人物奠定了基础。

贵族知识分子的命运和他们同人民的关系问题，是当代社会生活的迫切问题。普希金在自己的作品中探讨了贵族知识分子的社会地位、作用和出路问题。他的《高加索的俘虏》《茨冈人》《叶甫盖尼·奥涅金》描写了贵族知识分子的不满现实，不愿同上流社会同流合污，但又远离人民，以及他们困惑、追求、找不到出路的苦闷，成为特定时代的诗的图画。他塑造的奥涅金的形象，开辟了俄罗斯文学"多余人"的画廊。此后随着时代的发展，"多余人"的形象不断变化，出现了《当代英雄》中的毕巧林、《谁之罪？》中的别里托夫、《罗亭》中的罗亭。普希金首先抓住并真实再现了俄国社会刚出现的典型，奥涅金成了描写"多余人"的始祖。

普希金"最先感觉到文学是头等重要的民族事业",第一个确定了文学的社会意义。他是文学与社会生活紧密地联系起来,并试图解决社会问题的最敏感的作家。他关心祖国和人民命运以及解放运动的发展,并和人民站在一起反对专制农奴制,把人民解放运动作为自己神圣的职责。他在诗歌中热烈地呼唤自由,在《自由颂》中自称为"帝王的霹雷,骄傲的自由的歌手",号召"匍匐的奴隶,振奋起来,觉醒!"在《致恰阿达耶夫》中要用诗歌在人们心中"燃起自由之火",表现了争取自由的急切心情。在《致西伯利亚的囚徒》中表示了革命的信心:"沉重的枷锁会掉下,阴暗的牢狱会覆亡,自由会在门口迎接你们,弟兄们会把利剑送到你们的手上。"在《短剑》中号召杀死暴君。普希金用自己的创作在反对沙皇专制的斗争中建立了不朽的功勋。

　　普希金对俄国文学的另一个贡献,是促进了文学的民主化,在艺术上出现了那个时代文学所没有的民间文学的要素和魅力。高尔基说:"普希金是第一个注意到民间创作并且把它介绍到文学里来的俄国作家。"从童年时代起,他就受到奶娘的民间传说故事和歌曲的熏陶,农奴仆人科兹洛夫用民间故事改编的故事诗也哺育了他的诗歌创作。他在两次流放中,不断地到民间去采风,搜集民歌、民谣、民间故事与传说。他用人民的精神哺育自己,用人民的眼光看待一切,并从民间文学中汲取素材、情节、语言、诗情和画意,因此他给诗歌带来了民族的特色和清新的气息。他的诗平易近人、通俗易懂,为俄罗斯各阶层争相阅读:"少女们把它抄在笔记本上,学生们在讲堂上背着先生抄写,店员们坐在柜台后面也在抄录。"正如车尔尼雪夫斯基所说:"普希金以他自己的作品在我们文学中造成了趋向改善的重大变化,他大大地扩大了文学爱好者的人数。"他用民间童话写成的第一部叙事诗《鲁斯兰与柳德米拉》的前奏曲、《高加索的俘虏》中的"车尔吉斯之歌"、《茨冈人》中的"老丈夫之歌"、《叶甫盖尼·奥涅金》中达吉雅娜的梦、《上尉的女儿》中的歌唱场面以及他的童话诗,都与民间文学有着密切的联系。普希金在民族的土壤中成长,民族生活是他创作灵感的来源。果戈理写道:"一提到普希金的名字,就立刻会想到俄罗斯民族诗人。事实上,在我们的诗人中,没有一个人及得上他,而且没有一个人能适宜于被称为民族诗人。"

现实主义文学的奠基人

杜勃罗留波夫说："普希金，在诗歌事业中，第一个表现出，……依照实际所存在的原样描写生活而不损害艺术是可能的。普希金的伟大历史性意义就在这里。"他的《叶甫盖尼·奥涅金》是一部描写19世纪初俄国社会生活的真实的巨幅画卷，《上尉的女儿》再现了农民起义的宏伟图景，《别尔金小说集》描绘了俄国社会各阶层的真实生活，他的《鲍里斯·戈都诺夫》真实地再现了过去时代的社会生活。密切联系环境来表现人物的性格，是普希金现实主义的根本原则。他把人物个性看成社会的产物，强调生活环境对个性形成的意义，因而他的人物反映了那一时代社会的某些本质方面。普希金的创作，给俄国现实主义文学的发展铺平了道路。

但是，普希金并不是一开始就走上现实主义的创作道路的。他的早期作品，具体说到《茨冈人》为止，是以浪漫主义的感受描写生活的。但普希金的浪漫主义与茹科夫斯基的消极浪漫主义不同，他没有后者的梦幻和神秘的色调，普希金是俄国积极浪漫主义的代表和旗帜。他的浪漫主义诗篇明朗、乐观、积极向上，"强调人们对生活的意志，在人们心中唤起对现实一切压迫的反抗意识"。他的南方组诗，用奇异的情节，夸张的手法塑造理想人物，具有强烈的主观色彩，但由于人物形象与现实生活的联系，因而具有现实主义的成分。

《茨冈人》是诗人的创作开始由浪漫主义向现实主义过渡的标志，此后他走出了南方叙事诗狭窄的小天地，广泛地展示社会生活。《叶甫盖尼·奥涅金》是俄国文学中第一部现实主义作品。普希金从奥涅金所受的教育、他的生活方式以及他所处的社会环境揭示了他的性格，从而塑造了典型环境中的典型人物。普希金被认为是世界文学史上现实主义创始人之一，这是他的伟大贡献。

普希金为俄国现实主义的发展廓清了道路，首先是他摧毁了自18世纪以来统治俄国文坛的古典主义。他虽然从古典主义中吸取了某些有用的东西，但古典主义的模仿古代艺术形式的教条主义，语言的僵化和内容的脱离现实，已经成为文学发展的障碍。罗蒙诺索夫诗歌中的爱国主义，杰尔查文诗歌的公民激情，冯维辛喜剧对农奴制的批判，使俄国文学逐渐冲破古典主义模式，向现实主义迈进了一步，但他们基本上还没有超越古典主义限定的范围。克雷洛夫广泛表现社会弊端和人民智慧的寓言，格里鲍陀耶夫的喜剧，马尔林斯基的中篇小说对现实主义的形成起了重大的作用，但只有普希金的创作才真正完成了俄国文学向现实主义的转变。他的戏剧《鲍里斯·戈都诺夫》与古典主义统治俄国的宫廷悲剧相对立，创造了人民的悲剧。他的《叶甫盖尼·奥涅金》与古典主义所谓高雅的题材相对立，以日常的平凡生活反映了社会的各个方面，这部作品从内容到形式，从语言到格律都冲垮了古典主义的公式。

普希金开创了俄国文学的现实主义道路，成为俄国一位现实主义作家并不是偶然的。19世纪20年代的后期，俄国社会陷入了政治危机。新皇尼古拉一世被十二月党人的武装起义吓破了胆，采取血腥镇压和残暴统治的反动政策，俄国社会日益黑暗，人民群众反专制农奴制的斗争日趋激化，浪漫主义的热情呼唤和对社会的抽象抗议已经不能满足时代的要求，于是全面揭示社会矛盾、深刻批判社会罪恶的批判现实主义应运而生。普希金迎合时代的需要，体现了社会生活。"大转变"的必然性，用具有典型意义的生活现象生动逼真地描绘、塑造艺术形象，反映特定历史条件下的客观的现实关系，批判罪恶的社会，于是他的创作从浪漫主义转向了现实主义。

俄罗斯文学语言的创建者

高尔基在谈到普希金创立文学语言的功绩时指出："从普希金开始，我们的古典作家就从混乱的语言中提炼出了最精确鲜明和最有价值的文字，并且创造了伟大优美的语言。"

19世纪初，"法国病"像瘟疫一样控制俄国文坛。普希金痛心地写道："法语的普遍使用和对俄语的鄙视……我们既无文学、又无书籍。我们从小获得的一切知识、一切概念，都来自外国书籍，我们惯于用异民族的语言进行思考……我们的散文还如此粗糙，以致即使在普通的书信中，我们也不得不创造词组来表达一些最普通的概念。"[①] 他认为这种落后状况必须改变，他提出要尊重本国语言和本国的优秀文学传统，并向俄国作

---

① 张铁夫、黄弗同译：《普希金论文学》，漓江出版社1983年版，第50页。

家发出呼吁："我们有自己的语言，鼓起勇气吧！——我们有自己的风俗、历史、歌谣、童话等等。"他兴奋地写道："只有革命的人……才爱俄罗斯，犹如只有作家才爱俄罗斯语言一样。一切都应当在这个俄罗斯和用这种俄罗斯语言进行创作。"普希金为革新和发展俄语做了艰苦的努力。首先，他仔细地研究人民群众的生动活泼、丰富多彩、表现实际生活的民间口语。他写道："普通老百姓（他们没有读过外国书，谢天谢地，不会像我们一样用法语表达自己的思想）的口头语言也是值得深入研究的。……有时听听莫斯科烤圣饼的女人谈话，对我们并非坏事。她们能说一口非常地道的和正确的话。"在流放中，他到群众中去倾听他们的谈话，记录了许多俗语、谚语、民歌和民谣。幽禁在米哈依洛夫斯克村时，他亲自采录了50首民歌。他从人民群众的语言中吸取了有益的营养，深有体会地说："倾听民间的语言吧，青年作家们，你们可以在其中学到许多在我们杂志上找不到的东西。"他认为群众语言的丰富和精粹"简直像金子一样，可不容易掌握啊，不容易啊！"

普希金曾指出："日常谈话中所产生的用语会不断地使书面语言变得生动活泼，但是也不应该把几世纪来所获得的东西抛掉。"他认为古代的有生命力的语言，如某些成语典故，简洁明确，词义深奥，应该继承和发展。普希金对待古代流传下来的书面语言和当代的人民口头用语采取的是选择使用的态度。他反对僵死的古语古词、怪僻的方言土语，不三不四的行业隐语和职业用语，因为它们晦涩难懂。古代的和当代的用语，经过提炼加工之后才进入他的创作。他曾说："单纯用口头语言进行写作意味着不懂得语言。"他反对使文学语言流于粗糙。

普希金诗歌的语言通俗典雅、和谐柔韧、响亮悦耳、准确生动，他把俄语推进到了最完美的高度。果戈理说："他的作品，包含着我们语言的丰富、力量和柔韧性。"普希金的语言结构，成了现代俄语的基础。斯大林肯定他的伟大功绩时指出："普希金逝世以来，已经有一百多年了。……然而，如果拿俄罗斯语言来看，那么它在这个长时期中，并没有遭到什么破坏，并且现代俄语按照它的结构来说，是与普希金的语言很少有差别的。"

杰出的艺术大师

　　普希金被誉为"俄罗斯诗歌的太阳",他的诗是俄罗斯文学中璀璨的明珠。他在短短一生中写下了八百八十多首抒情诗,他的抒情诗类型多样,包括颂诗、哀歌、民歌、风景诗、爱情诗、友谊诗、公民诗、讽刺诗、哲理诗、寓言诗等。他的政治诗(即公民诗)热情洋溢,爱情诗深沉细腻,讽刺诗尖刻辛辣,风景诗真实净美。他的抒情诗的内容异常丰富:有自然与社会、自由与解放、爱情与友谊、诗人与群众、文化与教育、风俗与习惯、战争与和平、古代与现代、现在与未来、天国与人间……包罗万象的社会生活都落在他的彩笔之下。他的抒情诗的特色是感情优美、意境开阔、图景美妙、单纯朴实、格律严谨、韵味深长、形式完美、风格独特。陀思妥耶夫斯基说:"他(普希金)第一个(正是第一个,在他之前没有人)将俄罗斯的美的艺术形式给予了我们。"别林斯基把普希金的诗比作贵族少女可能不恰当,但他指出了这位艺术大师的艺术成就:"她既有眩人的美色和直觉的雅致,又有微妙的情调和崇高的单纯;而且,她美丽的内慧更为娴熟的形式所发展和提高了。"

　　普希金的叙事诗,堪称叙事长诗的杰作。构思的巧妙、结构的严谨、情节的单纯凝练以及在对话中刻画人物性格、通过形体动作揭示人物内心世界和用景物渲染气氛等艺术表现的手法,表现了普希金是一位技巧娴熟的艺术大师。

　　文学领域中不论哪一种体裁都有普希金的创作。他兼诗人、小说家、戏剧家于一身。他善于运用各种文学体裁的特点,并且表现了他的简洁明快的风格。他的作品简洁,即使在一个细节的描写中也能用寥寥数笔显示出生动真实。普希金为运用各种文学体裁树立了典范,后来的作家都把他看成"光辉的老师"。莱蒙托夫、果戈理、屠格涅夫、托尔斯泰和高尔基都对他敬佩不已。一向严于待文的托尔斯泰说:"我们的普希金真是美的大师","《别尔金小说集》是多么好。而《黑桃皇后》那真是杰作了!这样的恰当、确切,手法这样的朴素,一点多余的地方也没有。好极了"。高尔基说:"没有普希金,长时间不可能有果戈理、列夫·托尔斯泰、屠格涅夫、陀思妥耶夫斯基。所有这些俄罗斯的伟大人物都承认普希金是自己的精神开拓者。"

革命导师很喜欢普希金的作品。马克思不仅把《叶甫盖尼·奥涅金》当作学习俄语的教材，而且在他的著名论著《政治经济学批判》一书中，还把它当作说明俄国经济状况的材料。恩格斯在他的《俄国沙皇的对外政策》一文中用它来说明俄国的对外贸易的情况。列宁"最喜欢普希金"，他在西伯利亚流放时，床头上放着的书籍中有普希金的作品。革命后，列宁访问国立高等工艺美术学校时，号召学生阅读普希金的作品。

普希金的作品，在苏联以各种民族语言大量发行。《普希金文集》的总发行量已超过1000万套，每五个家庭就有一套《普希金文集》（巴尔扎克的作品，总发行量也在1000万册以上）。尽管有商业大潮的冲击，但经典作品在俄罗斯仍然没有受到冷落。[①] 他的作品吸引无数的文学家不断地把它改编成音乐、歌剧、芭蕾舞剧和电影。

普希金的名字早已越出了国界，进入了世界文坛。他的不肯阿谀权贵的性格和卓越的艺术才能，受到世界各国人民的崇敬。

普希金的名声远在九十多年前就传到了中国。1900年出版的《俄国政俗通考》一书对他首次介绍时，就充分肯定了他的才能。书中写道："俄国亦有著名之诗家，有名普世经者，尤为名震一时。"我国最早翻译俄国文学是从普希金作品开始的。早在"五四"运动前的1903年，《上尉的女儿》第一个被译成中文（他的著作在欧洲最早的是德、法译本，出现于1823年），是译者戢翼翚根据日文转译的，把书名译为《俄国情史、斯密士玛利传》，又名《花心蝶梦录》。普希金的这部作品充当了中俄文化交流的第一位使者。

1920年，《俄罗斯名家短篇小说集》第一集在北京出版，其中首次收了沈颖翻译的普希金的两个短篇：《驿站监察史》（即《驿站长》）和《雪媒》（即《暴风雪》）。瞿秋白在为前一篇写的序言中写道："《别尔金小说集》里，《驿站监察史》一篇为最好，情节非常简单，而作者艺术上高尚的'意趣'，很能感动读者，使作者对于贫困不幸者的怜悯之情，深入心曲。"

1921年，由郑振铎译的普希金的《莫萨特与沙来里》，收入《小说月报》的增刊《俄国文学研究》。同年，安寿颐根据俄文译出的《甲必丹之女》（即《上尉的女儿》），由商务印书馆出版。

---

① 《作家文摘》2004年第804期。

1924 年，赵诚之译的《普希金小说集》由亚东书局出版。普希金的诗歌的译文，也相继在报纸杂志上出现。值得提出的是鲁迅先生在 1934 年创办的《译文》，对介绍普希金和外国文学作出了重大的贡献。1947 年罗果夫和戈宝权合编的《普希金文集》是为中国读者提供的一本很好的阅读和研究普希金的汇集。戈宝权先生为译介俄罗斯文学和普希金的诗作出了重要的贡献。

中华人民共和国成立后，普希金作品的中译本更加丰富精善。《普希金抒情诗集》《普希金小说集》《普希金戏剧集》《普希金童话诗》都有了成型的译本。7 卷本《普希金选集》由人民文学出版社在 1990 年出齐。普希金的抒情诗、叙事诗、小说和戏剧，目前已有不同的译文和译本。《黑桃皇后》有了至少五种译文，《上尉的女儿》也有了至少五种译文。普希金的代表作《叶甫盖尼·奥尼金》在我国至少有了八种译本。1942 年桂林丝文出版社出版的《奥尼金》，译者是甦生。吕荧译《欧根·奥涅金》，1947 年由上海希望社出版（1950 年海燕书店重出，名为《欧根·奥涅金》），后经译者进行校改，1954 年人民文学出版社出版时书名改为《叶甫盖尼·奥涅金》。查良铮译的《欧根·奥涅金》1954 年由上海平明出版社出版（1956 年文化生活出版社，1957 年上海新文艺出版社，1983 年四川人民出版社重出）。王士燮译的《叶夫根尼·奥涅金》，1981 年由黑龙江人民出版社出版（1954 年音乐出版社首次出版，名为《叶甫根尼·奥涅金》）。《叶甫盖尼·奥涅金》，陈绵等译，1955 年出版。冯春译的《叶甫盖尼·奥涅金》，1982 年由上海译文出版社出版。智量译的《叶甫盖尼·奥涅金》，1985 年由人民文学出版社出版，它是最好的译本，被列入《普希金选集》第 5 卷。丁鲁译的《叶甫盖尼·奥涅金》，1996 年由译林出版社出版。译家各显身手，希望这部不朽的名著的中译本更加完善。到目前为止，普希金的重要作品都有了中译本。值得提出的是刘文飞主编的《普希金全集》十卷本，1999 年由河北教育出版社出版。

我国著名作家鲁迅、瞿秋白、郭沫若、郑振铎都很崇敬普希金。鲁迅在《摩罗诗力说》中指出"俄自有普式庚，文界始独立"，肯定了普希金在俄国文学中的奠基作用。瞿秋白在《十月革命前的俄罗斯文学》一文中，为普希金专立章节，做了专门的介绍。其中写道：

　　普希金文学的特征约有四点：一、自然和正确，所谓现实主义，写实有的生活。二、文学内容的平民性描写俄国的现实生活，取材于平民的环境，适应当时社会的精神上的需要，普希金文学的社会意义就在于此。三、纯洁美术的言语：普希金使文言接近白话，绝对不用艰涩的斯拉夫文调；其次，他所用的辞句，总能和书中的人的身份恰切相称；他能自由地运用语言文学，不像普通的文人，"强使小姐说太太的话"。四、普希金的天才，更在于他的"自性"，他初登文学舞台的时候，俄国文学还在依傍西欧的门户；俄国文学要成真正俄罗斯的，反映俄罗斯的现实生活的需要，而且对于广泛的俄罗斯民众有所贡献，普希金的功绩就在于此。

郭沫若则充分肯定了普希金同沙皇专制制度斗争的光辉的一生，号召我们学习普希金的"富贵不能淫，贫贱不能移，威武不能屈的大丈夫气概"。

普希金是中国人民最熟悉、最喜爱的外国优秀的作家之一，他的不朽的作品受到我国广大读者的热烈欢迎。普希金将永远活在中国人民的心中，正如他在《纪念碑》中所庄严宣称的那样：

> 我所以永远能为人民敬爱，
> 是因为我曾用诗歌，唤起人民善良的感情，
> 在这残酷的时代，我歌颂过自由，
> 并且为那些倒下去了的人们祈求过宽恕和同情。

——载《外国文学名家名著评析》，辽宁教育出版社1986年版
——载《〈普希金诗选〉导读》，中华书局2002年版

天才诗人——普希金

普希金是俄国积极浪漫主义文学的杰出代表，是批判现实主义文学的奠基人，被誉为"俄罗斯文学之父"。郭沫若指出："他在俄国文学史上的地位等于意大利的但丁，英国的莎士比亚，德国的歌德。"

伟大的时代造就了伟大的诗人。1812年反拿破仑入侵的卫国战争，激起了爱国主义和民族意识的高涨。1825年爆发的十二月党人为推翻专制政体和农奴制的武装起义，揭开了俄国解放运动的序幕。普希金紧跟时代步伐，因而成为时代精神的一面旗帜。

1799年6月6日，俄罗斯伟大诗人亚历山大·谢尔盖耶维奇·普希金诞生在莫斯科一个没落的贵族家庭。他的先人中有几位因犯上作乱，或入狱或被斩首。诗人常以自己是"叛逆成性的普希金家族"的后裔而感到自豪，这对他的倔强性格和叛逆精神的形成有一定的影响。

诗人的父亲谢尔盖·利沃维奇是个退休少校，写过流行诗歌。他豪爽好客，结交社会名流，当时一些著名作家如卡拉姆津、茹科夫斯基、巴丘什科夫等经常出入他家门庭。他家还有丰富的藏书，这些都给儿子提供了良好的学习条件。8岁时，普希金就能用法文写诗了。

诗人的伯父瓦西里·利沃维奇是诗人，他教侄子用俄语作诗，并介绍大量的文学书让他阅读。普希金称他为"我的诗父"。

普希金是阿伯拉姆的第四代传人。诗人的母亲娜杰日达·奥西波夫娜是"彼得大帝的黑奴"和宠臣阿伯拉姆·汉尼拔的孙女。因此，普希金的外貌有非洲人的特征。阿伯拉姆·汉尼拔是非洲阿比西尼亚一个部落酋长的儿子，8岁时被入侵的土耳其人当作人质送到伊斯坦布尔市，后被驻土耳其的俄国使臣收买，成为彼得大帝的贴身侍从。他在巴黎军校学习五年，当过沙皇秘书和侍从武官。因宫廷纠纷的影响，受排挤多年后，又时来运转，在彼得大帝的女儿伊丽莎白执政时，升为准将，并受封大片土地，其中包括米哈伊洛夫斯克村。他的奇特生涯和他在俄罗斯国家发展中的贡献，被普希金描写在《彼得大帝的黑人》（1827）和《我的家世》（1830）中。

从童年时代起，普希金就没有得到过家庭的温暖，在他的诗歌中找不到母爱的题材。他也很难和动辄大喊大叫的、冷漠的父亲相处。家庭环境使他产生了最初对自由的向往和渴望独立的性格。

他有幸遇到了一位好奶娘阿琳娜·罗季翁诺夫娜。她不仅在生活上照顾他，而且在精神上培育他成长。她讲述的民间故事和歌谣，在诗人幼小的心灵里播下了艺术的种子。诗人写了许多献给奶娘的诗章。

1811—1817年他在贵族子弟学校——皇村学校学习，遇见一批具有真才实学、思想进步的老师，对他的成长有重大影响。他受库尼曾、加里奇老师自由思想的影响，写出了许多歌颂自由、反对专制的光辉诗篇。他的好友普希钦和丘赫尔别凯成了未来的革命家——十二月党人。

1812—1814年进行的反法卫国战争，举国上下同仇敌忾。普希金诗兴大发，他的《皇村回忆》（1814），使其声名鹊起，年仅15岁就成了文坛新秀。1816年被"阿尔扎马斯社"吸收为会员，与保守文学团体"俄罗斯语言爱好者座谈会"就新旧文体问题，展开了论战。

1817—1820年在彼得堡外交部供职期间，他与著名的十二月党人尼·穆拉维约夫等人经常往来，1919年又加入进步的秘密文学团体"绿灯社"，这些使他反专制农奴制的革命意志更加坚定，接连写出了《自由颂》（1817）、《致恰阿达耶夫》（1818）、《童话》《致娜·雅·波柳斯科娃》（1818）、《乡村》（1819）等广为流传的政治抒情诗，从而触怒了沙皇。经几位有影响人物的陈情，他以调任名义到南俄总督英左夫将军办公厅任职，实际上是流放到南方。给他带来广泛声誉的《鲁斯兰与柳德米拉》（1820）的出版，结束了他早期的创作。

1820—1824年流放期间，他与十二月党人的一些领导、骨干交往密切，加之国内外革命形势的有利影响，流放诗人的革命情绪更加高涨。他写下了《短剑》《给瓦·里·达维多夫》（1821）、《囚徒》（1822）、《翻腾的浪花》（1823）等号召用锋利的刀剑杀死暴君，期望革命快快到来的抒情诗。这些诗反映了诗人创作的新阶段：首先是创作风格有了变化，深沉悒郁的风格代替了少年时期创作的天真、欢快的色调；其次是扩大了政治抒情诗的主题，革命情绪更加激烈；最后是在思想上完成了从立宪到共和的转变。

南方流放期间，诗人写出了在世界诗坛上独放异彩的五部浪漫主义长诗：《高加索的俘虏》（1820—1821）、《加百利颂》（1821）、《强盗兄弟》（1821—1822）、《巴赫奇萨拉伊的喷泉》（1821）和《茨冈人》（1823—1824）。

1823年7月他由基什尼奥夫调到敖德萨的沃龙佐夫总督办公厅任职。不到一年，与总督关系恶化，警察截获了诗人给友人的赞同无神论的信件。于是沙皇下令：普希金行为不端，立即撤职并押送到他父母领地，交地方政府和教会监视。离开敖德萨时诗人写成著名诗篇《致大海》（1824）。

1824—1826年在米哈伊洛夫斯克村幽禁期间，他走进群众世界，创作走上了新阶段：首先是以冷静的观察和分析反映生活，代替了浪漫主义的主观狭隘性和对生活的抽象理解，为俄国文学开辟了现实主义的创作道路；其次是各种文学体裁运用的娴熟和创作的空前繁荣。这一时期，写成了历史悲剧《鲍里斯·戈都诺夫》（1824—1825），完成长诗《茨冈人》和诗体小说《叶甫盖尼·奥涅金》中心部分，写成长诗《努林伯爵》（1825）和民间故事诗《求婚者》。还写了近90首抒情诗，其中著名的有《安德烈·谢尼耶》《酒神祭歌》《十月十九日》和《致克恩》。

1825年12月14日，十二月党人在彼得堡起义失败，诗人生命受到威胁，1826年9月被带到御前。新皇尼古拉一世考虑到诗人名震全欧的广泛影响，演出了一场"赦罪"戏，企图掉转诗人笔锋为宫廷服务。然而诗人仍忠于十二月党人的事业，写成《致普希钦》（1826）、《致西伯利亚的囚徒》和《阿里翁》（1827）。另一方面，转向了历史题材的写作，写成历史小说《彼得大帝的黑人》（1827）、长诗《波尔塔瓦》（1828），用以激励沉睡年代的人民。沙皇加紧了对诗人的监控，1827—1828年诗人多次被审讯。

1830年诗人与冈察洛娃订婚，为办理父亲给的田产的过户手续，在波尔金诺村滞留了三个月。这期间写成了四个小悲剧、《别尔金小说集》（编者注：别尔金即普希金）、《波尔金诺村的历史》、《叶甫盖尼·奥涅金》最后两章、长诗《科隆纳一家人》和近30首抒情诗。1933年9月又重返该地，用一个半月时间创作了《普加乔夫暴动史》、小说《杜勃洛夫斯基》和《黑桃皇后》、长诗《青铜骑士》、童话诗《渔夫和金鱼的故事》等。文学史家称诗人的两次高产为"波尔金诺的秋天"。

30年代是诗人的创作达到炉火纯青的年代，又是他的创作由诗歌转向散文的年代，也是他创办《现代人》杂志、发表文艺论文、扶植果戈理等文坛新秀、团结名作家、发展俄罗斯文学的辉煌年代。他最后一部小说《上尉的女儿》（1836），以农民起义的主题结束了他与专制农奴制斗争的光辉历程。

1837年2月8日，普希金在与法国波旁王朝的亡命徒乔治·丹特斯的决斗中身负重伤。10日，一代天骄溘然长逝。

——载《〈普希金诗选〉导读》，中华书局2002年版

普希金的抒情诗

普希金被称为"俄罗斯文学之父",他在各种文学体裁上都取得了辉煌的成就,但就他的全部创作来说,成就最大的还是诗歌,他以诗人的身份闻名于世。因此,他被称为"俄罗斯诗歌的太阳"。

抒情诗贯穿在普希金一生的创作之中。从他1814年在杂志上第一次公开发表表明自己选择了作家一职的创作宣言《致诗友》开始,到他逝世前的1836年写成对自己一生创作总结的《纪念碑》为止,从未间断过抒情诗的写作。他的抒情诗,具有鲜明的时代特点,跳动着时代的脉搏;有强烈的个性和真切的感受,反映了诗人一生的欢乐与痛苦、理想与追求,诗人的感受与时代风云有机地融合在一起。他把许多抒情诗献给了那个时代的先进人物、以奶娘为代表的劳动人民、志同道合的友人、敬爱的老师和挚爱的女友。

普希金在短短的一生中写下了880多首抒情诗。这些诗不仅内容丰富,而且形式多样:有颂诗、哀歌、祭歌、民歌、短歌、祝词、赠言、寓言诗、风景诗、哲理诗、讽刺诗、即兴诗、书信诗、童话诗等。众多的诗歌形式,反映了他对诗歌艺术形式娴熟的掌握和多方面的艺术才能。普希金的政治抒情诗反映了诗人对祖国和人民深挚的爱。他为祖国贫穷、落后和愚昧感到忧虑、痛苦,他由衷地盼望一个富强、繁荣和民主自由的俄国早日出现。他为人民受奴役而忧伤、悲叹。他痛斥农奴制度,为人民解放而大声疾呼。他鞭笞专制制度,号召人民奋起反抗暴君。

政治抒情诗

1814年,普希金在全俄驰名的杂志《欧罗巴导报》第13期上发表了

《致诗友》,署名亚历山大·恩·克·什·帕。这是普希金在杂志上公开发表的第一篇诗作,也是刚刚踏上文学道路的普希金的创作宣言。

在这首诗中,普希金表示自己选择了当作家的生活道路和庄严的职责。他眼光敏锐,善于思考,感情炽热,善于借具体事物抒发感情,他的才能完全适应他所确定的生活道路,可以说他找到了发展自己才能的"最佳突破口":"我的命运已经注定,告诉你,我选择了七弦琴。"

他深知当作家要勇敢地逾越许多悬崖峭壁、叠嶂险峰,也深知作家生活的贫寒,"赤身而来,又赤身走进坟墓"。但是,他认为当作家不是为了成为富翁,"命运既不给他们大理石的宫殿,也不给他们把金条装满铁箱,地下的陋室,高楼顶上的堆房——这就是他们辉煌的宫殿和屋室"。当作家也不是为了"显赫的名声",在他看来"名声只是梦"。他悲叹那些逢场作戏、取悦于达官贵人的作家,"有多少书刚一出生就死掉""没人看那些胡话"。针对贵族作家把诗歌当成上流社会的娱乐和消遣的文字游戏,他确定了自己创作的严肃态度,提出作家的神圣职责是"既有健全的理性,又给我们教导"。他讽刺那些口是心非、言行不一的伪善作家像"年老的牧师""在教堂里传道"。他批评那些轻浮的诗人"挥笔乱涂,浪费纸张"。他认为诗不是外形的东西,"即使会押韵,并非就是诗人"。创作是高级的精神活动,要经历"思虑与痛苦",经历感情的激动,好的诗"不那么容易写成",这就是15岁的普希金对文学创作的理解。普希金对诗歌的理解,是社会斗争中体现出来的诗歌新观念,是崭露头角的普希金以年轻人的胆识向诗歌旧观念发出的第一次有力的挑战。正如高尔基所说:"普希金第一个感觉到:文学是一件具有头等重要性的国家的事业……他第一个把文学家的称号提到在他以前所不能达到的高度:在他的眼睛里,诗人是人民所有感情和思想的表达者。"[①] 他文艺思想上的真知灼见,今天依然熠熠闪光。

皇村学校是为沙皇培养高级政治人才的学校。未来的高级官吏的生涯,平步青云的命运在等待着普希金,他为什么要当穷酸的作家,他的选择是否轻率?普希金虽小,但他思考问题却很有头脑。他认为向上爬、追求权势、过着养尊处优的生活是空虚、渺小的,如同他后来借阿列哥的口所说:"出卖自己的自由,对着偶像磕头,乞求那一点钱,还带着一根锁

[①] 罗果夫主编:《普希金文集》,戈宝权等译,时代出版社1957年版,第322页。

链。"对普希金来说，耀武扬威是羞耻，身居显要是暴戾。他的追求和理想是政治上的自由。他在中学毕业前写的《致同学》（又译《再见》，1817）中这样写道：

> 别离就在眼前，人世的
> 遥远的喧声向我们招呼；
> 每人望着前面的道路，
> 不禁激动于骄傲的，
> 青春的梦想。有的把头脑
> 藏在军帽下，穿上军衣，
> 已经挥舞着骠骑军刀——
> 在主显节的检阅中，
> 被早晨的寒气冻得脸通红，
> 骑马巡哨又全身发烧；
> 有的生来该居显要，
> 不爱正直，而爱头衔，
> 要在著名骗子的外厅间
> 充当一名恭顺的骗徒；
> 我不拼命地想当队长
> 八级文官，又有什么好；
> 朋友们，请稍稍宽容——
> 请让我戴着红色的尖帽。

——《致同学》（1817）

最后一句中的"红色的尖帽"，是法国大革命时雅各宾党人所戴的象征自由的红帽，是普希金一生所追求和歌颂的政治自由。

作为时代的歌手，从学生时代起他就迈出了雄健的步伐。他以爱国主义诗篇《皇村回忆》（1814）一跃而跻身诗坛。遵照加里奇老师的意见，要把这首诗按照杰尔查文的体式，写成赞美俄军战胜拿破仑入侵的颂诗，作为升级考试的压轴节目向宾客们展示学习成绩。

在《皇村回忆》中，诗人以火一般的热情描绘了拿破仑入侵，俄国人民为保卫神圣的国土所表现的英勇斗争精神：

普希金的抒情诗

> 闻风丧胆吧，异族的军队！
> 俄罗斯的儿女发起进攻；
> 不分老幼，起来奋勇杀敌，
> 他们心中复仇之火正红。
> 发抖吧，暴君！你的末日到了！
> 你将看到个个战士都是好汉；
> 他们不打败你，就死在战场，
> 为了俄罗斯，为了神圣的祭坛！

全诗分为20节，从幽静典雅的皇村花园的夜景（月光溶溶，小溪潺潺，瀑布直泻，流水清清……）写起，面对一座座纪念碑，回忆起俄国历史上许多重大事件，赞美叶卡捷琳娜二世为确立俄国在欧洲的强国地位所做的贡献，但那个时代已经成为历史。笔锋一转写到了新的令人忧虑的时代：敌人入侵，卫国战争，全民族的同仇敌忾，复仇的火焰，拿破仑军队的溃逃……展示了人民的愤怒和喜悦，以及他们的雄伟力量。

诗中以"富丽的京城"，千姿百态的莫斯科变为"瓦砾和灰烬"的凄凉景象和俄罗斯人民复仇的决心，震撼读者的心灵。

诗中表现了作者对祖国的深情厚意和为祖国独立、为自由而战的热烈向往：

> 莫斯科啊，亲爱的家乡，
> 当我的年华像早霞初升，
> 就曾在这里虚掷了宝贵时光，
> 不知道什么叫痛苦和不幸；
> 如今你看到了我们祖国的敌人，
> 你被大火吞没，被鲜血染红，
> 而我未能为你报仇而捐躯，
> 只是空自怒火填膺！

诗的结尾发出有力的号召："富有灵感的俄罗斯歌手"，请拿起铿锵的竖琴，弹出"战斗的歌声"，"在人们心中拨出火焰"。诗的可贵之处，在于表现了人民的力量。

该诗韵律优美，富于音乐感，充满激情，笔锋酣畅淋漓，语言通俗易懂。少年才子和老诗人杰尔查文在民族自豪感的乐声中，奏起了和音，产生了强烈的共鸣。但小诗人具有自己特有的清新、激越和革新。主要表现在注意细节描写、韵脚的自由运用和语言的朴素自然。但这只是普希金抒情诗对俄罗斯以及西方文学传统的突破的端倪。普希金的卓绝才能令名作家吃惊。

应邀赴会的蜚声诗坛、风烛残年的老诗人杰尔查文，听完普希金热情豪放、童音清脆的诗句，感动得热泪盈眶，兴奋地说："这就是那将要接替杰尔查文的人！"1816年夏，杰尔查文去世。弥留之际，他对作家谢·季·阿列萨科夫再次提到普希金："世界上就要出现第二个杰尔查文，这人就是普希金。他还在皇村学校读书，可是已经胜过所有的作家。"杰尔查文远见卓识，普希金不负所望，从此，他肩负起建设民族新文学的历史任务。

同年，《皇村回忆》发表在当时最有影响的杂志《俄罗斯文物》上。普希金署了自己的真名，编辑加了按语："小诗人才能卓绝，前途无量。"

普希金诗的发表和流传，使他的名字飞出校园。茹科夫斯基、卡拉姆津和维雅泽姆斯基及普希金的伯父瓦西里·利沃维奇等著名诗人，都前来拜访这位诗界奇才。卡拉姆津鼓励这位神童说："你要像一只雄鹰似的飞翔呀，千万不要中途停止飞行。"老前辈对他的关怀与鼓舞，他始终铭记在心。

普希金是伟大的爱国主义者，但他爱的不是俄罗斯帝国。他的爱国主义是与反对专制农奴制、争取自由的思想紧紧联系在一起的。在被认为是普希金公民诗开端的第一首政治诗《致里尼奇》（1815）中，他以借古喻今的手法，做了鲜明的表达："我憎恨奴役""自由在我心中沸腾""罗马因自由而兴起，因奴隶制度而灭亡"。在《我熟悉战斗，爱听刀剑相击》（1820）中，表达了诗人要做为自由而献身的战士的愿望。在《致恰阿达耶夫》（1818）中，诗人号召人们用自己的行动推翻独裁政权，建立自由的国家，"在专制暴政的废墟上，铭刻下我们的姓名"。

《自由颂》是普希金第一篇歌颂自由的诗篇，是他最早产生广泛社会影响的反专制暴政的檄文，也是他遭到流放的原因。

《自由颂》（1817）在尼古拉·屠格涅夫家写成。他住在保罗一世遇难的米歇尔王宫的对面，能看见保罗一世遇难的宫殿，因而对宫廷阴谋写得有声有色。尼·屠格涅夫是十二月党人，强烈憎恨专制政体，力主仿照法国大革命的蓝图改造俄罗斯。他请普希金写了这首即兴诗。《自由颂》的题目本身就具有尖锐的挑战性。俄国 18 世纪著名的启蒙主义作家拉吉舍夫在他的《从彼得堡到莫斯科旅行记·〈自由颂〉》中猛烈地抨击了专制农奴制，当时的女皇叶卡捷琳娜二世（1729—1796）阅后大为震怒，认为作者是普加乔夫一类的暴徒，并下令判处死刑，后改为流放西伯利亚。普希金无视这场令人战栗的文字狱，但写成后同样遭到了流放。亚历山大一世"一读到《自由颂》便下令把诗人逐出彼得堡"。

普希金在《自由颂》中，把专制农奴制看作自由的敌人，是人民苦难的根源。诗人自称是"劈向沙皇的雷霆，高傲的自由的歌手"，并以大无畏的精神公开向沙皇挑战：

　　我要向世人歌颂自由，
　　我要抨击宝座的罪愆。

诗中热烈地号召被奴役的人民觉醒，为摆脱受压迫的地位起来斗争：

　　颤抖吧，世间的暴君！
　　轻佻的命运的养子们！
　　而你们，倒下的奴隶，
　　听啊，振奋起来去抗争！

为了激起人们对专制政体的愤恨，诗中展示了君主专制的统治给俄罗斯农民带来的悲惨境地的真实图画：

　　唉！无论我向哪里去看，
　　到处是皮鞭，到处是锁链，
　　法律蒙受致命的羞辱，
　　奴隶软弱的泪水涟涟。

高尔基说："在普希金之前的诗人们是完全不了解人民，对人民的命运不感兴趣，而且绝少写及人民。……但是当他们在诗里描写农民和乡村的时候……他们把乡村生活描写成仿佛是连绵不断的节日，仿佛是和平的劳动之诗。"普希金描写了人民的悲苦命运，怀着满腔的怒火声讨专制暴虐的沙皇，期待暴君早日灭亡：

> 你这独断专行的恶魔！
> 我憎恨你和你的宝座，
> 我带着残忍的喜悦看见
> 你的死亡和你儿女的覆没。

冒着杀头的危险写出这样大胆的叛逆诗，在当时作家中是难以找出第二人的，这充分显示了普希金反专制暴政的坚定信念和毫不畏惧的英雄气概。诗中提出了"强大的法律"与"神圣的自由"的结合，认为不偏不倚的公正的法律是限制君权和保证人民自由的"利剑"，它在一切之上，是主宰一切的权威，君主也必须服从它。诗中写道：

> 统治者们！不是自然，是法律
> 把王冠和王位给了你们，
> 你们虽然高居于人民之上，
> 但永恒的法律却高过你们。

诗中还以法兰西国王路易十六头颅落地一事，对徇私枉法的君主提出教训，并以保罗一世被刺、"戴王冠的恶徒死于非命"揭露沙皇的隐私，对参与谋杀父亲保罗一世的亚历山大一世进行无情地抨击。诗的结尾向沙皇亚历山大一世提出了严正的警告：

> 啊，帝王，如今你们要记取教训：
> 无论是奖赏，还是严惩，
> 无论是监狱，还是祭坛，
> 都不是你们牢固的栅栏。
> 在法律可靠的荫庇下，
> 你们首先要把自己的头低下，

>   只有人民的自由和安宁，
>   才是宝座的永恒的卫兵。

普希金作为对专制和暴君的揭发者是有力的，他愤怒的声音是千百万群众不满情绪的反映，但他用永恒的法律来争取人民的自由和限制君权，这实际上是某些十二月党人君主立宪的思想，是革命贵族的阶级意识的反映。普希金认为：只要君主"在法理面前低头"、国王尊重平等，和平繁荣的时代就会来临。年轻诗人的不流血革命的观点与激进的十二月党人领袖雷列耶夫主张用暴力打倒皇帝是有距离的，然而沙皇却把《自由颂》看作颠覆政府的革命宣言。诗中对父皇在米歇尔宫被暗杀的场景描写，他感到特别受刺激，于是下令将诗人流放，禁止发表这首诗。但该诗以手抄本的形式，在学生、士兵、商人、平民百姓甚至十二月党人中广为流传。它的第一次公开发表是在诗人逝世后近20年的1856年，由赫尔岑刊登在进步刊物《北极星》上。

《乡村》(1819)是普希金的另一首脍炙人口的政治抒情诗。同年普希金曾再度回到父母领地，看到了农奴的贫困生活和被压迫的艰难处境。在《乡村》中，诗人以真挚的感情和异常愤怒的力量，怒斥农奴制和地主的残暴。

这首抨击腐朽的农奴制的抒情诗，和《皇村回忆》一样在结构上采用对比的形式。它是以美丽、广阔、幽静的农村美好大自然和在地主压迫下贫困、无权、痛苦的农民悲惨生活相对照的两部分构成的。色彩鲜明、画面真实、形象感人是这首诗的艺术特色。

首先出现在读者面前的是辽阔的原野，明亮的小溪，起伏的山丘和清香的禾谷。美丽的田野风光，使诗人陶醉了，他高声喊道："我是你的呀！"碧蓝的湖水，纵横的稻田，成群的牛羊，稀疏的农舍，激起诗人的"冥想与诗情"："一种可怕的念头令我不安：在这绿油油的田野和群山之间，人类的朋友会不免有些伤感地发现——那令人沉痛的蒙昧落后的现象到处可见。"

乐观的情绪蒙上了一层阴影，紧张的思索打断了盎然的诗意。诗人笔锋一转，顿时一幅凄苦悲凉的画面出现在读者的面前：

老奴仆低头挨着鞭子，
干瘪的身躯瘦骨嶙峋，
在为无情的老爷们，
吃力地耕耘土地。
已经成熟的少女，
没有梦想，没有希冀，
只能供淫棍老爷发泄兽欲，
这就是她们的命运。
喔，愿我的呼吁能唤起良知。
假如没有《先知》① 那份天才，
为什么愤怒之火会在心头燃起？
朋友，我将看到人民解放之时，
看到沙皇废除农奴制之日，
看到黎明的曙光，
在独立的国土上升起。

地主的凶残，农奴的无权，妙龄少女受蹂躏摧残，读来令人撕心裂肺，义愤填膺。遗憾的是诗的结尾寄希望于沙皇施行仁政取消农奴制，幻想"农奴制尊圣旨而崩陷"。这正是普希金在19世纪20年代还没有完全抛弃改良主义思想所致。同样是反对专制农奴制，可是革命民主主义者车尔尼雪夫斯基这样写道："让俄罗斯拿起斧头来吧！别了，记着，几百年来俄罗斯的毁灭就是因为相信沙皇的善意。"

尽管《乡村》具有某些改良主义的温和色彩，但愤怒的抗议给它增添光辉，感人的艺术画面弥补了它的不足。诗中对农民悲惨命运和对地主专横暴戾的描绘，有力地抨击了农奴制，反映了农民摆脱农奴制枷锁和争取自由的强烈愿望。

《致恰阿达耶夫》（1818）是普希金抒情诗的代表作，是继《自由颂》之后的另一著名诗篇。

恰阿达耶夫比普希金大五岁，能流畅地讲四种语言，是俄国19世纪初叶有进步哲学观点和政治思想的代表人物。1816年从法国远征归来，

---

① 《先知》是法国剧作家斯克里布（1791—1861）的五幕诗剧。

驻扎在皇村附近休整。普希金在卡拉姆津家与其结识。受法国资产阶级的影响，1816年首都青年军人建立了秘密社团"救国同盟"，他是轻骑兵的核心人物。他才思敏捷，见解精辟，擅长哲理思辨，著有《哲学书简》，对诗歌也有独到见解。普希金常去他们军官驻地，他介绍普希金读了当时的秘密宣传品，扩展了普希金的政治视野。他在普希金政治思想的发展中，是一位重要人物。普希金痛恨农奴制，主张给人民以民主自由，最初是受这位兄长的影响。普希金因政治诗面临危险境地时，这位兄长与友人曾去求他的长官——近卫军司令瓦西里契格夫将军。同时茹科夫斯基与官方疏通，格涅季奇请科学院院长说情，卡拉姆津向皇后求情。还有皇村学校校长英日哈尔德和普希金在外交部的顶头上司卡波斯特里亚向皇上求情，经众多头面人物的努力，才使沙皇免于把诗人流放西伯利亚，而改为流放南方。

普希金去南方流放离开彼得堡时，首先去告别的是恰阿达耶夫。他写了《致恰阿达耶夫》（1818）、《题恰阿达耶夫肖像》（1820）、《给恰阿达耶夫》（1821）、《给恰阿达耶夫》（1824）等诗篇，赞美他们之间的友谊，表达了反专制暴政的共同理想。这些诗不只是歌颂友谊，也是歌颂自由的最好篇章。

在普希金的政治抒情诗中，总是把摧毁专制制度与争取自由联系在一起；在讴歌政治自由时又总是与自己的献身精神密不可分；在抒发献身自由的信心和勇气时又总是与对美好未来的期盼和希望结合在一起。他的诗充满爱国主义的激情，渴望自由的崇高理想，追求光明未来的信心，因而诗中表达的不只是个人的感受，也是整个时代先进人物的共同理想。他的诗篇充满了民族精神和时代的声音。

《致恰阿达耶夫》（1818）是一首热情洋溢、美丽动人的抒情诗。它体现了普希金抒情诗的清新、明快、朴直的风格。这首诗以巧妙的隐喻、鲜明的对比和热烈的感情为其突出的艺术特色。

诗一开头就提出了个人与祖国、个人与人民关系的问题。1812年的炮声和20年代初欧洲各国爆发的资产阶级革命，惊扰了他们青春的欢乐，粉碎了他们不切实际的幻想，沙皇的残暴统治使他们从追求个人幸福的美梦中觉醒：

> 爱情、希望、平静的光荣
> 并不能长久地把我们欺诳,
> 就是青春的欢乐,
> 也已经像梦、像朝雾一样地消亡;
> 但我们的内心还燃烧着愿望,
> 在残暴的政权的重压之下,
> 我们正怀着焦急的心情
> 在倾听祖国的召唤。

诗中表现了先进青年对俄国现实的清醒认识,对个人和国家、个人同人民关系的正确处理和坚定的革命意志。

接着描写渴望自由的急切心情,把对自由的渴望比喻为"正像一个年轻的恋人,等待那真诚的约会一样",比喻为"期望的折磨"。比喻生动,情感真挚,写出了盼望自由来临的抒情主人公的心态。高尔基写道:"他怀着烦躁和焦急的心情等候着自由,在他以前还没有任何人体验过他这种心情。"这种渴望自由的急切心情,产生了巨大的感召力,在人们心中"燃烧起自由之火","要把我们心灵的美好感情,都献给我们的祖国"!动人的诗行,具有极大的鼓动和宣传力量。

最后,对专制暴政必然灭亡,自由事业必将胜利表示了坚定的信心,并发出战斗的号召,诗的结尾给全诗增添了力量:

> 同志,相信吧:迷人的幸福的星辰
> 就要上升,射出光芒,
> 俄罗斯要从睡梦中苏醒,
> 在专制暴政的废墟上,
> 将会写上我们姓名的字样!

用"迷人的幸福的星辰"象征革命美好的前景,用"废墟"象征专制制度的灭亡,用"我们的名字"写在"废墟上"象征旧世界的破坏者立下的汗马功劳。诗中的比喻和象征手法的运用,增强了感人的艺术魅力。这首诗在思想上和艺术上都达到了极其完美的境界。它被当时的革命团体作为宣传材料,广为散发。最后一节诗后来被十二月党人雕刻在秘密徽章上，可见它的巨大鼓舞力量和社会政治意义。这首诗不愧为俄国抒情诗的典范。

十二月党人起义失败后，俄国社会一片消沉，如赫尔岑所指出的："全社会正陷入深沉的绝望和力量之普遍消沉状态。"人们循规蹈矩，互相戒备，甚至私人交往都打上了尼古拉一世花纹字头的烙印。在铁铐高悬、黑暗恐怖的岁月，"阿尔扎马斯社""绿灯社"一类的团体销声匿迹了。普希金的好友，有的在西伯利亚，有的在异国，剩下的也散居各地了。诗人尽管处境艰难，却依然吹起自由和解放的号角，他冒着生命的危险写成了《致普希钦》（1826）、《阿里翁》《致西伯利亚的囚徒》（1827）等歌颂十二月党人事业不朽的诗篇。在十二月党人就义一周年写成的《阿里翁》中，普希金成功地借用典故来表明对十二月党人的态度。带着大宗财物的古希腊诗人阿里翁被推入海中，海豚听到他动人的歌声，把他救到岸上。诗人以阿里翁来影射自己："被风暴和海浪推到海岸上我仍然唱着往日的颂歌。"诗人大胆地宣布自己依然是十二月党人的歌者。

《致西伯利亚的囚徒》是普希金歌颂十二月党人事业的一组诗篇中的代表作，是反对专制统治的号角。

1827年初，在十二月党人尼·穆拉维约夫的妻子穆拉维约娃去西伯利亚看望丈夫时，诗人托她带去两首给流放的友人的诗——《给普希钦》和《致西伯利亚的囚徒》。在那万马齐喑的年代，诗人为深居矿坑的志同道合的友人带去了光明和力量：

> 在西伯利亚矿坑的深处
> 望你们坚持着高傲的忍耐的榜样，
> 你们的悲痛的工作和思想的崇高志向
> 绝不会就那样徒然消亡。
> 沉重的枷锁会掉下，
> 黑暗的牢狱会覆亡，
> 自由会在门口欢欣地迎接你们，
> 弟兄们会把利剑送到你们手上。

在这首气吞山河的壮丽诗篇中，诗人高度评价了十二月党人的伟大事业，礼赞他们献身革命的精神，鼓舞他们保持革命者的气节，坚信胜利的时光一定会到来。热烈的诗句像火炬一样照亮了阴暗的矿坑，温暖了战友们的心，振奋了他们的精神。看到这首诗后，矿坑中的战友们推举诗人亚·奥多耶夫斯基代表流放的十二月党人写了一首正义凛然的答谢诗。诗中写道："请放心吧，诗人，我们以自己的镣铐和遭遇而骄傲，我们虽然身陷囹圄，但心里却把那暴君嘲笑。"他们相信："我们的悲痛的工作绝不会就那样徒然消亡，星星之火会发出万丈光芒——爱自由的人民将重新集合，在神圣的旗帜下把战歌高唱。"1900年列宁创办的革命报刊《火星报》就以此诗"星星之火……"的不朽名句而得名。

《致大海》（1824）是普希金离开敖德萨到米哈伊洛夫斯克期间写成的著名抒情诗。临别时诗人向大海告别，他思绪万千，情感像大海的波涛一样起伏激荡。他想到自己的坎坷遭遇和未来的命运，想到失去自由的苦难的人民，想逃往国外去摆脱不自由的处境，想到煊赫一时的英雄人物……百感交集，留下了他对人生的真实写照。它是历史与现实、写景与抒情完美结合的典范。诗人以强烈的主观感受描写了大海：汹涌的波涛、明亮的闪光、变化的音响、壮丽的景色，所有这一切都传达了诗人热爱大海和渴望自由的激情。

这首诗以悲壮的力量和向往自由的激情打动读者。大海是自由的象征，是诗人的"心灵愿望的所在"，是诗人的意志和精神的生动表现：

> 你的形象在他身上体现，
> 他身上凝结着你的精神，
> 像你一样，磅礴、忧郁、深远，
> 像你一样，顽强而又坚韧。

诗人通过对大海的描绘，把自己不自由的处境、向往自由而不得的内心矛盾以及想逃往国外的复杂心理与冲破一切束缚、喧腾自由的大海自然地连接起来，深刻细致地写出了自己复杂的感情世界。因此，对大海力量的尽情歌颂、对大海景色的倾心爱恋、对大海喧响声发出的庄严号召，越是进行准确有力的描写，就越能抒发诗人奔放的热情，打动读者的心弦。

在借景抒情中，诗人展开了联想，使自由的主题进一步深化。联想起资产阶级革命的代表人物拿破仑和支援希腊革命的自由战士，他们一个用利剑反对欧洲封建势力，一个用笔燃起自由的火把，都是在历史的发展中起过一定作用的人物，自然引起诗人的倾慕。把自由、诗歌和利剑结合在一起的拜伦，诗人对他由衷地敬慕，诗中写道："他长逝了，自由失声哭泣，他给世界留下了自己的桂冠。"但是"俱往矣，数风流人物"，整个世界并没有改变。

随着大海的起伏波动，热爱自由的诗人对现实感到失望和愤激：

> 大海啊，世界一片虚空……
> 现在你要把我引向何处？
> 人间到处都是相同的命运：
> 哪儿有幸福，哪儿就有人占有，
> …………

节奏的变化是增强诗歌表现力的重要因素，也是表达诗人感情的主要方法。从"再见了，奔腾不羁的元素"到"再见吧，大海"，节奏由抑而扬，好像海涛滚滚汇成巨浪，然后发出震耳的轰响，给人以振奋和力量。诗人对大海的倾慕和难舍难分的感情，得到了充分的表现。这里边既有痛苦与失望，又有理想、追求和对革命风暴的渴望。大海发出的低沉的轰响，仿佛预示革命的风暴即将来临。诗人对大海无限热爱，诗人与大海融为一体，诗人要拥抱无边的大海，要把大海所有的力量随身带走，表达永远忠于自由的理想：

> 你的形象充满了我的心坎，
> 向着丛林和静谧的蛮荒，
> 我将带走你的岩石、你的港湾，
> 你的声音，你的水影波光。

普希金反专制暴政的叛逆精神和追求政治自由的理想，不只反映在他的政治抒情诗中，也反映在他的友谊诗、爱情诗、讽刺诗、童话诗以及叙事长诗、小说、戏剧等各种文学体裁中。自由是他诗歌的主要内容，是他文学创作的灵魂。

讽刺诗

讽刺是用以嘲笑和揭露社会生活中保守、落后、腐朽、反动事物的一种有效的表现手法。根据事物矛盾性质的不同，讽刺态度和方法有所不同：对敌人和腐朽反动的事物，要无情鞭挞，使其毁灭；对人民的保守落后现象则应善意批评，使其改进。

普希金很早就认识到讽刺是作家的有力武器："或者受朱文纳尔的鼓舞，学会用讽刺的针砭，时而举起犀利的匕首，去嘲笑和打击恶端。"（《致巴丘什科夫》，1814）在《给利金尼》（1815）一诗中又写道："以冷酷的朱文纳尔把精神激励，我要用正义的讽刺描绘恶习，我要向后世揭露这时代的风气。" 1822年他给诗人、批评家维雅泽姆斯基的信中，则进一步强调讽刺的社会意义："法律的剑不能达到的地方，讽刺之鞭必定可以达到。"这句话后来被杜勃罗留波夫进一步发挥："法律只能惩治一切罪恶和过失，但不能惩治恶劣的性格，也不能惩治一个人腐化的本质；因此，这种为法律所无力惩治的毒根应该用讽刺的方法来加以揭发和嘲弄。此外，尚存在一系列的社会关系，它们合乎常规，甚至法律也承认这些关系是正确的，但就是不符合自然规律，例如农奴关系。讽刺应在根本上、原则上抓住这些类似的现象。"[①] 普希金对讽刺的精辟论述，为俄国讽刺文学的发展奠定了理论的基础。

普希金在学生时代作为进步文学团体"阿尔扎马斯社"（1815—1818）社员，就开始了用讽刺诗向以海军上将希什科夫为首的保守派文学团体"俄罗斯语言爱好者座谈会"（1811—1816），进行了斗争。

"阿尔扎马斯"是一个酒吧间的名字。有一位"保守派"的成员在他的喜剧中嘲笑了茹科夫斯基。而茹科夫斯基的崇拜者、作家布鲁多夫则用《在"阿尔扎马斯"酒吧的见闻》一诗予以反击。以卡拉姆津、茹科夫斯基为首团结进步文学青年组成的文学团体用"阿尔扎马斯"来命名自己的社团，以纪念这首诗歌把他们团结在一起。这个社团的成员酷爱民族语言、文学和历史。研究和评论当代人的作品，是他们的宗旨。他们反对墨守成规和陈词滥调。"俄罗斯语言爱好者座谈会"极力捍卫18世纪古典

[①] ［俄］贝奇科夫等：《论托尔斯泰创作》，上海文艺出版社1958年版，第352—353页。

主义美学原则和陈腐的形式,固守斯拉夫教会语言,反对文学语言的改革和民主化。古典主义正处于寿终正寝的阶段,它内容陈旧,题材狭窄,形式拘泥,已不适应新时代对文学的要求。"阿尔扎马斯"极力主张从内容到形式进行文学的革新,给文学注入新的血液。因此,它对文学的发展起了促进作用。普希金站在革新派方面,称"俄罗斯语言爱好者座谈会"是"俄罗斯语言毁灭者座谈会",并且写诗对他们进行讽刺:

> 有三个阴沉的歌手——
> 希赫马托夫、沙霍夫斯柯伊、希什科夫,
> 有三个理智的敌人——
> 我们的希什科夫、沙霍夫斯柯伊、希赫马托夫[①],
> 但在这三个昏东西中谁最蠢?
> 希什科夫、希赫马托夫、沙霍夫斯柯伊!

名字先后次序的排列,既照顾了押韵,又针对"歌手、敌人、蠢货",人物所处的地位和分量的轻重不同进行排列。诗的构思新颖别致,重复手法的运用,增强了讽刺的印象和打击的力度。

"阿尔扎马斯社"每个社员都有个友谊的绰号。维雅泽姆斯基叫"魔王",茹科夫斯基叫"斯维特兰娜",普希金的伯父瓦西里叫"那好,我在这儿",小普希金叫"蟋蟀",亚·屠格涅夫绰号"风琴",因为他的胃肠经常咕噜咕噜作响。"阿尔扎马斯社"中卡拉姆津等人的改革是很不彻底的,他们反对斯拉夫教会语言,而又以贵族社会的口语为基础,同样是与人民大众的生动口语相隔离的。真正进行文学语言改革的功绩,应归功于积极浪漫主义和批判现实主义作家、十二月党人诗人和普希金。在这些人中普希金的功绩列为首位,人们公认他是现代俄语的创作者。

普希金讽刺之鞭抽打的主要是统治阶级头面人物。他讽刺揭露亚历山大一世、陆军部长阿拉克切耶夫、修道院院长弗修斯、国民教育及宗教部长戈里津以及沙皇媚臣的诗,构成了一幅俄国社会的百丑图。

---

① 希什科夫(1754—1841),俄国海军上将、作家、反动的国务活动家(1812年卫国战争时任亚历山大一世的国务秘书),以他为首的"俄罗斯语言爱好者座谈会"坚持腐朽的文学观念。

揭露亚历山大一世的讽刺诗有《童话》《你和我》《给两个亚历山大·巴甫洛维奇》《咏阿拉克切耶夫》《咏亚历山大一世》《题征服者的半身雕像》等。这些讽刺诗，从政治、军事、生活和道德等方面，对亚历山大一世进行了全面的揭露。

亚历山大一世为篡夺王位曾散布自由的幻想，同意贵族颁发限制专制制度的宪法。他参与谋杀其父保罗一世，登上王位后，诺言并没有实现。他害怕欧化会导致阶级力量的变化、专制政权和农奴制度的灭亡。为挽救岌岌可危的沙皇政权和扑灭革命的烈火，在国内外采取了极端反动的政策。

在国外，他利用打败拿破仑的民族解放战争的胜利，恢复和巩固欧洲大陆的封建秩序。1814年10月召开了处理战后问题的国际会议，亚历山大一世是这次会议中恢复和巩固欧洲大陆封建统治、阻止革命运动和瓜分殖民地的急先锋。会后，他又纠集欧洲各国反动君主结成以镇压欧洲解放运动为目的的反动"神圣同盟"。"神圣同盟"于1815年由奥地利、普鲁士和俄国共同组成，随后欧洲大陆上的反动君主相继加入。"神圣同盟"历次会议上所确定的镇压意大利、西班牙及欧洲其他国家的一切反动措施，都是根据沙皇的指示拟定的。沙皇是"神圣同盟"的首领，沙皇俄国成了国际宪兵。

在国内，亚历山大一世把"神圣同盟"的反动纲领作为对内政策的基础。他的宠臣、陆军部长阿拉克切耶夫成了他推行国内政策的代表。阿拉克切耶夫野蛮地在国内推行军屯制，使成千上万的农民变成士兵。农民们穿着军装在鼓乐声中耕耘土地。男女婚事也由军事当局规定，常以抽签形式决定夫妻。军屯区的农民受到残暴的统治，稍有不服就要受到军法的制裁。人们咒骂"阿拉克切耶夫暴政"，然而亚历山大一世却宣告："军屯制无论如何要实行，即使要在从彼得堡到丘多沃的大路上铺满尸体也在所不惜。"战胜拿破仑凯旋归来的士兵们说："我们替国家撵走了一个暴君，可是我们主人又要做我们的暴君了。"学校成了神甫的讲坛，公共教育受到摧残；秘密警察到处横行，革命活动受到监视，进步书刊不准出版。

1818年3月15日亚历山大一世在波兰王国国会开幕式上讲话时，宣称封建俄国也实行"以法律为准则"的管理体制，"实行立宪制度"限制独裁政权。他的讲话在国内引起了极大反响。卡拉姆津写道："华沙的演讲对青年人产生了重大影响。他们已在梦中看见宪法，他们议论纷纷，以为自己就是法官，对一切的一切都有至高无上的权力……这既可悲又可笑。"普希金对沙皇的诺言表示怀疑，他模仿圣诞节教堂里所唱的颂歌形式，写成讽刺沙皇的《童话》（1818）。诗中把经常出国指挥反动"神圣同盟"的亚历山大一世称为"东游西逛的暴君"，指出他是许诺国家立宪而不兑现的政治骗子。诗中写道："按照我沙皇的仁慈，赐给百姓以百姓的权利"，这句诗带有极大的讽刺性，因为沙皇和贵族认为：豢养贵族、缴粮纳贡、服兵役才是老百姓的义务和权利。但是，无知的孩子听了特别高兴：

孩子在小床上高兴地
跳了又跳：
"难道这是真事？
难道这不是玩笑？"

妈妈告诉他：这是父皇给你讲的神话故事，不要兴奋，闭上眼睛，该睡觉还得睡觉。我们知道拜伦在《青铜时代》中曾给这位俄国沙皇画了一幅肖像："自称是一切真正自由的朋友，只是他全不肯把它给人民。"可见亚历山大一世的自由谎言在国外也臭名远扬。

普希金在《你和我》（1817—1820）一诗中，则把沙皇穷奢极欲的生活暴露得淋漓尽致，塑造了最高领导者的腐败形象。诗中用"你和我"的对比手法揭露了这个腐朽的寄生者："你豪富，而我则赤贫；你毫无风趣，我是诗人；你红光满面，像是罂粟，我像死人似的苍白，消瘦。你这一辈子不用忧愁，你住的是大楼和华屋；我呢，整天苦恼和奔走，天天在一堆草上残喘。"诗中讽刺最尖锐的地方是沙皇上厕所前呼后拥，像是举行庄严大典，竟然用细软的白绫作手纸。诗人说自己要求不高，能把御用文人赫瓦斯托夫粗劣的颂诗拿来当手纸也就凑合了。把沙皇和他的御用文人同时拿来加以讥笑，真可谓一箭双雕，耐人寻味。后来的安徒生在他的讽刺童话《皇帝的新装》（1837）中，把虚荣透顶、穷奢极欲、每个小时要换一套新衣的皇帝，前呼后拥地拉到喧闹的大街上，让他光着身子做了展示。两位作家反对腐败的矛头直指最高的反动统治者，其凛然正气是息息相通的。他们都对"朱门酒肉臭，路有冻死骨"的不平等的社会现实，发出了强烈的抗议。

《给两个亚历山大·巴甫洛维奇》一诗，同样采用浪漫主义的夸张手法，突出描写亚历山大一世的本质特征。把他写成俄国的"魔鬼"，歪拉着脑袋的畸形怪物。诗中把同名的两个亚历山大（一个是皇村学校的瘸腿厨师，一个是沙皇）进行对比加以描写：

> 罗曼诺夫和泽尔诺夫
> 他们俩何其相似乃尔；
> 泽尔诺夫瘸了一条腿，
> 罗曼诺夫瘸了脑袋。

在用语上，瘸了脑袋比吓人的魔鬼更具体、更恐怖、更击中要害。深刻地表现了这位令国内外恐惧的"神圣同盟"的首领、俄国的暴君的凶残和丑恶面貌。

《咏亚历山大一世》（又译《我们的沙皇是位了不起的大官》，1825）则对亚历山大一世的内心世界进行揭露。这位"神圣同盟"的领导、国际事务的法官，原来是被拿破仑吓得要死的胆小鬼。1805年他亲自指挥俄军与法军作战，在维也纳奥斯特利兹城下激战一个半小时，俄军一败涂地。亚历山大一世只好接受城下之盟，签署了屈辱的《提尔西特条约》。法国封锁欧洲大陆，给俄国的对外贸易带来了重大损失，引起全国的不满；1812年拿破仑大军入侵俄国，亚历山大一世丢魂丧胆。诗中写道：

> 我们的沙皇是位了不起的大官，
> 他接受的是鼓点声中的教育：
> 在奥斯特利兹城下他逃之夭夭，
> 一八一二年，他又吓得浑身战栗。

诗的结尾，把这位"神圣同盟的头面人物、裁决国际事务的要人"，讥讽为外交部门被人驱使的"小小的八等官吏"。

讽刺诗《咏阿拉克切耶夫》（1817—1820）鞭挞的是陆军部长阿拉克切耶夫的。他是沙皇的同学、朋友和顾问，他为沙皇出谋划策，是沙皇推行国内政策的代表。他建立秘密的警察机构，监视革命者的活动。他野蛮地推行军屯制，使成千上万的农民变成了世袭士兵。军屯区的农民受到残酷的剥削和统治，1819年军屯区丘多沃农民发生了大规模的暴乱，上百人被处以死刑，许多妇女受到鞭笞。阿拉克切耶夫阴险毒辣，在阅兵时曾揪掉士兵的胡子，咬过士兵的耳朵。在他的庄园，打人的鞭子都用盐水浸泡。人们咒骂"阿拉克切耶夫暴政"。普希金反映了人民的呼声，对造成人民苦难的罪魁祸首给以迎头痛击，同时也不放过重用刽子手的沙皇：

> 整个俄罗斯的迫害人，
> 省长见了他就头痛，
> 他是参议会的导师，
> 而沙皇——他的朋友和兄弟；
> 狭小的气量，恶毒的心，
> 没有脑子，不讲道义，毫无感情：
> 他是谁？"耿直不阿的忠臣"，
> ……一文不值的将军。

普希金的讽刺诗没有幽默和喜剧成分，不会引起一丝笑意。他是从公民的立场来揭露和审判统治阶级代表人物，尖酸刻薄、义愤填膺地鞭笞他们，诗中充满高度的讽刺激情。这种激情不仅引起人们对沙皇及其党羽的痛恨，而且能使人们得到高度的审美享受。因此他的讽刺诗很快在首都青年中流传开来，很多人都会背诵他的诗句。艺术上的对比形式，一箭双雕的手法，新颖的构思，合理的想象，夸张的描写，使他的讽刺诗妙趣横生，尖锐有力。加之用意深刻，文笔老辣，构成他讽刺诗的独特风格。普希金的讽刺诗为俄国讽刺文学开了先河，成为果戈理直到契诃夫等作家创作的典范。

哲理诗

1826—1827年普希金在莫斯科与"哲人"社结下了友谊。"哲人"社是由批评家奥多耶夫斯基和青年诗人维涅维季诺夫领导的文学团体。这个团体在一定程度上持反政府立场，它的成员曾与十二月党人有过交往。1826年秋"哲人"社创办了自己的杂志《莫斯科通讯》，它的任务是要求批评文章和科学著述具有深刻的哲理根据,为提高哲学思想的水平和诗歌的技巧而斗争。普希金用自己的作品支持了这个刊物。他的哲理诗《先知》(1826)、《诗人》(1827)、《诗人和群众》(1828)发表在这个刊物上。1827年他离开了这个杂志。

普希金饱经世事,阅尽沧桑,用灵魂和生命谱写出的乐章,是对人生的深刻体会,是对人生的真实感悟,是对生活的高度概括。他的诗篇具有丰富的哲理内涵。有关国家与个人、正义与邪恶、富贵与贫贱、荣誉与屈辱、宽宏与妒忌等人生复杂问题,都有深层次的涉及。他那博大精深的思想,闪耀着晶莹的智慧和人生哲理的光辉。他为人类留下了一座富丽的文学殿堂,不同时期不同国家的人会从中重新发现普希金,在他的闪光语言中得到神谕般的启示。

他的哲理诗告诫我们:在黑暗中要看到光明,在困难面前不气馁,遭到厄运时不丧失信心,在邪恶面前无所畏惧,富有时要保持劳动本色,掌权时不忘记人民……

《假如生活欺骗了你》(1825)是他的哲理诗的代表作。这首诗是普希金幽禁在米哈伊洛夫斯克时,写在三山村的远亲普·奥西波娃的二女儿叶夫普拉克西娅纪念册上的题诗,诗人同她有过一段恋情。由于诗人崇尚美好的人生和对社会生活的深刻感悟,这首诗的思想艺术价值远远在一般爱情诗之上。

在人生转折的关头生活遇到了变故,或理想遭到了破灭,或蒙受时代的羞辱,或碰到不如意的事,受到生活打击的时候,这首诗能给人鼓舞和力量,坚定人的生活信念。它指导人如何对待生活,如何对待生活中的挫折和委屈:

> 假如生活欺骗了你,
> 不要悲伤,不要心急,
> 忧郁的日子里需要镇静:
> 相信吧,快乐的日子将会来临。

全诗分为两段,在第二段中告诉人们向前看"心儿永远向往着未来",要以乐观主义态度看待一切,悲哀和忧郁"转瞬即逝,成为过去"。诗的最后一句,"而那过去了的,就会成为亲切的怀恋",让人记住悲伤和痛苦，但不要抱怨和愤恨，要宽宏大度，感受自己摆脱"悲哀和痛苦"的奋斗和搏击的可爱。

诗中没有写景，但是有情，情中有景。读者似乎看见一对恋人，一个对另一个表白：不成眷属，也会成朋友；好像是不同年龄的两个朋友间促膝谈心：不要怕挫折，要向前看；好像是兄长与弟妹的交心：经风雨，长志气；又好像是经验丰富的老师对年轻学生的教导：理智地对待波折，不可气馁。诗人用生命的微笑，温暖着受伤的心灵。从另一面看，诗人写尽了这情人、朋友、兄长和老师的生活阅历。短短的八行诗写出了人生的坎坷，希望的破灭，未来的美好；写出了人的感情——悲愤、悒郁和欢乐；写出了人的坚强意志，克服困难的精神；写出了对人生的真知灼见，堪称富有哲理的诗篇。

普希金的第二首优秀的哲理诗应属他逝世前写成的《纪念碑》（1836）。这首富于哲理的抒情诗写得凝重、深沉，既看透了现实，又预见了未来；既有悲愤，又有欢悦；既有蔑视，又有自信，全诗充满着"穿透力"。它告诉我们怎样对待"赞美和诽谤"，怎样正确地认识自己和把握自己：

> 哦，诗神缪斯，听从上天的旨意吧，
> 既不要畏惧侮辱，也不要希求桂冠，
> 赞美和诽谤，都平心静气地容忍，
> 更无须去和愚妄的人空作争论。

不要重视俗人的"爱好"，狂热的赞誉不过是轻浮的喧闹，愚人的指责不过是对别人成就的妒忌。应该听其自然，任其叫嚣，保持头脑的冷静。这是多么深邃而隽永的见解，诗中蕴含的丰富哲理耐人寻味，让人久久深思。

诗人以平静的心情面对现实，排除各种干扰，并以敏感的神经预测未来，确信为人民做过好事的人，会永远受到人民的尊敬和热爱：

> 我所以永远能为人民敬爱，
> 是因为我曾用诗歌，唤起人们善良的感情，
> 在我这残酷的时代，我歌颂过自由，

并且还为那些倒下去了的人们，祈求宽恕同情。

倾注全身的精力为人民呼吁和呐喊，后人对诗人的崇拜是在诗人预料之中的，诗人自豪地宣告：

> 我为自己建立了一座非人工的纪念碑，
> 在人们走向那儿的路径上，青草不再生长，
> 它抬起那颗不肯屈服的头颅
> 高耸在亚历山大的纪念石柱①之上
>
> 不，我不会完全死亡——我的灵魂在遗留下的诗歌当中，
> 它将比我的骨灰活得更久长和逃避了腐朽灭亡——
> 我将永远光荣不朽，直到还只有一个诗人活在这月光下的世界上。
> ⋯⋯⋯⋯

人民的诗人在人民口中高于沙皇，他才是真正的领袖。诗人诞生至今两百多年过去了，在历史长河中有多少皇冠落地，多少铜像被毁，多少不可一世的人物变成了粪土，可时间老人却年复一年地证实着诗人的预言："我将永远地受到人民的尊敬和敬爱。"揭示《纪念碑》中的哲学思想，最好不过的是用我国著名诗人臧克家的那首有名的诗歌："有的人活着，他已经死了；有的人死了，他还活着。有的人把名字刻入石头想'不朽'，有的人情愿做野草，等着地上的火烧。把名字刻入石头的，名字比尸首烂得更早⋯⋯"

英国诗人和思想家柯勒律治早就说过："我深信，真正的哲学体系——这种真正的生活科学，最好从诗歌那里学到它。"普希金诗歌中生生不息的思想，给哲学家提供了研究的丰富的宝库。

普希金的晚期创作，呈现出更多的生活哲理。除抒情诗外，在他的叙事长诗、童话诗、剧诗、诗体小说中都可以看到其微妙的表现。

---

① 亚历山大石柱高27米，1832年建于彼得堡的冬宫广场，至今犹在。1834年11月举行揭幕典礼时，普希金不愿参加，曾避离彼得堡。

友谊诗

  普希金才华过人,不骄矜自大,不阿谀奉承;追求自由,不爱虚荣;好开玩笑,经常内疚,因此受到同学们的爱戴。沉着而严肃的普希钦,诗才出众的杰尔维格,思想激进的丘赫尔别凯,都成了他最亲近的朋友。他们彼此的友谊,在反对沙皇专制的斗争中不断巩固和加深。从小没有得到过家庭温暖的普希金,对待友谊特别真诚。没有一个人像普希金那样把朋友间的友谊写得那样真挚、热情、纯洁。在他的笔下出现了那么多歌颂友谊的动人诗行。

  每逢10月19日皇村学校成立的日子,诗人和他的同学都要在彼得堡聚会庆祝。每逢这一天都激起他的灵感,促使他赋诗抒怀,表示对友谊诚挚的纪念。《十月十九日》(1825)是他礼赞友谊的著名诗篇。诗人满怀激情地写道:

> 我的朋友们,我们的缘分瑰丽无比!
> 它是永恒的,不可分割,像一颗心——
> 它坚不可摧。自由而又无所顾忌,
> 友好的缪斯的爱护,使它变成璞玉浑金。
> 无论命运会把我们抛向何方,
> 无论幸福把我们向何处指引,
> 我们——还是我们:整个世界都是异乡,
> 对我们来说,母国——只有皇村。

  在这首诗中,诗人把青春时代的友谊表现得如爱情般的甜蜜,鲜花般的美丽,白玉般的纯洁。同学们的嬉戏,志同道合的友人的相互支持,老师的辛勤培育,在他心里都成了幸福的回忆。这首诗又是对友谊的检阅:谁被冷酷的社会吞噬,谁在强暴的压力下屈服,谁在风暴中顽强地同命运抗争?对死者表示深沉的哀悼,对生者发出热情的呼唤。诗人用友谊的火把燃起沉睡的火焰,用友谊的航标指引人生的旅途,用友谊的钟表计算时间的流逝。普希金歌颂友谊的诗章宛如一部和谐的知音交响曲,它坚定生活的意志,治疗内心的创伤,抚慰人们的心灵。它充溢着崇高、向上、美丽的柔情，通过柔和的力量，给人以强烈的感染。诗的感情温和、细腻、浓厚，像微风荡起湖面的水波一样，逐渐扩展，一会儿悒郁，一会儿欢快，牵动读者的感情在友谊的清泉中不断地涤荡。

诗人还以自己的体验反映了专制时代霹雳的轰击、灾难的命运、心灵的痛苦以及他的抗争，使其具有真实的时代感，成为时代和社会的一面镜子。诗人想到朋友中活到最后的一个人时写道：

> 不幸的朋友啊！在新的一代中间，他
> 将是多余的、陌生的、惹人讨厌的来宾，
> 他会想起当年团聚的日子，想起我们，
> 他会用颤抖的手把双目遮掩……

这位长寿老人在追忆往日友人时，"用颤抖的手把双目遮掩"，这句诗给读者留下了广阔的想象空间。它既有时代和生活的变迁，又有欢乐与痛苦的交织；既有对早逝的友人的怀念，又有对新友的陌生；既有对现实的怨诉，又有对过去的怀恋，对未来的憧憬，真是发人幽思，诗意无穷。在这位掩目老人的情景交融的画像中，蕴藏着无限的想象空间。从另一方面说，它是诗人面向人生、面向现实、面向未来的思考。这句诗多么简练、单纯、具体和形象，别林斯基说："这不只是诗的文字，这简直是诗的图画！"色彩鲜明，感情复杂，蕴意丰厚。

诗人的友谊诗感情真诚，心与心相贴，情与情相融，把朋友的欢乐与痛苦看成自己的欢乐与痛苦："看你这样欢乐无忧，我只含着眼泪微笑。"（《给友人》，1816）"但愿所有的朋友都幸福无边"（《别离》，1817），他总是以欢乐与幸福对友人表示祝愿。他在《1927年10月19日》一诗中，为"公务的操劳"或被"生活的困扰"的友人以及在异国他乡和在海上工作的友人祈求"老天爷帮助"，对服苦役的普希钦和被囚禁的丘赫尔别凯更是特别关心：

> 愿老天帮助你们，我的朋友，
> 遇上风暴，或是尘世的悲伤，
> 在陌生的异域，荒凉的海洋，
> 或被囚在暗无天日的地府。

普希金的友谊没有名誉、地位、金钱的奢求，诚心相待，在诗人看来，远胜于社会的成功、官位的取得和金钱的占有。与朋友相聚，倾心谈吐是人间莫大的幸福，"就连帝王自己也将对学生羡慕不已"。

普希金的友谊诗是高尚道德、美好情操的表现。那种议论人非、互相吹捧、彼此利用、商品交换的酒肉朋友与普希金高贵纯洁的内心世界是格格不入的。他在《友谊》（1820—1826）中讽刺地写道：

> 何谓友谊，酒后轻易的烈焰，
> 说人坏话的自由会谈，
> 懒散和虚荣心的交换，
> 或者就是遮羞的情面。

普希金从小就不与庸俗卑鄙的人接近，更不与之为友。学生时代最亲密的朋友普希钦、丘赫尔别凯成了未来的十二月党人。驻皇村军队的友人恰阿达耶夫和卡维林都是反对帝国政权的进步军官。普希金的友谊之石上刻着庄严的界标。他在南方流放时，盼望与友人恰阿达耶夫早日会见，热情交谈，畅叙往事，但他提出这欢乐的集会不能让讨厌的彼得堡军官、愚蠢无赖的谢平参加："名誉对我来说不过是无聊之物，但我厌倦的心因思念你而痛苦，什么也代替不了我唯一的友人，我的良医啊，永远忠实的朋友"，"什么时候能握着手情谊交流？什么时候能听到你亲切的询问？我将怎样拥抱你啊，我的友人！……不过，上帝保佑，请你务必把谢平从家门口轰走。"（《致恰阿达耶夫》，1821）

普希金把友谊看成洁白无瑕的美玉、肝胆相照的明镜，看成事业上的相互鼓舞与支持。这种价值千金的友谊，没有它，他便感到凄凉难忍，用他的话说是"没有任何东西能抵过一个友人"。因此，无论生活遇到怎样的风暴，无论命运把他抛到何方，他对神圣的友谊始终坚贞不渝。毕业时他在给丘赫尔别凯的诗《别离》（1817）中写道：

> 再见吧！无论我在哪里：无论是处于
> 沙场的战火，或故乡平静的溪岸，
> 我都会忠于神圣的友谊。

《题普欣纪念册》（1817）（注：普钦即普希钦）一诗，同样表达了普希金对友谊的坚贞："早年的友谊并不只是缔结于游戏的梦。在惊危的时代、在可怕的命运之前，亲爱的朋友呵，它永远不变！"

1836年10月19日是皇村学校校庆25周年。在纪念会上，普希金朗诵了他写的校庆诗《想从前》（1836）。诗人用过去与现在的对比，表达了自己沉痛的心情：

> 想从前：我们年轻的节日
> 明亮、喧哗，戴着玫瑰花冠，
> 歌唱和碰杯的声音交织，
> 我们密密围坐着饮宴。
> ············
> 而今不同了：那欢愉的节日
> 和我们一样，失去了疯闹的气氛；
> 它已经温和、安静、拘谨了，
> 碰杯的声音变得如此低沉；
> 彼此的谈话不再流畅、活泼，
> 我们只沉郁地疏疏就座，
> 歌唱间的笑声已经稀少了，
> 更常常的，我们叹息而沉默。
> ······

诗人以忧伤的心情写出了岁月的流逝、世界的旋转、时代的残酷，帝王权杖给诗人的打击，以及他被两次流放如今仍处在严密的监视中的苦痛心情；写出了冷酷的社会给纯洁友谊蒙上灰尘；谈话不再流畅，碰杯声变得低沉，行为变得拘谨。校友稀少，忧郁就座，沉默叹息。他的友谊诗同政治诗一样，反映了时代的惊危和诗人的遭遇。用"碰杯""谈话""就座""笑声"等动作和人物"叹息而沉默"的面部表情，反映出感情变化的不同色彩。这位公认的俄罗斯头号诗人表现真实生活的彩笔，实在令人惊讶！从这里我们也可以看出普希金抒情诗的特色：深沉的阴郁，光亮、透明的感情，眩人眼目的图画和平静情调的感人力量。

据庆祝活动的"元老"、他的同学雅科夫列夫说：那天普希金朗读到伤心处"泣不成声"，只好中途停止。

学生时代普希金最喜欢的老师是库尼曾和加里奇，把他俩看成师友。他特别痛恨的是学监皮列斯基，这位学监不仅向同学们的姐妹献殷勤，而且常背地说学生家长的坏话。有一次他要没收普希金的好友杰尔维格的讽刺诗，普希金大发雷霆，指着学监的鼻子说："您无权拿走我们的作品，这样，您以后就会到抽屉里去拿我们的家信！"普希金夜间秘密串联，把同学团结在他的周围，最后把学监驱逐出了学校。

库尼曾教授在开学典礼上关于公民职责的简短的讲话，给普希金留下了深刻的印象。这位激进的自由派在学生们面前公开抨击农奴制和社会的不公，主张个性独立，致使一些学生走上了谋反和暴动的道路。库尼曾被解除职务更重要的原因是他写了一本违反基督教教义的书《自然法》，普希金义愤填膺，反对政府对其良师益友库尼曾的迫害，他写下了一首愤怒的诗《寄语书刊检查官》（1822）。其中写道：

> 你凭着古怪的想象称白为黑，
> 称讽刺为诬蔑，称诗为淫乱，
> 称库尼曾为马拉[①]，称真理之声为造反。
> ……
> 野蛮人啊！我们这些主宰俄国诗琴的歌手，
> 哪一个不诅咒你的致命的斧头？

在1825年10月19日，他又写下了一首诗，歌颂这位年轻的老师：

> 把心灵和美酒献给库尼曾，
> 他造就了我们，培养了我们的热忱，
> 他给我们奠定了基石，
> 他燃起了纯洁的明灯……

加里奇是受普希金和他同学喜欢的拉丁文和俄文老师。他是位哲学

[①] 马拉（1743—1793），18世纪末法国革命领导人之一，学者和政论家。

家,有两本著作:《哲学体系史稿》和《美学试论》。这位年轻教师知识渊博、热情正直、平等待人,很快就同学生建立了友谊。多年后,普希金在日记中写道:"我有缘遇见善良的加里奇,感到十分高兴。过去他是我的老师,鼓励我沿着自己选择的道路走下去。1814年考试时,是他要我写下了我对皇村学校的回忆。"普希金为加里奇写下了热情洋溢的诗句:

> 祝你健康,我的好加里奇,
> 你主张安乐和与世无争,
> 作为伊壁鸠鲁的兄弟,
> 你的心寄托在酒杯中。
> 请把花冠戴在头上,
> 来充当我们的主席,
> 这样,就连帝王自己
> 也将对学生羡慕不已。

——《饮酒作乐的学生》(1814)

普希金献给奶娘阿琳娜·罗季昂诺夫娜的诗篇,属于友谊的光辉诗篇。

这位奶娘在普希金一生中是相当重要的人物。她是普希金母亲出嫁时选择的"陪嫁女",这位勤劳、善良、聪明的女农奴养育了普希金姐弟三人。每天忙碌,但安于现状,以致给她"自由"时,她也不愿离开主人。1828年7月31日他的奶妈、最可靠的好友在彼得堡普希金姐姐家逝世,结束了她辛劳的一生。普希金刚满周岁时,有一次奶娘抱着他走过大街时,正好遇见沙皇保罗一世。因为奶娘忘记摘下小普希金头上的帽子,有失对至尊的敬意,受到了沙皇的训斥。普希金写道:"我一生共见过三个皇帝,第一位就是保罗一世,他命令保姆给我摘下帽子,他不能训斥我,却把保姆训斥了一通。"后来普希金把这看成他一生与沙皇不和的预兆。第二个沙皇亚历山大一世将他流放,第三个沙皇尼古拉一世把他置于警察宪兵监视下。这位勤劳、慈祥和智慧的奶娘,为培育普希金的成长所贡献的才智和力量,是普希金终身难以忘记的。

> 唉，我怎能把我的好妈妈忘在一边，
> 啊，那是多么美妙的神秘的夜晚，
> 她戴包发帽，身穿老式的衣衫，
> 一面诚心地画十字祝我幸运，
> 一面不停地祈祷要把鬼怪驱散，
> 轻声地讲起死人的故事和波瓦的功勋……
>
> ——《梦》（1816）

阿琳娜把民间故事讲得生动活泼，娓娓动听，驱散了普希金在听外国家庭教师讲课时无精打采的情绪。他有时兴奋得眼睛发亮，高兴地抓着头发；有时握着拳头，气得拍着桌子；有时恐怖得喘不过气来，缩在被窝里。在他甜蜜的梦乡里，经常出现奶娘讲述的蓝色的天空，绿色的原野，苍劲的古树，飞舞的魔术师……

这位奶娘"知道的歌谣、故事、童话多得数不清，说不完"，"她在自己的故乡科勃里诺村以及汉尼拔的领地上听到不少童话，有关苏尔坦的，有关公主玛丽亚的，也有关于那个比小鬼还狡猾的长工巴尔达的。她的记忆力极好，是个真正说故事的能手，能记住歌谣、谚语、小故事和传说中的全部生动细节"。[①] 后来普希金的童话有不少题材出自奶娘的故事。他在给弟弟列夫的信中感慨地写道："那些故事多么美丽呀！每个故事都是一首叙事诗。"幽禁在米哈伊洛夫斯克村时，诗人曾把奶娘口述的故事记在特备的记录民间童话与歌谣的本子上，曾打算把它作为专集出版。

这位不识字的保姆表现了普通人民所具有的天才和智慧。她每天晚上手拿着针线，一边编织一边讲述着一个又一个新奇的故事。有时还边讲边唱，用轻松的民间小调来传达和渲染故事的内容。她的民间故事和歌谣，给普希金的生活带来了愉快和温暖，补足了"那可诅咒的教育的缺陷"，并在诗人幼小的心灵中播下了民间艺术的种子。这对普希金成为民族诗人，促进俄国文学的民主化起了重要作用。

阿琳娜伴随诗人在米哈伊洛夫斯克村度过了两年幽居的苦闷岁月，是他可以倾吐内心积虑的唯一心腹。在《冬天的夜晚》（1825）一诗中诗人写下了他俩怎样共度寂寞、苦闷和辛酸的情景：

[①] ［苏］列·格罗斯曼：《普希金传》，天津人民出版社1980年版，第11页。

> 我们来同干一杯吧，
> 我不幸的青春时代的好友，
> 让我们借酒来浇愁；酒杯在哪儿？
> 这样欢乐马上就会涌向心头。
> 唱支歌儿给我听吧，山雀
> 怎样宁静地住在海那边；
> 唱支歌儿给我听吧，少女
> 怎样清晨到井边去汲水。

1826年9月3日深夜，一个传令兵带着政府的通知，要把普希金送往莫斯科到御前报到。奶娘惊慌失措，热泪横流，暗自伤心，等待普希金平安归来。诗人在《给奶娘》（1826）中写下了奶娘心急如焚、忐忑不安的心情：

> 我的严酷岁月的伴侣，
> 我的老态龙钟的亲人，
> 你独自在偏僻的松林深处
> 久久、久久地等待我的来临。
> 你在自己室屋的窗下，
> 像守卫的岗哨，暗自伤心，
> 在那满是皱褶的手里，
> 你不时地停下你的织针，
> 你朝那被遗忘的门口，
> 望着黑暗和遥远的旅程：
> 预感、惦念、无限地忧愁
> 时刻压迫着你的心胸。
> 你仿佛觉得……

在这诗的图画中，年迈的奶娘形象逼真地出现在读者的眼前，从外表到内心世界都得到了生动的表现。她的焦急和等待，她的忧虑和惦念，流露出多少深情厚意！而诗人自己虽未在画中，但在充满感情的诗句中，可以看出两个人情长谊深的眷恋之情。这种诗中有画，画中有情的手法，是普希金抒情诗的艺术技巧的卓越表现。奶娘讲述的民间故事、童话和歌谣中的深刻思想、深邃的意境、丰富的想象、恰当的比喻、生动的语言，乃至歌谣的韵脚，成了普希金创作取之不尽的丰富养料：

> 每当灵感横溢的夜晚……
> 一切都激动着我柔弱的心：
> 皎洁的月华，绿油油的草坪，
> 破旧教堂里的雨骤雷鸣，
> 老奶奶神奇的传说轶闻。
> ……我的百依百顺的诗句
> 铿锵有致，天衣无缝。
> 我的整齐和谐的对手就是
> 森林的喧闹，山风的呼啸，
> 黄鹂的婉转动情的啼啭，
> 夜晚大海轰隆隆的怒涛，
> 小河流水的细语绵绵。
>
> ——《书商和诗人的谈话》（1824）

普希金终生尊敬、热爱和怀念他的奶娘，"她是我唯一的女友，只有和她在一起时我才不寂寞"。他写了许多感情真挚而细腻的诗篇献给她。其中有表现她艺术才华的《梦》，有帮助她驱散愁云的《冬天的夜晚》，有感谢她的抚爱和养育的《缪斯》和《令人心醉的往日的亲人》，有向她表示深情厚意的《给奶娘》，有对谢世的奶娘深深怀念的《我又重游》等。奶娘是诗体小说《叶甫盖尼·奥涅金》中达吉雅娜的保姆的原型，书中对她做了完美的描绘。这位关怀、照顾和培育民族诗人的奶娘所做的贡献，同诗人不朽的作品一起永远活在人民的心中。

普希金另一个农奴友人尼基塔·季莫菲耶维奇·科兹洛夫在普希金的生活中留下了难忘的印象。科兹洛夫是普希金家的农奴，他老实忠厚，会弹吉他，知书达理，能根据民间故事来编诗。普希金深爱这位劳动者，有一次一个同学打了他一棍子，普希金曾向那个同学提出过决斗。还有一次，一个密探要拿出500卢布，请科兹洛夫找出普希金的大作"以便拜读"，老仆人告诉了主人，普希金藏起了所有的讽刺诗篇。老仆人经常领着小主人在莫斯科城里散步，观察人民的生活，了解莫斯科底层社会；陪同诗人去南方流放，最后把诗人送到墓地。老仆人的外貌和性格特点，被普希金描写在《上尉的女儿》中萨维里奇的形象上。

爱情诗

　　普希金孩童时代就从奶娘身上感受到女人的伟大、温馨和抚爱，他对女人有特殊的高贵感情。他的爱情诗有二百多首，爱情诗在他的抒情诗和长诗中占有相当大的比例。自由、爱情和友谊是他创作的基本主题。人类生活离不开爱情，而爱情又成为诗人离不开的主题。古往今来无数诗人写出了大量的爱情诗，普希金是其中的佼佼者。由于诗人天性热情，富于灵感，感情易于迸发，经历坎坷，使他真诚地在爱的王国里寻找精神的慰藉。从另一方面来说，是对封建伦理道德造成不幸的爱情婚姻别开生面的抗争。他的爱情诗虽然不像他的政治诗那样直接揭露沙皇专制与农奴制，没有触及地主与农奴的关系，但维护封建农奴制的不仅仅是经济制度、政治制度，此外还有意识形态，特别是封建生产关系所决定的伦理道德原则和道德规范在统治着人们的思想，在恋爱婚姻问题上给被压迫的农民造成极大的痛苦。普希金写道："（民间）婚事不能自主，是长期以来形成的恶习。家庭生活的不幸，是俄国人民风俗中的突出特点。以俄国民歌为例，它们最常见的内容，不是美丽的少女被迫出嫁的哭诉，就是年轻丈夫不喜欢他的妻子而发出的责难。我们婚礼的歌曲，就像送葬的哀号一样悲凄。"

　　普希金的爱情诗是对俄国社会的婚姻陋俗和强迫婚姻的有力冲击，是对社会恶习和偏见对人们的内心生活限制的强烈抗议。和他的政治抒情诗一样，他的爱情诗是社会生活的反映，具有追求个性解放与爱情自由的思想，与现实生活以及他个人坎坷的经历有着紧密的联系，浸透着生活的真实。卢那察尔斯基写道："普希金的个人感受同他的社会感受有着极其紧密的联系。"别林斯基说："普希金的诗没有奇幻的、空想的、荒诞的、理想的东西，它整个浸透着现实。"普希金抒写各种心灵感受的爱情诗，与他坎坷的经历、政治上的失意是分不开的。我们从中可以窥见当时社会某些本质方面，看出伟大诗人优美的心灵、高尚的情操和他所追求的理想。别林斯基认为，"在教育青年人，培养青年人的感情方面，没有一个俄国诗人能比得过普希金"。的确如此，以前的俄国情诗不是民歌的模仿，就是无病呻吟，多是华丽辞藻的堆砌，是故意弄甜了的"金皮药丸"，缺少真情实感。普希金是俄国第一个写出优美动人的爱情诗的作家，我们从中汲取精华，会丰富和净化我们的精神境界，陶冶我们对爱情坚贞不渝的情操，得到美的享受，受到美的教育。

脍炙人口的《致克恩》（又译《致凯恩》，1825）是普希金爱情诗的代表作。在米哈伊洛夫斯克幽禁的愁闷岁月，普希金与邻村三山村的远亲普·奥西波娃经常来往，安娜·彼得洛夫娜·克恩（1800—1879）是她的侄女。1819年初普希金在彼得堡美术学院院长奥列宁家与克恩相识，那时她才19岁（16岁结婚），已经嫁给一位52岁的将军。她精通法语，曾翻译过法国浪漫主义作家乔治·桑的作品。有一次三山村的小姐们给表姐克恩写信，普希金在信边上写了一句诗："我曾经一度见过那一闪即逝的形象，今后永远也见不到了。"表妹在信中说："你们在奥列宁那里相遇之后，你给普希金留下了美好的印象，他到处对人说你实在是个人间尤物。"克恩很赏识普希金的作品和他对自由的追求，他俩虽相隔千山万水，但两颗饥渴的心却在互相寻觅。1825年6月克恩来看望姑母，普希金在奥西波娃家再次同她相遇，在约半个月内他们经常见面。诗人为她朗诵《茨冈人》，她深为感动，感受到跟她不爱的"老丈夫"结婚的苦痛。她常为诗人排除苦恼，驱散愁云，使他的创作获得新的激情。姑母担心出事，催促她回到丈夫身边去。她在离开三山村的前一天，与姑母一家人分乘两辆马车来到普希金住处告别。聪明的姑母让她与普希金一块走进他那荒废的花园，他们边走边谈初次相遇的情景。第二天她启程，普希金很早就来到三山村为她送行，并献上了一首诗，这就是永留史册的《致克恩》。这首诗后来由克恩托著名的作曲家格林卡谱成有名的浪漫曲，广为流传。克恩还写了一本普希金的回忆录，为研究普希金提供了重要的资料。她晚年参加出版普希金全集的有关工作。克恩没有白白地与伟大诗人的名字联系在一起。

普希金所钟爱的只是爱情，他喜欢爱情生活。他写道："情欲的欢快啊，你算什么？怎能比真正的爱情和幸福，那种内在的美的欢乐？"（《月亮》，1816）普希金在同冈察洛娃结婚前，对爱情的隐秘的生活做过多次的探索。他的许多爱情诗是献给他的某个爱情对象的，而不是空想的。了解他的爱情生活，有助于我们理解他作品的历史背景和社会意义、有助于认识诗人的个性特点。他的爱情生活像他本人一样经历了无数坎坷，失恋似乎成了诗人偏爱的主题。由于诗人总是把自己的罗曼史与生活的美感联系在一起，也由于他的诗中经常用希腊神话中的美神维纳斯来比喻他所爱的女性，更由于诗人的妻子冈察洛娃有绝代佳人的美貌，造成许多人的错觉，似乎诗人的恋爱观是建筑在唯美主义基础之上，并由此造成诗人的悲剧。这种强加在诗人身上的思想，极大地歪曲了诗人的形象。

直到 20 世纪 80 年代，苏联女作家阿格尼娅·库兹涅佐娃根据苏联学者近 20 年收集的大量的关于普希金及其家庭的新史料和研究的成果，写成的中篇小说《我爱你的心灵》（又译为《普希金娜的故事》），才令人信服地推翻了俄国文学史上对诗人和冈察洛娃关系的错误评价。

事实上，普希金与之相恋过的女人，并不都具有冈察洛娃那样的天姿国色。闯进他生活中的启蒙女性叶卡捷琳娜·巴甫洛夫娜·巴库宁娜（1795—1869），是他在皇村学校初恋的对象。1815 年诗人献给她的诗有《给她》《是的，我幸福过》《致一位画家》和 1816 年写给她的《心愿》《秋天的早晨》《哀歌》《月亮》《致梦神》《欢乐》《醒》等许多爱情组诗，被称为"巴库宁娜情诗"。这些诗表现了爱情萌生的兴奋与激动、欢乐与痛苦、期待与焦虑的内心活动。巴库宁娜是普希金的一个同学的姐姐，她常到学校来探望她的兄弟，为普希金、普欣和马利诺夫斯基等人所爱慕。她比普希金大四岁，她对他启唇一笑，仅此而已。

1820 年，普希金去南方流放，途中因游泳而患了疟疾，病倒在叶卡杰琳诺斯拉夫，巧遇在皇村结识的近卫军军官尼古拉，并随他全家到高加索矿泉疗养。尼古拉请求父亲、1812 年卫国战争著名英雄尼古拉·拉耶夫斯基将军带领普希金一道去旅行。将军的小女儿玛丽娅·尼古拉耶夫娜孩童般的坦率、感情的自然、歌喉的动人，令诗人神魂颠倒："我多么羡慕那些波浪含情地拜倒在她的足旁。"（《奥涅金》）诗人献给她的诗有《我的朋友，我忘了过往岁月的足迹》（1821）、《暴风雨》（1825）、《美人儿啊，不要在我面前唱起》（1828）、《夜的幽暗》（1829），还有《巴赫奇萨拉伊的喷泉》故事后的几句诗、《波尔塔瓦》的献词和《奥涅金》的第 1 章第 33 节。玛丽娅虽然"谈不上漂亮"，但精神世界极其崇高。她嫁给了著名的十二月党人伏尔康斯基公爵，后来自愿到西伯利亚冰天雪地、与世隔绝的地方同丈夫一起过流放的生活。这种令人肃然起敬的性格，在精神上与普希金最为接近。玛丽娅说："作为诗人，普希金认为自己应该热爱所有漂亮的女人及他所遇到的所有女郎。实际上，他钟爱的是诗神缪斯，他这样做只是为了写诗！"

1823年，他在敖德萨遇见的阿玛丽娅·李兹尼奇是意大利佛罗伦萨人。她20岁，体弱多病，与丈夫感情不和，却倾心于普希金。他感到"从她身上散发出这个美好国家迷人的力量"，仿佛把他带到他在孩童时代想象中不止一次到过的那个国家。诗人献给她的诗有《你肯宽恕么，我嫉妒的幻梦》（1823）、《她在自己祖国的蓝天下》（1826）、《你离开这异邦的土地》（1830）。她患有肺病，于1825年死于意大利。

诗人也倾慕过沃隆佐夫伯爵夫人伊·克·沃隆佐娃，她是在敖德萨的南俄总督米·沃隆佐夫的妻子。诗人流放时曾在她丈夫的办公厅挂职。在沃隆佐夫眼里普希金只不过是一个被流放的、在他的衙门里改正错误的小职员，随意派普希金做职外差事，进行公开侮辱。有一次竟派诗人到各县去收集蝗虫的情报，普希金非常气愤，回来后写了一首《蝗虫飞呀飞》（1824）作为报告。诗中写道："蝗虫飞呀飞，飞来就落定，落定一切都吃光，从此飞走无音信。"沃隆佐夫想叫诗人屈尊俯就他，普希金在给维雅泽姆斯基的信中写道："沃隆佐夫这个无耻的家伙就不懂得这一点。他以为俄罗斯诗人是会带着献词或颂诗上门来的，可是诗人却要求他尊敬自己。"在他眼里沃隆佐夫不过是个浅薄的官吏而已。诗人正直的性格敢于向比他地位高的人挑战。他用讽刺诗来回敬沃隆佐夫：

> 半似英国的贵族，半似买办，
> 半似哲人，半似无知之徒，
> 半似小人，但很有希望
> 使他的卑鄙变得十足。

沃隆佐夫不仅被普希金的讽刺诗所激怒，更由于自己的妻子沃隆佐娃与普希金的相爱，分外忌恨普希金，于是采用极为卑劣的手段向沙皇密告普希金散布自由思想，最后沙皇下令：普希金行为不端，立即撤职，押送到其父母领地，交地方当局监视。

沃隆佐娃（1792—1880），"鼻子很长"，并无人们通常认为的美人应有的几大美貌特征，但她有才华有教养，通晓音乐和诗画，为人善良。她同情诗人的处境，反对丈夫对普希金的压制。诗人对她十分钟爱，并以此作为对他上司的报复。诗人于1824年写给她的诗有《致海船》《阴沉的白昼隐去,阴沉的夜晚》《一切都完了》;1825年写的有《一切都为了你的记忆》《焚烧的情书》《追求荣誉》;1827年写的有《保护我吧,我的护身法宝》《天使》和1830年的《永诀》等一组名篇。当诗人要流放米哈伊洛斯克村时,这个多情的女人送给诗人一枚戒指,作为爱情的留念和保护他平安的"护身符"。诗人很珍视它,在弥留之际把它赠给了茹科夫斯基。

在三山村的两个女友,也同普希金有过爱慕之情,给幽禁的诗人带来了慰藉:"在任何地方我都不会忘却,她们待我情深意长,哪怕在天涯海角,我也时刻怀念你们,怀念三山村河边的柳荫,还有那田野的宁静和梦乡。"普希金给三山村奥西波娃长女安娜·尼古拉耶夫娜的诗有《我是你黄金时代的见证人》《给安娜》《唉,姑娘无需骄傲》。但普希金对她并不十分钟情,可安娜却对他忘我地爱恋,甚至母亲把她送到偏僻的村庄,她还给普希金诉说衷肠。她终生没有出嫁。有人认为她是《叶甫盖尼·奥涅金》中女主人公达吉雅娜的原型。奥西波娃的二女儿叶夫普拉克西娅·尼古拉耶夫娜(1809—1883),普希金给她两首诗《假如生活欺骗了你》《给季娜》。她虽有"一张俗气的圆脸",但容光焕发。普希金虽大献殷勤,她却不肯接受。

普希金本人个子不高,嘴唇肥厚,皮肤茶色,既不富裕,又不漂亮,她们喜欢他什么呢?他的盖世才华,独立不羁,寻求解放的精神,坦率的胸怀,对人的热情诚恳,他的苦难的命运和"吻着枷锁"弹唱的"正直的声音",使她们倾心爱慕。没有心灵的合奏,只能成为单音。他们彼此吸引,共同搭起了爱情的桥梁。因此,虽未结成终身伴侣,却保持着永恒的友谊。

普希金经历了坎坷的爱情生活之后,遇到了冈察洛娃。"漂泊不定的命运"的诗人,终于找到了爱情的归宿。他在《圣母》(1830)一诗中高兴地写道:

> 我的心愿终于实现了,造物主
> 派你从天国降临到我家,我的圣母,
> 你这天下最美中之最美的翘楚。

普希金给友人普列特尼约夫的信中写道:"我结婚了,我非常幸福。我唯一的愿望就是我一生中不要再有什么变动,因为不期望更好了。"

婚前,普希金把自己爱情的全部经历毫无保留地告诉了冈察洛娃。她伤心落泪之后,理解了诗人的坎坷经历和内心世界的复杂,并确认只有他才是她唯一所爱的人,从而原谅了他。冈察洛娃的父亲是小提琴乐师,爱好文学,写过诗,有丰富的藏书,后来得了精神病。冈察洛娃从小受过良好的教育,学过世界通史、文学、哲学、数学。精通俄、法、英、德四种语言,喜好绘画、音乐、舞蹈。她聪明伶俐,棋艺高超。她的外貌美丽出众,性格腼腆温顺。在结识普希金之前就喜欢他的诗歌,对他的诗能背得烂熟。她崇拜他的才气横溢和知识广博,从少女时代起就把他当作超人。

综观他所倾慕的女人的各自特点和他们相互吸引的原因,就能发现普希金的恋爱观是对思想、心灵和智慧的崇拜;内心激动,易于钟情;感情高尚,无私奉献。

他的爱情诗,题材广泛,内容丰富。初恋的激动,思念的焦灼,生离的苦痛,死别的哀伤,构成了他的爱情诗的广阔天地。

普希金爱情诗的特点,首先是感情的真挚、坦诚。他这样写出从未体验的初恋心情:

> 从生活的门槛眺望的我
> 焦灼地面对远方,幻想道:
> "哦,那儿,那儿就是欢乐!"
> 但我不过朝着影子跑。
> 迷于温柔媚人的娇丽
> 青春爱情初次显现,
> 它展开了金色的翅翼
> 不断地翱翔在我的面前。
>
> ——《欢乐》(1816)

爱情初露时还没有一个明确的对象,只不过"朝着影子跑",但在望眼欲穿的"眺望"和企盼中寻觅,幻想有一个"温柔媚人"的人不断地出现在眼前。诗中没有具体的人,但又让我们看见了那个人走来。真可谓诗中有画,画中有情;静中有动,动中有静,而爱的情思像海浪一样翻腾不止。"爱情初现"的情思和幻影，写得多么真实！

　　这种真挚的情感在爱情的春梦中描写得极为动人，情思甜美，黑夜难眠，辗转反侧，进入梦乡，爱情的幻梦随之出现，醒来顿时一切皆空，于是发出了内心的呼唤：

>　爱情，爱情，
>　我祈求你：
>　把你的梦境
>　再给我一次，
>　让我再次陶醉，
>　直至晨光熹微
>　请赐我一死，
>　趁我还在熟睡。

——《梦醒》（1816）

　　青春的感情，爱情的美梦，如饥似渴的追求，愿在爱情的梦乡永远停驻，宁肯一死，也不要苏醒，年轻人初恋的心态被表现得如此炽热和真实，令那些抒写爱情的诗人望尘莫及；令成年人回到青春时代重温旧梦；令好心人伸出热情之手牵线搭桥。我们不能把普希金理解为爱情至上主义者。他为实现自由与解放同沙皇专制斗争的光辉的一生，永远使我们敬慕。他在《致恰阿达耶夫》中，明确地宣告了爱情在生活中的位置。

　　其次，普希金的爱情诗在热烈而深沉的感情中表现出纯洁而高尚的道德情操。他认为真正的爱情不是索取和占有，而是无私的奉献和对人的尊严的关怀。也许他所爱的人不爱他，或者不再爱他，这并不影响乐观主义的他对爱的情怀。爱情与他追求的政治自由和谐一致，不染灰尘。诗人虽然经受了生活和爱情波涛的冲击，尝尽了爱情的甜美和苦涩，但是没有妒忌、责备，更没有怨恨，而是用深情的体贴代替失恋的痛苦。他总是把他所爱过的人的幸福放在首位，并真诚地向她们致以美好的祝愿：

>　我爱过您：也许，我心中，
>　爱情还没有完全消退；
>　但让它不再扰乱您吧，

我丝毫不想使您伤悲。
我爱过您，默默而无望，
我的心受尽羞怯、忌妒的折磨；
我爱得那样真诚，那样温柔，
愿别人爱您也能像我。

——《我爱过您》（1829）

1824年夏，沃隆佐娃双颊红润地走到普希金的面前，邀请他一道去古尔茹夫做一次长途旅行，"如果您能答应跟我们一起去，我将感到非常高兴"。她的丈夫沃隆佐夫嫉恨普希金，没让他同行。6月14日沃隆佐娃自敖德萨启程后，普希金写下了《致海船》，用深沉细腻的感情，遥祝她海上航行一路顺风：

风呵，请以清晨的呼吸
鼓满那幸福的帆篷。
波浪也不要猛然颠簸，
以免疲惫她的心胸。

风要猛吹，促使帆篷推动航船迅速前进，然而千万不要掀起巨浪，避免船只的颠簸给她带来旅途的疲劳。有风无浪，在自然现象中是没有的。诗人内心的希望和亲切的关怀何等深切，连大自然也不能不为之感动，任凭诗人的美好感情自由驱使。

思想崇高，心灵纯洁，是他的爱情诗的突出特点。它最能使人的感情得到升华，精神境界得到提高。普希金认为："以色情描写刺激想象力为目的的诗篇，有损于诗歌的尊严。"蕴藏在他的诗中的那种高贵、优雅的东西，给人以美的享受和鼓舞的力量，这是他的爱情诗歌获得广大读者欢迎的主要原因。

再次，他的爱情诗反映了诗人的艰难处境和时代带给人们的精神枷锁。在《焚烧的情书》中，通过烈火烧毁沃隆佐娃的爱情书信，表现出处于流放逆境中的诗人的爱情被人为打断的痛苦心情。把欢乐掷向火堆，把情书焚烧。袅袅的轻烟，飘起的纸灰，火焰与信纸接触时发出的嘶嘶的声响所唤起的悲哀的记忆，凄凉的命运，惨淡的安慰，消失的爱情，真实地表现了流放生活造成的别离的苦痛。在《致克恩》中，同样表现了沙皇的霹雷对他生活的打击：

> 岁月流逝。暴风雨来势凶猛，
> 驱散了我昔日的幻想，
> 于是我忘记了你温柔的声音，
> 和你那天仙般的倩影。

在他的诗歌中，爱情与社会生活的联系随处可见：

> 为什么我对她倾心？
> 为什么必须和她分开？
> 哪一天我才能有幸
> 不再为流浪生活所宠爱？
> ——《为什么我对她倾心》

> 愚痴的人啊，够了，算了吧，
> 你别再燃起你无边的思念，
> 令人不宁的单恋的幻梦
> 已使你作出了够多的奉献。
> 醒一醒吧，忧郁的囚犯！
> 你难道长久地吻你的锁链，
> 并用你不知分寸的竖琴
> 向人们诉说你的痴心？
> ——《巴赫奇萨拉伊的喷泉》

政治上的"锁链"，给流放的"囚犯"的爱情生活带来了沉重的打击。从这里我们不仅看到爱情迷人的图画，同时也看到了流放生活怎样摧毁了诗人的爱情生活。在"忧郁"中清醒，要从命运中夺回他失去的欢乐。他的情诗的郁郁、苦痛的情感与明晰理智的统一，爱情生活与现实生活的紧密结合，既表达了诗人的个人感受，又揭示了那个时代先进的贵族知识分子的痛苦灵魂。倾听他爱情的琴音，也能听到悠悠岁月的脚步声。

因此，它的思想艺术价值远远高于一般的爱情诗。

普希金是颂扬爱情的圣手，在艺术上表现出了卓越技巧。无论直抒胸臆、借物抒怀，还是触景生情，他都能写出动人的诗行：与情人如醉如痴地倾吐爱慕之情、相聚的欢乐；缠绵悱恻地吟唱对情人的思念、别离的痛苦；悲痛欲绝地诉说情丝切断的生离的悲痛、死别的哀伤。

在《致一位画家》（1815）中，诗人请求画家用"巧夺天工的画笔"给他的情人巴库宁娜画一幅肖像，告诉画家画成什么样子，是诗人用他那神奇的笔画出了美丽少女动人的画像：

　　……
　　请用巧夺天工的画笔，
　　为我绘制我的心上人。

　　天女纯真无疵的美貌，
　　甜蜜的有所希冀的神情，
　　无比美妙的惬意的微笑，
　　加上美丽超凡的眼睛。

　　让维纳斯的丝带缠绕
　　她那如同赫柏的柳腰，
　　用阿利班的妙笔细雕
　　我那公主的含蓄的娇娆。

　　透明的薄纱的轻波细浪
　　披在她的起伏的胸上，
　　好让她轻轻地呼吸，
　　还可以暗暗地叹息。

　　请画出渴望爱情的娇羞。
　　我将为我倾慕的少女，
　　以幸福的恋人的手，
　　在下面签上我的名字。

这首诗是一幅美丽迷人的图画。企盼的"神情",甜蜜的"微笑",动人的"眼睛",少女的"柳腰",美丽娇羞的外貌给人以美的愉悦。但这不是呆板的静态的图画,人物的"微笑""羞怯""叹息"都在揭示内心活动,引起人们无尽的遐想。这幅图画把读者带到了美丽、神圣的境地,仿佛看到了维纳斯的迷人塑像,给人以美的享受。因此,别林斯基在评价普希金的情诗时写道:"普希金是第一个偷到维纳斯腰带的俄国诗人。"这首诗被他的同学雅科夫列夫谱成歌曲,久唱不衰。

如果说《致一位画家》中美的构图和意境令人心醉神迷,那么《致克恩》不用造型和外貌描绘也会引起人们精神的觉醒、振奋,进入充满活力的精神境界:

我记得那美妙的瞬间:
你就在我的眼前降临,
如同昙花一现的梦幻,
如同纯真之美的化身。
………
我的心终于重又觉醒:
你又在我的眼前降临,
如同昙花一现的梦幻,
如同纯真之美的化身。

心儿在狂喜中跳动,
一切又为它萌生:
有崇敬的神明,有灵感,
有生命,有泪水,也有爱情。

第一次见面时留下了美好的印象,现在与她一见如故,产生了热烈的爱情。诗中回忆了六年来坎坷的经历,叙述了感情起伏变化的过程,直率地表白了女友在自己心里引起的感受,袒露了真情。全诗在艺术上运用比喻(如同昙花一现的梦幻,如同纯真之美的化身两个比喻)、对比(离别后的绝望和悲痛,再次相会的兴奋和喜悦两种不同的心境)和重复(第一和第五、第四和第六节后两句诗）的手法，以便突出主题，并使全诗韵脚整齐、声音流畅而且富于音乐性。这首诗的思想和艺术都取得了极高的成就，难怪它被称为俄国情歌的典范。

借景抒情是普希金抒情诗的又一特点。春草、鲜花、清泉、太阳、彩虹、星光、月亮以及林涛和海浪，都能表现爱情的微妙而复杂的心理，呈现出不同的感情色彩。不论是欢快的、惆怅的，还是悒郁的，都叩击着读者的心扉。借助幽暗的月辉，抒发爱情的苦痛（《月亮》）；走到林中幽会的地方，重温恋人的情影，呼唤天使的名字，凄凉的声音在枯寂的秋谷中回荡（《秋天的早晨》）；雄伟的峰峦，喧腾的河水勾起对情人的怀念（《夜的幽暗》）。大自然的风光成为诗人表达爱情不同感受的恰当的媒介。

普希金善于展开爱情的金色翅膀，在理想的高空中飞翔，创造出迷人的意境，使读者获得优美的艺术享受。他运用艺术造型，展现出不同少女的风姿：或是穿着裙子，在海风冲击中屹立在岩石上，俏丽多姿（《风暴》）；或含情脉脉，若有所思，出现在画布上，妩媚动人（《致一位画家》）。他还用音乐造型，借助音乐形象，描写女郎轻柔的歌声，荡起优美的旋律（《美人儿啊，不要在我的面前再唱》）。用可望而不可即的动人形象，表现少女的妩媚和自己的向往。他的情诗表现出的美的魅力，被认为是"韵文中的音乐，诗中的雕刻"。他的情诗，用含蓄的手法制造出无穷的余味，激起读者的想象，用火热的感情直扣读者心扉。他的爱情诗，像春雨般滋润人们的心田，像鲜花般散发着扑鼻的清香，给人以美的愉悦和鼓舞。别林斯基说："俄国的诗人中没有一个人像普希金这样成为青年人的教育者，成为青年人感情的培育者。"高尔基在给别人的信中写道："听说你在阅读普希金，我很高兴，——这是不会使你变坏的，他会帮助你丰富起来。"

——载《〈普希金诗选〉导读》，中华书局 2002 年版

普希金的叙事诗

普希金一生共写了十二部长诗（另有两个断章）。南方流放期间他写了五部叙事长诗，这几部长诗充满浪漫主义的叛逆精神，表现追求自由的主题，标志诗人创作发展的新阶段，被称为"南方组诗"。南方组诗在诗人一生的创作中占据重要地位。

普希金得到拉耶夫斯基的关怀，结伴旅行三个月，游历了高加索与克里米亚。高加索巍峨的群山，雄伟的冰峰雪岭，自由山民的原始风俗习惯和战争传说（后来写成《高加索的俘虏》）；光彩夺目的克里米亚海岸，汹涌的波涛以及游览名胜古迹巴赫奇萨伊的"泪泉"（后来写成《巴赫奇萨拉伊的喷泉》），激发了诗人的想象力，给他的南方组诗提供了丰富的创作素材。普希金一生感谢命运给他安排的这段幸福生活，为了表达对朋友尼·尼·拉耶夫斯基表示感谢，他的长诗《高加索的俘虏》的开头专门写了"献词"，其中写道："我头上的风暴在这里失去了威严，在你平静的港湾里，我感谢上帝。"

《高加索的俘虏》

《高加索的俘虏》是普希金南方组诗的开卷第一篇。它反映的是当时社会的重要问题，即个人与社会的关系和贵族青年渴望自由的情绪。俘虏形象是诗人探索时代"英雄"的最初尝试。后来写成的《茨冈人》对这一主题做了进一步的探索。长诗的情节十分简单：一个被朋友出卖、受到诽谤又被世俗的烦恼所折磨的俄罗斯青年逃到高加索，被山民俘虏后，一位高加索的姑娘爱上了他，偷偷把他放走，然后她自己投河自尽。作者是这样描写一个厌倦了贵族社会的虚伪和生活享乐，逃到高加索大自然中寻求自由而成为车尔凯斯人俘虏的经历的：

> 他深深懂得人寰与尘世，
> 熟知无常的人生的价值。
> 发觉了朋友的弃义背信，
> 追求爱情原是愚蠢的梦，
> 利禄和浮华已不屑一顾，
> 奸黠的诽谤他无法容忍，
> 狡猾的流言也使他厌恶，
> 他已做够了惯常的牺牲，
> 自然的朋友，人世的叛徒，
> 他抛开自己可爱的故乡，
> 怀着自由的快乐的幻想，
> 飞到了这个遥远的地方。

他不幸成为高加索山民的俘虏后，被戴上镣铐囚禁在山洞里，正绝望地等待末日的来临。一个车尔凯斯少女怀着怜悯和同情给他送来了"清凉的马奶"，用眼睛和手势表达彼此不通的语言，"给他唱起悦耳的山歌"，并且向他倾吐了"少女坦率纯真的爱情"。俘虏爱山民的纯朴、剽悍、勇敢、热情好客和少女的美丽、纯洁，但他"早已对生活感到厌倦"。他向少女打开心扉："我已没有欢乐，没有希望，作为爱情的牺牲而凋零……我心神恍惚中忘情于你，却拥抱着我神秘的幻影。我为她荒野里淌着眼泪，她伴我四处流浪飘零……"少女虽然没有得到俘虏的爱情，但她以勇敢牺牲的精神把她所钟情的俘虏放走：

> 一只颤栗的手握着钢锯，
> 姑娘向他脚前弯下腰去：
> 锯着铁镣吱咕吱咕地响，
> 不自禁的泪珠滚滚流淌——
> 哐啷一声，锁链落到地上。
> "你自由了，"女孩说道，"跑吧！"

获得自由的俘虏激动地说:"我属于你,至死是你的人。我们抛开这可怕的地方,同我一起逃。"少女回答说:"这怎么可能,你爱过别人,快去找她吧,你快去爱她。"少女说:

"别了,别了!愿爱情的祝福
每时每刻永远与你同在。
永别了,——请忘掉我的痛苦,
最后一次……请把手伸过来。"

俩人最后一次握手之后,满怀忧郁地默默走到河边,俘虏从水中逃到了对岸,回头一看,车尔凯斯少女投河自尽了。

诗人自己说他创作意图是想在俘虏身上"表现出对生活与享乐的这种淡漠的态度,以及这种过早的心灵衰老,因为这些已经成了19世纪青年的特点"。作者在他的"心灵诗行"中,表现了诗人自己和一代人的情感。认识了社会的虚伪,"厌倦了随世浮沉",对自由的热烈向往以及内心的冷漠与忧郁,是诗人自我和19世纪初俄国青年的共同特点。当时的青年可以在俘虏身上或多或少地看到自己的影子。从这个意义上别林斯基说《高加索的俘虏》是一部"历史性的叙事诗"。俘虏的经历和他的冷漠、忧郁、自私的性格,会引起人们的认真思考,因而长诗在客观上提出了同沙皇专制制度斗争的个性培养问题。

但是,应该指出,俘虏的性格刻画得不够清晰和完整。他既然未老先衰,"热情枯萎,厌倦尘世的浮沉",把爱情看成"愚蠢的梦幻",那么他为什么还一往情深地怀恋过去的情人?他的幻灭和冷漠态度到底是由什么引起的?是情场的失意,还是社会的腐败?人物的重心是爱情,还是对自由的渴望?令人费解。造成这种费解的原因,一则是由于浪漫主义作家只强调人物的激情,而使人物变得朦胧和不可捉摸,再则也是由于作家忽视了产生人物性格的社会原因。普希金后来写道:"我对自己的长诗很不满意,并且认为它比鲁斯兰逊色得多——虽然它的诗句要成熟一些。"他认为《高加索的俘虏》是自己初次着力描绘个性的不成功的试验。普希金勇于正视自己作品的缺点,这种对创作的严肃态度是值得学习的。长诗对"山的女儿"车尔凯斯少女的描写是感人的。在她身上真挚的爱情与自我牺牲精神融为一体。她的内心生活不屈服任何外来的压力：

> 我知道给我安排的命运：
> 严厉的父兄打算要把我
> 卖到别的山村换取黄金
> 卖给个我根本不爱的人；
> 但我要哀求我父兄转念，
> 要是不——只有毒药和宝剑。

俘虏因内心另有所爱回绝了她的爱情，当她帮助俘虏得到自由，他要求她一起逃奔时，她不愿意自己成为另一个女人爱情的障碍（诗人爱情诗的道德观念又一次得到了表现），她不顾车尔凯斯人包括她的家庭加给她的严惩，以生命的代价把自己钟爱的俘虏从枷锁下解放出来。诗人通过女主人公的形象，热烈地赞扬了生活中最宝贵的东西——自由。

诗人在对自由的积极探索中，得出一个深刻的结论：到原始自然中寻找自由却变成了车尔凯斯人的俘虏，表明皈依自然的道路是行不通的。西欧启蒙主义者提出的"返回自然"的信条，并不能成为追求社会理想的指针。带着自己阶级烙印的个人主义"英雄"受到了诗人最初的批判，这种批判后来表现在相继出现的主人公阿乐哥和奥涅金的形象中。

长诗通过俘虏的感受描写的高加索的风习和大自然秀丽的风光是杰出的。请看诗中对山区暴风雨的出色描写：

> ……乌云弥漫，
> 草原上腾起飘忽的烟尘；
> 惊慌的牡鹿想寻找一个
> 栖身之所，在山岩间乱奔。
> 鹰鹫从悬崖峭壁上飞起，
> 在空中飞旋着，此呼彼应；
> 马群的嘶鸣、牛羊的喧闹
> 已经淹没进风暴的吼声……
> 突然，透过闪电，向着山谷，
> 骤雨、冰雹穿云倾泻下来；

雨水的急流翻滚着波浪，
　　搜掘着峭壁、峻坡和悬崖，
　　把千古的巨石冲开。

别林斯基写道："高加索的宏伟的形象同它勇武的人民第一次被俄罗斯诗歌表现了出来，俄罗斯社会还是通过普希金的这首叙事诗才第一次认识了高加索的面貌。"1823 年根据《高加索的俘虏》改编的芭蕾舞，在彼得堡皇家剧院演出，那时普希金还在南方流放中。

《强盗兄弟》

19 世纪 20 年代初，俄国有些地方多次发生兵变和农民骚动。揭竿而起的造反者宣称："强盗们有权靠武力夺取老爷们的财产，因为这些老爷的财产是他们从奴隶身上掠夺来的。"普希金在南方流放不止一次地听到农民骚动的消息，流放的诗人对此发生兴趣并歌颂他们的反叛精神是很自然的。《强盗兄弟》（未完成作）就是根据他亲眼看见的一件事写成的歌颂农民自发抗议的诗篇。他在致维雅泽姆斯基的信中写道："一件真实的事使我有理由完成这个断章。1820 年，当我在叶卡捷琳诺斯拉夫时，有两个铐在一起的强盗泅过了第聂伯河，得以生还，他们在小岛上休息，一个卫兵淹死，这都不是我的虚构。"

这部长诗构思巧妙，开头不写强盗兄弟，而是出手不凡地写强盗团伙的非凡气质：

　　不是成群的乌鸦飞了过来，
　　落到一群腐烂的尸体上，
　　深夜里，在伏尔加河对岸，
　　是大胆的匪徒聚集在篝火旁。

这个开头是受粗犷、简练的大众口语的俄罗斯民歌的影响：

　　不是天鹅停落，
　　不是隼鸟飞过，

> 更不是鸽子咕叫,
> 而是强盗们在唠嗑。

接着描写他们的身份和习性。"他们来自茅屋、窝棚和监狱!这些人心里的念头都一样,想摆脱政权和法律的束缚",不怕"冒险和流血",在黑夜出现在月光下。在描写他们整体的情况之后,才集中笔力揭示强盗哥俩的经历,采用第一人称叙述方式指出他们沦为杀人越货的大盗的典型环境:

> 我们原来是两个:弟弟和我。
> 我们在一起长大;小的时候,
> 我们靠人家养活,两个娃娃,
> 生活里连一点乐趣都没有:
> 我们尝到了贫穷的滋味,
> 受人的冷眼真不是味道,
> 而很早很早,心头的妒忌,
> 就折磨得我们难忍难熬。
> 孤儿们又穷又苦、一无所有,
> 真正是上无片瓦、下无寸土;
> 我们的生活只有烦恼和忧愁,
> 这样的命运让人再也受不住;
> 于是我们俩就彼此商量好,
> 去试试看,碰碰别的运道:
> 我们给自己找到的伙伴,
> 是漆黑的夜和锋利的钢刀……

一方面,他们不屈从命运的安排,无视权力和法律的管辖,渴望自由与复仇;另一方面又对自己的杀人越货充满着内心的矛盾与惊惧。狱中生病的强盗弟弟在昏迷中,"他眼前,远远地出现一群指指点点威吓着他的鬼魂",在"虚无的幻觉"中,仿佛看见森林中的死人一起来到监狱,吓得他全身发抖,"一下子失去了知觉"。弟弟病愈后,和哥哥铐在一起被卫兵押着去为监狱募捐,路过大河时,从陡峭的河堤上,跳进深水中。跳河逃跑后弟弟病死。哥哥的性格变得悒郁、孤独和残酷,但"总是害怕将老人杀害"。

长诗以浪漫主义手法,揭示了强盗复杂的内心世界和他们悲惨的命运。诗人以强盗作为长诗的主人公,其意味是深长的。《强盗兄弟》是诗人对农民自发抗议的探讨的最初尝试,在19世纪30年代写成的两部小说《杜勃罗夫斯基》和《上尉的女儿》中,则展示了规模浩大的农民暴动。

《巴赫奇萨拉伊的喷泉》

普希金同拉耶夫斯基将军一家旅行中,他和尼古拉一起在巴赫奇萨拉伊参观过可汗的后宫。拉耶夫斯基的长女叶卡捷琳娜根据民间口头传说给普希金讲了"泪泉"的故事:传说18世纪时伊斯兰教与基督教之间发生了冲突。鞑靼的可汗基列伊王侵入波兰,俘虏了信仰基督教的波兰郡主马利亚,把她关在豪华的巴赫奇萨拉伊宫中。她整天忧伤,想念故土和亲人。可汗被她的美貌所俘虏,忘记了他的爱妃和宫中的美女。爱妃莎莱玛出于妒忌,趁可汗出征时杀死了马利亚。可汗归来后把爱妃莎莱玛投进大海,对她进行了严厉的惩罚,并在马利亚的墓上用大理石建筑了一座喷泉。泉水缓缓流出,似呜咽时滴出的泪珠。

> 泉水在大理石中哽咽,
> 像清冷的泪珠向下滴,
> 扑簌簌,永远不会停息。
> 就像母亲在悲伤的时刻,
> 为战死沙场的儿子哭泣。

别林斯基根据野蛮的鞑靼可汗对外来的波兰美女的单恋,"奉若神明"、"发生了近乎人道主义的高贵感情"和对后宫妃妾的"餍足",概括了长诗的基本思想是"由于崇高的爱情,一颗野蛮的心灵的转变"。[①]

用抽象的人道主义观点来评价作家的创作,是别林斯基文艺批评中一

[①] 《别林斯基论〈巴赫奇萨拉伊的喷泉〉》,载《高加索的俘虏》,新文艺出版社1959年版,第37页。

个致命的弱点。由此导致这位著名的文艺批评家没能对这部长诗作出科学的评价。我认为长诗的基本思想根本不是"由于崇高的爱情，一颗野蛮的心灵的转变"。民间传说不会歌颂暴君，反暴君争自由的普希金根据民间传说写成的这部长诗也没有歌颂暴君。对于鞑靼王基列伊，作者是以野蛮暴君的本来面目加以描写的。"率领浩荡的大军去攻打异国的边疆"，"荒芜了一片锦绣河山"，"豪华的城堡已一片荒凉"，一座座坟墓不断出现，"尽情欢乐和宴饮"，这就是"那暴君的可汗、人民的灾星"的全部生活。

要了解长诗的基本思想，我们必须对它所反映的矛盾和冲突进行研究。长诗描写的是后宫的妇女与基列伊的矛盾，它是从三个方面加以展现的。

首先，是深宫后院的妻妾嫔妃与可汗的矛盾。作者用大量的篇幅描写了可汗给这些妇女带来的悲惨命运：

> 不，基列伊胆怯的后妃
> 从来也不敢想入非非，
> 在悒郁的宁静里吐艳开花，
> 在冷酷、警惕的监视之下，
> 终日在凄凉、苦闷里浮沉，
> 她们不知道什么叫变心。
> 她们的美丽已被投入
> 看守严密的监牢的阴影，
> 犹如阿拉伯娇艳的鲜花，
> 竟在玻璃暖房里生存。
> 一天天，一月月，一年年
> 都是忧愁接着苦闷，
> 不知不觉地带走了
> 她们的爱情和青春。

"凶狠的太监们和她们一起，要想躲开，白费心机；他的灵敏的耳朵和眼睛，时时刻刻追逐着她们。由于他这种不懈的努力，才建立永恒的秩序。"看守对她们形影不离，夜晚蹑手蹑脚地在后宫巡行，无声无息地溜

进她们的门房:

> 察看嫔妃们娇艳的睡容,
> 偷听她们梦中的呓语。
> 呼吸、叹气、轻微的颤动,
> 他全部贪婪地记在心中。
> 谁要在梦中窃窃私语,
> 呼唤外人,或向知心女友
> 吐露自己心中犯罪的思想,
> 她就肯定会尝到苦头。

诗中还用巴赫奇萨拉伊明朗的夜景来反衬后宫暗淡的凄凉景象,并用鞑靼妇女挨家串户的聊天对照后宫妇女们不自由的生活:

> 明月随着星群冉冉升起,
> 它从万里无云的天上,
> 把自己娇柔清淡的银辉
> 泻向峡谷、树林和山冈。
> 一些普通的鞑靼妇女
> 身上裹着白色的外衣,
> 像轻盈的影子飘然走过
> 巴赫奇萨伊的街头,
> 她们串门访友,忙忙碌碌,
> 去把夜间的余暇享受。

其次,莎莱玛与基列伊的矛盾。可汗在不断的征战中掠来了无数的妇女供他享乐,出生在高加索的莎莱玛就是她们中的一个。她是"爱情的明星,后宫的美人",但自从抢来马利亚之后,基列伊对她"变了心","厌弃了莎莱玛"。在一个深夜她悄悄地走到马利亚的床前,向她求救:

> 他的变心将使我死亡………
> 我哭泣,你瞧,我的双膝

>现在就跪在你的面前，
>求求你，而绝不敢怪罪，
>求你还我欢乐和安逸，
>求你还我从前的基列伊……
>…………
>一定把基列伊还给莎莱玛……
>你听着：如果我必须
>对你不起……我有短剑一把，
>我可是出生在高加索山下。

莎莱玛悲哀、哽咽、痛苦的语言表现着她对自己命运的担忧，"他要变了心，我只有死亡"。出于妒忌，为了保护自己的生命，她杀死了马利亚。这罪责不能完全落在她的身上，基列伊是造成罪恶的罪魁祸首，莎莱玛同样是受害者。莎莱玛被基列伊投进了大海，结束了凄凉的人生。作者以同情的笔墨描写了这个被遗弃的婢妾的命运，并对基列伊的狠毒进行了正义的谴责："这惩罚也太惊人，太残酷！"诗结尾时可汗又举起马刀"率领大军，凶狠地侵袭别国的边境"。普希金没有因可汗的感情变化而改变人物的性格，这正是他的高明之处。别林斯基对长诗基本思想的概括谬以千里。

最后，是马利亚和基列伊的矛盾。"鞑靼大军像河水一般涌进波兰……由于战争的摧残破坏，荒芜了一片锦绣河山……父亲进了坟墓，女儿作俘虏。"被囚禁在巴赫奇萨拉伊宫里的马利亚"泪流满面"，整天忧伤，想念美丽的家乡、远方的女伴。在哀愁中"保存着唯一圣洁的感情"。至于可汗对她的痴情（如下令对她放宽后宫残忍的规定，由一名女奴在她身边服侍，不许看守们用侮辱人的眼神在她身上逡巡等），那只不过是为了实现他对美女的占有欲。就艺术上的表现来说，是为了刻画马利亚的纯洁心灵和坚强性格。可汗为马利亚建造的喷泉，人们都叫它"泪泉"，泪珠似的泉水在控诉可汗这个罪恶的帝王。"泉顶上基督的十字架，护佑着伊斯兰的新月"是对可汗"功德"的绝妙讽刺。

从长诗所表现的矛盾冲突来看，对野蛮的鞑靼王的征战、掠夺、破坏和享乐、腐化给人们带来灾难的深刻揭露，以及对抢劫来的囚禁在深宫后院的妇女们悲惨命运的深切同情，是它的基本思想。普希金最初给长诗定的题目是《后宫》，由此也可以看出作者的创作意图。遭受国君迫害、失去政治自由的流放诗人，借古代传说中女主人公被囚禁的命运向沙皇专制的社会发出了抗争，向不自由的生活发出了抗议。这里边有着诗人亲身的痛苦经历和个人感受。这部长诗和南方叙事诗反专制的叛逆精神是一致的，同样是对专制制度的批判，对解放运动的呼唤。

《巴赫奇萨拉伊的喷泉》（1824）的出版，使"稿费这一概念才进入俄国文学界"。600句诗共得稿酬3000卢布，即一句诗值5卢布。出版商波诺马寥夫不仅赚了一笔大钱，而且以此出了名。这部长诗在商业方面的成功是出版史上一件大事。

《加百利颂》

俄国文学史上出现了两位大胆地嘲笑和揭露虚伪宗教的巨人。普希金在叙事长诗《加百利颂》中塑造了荒淫无耻的上帝形象，为此多次遭到审讯。列夫·托尔斯泰在长篇小说《复活》中揭露了宗教与专制政权的相互勾结给人民带来的灾难，为此被开除了教籍。两部作品比较起来，《复活》对宗教的批判更有深度和广度，但《加百利颂》更有戏剧性。

1821年4月，普希金写成了幻想诡异、妙趣横生的长诗《加百利颂》，用以戏谑讽刺宗教。长诗受到俄国各阶层的欢迎，手抄本广为流传，致使诗人后来遭到彼得堡总督的三次审讯，面临被发配到西伯利亚的险境。长诗是诗人改造了福音书中圣女马利亚"受胎报喜节"的故事和第一批人堕落被逐出乐园的故事，又糅合了流传在亚美尼亚的具有鲜明的反禁欲主义精神的异教徒传说而写成的。

《加百利颂》写的是天国的上帝对人间美女动了凡念，厌弃了天国的一切，想张开翅膀向希伯来妙龄女郎飞去：

> 然而，朋友，那至高的上帝
> 此刻正从他高高的天庭
> 欢喜地注视着他的奴婢，
> 那少女的胸脯和苗条的腰身，
> 他情火中烧……
> 翅膀呢？向马利亚飞去吧

我要在美人的怀里安息!

于是上帝叫天使长加百利充当信使,到人间去说合,但加百利瞒住了私心,却另有打算。上帝的世敌撒旦"听说上帝中意了一个姑娘——就是将我们从永劫的地狱解救出来的希伯来美女",便抢先来到马利亚面前。撒旦先变成一条色彩斑斓的美蛇,向马利亚讲述自己怎样把两只苹果挂在树上引诱了夏娃和亚当。然后蛇变成了美男子,"用那罪孽的欢娱开导了上帝宠幸的女人,以粗鲁使纯真的姑娘动心",占有了马利亚。突然天使长加百利来到,为了争夺马利亚,与撒旦扭打起来。结果撒旦倒下,乞命求饶,"随即向着地狱慌忙逃跑"。胜利的加百利赢得了美女,还在欺骗上帝。

> 这以后呢,按着习惯,上帝
> 把希伯来少女所生的儿子
> 认作自己的后嗣,但加百利
> (令人羡慕的命运!)却不停地
> 和希伯来少女秘密会见。

长诗通过上帝、天使长和撒旦围绕马利亚演出了一场荒诞不经的闹剧,塑造了一个戴着"绿帽"、头上没有灵光、荒淫愚蠢的上帝形象,表现了诗人对封建正统观念的大胆挑战;"嘲笑了教会的一项重要教义——纯洁受胎。这篇诗乃是普希金针对宗教的伪善和统治集团的迷信、神秘主义而引起的抗议性的反响。"长诗亵渎了教会的神圣教义,如此离经叛道的"魔鬼"行为,被沙皇认为是弥天大罪,然而鲁迅先生却把普希金列为"摩罗"派诗人,赞美他反封建的叛逆精神。诗人把讽刺的投枪对准"天国皇帝",不难理解其重大的现实意义。

普希金实际上是把动人的传说故事和对现实的猛烈抨击巧妙地融为一体,用美妙丰富的想象来表达对亚历山大一世和他的朋友、好色的伪君子和修道院院长福季的假仁假义的基督教进行批判和斗争。但由于当时科学水平的限制和俄国贵族革命家反封建的不彻底性,长诗也表现了历史的局限和作家的阶级局限,即用异教传说反对基督正统,用神话反对神话,这是诗人泛神论的思想反映。长诗表现的冲破封建罗网和宗教禁锢的激情,与他南方浪漫主义叙事诗一起共同发出了反封建专制、渴求自由的呼声。

警察局的密探比比科夫认为这篇诗是"叛逆诗",他在给宪兵司令宾肯道夫的秘密报告中写道:普希金"以讽刺的危险而狡猾的武器,攻击了作为钳制全世界人民,尤其是我国人民的缰辔的宗教的神圣"。1828年5月《加百利颂》的手抄本落到了彼得堡大主教手中,他向沙皇奏明《加百利颂》用魔鬼的诱惑亵渎上帝,污辱宗教,指控普希金犯有国事罪。按法律规定污辱教会要流放到西伯利亚。尼古拉一世下令逮捕长诗的传播者,并成立"专案组"审理此案。普希金多次被传讯到监处十二月党人死刑的彼得堡总督面前。第一次审讯时诗人回答长诗不是他写的,只是承认在皇村学校亲笔抄过一份。第二次审讯时追问他是从谁的手里得到的,为什么大量的手抄本上都有普希金的名字?诗人说记不清了,他抄的那份已于1820年烧掉了。皇上看到他"抵赖"的供词,下令第三次审问普希金。看来不弄个水落石出,政府不肯罢休了。最后他写信给沙皇,在辩解中供认了。善于玩弄两面派伎俩的沙皇,一方面对他表示"宽大";另一方面命令"沙皇办公厅第三厅"长官、宪兵司令宾肯道夫对诗人严加监视,使之不得有越轨行为,这种监视直到诗人逝世为止。普希金在给宾肯道夫的信中悲愤难言地写道:"没有别的俄国作家比我受到更严酷的迫害。"

1828年,诗人在受审时写成《毒树》,对沙皇专制的社会提出了强烈的抗议。《毒树》取材于一位荷兰医生1783年在英国《伦敦杂志》月刊上发表的《游记》。其中写的是六百名死囚受爪哇土王之命到毒树前取树脂,中毒死在路上的故事。诗人借题发挥,揭露的锋芒指向俄国的沙皇:

> 而沙皇就是用这种毒汁
> 浸透了他那恭顺的羽箭,
> 然后同毒箭一起把死亡
> 向四面八方的邻邦发遣。

诗中把专制暴君比作危害人民的毒树,它喷放的毒汁给"可怜的奴隶"带来死亡。《毒树》最初是用铅笔写在《加百利颂》供词的草稿上(后来发表在《北方蜜蜂》杂志上,由于事先未呈送尼古拉一世审批,诗人受到严厉的指责)。沙皇制造所谓政治案件审讯诗人,而倔强的诗人却用他的诗歌审判帝王。

《茨冈人》

普希金在南方流放时，曾参观过几个茨冈人（即吉卜赛人）的居住点。茨冈人生性豪放、热情好客，他们喜好占卜和歌舞。

《茨冈人》是普希金南方叙事诗的代表作，是他的浪漫主义长诗的总结，它标志着诗人的创作由浪漫主义向现实主义的过渡。

《茨冈人》动笔于1823年12月，完成于1824年10月。这时欧洲的解放运动先后失败，俄国的政治日益黑暗，普希金大失所望。他对启蒙主义的华美约言产生了怀疑，一直萦绕在他心中并被他热烈讴歌的自由，成了他积极探索的主题。因此，以浪漫主义的激情与现实主义的冷静分析写成的《茨冈人》，反映了诗人内心的思考和时代的特征。

《茨冈人》与《高加索的俘虏》中的主人公有许多相似的地方。因此，我们在分析阿列哥的形象时顺便和俘虏加以比较，以便了解他们的共同点和不同点，加深对作品的理解。

长诗的情节是通过两个尖锐对立的冲突展开的。第一个冲突是热爱自由的贵族青年阿列哥与令人窒息的城市文明社会的冲突。他这样讲述自己的感受：

> 你不能想象城市多不自由！
> 城市只能令人窒息，
> 一堆堆人被围在围墙里头，
> 吸不到清晨的新鲜空气，
> 闻不到草原的春天气息，
> 恋爱又害羞，压制新思想，
> 把自己的自由拿去拍卖，
> 对着偶像，顶礼膜拜，
> 求的无非是金钱和锁链。

阿列哥与上流社会的矛盾，发展到与政府对立的地步，"法律正要把他追查"。他来到茨冈人群中并且得到了茨冈姑娘泽姆菲拉的爱情，建立了家庭，过上了自由自在的幸福生活：

> 在村子里，在草原的大道边，
> 在摩尔达维亚人的院子跟前，
> 狗熊笨重地跳舞，号叫，
> 不住咬啃讨厌的锁链。
> 老人拄着行路用的拐杖，
> 懒洋洋地敲得小鼓咚咚，
> 阿列哥一边唱，一边耍熊，
> 泽姆菲拉到庄户人跟前转一圈儿，
> 收下他们随意扔给的赏钱。

两年后又发生了第二个冲突，阿列哥与"自然状态"的茨冈人发生了矛盾。泽姆菲拉爱上了另外一个青年茨冈人，阿列哥怀恨在心，杀死了泽姆菲拉和她的情人。最后阿列哥遭到茨冈人的严厉谴责并被他们遗弃：

> 这时，老人走过来说：
> "离开我们吧，骄傲的人！
> 我们野蛮，我们没有法律，
> 我们不拷打，也不惩罚，
> 我们不需要鲜血和呻吟；
> 但是不跟凶手生活在一起。
> 你生来不是野蛮人的命运，
> 你要自由，只是为了自己，
> 我们怕听到你的声音：
> 我们胆小，心地和善，
> 你性情凶狠而大胆；
> 离开我们吧，再见，祝你平安。"

普希金对情杀恨之入骨，在他的诗歌中屡见不鲜，这是有着他个人感受的。他的曾祖父亚历山大·彼得洛维奇出于妒忌而杀掉了自己的妻子，受到法律的制裁死在狱中。诗人的祖父自幼父母双亡，寄养在外祖父家。

诗人在《黑色披巾》(1820)一诗中写过同样的故事：一个希腊少女对她的朋友变了心，爱上了一个亚美尼亚人。俩人正在拥抱时皆被刺死，主人公陷入绝望中。这首诗虽然具有哀歌式的忧郁，但诗意朦胧，内容单薄，对利己主义的批判没有《茨冈人》深刻。

《茨冈人》彻底暴露了贵族知识分子的利己主义。诗人对阿列哥同贵族社会对立、鄙视世俗成见、摆脱"文明"社会的锁链、寻求自由（这也是《高加索的俘虏》的主人公的特点，二人都具有叛逆精神）做了积极的肯定。但是，否定多于肯定是全诗的主调（《高加索的俘虏》与此相反，这是不同点）。带着贵族阶级偏见，到纯朴人民中寻找自由的生活，在新的环境中碰壁是长诗描写的中心（这与《高加索的俘虏》是共同点）。尊重感情自由的茨冈老人，向阿列哥讲述自己年轻时爱人玛利乌拉跟人私奔的故事时，阿列哥认为老人不会报仇，他的反应暴露了他的自私和残酷的本性，"我决不放弃我的权利，最次，也享受一下复仇的乐趣"，"我会连脸色都不改，把他踢进大海的波涛"。阿列哥与泽姆菲拉的结合，埋下了文明人与自然状态人结合的悲剧的种子，虽然他爱上了茨冈人的生活，牵着熊，唱着歌，随茨冈人到处流浪（"俘虏"却成了山民的囚徒，这是不同点），表面上好像得到了自由，但他的自由是建立在别人不自由的基础上的（"俘虏"尚无这种表现，这是不同点）。他发现泽姆菲拉爱上了别人，便杀死她和她的情人（"俘虏"被车尔凯斯女郎从山洞中救出逃走，身后留下的也是尸体，但他不是杀人犯，这里边有共同点，也有不同点）。阿列哥把爱人看成自己的私有财产，把自己挣脱的锁链又套在爱人的头上（"俘虏"与阿列哥不同："我为她荒野里淌着眼泪，她伴我四处流浪飘零"，他因心中有所爱，拒绝了姑娘的爱情，不愿意给自己所爱的人带来痛苦）。

阿列哥与"俘虏"都具有叛逆精神和追求自由的理想，他们和社会对立，到大自然中去"寻求自由"，表示对社会的抗议，这反映了先进青年的某些特点，但又都受到社会的影响和时代的局限，不知道到什么地方、用什么方式去寻找自由。

在《茨冈人》中，诗人用抒情的笔墨渲染悲剧气氛，表明脱离人民的人的思想危机和脱离社会的个人反抗注定毁灭，以及对阿列哥犯罪行为和道德堕落的严厉批评：

> 人们抬起这两具尸体,
> ……
> 他默默、缓缓地垂下头,
> 从石碑上跌落到草地。
> 在一个大雾弥漫的早晨,
> 有一群灰鹤走得很晚,
> 鸣叫着飞向遥远的南方,
> 有一只留下来,凄凄惨惨,
> 它被致命的子弹打中了,
> 受了伤的翅膀垂在一边。

诗人通过阿列哥的形象,揭示了他的主人公性格的矛盾:一方面对"令人窒息""金钱和锁链"的社会表示抗议;另一方面又不可救药地受到腐败社会的毒害。

同阿列哥性格相对立的茨冈老人的形象,是被诗人理想化的浪漫主义形象。在茨冈老人身上,诗人赋予了启蒙学者所赞扬的"自然状态"的人所具有的美德:正直善良,尊重别人的自由。但诗人的立意是否定卢梭等启蒙学者的主张。他们认为:文化是一切罪恶的根源,野蛮人、未开化人比文明人优越,那里有古朴的自由。诗人用茨冈老人贫穷的生活和坎坷的经历证明了他们没有得到真正的自由。他年轻时被妻子遗弃,一个人把女儿拉扯大,老年又丧女,经历了人间的辛酸与悲苦。诗人写道:

> 但是,大自然的贫穷子孙!
> 在你们中间也没有幸福。
> 在那破破烂烂的帐篷底下
> 你们做的是痛苦的梦,
> 你们那到处流浪的帐篷
> 在荒原里也未能免于不幸,
> 到处是无法摆脱的激情,
> 谁也无法与命运抗争。

受沙皇迫害的游荡诗人,把自己同穷困的游荡民族的命运联系在一起，使他们振奋觉醒，给诗歌的悲剧主题增添了思想的光辉。

诗人通过阿列哥和茨冈老人对文明社会和"自然状态"社会的自由，同时做了积极的否定，这个结论是非常深刻的。但是，什么是真正的自由，如何去争取？遗憾的是受历史条件和作家的阶级局限，普希金不能作出正面的回答。找不到出路的阿列哥的悲剧和帐篷下不能"安眠"的茨冈人，反映了诗人探索自由的迷惘和沉思。这种迷惘和苦闷，同专制制度对立、向往自由却找不到前进道路和改革的物质力量的诗人的思想是分不开的，是同"孤独逐客"普希金的心境以及正在酝酿的没有人民支持、注定要失败的贵族革命的命运分不开的。后来普希金遭到第二次流放，十二月党人起义转瞬失败。敏感的诗人，揭示了个人与时代的悲剧。叙事诗《茨冈人》含蕴着追求自由、反对专制社会和贵族传统观念的思想，同时也响彻着诗人和十二月党人不幸命运的旋律。《茨冈人》是诗人对时代的思考、对自由探索的总结。

苏联学者硬说《茨冈人》是"反拜伦式的诗篇"[1]。在《茨冈人》中"普希金就极力拿某种现实生活的力量同拜伦式的高傲相对立了"[2]，"在反对拜伦的人物这一点上表现得格外明白"[3]。其实这种抬高普希金，贬低拜伦的评价是缺乏说服力的。首先，普希金的南方组诗是受拜伦的影响写成的。19世纪20年代，拜伦的影响遍及欧洲。拜伦的狂飙式的浪漫主义激情和叛逆精神给普希金以强烈的影响。他说："因拜伦而发了狂。"他完成《茨冈人》那年写成了《致大海》（1824），称拜伦为"我们思想上的另一个王者"，歌颂了这位"把自由的桂冠留给世界"的伟大诗人。1825年在《安德烈·谢尼耶》（该诗被删掉的部分1826年落在政府手中，其中写道："我们推翻很多帝王，可是我们又把杀人犯选为皇帝"，诗人为此多次受审）一诗中，一开头便回忆起"拜伦的骨灰罐"，"欧洲合奏的琴声"曾为他致哀。其次，拜伦在他后期的现实主义作品《别波》《唐璜》中，已经对他前期作品中高傲的个人主义者进行了批判。普希金写《茨冈人》时崇拜的正是他后期的这些作品。丢开拜伦后期的成熟作品，

---

[1] ［俄］布拉果依：《普希金论》，《俄国文学研究》，贾植芳辑译，泥土社1954年版，第26页。

[2] ［俄］卢那察尔斯基：《论文学》，人民文学出版社1983年版，第121页。

[3] ［俄］布罗茨基主编：《俄国文学史》上卷，作家出版社1954年版，第295页。

用《茨冈人》同他早期作品来比较，从而确定两位作家创作的高低和优劣，这不是历史唯物主义认识事物的方法。因此不能说"俄罗斯的缪斯"胜过了"不列颠的缪斯"，而只能说普希金对拜伦的新题材和新人物进行了挖掘、加工和再创作。这样的结论，才是实事求是的、科学的。他的诗歌像拜伦那样，把主人公置于异国地域，到大自然和未开化的民族中去寻找自由。主人公命运坎坷，富于传奇色彩。按照拜伦的方法，叙述中夹有对话、歌曲和突变的情节。但也有别于拜伦，他的长诗中没有凌云幻想、天马行空式的人物，主人公有自己的个性，溶化在自然风光的描写之中。

　　《茨冈人》标志着诗人的创作由浪漫主义向现实主义的过渡。在长诗中浪漫主义多于现实主义成分。它的浪漫主义表现，从题材上看，主人公抛弃文明社会到大自然或半开化的民族中去寻找自由，是浪漫主义作家常用的题材。从情节上看，选用曲折离奇的情节（如阿列哥与泽姆菲拉的巧遇和他们不寻常的结局）；从人物性格上看，特别注意渲染人物性格的突出方面（如阿列哥的自私、妒忌，泽姆菲拉的自由放任，老茨冈人的豁达开朗），采用夸张的手法（如阿列哥爱情的倾吐和泽姆菲拉对他变得冷淡时他所做的痛苦的梦）都是浪漫主义的表现。

　　长诗的现实主义，表现在对阿列哥形象的塑造和对茨冈人穷困生活的描写上。作者从阿列哥所处的社会环境中揭示了他性格产生的原因，展示了性格的复杂性和矛盾性。描写茨冈人生活时，一定程度上表现了生活的真实。茨冈人穿着"破烂的衣服"，"小孩子老头儿还光着脊背"，吃的是"人家没有收割的小麦"，睡的是"过夜的草堆"，这都是茨冈人穷困生活的真实写照。

　　《茨冈人》在艺术上取得了很高的成就。它的结构不是平铺直叙，而是围绕矛盾冲突精心设计的戏剧结构。长诗以描写茨冈人的流浪生活拉开序幕，开场就渲染了自由的气氛。接着泽姆菲拉领来了阿列哥，主角登场，一场好戏在等待着观众。一段情爱，阿列哥向泽姆菲拉吐露真情，主角的经历和性格交代自然、适时。幸福的牧歌生活刚刚开始，埋藏的矛盾立即出现。泽姆菲拉唱的"老丈夫之歌"是情节的自然过渡，它预示一场风暴的来临。一对情人相会时双双被刺倒是情节发展的高潮。情爱的描写，成为揭示人物性格的有效手段。情人的亲吻，地上的尸体，阿列哥的晕倒，老父亲呆看死去的女儿，诸如此类的形体动作揭示了人物的内心世界。尖锐的戏剧冲突，个性很强的对话以及人物的形体动作，预示着普希金的戏剧创作即将出现。《茨冈人》通向了他的历史悲剧《鲍里斯·戈都诺夫》。长诗以轻松愉快的气氛开始，以悲剧的气息结束。结构紧凑凝练，对比鲜明，悲剧气氛突出，从而把轻松愉快的读者引向了冷静深沉的思考：什么是真正的自由，怎样去寻找？作家虽未正面指出，聪明的读者从艺术形象真实感人的力量中自会得出正确的结论。

普希金的南方组诗虽具有某些现实主义成分，但基本上属于浪漫主义作品，其浪漫主义特征表现如下：

首先，是重理想、崇感情，具有浓厚的抒情色彩。理想与现实的对立，是普希金南方组诗情节的基础。南方组诗中的主人公都有美好的理想，但冷酷的现实使他们理想破灭，因而他们有的远离黑暗社会到高加索去寻求自由，有的到荒原流浪人群中去寻求自由，有的铤而走险，在伏尔加河畔合伙聚众成为复仇的大盗。他们走不同的道路，用不同的方式，对现实表示抗议。他们的理想是朦胧的，空想的，找不到出路的。离开冷酷社会到高加索寻找自由的贵族青年，最后成了俘虏；不受"法律约束"的阿列哥，最后被茨冈人遗弃；仇恨社会的强盗兄弟在伏尔加河上冒险和流血，被缚于监牢，受尽折磨，最后把尸体留在深山老林里，他们都成了"可悲的无果花"。作者以深厚的同情描写了他们的命运，赞美他们对现实的反抗，并以浓厚的抒情成分感染读者。车尔凯斯少女的爱情倾吐和俘虏的炽热对话所涌现出的感情，别林斯基赞美说："真挚有力的情感，如此亲切、热情和苦痛，以致有一种感人的魔力，迎面扑来。"绿林大盗的良心谴责、莎莱玛的嫉妒、马利亚的殉节，泽姆菲拉爱情的苦痛，都是作者用感情浓重的抒情笔墨浇灌而成的动人诗行。

其次，是赞美自然，用大自然的美丽风光和社会的丑恶加以对照。主人公厌弃或仇视社会，到大自然中去寻找自己的理想，人与自然产生了感情的共鸣。巍峨的峰峦，层叠的彩云，倾落的冰雹，怒吼的雷雨，在《高加索的俘房》中起了补充人物个性特征、烘托人物心理的作用。高加索绮丽的风光成了普希金和俄罗斯浪漫主义诗人表现自由的摇篮。普希金笔下的高加索宛如生动、鲜明的巨幅图画，具有特殊的生命力。他描写的高加索，地方色彩浓郁，笔力遒劲，因而他表现的异国情调别开生面。他的风景画，色彩多变。根据主题的需要，在格调上有时雄伟庄严，有时柔婉、温馨。请看他对高加索雪峰描写得多真切诱人：

　　　　冰封雪盖的永恒的宝座，
　　　　在人们看来，它们的山峰
　　　　像白云的长链岿然不动，
　　　　庄严伟大的厄尔布鲁士①，
　　　　双头巨人，闪着冰雪冠冕，
　　　　白皑皑地在群山环绕中
　　　　高高耸立在蔚蓝的天空。

　　再次，用夸张的手法和奇异的情节来塑造人物的性格。诗人通过追求理想和自由的俘虏在高加索的不寻常遭遇——飞马的套绁，铁链的捆绑，爱情的巧遇，他的得救和车尔凯斯少女的殉情，用奇特的情节刻画了这个叛逆英雄的忧郁、冷漠和自私的性格。阿列哥与泽姆菲拉的相遇和悲惨的结局，也是奇异的情节。波兰公主马利亚的遭遇同样是不寻常的："鞑靼铁骑"的掠获，基列伊对她的痴情，后宫里的特殊待遇，莎莱玛对她的妒忌，她的死于非命，这些奇异的情节刻画了马利亚的纯洁、高尚和不畏强暴的性格。马利亚的独白，莎莱玛的求诉，这些主观性很强的夸张描写，反映了人物的内心世界。

　　最后，是对民间文学的重视。普希金在文学上取得惊人的成就，是和他重视、继承民间文学优秀传统分不开的。他从民间故事、传说、歌曲、谚语、成语中吸取营养，用他天才的技巧进行创作，形成他特有的朴素简洁、单纯明朗、刚健清新的艺术风格。民间文学反压迫和剥削，揭露现实黑暗，勇于斗争的精神，对普希金的世界观具有不可忽视的影响。普希金幼时受奶娘讲述的民间故事的熏陶，流放时收集民歌、民谣、故事和传说，记下了内容丰富的笔记。在顿河他记下了强盗的歌曲：

　　　　……不是鸽子在互相柔声细语，
　　　　而是大盗们在彼此号召……
　　　　……不是森林，也不是丛林在喧哗，
　　　　而是哥萨克首领的自由意志在怒号

---

① 高加索群山的最高峰。

这首自由的歌曲，经过他的加工创造成了《强盗兄弟》的具有英雄气质的开头。在顿河草原上，他听到一曲深沉而有力的歌声在空中荡漾：

> 妈妈生了我们兄弟俩，
> 爸爸养育我们两只鹰；
> 他只把我们养大，可没有给我们教导……
> 教导好汉的是遥远的异乡，
> 那顿河下游的城堡……

这首歌谣和诗人在叶卡杰琳诺斯拉夫看见的两个逃犯的命运联系起来，经过他的再创造，以热情有力的语言写出了两个孤儿沦为强盗的生活环境。他的《鲁斯兰与柳德米拉》《巴赫奇萨拉伊的喷泉》《加百利颂》是直接根据民间传说扩大思想容量写成的。《鲁斯兰与柳德米拉》的序曲中有一段诗行是根据奶娘讲述的民间故事写成的。奶娘讲道："我们这儿有着什么样的怪事呢？就是这个怪事：一条蜿蜒的海岸上有一株橡树，树上挂着一根金色的链条，拴着一只猫，爬上去爬下来；它往上爬的时候说故事，往下爬的时候唱歌。"普希金在序曲的开头是这样写的：

> 海湾上有一棵绿橡树，
> 橡树上有一条金链子：
> 链子上有一只有学问的猫，
> 不分黑夜白日转来转去；
> 往右一转——唱一支歌，
> 往左一转——讲个故事。

同样，在《茨冈人》中把吉卜赛人唱的"老丈夫之歌"也直接引进作品。民间文学的丰富想象、真挚感情、生动的语言和自由灵活的形式，为普希金的创作开辟了新的境地。他的南方叙事诗，确立了他在俄国文学中的地位，成为俄国浪漫主义的代表和旗帜。

普希金的南方浪漫主义长诗，由于概括了当代贵族青年性格的特点以及主人公命运与现实的联系，因而出现了现实主义的成分。《高加索的俘虏》中高加索的自然景物、山民的风习和俘虏的向往自由；《巴赫奇萨拉伊的喷泉》中深宫后院宫女们被囚禁的命运以及克里米亚迷人的夜景；《强盗兄弟》中兄弟二人的悲惨遭遇和他们的反抗；《茨冈人》中吉卜赛人的贫困生活和他们的习性，都是现实生活的反映。普希金的南方叙事诗反映生活的深度，从《高加索的俘虏》开始，一部比一部深刻。别林斯基写道："只有从普希金的时代起，俄国文学才开始产生了，因为他的诗歌中，我们可以感觉到俄国生活的脉搏在跳动着。"

《波尔塔瓦》和《铜骑士》

普希金在十二月党人起义失败后铁钺高悬的恐怖年代，在人们循规蹈矩屈从现实的社会消沉的岁月，满怀忧患意识，对国家、人民和个人的命运进行着认真的思考。他写出了《三泉》（1827）、《预感》《枉然赋予》（1828）等诗篇。这些诗篇反映着沉重的社会重压给诗人带来的痛苦和对自己命运的深沉思虑，寻找击退乌云的力量。这些诗是普希金生活遭遇的真实写照，也是对沙皇残暴统治的深刻揭露。

普希金要用"诗歌之泉"去滋润读者干渴的心田。在人们绝望和社会消沉时期，他提出作家要忠实于艺术的社会使命，"用语言把人心点燃"（《先知》，1826），因而在他的诗歌中出现了诗人与社会的主题。他提出诗人要同庸俗的上流社会相抗衡："他开始厌倦了游戏的世界，并且不信滔滔的人言，他高傲的头再也不肯低下，在众人供奉的偶像之前。"（《诗人》，1827）他批评"利益就是一切"的为小市民开心的下流艺术家，提出艺术不要脱离现实和人民。"我们是为了灵感而生，为美妙的音节和祈祷"（《诗人和群众》，1828），他确信唤起人民灵感的诗歌将永远活在人民的心中（《纪念碑》，1836）。他认为艺术家不应迎合群众的口味，投人所好，求得"狂热的赞美的喧声"，不应为私利"索取报偿"，更不要畏惧"愚人的指责"和"社会的冷嘲"（《致诗人》，1830）。

针对社会的黑暗和人们思想的消沉，普希金创作的另一个反映是：转向历史题材的研究和写作，从中汲取力量，写成历史小说《彼得大帝的黑人》（1827）、叙事诗《波尔塔瓦》（1828）和《铜骑士》（1833）三部不同体裁的作品，歌颂往日的英雄彼得大帝——军事统帅和改革家的历史功绩，刺激尼古拉一世，暗示当今的君主也应作出自己的贡献。

历史小说《彼得大帝的黑人》书前的题词是"彼得大帝的钢铁意志改变了俄罗斯的面貌"，概括了小说的中心思想。小说叙述诗人曾外祖父阿勃拉姆从巴黎归来，在他眼前出现的是新建的都城，一览无余的堤坝，密密麻麻的战舰和商船，这一切都表现皇帝的意志和人民建设的成就。彼得大帝不知疲倦地工作，休息时"仔细研究外国政治家作品的译文，或去访问商人的工厂、手工业者的作坊和学者的书房"。彼得大帝的事业，唤起了阿勃拉姆建立丰功伟绩的高尚感情。这位"波尔塔瓦的英雄""俄罗斯改革家"面目可亲，对他的教子关怀备至，他亲自到京郊迎接教子的归来，给他安排工作，把他介绍给文武大臣，并亲自做媒给他定亲（"黑乌鸦要找一个白天鹅，沙皇的黑奴想要娶老婆。他在高贵夫人群中乱窜，他向高贵小姐频频顾盼"）。重用人才、致力于改革的彼得大帝的形象，表现了普希金寄希望于贤明君主的政治理想，有鲜明的时代特点和诗人的强烈感情。诗人力图寻找一条保全知识分子和他个人的独立地位的道路。他对尼古拉一世统治的社会怀着愤怒的激情，因而借彼得的形象表明了他的理想：为俄罗斯经济、文化的发展和民族的命运，君王应作出自己的贡献。

叙事诗《波尔塔瓦》（原题《马塞帕》）是普希金根据真实的历史事件写成的一部现实主义的诗篇，叙述的是彼得大帝在1708年著名的波尔塔瓦战役中粉碎了马塞帕勾结瑞典军队入侵俄罗斯的历史。这次战争的胜利确立了俄国在欧洲的地位，巩固了它内部改革的成果。长诗的情节并不复杂，它有两条线索：一个是年老的马塞帕和年轻的马利亚不体面的爱情；另一个是马塞帕背叛以及瑞典和俄国战争中彼得大帝的胜利。60岁的乌克兰统帅马塞帕爱上了大法官柯楚白的美丽小姐马利亚，他不顾年龄的悬殊和马利亚双亲的反对把她偷偷带走。柯楚白心急如焚，寻求复仇，把马塞帕的谋叛计划如实地密告沙皇。彼得一世不相信密告，反而把柯楚白的奏疏告诉了马塞帕。柯楚白被捕，受到严刑拷打，正等待死刑。这时马利亚感到马塞帕对她冷淡，怀疑他与波兰国王亲属杜尔斯卡娅夫人的关系。为了消除她的疑虑，马塞帕向她讲出自己背叛彼得大帝的谋反计划，并追问马利亚：

你说：你认为哪个更可亲，

父亲呢，还是丈夫？
　　………
　　你请听：假如我们，他和我，
　　两个人必须有一个死去，
　　而你又是我们的审判者，
　　那时你将要牺牲哪一个，
　　那时你将要维护哪一个？

拂晓，马利亚的母亲悄悄地来到她的床前，让她为父亲求饶：

　　我只有一个伤心的请求。
　　今天就是判决期。只有你
　　才能够和缓他们的怒气。
　　救救父亲吧。
　　………
　　快去，快去跪在他的脚前
　　我的天使，救救父亲吧：
　　你的眼能缚住恶棍的手，
　　你能使他们把刀斧丢下。

　　在马利亚的父亲被马塞帕处死、母亲被流放后，马塞帕装病并准备后事。这时瑞典王查理十二世率领大军入侵乌克兰，等待王冠的马塞帕从床上一跃而起，跨上战马，高举军刀投奔瑞典王的军队共讨沙皇。彼得大帝出兵应战，著名的波尔塔瓦战役粉碎了叛徒的阴谋计划和外族的入侵。马塞帕和瑞典王一起逃走，彼得大帝举杯庆祝战争的胜利。

　　这部长诗的价值，在于它描绘了决定俄罗斯民族存亡和国家未来命运的最伟大的历史事件——波尔塔瓦战役和彼得大帝的历史功绩。波尔塔瓦战役的胜利给彼得大帝的改革事业奠定了基础。普希金在长诗第一版序言中写道："波尔塔瓦战争是彼得大帝执政时期最重要、最足以庆幸的一件事。这次战争使他得以摆脱危险的敌人，使俄罗斯的政权在南方巩固下来，确保了它在北方新获得的领土，并且向全国证明沙皇所推行的新政的必要和成功。"

长诗描写了战场上两军厮杀的激烈而壮丽的场面:

> 战斗爆发,波尔塔瓦战役!
> 在炮火中,在被活的城墙
> 所反照的通红的城墙下,
> 生力军在倒下的队伍里
> 又一起端起了刺刀。骑兵
> 飞快奔驰,像一朵朵乌云,
> 抖动着马勒,闪亮着军刀,
> 杀进敌营,真是难解难分。
> 一堆尸体上又压了一堆,
> 铁丸在尸堆中跳跃、乱撞,
> 翻起一团团的尘土,
> 在血泊中咝咝地鸣响。
> 瑞典人、俄罗斯人——刺、砍、杀。
> 战鼓咚咚、呐喊声、切齿声、
> 大炮声、马蹄声、嘶叫、呻吟,
> 这里到处是地狱和死神。

长诗歌颂了俄罗斯士兵的赫赫战功,他们的英雄主义精神是取得战争胜利的主要原因,爱国主义思想是长诗表现的中心。在战争的背景下,描写了彼得大帝的形象:

> 从帐幕里走出。目光炯炯,
> 他的容貌真是威风凛凛,
> 他步履矫健,他神采奕奕,
> 他活像一位天上的雷神。

诗人描写彼得的形象,是为了给尼古拉一世树立学习的榜样,首先,诗人强调了他为实现艰巨的民族任务,团结人民不知疲倦地工作,而舍弃了他进行改革所用的残酷手段和政治上的专制主义。其次,把他的历史活动和本人性格与狡诈残忍、阴险邪恶、野心勃勃的马塞帕,以及好战的冒险家查理十二世加以对比，强调个人野心家、冒险家必将受到历史的惩罚，而为祖国、为人民事业、为进步理想而奋斗的民族英雄，将永垂史册，流芳百年：

> 百年过去了……
> 在北方大国人民的心中，
> 在它南征北战的命运里，
> 只有你，波尔塔瓦的英雄，
> 给自己建立了一座丰碑。

丘赫尔别凯读过长诗后，在狱中给普希金的信中写道："我对你不仅像平常一样友爱，而且，你的《波尔塔瓦》还使我对你起了无限的敬意。"这位十二月党人看出了长诗提出的国家与人民命运问题在尼古拉一世统治年代的重要意义。在新的严峻的历史条件下，人们将会思考波尔塔瓦战役胜利的原因，历史将再一次证明人民的力量是不可战胜的，这就是普希金诗行巨大的社会意义。赫尔岑认为在十二月党人起义失败后"只有普希金的嘹亮而远扬的歌声，响彻于奴隶制的苦难的峡谷中，这一歌声上继往日，以雄壮的音响充实现代，并飘送自己的余韵到遥远的未来。普希金的诗歌是未来的保证和安慰"。

《铜骑士》（又译《青铜骑士》）是一部非常成熟的作品，具有深刻的哲理。《铜骑士》是继《彼得大帝的黑人》和《波尔塔瓦》之后，又一部描写彼得大帝的作品。它与前两部作品不同：首先，表现在长诗中的是历史、现实同幻想并存，交相辉映。其次是内容复杂，歌颂与批判并举。

诗人感到只歌颂彼得大帝的新政和武功来教训当今的沙皇，已经不能满足时代的需要与要求，也不是对彼得一世的全面评价。他有功也有过，长诗中一方面肯定彼得的历史功绩，同时也深刻地指出，彼得作为封建君王和专制制度的首领，他与人民之间存在着不可调和的矛盾。普希金在他的《18世纪俄国史简论》手稿中写道："彼得大帝的国家制度和他的临时指令之间的差异，的确令人惊奇。前者是十分仁慈、贤明、丰富的智慧果实，后者常常是残酷和顽固的，而且像用皮鞭写成的一样。"诗人在19

世纪 30 年代农民运动高涨时期写成的《铜骑士》中,彼得不仅是伟大的军事统帅和国家的改革者,而且也是专制制度的专横体现者。

长诗在序诗中首先肯定了彼得修建彼得堡的伟大历史功绩。彼得决定:

> 这里要兴建一座城市,
> ……
> 打开一个瞭望欧洲的窗口,
> 我们要在海边站稳脚跟。
> 各国的旗帜将来这里聚首,
> 沿着新辟的航路,我们
> 将在这广阔天地欢宴朋友。

面对这座新兴的都城,古老的莫斯科已黯然失色,诗人热情洋溢地礼赞新都的庄严与美丽,歌颂彼得创造的奇迹。

接着进入正文,开始讲述"彼得堡故事"——长诗的副题,真实地描绘了 1824 年彼得堡发生的大水灾的情况,实际上诗人的用意是写个人对以青铜骑士为象征的帝国权威的反抗。长诗描写了贫穷的小职员叶甫根尼与彼得大帝的冲突。面对"一个劲儿往上涨"的河水,叶甫根尼感到惊恐万状:

> ……凶恶的巨浪
> 涌进门窗,如盗匪一般,
> 舢舨的船尾撞碎了玻璃,
> 盖着湿布的小贩的托盘、
> 茅屋的碎片、圆木、屋顶、
> 穷人屋里的家什破烂、
> 囤积居奇的商人的货物、
> 被暴风雨摧毁的桥墩木板、
> 从坟墓里被大水冲出的棺材,
> 一切都漂浮在街上!

首都变成了汪洋大海，波涛汹涌。许多思想在叶甫根尼脑子里翻腾：他想到结婚，有适当的住处和温柔的爱情，如果可能，再在职务上高升一步。他的要求不高，只要求建立一个普通的欢乐家庭：

> 我可以干活，昼夜不息；
> 只要凑合着给自己安排
> 一个简陋而普通的住处，
> 就可以让芭拉莎在那里居住。
> 再过一年两年，也许我会
> 混到一官半职，到那时
> 就把家务交给芭拉莎，
> 还让她管教我们的孩子……
> 我们就这样休戚与共，
> 风雨同舟而白头偕老，
> 让成群的儿孙给我们送终……

在一片汪洋的大水中，他骑在立于高台阶的石狮子身上，眺望远方的河水冲进芭拉莎的家。大水过后他怀着希望和恐惧的心情来到未婚妻家的门口。但房屋不知漂到何处，芭拉莎已被大水冲走，希望破灭了。他突然举起手，拍着脑门哈哈大笑起来，他疯了。他整天流浪，在码头过夜，吃人家施舍的剩饭，背上常有顽童扔来的石头和马车夫打来的皮鞭。他"既不像生在世上的活人，也不像阴间的幽灵"。一天他来到了参议院广场，在大雾中矗立的彼得大帝的铜像前，彼得骑在奔腾的马上，显得威武庄严。叶甫根尼怒火燃烧，这位青铜勇士竟敢在涅瓦河河边上修建城市，河水泛滥葬送了多少人的性命：

> 他咬牙切齿，握紧拳头，
> 像鬼魂附上身体一般
> 他气得发抖，低声咒骂着：
> "好哇，你这个奇迹的创造者！
> 等着瞧吧！……"

突然他拔脚就跑，感到威严的沙皇发出了怒气，青铜骑士在追赶他，无论走到何处，"奔马的啼声有如雷吼"在他耳边回响。

有一条大船搁浅在岸边的小屋时，发现了发疯青年的尸体。

长诗构思严谨，格式完美。通过河水泛滥把小人物与大人物联系起来，由于大人物的决定，小人物失去了一切。王权胜过一切，为了国家的利益毁掉了无数人的生命。叶甫根尼是下层人民的代表，他们一生的不幸是由彼得大帝造成的。他们想反抗，但马上就会受到"铁骑"的追逐和惩罚。君主的权力违背了人民的意志，因而后果是严重的。但彼得大帝之类的人物又是不可少的，为保持社会的平衡，这两种人都是不可缺少的。人民需要首领，首领不能只看到整体利益，而忽略个人的命运。这就是《铜骑士》的真正意义。长诗一方面赞扬了彼得的历史功绩，一方面又谴责他给普通老百姓带来的灾难；一方面肯定彼得代表的历史潮流不可阻挡，一方面又对他的专制暴政提出了抗议；一方面对专制政体进行了判决，一方面又对脱离国家利益的个人主义行为做了否定。这是一部具有深刻哲理内容的长诗。它包含着诗人对社会历史问题、国家与人民问题的深沉思考，也包含着诗人的个人感受——他对自己被跟踪的处境深为不满和对自己命运的担忧以及对惨遭迫害的十二月党人的深切同情。普希金的命运与叶甫根尼相同，君主的"铁骑"一直跟在他的身后，他跑到哪里铁骑就追到哪里。他呐喊自由，艰难地奋斗了一生，最后还是在君王面前倒下去。十二月党人曾在参议院广场青铜骑士塑像周围举行武装起义，最终惨遭镇压。诗人通过彼得堡的庄严富丽和叶甫根尼命运所表现的尖锐对立、态度鲜明的抑扬褒贬，使这一具有丰富社会内容、令人深思的"青铜骑士"的多彩雕像耸立在读者的面前。

——载《〈普希金诗选〉导读》，中华书局 2002 年版

普希金的童话诗

普希金是著名的诗人、小说家、戏剧家，同时也是一位杰出的童话作家。作为民族诗人，他十分重视并得益于民间文学。他写道："我们有自己的风俗、历史、歌谣、童话等等。"他号召青年作家从童话中学习民间语言："青年作家们，去听听人民的语言吧。在人民中间，你们能够学到从报纸上学不到的东西……"普希金的童话诗，是儿童文学的珍宝，为童话创作树立了典范。他成为童话创作的能手并不是偶然的。早在摇篮时期，就熟悉了奶娘阿琳娜·罗季昂诺夫娜甜美的歌声；孩提时期，奶娘的故事把他引入神奇世界；南方流放和乡村幽禁时期，他到民间广泛倾听民间艺人的演唱，记录各地的民间故事，掌握了民间艺术的表现手法，并积累了丰富的创作素材。他还翻译过欧洲作家的民歌体诗歌。加之天才诗人奇妙的想象、生动的语言和对生活的深刻理解，因此他的童话诗远远超出了通常流行的民间童话的水平。他把民间童话揉碎、滚圆、拉长、捏紧，再创作，弥补了民间童话情节单一，结构程式化，内容粗浅的不足，使之变成内容丰富、生动感人、别具风采的艺术品，他发展了民间童话的情节，创造了属于自己的艺术形象。他的童话诗在世界享有崇高的声誉，同安徒生、格林等童话大师并驾齐驱，受到广大读者的欢迎。

他的第一部长诗《鲁斯兰与柳德米拉》（1817—1820）就是利用民间文学题材写成的童话叙事诗。在19世纪30年代前半期，又写下了许多晶莹璀璨的童话诗。其中有《神父和他的长工巴尔达的故事》（1830）、《沙皇萨尔坦的故事》（1831）、《渔夫和金鱼的故事》（1833）、《死公主和七个勇士的故事》（1833）、《金鸡的故事》（1834），还有一篇未完成的《母熊的故事》。他的童话诗共有七篇，从1817年到1834年几乎贯穿了他的全部创作过程。

《鲁斯兰与柳德米拉》

《鲁斯兰与柳德米拉》是一部划时代的作品,轰动了文坛,引起了强烈的反响。

全诗共分六章,还有献词、序诗和尾声。长诗叙述的是古代基辅大公的女儿柳德米拉在新婚之夜被黑海魔王抢走,她的爱人鲁斯兰历经艰险营救她的故事。开头写的是婚宴:

> 在高大的客厅。弗拉基米尔太阳
> 大摆酒席,宴请宾朋,
> 一群壮实的儿子在身边侍立。
> 他正主持幼女的婚礼,
> 把她嫁给勇敢的鲁斯兰公爵……

接着根据传说写男女主人公的传奇经历,新娘刚回到洞房,在绣床上脱衣时:

> 突然一声霹雷,雾中一道闪光,
> 灯灭了,四周黑烟弥漫,
> 顿时一片漆黑,天旋地转
> ……
> 糟了,心爱的妻子杳无踪影!
> 弗拉基米尔在悲恸焦虑中宣布:
> 请问,你们谁能骑上快马
> 去找我女儿?谁能找到,
> 就立一大功,定有重赏,
> 我愿把女儿嫁给他,
> 分出一半国土做嫁妆。

大公宣布后,四勇士当夜同时出动。鲁斯兰途中遇到能知未来的芬兰老人向他透露了公主的下落，鲁斯兰明确了前进的方向。法尔拉夫怯懦怕死，中途返回。特拉米尔经不起享乐与美女的引诱，沉溺于酒色之中。罗格代为夺取柳德米拉要杀死鲁斯兰，一场激战，被摔到河里。

黑海魔王把公主藏在外人难进的宫殿里。他欲火中烧，来到公主身旁。公主奋起抗争，她把魔王的隐身帽戴在头上，变得无影无踪了。魔王决心抓到她，她一声声地呼喊"可爱的亲人"。

寻找公主的鲁斯兰来到古战场，突然在眼前出现一个巨头怪物，企图把勇士吓倒。鲁斯兰一拳打去，打出来一把宝剑，巨头怪物失去宝剑立即求饶。原来为争夺这把宝剑，巨头怪物被其弟魔王砍掉了头，巨头请鲁斯兰为他报仇。

柳德米拉正在呼唤亲人时，号角响起，鲁斯兰来到。魔王飞上天空，勇士抓住魔王的长胡子，越过高山和海洋。魔王累得筋疲力尽，呻吟起来，他"对俄国人的力量感到惊奇"，落地求饶。勇士把魔王能施法术的长胡子砍掉，将魔王装到口袋里，冲进并捣毁了魔王的宫殿，但找不到柳德米拉。一剑砍掉了公主头上的隐身帽，找到了公主，但她已中了魔法，昏迷不醒。于是勇士带着公主骑马返回。

疲劳的鲁斯兰在途中进入了梦乡。他的情敌法尔拉夫受女妖的支持，并被带到睡在公主身边的鲁斯兰面前。他一刀砍死了鲁斯兰，抢走了公主，回城冒功请赏。然而芬兰老人略施法术，鲁斯兰死而复活。

基辅城被土耳其的贝琴涅戈人包围，大公在昏睡的女儿身旁祈祷上苍。城外刀光剑影，双方厮杀得难解难分。这时鲁斯兰来到，敌营立时一片混乱：

> 基辅人心里莫明其妙，
> 纷纷跑出来看个究竟；
> 就在敌军的阵地上
> 有个神武的勇士骑着马，
> 身着铠甲，像火一样鲜明，
> 又杀又砍，所向披靡，
> 吹着号角，响声震天……
> 这个人正是鲁斯兰。

鲁斯兰在基辅人配合下杀得敌人尸体遍地,勇士的"长矛像星光闪闪发亮,铜甲上的鲜血直往下淌",基辅人取得了胜利,人们对英雄表示敬意,法尔拉夫俯首在地,对着大公表示羞愧。英雄来到公主面前,晃动芬兰老人给他的神奇的指环,顿时出现了奇迹:公主清醒,灾难终于过去。大公举行家宴,庆祝鲁斯兰的胜利和全家的团聚。

长诗在爱国主义的和声中结束,妖魔的故事变成了英雄史诗,和魔法师奇遇的主人公变成了祖国的解放者,忠贞爱情的描写变成了民族解放的颂歌。长诗超过了一般童话中惩恶扬善的主题,这正是普希金对俄国童话的伟大的革新和突出的贡献。

长诗情节惊心动魄,起伏跌宕;人物个性鲜明:鲁斯兰勇敢顽强,忠于理想;柳德米拉爱情坚贞,蔑视暴力与诱惑;法尔拉夫傲慢自负,贪生怕死;罗格代阴险毒辣,自私妒忌;拉特米尔目光短浅,迷恋酒色。长诗的情调乐观明快,洋溢着迷人的欢悦。诗句清新流畅,叙述生动,风格朴实,音节响亮。形象和韵律互相衬托,表现出诗人运用韵律的杰出才能。三勇士的骑士风度和豪爽气量受到了嘲笑和讽刺,在他们身上看不到一点刚勇和高尚的影子。长诗中显出生命活力的不是妖魔鬼怪,而是追求理想、意志顽强、敢于斗争的活人——男女主人公的形象。茹可夫斯基苦心经营的"天国"的浪漫主义受到了冲击,长诗以戏弄的文字讽刺了茹可夫斯基的《十二个睡美人》的神秘主义思想。

在这部浪漫主义叙事诗中,作者以大胆的革新精神和新颖的艺术手法,向旧文学进行了勇敢的挑战。别林斯基指出:长诗"在俄国文学史上开辟了新时代"。它打破了旧的古典主义的束缚,摈弃了消极浪漫主义的神秘梦幻色彩,创造性地使用了积极浪漫主义叙事诗的自由灵活的形式和方法:有庄严的画面(描写基辅人与贝琴涅戈人之间宏伟的战争场面,如同辉煌的乐章),有诙谐的场景(黑海魔王找不到戴隐身帽的公主,他的狼哭鬼号是高度讽刺的诗行);时而是叙事的描写,时而是抒情式的交谈;既讲古论今,又谈巫说怪;景物变幻莫测,文辞和谐流畅,情趣乐观明朗,诗句轻松活泼。在情节、人物语言等方面,大胆地吸收了民间文学的精华。长诗把民间童话同真实的历史事件融为一体,实现了诗体大解放。因此,引起了一场激烈的争论。没有任何一部作品这样使一些人热烈欢迎、爱不释手,又使另一些人气急败坏、愤怒指责。正在流放的诗人身后留下的这部作品,把首都搅得不得安宁。

评论家别林斯基写道:"普希金的第一部诗作所激起的热烈欢迎和满腔义愤是任何作品都无法相比的……捍卫这一作品的人把它视为巨著,在很长一段时间里,他们一直颂扬着普希金——《鲁斯兰和柳德米拉》史诗的作者。而反对派的代表——那些崇尚古代文风的人对这一作品问世非常愤慨。"文学界的守旧分子在《欧罗巴导报》上载文指责说:"如果一个客人满脸络腮胡子,穿着农民衣服,穿着一双树皮鞋,不知用什么方法偷偷出现在莫斯科的高尚集会中,粗声粗气地喊道:'好哇,孩子们!'难道大家会欣赏这样一个恶作剧的人物吗?"他们把长诗的民主精神和民间风格,比之为一个穿草鞋的农民撞进文学沙龙,有教养的人不敢恭维。与此相反,长诗受到广大读者和知名作家的热烈欢迎。法国著名作家梅里美写道:"在《鲁斯兰与柳德米拉》一诗中,最引人注目的是,这种尝试从俄罗斯人民的信仰中借来了活力。所以,它不像希腊神话那么陈旧。在1820年那个时代,此之外,别无他法。传统的偏见认为这一尝试近乎鲁莽。普希金在寻求如何跳出因循守旧的框子。"用期待的目光注视普希金天才发展的茹科夫斯基,为了表示祝贺,把自己的照片送给普希金。照片上的题词是:"败北的老师赠给胜利的学生"。长诗不仅是向贵族文学传统挑战的胜利,也是向茹科夫斯基渲染宗教色彩的浪漫主义的挑战的胜利。19世纪初,俄国文坛对文学的人民性问题争论不休,普希金用这部具有民间文学因素的长诗,参加了这场论战。长诗被音乐家谱成歌剧后,在国外也广为流传。

《神父和他的长工巴尔达的故事》

《神父和他的长工巴尔达的故事》是一篇讽刺性很强的童话诗。贪图便宜的狡诈神父来到市场,要雇一名"工钱不怎么高",而工作是"厨子、马车夫、木匠全要一把抓"的长工。诚实正直、热爱劳动、头脑聪明的巴尔达表示愿意做神父的长工。

> 巴尔达说:"这活我来给你干,
> 管保勤快不偷懒。
> 一年只要弹你三下额头。
> 吃很随便,就点麦粥。"

神父虽有些害怕,但弹脑门既不花钱,又可以使用工人。但狡猾的神父还是认真地思索了一番。

> 神父马上动脑筋,
> 伸手搔搔他脑门。
> 弹脑门嘛,可重可轻。
> 碰碰运气吧,当下决定。

长工在神父家住下,他"一个人吃四人的饭,七人的活他一人干","天没亮就干了许多活,套马犁地,犁得快又多……太太连声把他夸,小姐生怕累坏他"。时间一天天过去,转眼就到一年。神父心急如焚,饭菜难下,坐卧不宁,脑门疼痛,不知如何才好。"娘们头脑特别灵,出坏主意最聪明"。她说:

> 老娘自有道理,
> 保证事情逢凶化吉;
> 派他一件他不胜任的事情,
> 又偏要他做到,差点也不行。
> 这样你的脑门不会挨揍,
> 咱们一钱不花,把他撵走。

神父老婆想出鬼主意,叫长工到魔鬼那里去收贡金,否则把他白白辞掉。巴尔达不争辩,抬腿就去。他坐在海边,把绳子扔在水里不停地搅动,搅得海水翻腾。从海里钻出一个老魔鬼,问明情况,请巴尔达先别搅水,答应欠债马上派孩子送来。水里钻出派来的小魔鬼,说:钱在口袋里,咱们赛跑,谁跑得快,贡金就归谁。巴尔达说赛跑你不是我的对手,干脆你跟我弟弟赛吧。他从口袋里拿出一只小兔子,喊一、二、三!小魔鬼、小兔子撒腿就跑。小魔鬼累得满头大汗,到头一看巴尔达的小兄弟(比赛中巴尔达又从口袋里拿出一只小兔)早跑到了。小魔鬼回去取钱,老魔鬼急忙出主意,比赛扔棍,小魔鬼又输了,又去找老魔鬼出主意。巴尔达又把海水搅得翻腾起来,小魔鬼出来了。这回巴尔达提出比赛条件:

举起一匹马走半里地，看谁的力气大。小魔鬼累得趴下，伸直了两条腿。可是巴尔达上马就跑，跑了一里地。小魔鬼又失败了。又回去找老魔鬼，"没办法只好交清欠款"。巴尔达背着钱袋来到神父面前，神父无奈，只好伸出脑袋来：

> 第一回，"噔"一弹，
> 神父蹦上天花板。
> 到第二回，弹他一下，
> 神父变了哑巴。
> 弹到第三下
> 神父变成了大傻瓜。

巴尔达教训老神父说："神父，便宜可贪不得。"作者选用性格突出、互相对立的两个人物——聪明机灵的长工和贪婪愚蠢的神父，表现了勤劳正直的农民对不劳而获的剥削者的痛恨和惩罚。同时嘲笑了神职人员的没有德性，否定了沙皇政府统治人民的工具——反动的宗教。沙皇书报检查机构发觉了长诗讽刺了宗教，茹科夫斯基为了长诗的出版，改动了书名和人名，把"神父"为改"商人"，从而流传开来，原作一直到1882年才初次与读者见面。该诗和《加百利颂》一样，揭露了宗教的伪善。

《沙皇萨尔坦的故事》

这是一篇优美的童话诗，也是诗人篇幅最长的童话故事诗，长达一千多行。它的题目《沙皇萨尔坦的故事》是它的简称，全称为《关于沙皇萨尔坦、他的儿子光荣而威武的勇士格维顿·萨尔坦诺维奇公爵及美丽的天鹅公主的故事》，很长，是模仿俄国民间木刻年画的形式。童话诗的内容是诗人在南俄流放时听到后记录下来，后在乡村幽禁时又听到了奶娘的口述，用诗体写成的。它以俄国民间故事为基础，借鉴了阿拉伯和法国的民间故事中的某些细节。这篇童话写的是萨尔坦王子的遭遇。

关于这个民间童话普希金有个简要的记录，他是这样记录的："沙皇没有孩子。沙皇偷听到三姐妹的谈话：大姑娘：我要当上皇后，就天天吃宴席；第二个：我要当上皇后，就造许多大房子；第三个：我要当上皇后，就生个大勇士……这个记录成了萨尔坦的故事开头。

> 三个姑娘坐在窗下，
> 在夜晚的时候纺纱。
> "假如我是个皇后，"
> 一个姑娘说道，
> "那我要为全世界的人
> 准备许多酒席。"
> "假如我是个皇后"，
> 她的妹妹说道，
> "那我要为全世界的人
> 独自织出许多匹麻布。"
> "假如我是个皇后，"
> 第三个小妹妹说道，
> "那我要为沙皇爸爸
> 生下一个勇士来。

她们讲话的时候，沙皇正好"站在围墙外"，"最后一个姑娘讲的话，自然最中他的喜爱"。

> "你好啊。美丽的姑娘，"
> 他说道，"就做我的皇后吧，
> 在九月底以前
> 为我生下一个勇士来。
> 还有你们这两位可爱的姐姐呢，
> 也离开这间明净的正房，
> 都一齐乘车跟我来，
> 跟着我和你们的妹妹；
> 你们当中一个做织匠，
> 另一个就当厨娘。"

沙皇当天晚上就结了婚，"年轻的皇后"没有耽误时间，第一夜就怀孕了，不久便生下了个勇士叫格维顿。厨娘生气，织匠流泪。大姐、二姐，还有亲家母巴巴里哈想陷害她。她们吩咐急使去给远征的沙皇送信，说："皇后在夜里生下的，既不是个儿子，又不是个女儿；既不是只小老鼠，也不是只青蛙，而是一个莫明其妙的小畜生。"沙皇写给急使一道命令："等待皇上归来，再作合法的决定。"但大姐、二姐把急使灌醉，掉换了圣旨：

> 沙皇吩咐自己的大贵族
> 丝毫不要浪费时间，
> 把皇后和那个小畜生
> 秘密地扔进大海。

于是母子二人被装进木桶抛到大海。海浪把木桶推到了荒岛上。在木桶中长大的王子用头顶穿了木桶，母子跳了出来。王子做成弓箭寻找食物，一天射死了追捕白天鹅的凶鹰。白天鹅感谢王子救命之恩，给他先后送来一座城堡，一只会吐金的松鼠和33个勇士。最后在王子的请求下，白天鹅变成美女嫁给了王子。白天鹅变成美女在诗中得到了动人的表现：

> 月亮在她的发辫下闪烁，
> 星星在她的额头上发光，
> 她那样端庄美丽，
> 走起路来像只母孔雀，
> 而当她开口讲话时，
> 就像小溪的流水潺潺作响。

在结婚前，白天鹅还把王子变成蚊子、苍蝇、野蜂，随着商船三次来到父亲萨尔坦的宫殿，叮瞎了大姨的右眼、二姨的左眼，刺伤了另一个陷害者巴巴里哈的鼻子。婚后，他父亲来访问这个神奇的国度，长诗以夫妻父子大团圆结束。阴谋陷害者遭到了惩罚，正义助人者得到了好报。表面看来，长诗的主题是善恶有报，实际上它揭露了宫廷内部的争权夺利。类似的故事曾在许多国家民间故事中出现，普希金的独特之处在于删繁就简、去粗取精、主题集中、思想深刻。它的结尾没有教训的语言，像

《鲁斯兰与柳德米拉》一样，坏人悔罪（织匠、厨娘和巴巴里哈都躺在角落里"放声大哭"、后者中的法尔拉夫"跪地求饶"）都得了宽恕。两篇童话又都是以全家团聚、举行酒宴，在愉快的和声中结束。不同之处，本篇童话为了把传说中的故事和现实的生活连接起来，收笔时作者写道：

>当时我也在场，吃了蜂蜜，喝了啤酒——
>可是只把胡须沾湿。

这样的收尾，似乎是在开玩笑，但增添了风趣，起着与读者感情交流的作用，并升华了故事的真实性。

《死公主和七勇士的故事》

《死公主和七勇士的故事》也是写皇宫内部的忌妒、陷害和谋杀的故事。皇后生了个女孩，便离开了人世。不久，沙皇和另一个女人结了婚。

>说实话，这个少妇
>当个皇后实在相称：
>她身材高大、匀称、还又白嫩，
>聪明伶俐，样样都成；
>可是她却骄傲自大，装腔作势，
>而且任性。嫉妒万分。

她有一个能讲话的小镜子，她常常问镜子她是不是比世界上所有的人都可爱？小镜子回答道：

>"你吗，当然。那是无可争论；
>皇后啊，你比所有的人更可爱，
>你比所有的人更红润和白嫩。"
>于是皇后哈哈大笑起来……

有一天皇后又问小镜子，她在世界上是不是最可爱？小镜子回答道：

> 你很美丽，那是无可争论；
> 但是公主比所有的人更可爱，
> 比所有的人更红润和白嫩。

小镜子说了实话。王后忌妒公主的美貌，命令侍女把公主弄到荒野，绑在大树上叫狼吃掉。经公主哀求，侍女把她放入丛林。公主走了一夜，进入无人的敞亮的房间。房间主人七勇士回来，都以小妹妹对待她。有一天七勇士一同来到公主面前叫她从中选个丈夫：

> 年纪大的一个对她说："姑娘，
> 你知道：你是我们大家的好妹妹，
> 我们所有七个人，
> 大家都很热爱你，
> 我们都很想同你结婚，
> 但这又不可能，看在上帝的面上，
> 想个办法给我们安排：
> 做我们当中一个人的妻子，
> 其他的人都把你当亲妹妹看待。"

公主守身如玉，她和一个王子已经订婚，便回答他们说：我已经终身许给了叶利谢伊王子。七勇士表示"我们再也不提这件事"，以后大家依然和睦相处，依然把她看作小妹妹。又有一天皇后问小镜子："你好啊，小镜子！请你告诉我，你要对我讲真话！我是不是比世界上所有的人更可爱，比所有的人更红润和白嫩？"小镜子这次笑道：

> 你很美丽，那是无可争论；
> 可是在绿色的橡树林里，
> 在七勇士的家里，
> 住着一位默默无闻的姑娘，
> 她要比你更可爱。

皇后从镜子的话里知道公主还活着，便质问和威胁侍女："如不杀死公主，你就得送死！"侍女无奈，化装成讨饭的修女来到七勇士住的地方。公主赐给她一块面包，修女送给公主一个金黄的苹果。公主咬了一口，摇晃了一下，立时气绝身亡。七勇士归来悲痛欲绝，"他们举行了哀悼仪式，把年轻的公主的遗体放进一口水晶棺材"，不忍埋葬，而把棺材吊在冰冷的洞穴里。

自从公主失踪后，国王日夜悲痛，多次派人四处寻找，也曾发布悬赏公告，但都落空了。公主的未婚夫叶利谢伊王子，单枪匹马，决心找遍天涯海角。他问太阳、问月亮，都说没见过。最后问到风，得知下落。于是王子来到荒山洞穴，伏在水晶棺上大哭，并用拳打碎了棺材，奇迹发生了，公主突然死而复生。妒忌的王后看到比自己漂亮的公主归来，忧愁而死。王子和公主在宫中举行婚礼，大宴亲朋："自从远古以来，还没有人见过这样的盛宴；当时我也在场，吃了蜂蜜，喝了啤酒，可只把胡须沾湿。"

这篇童话和《沙皇萨尔坦的故事》有类似之处，都是揭示皇宫内部的矛盾和妒忌心的危害性。《沙皇萨尔坦的故事》写的是王后与王子被姨妈陷害；《死公主和七勇士的故事》写的是公主遭后妈（漂亮的王后）陷害；前者的陷害方法是偷换圣旨，后者是直接命令随身侍女把她带到密林深处；前者得救于白天鹅，后者得救于七勇士和王子；前者流落于海上，后者流落于森林；前者故事曲折，后者抒情色彩浓厚，这是两篇童话不同之处。相同之处是，产生陷害的原因都是出于妒忌；结局都是陷害者遭到失败，被陷害者得救；结尾都有作者出席大团圆的酒宴。两篇童话和他1830年写的小悲剧《莫扎特和沙莱里》的主题相同，都是揭露心灵的丑恶、道德的败坏，揭示妒忌心的危害性。妒忌是万恶之源，它同金钱占有欲一样，促使人走向犯罪的道路。清除心灵的污垢，医治心灵的创伤，这正是两篇童话的重要价值。天才诗人对妒忌万分痛恨，这与诗人的才华受到反动文人的妒忌和围攻有关，更与他的人道思想密不可分。

这里不得不提及19世纪30年代俄国文学界那场论战，普希金在论战中对妒忌者、陷害者、文学界凶恶的敌人布尔加林给以严厉地痛击。布尔加林是《北方蜜蜂》报社社长、宪兵队第三厅收买的间谍，按照宪兵司令宾肯道夫的授意发表文章。他的小说《德米特利僭王》是抄袭普希金的剧本《鲍里斯·戈都诺夫》的内容。普希金的作品遭到以布尔加林为首的反动文人的大肆攻击,他们极力否定诗人的创作成就,把他的创作说得一无是处,妄图毁灭俄罗斯文学和它的奠基者。为了回击"爱诽谤的蠢才"和捍卫俄罗斯文学的成就,普希金联合茹科夫斯基、维雅泽姆斯基、巴拉丁斯基、杰尔维格等著名诗人和批评家,展开了一场战斗——报刊文艺论战。于是《文学报》应运而生。

普希金从这个阵地上发出了猛烈的炮火,他写了许多批评文章,大胆地揭露《北方蜜蜂》的发行人与第三厅特务的勾结,给布尔加林等卖身投靠的反动文人以致命的打击。他指出俄罗斯作家同"特务、叛徒和造谣中伤者"之间没有任何共同点。普希金以费奥斐拉克特·科西奇金的笔名发表的评布尔加林的小说《德米特利僭王》的杂文,嘲笑他是一个平庸的模仿作家。普希金关于法国密探维多克日记的短评,无情地揭露了布尔加林的反动嘴脸。这篇文章引起了轰动,圣彼得堡一家书店登出广告:出售维多克的真人画像,实际卖的是布尔加林的画像,但下面写着"维多克"。具有讽刺才能和善于击中敌人要害的普希金,使布尔加林瞠目结舌、难以招架,只好采取造谣中伤的方式对普希金进行人身攻击,这是他惯用的手法。他说诗人是混血儿,是俄罗斯一个船长用一瓶甜酒换来的黑人的后代,是贵族中的平民而已。为答复这种污辱,普希金写了《我的家世》(1830),用有文化的"古代贵族的后裔"来同巧于钻营的"新贵"加以对比,巧妙地揭露了暴发户和野心家的卑鄙无耻。最后布尔加林采用他特务的惯技,暗示政府《文学报》与被流放的十二月党人有联系。尼古拉一世听到风声后给宾肯道夫写了如下一封信:"亲爱的朋友,我忘记告诉您,在今天的《北方蜜蜂》报上又有一篇批评普希金的文章,文笔更为庸俗,内容也更为不讲理。此文刊出后,对方肯定会答复。我命您把布尔加林召来。今后除文学作品外,不许再刊登这种批评性文章。如有可能,可以查封他的报纸。"《文学报》与《北方蜜蜂》的论战,实际上是尼古拉一世的反动势力同进步的贵族知识分子的两种不同社会势力的斗争。诗人向布尔加林发射的炮火,倾泻了他对沙皇、宾肯道夫的难以抑制的怒火。这场论战,标志着俄国文学思想史上的重要阶段,具有重大的社会意义。普希金为文学的思想性和艺术性,为俄罗斯文学的民族性,为扶植青年作家和团结文学进步力量所进行的斗争,给后来的果戈理、别林斯基的文艺批评开拓了道路。

《渔夫和金鱼的故事》

《渔夫和金鱼的故事》的取材也是来自民间故事,同时又借鉴了德国格林兄弟的童话。这篇童话是诗人最优美、动人的童话中的一篇。它不但在俄罗斯妇孺皆知,在世界各国都广为流传。

> 从前有个老头儿和他的老太婆,
> 住在蔚蓝的大海边;
> 他们同住一所破旧的小泥棚里,
> 整整地过了三十又三年,
> 老头出去撒网打鱼。
> 老太婆在家纺纱绩线。

有一天老头儿撒下渔网,网到了一条会说话的金鱼。金鱼苦苦哀求:"老爹爹,你把我放回大海吧,我要给你贵重的报酬。为了赎回我自己,你要什么都可以。"善良的渔夫不要任何报酬放了她。老头回家讲起这天大的怪事,老太婆指着老头就骂:

> 你这个蠢货,真是个傻瓜!
> 你不敢拿这条鱼的报酬!
> 就是向她要一个木盆也好,
> 我们的那个已经破得不成样啦。

于是老头就走向蔚蓝的大海,看见大海在轻轻地波动,他就叫唤金鱼,向金鱼讲出老太婆的要求。回家一看,果然有了一个新木盆。可是老太婆又提出要座木房子的要求:

> 你这个蠢货,真是个傻瓜!
> 只要了个新木盆,你真蠢!
> 木盆能有多大用处?
> 蠢货,滚回到金鱼那儿去:

向她敬个礼。向她要座木房子。

于是老头又走向蔚蓝的大海，蓝蓝的大海发起浑来。他就开始叫唤金鱼，提出老太婆的要求。回家一看果然有了一座木房子。

老头走向自己的小泥棚，
小泥棚已经无影无踪：
在他的面前，是座有明亮的房间的木房子，
装着砖砌的白烟囱，
还有橡木板钉成的大门。
老太婆坐在窗下，
指着丈夫就破口大骂：
"你这个蠢货，真是个地道的傻瓜！
只要了座木房子，你真傻！
滚回去，向金鱼行个礼说：
我不高兴再做平凡的农妇，
我要做个世袭的贵妇人。"

于是老头又走向蔚蓝的大海，蔚蓝的海水骚动起来。他又叫唤金鱼，提出老太婆的要求。果然有了高大的楼房，老太婆穿着名贵的貂皮衣服，头上戴着锦绣的帽子，珍珠挂满了颈项，手上尽是金戒指，脚上还穿着一双红色小皮鞋，她在鞭打奴仆，把老头也赶到马房去干活。过了几个星期，老太婆不想做贵妇人，她要当女皇。老头儿认为她要求过分，"发了疯"，于是挨了一嘴巴。老头被迫又走向大海，蔚蓝的海水变得阴暗起来。他又叫唤金鱼，提出老太婆的要求。回家一看果然有了皇宫，老太婆当了女皇，有卫兵、有侍奉她的大臣和贵族。老头对她不满，她叫人把他推了出去，老头差点被卫兵用斧头砍死。过了几周，老太婆叫人把老头带上来说：

滚回去，向金鱼行个礼说：
我不高兴再当自由自在的女皇，
我要当海上的女霸王，

>这样我就可以生活在大海洋上，
>让金鱼来侍奉我，
>还要她听我使唤。

于是老头又走向蔚蓝的大海，海面上掀起了黑色的风暴，激怒的波涛在翻滚在怒吼。老头又叫唤金鱼，提出老太婆的要求，没有得到回音。回家一看：他面前依旧是那间破泥棚，还有那只破木盆。

怎样评价这篇童话？它的寓意和主题是什么？如果因袭惩恶扬善、感恩图报的一般概念来评价，而不是采用对具体事物做具体分析的方法，更没有结合作家的世界观、创作思想及其时代进行评价，就会导致对童话的评价千篇一律、人云亦云。只看表面现象，而忽视其丰富的内涵，则很难作出准确和深刻的评价。

普希金是生活在专制农奴制时代的贵族先进的知识分子，他为反对专制农奴制奋斗了一生，写作了一生。专制农奴制给农民带来了深重的灾难。他为受奴役的人民而忧伤，由衷地向往人民的自由和幸福。这篇童话中的金鱼，可以说是诗人的理想和化身。金鱼伸出热情援助之手，给被压迫的穷困人民送来了得以维持生活的必需品（洗衣盆、木房子），甚至愿意最大限度地改善农民的生活。老太婆住进楼房当了贵妇人以后，失去了劳动人民的本色。她鞭打奴仆，认为老头是"土佬儿"，对他连推带打，赶到马房里去。她当了女皇，更是威风凛凛，仆人、卫士、大臣和贵族都得围着她转。这个女皇不满意她的统治，要把手伸得更远，摆出征服世界的姿态，"要当海上的霸王"。老太婆的形象和沙皇融为一体，不难看出诗人批判的矛头。从贵妇人到女皇、海上女霸王，变成了专制暴君，她已经不是诗人同情的劳动人民了。因此聪明的金鱼收回了她的赠品，免得"侍奉"她、做她的奴隶。反对农奴制的压迫（表现在她连个能使用的木盆和木板房都没有的穷困生活），必然要反对暴君的统治（表现在她当了女皇的暴虐）。这里充分表现了诗人反对农奴制和反对专制暴君的思想，这正是这篇童话的主旨。文学作品总是和时代的现实生活联系在一起的，童话也不能例外。

这篇童话蕴藏着丰富而深刻的人生哲理。它告诫人们：对生活的要求和希望应该是合理的，这种要求不能超出常规无限扩大，更不能建筑在别人的痛苦之上，骑在别人头上作威作福，变成剥削者和压迫者，否则最后将会像老太婆那样一切皆空。老太婆由穷到富再由富到穷以及随着财富的增加而逐渐失去人性，最终受到无情的惩罚，渗透着丰富的哲理。

这篇童话中隐喻着人与自然的关系。金鱼绝不答应老太婆做海上的霸王，主宰大自然，与大自然敌对。大自然对人类进行的报复是人类难以抗拒的，到头来还是那个破木盆，那座小泥屋。对社会和对大自然，同样表现了诗人的忧患意识。"人定胜天"这句话，可以鼓舞我们战胜大自然，成为胜利者，但是千万注意别对自然索取过多，变成最终的失败者。在世界生态危机愈演愈烈的今天，"做大自然的主人"，"征服宇宙"，这些壮美的词句需要用现代意识来认真注解。摆正天人关系，做大自然的朋友，这又是这篇童话中向世人提出的人生哲理。

这篇童话表现了助人为乐的精神。它告诉人们要热情地尽自己力量去济困扶危，使贫困的人民摆脱困境，这是人类社会的美德。但被救助者不能像老太婆那样，把自己变成懒汉，不劳而获，贪得无厌，甚至让好心的小金鱼来做她的奴隶。得助者应该用自己的双手去创造财富，改变穷困的面貌。金鱼的帮助是有原则的，只能帮助真正的穷人。《渔夫和金鱼的故事》内容丰富，思想深邃。它超越时空，不同时代、不同国家、不同的读者都会受到启迪，它不愧为世界童话中经典之作。

《金鸡的故事》

《金鸡的故事》讽刺的矛头指向沙皇。作者为躲避沙皇的耳目，说故事发生在遥远的地方：

> 在遥远遥远的地方，
> 在非常遥远遥远的国土上，
> 有个显赫的国王叫达顿。

国王达顿年轻时威严可怕，胆大妄为，经常侵犯邻邦。到了晚年，邻邦不断来侵犯他的国土。敌人有时从东方来，有时从海上来，弄得达顿摸不清方向，整天处在惊慌之中。于是他向贤明的哲人请教求助，哲人献出一只金鸡，对国王说：

我的小金鸡,
它将做你的忠实看守:
要是周围一切平安,
它会安然待在那儿;
一旦你遇上
外来的战祸,
敌军的侵犯,
或是其他不意的祸患,
这时我的金鸡,
会马上竖起鸡冠,
高声大叫,拍击翅膀,
转向那个方向。

有了它,国王可以躺着治理国家。喜出望外的国王谢了哲人,许下诺言:到时一定满足哲人的要求,给以重赏。自从有了这只金鸡,有好几年国王得到了安宁。可是,有一天金鸡忽然拍着翅膀,向东方鸣叫,国王立即派大儿子向东出征。过了八天金鸡又高叫,国王派小儿子去营救大儿子。过了八天金鸡又大叫,国王亲自率军东征。过了八天,国王在山谷中的一个丝绸帐篷前,看见为了一个女人对刺而死的两个儿子的尸体。他正在悲伤之时,从帐篷里走出一个美女。国王立即停止了悲伤,忘记了两个儿子的死亡。他步儿子的后尘,被美女迷住。国王封美女为王后,带着美女返回京城。京城百姓一片喧嚷,观看美女。献金鸡的哲人从人群中走来,请国王实现他的诺言,提出的要求是让国王赐给他美女。国王不肯,他对哲人说:

你为什么要这个女郎?
够啦,你该知道我是谁?
你尽管向我请求,
哪怕是国库的财宝,
哪怕是贵族的称号,
哪怕是御厩里的骏马,
哪怕是我的半个王国!

哲人坚持要美女，在同国王争辩时，国王用御杖将哲人打死。这时金鸡突然飞来，拍着翅膀，啄死了国王。美丽的皇后见此景哈哈大笑，之后不知去向：

> 皇后突然不知去向，
> 就好像从来没有这回事一样。
> 童话故事不真实，但其中含义深长！
> 对青年人是一种有益的教训。

这篇童话诗尖锐地讽刺了不断制造战祸、欺侮邻邦的沙皇，抨击了他的荒淫无耻和不守诺言，大快人心地给这个好色之徒以应得的惩罚。尽管作者说"童话故事不真实"，审查当局还是看出了它是影射现实的当权者，嘲笑他们胆小愚蠢，因此禁止发表其中的个别诗句（有了金鸡就可以"躺着治理国家""童话含义深长"等）。

普希金童话诗的艺术特点，首先是形象鲜明，思想突出。在《神父和他的长工巴尔达的故事》中，作者用鲜明对立的两个人物——聪明机灵的长工和贪婪愚蠢的神父，表现了勤劳正直的农民的反抗意识和对不劳而获的剥削者的惩罚以及对神职人员的嘲笑；在《沙皇萨尔坦的故事》和《死公主和七勇士的故事》中，描写了陷害者与被陷害者的不同命运，指出妒忌是造成人的心灵丑恶和道德败坏的原因之一；在《渔夫和金鱼的故事》中，描写了一个普通农民老太婆由穷到富再由富到穷，由平民到贵妇人到女皇的思想、性格变化过程，表现了丰富而深刻的人生哲理。《死公主和七勇士的故事》中把国王的后妻、漂亮的王后和公主的美貌加以对比，肯定了貌美不如心美。在《金鸡的故事》中塑造了一个被美女迷住了的昏君形象。这个荒淫无耻、不仁不义的国王是影射现实的当权者。他的全部童话，闪耀着民主思想的光辉。

其次，通过情节的自然描绘，让读者得出自然的结论。这六篇童话，除《神父和他的长工巴尔达的故事》像一般童话那样，在结尾留下教训的语言（"以后可别再贪便宜啦"），其余的都是通过情节和人物，代替思想的说教，这是普希金比一般童话作家高明的地方。他的童话以丰富的想象构成离奇的情节，如长工用自己的"小兄弟"与小魔鬼赛跑；金鱼变出木盆和宫殿，最后又能全部收回；白天鹅变来京城、勇士，又变成美女，还能把王子变成蚊、蝇、野蜂去报仇；死公主的死而复生；小金鸡的预报战情，这些想象都是以现实生活为依据的。在自然界的动物中，小兔的确跑得最快；雄鸡报晓，古已有之。在社会生活中，魔术师会变出各种东西，使观众为之惊奇。有文化素养的童话作家的想象，不仅建立在现实基础之上，而且也建立在科学基础之上，绝不把小读者引入胡思乱想和虚无缥缈中去。小白兔、小金鱼、白天鹅、小金鸡是人民善良愿望的化身，是可爱的形象。它们可以惩罚恶人，可以奖励好人，它们的行动是有原则的、爱憎是分明的，当老太婆穷奢极欲、与人民对立时，金鱼收回了所赠予的一切。受欺凌的王子得志后，依然保持幼时的本色，美女就留在他的身旁而没有变回白天鹅飞走。普希金不把小动物表现为超人的东西，它们本身就具有人的属性，这又是比一般童话作家高明的地方。他的童话情节结构简洁凝练，没有枝蔓，不冗长。

再次，善于描写风景的抒情诗人，在童话中表现了他特有的才能。渔夫被贪婪的老太婆逼得无奈，怀着痛苦的心情跑到海边，海水从微波荡漾到汹涌澎湃，直到掀起黑色的巨浪，反映了渔夫一次比一次沉重的心情。皇后和王子被装进木桶扔进了大海，"乌云在空中浮动，木桶在海上漂荡"，不仅造成海阔天空之感，而且加重了读者对人物命运的关切。用环境烘托人物心理，推动情节的发展，在童话作家中普希金运用得最为娴熟。

最后，语言朴实清新，形象具体是普希金童话的突出特点。在《金鸡的故事》中，用粗鲁的字句描绘沙皇达顿的形象，从而降低了他的身份，使其失去尊严："达顿打着哈欠"，"他又瞌睡了"；敌人来袭击时"国王甚至恨得要哭"；哲人提出要求时"沙皇啐了一下"。不多的字句表现了沙皇的粗野和无能。王子黑夜寻找未婚妻，请求月亮指出她的踪迹时，所使用的语言具有浓厚的抒情色彩和很强的表现力：

> 月亮，月亮，我的好朋友！
> 镀金的脚啊！
> 你在深沉的黑暗中升起来，
> 晶莹的眼，圆圆的脸，
> 星星喜爱你的姿态，

他们老是朝着你眨眼。
难道你会拒绝给我回答？

马尔夏克谈到普希金童话诗的语言特点时指出："他的童话诗和他的抒情诗一样，所用的字眼是简练的，感情是豪放的"，"普希金的形容词一向是吝啬的，尤其在童话诗里"。普希金一改以前文人的"高雅文风"，把人民大众的语言引进他的童话中。在他的童话中没有华丽的辞藻，没有艰涩的语句，读来朗朗上口，背来易于记忆。诗句美妙韵味浓厚，给读者以极大的审美享受。

在俄罗斯写童话的作家不少，和他同时写童话的有茹科夫斯基、奥多耶夫斯基等人，其后有乌申斯基的教育性的童话和谢德林的讽刺童话，列·托尔斯泰的幼儿童话。20世纪有高尔基的《意大利童话》《俄罗斯童话》，其后马尔夏克、比安基、巴若夫都写出了出色的童话作品。在这些童话作家群中，正如高尔基所说："普希金是第一个注意到民间创作，并且将它引入文学的俄罗斯作家……他用自己的天才使民间诗歌和童话更加美丽。"普希金被认为是俄国文学童话的创始人，他的童话创作对后来作家的童话创作提供了宝贵的经验和直接的影响。俄罗斯儿童文学史家阿·巴布什金娜写道："普希金在俄国文学中所完成的艺术变革，直接影响到俄国儿童文学的整个过程。他把儿童文学的发展推上了一个新台阶，俄国儿童文学一下换新了自己的面貌，出现了一种新格调……他的教育方向性与文学准则被天衣无缝地结合在了一起。"

——载《〈普希金诗选〉导读》，中华书局2002年版

普希金的诗体小说《叶甫盖尼·奥涅金》

《叶甫盖尼·奥涅金》是普希金的代表作，是俄国第一部现实主义作品。它体裁新颖，既是一部长篇小说，又是一部优美的长诗，诗与散文融为一体，形成了独特的诗体小说。它以爱情故事为情节，构成了一部悲剧式的社会史诗。它的人物形象真实，性格突出。它的结构朴素、灵活，语言丰富多彩，抒情穿插具有感人的力量。诗人创造的"奥涅金诗节"的格律，具有内在的遒劲和严整之美。这部小说艺术上的独创性，使其在世界文学中占有重要的地位。

《叶甫盖尼·奥涅金》（1823—1830年）是诗人对俄国社会长期观察和分析的结晶。诗人在序诗中写道："理智的冷静的观察和心的悲哀的记录的草率的果实。"它反映的是十二月党人革命前夜（1819—1824年）俄国的社会生活。社会的进步思潮同反动政府的矛盾，是这段历史时期的主要特征。这部作品就其反映生活的广度和深度来说，在那个时代还没有一个作家能够企及。别林斯基说："我们在《奥涅金》中看到一幅描绘俄罗斯社会的诗的图画，并且选取了这个社会发展中最有意义的一段时期。"他把这部作品称为"俄罗斯生活的百科全书和最富有人民性的作品"。

《叶甫盖尼·奥涅金》描写的是"时代之子"的悲剧。彼得堡贵族青年奥涅金在社交生活中胡混了八年，厌倦了空虚无聊的贵族生活，为继承伯父的遗产来到乡村。在这里他认识了浪漫主义青年诗人连斯基，并与之结为好友。他通过连斯基结识了达吉雅娜一家。性格豪放的奥涅金引起了对地主生活冷漠的达吉雅娜的炽烈的爱情，她热情地给奥涅金写信表达倾慕之情，却遭到了奥涅金的拒绝。在达吉雅娜的命名日的庆祝宴会上，奥涅金看到达吉雅娜的痛苦表情和那些客人的庸俗无聊，便迁怒于带他来的连斯基。于是他向连斯基的未婚妻奥尔加故意献殷勤，在舞会上缠着她不放，结果激起连斯基的恼怒，向他提出了决斗。他在决斗中打死了连斯基。之后奥涅金怀着悔恨心情远走漫游，而爱恋他的达吉雅娜在失望之余却经不住老母的眼泪和恳求，顺从命运的安排嫁给一个老将军。几年之后，奥涅金漫游归来，在彼得堡社交界又遇见了已成贵妇人的达吉雅娜。这时他热烈地追求她，却遭到了她的拒绝。她说："我爱您，但现在我已经嫁给了别人，我要永远对他忠贞。"

普希金通过奥涅金的悲剧，探讨了贵族青年的出路问题。奥涅金是普希金同时代进步的贵族知识分子的典型，这一形象集中概括了贵族进步青年的一切优点和弱点。诗人以精湛的现实主义的艺术方法塑造了典型环境中的典型人物。奥涅金生活在没落的贵族家庭，是交际场上的"能手"，呼朋引类，谈情说爱，参加舞会，出入剧院，所有的时间都浪费在通宵达旦的纵情欢乐之中。

可是在上流社会混了八年之后，这个花花公子厌倦了纸醉金迷的生活，产生了苦闷与失望的情绪。陷入精神危机，害了"忧郁病"。他不满现实，对周围世界冷淡，怀疑一切，并痛苦地寻找出路。他被时代的前进脚步惊醒，这正是19世纪20年代开始觉醒的贵族青年的一般特点。它反映了俄国封建经济的崩溃和贵族阶级内部开始分化。奥涅金感到上流社会的庸俗和空虚，于是来到僻静的乡村，想到大自然的怀抱中振作起来，并做一点好事："他用较轻的地租代替古老的徭役的重担"，但也是"为了消磨时光"。在乡村，他胸中的郁闷还是得不到排解，他与周围的地主格格不入，经常用尖酸的刻薄话来嘲讽他们。他们说他是"最危险的怪物""无知之徒"。然而他对他们抱着冷漠和批判的态度。他在苦闷中探索生活，读卢梭的《社会契约论》和拜伦的歌颂自由的诗篇，同连斯基争论关于国家的、社会的、宗教的、道德的多种问题，"一切都受到他们的评判"。这些反映了社会意识的觉醒和他的"忧郁病"之间的联系。

奥涅金虽然萌发了资产阶级自由思想，渴望寻找一种有意义的生活，但由于他所受的教育和远离人民，因此在他身上存在着显著的矛盾：他厌恶贵族社会的虚伪、偏见和恶习，但没有行动和毅力；他有才能，但无所作为。奥涅金性格的特点被认为是"多余人"的典型。奥涅金与俄国文学后来的"多余人"的形象不同之处，即他的独特性。表现在他对待友谊和爱情的特殊理解和处理上。

他与连斯基是知己好友，连斯基出于一片好意请他一同去参加达吉雅娜的命名日，他只是为了出一口心头之气，引起决斗，造成友人的死亡。他头脑聪慧、思维敏捷，但行动愚蠢、戏弄朋友；他明知自己不对，又不愿意用行动去纠正；他蔑视上流社会的庸俗，但又把怒火发泄错了地方；他蔑视贵族阶级的偏见，又惧怕"社会舆论"。他虽然经过复杂的内心斗争，但遗憾的是没有把自己的认识化为行动，终于接受了决斗，屈从于贵族阶级的待人处世的准则，暴露了他的虚荣心和自私自利的本性。

在对待达吉雅娜的爱情上，他错过了时机。他眼光敏锐，能看破上流社会妇女的庸俗和卖弄风情，但又错把达吉雅娜少女的纯真爱情视为上流社会"女妖"们的感情冲动；他追求理想和自由，但对高尚的情操、纯真的爱情又不够理解；他对达吉雅娜的拒绝，表现了他对生活的怀疑和失望。三年后他游历回来，在彼得堡又意外地遇见了达吉雅娜，她已成为众人倾慕的贵妇人。这时奥涅金疯狂地爱上了她，"日夜忍受着相思的忧愁"。对于他前后矛盾的态度如何理解？是用爱情来调养自己的心灵，还是虚荣心驱使他去征服这位"皇家涅瓦河的难以亲近的女神"？奥涅金在上流社会的浮华生活中，尝过"情海浮沉的味道"，爱情不能填补他心灵的空虚。贵妇人在上流社会不只达吉雅娜一人，卖弄风骚的贵妇人早已使他讨厌。经过几年游历，奥涅金的思想并没有倒退。相反，对黑暗现实的认识有所加深。因此，他现在才在达吉雅娜身上看出上流社会妇女所没有的美好品质："她沉静、质朴、仪态大方，她身上没有一点俗气的东西"，看到达吉雅娜的出众超群，奥涅金确实感动了。他对达吉雅娜的爱情表明了他的生活与思想发生了某种转变，从狂妄自大、怀疑一切转向面对现实、追求个人幸福，但仍然没有超出个人生活的狭隘范围。他依然没有找到生活的出路，他遭到达吉雅娜的拒绝。爱情的幻灭，意味着"多余人"奥涅金精神的破产和必须寻找正确的出路。

集中在奥涅金身上的显著矛盾并不是偶然的，它是19世纪最初二十几年俄国社会实际生活中各种矛盾的表现。封建经济开始崩溃，资产阶级自由民主的思想刚进入俄国，它唤起了人们的觉醒，但不能解决俄国的实际问题。十二月党人的起义失败，尼古拉一世的黑暗统治，贵族革命者被镇压下去，新的平民知识分子革命尚未兴起，奥涅金正是这种青黄不接的时代产物。追求新生活的贵族青年只有少数继承十二月党人的传统，继续鼓吹革命，大部分人则徘徊、犹豫。他们否定现实，又看不到前进的正确道路；他们不甘心沉沦，又不能投入人民的怀抱。脱离人民，在整个贵族革命时期都是贵族进步集团最悲惨的特征。奥涅金的思想矛盾具有时代的鲜明特色。奥涅金是生活中找不到位置、精神无所寄托的"聪明的废物"。奥涅金是既不愿意与贵族官僚同流合污，又不能和人民站在一起的"多余人"，是当时整个青年一代的缩影。"人们每走一步都会碰到他"，赫尔岑说："我们大家或多或少都是奥涅金。"

普希金第一个真实地再现了俄国社会刚刚出现的"多余人"的典型。高尔基指出："作为一个典型，奥涅金在20年代刚刚形成起来，但诗人马上便看出了这种心理状态，对它进行研究，了解之后便写成了俄罗斯第一部现实主义长篇小说。"奥涅金是俄国文学中"多余人"形象的鼻祖，在后来出现一批"多余人"的形象画廊中，他占据领先的位置，普希金为莱蒙托夫的《当代英雄》中的毕巧林、赫尔岑的《谁之罪?》中的别里托夫、屠格涅夫的《罗亭》中的罗亭等"多余人"形象奠定了基础。

和奥涅金相对照的女主人公达吉雅娜，是俄罗斯文学中动人的形象。她慎重地对待生活，以感情真挚、道德纯洁而鹤立鸡群。达吉雅娜形象的意义在于她同人民土壤的联系，作者借此来强调她的"俄罗斯灵魂"和性格形成的社会环境。达吉雅娜生活在远离上流社会的偏僻乡村，生活在大自然的怀抱里，生活在俄国民间传说和童话的幻想世界里，这是她丰富而真挚的感情和热烈纯朴的性格产生的基础。西欧启蒙思想的著作激发了她的理想与个性解放的要求，她不满地主的平庸生活，"她在自己父母家里好像是一个别人家的女儿"。遇见讽刺时弊、谈吐不俗的奥涅金后，便把他当成自己读过的浪漫主义小说中的理想人物，以为他就是自己理想的意中人。她不顾贵族社会的虚伪道德，大胆向他表达对幸福的追求，她写信给他，坦率地诉说了衷情。但她生不逢时，幸福没有她的份儿，只好听从命运的支配嫁给了老将军。但是，高贵的地位、社会的荣誉和拥有的财富，并没有改变她乡间少女纯洁的心灵，她依然保持朴素的民间气质：

> 而在我，奥涅金，这种豪华，
> 讨厌的生活的辉煌，
> 在上流社会的旋涡里我的成功，
> 我时髦的家和夜会，
> 它们有什么呢？我情愿立刻舍弃

> 一切这些个化装舞会的烂衣裳，
> 一切这些个灿烂，喧哗，乌烟瘴气，
> 换一架子书，换一所荒凉的花园，
> 换我们贫寒的住宅
> 换那块地方，在那里第一次，
> 奥涅金，我看见了您，
> 换那个简陋的坟地，
> 在那里现在十字和树枝的阴影
> 荫蔽着我的可怜的乳母……

她不以自己的美貌、身份和地位作为爱情的砝码，更不以此来抬高自己的身价。她对乡村的纯朴生活的怀恋和对贫苦农民的同情、帮助，表现了她无私的高尚品质。她对奥涅金的拒绝，一方面表现了她的道德高于轻浮的贵族妇女，一方面也表现了她屈从命运，未能摆脱封建道德的桎梏。她有可贵之处，也有明显的局限性。

《叶甫盖尼·奥涅金》广泛而真实地展示了俄国社会的生活。从京城到外省，从上流社会的豪华舞会到乡村地主的生活，从当代重大的历史事件到日常的生活习俗都得到了诗意纵横的生动描绘。花花公子的挥霍放荡、穷奢极欲，老贵族的荒淫无耻、专横跋扈，都形象地展现在读者的面前。这部暴露贵族社会、描写贵族知识分子命运的小说，农民的生活虽然不是它描写的中心，但透过贵族地主的寄生生活同样可以看到农奴的悲惨遭遇，达吉雅娜的母亲"生起气来就是打婢女"，农奴触犯了"规矩"她就送去充军。她命令采摘杨梅果的婢女们齐声唱歌，为的是"不能偷吃主人的果子"。达吉雅娜的乳母，在地主庄园度过一生，反映了农奴女儿的凄凉命运。

作者通过怀疑主义者奥涅金、热情的浪漫主义者连斯基和爱情觉醒而又无力摆脱的达吉雅娜三个典型人物，反映了整个时代的思想情绪。别林斯基指出，这部作品"表达了首次苏醒的社会自觉，这是无法衡量的功绩"。罪恶的社会窒息了奥涅金的聪明才智，吞噬了富有才华的诗人连斯基，戕害了纯朴善良的达吉雅娜，摧毁了一切美好的富有生机的事物，唤起了人们正视现实，克服自身的弱点，同不合理的社会斗争，这就是这部杰作的进步意义。

这部作品创造了典型环境中的典型性格。人物性格的形成和发展是从他们的出身、教养、生活方式和整个生活环境中加以揭示的，具有卓越的艺术概括性。因而，创造出那个时代的典型人物，成为俄国文学第一部真正的现实主义的伟大作品。《叶甫盖尼·奥涅金》与西欧最早的现实主义名著——法国司汤达的《红与黑》同在 1830 年完成，因此它也为世界文学史的现实主义开辟了道路，这是它的伟大功绩。

作品中的抒情穿插，排除了叙述的单调性，增加了感人的力量。作者自己是小说中人物之一，这里边有他的传记，他的感受，他和现实的关系，他对周围事物的评价。谈到奥涅金，诗人写道："我和他做了朋友，我喜欢他的特点，自然而然地爱好幻想，学也学不来的古怪，还有锐利冷静的智慧。"谈到女主人公时写道："达吉雅娜，亲爱的达吉雅娜，我现在陪你流下眼泪。"在各种人物和事件中，诗人表达了自己的感情：或是倾慕同情，或是讽刺嘲笑。《叶甫盖尼·奥涅金》不仅是时代的艺术镜子，也是诗人心灵的镜子。正如别林斯基所说："《叶甫盖尼·奥涅金》是普希金最热诚的作品，这里有他的全部生活，全部心灵，全部爱情；这里有他的感情，认识与理想。"抒情的穿插完全做到了服从艺术的需要，不论慨叹和议论还是诙谐和打趣，都运用得恰到好处，表现得十分自然。

心理描写，在这部小说里独具特色。小说所反映的特定时代的贵族知识分子的命运，基本上是以三个主要人物所经受的爱情考验为线索构成的。他们的爱情书信，不论是热烈的追求，还是内心的忏悔，"幻想，希望和悲伤"，都揭示着人物的深刻的内心体验，具有激动人心的力量。

文笔的朴素、简洁和明晰是普希金小说的重要特色之一。他用寥寥数笔就能刻画出一个形象，表现人物个性和本质。如地主老奥涅金一辈子的生活就是"打打苍蝇，看看窗外，或骂骂女管家"；"公爵夫人叶连娜伯母还戴着那个绢网的帽子，柳勃芙·彼得罗芙娜还是那样扯谎"；格伏兹金有着"什么年纪都有的孩子"。列夫·托尔斯泰写道："我劝大家不妨反复阅读《叶甫盖尼·奥涅金》，真正惊人的艺术技巧，用两三笔就勾画出当时生活的特征。"

——载《〈普希金诗选〉导读》，中华书局 2002 年版

"多余人"的形象及其社会意义

"多余人"是19世纪20—50年代俄国文学中出现的青年贵族的典型人物。当时西欧各先进国家已进入资本主义时代，而俄国虽出现了资本主义的萌芽，却仍处于落后的农奴制社会，农民暴动迭起，农奴制和专制政体出现了危机。1812年反拿破仑卫国战争的胜利，以及法国启蒙思想的传入，促进了民族意识的觉醒。同时，阶级斗争激化，出现了贵族革命形势。这一时期被列宁称为"俄国解放运动的贵族革命时期"。在贵族青年内部发生了阶级分化：他们中极少数先进分子迫切要求改革农奴制度和祖国的落后状态，他们秘密结社，公开拿起武器与沙皇专制政权进行斗争，代表人物就是十二月党人。另一部分人，或走入军界，或在政府中做官，或经营产业当地主，他们追随沙皇政府，维护腐朽的农奴制，成为沙皇的帮凶。人数最多的第三部分人，受时代思潮的影响，他们不满现实，厌恶当局，但又脱离人民，远离革命，既不甘心沉沦，又无力与本阶级决裂。因而在生活中找不到位置，苦闷彷徨，忧郁寡欢，无所事事，成为"多余人"。这类人是农奴制崩溃过程中的社会产物。

"多余人"是贵族阶级分化出来的"既非孔雀，又非乌鸦"的中间人物。他们在俄国文学中不断出现，在普希金的奥涅金之后，有莱蒙托夫的毕巧林、赫尔岑的别里托夫、屠格涅夫的罗亭、冈察洛夫的奥勃洛摩夫，出现了不同历史阶段的"多余人"的形象。文学史家把奥涅金称为俄国文学中的"第一个"多余人。

"多余人"给人的印象几乎都是无所事事的"聪明的废物"。然而这些形象都是不朽的典型，他们成为"多余人"，有时代、社会和阶级的原因，也有其个人的原因，而归根结底是沙皇专制制度造成的。"多余人"

形象地反映了那个时代俄国贵族青年的普遍特性。高尔基说:"奥涅金最显著的特点就是那个时代成千累百个人所具有的特点。"[1] 多余的人是社会的不幸者,但不是无用的人,更不是社会的累赘。他们有知识、有文化、有理想,对贵族社会不满,有改革社会的愿望,但在泯灭人才的社会里,他们不能发挥自己的聪明才智,因而苦痛、彷徨,以至绝望,高尔基说他们"有力量而无用武之地的苦闷"。他们与社会格格不入,是社会的批判者,他们的个性要求与落后历史条件的矛盾,使这类贵族知识分子成为多余的人。

普希金通过奥涅金的形象,揭示了"多余人"对社会问题的探索和沙皇专制制度对贵族进步青年的戕害,真实地再现了他们由于历史条件限制而找不到出路的悲剧。

莱蒙托夫的毕巧林是19世纪30年代的社会产物。十二月党人起义遭到镇压后,俄国历史上出现了最反动最黑暗时期。生活在这个年代的一些优秀贵族青年,受到十二月党人革命思想的影响,不满沙皇反动的高压政策,强烈地追求自由,渴望行动,反对庸俗生活,幻想建立英雄业绩;但反动年代的残酷现实和他们远离人民和远离革命的阶级本质,使其找不到正确的出路和反抗现实的正确途径,这就形成了毕巧林性格的特点。毕巧林和奥涅金一样出身贵族,受过良好的教育,聪明机智,受时代和社会进步思潮的影响,厌倦上流社会的生活。作者以他到高加索去服兵役期间的冒险故事,刻画了"多余人"毕巧林性格的复杂矛盾:一方面,他揭露和抨击上流社会的欺诈和伪善,痛恨贵族阶级追名逐利的庸俗生活;另一方面,他又摆脱不掉上流社会的影响,经常卷入贵族社交活动的中心。他自以有非凡的才能,幻想做一番事业,不虚度一生,但缺乏生活目标,醉心于幻想之中。他感到自己有"无穷无尽的力量",甘愿与一群歹徒为敌,并时刻渴望英勇行动;而实际上把自己过剩的精力,浪费在情场的角逐、残忍的决斗、无聊的打赌等卑微琐屑的事情上。他力求保持思想独立和行动自由;但又无力摆脱贵族阶级的偏见,经常和女人搅在一起。在他身上存在着的这种深刻矛盾,别林斯基认为是"深刻的天性和可怜的行动之间的矛盾"。

毕巧林在游历波斯回来后,默默无闻地死去,结束了空虚而痛苦的一

---

[1] [俄] 高尔基:《俄国文学史》,缪灵珠译,新文艺出版社1958年版,第207页。

生。作品通过当代贵族青年的历史命运，对现存制度提出了强烈的抗议。像毕巧林这样出类拔萃的人物，虽有非凡的才智，幻想建立功勋，干一番事业，但在反动年代和黑暗社会里，无法找到生活的目标和有意义的活动，只好把自己的精力浪费在毫无意义、给自己和别人带来不幸的冒险活动上。造成毕巧林悲剧的罪魁祸首是现存的社会关系和社会制度。

罗亭是19世纪40年代"多余人"的形象。二三十年代的"多余人"已经成为过去，迫切需要对这种人物重新评价，并且对40年代的贵族知识分子也要进行全面而又深刻的分析。屠格涅夫用《罗亭》这部小说回答了时代的要求。作家通过罗亭的辩才、他的恋爱、他的历史和他在实践中的失败四个方面刻画了罗亭的性格。罗亭的进步世界观是40年代在莫斯科大学和柏林大学形成的。罕见的大公无私、忘我牺牲的精神、不愿虚度年华、甘心为人民利益献身的热情、能言善辩的才干以及出色的演说才华，构成罗亭性格的主要特点。罗亭不同于孤傲愤世的奥涅金，也不同于玩世不恭的毕巧林，他把精力投入社会实践中去，决心为真理和正义而献身。然而他对自己活动的目标十分模糊。他疏通航道、改革教育，虽意志坚强，但解决的都是枝节问题，并未触及社会制度，结果往往徒劳无益。愿望与实际存在着显著的矛盾，致使他改造社会的尝试和对幸福的追求都失败了，在这一点上奥涅金与毕巧林相类似。屠格涅夫描写的是新时代的英雄，是充满热情的理想家，他对改革的热烈追求，富有自我牺牲精神。他虽屡遭挫折与失败，却没有颓废与堕落，最终为了理想与信仰，在1848年巴黎工人起义的血战中壮烈牺牲。

屠格涅夫肯定了"多余人"的社会作用。罗亭在宣传进步思想和改造社会方面，表现出积极进取的精神。涅克拉索夫在评论《罗亭》时写道："屠格涅夫先生近作的重要意义""在于它的主题思想：塑造了一个不久以前站在思想运动和实际运动最前面的典型人物……这些人物曾起过重大作用，留下了深刻有益的痕迹。尽管他们有着荒谬可笑之处或者弱点，然而人们却不能不对他们肃然起敬。"那么罗亭性格的弱点是什么呢？他有爱唱模棱两可的高调，空喊激烈的口号，想入非非，意志薄弱以及言行脱节等致命弱点。但是只用"语言的巨人，行动的矮子"来概括罗亭性格特征是不全面的。他是19世纪40年代贵族优秀知识分子的形象，是所有"多余人"中对社会认识最清楚、思想意向最崇高的知识分子。他的努力失败了，他找不到改革的途径和斗争的道路，是由于环境的严酷、社会的黑暗、群众的不觉悟以及本身的阶级局限性造成的。他无法施展自己的抱负和才能，反动的农奴制堵塞了他通向广泛社会活动的道路。

罗亭生活在 19 世纪 40 年代，俄国社会处于历史性变革的前夜，在两个时代的交接点上贵族知识分子的历史作用已逐渐被平民知识分子所代替。屠格涅夫对在俄国解放运动中曾起过作用的人们作出了应有评价，对 40 年代的贵族英雄人物做了全面而深刻的剖析，指出他们失败的原因，回应了时代的要求。

奥勃洛摩夫是俄国文学史上最后一个"多余人"的形象。他在大学时代受启蒙思想的影响，认识到社会的黑暗，愿为人类幸福和祖国富强贡献自己的力量。他对人生抱有美好的憧憬而走入社会，当了十等文官。但是在十二月党人被镇压后的俄罗斯黑暗社会，他的理想破灭了。两年后辞职回家，靠他的农庄躺在床上混日子。到 50 年代初，他四十多岁时由于肥胖患了中风病在睡梦中死去。奥勃洛摩夫的形象表明贵族知识分子起过进步作用的时代已经结束，"多余人"形象的社会进步意义逐渐消失。

奥勃洛摩夫性格的特点，主要是鄙视劳动，他认为对别人发号施令的人比干活的人更高贵：没有干过活，没有挣过一块面包，"难道我缺少什么？我一辈子自己没有穿过袜子呢！"他一天到晚穿着肥大的睡衣，总是躺在卧室里。屋里脏乱，墙壁上挂满了蜘蛛网，镜子照不出东西来，摊开的书页早已发黄，桌子上还有"剩骨"和"面包渣"。他的理想是样样事都由仆人给干好，每顿饭能吃上丰盛可口的佳肴。对付出劳动的每件事都采取冷漠态度，探亲访友、看戏赴宴乃至谈情说爱等奔走操劳的事，都不如躺在床上睡觉好，他连做梦都梦见睡觉。懒惰和冷漠必然导致他的无能和任人宰割。村长来信说收成不好，农奴出逃，弄得他六神无主，拿不出主意来。他决定写一封回信，但这封信一直未写成，结果让几个骗子发了横财。懒惰寄生也必然造成精神的麻木和思想的保守。他不同意"解放"农奴，不赞成在他的领地上有大路和市集，他害怕农民生活得到改善。他甚至反对在农村普及文化，他担心农民识字后就不肯老老实实地种田了。

懒惰、寄生、软弱、麻木、停滞和保守是奥勃洛摩夫性格的特征。小说以现实主义的手法揭示了这一典型形成的环境。奥勃洛摩夫生在与世隔绝的愚昧的地主庄园，父母是拥有三百多个农奴的农奴主，整天过着闲散的寄生生活，吃、喝、睡是他们生活的主要内容，他就是在这种环境和教育下成长的畸形儿。这一典型预示着腐朽落后的农奴制必然灭亡的历史命运。

奥勃洛摩夫是"多余人"画廊中的最后一个，与奥涅金、毕巧林、罗亭相比，"多余人"的积极因素在他身上已经完全消失了。从奥涅金到罗亭都有着理想的追求和对人生的积极探索精神，他们躁动不安，在寻找一种有意义的生活，而奥勃洛摩夫则变成了一无所能，无所追求，只知吃喝和睡觉的废物了。这意味着"多余人"退出了历史舞台，贵族革命性已丧失殆尽，贵族革命时期的结束了。革命的历史重任即将由正在崛起的平民知识分子中革命民主主义者来承担。普希金和他的后继者以"多余人"的形象，探讨了贵族知识分子在社会中的地位与作用。

——载《〈普希金诗选〉导读》，中华书局2002年版

普希金的小说《上尉的女儿》

——谈普加乔夫形象的塑造

《上尉的女儿》是我国翻译的第一本俄国文学作品，早在清光绪二十九年（1903）就同我国读者见面了，它成为中俄文字之交的第一位使者。当时书名译为《俄国情史》，全称《俄国情史·斯密士玛利传》，又名《花心蝶梦录》。这部作品真实而深刻地反映了18世纪普加乔夫领导的农民起义，是俄国文学史上第一部反映农民斗争的历史小说，在俄国文学史上占有重要地位。

19世纪30年代，俄国社会极其动荡不安，霍乱、暴动、军屯起义和农民暴动此起彼伏。普希金在《略谈霍乱症》（1831）一文中这样写道："人民在抱怨……一会儿这里在叛乱，一会儿那里在造反。"[①] 新的普加乔夫起义以凶猛之势在俄国发展。现实生活加强了普希金对人民暴动的密切关注，长期探索国家前途和民族命运的诗人普希金，于30年代转向了揭示农民与地主矛盾的小说创作。他先后写成了《戈留欣诺村历史》（1831）、《杜布洛夫斯基》（1833）和《上尉的女儿》（1836）。普希金以农民战争为主题，完成了他最后一部巨著，结束了他反对沙皇专制制度的光辉历程。

《上尉的女儿》与一般常见的历史小说编年体写法不同。在展示声势浩大的农民运动时，不是从正面直接描写，而是以格利尼约夫与上尉的女儿玛丽亚之间的曲折爱情故事为线索，用家庭纪事的形式写成的。在当时

---

① 季莫菲耶夫主编：《俄罗斯古典作家论》上卷，人民文学出版社1958年版，第384页。

尼古拉一世严厉的书报检查制度下，正面描写普加乔夫起义是难以通过的。作家的艺术构思独具匠心，他巧妙地把家庭纪事、个人遭遇和历史事件三者结合在一起，并用一件兔皮袄来穿针引线，把格利尼约夫命运与普加乔夫运动联系起来，从格利尼约夫的视野和内心感受来观察分析普加乔夫及其领导的农民战争。这样，客观上把普加乔夫推上了作品主人公的地位，在不大的篇幅中，囊括广阔的历史画面和各种不同阶层的人物，并产生了引人入胜的艺术效果。

一件平常的兔皮袄，成为故事叙述人贵族军官格利尼约夫与农民起义领袖普加乔夫联结的纽带。凭借它勾通了人物间的关系，反映了人物的命运，并刻画了人物的性格。

普加乔夫在小说中第一次出现，是他作为一个"流浪者"暂时避居荒野，处于挨饿受冻的逆境之中。一个漆黑的暴风雪的夜晚，去白山要塞服役的格利尼约夫在迷途中与他巧遇，构成了小说情节的开端。在旅店中，格利尼约夫请他喝茶，念其穿得单薄送给他一件兔皮袄，普加乔夫表示"我一辈子也不会忘记你的恩情"，这是他俩联系的开始，并为情节的发展做了铺垫。在普加乔夫第一次出现时，作者介绍了他的外貌，"他仪表堂堂，看样子有40岁光景，中等身材，略嫌消瘦，肩膀很宽……大眼睛非常灵活，脸上表情显得十分快活"。同时，描写了他来自民间的性格特征：他在风雪弥漫的黑夜能根据天上星星的位置找到道路，能从远处飘来的烟味，准确地找到村庄。他同店主讲话使用的歌谣、谚语和隐语，进一步揭示了这位来自民间的英雄的聪明和才智。他对店主说："只要有雨，就有蘑菇，有蘑菇就有篮子。"他虽身处逆境，但充满革命信心。

普加乔夫在小说中第二次出现是作为起义领袖。作者从他的行动、他与人民之间紧密联系两个方面，描绘他的形象。在战略上，进攻前他向要塞头目发出了檄文：宣布立即进攻白山要塞，号召哥萨克和士兵们投诚，告诫军官们不要反抗，否则将处以死刑。忠于沙皇40年的守军司令米罗诺夫上尉坚持顽抗，起义军包围了要塞。普加乔夫在围攻的士兵中出现了，他穿着红袍，骑着白马，手握战刀，表现出威严的英雄气魄。守军发出的炮弹落在起义军的队伍中，士兵马上散开，唯有他们的领袖岿然不动，独自留在前边。他挥动战刀号召士兵们前进："孩子们，前进，跟我冲出去！"他坚定果敢，身先士卒，以身作则的行动鼓舞了士兵的高昂斗志，终于攻下了白山要塞。攻打白山要塞的战斗并不激烈，由于惧怕起义军的威力，驻军并没有顽抗，他们持枪站立不动，塞门一打开他们立即放下了武器。居民们欢迎他们心中的"大皇帝"，从家里拿出"面包和盐"用俄国的旧俗表示热烈的欢迎。在普加乔夫离开时，他拿出钱袋，一把把地把钱币撒给穷困的老百姓。普加乔夫代表人民的利益和愿望，因此他的事业深得民心。

普加乔夫爱憎分明，立场坚定。攻克要塞后他立即下令绞死顽抗的要塞司令米罗诺夫，刀劈疯狂漫骂的司令夫人。格利尼约夫作为沙皇军官被押送到绞刑架前，他的仆人萨维里奇一声喊叫跪在普加乔夫脚边求情，普加乔夫认出他并想起那件兔皮袄，随即命令部下把格利尼约夫从绞架的绳索中放出来。作者把鲜明的阶级感情和善良的人性融合一起，塑造了真切动人、有血有肉的起义领袖形象。同官方文献把普加乔夫描绘成杀人放火的暴徒相反，在普希金笔下的普加乔夫是尊重友情、恩怨分明、纯朴善良的农民领袖。阶级性和人性水乳交融，构成了人物感人的艺术魅力。在极"左"时期，不同阶级的友情和信任被认为是宣扬调和论。只强调阶级性，抹杀人物的复杂性和丰富性，文艺必然变成没有血肉的阶级概念的传声筒。

作者描写了普加乔夫广阔的胸怀和革命者的度量。格利尼约夫从绞绳中被放出来，大家逼他去吻普加乔夫的手，他感到这是对贵族荣誉的侮辱加以拒绝；他被叫到普加乔夫面前，普加乔夫希望他为自己服务，而他表示要为他宣誓效忠的女皇效劳。他的仆人萨维里奇还向普加乔夫递上一张失物的清单，要求"强盗"偿还财物，吓得格利尼约夫捏一把汗。对于这些普加乔夫全不计较，漠然视之。他拍着格利尼约夫肩膀说："由于你的恩德，由于你在我不得不躲避敌人的时候给了我帮助，我宽恕了你。"在他同萨维里奇去奥伦堡的路上，普加乔夫派人给他送来一匹马和一件羊皮袄。一件兔皮袄，成为揭示普加乔夫丰富内心世界的艺术手段。

这位农民军人领袖对自己同事和蔼可亲，从不摆领袖架子。他同他们一起吃饭，一块唱歌，一起讨论共同关心的问题。"他不时和一个50岁光景的人谈话，有时称他伯爵，有时称他季莫菲伊奇，有时尊称他大叔。他们之间彼此都以同伴对待，对自己首领并不显得特别恭敬。"在军事会议上，每个人都能自由发表意见"毫无拘束地和普加乔夫争论"。内部的民主和团结、人民的支持是普加乔夫起义不断取得胜利的重要原因之一。

普加乔夫在小说中第三次出现，是他去搭救被欺凌的弱女玛丽亚。当他听到格利尼约夫说投奔他手下的军官施瓦勃林在欺凌和虐待并逼嫁孤女时,他两眼冒出火光:"我手下的人哪个敢欺侮孤女?"他大声说:"不管他多狡猾,都逃不脱我的审判。"他立即与格利尼约夫同去白山要塞,把玛利亚从施瓦勃林软禁的房间中救了出来。跪地求饶的施瓦勃林受到了斥责和警告后得到了饶恕,普加乔夫还要为格利尼约夫完婚,他主动做主婚人,请施瓦勃林当男傧相,大家痛快地喝一顿。普加乔夫的正义感和助人为乐的性格,使格利尼约夫备受感动,他劝普加乔夫及早去求女皇赦罪时,普加乔夫向他讲了一只老鹰与乌鸦的故事。他说与其像乌鸦那样"吃死尸活300年,还不如痛痛快快地喝一次鲜血"。他想打到莫斯科,"一不做二不休"有始有终地干下去,表现出立场的坚定、意志的坚强和理想的崇高。尽管作者在小说中写道:"那种从移风易俗出发,不通过暴力行动产生的变革才是最牢固的变革",但他否定暴力的阶级偏见却被他描绘的生活图画所代替。

  小说的文字洗练,风格朴素。一部中篇小说的篇幅反映了时代的风貌和各类人物的思想感情,再现了俄国历史上一个最重要时期。仅通过格利尼约夫和普加乔夫三次会面便全面地描写了普加乔夫的个人品格和作为起义领袖的特点。

  小说中表现出的民间文学风格和浪漫色彩极为动人,如普加乔夫出现在暴风雪中的孤影,战斗中飘荡的红袍,他讲话使用的歌谣、谚语和隐语以及他的乌鸦与老鹰的故事等。

  小说经常在人物与场面的描写中,使用鲜明对比的手法,给读者留下深刻的印象。如起义军攻打白山要塞时,士兵群情振奋、英勇杀敌,而守军则站着不动,不敢出击,塞门一开马上投降。与起义军包围奥伦堡时情况差不多,从敌我两军实力、意志和信心加以对比,表现了农民起义军的威慑力。

  在人物性格上,施瓦勃林与格利尼约夫形成鲜明的对照。施瓦勃林从内心到举止都极其丑陋。他因在决斗中杀了人被调到白山要塞,但本性不改,又因玛丽亚爱上格利尼约夫而与之决斗,并暗中把格利尼约夫在决斗中受伤之事,写信通知其父母,使两位老人着急不安,想借此把他俩分开。他造谣说米罗诺夫上尉太太跟独眼驻防军中尉有不正当男女关系。他取笑忠诚执行职务的米罗诺夫上尉一家,挖苦和讽刺玛丽亚。他投靠起义军,主张把情敌格利尼约夫绞死。他当了白山要塞头目后,立即把玛丽亚软禁起来进行逼婚，后来又跪在普加乔夫脚下求饶。起义军失败他被捕后，指控格利尼约夫是奸细，与普加乔夫共同谋反。而格利尼约夫与其相反，他有强烈的贵族荣誉感和对国家的责任心，衷心效忠女皇，不像施瓦勃林那样投机钻营。在险境中宁可接受最残酷的死刑，也不愿受到屈辱去吻普加乔夫的手。他坦率地向普加乔夫表明拒绝为他服务，保持个人的品格。在道德原则上，他偿付金钱债务，保护女友名誉，受审时不说出玛丽亚的名字，对普加乔夫具有真诚的同情心。同施瓦勃林相比，他是贵族的精华，而施瓦勃林则是贵族的败类。

《上尉的女儿》的主要成就是成功地描写了农民运动，开创了俄国文学正面描写农民领袖的先例。它以宏伟的历史事件作为题材，针对农民运动的不断兴起，指出其社会根源，并用壮阔的农民运动的宏伟力量预示未来。因此别林斯基说它是一部"着眼过去，说明现在，预示未来"的小说。这部小说虽然没有达到号召农民起来斗争的革命民主主义思想高度，并且在小说结尾对女皇叶卡捷琳娜二世有所美化，表现出作者思想的局限性。但是，作为贵族出身的作家，在19世纪前半叶，特别是在反动气焰甚嚣尘上的尼古拉一世统治时期，能如此勇敢地描写农民起义并公正地塑造出符合人民愿望的普加乔夫形象，是极其难能可贵的。

果戈理在评价《上尉的女儿》时写道："这无疑是俄罗斯最优秀的一部叙事作品。拿《上尉的女儿》来与我们的所有的长篇与中篇比较，则后者简直就像一碗油腻的白菜汤，这部中篇小说的纯朴与自然达到了如此惊人的程度，以致现实本身在它面前也显得矫揉造作，带有漫画的色彩了。"

——载《俄罗斯文学之父——普希金》，北京出版社1988年版
（本文有修改补充）

俄国第一部历史悲剧
——评普希金的《鲍里斯·戈都诺夫》

作为诗人和小说家，普希金早已闻名世界；但对作为戏剧家的普希金，以往的研究还比较少。本文通过对《鲍里斯·戈都诺夫》这一历史悲剧的具体分析，着重探讨了普希金为打破古典主义对俄国剧坛的统治所进行的大胆的艺术革新，从而为俄罗斯戏剧的现实主义发展所作出的杰出贡献。

人们常把普希金的悲剧《鲍里斯·戈都诺夫》（1824—1825）与莎士比亚的悲剧并列在一起，这是有道理的。普希金说："我是按照我们的鼻祖莎士比亚的体系来撰写悲剧的。"他吸取了莎士比亚的"自由而广阔的性格描绘"的方法，但扬弃了莎士比亚"编年史剧"的"追求权力并互争权力的个人斗争"的狭窄内容。他描写的人民群众参加的决定他们命运的斗争，远远超出了个人斗争的范围。同时，他的悲剧中也没有莎士比亚笔下出现的鬼魂。在历史材料上，他利用了卡拉姆津的《俄国史》的史料，但抛弃了卡拉姆津的君主专制的反动史观。在《给俄国史的作者》（1818）中，他以讽刺的诗句写道：

他的历史以优雅和朴素
不怀任何偏见，向我们证明：
专制政体的必要以及鞭子的迷人。

普希金在对历史规律的思考中，以深邃的洞察力揭示了人民在历史发展中的作用。

普希金创作历史悲剧的目的，是探讨戏剧的新内容和与之相应的新形式，是要把俄国戏剧从古典主义的桎梏中解放出来。用他自己的话说，是为了"我国舞台的改造"。

在19世纪二三十年代浪漫主义兴起并向现实主义转变的时期，18世纪以来统治俄国剧坛的古典主义还没有退出历史舞台，普希金对古典主义深恶痛绝。古典悲剧的宫廷气，充满违情背理的内容和晦涩难懂、矫揉造作的语言，以及艺术形式上固守死板的"三一律"的规则，严重地阻碍了戏剧的发展。面对这种落后的情况，普希金感慨地说："我们的戏剧，从来不是出于人民的需要。"[①] 剧作家奥泽罗夫为改善俄国的悲剧，试图创作人民的悲剧，为此曾做过努力，但只是以感伤主义给陈腐的古典主义注入新的血液，因而并没有取得成功。普希金赋予自己的一项任务，是要与脱离社会生活的宫廷悲剧相对立，创造人民的悲剧。他认为悲剧要表现人民，"在悲剧中发展着的是什么？悲剧的目的是什么？是人和人民。是人的命运和人民的命运"[②]。《鲍里斯·戈都诺夫》反映了当时最迫切的社会问题，即专制农奴制下的国家前途和人民命运问题。普希金改革戏剧体系的美学原则是忠于历史的真实，多方面地展示性格的发展，把引人入胜的情节与丰富的思想结合起来，打破古典主义的悲剧结构，冲破"三一律"的束缚，采取自由灵活的艺术形式。他一扫古典主义对俄国舞台的统治，为俄罗斯戏剧的民族化、大众化和向现实主义发展开辟了道路。

一

《鲍里斯·戈都诺夫》取材于16世纪末、17世纪初戈都诺夫王朝覆灭的历史事件。这段历史错综复杂，史学家称之为"混乱的时代"。波兰的入侵、农民的骚动、皇位的更替，各种事件层出不穷。这个时代，是统治阶级中各种集团进行争权夺势的复杂斗争的时代，也是人民群众奋起摆脱奴役、寻求解放的时代。普希金认为这个风云多变的时代"最富有戏剧性"，

[①] 《普希金论文学》，张铁夫、黄弗同译，漓江出版社1983年版，第93页。
[②] [俄] 季莫菲耶夫主编：《俄罗斯古典作家论》上卷，满涛等译，人民出版社1958年版，第361页。

并同当代政治事件有着惊人的相似，因此，吸引他写成了这部历史悲剧。但普希金不是要再现历史，而是要揭示历史事件的本质，寻求历史发展的规律。历史已经变成了过去的陈迹，他的创作却依然焕发着生命力。

剧本巧妙地通过真假沙皇的矛盾，表现了人民同专制政权的对立。暴君伊凡雷帝驾崩，太子因死于他盛怒的权杖之下，次子费陀尔继承了王位。费陀尔自幼无能，有"傻瓜"之称。他不理朝政，由鲍里斯等五大贵族摄政。鲍里斯谋杀了年幼的王位继承人德米特利，在费陀尔逝世后篡夺了王位。

戏剧以推举鲍里斯为沙皇拉开剧幕。当时，认为他出身寒微并有弑君罪行的名门贵族在进行夺权的斗争。鲍里斯掌权后，采取打击豪门贵族、起用能人的政策来巩固他的政权，但弑君的罪行使他内心不宁，"预感到上天会雷霆震怒，降下灾殃"，于是他采取告密和侦察的方法来对付一切反叛的行为。他取消了犹利节①，把农民死死地拴在固定的地主的土地上。他说："我们必须严加管束，毫不放松才能驯服百姓……施博爱，行仁政，老百姓不会感恩，你做了好事——他们连'谢谢'也不说一声，杀他们！抢他们！——对你也不见得更坏。"结果天天抓人和杀人，引起了人民的愤怒，民怨在沸腾。

这时，修道院的一个年轻僧徒，格利戈里偶然知道了鲍里斯窃取王冠的内幕。他怀着大胆的政治野心，想创造一个奇迹：冒名顶替做莫斯科的皇帝。于是他从修道院逃往波兰，自称是神奇得救的皇太子德米特利。"莫斯科的逃亡者对他着了迷，天主教神父跟他一个鼻孔出气，国王宠爱他，据说答应助他一臂之力。"波兰守将还把女儿玛琳娜许给他。她一心想当皇后，催他统率波军快速攻打莫斯科，登基后马上派迎婚使者来迎接她。鲍里斯兵多将广，打得格利戈里溃不成军。但是，反对鲍里斯的名门贵族利用人民对他的不满，支持格利戈里取得了沙皇的宝座。

二

剧本中写了将近八十个人物，其中主要人物有三个，鲍里斯·戈都诺夫是中心人物。作为一个艺术形象，普希金从多方面展示了他的性格。在

---

① 犹利节，俄历 11 月 26 日前后各一周，农奴可以自由地离开原来的地主，寻找新主人。

治理国家方面，他是一个有经验的君主。正如剧中人物大贵族沃罗敦斯基所说：他会"恩威并用"，软硬兼施。登基前，他看到了大势所趋，皇冠到手，故作姿态，"带着妹妹躲进修道院，似乎真想了凡遁世"，实际是等待莫斯科全城请他"执掌江山"。隋斯基说他"好比酒鬼面对一杯美酒"，这是对他的绝妙讽刺。登基后，他"邀请全体人民赴宴，一个不漏，从国务大臣到要饭的瞎子"，以此来收买人心，愚弄百姓。他临终时给即将登基的儿子的遗嘱，可以说是他统治经验的总结：要选拔"为人可靠，成熟冷静，年富力强，为人民所爱戴，在贵族中有人缘，有高贵的门第和名望"的人做谋士，要坚决制止"贵族门阀的怨言"，处理国务要"照章办事"，平时"要沉默寡言"；根据形势的需要，专制的绳索有时要"勒紧"，有时要稍稍"放松"。在家庭方面，他是一个慈爱温和的父亲。他深深同情女儿克茜尼娅的不幸命运，他说："可能，我触怒了上帝，因而不能给你造福。"他鼓励儿子学习，说"这样你就会更容易明白治理国家的道理"。普希金严格地遵循现实主义的原则，真实地描绘了鲍里斯的形象。

　　同时，鲍里斯又是一个残暴的君主和罪人。在这一点上，普希金利用了卡拉姆津的《俄国史》中的民间传说，即他以谋杀王子的罪行篡夺了王位。普希金全面地而广阔地揭示鲍里斯性格时，紧紧抓住了他内心的冲突和复杂的心理活动：

> 血淋淋的小孩冥冥中在眼前晃动……
> 要想逃避，又无处可逃……可怕！
> 唉，良心不干净，真可怜呀！

　　鲍里斯总是"满面愁容""一个劲算命卜卦"，胆怯和迷信推动他精神上的崩溃。他时刻感到上帝要审判他。一听到"复活了的德米特利的名字"，他就脸发烧，心发跳：

> 他觉得血往上涌，又陡然往下沉……
> 十三年来我总是梦见
> 那个被刺的孩子，这便是原因。

他内心斗争十分激烈，于是在他眼前出现了"幻象"。"那个被刺的孩子"控制着他潜在意识的活动，成为他恐惧心理的形象的外化。他想一口气吹掉这个"幻影"，但这个"幻影"总不离开他，使他感到窃取的王冠特别沉重。由于痛苦和惊惧，便产生了多疑和残暴。他到处布置密探和走狗，甚至事过境迁之后，还把他派往调查王子事件的隋斯基传来审讯："是不是偷天换日？你回答"，并以"判死刑"来威胁，要对散布王子复活的谣言者"割去舌头，或者砍掉脑袋"。他天天抓人和杀人，弄得"人在家中坐，祸从天上来"。这种恐怖气氛，更加激起人民的愤怒。立陶宛边境小饭铺的老板娘说："单是搜查一下，那还算万幸。还得给他们喝酒吃饭，或者还要别的——让他们断了气才好，杀千刀的！"他在犯罪的道路上越走越远。当人民支持的冒充皇帝出现时，他在恐怖中死去了。他宠幸的大将巴斯曼诺夫马上"决开堤防"，率大军投诚，戈都诺夫王朝覆灭了。普希金通过鲍里斯的命运，揭示了手上沾满鲜血的个人野心家所走过的道路和灭亡的过程。这个形象暗指当时的沙皇亚历山大一世，他曾参与谋刺其父保罗一世的阴谋。他统治后期，实行了极为反动的政策，臭名昭著，有"国际宪兵"之称。

　　冒充皇帝的格利戈里与鲍里斯具有同样的政治野心，但性格截然不同。他感情充沛，勇敢自信，机智灵活，具有诗人气质。作者通过人物的舒展胸臆，刻画了他的性格特征。他不满修道院的"清规戒律"和"寂寞的僧房"生活。他说："为什么战斗的欢乐我不能分享？为什么我不能在沙皇的国宴上痛饮轻狂？"他连做梦都梦见"一架陡峻的云梯"引他上升。当他从编年史家、老僧皮敏口中得知德米特利的死因时，就逃出了修道院，宣布自己是皇太子，把自己打扮成历史法庭审判鲍里斯的审判者。其实他灵魂的深处是"我要君临莫斯科做皇帝"，鲍里斯只不过是他实现政治野心的牺牲者而已。这个机灵的冒险家逃到立陶宛遇到了警察的追捕毫不胆怯，竟然接过通缉令，把上边写的他的名字、年龄、特征随意更改，嫁祸于人，念给警察听。经过对质确认被通缉的就是他时，他早已拔出短剑，越窗而逃。在波兰，面对波兰贵族和一切前来投奔的人，他很会收揽人心。他对着逃亡大臣的后代，夸奖其先父"是伟大的天才，敢拼敢打敢于直谏的大丈夫"；对逃亡贵族表示要"立刻向鲍里斯算总账"，替他们报仇；对前来投奔的哥萨克说，"我会遵照古时的体例，优抚我忠心耿耿的顿河"；对向他献诗的诗人说，"拉丁缪斯的歌喉我却听得入神，我酷爱文艺之神的花朵，我相信诗人有先见之明"。在爱情上，他表现得热情真诚。他爱上了波兰女郎玛琳娜，便向她坦白自己冒充皇帝的真情。他对爱情的忠贞不仅表现在"不愿跟一个死人分享他的情妇"，而且在于他为了爱情宁可放弃王冠，"住进可怜的茅屋"。普希金通过爱情的描写，突出了这个冒险家浪漫的、热情奔放的性格。

在普希金的笔下，冒牌皇帝同样具有性格的丰富性和复杂性。逃跑的僧人、王位的追求者、艺术的鉴赏家、热情的恋人、大胆的冒险家、祖国的叛徒、人民的死敌，兼于一身。作者通过他率领大军征讨俄罗斯时内心的矛盾，表现他热爱祖国与引狼入室夺取政权两种感情的斗争，来突出人物精神世界的复杂性。但也正因为如此，造成了剧本的缺陷，人物性格失去了生活的真实性。热爱祖国与勾结外国侵略者，爱国者与卖国者，同时表现在一个人物身上，这必然导致人物性格的分裂，造成艺术上的苍白无力。

剧本的结尾是有力的。贵族让老百姓高呼新皇万岁时，"人民沉默无言"，深刻地表明了改朝换代并不能给人民带来任何利益。卖国贼格利戈里已不再受人民的支持，灭亡的命运在等待着新皇。剧本的巨大社会意义，就在于它有力地揭示了专制政体与人民之间的深刻矛盾，在于它对血腥的专制制度提出了严正的警告。

历史学家波果金在《论戈都诺夫参与谋杀皇子德米特利事件》一书中说："我把收集到的证明和否定两个方面的所有材料应验以后，特将此案提交刑事法庭，请求按现行法律进行审判。"普希金在上面写了眉批："按现行法律无法审判死去的帝王，历史会审判他们。"[①] 正是普希金，在他的剧本中把两个帝王同时押上历史的法庭，进行了审判。

人民群体形象在剧本中占有重要的地位。从表面上看，悲剧的冲突是真假沙皇的斗争，而实际上，构成戏剧冲突的基础是人民和沙皇的矛盾。作者把人民的骚动不满和将要产生的后果，放在几乎所有人物的台词中，形成一股潜在的滚烫的热流，呈现着时代的气息，充分发挥了环境氛围对人物性格的烘托作用。这是普希金戏剧的高明之处。造成鲍里斯统治垮台、妻儿自尽这国破家亡的悲剧的根本原因，并不是他缺智少谋和兵力不强，而是专制政权与人民的对立。冒牌皇帝的暂时胜利，也并不是因为他

[①] 《普希金戏剧集》，漓江出版社1982年版，第6—7页。

打着死去太子的旗号和波兰的支持，而是他利用了人民对鲍里斯统治的不满，找到了斗争的有利条件。"他所到之处，一座座城池，不发一弹，兵不血刃，都向他归顺，老百姓捆绑了一个个固执的统帅。"

剧本通过鲍里斯的灭亡和冒牌皇帝的暂时胜利表明："人民的公意"是改朝换代的决定因素。正如冒牌皇帝的拥护者加甫利拉·普希金（诗人的先祖）所说：

> 我们强大有力，并非因为将士英勇，
> 不，也不是因为波兰援助得力，
> 而是因为民意，对，老百姓的公意。

剧本成功地写出了人民群众感情运动的过程，形成了戏剧冲突的强大推动力。戏剧开始时，人民的活动缺少主动性，他们还不能正确地理解眼前发生的事件的意义。当贵族欺骗百姓去请求鲍里斯接受皇冠时，群众说："那儿哭什么？""大伙都在哭，老兄咱们也来哭一下"，可是他们"哭不出声来"。于是有的人说："有没有大葱？拿来擦擦眼睛"；有的抹点口水当眼泪，有的甚至"把孩子丢在地上，小孩哇哇大哭"。普希金调动戏剧的一切手段（包括台词、动作和舞台指示），来强调开始时群众缺少主动性。当伪皇出现时，他的谋士把他说成合法皇帝的继承人，能给人民解除种种"苦难"。人民从自己的利益出发，被幻想所吸引，于是行动起来，冲向皇宫去逮捕"鲍里斯的狗崽子"。普希金表现了愤怒的人民的海涛般的雄伟力量，也表现了幻想的失败。靠人民的力量取得胜利的冒牌皇帝，并没有给人民带来任何利益，于是"人民沉默"了。靠幻想的武器去斗争，是注定要失败的，它不能解决改造社会、争取自身解放的现实任务。剧中描绘的这个"人民沉默"的动人场面，其艺术魅力远远超过了作者本人的政治见解（普希金反对暴力，把希望寄托在启蒙主义和移风易俗上），它给观众以巨大的启示。在调动观众的想象力方面，作者表现了卓绝的艺术技巧。

这部悲剧在十二月党人起义的1825年完成，并不是偶然的巧合。悲剧的题材虽然取自历史，但针对的是现实。普希金关心自己时代的国家和人民的命运，实际上揭示了亚历山大一世统治的反人民的本质及其不可避免的灭亡命运。在黑暗统治的年代，二次遭到流放、受到严密监视的诗人，通过他的剧本来揭露沙皇的罪恶，并让壮阔的人民的洪流冲向皇宫，其斗争的胆量和艺术是值得称赞的。难怪剧本在当时不准出版，不得已的删改本也到1831年才得以印行。在诗人逝世33年后的1870年，删改本才允许上演。

三

《鲍里斯·戈都诺夫》是一部具有重大社会意义的作品，同时也是一部艺术性很高的剧作。

剧本的情节复杂，进展迅速。它既有统治阶级内部的名门贵族与新兴贵族的矛盾（值得注意的是，普希金把名门贵族的代表写成阴谋夺权者，把新兴贵族的代表写成变节投降分子），又有人民群众与统治阶级的矛盾。各种矛盾交织在一起，呈现出社会斗争的多面性和复杂性。沙皇专制暴政激起的民怨沸腾，促进鲍里斯弑君的犯罪感和对人民的恐惧感，他对人民的恐惧使其进一步加强了恐怖的统治，二者互为因果，加速了他的灭亡。普希金成功地把人物同周围环境的矛盾，表现为人物的内心冲突——恐惧、自疚和狂怒，成功地展示了鲍里斯精神崩溃的过程。果戈理从普希金这里学到了宝贵的艺术经验，使人物的内心冲突——恐惧和犯罪感成为他的戏剧《钦差大臣》情节发展的动力。《鲍里斯·戈都诺夫》从鲍里斯登基到他被冒牌皇帝代替，情节按直线发展，进展比较迅速，但弛张有致，平稳舒展。戏剧用人民对沙皇的"沉默无言"戛然结束，深刻而有力。正如别林斯基所说："这种人民的沉默中可以听到新的复仇女神的声音。"果戈理的《钦差大臣》以哑场来结束，所有的贪官污吏都陷入恐怖之中，这是普希金以"沉默无言"收束全剧的艺术手法的进一步发展。"沉默"和"哑场"的作用，都是给观众一种暗示、一种启发，在观众的情感运动中造成一种期待——惩办邪恶的正义力量即将到来。这种艺术技巧的首先创造应归功于普希金。

由于作者把人物性格的形成和发展放在特定的社会历史环境中，因而塑造出了具有鲜明的个性的典型性格。农民的骚动不满，贵族内部的隐蔽斗争，冒牌皇帝的出现，震撼着沙皇的宝座。这种环境导致了鲍里斯的惶惶不安，满面愁容，算命卜卦，形成了他弑君的犯罪感和对人民的恐惧心理以及他的多疑和残暴的性格。在无法摆脱的紧张的悲剧情境中，鲍里斯的性格显得格外真实和生动。同样，也只有在这种典型环境中才能产生格利戈里这样的人物。他胆大包天，异想天开，要做皇帝，也是与当时历史条件和他本人的生活环境分不开的。这个从小削发为僧、四处游方、读书识字、不缺少人间阅历的年轻修道僧的随机应变、坚定自信、勇敢豪放的性格，是"叛逆蜂起"的时代产物。把自己的命运与冒牌皇帝连在一起的波兰女郎玛琳娜贪图虚荣、不择手段、孤注一掷地想做皇后的性格，同样与她的贵族官僚后代的社会地位和生活环境是分不开的。剧本成功地塑造了典型环境中的典型性格，它标志着俄国戏剧和普希金创作向现实主义前进的步伐。

剧中人物的语言，也具有鲜明的个性特点。鲍里斯的语言是威严的。他对儿子说："至尊的声音别让它在空中消失得空空洞洞。你的声音宛如洪钟，只应在宣布大悲痛与大节日之时才轰鸣。"他的语言中经常带有"马上""立即""必须"这样一些副词，"教训""死刑"总不离口。这既表现出他的帝王权杖的威严，又表现了他性格的残暴。他几次关于"那个被刺的孩子"的独白，深刻地揭示着人物的内心活动和这个暴君尚存一点没有泯灭干净的人的天良。他的语言有时又含有格言和警句，如"科学能为我们提炼飞逝生命的经验"，"马有时也把骑手摔下"，"良心上如若有了污点，心尖滴下了毒汁"等。这些思想多于文字的语言，既是人物性格的语言，又是语言大师普希金的"金铸的"语言。

与鲍里斯相反，冒牌皇帝格利戈里的语言是豪放的、热情的。他得知鲍里斯是王子的谋杀者之后，便说："你休想逃掉人世的惩罚，正如你逃不掉上帝的审判。"这种激情的语言，表现着他内心的强烈运动，并有力地推动剧情的发展。"或者我像个光荣的战士，冲锋阵亡；或者我像个万恶的坏蛋，丧命刑场"，人物的台词准确地表现了他的海阔天空的闯荡气质，但没有一丝江湖气，完全合乎人物的教养与身份。这个在死亡面前不会战栗的冒险家，跪在玛琳娜面前倾泻而出的爱情语言和对投奔他的不同的人所讲的不同的话，又从另一个侧面表现了他热情、机智的性格。

与冒牌皇帝不同，一心想当皇后的玛琳娜的语言没有丝毫感情色彩。这个"石头美人""眼睛、嘴唇缺少生命，没有笑容"。她的语言是甘愿委身于骗子皇后欲的赤裸裸的表现。她说："我约你在此相会，并非为了听情人的甜蜜的情话。这种调门我无需听它。我相信,你爱我,这就得了!……我要做个无愧于你的配偶,做个莫斯科沙皇堂堂的内助。"冒牌皇帝向她袒露自己的隐秘后,她说:"你这无名的流浪汉!你既已巧妙地瞒过两国人民,起码就得干到底","登上宝座,然后派个媒人来娶我。"三言两语就表现了人物的性格,这是普希金戏剧的语言特色。普希金运用语言的神奇力量,把剧中人物的每种思想和千变万化的内心世界表达得惟妙惟肖。

普希金对俄国戏剧的重大贡献,还在于他在这个剧本中以独特的天才,对戏剧结构进行了革新。古典主义的悲剧要分五幕,使用"亚历山大诗体"(即六音步抑扬格),时间限定在24小时内,一个地点表现一个统一的事件。这就是古典主义理论家布瓦洛所总结的:"我们要求艺术地布置剧情的发展,要用一地、一天内完成的一个故事从开头直到末尾维持着舞台充实。"①这种"三一律",对时间、地点、情节限制太死。普希金的悲剧则不分幕,选用多场景(共23场),地点频繁地转换。从皇宫到广场,从修道院到小饭铺,从花园到战场,从国内到国外,给人物的行动提供了辽阔的空间,表现了广阔的社会生活。其中有贵族的夺权阴谋,各界代表的请愿,沙皇的登基宣誓,年轻僧徒的潜逃和对他的追捕,冒牌皇帝接见流亡者,花园中的谈情说爱,边境的两军大战,疯僧的箴言,乞丐的求讨,贵族的家宴,谋士的游说,沙皇大将的反叛,百姓的冲向皇宫,沙皇妻儿的自尽……一幅幅激动人心的、广阔的俄罗斯社会生活的真实图景,以直观的艺术形式出现在观众面前。在时间上,迅速变更,大大突破了24小时的界限,表现了前后七年的一段完整的历史过程。在人物安排上,以两个主要人物为中心,有80个千姿百态的人物出场,围绕着尖锐的社会矛盾,展开了错综复杂的斗争过程。普希金以精湛的艺术构思,精心设计的人物关系,巧妙地组织剧情,合理地安排场次和悲喜剧的场面交错,反映了一个风云多变的"最富有戏剧性"的时代。

这部悲剧以丰富的社会内容和独特的艺术形式,冲垮了古典主义在俄国剧坛的统治,正如普希金自己所说:"把两个古典主义的一致律作了牺牲品,供献在他(莎士比亚)的祭坛之前,勉强保存了最后一个(动

---

① [法] 布瓦洛:《诗的艺术》,人民文学出版社1959年版,第33页。

作）。"① 这是一个伟大的创举，是俄罗斯戏剧走向现实主义的开端。高尔基认为《鲍里斯·戈都诺夫》是"我们最好的一部历史剧"②，确定了它在俄国戏剧史上的辉煌地位。

——载《中国社会科学院研究生院学报》1985 年第 1 期

---

① 《普希金论文学》，张铁夫、黄弗同译，漓江出版社 1983 年版，第 75 页。
② ［俄］高尔基：《俄国文学史》，新文艺出版社 1956 年版，第 177 页。

普希金的诗剧

1830年，普希金的一位友人从莫斯科带来一个喜讯，冈察洛娃母女对诗人表示关切和问候，他大受鼓舞，熄灭了的爱情之火又燃烧起来，他立即起程来到莫斯科，受到冈察洛娃母女的热情接待。他再度求婚，得到同意。但新娘的母亲担心普希金的处境会给女儿带来不幸，希望能证实他没有受到宪兵的监视。于是普希金只好给宾肯道夫写了一封信，得到的回答是允许他结婚，同时对他进行了斥责，不承认对他有什么监视，而只是为了"照顾"和"劝勉"他。

同年5月6日普希金与冈察洛娃举行订婚典礼。诗人的父亲为了儿子的婚事，把尼热戈罗德省波尔金诺村的庄园的一部分给了他。为了办理过户手续，9月1日他从莫斯科出发，本打算在乡村停留短暂时间，因为霍乱病流行而滞留了三个月。由于回到大自然和人民中，远离喧嚣的城市和宪兵的监视，诗人的创作出现了高潮，多年的创作构思和写作计划，如愿以偿。在这个"多产的秋季"，第一个波尔金诺的秋天，诗人以多种题材、多种文体写出了许多优秀作品。他的四个小悲剧：《吝啬的骑士》《莫扎特和沙莱里》《石客》《瘟疫流行时的宴会》就是这时用诗体写成的。

四个小悲剧

普希金的小悲剧情节变化迅速，结构紧凑，没有次要人物和多余的情节，压缩到不能压缩的地步。情节的遽变和内容的浓缩是他四个小悲剧的共同特点。

《吝啬的骑士》写的是金钱对家庭、道德和人类感情的腐蚀和破坏。儿子阿尔贝是花钱如流水的公子，为人轻浮，无忧无虑，粗野蛮横，贪恋一时的舒适，是个酒鬼。而父亲骑士男爵菲利浦十分吝啬，爱钱成癖，绞尽脑汁积累黄金，依靠人们的"眼泪、鲜血和汗水"成了亿万富翁，想依靠自己的黄金称霸天下，甚至妄图战胜上帝。儿子说父亲是个守财奴：

像个黑奴隶，像条看家狗，
住在冷清的狗窝里，喝喝水，啃啃面包皮，
通宵不睡，闻一闻，吠一吠，跑一跑，
而金子便在箱子里头睡大觉。

老守财奴把无数的金币和珠宝藏在地窖时，像魔鬼一样钻到阴暗的角落独自欣赏，自言自语地说道：

一切都把握在我的手掌，
还有什么不紧握我的掌心？像个魔王，
我能够从这儿统治人寰。
只须我想要——便矗立起巍峨的宫殿；
一群妖女，嬉戏追逐，涌进我壮丽的花园，
一个个体态风骚，面目妖娆；
缪斯们将向我呈献杰作，
自由的天才将对我俯首贴耳，
慈善行为与不眠的劳作
将恭顺地等待我的犒赏，
只要我打个呼哨，
血腥的阴谋便言听计从，
胆怯地向我身旁靠拢；
将有人舐我的手，
将有人窥伺我的眼神，
力图从中把我意志的暗示读懂；
谁都服从我，而我对谁也不服从。

他谈到金钱万能的力量的这段独白，可与莎士比亚的《雅典的泰门》中著名的段落相媲美。后来果戈理在《死魂灵》中塑造的守财奴、吝啬的泼留希金是令人嘲笑的人物，而诗人笔下的吝啬骑士则是可怕的人物，因为他心中有某种哲学思想：黄金越多权力就越大，就越能统治世界。可以任意修建宫殿，随便制造阴谋，美女在身边嬉戏，诗人送上献诗，自由向他低头，他可以与天地共存，与日月同辉。

金钱，其实不是万能的，在"金钱万能"力量的背后，隐藏着巨大的社会矛盾，它将毁灭金钱的拥有者：

> 对了，如果潜藏在这儿的玩意儿，
> 而流出所有的眼泪、鲜血和汗水
> 突然从地底涌出来，
> 那么，又将洪水滔天，世界又将进入洪荒时代
> ——那我在地窖里一定会淹死。

这几句诗，形象地说明了马克思关于"资本来到人世，从头到脚，每个毛孔都滴着血和肮脏东西"的正确论断。

有钱的人不能安然度日（莫里哀的《吝啬鬼》中的阿巴公把金币藏在花园里；吝啬骑士把金币藏在地窖里），总是胆战心惊，因为他们的钱币上沾满人民的汗水、眼泪和鲜血，总有一天他们会来算账的。这是普希金在百年前抒写的哲理名言。

不久，这一天终于来到了。被逼得极端贫困、到处借债的儿子，盼望占有金币的父亲早日归天，以便继承财产，有钱人家庭内部出现了矛盾。可是父亲这个金钱的魔鬼老而不死，儿子忍受不了"穷困的耻辱"，"决定向公爵去申诉"。父亲在公爵面前说：儿子为夺取财产，要谋杀他。儿子说这是撒谎诬告，骂父亲"是个撒谎的混蛋"。父亲受到侮辱，扔下手套，提出决斗，儿子马上拾起手套应战，父亲一气归了天。临死时还念念不忘开黄金箱那串钥匙，希望死后变成幽灵，看守他的财宝：

> 要是日后我能够从坟墓里爬出来，
> 我的幽灵，像个保镖，坐在箱盖上面，

严防活人来偷盗我的财宝,
那该有多好!

这部悲剧通过吝啬的骑士的心理,揭露了正在形成的资本主义的社会关系——金钱关系,有力地批判了人与人之间赤裸裸的金钱利害关系。

几乎在同时,巴尔扎克在他的小说《欧也妮·葛朗台》(1833)中也刻画了贪财吝啬的葛朗台的形象,抨击了金钱对人的思想灵魂的腐蚀:百万富翁的儿子查理因父亲破产自杀,遭到亲伯父撵出大门;法律公证人克罗旭为了追逐葛朗台的家财,把"职业的灵光"抛在脑后,低声俯首地听任葛朗台的调遣,奔来奔去;当欧也妮以保持童身为条件,答应和特·蓬风所长结婚时,堂堂所长竟跪在有钱人的脚下,快乐得浑身打哆嗦;知道女儿将私蓄赠给查理后,葛朗台大骂女儿,把她软禁起来……这一切丑恶的形象,在普希金戏剧的诗行中都得到了表现。他们都用吝啬鬼的形象,批判金钱破坏了人与人的血肉关系和社会关系。巴尔扎克在艺术上表现了细致和生动,而普希金则表现了简洁和深刻,他指出了金钱占有者被金钱所毁灭,而巴尔扎克则用欧也妮的"宗教虔诚"的善行义举来对抗和荡涤金钱的腐蚀作用。

《莫扎特和沙莱里》取材于欧洲广为流传的妒忌的沙莱里毒杀天才的音乐家莫扎特的传说。奥国天才音乐家莫扎特死于1791年,年仅35岁,死时坚信自己是被别人毒杀的。他的朋友——另一知名的音乐家沙莱里比他大6岁,活到75岁高龄,死前精神失常,曾多次忏悔,说他毒死了莫扎特。事情本属悬念,难下结论,但他妒忌同行确是事实。莫扎特的著名歌剧《唐璜》初次上演时,全场观众包括不少音乐家都沉浸在和谐优美的乐声中。突然,发出一声尖叫喝倒彩,大家愤怒地回头一看,原来是音乐家沙莱里被妒忌心驱使而发了狂,他尖叫之后冲出了大厅。普希金看到这段记载,得出结论:"既然出于妒忌给《唐璜》喝倒彩,他就有可能毒杀其作者。"普希金在小悲剧中揭示了沙莱里丑恶的灵魂。

沙莱里创作很勤奋("一坐就是两三天,忘了吃饭和睡眠"),也很谨慎("我烧掉我的手稿,冷冷地看着我的构思和所写的音符,吐出火舌,冒着一阵轻烟消失了")。他大器晚成,自知他的创作缺乏灵感,没有天才。但他不愿承认自己是一个怀有妒忌心的卑鄙小人:

> 不！我从来不知道什么叫妒忌，
> 哦，从来没有！甚至当普契尼①
> 令外行的巴黎人听得入迷，
> 甚至我第一次听格鲁克的歌剧，
> 听《伊菲姬尼》的序曲，
> 我丝毫都没有嫉妒过。
> 有谁会说，高傲的沙莱里
> 是个妒忌别人的卑鄙的家伙？

一次，莫扎特请沙莱里听他的一支曲子，他带来的演奏者是一个盲人提琴师，演奏了他的《唐璜》中的咏叹调。沙莱里很生气，把瞎老头轰了出去。他因为自己达不到这种艺术境地，强烈的妒忌之心油然而生：

> 可现，在（我自己要说）
> 我现在是一个好嫉妒的人我嫉妒呀，深深地、痛苦地嫉妒！

沙莱里抱怨天道不公，把天赋给了莫扎特，而没有给自己，这世界正义何存？

> 哦，天哪！真理何在？为什么上天
> 不把神奇的天赋、不朽的才华
> 拿来奖赏我的热情和勤奋，
> 奖赏我的忘我精神和虔诚？
> 却用它使一个疯子和懒汉的智能
> 大放异彩？

出于嫉妒心，在两人饮酒时，他给莫扎特的酒里放了毒药，认为莫扎特死后，就不会出现继承他事业的人了，自己的创作就会大放异彩了。

> 如果莫扎特继续存在，取得了

---

① 普契尼（1728—1800），意大利作曲家。

更高的成就，这有什么好处？
他能以此来振兴艺术？不，
艺术又将衰落，正像他将消逝；
他不会给我们留下什么继承人。
能有什么好处？像一位天使下凡，
他给我们带来了几支天堂里的歌曲，
搅得我们这些凡夫俗子失去了
创作能力和愿望……

莫扎特举起酒杯一饮而尽。然后他为沙莱里弹奏他的新作《安魂曲》，这时，沙莱里内心的矛盾得到了生动的表现：

我平生第一次
流出这许多泪水：又苦涩，又痛快，
仿佛我履行了一件沉重的天职，
仿佛一把解剖刀割裂
我痛苦不堪的肢体！我的朋友莫扎特！

普希金通过两个作曲家的性格，描绘了两种艺术家的类型和艺术家内部的妒忌、倾轧。沙莱里妒贤嫉能、固步自封、蔑视人民、脱离生活，因此他的艺术未能获得不朽的生命；而莫扎特与他相反，是个灵感充沛、精神乐观、热爱生活、接近人民的艺术家。但是，天才的艺术家在资本主义社会遭到妒忌和杀害，真正的艺术得不到发展，这就是这部悲剧所揭示的深刻内容。

《石客》是根据西欧文学流行的题材——关于唐璜的传说写成的，使用这个题材创作的最有名的有法国作家莫里哀的喜剧《唐璜》，有英国诗人拜伦的诗体小说《唐璜》和奥地利音乐家莫扎特的歌剧《唐璜》。在西欧古老传说中，唐璜是一个无恶不作、毫无心肝的浪荡子。在莫里哀笔下，这个擅长猎取女人的能手唐璜是沉溺于女色的淫棍；在拜伦笔下，唐璜被改造成一个心地善良、见义勇为、有豪迈气质的热血青年；在普希金笔下，唐璜这个形象呈现出多面性和复杂性。

《石客》的情节并不复杂。唐璜在决斗中杀死了骑士团的统领，被轰出马德里,但他勇敢地冲破了国王的禁令,"从流放地擅自逃遁",又回到了马德里城,寻找新的女郎。当日遇见骑士团统领的遗孀安娜夫人去上坟,祈祷夫君亡灵安息。唐璜第一次看见骑士漂亮的妻子,便决定诱骗她,于是化装成僧人,守在墓地骑士雕像旁。他竟然与安娜夫人聊起天来,称她为"天使",对她说:"愿死在你的脚下""瞥一眼你的容貌,就是我无上的欢乐"。开始时,安娜夫人感到害怕,后来有些心慌意乱,终于被唐璜的甜言蜜语所迷惑,让他明日到家中去找她。她问他叫什么名字,他不敢承认自己是杀人凶手唐璜,而说名字叫唐杰戈。夫人已没有心思再祷告,"你尘世的言辞,把我虔诚的寸心搅乱"。她走后,唐璜为了显示自己的勇气,邀请骑士雕像回家看看,看看寡妇同新结识的情人如何寻欢作乐,雕像点点头。

在安娜夫人的闺房,唐璜施展了他追逐女人的技能,他的花言巧语弄得安娜晕头转向,这时他说出自己就是杀死骑士的唐璜,安娜夫人听后晕倒。他说:

> 我拜淫荡为师,长期做了它听话的学徒。
> 但是自从我见了您,
> 我觉得,脱胎换骨,成了新人。
> 我爱您!同时爱上了真理善行,
> 平生第一遭在它面前
> 恭顺地下跪,战战兢兢。

当他正要走开时,骑士雕像走进来,抓住唐璜的手,把他送入地狱——唐璜死了。

普希金给西欧流行的唐璜传说赋予了新的生命。唐璜在普希金笔下是抒写爱情的诗人,动人的爱情诗句从他口中倾泻而出,他成了"情歌的即兴作者",反中世纪宗教的大胆的"无神论者";同时也是胆大妄为的"采花贼"和受道德惩罚的罪犯。安娜夫人的话揭示了他的本质:

> 我知道,唐璜巧言令色,
> 我听说,他是个狡黠的采花贼。
> 有人说,您是个渎神的色狼,

> 是个地道的魔王。有多少可怜的女郎
> 糟蹋在你的魔掌。

普希金以人道主义思想和对爱情的崇高道德处理了唐璜的形象。情欲使唐璜陷入邪途，因此他的毁灭是不可避免的。《天才诗人普希金》的作者亨利·特罗亚把剧本的主题归结为"酷爱自由的花花公子同法律森严的社会之间的斗争"，是不符合剧本的实际内容的。

《瘟疫流行时的宴会》的题材来源于英国诗人琼·威尔逊的诗剧《鼠疫城》，普希金曾翻译过其中的片断。该诗剧描写了1666年流行于伦敦的鼠疫。普希金为办理财产的过户手续，来到了波尔金诺村，那里发生了鼠疫，正威胁着整个庄园人的生命。诗人根据自己的生活经历写成了这部小悲剧。

《瘟疫流行时的宴会》是对战胜死亡的人的精神力量的赞歌。瘟疫流行，大难临头，人们垂头丧气又强颜欢笑举行酒宴。青年人狂欢痛饮，纵情歌唱，以求暂时忘却死亡的威胁；神父鼓吹地狱，宣扬神的力量；恶鬼大笑，把渎神的人"拖进万劫不复的黑暗"；梅丽姑娘唱起深沉的爱情歌曲，酒宴主持人唱起《鼠疫颂》，战胜了死亡的恐惧。后者唱道：

> 面对坟墓里的黑暗我们浑身是胆，
> 你的召唤不会使我们张皇，
> 我们友好地举起冒泡沫的酒杯，
> 并吸进鲜艳如处子的玫瑰的芬芳，
> 可能，那花香中正有鼠疫潜藏。

这部悲剧表现了处于悲惨处境的人们对生命的乐观态度和对死亡坚强不屈的精神。

普希金在这些小悲剧中，以心理分析的技巧和动人的诗句，深刻地揭示了人物心灵深处的秘密活动，有力地表现了利己主义的情欲控制人们的感情状态和所带来的恶果；以鲜明有力的形象展现出吝啬、妒忌和情不自禁的肉欲所具有的破坏性；以短小紧凑的形式表现了对创作、爱情、生活和死亡的哲理思考。这些使他的小悲剧在世界戏剧创作中占有重要地位。

普希金的童年时代

> 我只会把自由颂扬，
> 只会向自由献出诗篇。
> 我来到世上，并非为了
> 用我羞怯的缪斯取悦沙皇

——普希金

"俄罗斯文学之父"普希金在短暂的一生中屡遭流放和监禁，不断地受着迫害，但他始终傲然不屈，在坎坷的人生道路上，为自由和正义同专制制度作了不妥协的斗争。他的创作生涯和斗争历程，为他塑造了一座光辉的"纪念碑"。他的思想与十二月党人的思想产生强烈的共鸣，激荡的时代和人民的情绪在他的创作中得到了鲜明、生动的反映，诗人写道："我永远正直的声音，是俄罗斯人民的回声。"他的诗，是社会生活所铸成的闪亮的明珠。

了解普希金童年时代的生活，对研究这位贵族阶级叛逆者的光辉形象、伟大的民族诗人的成长以及他的创作个性具有十分重要的意义。

一 "叛逆成性的普希金家族"

1799年6月6日（旧历五月二十六日）世界上最伟大的诗人之一、俄罗斯作家亚历山大·谢尔盖耶维奇·普希金在俄国的心脏莫斯科诞生。过了半年，就进入了19世纪。"看他跨过了新世纪的门槛！看他将在新世纪里生活！"这是诗人的母亲在新年的家庭晚会上当着客人的面对儿子高声讲出的祝词。

　　普希金出身古老的曾经显赫一时但已失去了往日豪富的贵族家庭。在亚历山大一世把俄国人置于德国人和少数新贵族统治之下的时代，普希金常以自己为屡次参加俄国历史上重大事件的"叛逆成性的普希金家族"的后裔而感到自豪。诗人的祖先加夫里拉·普希金曾扶助"冒充的德米特里"推翻波里斯·戈都诺夫儿子的王位，被诗人生动地表现在他的剧作《鲍里斯·戈都诺夫》之中。1612年普希金家族在赶走波兰入侵军、解放莫斯科的战斗中立下了功名。普希金高祖的父亲菲奥多尔·普希金曾参与反对彼得大帝的斗争，1697年被彼得大帝斩首。

　　诗人的曾祖父、祖父、父亲都是军人。他的曾祖父亚历山大·彼得洛维奇·普希金与彼得大帝的战友、曾与彼得一道在荷兰学过造船的伊·姆·戈洛文的女儿耶·伊·戈洛文娜结了婚。他出于嫉妒而杀掉了自己的妻子，受到法律的制裁，死在狱中。普希金在《黑色的披肩》和长诗《茨冈》中都谴责过这种自私自利和野蛮的行为。

　　伊·姆·戈洛文的另一个女儿是列夫·托尔斯泰母亲的曾祖母。由于普希金家族与托尔斯泰母系的血缘联系，这样"普希金成了托尔斯泰四服内的表舅。"

　　普希金的祖父列夫·亚历山大洛维奇自幼父母双亡，他与姐姐是在外祖父伊·姆·戈洛文的抚养下长大的。1762年6月28日发生宫廷政变，叶卡杰琳娜二世夺取了俄国的王位。普希金的祖父始终忠于被推翻的彼得三世，拒绝向新皇宣誓效忠，因而被捕入狱。

　　家庭的叛逆传统，在普希金的记忆中留下了深刻的印象，对普希金的刚烈倔强的性格和叛逆精神的形成有一定的影响。

　　诗人的祖父曾先后两次结婚。普希金的祖母生了四个孩子：瓦西里、安娜、谢尔盖和叶莉扎维塔。谢尔盖·李伏维奇是诗人的父亲。他是个退休的少校，家庭虽然中落，但依然沉湎于贵族的安逸生活。他豪爽好客，结交社会名流，迷恋文学。他受过良好的教育，能用法文写出流畅的诗，尤其善于写"题词"的诗。诗人的伯父瓦西里·李伏维奇是当时有名的诗人，曾以幽默诗《危险的邻人》而闻名。他与普希金谈话时，经常引用古典诗人的名句，还向侄子介绍大量的文学书目让他去阅读。尽管伯父和父亲的诗比较肤浅，不能与后来普希金的诗相比，但却唤起了普希金的求知欲和对文学的兴趣。他的家庭在俄罗斯作家中交往甚广，当时著名的作家卡拉姆津、德米特里耶夫、茹科夫斯基、巴丘什科夫等经常出入他家的门庭。萨沙听不懂他们对诗歌的议论，但他们有时高亢，有时低吟的朗诵，却触动了他敏感的神经，促进了他诗才的觉醒。

二 黑人血统

就父系而言，诗人属于声名显赫的普希金家族；就母系而言，诗人则属于埃塞俄比亚亲王汉尼拔的家族。诗人的母亲纳杰日达·奥西波夫娜是"彼得大帝的黑奴"和宠臣阿勃拉姆·汉尼拔的孙女。因此，普希金在外貌上保留了他的非洲先祖的特征。卷曲的黑发，突出的前额，黝黑的脸庞，乌黑的眼睛，显示着他血管里流有黑人的血液。普希金的诗作，在埃塞俄比亚人中不断地吸引越来越多的读者，这是其中原因之一。

诗人的外曾祖父阿勃拉姆·汉尼拔幼时从非洲海岸作为人质被抓走，转卖给俄国公使，进贡给彼得大帝，在法国深造，成为彼得时代第一位工程师。普希金把他的奇异生涯和他在俄罗斯国家发展中的贡献完整地描绘在《叶甫盖尼·奥涅金》第一章的注释和《彼得大帝的黑奴》之中。沙皇第三厅的密探和卖身投靠的反动文人布尔加林对诗人外曾祖父的奇特出身进行攻击时，诗人写了《我的家世》给以迎头痛击。

他的外曾祖父在普斯科夫省受封了大片的土地，其中包括米哈依洛夫斯克村，这是普希金后来被监禁的地方。他的外祖父奥西普·阿勃拉莫维奇·汉尼拔曾经在这里犯有重婚罪而受到法庭宣判为非法。他的真正妻子是诗人的外祖母玛丽雅·阿列克赛耶夫娜。由于诗人外祖母的母亲是名门显赫的尔热夫斯基家族的女儿，因而他的外祖母知道许多宫廷生活的奇闻逸事，并经常讲给天资聪慧的普希金听，在诗人幼小的心灵中萌发了对统治阶级的鄙视。

三 天才少年

普希金从童年起，就没有得到过家庭的温暖。平民出身的作家契诃夫说："作为一个儿童，我没有童年"，这是因为他从小过着小杂货铺的贫贱生活，受着专制家庭的棍棒和宗教教育。对于贵族出身的普希金来说，是因为他的父母追求享受和安闲的生活，对孩子不感兴趣，随意把孩子交给法国家庭教师来看管。他写道"这是可诅咒的教育"。

普希金有姐弟三人。大姐叫奥尔加,小弟叫列乌什卡,作为老二的萨沙(普希金)是不为父母所喜爱的孩子。

> 从我诞生的无知的一刻,
> 直到充满柔情的青年,
> 啊,我几时尝到过欢乐,
> 何曾有幸福在我悒郁的心坎?
>
> ——《欢乐》(1816)

人们很早就发现普希金家庭给他性格上造成的一些特点:孤独、倔强、喜怒无常、热情而急躁、自尊心很强。一位普希金家的女客人回忆说:

> 普希金一家人过得很愉快,慷慨好客。家务大多由那个汉尼拔老太婆操持……她的长外孙儿亚历山大,年纪大约是九到十岁,身体笨拙,性情粗犷,长着一头卷发,脸庞黝黑,相貌不能说漂亮,但两只眸子却活泼有神,火辣辣的。有时候我们到他家,他正坐在大厅的一个角落里,四周被椅子围着:干了淘气的事,在受处罚。有时候,他也和别人一同舞蹈,但是因为动作非常不灵活,所以惹起别人的嘲笑。这时,他满脸绯红,撅着嘴唇退到自己待的那个角落里,那时整个晚上谁都莫想把他从椅子上拉起来:伤了他的自尊心,他生气了,所以独自闷坐着。

可是,每当萨沙做了错事,或者说了错话而感到自己对不起人的时候,他立即满面笑容地伸出小手来表示自己的歉意,或者在对方身上拧一把,吻吻他,用自己的好心善意请求对方谅解,流露出无限的温柔,博得对方的喜欢。

普希金从小善于观察和思考。七岁那年,他离开莫斯科随父母到扎哈罗沃避暑,他一下子被美丽的大自然吸引住了。辽阔的原野,茂密的森林,遍地的野花,小鸟的鸣唱,这一切使他身心陶醉。他仔细地观察蝴蝶飞舞的轻盈,小鸟飞翔的自由……他喜爱乡村流传的环舞和民歌,喜欢农家儿童的活泼和朴实。他经常跑到他们之中与之游戏,从不"扬才露己,骄矜自大"。看到农民孩子穿的褴褛的衣服,住着狭窄肮脏的小木屋,像牛马一样为地主干活,还要受欺凌和毒打,于是不解之谜便在他脑海中萦绕:他们为什么与自己的姐姐和弟弟不一样,姐姐有许多华丽的连衣裙,有漂亮的新皮鞋,还有专人教舞蹈,而他们为什么没有?他们采来的蘑菇为什么供老爷们享用?老爷们进餐的时候,他们用树枝在一旁驱赶苍蝇,为什么没有人问问他们饿不饿,请他们一块来进餐?普希金童年时代就开始公正地判断人们的行为,具有一种善于同情别人疾苦的品质。

萨沙有特殊的记忆力,在漫不经心中学会了法文,而且他的法语比俄语说得流利。七岁时就能阅读法文书籍了。他父亲有个藏书丰富的图书室,他一钻进去就忘记走出来。在那里,他孜孜不倦地阅读,往往彻夜不眠。他弟弟列夫·谢尔盖耶维奇回忆时写道:"为了阅读的缘故,普希金度过了不眠的长夜,躲着父亲一本又一本地贪读着书籍"。萨沙在图书室里发蒙读书,漫游"书田浩海"。他每天驾驶着求知的小舟,向无边的书海驶去,在那里尽情地打捞知识的财富。书籍给了他智慧,使他少年早熟。八岁时他就能背诵许多法国和希腊的长诗,并开始用法文写诗了。幼年时他写的讽刺短诗、小喜剧和寓言,表现了他的多才多艺。他和邻居孩子玩耍时,排演了他写的《掠夺者》,四邻惊奇不止。大人们不敢相信,不到十岁的孩子竟有这样的才能。

四　奶娘的哺育

普希金的童年时期,有两个奴仆友人对他产生了深远有益的影响,在他的生活中留下了难忘的记忆。

一位是从小照看他,后来又陪伴他到南方流放的忠仆尼基塔·季莫菲耶维奇·科兹洛夫,一位是天资颖慧的奶娘阿林娜·罗季昂诺夫娜。这两位普通的俄国人使不为父母所喜爱的萨沙得到了慈爱与温暖,并教会他正确地使用俄语,启发了他的才智。

科兹洛夫是萨沙家的农奴。他老实忠厚,会弹吉他,知书识字,能根据民间故事来编诗。普希金非常爱他,一个同学打了他一棍子,普希金曾向那个同学提出过决斗。他的外貌和性格上的某些特点,后来普希金描写在《上尉的女儿》中的萨威里奇的形象上。这位忠仆非常喜爱自己的小主人，经常带着他在莫斯科城里散步、观察人们的生活、了解莫斯科的情况。登上伊凡大帝钟楼，俯瞰莫斯科城，美丽动人的"白石城"尽收眼底。萨沙的感情，立刻像海涛般地汹涌起来。后来诗人写道：

　　在我漂泊不定的生活中，
　　逢到我伤心别离的时候，
　　啊，莫斯科，我想起了你！
　　莫斯科……在俄罗斯人的心中。

这个音响里包含着多少感情呵！
这个音响里蕴藏着多少力量呵！
　　萨沙不仅看到雄伟多姿的莫斯科城富丽堂皇的外表，而且还看到了它阴暗凄凉的景象。在克里姆林宫旁，有一座庞大的监狱，那些无力偿还债务的和政府以各种名目认为犯了法的人被囚禁在那里。
　　奶娘阿林娜·罗季昂诺夫娜在普希金一生中是相当重要的人物。她是萨沙母亲出嫁时选择的"陪嫁女"，这位女农奴养育了萨沙、他的弟弟和姐姐。每天忙碌，安于现状，以致给她"自由"时她不愿离开主人。她最后死在彼得堡的萨沙姐姐家。她不仅以母亲般的慈爱照顾萨沙度过了童年和在米哈依洛夫斯克村两年的幽禁生活，她还在精神上培育了他的成长。她以生动的民间语言给他讲述丰富多采的民间故事，帮助他认识人民中间所蕴藏的力量、智慧以及人们对美好生活的憧憬，激发了他的想象力，培育了他的艺术才能，并为他后来的创作积累了素材。这位慈祥聪慧的保母，在诗人成长中所贡献的才智和力量，是普希金永远不能忘记的：

　　啊，我哪能不想起我的保母，
　　在美妙神秘的夜间，
　　她头戴头巾，穿着古旧的衣衫，
　　向圣灵祈祷致敬，为我虔诚地划着十字，
　　于是开始在我的耳边讲述，
　　幽灵鲍瓦王子的故事……

　　　　　　　　　　　　　　——《睡梦》（1816）

阿林娜把民间故事讲得生动活泼，娓娓动听，驱散了外国家庭教师上课时萨沙的无精打采的情绪。他有时兴奋得眼睛发亮，快乐地抓着头发；有时握着拳头，气得拍着桌子；有时低下头来，用手擦着眼泪；有时恐怖得喘不过气来，缩在被窝里。在他的甜蜜的梦乡，经常出现奶娘讲述的蓝色的天空、绿色的原野、苍劲的古树、飞舞的魔术师……

他在后来寄给弟弟列夫的信中依然感慨地写道："那些故事多么美丽呀！每个故事都是一首叙事诗。"在米哈依洛夫斯克村时，诗人曾把保母口述的故事记在特备的记录民间童话与歌谣的本子上，曾打算把它作为专集出版。

这位不识字的保母表现了普通人民所具有的天才和智慧。她每天晚上手拿着针线，一边编织一边讲述着一个又一个新奇的故事。有时她边讲边唱，用轻松的民间小调来传达和渲染故事的内容。她的民间故事和歌谣，给普希金的生活带来了愉快和温暖，补足了"那可诅咒的教育的缺陷"，并在诗人幼小的心灵里播下了艺术的种子。

> 我们同干一杯吧，
> 我不幸青春时代的好友，
> 让我们用酒来浇愁，酒杯在哪儿？
> 像这样快乐就会马上涌上心头。
> 唱支歌儿给我听吧，山雀，
> 怎样宁静地住在海那边，
> 唱支歌儿给我听吧，少女
> 怎样在清晨到井边去汲水。
>
> ——《冬天的黄昏》（1825）

阿林娜·罗季昂诺夫娜讲述的民间故事、童话和歌谣中有不少是普希金童话诗题材的来源，其中深刻的思想、深邃的意境、丰富的想象、恰当的比喻、生动的语言，乃至歌谣的韵脚，都成了普希金诗歌创作取之不尽的丰富养料。

> 盛开的原野，月光的银辉。

>　　老妈妈口述的神怪的流传。
>　　颓残的教堂里风雨的喧声，
>　　一切都激动我柔弱的心灵。
>　　……
>　　我的语言扣着和谐的节拍，
>　　随着涌出，踩着嘹亮的脚韵。
>　　在声韵上，我去比拟的
>　　是旋风，是树林的喧响，
>　　或者是深夜海洋的轰鸣，
>　　或者金莺的生动的歌唱，
>　　或者小河的潺潺的低语。
>
> 　　　　　　——《书商和诗人的会谈》（1824）

　　普希金终生尊敬、热爱和怀念他的奶娘，"她是我唯一的女友，只有和她在一起时我才不寂寞"。他写了许多感情真挚而细腻的诗篇献给她。这些诗篇中有的是对奶娘的抚爱和教导表示感谢（《缪斯》，1821），有的是对奶娘的辛勤劳动表示同情（《冬天的黄昏》，1825），有的是表示对奶娘的爱恋（《给奶娘》，1827）。她是长诗《叶甫盖尼·奥涅金》中的达吉雅娜的保母原型，诗中对她做了完美的描绘。她的去世，普希金悲痛万分，经常以沉重的心情表示对她的悼念。

　　这位奶娘对普希金走上文学道路，形成独特的民族风格，具有重大的影响。这位无名的英雄对培养作家所做的贡献，普希金铭记在心，并且是以酣畅淋漓的笔墨大写特写的。

　　童年时代是人生旅途中的最初阶段，普希金的童年提供的只是他走上文学道路的最初的信息和了解他的思想及创作的某些重要的依据。他的成长与他在中学时代爆发的反拿破仑侵略的卫国战争所激起的民族意识的觉醒，以及揭开俄国解放运动序幕的十二月党人运动是分不开的。这位被称为"俄罗斯诗歌的太阳"随同俄国革命的曙光一同升起。伟大的时代造就杰出的诗人，他与时代并进，因而成了时代精神生活的旗帜。别林斯基说："只有从普希金起，才开始有了俄罗斯文学，因为在他的诗歌里，跳动着俄罗斯生活的脉搏。"

　　普希金的创作达到了那个时代难以企及的高度，直到今天还是属于全人类的瑰宝。他能达到这样高超的水平，也有个历史的发展过程。"太阳""巨星"也有它升起的地方，诗人的童年向我们揭示的是这位伟大作家的起点。他孩提时代的各种积极因素，在他身上发展起来，才能构成他的创作才能。相反，童年生活的难以克服的消极因素，后来一直制约着他的创作。正如别林斯基所指出："他攻击这个阶级违反人道的一切，但这个阶级的原则，对于他却是永恒的真理。"

我国学术界，或由于忽视作家的童年的研究，或由于占有资料不足，对普希金童年时代的研究还没有广泛地展开。本文试图打开这种落后的局面，使研究工作向纵深发展，做初步的尝试。

——载《天津师专学报》1984年第1期

《死魂灵》中泼留希金的形象

中学语文教材《泼留希金》节选自果戈理的代表作《死魂灵》第六章。在这一章，作者成功地塑造了具有独特个性的地主阶级的典型人物泼留希金的形象。

泼留希金，是继莫里哀的阿巴公、巴尔扎克的葛朗台之后，世界文学中又一著名的吝啬鬼的形象。剥削阶级的占有欲，不仅驱使其掠夺财富，造成挥霍和浪费，也造成他们精神的畸形。

果戈理刻画泼留希金的形象时，采用的艺术手段是多种多样的。

通过肖像描写，表现人物性格："瘦削的老头子"，"下巴凸出"，"那小小的眼睛还没有呆滞，在浓眉底下转来转去，恰如两匹小鼠子……猜疑地嗅着空气"。尖下巴，瘦削的面容正是省吃俭用的吝啬鬼的肖像。泼留希金宁肯让面包发霉，粮食烂掉，自己也要吃半饱。作者给他一副"消瘦"的肖像，正是抓住了人物性格吝啬的特点。"转来转去"的小眼睛则表明贪婪、机警和善于精打细算。作者把他比作"老鼠"，说明他对人的猜疑和对物质财富的毁坏是再生动恰当不过的了。果戈理借助特征突出的人物肖像，只用寥寥几笔就充分揭示了泼留希金的贪吝到了刻薄自己的地步，因而对人物性格的挖掘达到了一定的深度。

通过人物的装束、打扮来揭示人物性格：泼留希金不仅缩食，而且节衣。他身着破衣，装束不男不女：穿着一件"女人的家常衫子"，头上戴一顶"村妇所常戴"的帽子，"要知道他的睡衣究竟是什么底子，只好白费力；袖子和领头都非常龌龊，发着光，好像做长靴的郁赫皮；背后并非拖着两片的衣裾，倒是有四片，上面还露着一些棉花团。颈子上也围着一种莫名其妙的东西，是旧袜子，是腰带，还是绷带呢，不能断定。但绝不是围巾"。他身上还挂着一串钥匙,使得乞乞科夫好久不能断定他是男是女,最后竟然把这个占有上千农奴的地主误作了女管家。这种讽刺是尖刻的。当听他说"我就是这家的主人"时,乞乞科夫惊愕得"倒退"了,这又给这幅讽刺画像加上了一笔浓重的色彩。作者通过泼留希金乞丐般的打扮,生动地揭露了他极端的吝啬。

为了多方面地充分展示人物的性格,作者还扼要地描写了泼留希金的家世:"他也曾为体面的夫,体面的父",有过欢乐的家庭。但好景不长,家世的衰微,门前的冷落,妻死子散,也都是由"家主的吝啬"造成的。主妇早亡了。大女儿爱上了骑兵大尉,但父亲固执己见,认为"军官都是赌客和挥霍者",于是大女儿偷偷结了婚,赶紧跑掉了。儿子违背父意"做了军官",老头子怕他"输光了财产",当儿子要钱做衣服时不但"碰了一鼻子灰",而且还给他送去了"父亲的诅咒","连他的死活也毫不注意了"。在这种冰冷的家庭气氛中,"鲜活如开放的蔷薇"的小女儿也终于"死掉了"。过了若干年,大女儿带着孩子和礼物怀着得到点接济的愿望来看他,老头子为了表示宽恕,"取了一个躺在桌子上的扣子,送给小外孙做玩具"。母子没得到"一点钱",只好"空空地回家"。剥削阶级的利己主义撕破了罩在他们家庭上的温情脉脉的面纱。泼留希金渗进骨髓的吝啬,危害到全家。作者从他与家庭的关系上揭示了人物的性格。

泼留希金的性格也影响到了他的周围环境。作者从庄园的外观,庭院的物体,室内的摆设,由远及近、由表及里地描绘了主人公的生活环境。它给读者造成的印象越来越鲜明,越来越强烈。

小说开头描写的泼留希金的庄园,是一片败落凄凉的景象:房屋倾斜,"墙壁和门上,满生着青苔",花园杂草丛生,门户紧闭,过往无人。这"陈旧倒败的情形"呈现出凄凉的"悲哀景象"。这死寂沉沉好像坟场一样的地主庄园是正在瓦解的农奴制社会的缩影,它既显示出了时代的风貌,同时也揭示了人物的性格——泼留希金为积累财富割断了与周围生活的联系,他不肯花钱整修房屋以及他的孤独悲伤的心境。

贪婪是吝啬的忠实同伴,吝啬是贪婪的发展变形,造成二者同行的根本原因是财富的占有欲。马克思指出:"在资本主义生产方式的历史初期……致富欲和贪欲作为绝对的欲望占统治地位。"果戈理描写主人公的贪欲，这对于揭示吝啬鬼的精神实质，丰富人物的形象，深化主人公的性格有着重要意义。

作者把泼留希金的院子描写成木器市场："堆着没有动用的各种木材和一切家具"，桶子、盆子、匣子、箱子，样样俱全。他的库房堆积着粮食、布匹以及各种副食品，"面粉硬得像石头"，布匹"化成飞灰"。其囤积之多，不容易找出"第二个"来。然而贪欲是无法满足的，作者通过他的行动，用生动的细节，并采用夸张的手法，生动地描绘了他的贪婪的性格："凡有在路上看见的：一块旧鞋底，一片破衣裳，一个铁钉，一角碎瓦——他都拾了去"，"经他走过之后，道路就用不着打扫"。不止如此，泼留希金还连捡带摸，别人的东西很快就会为他所有。除非当场抓住，否则他会起誓呼上帝作证，说这东西原来就是他的。他成了贪欲的奴隶，人间的盗贼，财富的惊人的掠夺者、糟蹋者、浪费者和挥霍者。作者写道："他乃是一个鬼，不是人。"

他的室内简直就是鬼窟，肮脏透顶，零乱异常。钟停了摆，蜘蛛结了网，尘埃极厚，各种器具失去了光彩，大理石镇纸发了绿，酒杯里浮着苍蝇，沾过墨水的鹅毛笔已经干透了，发黄的牙刷好像生着痨病，墙上挂着画有战死的马匹的画。这些摆设暗示了主人的慵懒、肮脏、浅薄和不学无术。而活在世上的泼留希金本人也正像浮在酒杯里的苍蝇、停了摆的时钟、失掉了光彩的家具一样，精神颓废，生命力枯竭，灵魂已死。小说写道："是谁也不相信这房子里住着活人的。"房屋内、外环境的描写，对突出主人公的性格起着重要的作用。

此外，小说在刻画人物时，经常采用夸张的艺术手法，给读者造成鲜明的印象，达到讽刺鞭挞反面人物的目的。比如泼留希金的非男非女的装饰，"像刷马的铁丝刷"的胡子，一碰"就会很像戴上一只手套"的尘埃，他走过的"道路就用不着打扫"，等等，都是用夸张的手法来突出人物的形象。

泼留希金的形象，是果戈理笔下成功的地主阶级的典型。它无情地揭露了愚昧、懒惰、贪得无厌的地主阶级的嘴脸，对当时反对农奴制的斗争发挥了积极的作用。在今天，对我们认识封建地主和农奴制社会的黑暗和腐败，仍然是形象的教材。

作者把泼留希金对财富无穷的占有欲、爱财如命的贪婪和他的家世联系起来，有助于多方面地揭露人物的丑恶灵魂；但说他中年丧偶、儿女离散、生活孤独、意志薄弱，促进了他对财富的占有欲，这种离开剥削阶级的本质的认识，削弱了作品的批判力量。

　　　　　　　　——载《中学语文教学》1979 年第 1 期
　　　　　　　　——转载《教学与研究》1979 年第 5 期
　　　　　　　　——收入《语文教学参考资料》北京师院编

俄国官吏的百丑图
——果戈理的喜剧《钦差大臣》

《钦差大臣》是俄国现实主义戏剧发展史上的重要里程碑，是"俄国官僚的病理解剖学教程"。

1835年果戈理写信给普希金说："费费心吧，供给我一个情节，不拘是可笑的还是不可笑的，但是要纯俄国的奇谈逸事。那时我就动手写一本喜剧，如果没有这种机会，那我就虚度时光了。"他继续说："费费心吧，给我一个情节，我马上写出一本五幕喜剧，我发誓，写得可笑极了。"于是普希金向果戈理讲出自己知道的一件事：彼萨拉比亚城有个恶少叫巴维尔，他冒充彼得堡的高官，招摇撞骗，竟接受犯人的请愿，最后下狱坐牢。这个题材在果戈理笔下变成了揭露专制政体的惊人之作，这与他对生活的深刻理解是分不开的。他熟悉彼得堡的官场，看透了贪官污吏的本质。果戈理在《作者自白》中谈到他的艺术构思时说："我决意把我见到的俄国的所有一切坏东西，在所有缺乏正义感的某些地方和某些情况下发生的一切非正义现象，都收集在一起，痛痛快快地一并加以嘲笑。"

《钦差大臣》反映了当代社会的主要矛盾，即广大人民与专制农奴制度的矛盾（没有人民登场，笑便是正面人物）。以市长为首的官吏与钦差大臣的冲突是表现这个主要矛盾的手段。

作者把远离京城的外省小城确定为《钦差大臣》故事发生的地点，把外省官吏作为喜剧中的讽刺对象，并不是偶然的，矛头直指京城重要官吏是要惹祸的。但剧本概括的深度与广度绝不局限于个别省份和个别官吏的个人罪恶，它概括了大小城市官员们所奉行的生活准则，因而剧本有重大的社会意义。

《钦差大臣》剧情并不复杂。它叙述的是：遥远的古老的小城的官员们听到钦差大臣前来私访的消息都惊愕了。市长召集紧急会议，进行布置，唯恐他们的罪恶被发现而丢官革职，在慌乱中误把一个无钱付账的、困居在旅馆中的由彼得堡来的恶少当成了钦差大臣（第一幕）。市长冒险去旅馆，恶少感到惊慌，但市长曲意逢迎，把恶少赫列斯达可夫当成宫廷命官接到他家中（第二幕）。赫列斯达可夫在市长及其女儿的逢迎下，得意忘形，大吹牛皮，吓坏了这伙贪官污吏（第三幕）。于是官员们都来向赫列斯达可夫行贿。商人们备礼，老百姓举着状子向他控告政府官员的敲诈和勒索。市长女儿和他订了婚。最后赫列斯达可夫在他仆人的劝告下，坐着马车愉快地离开了这个小城市（第四幕）。市长和"钦差大臣"结了亲。控告市长的商人们又备礼前来请求饶恕。所有官员们、地主、绅士都前来给市长道喜。市长正在得意忘形的时候，私诉信件的邮政局长从赫列斯达可夫行前给友人的信中发现他是个假钦差。官员们因上了当，他们正在互相争吵责难中，宪兵前来报告真正的钦差大臣到了。所有的人都陷入恐惧中，喜剧以哑场结束（第五幕）。

　　市长是喜剧的中心人物，是贪官污吏的典型。他贪污、勒索、欺诈、阿谀、吹牛……为了敲诈钱财，他每年要过两次生日，收别人两次礼物。他把兴建慈善医院和教堂的经费据为己有。商店好像他的日用品库房，随意拿取。他把自己的胡作非为看成追求"事业"，把人民弄得痛苦不堪，却认为是"上帝的安排"。他看见假钦差向自己女儿求爱，"像中了头彩"一样高兴，并叫人向全城公布。于是他幻想自己要做将军了，愉快和报复的心促使他向告状的商人开了刀。但是这个富有官场经验的奸猾的骗子竟然被骗了："我做官做了三十年，就没有一个商人或是一个包工头能够欺骗我，骗子里的骗子都上过我的当……我曾骗过三个省长。"他会把花花公子当成钦差大臣是不足为奇的。因为"贼人胆虚"，便"草木皆兵"，连做梦都预感到灾祸当头。就是"一个乞丐"，只要是从彼得堡来，他也会当成了察访大臣。其次，赫列斯达可夫的装腔作势、轻举妄为以及内心世界的肮脏具有达官显贵的特点。

　　法官执法犯法，与市长合伙收贿，包打官司。陶布钦斯基所有的孩子"都活像法官"，这就是他的"自由思想"。慈善医院院长有陷害别人的癖好，他专门踏在别人头上向上爬。他靠慈善经费养肥自己。他管理的医院的病人都脏得"跟铁匠似的"，不把病人的死活放在心上，用他的话说：

"人总是要死的"，这是阴谋家、密告者、杀人凶手。邮政局长的职位规定了他的性格和爱好。他的嗜好是专门私拆别人的信件，这不完全是为了要知道奇闻逸事，重要的是维护社会治安。督学表面上在抱怨吃教育饭倒霉，老是提心吊胆，什么人都来干涉。而实质上千方百计地阻挠城市教育的发展。他在"告密"上是相当"尽责"的，他的"烦恼"只不过是为了掩盖他所犯的血污罪行。

尼古拉反动时代的政治、法律、邮政、教育以及慈善事业是一幅令人惊心的丑恶的图画。这些官吏的巧取豪夺、独断专行、侵占公款、道德败坏，构成了一幅令人憎恨的百丑图。

陶布钦斯基与波布钦斯基两个精神颓废的地主，反映着农奴制度的深刻危机。他们想方设法巩固封建秩序、维护帝俄的官僚制度。他们同城市当局互相勾结、互相利用。他们到处打听钦差私访的消息，还没弄清真相就给市长去报信。这两个地主闲得无聊，终日奔跑，散布谣言。他们抱着各自不同的目的去拜见钦差大臣：一个是想要把婚前生的儿子变成合法的儿子；一个是想叫达官显贵、参议员和海军大将乃至皇上知道世界上有个波布钦斯基存在。

市长太太和她的女儿是上流社会卖弄风情的两个女妖。市长太太虽然已老，但风骚不减。她所关心的不是钦差大臣的察访，而是钦差大臣本人，他是什么样的官级，什么样的眼睛和胡子，是上了年纪的还是年轻的血气正旺的。于是她同女儿挑拣浅黄色的和湖蓝色的衣服打扮起来，甚至发生争吵，母亲把女儿当成了自己的情敌。这就是官僚家庭的母女关系。母亲所以是母亲，就是因为她比女儿在交际场上更老练，更有办法。她们把最庸俗、最空虚的赫列斯达可夫看成"大人物"、品格高尚的人、"可爱的人"，可见她们庸俗之一斑。

赫列斯达可夫是贵族社会花花公子的典型。如果说市长是官僚制度的化身，那么赫列斯达可夫则是整个贵族堕落的化身。他的人生哲学是"人生在世，就是为了寻欢作乐"。这个贵族子弟困在旅馆里，付不起账，饿着肚子，他的岌岌可危的处境象征着农奴制度的瓦解即将来临。装腔作势、好摆阔气、浅薄空虚、吹牛撒谎是他性格的特点。酒足饭饱之后，他得意忘形扯起漫天的大谎，大谈他和部长的交情，他的出入宫廷，他的文学才能，他的生活享受……这些居然得到愚蠢的太太和小姐的欣赏，而官员们则不寒而栗。他所编造的谎言不仅暴露了贵族阔少的渺小和野心勃勃的灵魂，也暴露了农奴制形成的社会风尚和贵族堕落的现状。

赫列斯达可夫的形象具有广泛的社会意义。果戈理指出：近卫军官、政府大员、罪孽的文学家"也会是赫列斯达可夫"，"赫列斯达可夫"成了贵族的"遗传病"和"流行病"。"赫列斯达可夫精神"不局限于尼古拉时代的社会现象，它成了装腔作势、浅薄空虚、吹牛撒谎这些特征的代名词。

《钦差大臣》是一部具有深刻社会意义的作品，它从多方面反映了俄国社会的矛盾。

它首先反映了统治阶级与广大人民的矛盾。果戈理代表人民的呼声，愤怒地揭发了官僚政治的专横和腐败。官吏、地主、商人、警察合成一股黑暗势力，欺压掠夺人民。铜匠妻子和下士妻子以及别人的控告信雪片似的飞来，反映了民怨沸腾和人民对统治阶级的仇恨。《钦差大臣》是对俄国社会秩序的一个公诉状。

它又反映了封建主义与新兴资产阶级的矛盾。这些官吏利用职权对商人进行勒索敲诈，礼物送少了，商店就要被封门。但是果戈理在鞭挞官僚集团时并没有把新兴资产阶级理想化，市长讲出了食利阶级的投机取巧、以假充真的欺骗行为和剥削本质。新兴资产阶级的软弱，不得不依靠专制政权。在最后一幕，控告市长的商人们又备礼送货，请求市长饶恕，请求给他们开辟事业的机会。在这一幕里，资本主义和封建主义勾结在一起的俄国社会的真实情况得到了形象化的表现。

《钦差大臣》还反映了统治阶级内部的矛盾。统治阶级是利己主义者，他们的思想和行为不外是为了个人的升官发财。因此，大祸临头便各有打算了。慈善医院院长在假钦差面前揭发邮政局长、督学，不仅说明他为了保存自己而牺牲别人，更说明官僚集团有着无法克服的内在矛盾。

《钦差大臣》的艺术价值首先在于描绘了尼古拉时代现实社会生活的一幅广阔的图画。它第一次上演之后便引起官场的普遍愤怒，说"戏剧在诽谤官吏""它挖掘了社会的基础""果戈理是俄罗斯的敌人，应当用铁链锁起来送到西伯利亚去"，然而喜剧的题词便是很好的回答："自己的脸丑，为什么怨镜子呢？"

果戈理真实地描绘了沙皇官吏的丑恶嘴脸，塑造了活生生的典型形象。在商讨如何向"钦差大臣"行贿时，他们每个人都表现了自己的个性。在刻画人物形象时，作者为了突出人物性格的特点，进行了艺术的夸张和渲染。别林斯基指出：果戈理描写登场人物时，选取了最尖锐、最性格化的特点，而舍弃一些非个性的偶然的因素。展示人物性格时作者不下判断，靠喜剧人物自我揭露。

喜剧的情节本身就是可笑的，然而又是非常真实的。果戈理准确地找到和把握了情节最主要的激情——恐惧，这是戏剧发展的推动力。情节的进展迅速，市长的一句话展示了剧情，末尾宪兵的一句话结束了剧情，前后呼应，结构紧凑，简洁有力。

剧本具有浓厚的喜剧色彩，以滑稽的形式表现生活中的反面事物，造成可笑的效果。"笑"就是人民的惩罚与判决。此外，语言鲜明准确，人物的每句台词都能表现出人物的个性。

剧本独特的艺术魅力在"哑场"中得到了充分的表现。它吸引了读者的注意力，深化了主题思想，留下了想象的空间。真钦差大臣到来后，贪官污吏会受到惩治吗？假钦差大臣表现了真钦差本质。想靠统治阶级集团来解决其腐败问题，是不可能的。

——载《语文自修大学讲座》（第22期），地质出版社1983年版
——载《外国文学史》（中），第十三章第三节，北京广播学院出版社1986年版（本文标题后加的）

对农奴制的激动人心的抗议

——屠格涅夫的小说《木木》

屠格涅夫（1818—1883）是一位出身贵族农奴主家庭的知识分子，但他对残酷的农奴制抱有极大的仇恨。他不仅在社会活动中坚决反对农奴制，而且把这种反对农奴制的思想渗透在他的许多作品中。中篇小说《木木》便是这一类题材中的著名篇章。收入《屠格涅夫文集》时曾受到审查官的百般刁难，经过三年争取才获批准，足见它的影响力。

《木木》是作者在狱中完成的。1852年，沙俄政府以屠格涅夫违反禁令发表纪念果戈理的悼文为借口，将他逮捕。一个月的囚徒生活和牢房里许多农奴被鞭打的哭喊声，触发了作家的创作激情，写下了这篇作品。如果说，使屠格涅夫蜚声文坛的《猎人笔记》是"富有诗意的控诉书"（赫尔岑语），那么《木木》则是以隐晦的形式和深沉的情调写成的声讨农奴制的严峻檄文。前者一方面鼓吹人的自由解放，同时也流露出叫人服从命运的宿命论思想，而《木木》则是完全鼓吹人的自由解放，捍卫被压迫者的人权，号召人们同命运作斗争。前者缺乏"愤怒的调子"（高尔基语），后者则涌现出作家发自内心的愤怒。英国作家高尔斯华绥读了《木木》之后说："任何时候艺术也不曾对专横和残暴表现过如此激动人心的抗议。"

小说的故事发生在莫斯科一所豪华的住宅里。主人只有一个性格古怪的老寡妇，周围有一大群佣人，在这些佣人中，新从乡下来的盖拉新是最出色的一个。他身材魁梧，干活麻利，一人能顶四个人；他又聋又哑，神情严肃，始终沉默不语。时隔不久，盖拉新爱上了洗衣女工塔季亚娜，他总是"出神地望着她"，"向她微笑"，并且"发出爱怜的叫声"。有时送给她一块姜饼，有时送给她一根丝带，或者把她经过的路打扫干净。盖拉新正等待有一件新衣，准备请求女主人把塔季亚娜嫁给他。不料女主人忽然心血来潮，决定把塔季亚娜嫁给鞋匠卡皮统。盖拉新知道以后，忍痛割断了与塔季亚娜的联系。一年以后，由于卡皮统酗酒无度，女主人下令将他和塔季亚娜一起赶到乡下去。临别时，盖拉新把一年前准备求婚买下的红手帕送给了塔季亚娜。

送别塔季亚娜回来，盖拉新在河边救了一条小狗，他把它带回家，精心喂养，并且给它起名叫木木。从此，盖拉新与木木日夜厮守，相依为命，他把自己全部的爱都寄托在了这条小狗的身上。然而好景不长，由于木木的吠声干扰了女主人的睡眠，她下令要将木木立即除掉。仆人们奉命来找盖拉新，但他们都害怕盖拉新发怒，站在他的阁楼门前不敢进去。盖拉新望着这伙胆小的凶手，他用手势告诉他们他将亲自处死木木。一个钟头以后，盖拉新牵着木木进了一家饭馆，给它买了面包和带肉的菜汤，等小狗吃饱以后，他又带它去到河边，上了一条小船，在木木身上拴上两块砖，把它丢到河里去了。这天晚上，人们看到"有一个巨人，肩头上扛了一个背包，手里捏着一根长棍，急切地，不停步地顺着公路走去"。这就是盖拉新，他不辞而别，回到自己的家乡去了。

小说通过女地主施加给盖拉新的种种精神创伤，表现了主人与奴仆的矛盾，生动地描绘了地主的惨无人道和农奴的可悲命运，从而有力地揭发了农奴制的罪恶。

作品的艺术魅力，不仅在于作者生动地描写了盖拉新这个农奴独特的性格、美好的心灵，而且在于具体描绘了他的完整心灵被践踏、被蹂躏破碎的过程。

出现在读者面前的盖拉新是一个非同一般的男子汉，他"体格魁伟得像民间传说中的大力士"，干起活来有一种无可阻挡的神威。耕地的时候，"把他的大手掌按在木犁上，好像用不着他那小马帮忙，他一个人就切开了大地的有弹性的胸脯似的"。砍树的时候，他勇猛地挥舞镰刀，"仿佛要把一座年轻的白桦林子连根砍掉一样"。他打水，大水桶拿在他手里，"像是儿童玩的小鼓一样"。他擦洗马身，"小马被弄得像根小草似的左右摇摆"。就这样，作家怀着一种崇敬的心情，像用画笔一幅幅地展示了盖拉新的英姿，描画出了他巨人一般高大威武的形象。

天生的聋哑和贫困的生活，造就了盖拉新憨厚、敏锐和倔强的性格。

他特别忠于职守，对于他分内的差事，每一桩都干得干净利索，井井有条。他负责打扫的院子，"从来不曾有过一片木屑，也没有过一点垃圾"。盖拉新有极强的自尊心，他虽然身为奴隶，但从不在主人面前卑躬屈膝，他只是本分地干着自己应该干的活，从不有意向任何人讨好。他的性情有些严厉，平时，不仅一般的佣人都很敬畏他，甚至连管家也不敢招惹他。

这种描写，在当时是很了不起的，在农奴制的社会里，农奴普遍是不被当人看待的，出现在文学作品中的农奴形象，多是愚笨、懦弱、奴颜婢膝的小人物，而这里我们看到的盖拉新，却完全是一个自尊自重、威风凛凛的英雄。这不能不使读者对格屠涅夫的胆量和气魄产生由衷的敬佩之情。

不过，这篇作品的特别感人之处，还不在于作者一反历史常情，塑造了一个农奴的英雄形象，而在于他以极其细腻和生动的笔触写出了这个人物丰富的内心世界。

盖拉新是一个天生的聋哑人，不能听，不会说，可以想见，描写他的内心活动是非常困难的。可是在作品里，读者却能处处感受到他那变幻不定的思想和感情。例如，盖拉新刚从乡下来到莫斯科时，他因为不习惯城里的家奴生活，经常"发闷、发呆"；有时，活干完了，"他就突然跑到某一个角落里，把手里的扫帚和铁铲掷得远远的，自己头朝着地扑下去，在地上躺几个钟头，连动也不动一下，仿佛是一头关在笼里的野兽"。在这里，虽然人们不能听到他的心声，但是通过这一系列的动作，却完全可以想象他此时的心理活动，从而理解一个人的自然天性受到束缚、受到压抑时的痛苦心情。

盖拉新热爱自由，对人的生活有着美好的向往和追求。他对塔季亚娜的爱情，更表现了他具有善良的心肠和高尚的感情。他为什么会爱上塔季亚娜呢？作者写道："也许是由于她脸上温柔的表情，也许是由于她那股胆小的神态。"是的，塔季亚娜是所有佣人当中最软弱的一个。她身材瘦小，性格温顺，"怕别人怕得要命"，"只要听见人提起太太的名字，就发抖"。而盖拉新对她特别温柔体贴，"不管她走到那儿，他就会跟到那儿，去跟她见面，对她微笑，发出叫声"。盖拉新不允许任何人欺负塔季亚娜。有一天，一个管衣服的女人，向着塔季亚娜挑三挑四，而且闹得很厉害，塔季亚娜几乎要哭起来。这时，"盖拉新突然站了起来，伸出他的大手把它放在管衣服女人的头上，并且非常凶恶地望着她的脸，吓得她把头埋在饭桌上面。众人都不做声"。这就是一个哑巴表达爱情的方式。他虽然没有任何甜言蜜语，但他的动作表明，他爱得是那样真挚、那样纯洁、那样勇敢。他要尽自己的一切努力使塔季亚娜幸福，决心充当他的保护神。

正因为盖拉新爱塔季亚娜这样真诚，这样深沉，所以当他一旦知道了塔季亚娜被命令嫁给卡皮统时，他的失望与痛苦也就显得格外深重。当时，他迈着沉重的脚步进了自己的顶楼，"整整一天一夜都没有出来"。有人从墙板缝里看见，"他坐在床上，一只手贴住脸颊，时时发出轻轻的有规律的叫声，他悲声哼着，闭着眼睛，晃着脑袋，就像往常车夫或者拉船人唱着悲歌时候的样子……"读者读到这里，有谁不感到强烈的心灵震颤？一般会说话的人遇到这种情况，可以争辩，可以吵闹，至少可以向同情者去倾诉。而他却只能沉默，只能发出几声悲哀的哼哼，这是多么难以忍受的巨大痛苦！

不过，盖拉新是一个坚强的硬汉子。塔季亚娜结婚那天，"他的举动似乎没有什么变化。只是打水的时候，在路上不知怎么把水桶弄破了。夜里给马洗澡，他拼命擦洗马身，弄得那匹马像草给风吹着似的摇来摇去"。这急促而激烈的动作所表达出来的情绪是什么呢？是怨恨？是悲哀？还是愤怒？应该说，这些都是兼而有之的。这些动作，生动地表现了盖拉新这个农奴懂得自尊自重然而又感到十分压抑的思想性格。

一个农奴对生活的美好憧憬，对爱情的全部忠贞，由于女主人的随便一句话轻而易举地就给粉碎了。由此可见，反动的农奴制度是在怎样残酷地践踏着人的天性。

盖拉新善良的心肠、美好的情操，在他对待小狗木木的态度上得到了进一步的展现。

盖拉新从淤泥中把濒于死亡的木木救出来，开始他只是可怜它，把它抱回来，放在自己的床上，用厚厚的绒布外衣给他盖上，喂它牛奶吃。经过一段精心喂养，木木渐渐强壮起来，"居然变成了一条很漂亮的西班牙种狗"。这时盖拉新非常喜欢它，他把它当作自己的"养女"，小心看护，"超过了任何一个看护自己孩子的母亲"。木木越来越多情地依恋着盖拉新，总是跟在他身边，从不离开一步。而盖拉新更是把木木当成自己最忠实的朋友，疯狂地爱着"她"，甚至看见有人抚摸"她"，他就会不高兴。

这是一种令人心酸的爱。盖拉新本来有着正常人的感情，有追求个人幸福的权利，可是他的权利被无情地剥夺了，他只能把自己全部的爱倾注到一只小狗的身上，他的孤独、寂寞的心灵，只有靠一条小狗来抚慰。摆在一个农奴面前的现实是多么的冷酷！

然而盖拉新的悲惨命运还不止于此。由于木木的机灵警觉，在夜间不断地发出叫声，惹恼了怪僻狠毒的女主人。因此木木必须被除掉，盖拉新连爱一条小狗的权利也被剥夺了。在这里，作者进一步写出了盖拉新悲惨的处境和倔强的性格，他和木木的亲密关系，更是描写得生动细腻，感人肺腑。善于逢迎讨好的家奴们看见太太发怒，决定要把木木杀死。盖拉新虽然曾千方百计地保护过它，但是当他看到家奴们杀气腾腾，知道木木实在保护不住了，便毅然决定他自己去处死它。这时，书中是这样写的：盖拉新把木木牵到了一家饭馆里，"他叫了一份带肉的菜汤，就坐下来……木木站在他的椅子旁边，用它那对聪明的眼睛安静地望着他。……盖拉新叫的白菜汤端上来了，他撕碎面包放在汤里，又把肉切成小块，然后把汤放在地上。木木照平常那样，文雅地吃着……盖拉新把它看了许久，两颗大的眼泪突然从他的眼睛里落下来，一颗落在狗的倾斜的额上，另一颗落在白菜汤里，他拿自己的手遮住了脸"。当木木吃饱了饭，盖拉新又牵着它上了一条船。这时，作者是这样写的："……盖拉新丢开桨，朝着木木俯下头去，木木坐在他前面一块干的坐板上。他把他那只力气很大的手交叉地放在木木的背上……后来盖拉新很快挺起身子，脸上带着一种痛苦的愤怒，他把他拿来的两块砖用绳子缠住，在绳子上做了一个活结，拿它套着木木的颈项。把它举在河面上，最后一次看它。木木信任地而且没有一点恐惧地回看他，轻轻地摇着尾巴。盖拉新掉开头，眯着眼睛，放开了手。……盖拉新什么也听不见——他听不见木木落下去时候的尖声哀叫，也听不见那一下很响的溅水声。……等他再把眼睛睁开的时候，微波照旧一个追一个地在水面上急急滚动……"

如果说这篇作品是一个悲剧，那么这里是全剧的高潮。在这里，除了江水的呜咽和小狗的一声尖叫，再没有任何别的声音，但对读者却有如千钧霹雳在耳边轰鸣！它是那样地使人们感到惊心动魄，悲愤难平。作者没有把盖拉新写成一个叱咤风云的英雄，在那个时代里，他不可能采取别的方式表示自己的反抗，但就是这些，足以显示出一个农奴刚毅果敢的性格；他那宁折不弯的精神，足以使人敬佩，使人振奋。

《木木》的艺术成就，表现在它深邃的哲理思考和高超的艺术手法。

作家把盖拉新的性格放在农奴制社会的具体环境中加以展示，他在塔季亚娜和木木身上两次陷入的精神危机，加深了对社会和环境的控诉意味。屠格涅夫以高度的历史责任感，提出了令人深思的社会问题。造成盖拉新悲剧命运的原因是什么？从作家冷静和客观的描写中，不难看出他那一颗火热的心和满腔的愤怒；小说最后写盖拉新"挺着胸膛，迈着大步"奔回家乡，便可以从中感受到作者对农奴挣脱奴役枷锁寄予了多么大的希望！

屠格涅夫运用含蓄而巧妙的艺术手法，把女主人的冷酷、怪僻和家奴的精神苦痛融合在一起，在作品中造成一种阴郁沉重的气氛。女主人的形象是屠格涅夫以自己孤僻、霸道的母亲作原型进行创造的。她生活极其奢华，虽然家里只有她一个孤老婆子，却养了一大群佣人。她经常神经紧张，也许与睡眠不足有关，也许是由于晚餐吃得太饱。总之，她身体不好，情绪变化无常。她非常迷信，每天早晨都要拿纸牌来占卜吉凶。从表面上看她好像很慈悲，而且老爱把自己打扮成受气的、没人理睬的牺牲者。其实她是宅子里的王后，她的命令如同王法。由于她脾气古怪，她的决定也是经常朝令夕改，家奴们被吓得惶惶不安，不知所措。她对奴仆们似乎很关心，但她随心所欲，往往是漫不经心说出一句话就造成了他们的悲剧。作家手法的巧妙之处，在于他丝毫不直观暴露女主人的凶残，也不发议论，但是人们却能深刻感受到她就是迫害农奴的一个凶手。

屠格涅夫还从家奴的社会地位给他们性格带来的恶劣影响，抨击农奴制。塔季亚娜从小受虐待，身体瘦弱，穷困的生活夺去了她的青春和美丽。她只知道埋头干活和无条件地服从，她怕一切人，从来不敢大声说话。太太决定把她嫁给酒鬼卡皮统，她不敢表示任何意见，"她对自己完全漠不关心。"农奴制把一个女孩子的心灵践踏到多么可怕的地步。作家笔端流露出的同情和愤怒融为一体，产生了巨大的艺术魅力。

喜欢打猎的屠格涅夫，对狗有着特殊的感情。在小说中，他把木木写得聪明伶俐，活泼可爱，在和盖拉新形影相伴的过程中，它是那样的通晓人性，富有感情。"它常常在早上拉盖拉新的衣角，把他叫醒，它常常口里衔住缰绳把运水的老马牵到盖拉新的跟前；……它常常脸上带着庄重的表情跟着盖拉新一块儿到河边去，它常常看守着盖拉新的扫帚和铁铲，绝不让一人走进他的顶楼去……"在作家的笔下，木木越是被描写得天真可爱，聪明懂事，便越能鲜明地衬托出盖拉新失掉它所受精神打击的严重和女主人的残暴。

由此可见，小狗的形象描写在这篇作品中，成了烘托主题、表现人物不可缺少的重要手段。

——载《中外名作欣赏》(下)，花山文艺出版社 1990 年版

"俄国革命的镜子"
——评托尔斯泰的《复活》

列夫·托尔斯泰是世界著名的批判现实主义伟大作家。他以广阔地描绘社会生活，深刻的批判精神和卓越的艺术表现力，"在世界文学中占了一个第一流的位子"。

《复活》是他的代表作。他艺术地再现了俄国由封建社会向资本主义过渡的整个历史时期的尖锐复杂的社会矛盾，猛烈地批判了贵族资产阶级社会和沙皇专制制度，撕毁了旧制度的"一切假面具"，尖锐地提出了时代的最迫切和最难解决的一系列重大的社会问题，真实地反映了俄国资产阶级革命前夕千百万宗法制农民的情绪、愿望、力量和弱点。因此，列宁称"托尔斯泰是俄国革命的镜子"。

一

《复活》是俄国批判现实主义文学达到顶峰的作品。托尔斯泰在《复活》中能够以大无畏的精神鞭笞统治阶级，以充沛的热情描绘底层人民的生活，是与他创作后期世界观的转变分不开的。他坚决站在宗法农民方面，用他们的眼光审视生活，用他们的嘴批判社会，用自己"诗情画意的镜子"真实地反映出俄国农民资产阶级革命时期的社会面貌。

《复活》反映的是广大被压迫群众同地主资产阶级、沙皇专制制度的矛盾。作品的故事情节是以贵族青年聂赫留朵夫诱奸农奴出身的侍女玛丝洛娃为情节线索而展开的。玛丝洛娃是第一位的主要人物。她受侮辱后被赶出地主的家门，给人家当女仆，受尽折磨和凌辱，沦为妓女，最后被诬告"谋财害命"而下狱。聂赫留朵夫作为陪审员在法庭上同她相遇。他良心受到谴责,决心为她上诉,并提出与她结婚为自己赎罪。上诉失败后,聂赫留朵夫把田产分给了农民,随同玛丝洛娃到西伯利亚去流放。在现实生活和革命者的影响下,玛丝洛娃改变了坏习气,她精神得到了真正的复活,与革命者西蒙松结合了。而聂赫留朵夫最后打开《圣经》,找到了"出路",在道德上得到了"复活"。

托尔斯泰通过这个平凡的故事,深刻地揭露了沙皇国家、教会、土地私有制和资本主义给人民带来的深重的灾难,无情地批判了统治阶级的罪行,表现了"'追根究底'要找出群众灾难的真实原因的大无畏精神"。

一个侍女受到贵族阔少的侮辱,又沦为妓女,这本身就是对社会的莫大讽刺,而后又被诬告下狱、判刑流放,则更是对专制制度的愤怒揭发。作者对法庭人员的审判做了淋漓尽致的嘲笑。副检察官在妓院里寻欢作乐了一夜,以至于开庭前还不知案情;庭长明知案子判错而不去纠正,他想早点结束去会见情妇;法官跟妻子吵了架,忧心忡忡;患胃病的法官,想的是新法治疗是否有效。他们各自独特的心理活动尽管不同,但"不管案情是非曲直",拿穷人性命当儿戏是他们的共同本质。就是这些淫棍、赌徒和骗子手随意判处了玛丝洛娃四年苦役。难怪"犯人"骂他们是"该死的恶霸,刽子手",在他们那里"真理都喂猪了"。作者对玛丝洛娃的同狱"犯人"的描写表明整个俄罗斯帝国已变成囚禁人民的监狱,大批无辜的人被囚禁,忍冤含屈,成为沙皇专制的牺牲者。作者愤怒地写道:"被逮捕、被监禁或者被流放,全不是因为这些人破坏了正义,或者做了不法之事,而只是因为他们妨碍官吏和富人们享有他们从人民那里所搜刮的财产罢了。"聂赫留朵夫为玛丝洛娃上诉、四处奔走,看到从中央到外省整个统治集团都是厚颜无耻、卖身求荣、贪赃枉法、专横跋扈的无耻之徒,当代社会的法律"只不过是一种工具,用来维持那对我们阶级有利的现行社会制度罢了"。

小说对沙皇专制制度的精神支柱——宗教进行了无情的批判。那些披着袈裟的神甫就是吃上帝肉、喝上帝血的刽子手,他们干这种骗人的勾当是为了捞钱,得到"温热的葡萄酒"。至于主教公会议长则是为了维持有钱有势人的"社会秩序"。

在《复活》中,托尔斯泰对旧世界的批判进行得全面而广泛,从经济基础到上层建筑都经过了他的严厉审判。聂赫留朵夫来到庄园,出现在他眼帘的农村是一片凄凉败落的景象：倾斜的房屋，褴褛的儿童，饥饿的农民，讨饭的妇女，令人目不忍睹。农民与地主之间存在着不可调和的阶级对立，农民强烈地渴望土地，在农民的脸上流露出无声的公开的愤怒。农民说："他们把我们搓成绳子啦，这比当年的农奴的日子还要糟哟。"19世纪后半期俄国农民贫困的状况以及农民不满的情绪被托尔斯泰真实地描绘在他的作品里。

作者不仅为我们描绘了一幅农民贫困生活的图画，而且向我们指出了农民贫困的真实原因，"那就是，唯一能够养活他们的土地，却给地主从他们手里夺去了"。聂赫留朵夫同他姐夫关于土地问题的激烈争论是对地主土地占有制强而有力的批判。

资本主义洗劫农村所造成的农民破产，在小说中也得到了深刻的反映。那些脸色苍白的洗衣妇，蹲在潮湿的地下室里工作的鞋匠，风吹雨淋的车夫，提篮讨饭的儿童，站在街头招引顾客的妓女都是遭受资本主义浩劫，失去土地，流浪到城市而受苦受难的人。小说揭示了农民与新兴资产阶级的矛盾，再现了资本主义这头凶恶的猛兽闯入农村给农民带来的深重的灾难。

托尔斯泰能够用犀利的目光、激烈的言词如此尖锐地揭露社会的罪恶，大胆地提出了这么多的社会问题，其原因何在？列宁指出："如果我们看到的是一位真正伟大的艺术家，那么他就一定会在自己的作品中至少反映出革命的某些本质方面。"当时俄国革命的本质方面就是"最广大人民群众的观点的急遽转变"。几百年来农奴制的压迫以及改革后的悲惨处境，使千百万农民的仇恨像火山一样喷发出来，这些既是推动这位忧国忧民的作家世界观转变的社会条件，又是社会阶级斗争的激烈反映。"最清醒的现实主义"作家托尔斯泰以艺术的敏锐的感受力抓住了时代的本质，"他用天才艺术家所特有的力量，表现了这一时期的俄国——即乡村和农民的俄国——最广大人民群众的观点的急遽转变"。因而《复活》所取得的成就，在俄国文学史乃至世界文学史上是空前的。

然而，托尔斯泰对旧世界的批判并没有得出革命的结论。他批判沙皇专制制度和它的全部国家机器，但又反对用暴力推翻它。他通过农民出身的"革命者"表达了自己的改良主义的主张：革命"不应该摧毁整个大厦"，只要略微变一变这个"古老大建筑物的内部装置"就成了。他揭露了官方教会对人民的欺骗，但又鼓吹了清洗的新宗教——道德神甫，认为

"真正的社会改进,只有通过个人宗教道德的改善来达到"。他反对地主的土地占有制,但又把分散的个体小农经济看成理想的经济制度。他揭发资本主义给群众带来的灾难,但出于宗法农民对旧的宗法关系和道德规范遭到破坏而产生的全部恐惧,因而否定资本主义是"人类进步的一般规律的"。托尔斯泰对旧制度的批判及其局限性,反映了第一次革命准备时期千百万宗法农民的强烈仇恨,已经成熟了的对美好生活的向往和摆脱过去的愿望,同时也反映了他们幻想的不成熟、政治素养的缺乏、革命的软弱、仇恨的不够自觉及斗争的不够坚决。"农民过去的全部生活教会了他们憎恨老爷和官吏,但是没有教会而且也不可能教会他们到什么地方去寻找所有这些问题的答案。"托尔斯泰观点中的矛盾是俄国农民几百年所处的生活条件形成的各种矛盾状况的镜子。

二

《复活》中的两个主要人物聂赫留朵夫和玛丝洛娃是十分丰满而又复杂的形象。他们的命运和生活道路,是19世纪末俄国社会生活的某些本质方面的艺术概括。

聂赫留朵夫绝不是"女主人公的陪衬",他在小说中的地位不仅以社会罪恶的揭发者、抗议者和见证人的身份出现,作者还把他放在社会各种复杂关系中作为中心人物加以描写。作为贵族特权阶级的代表,作者强调他对人民的苦难和不幸负有罪责,塑造了成功的艺术典型。最初聂赫留朵夫是个有社会理想的纯洁的贵族青年,后来贵族社会腐朽的生活环境使他变成了"堕落的、定型的自私自利者"。他一踏进上流社会,就开始了腐化放荡、纸醉金迷的生活。他出入舞会,酗酒赌博,玩弄女性。因此从军路过姑母家时诱奸了侍女玛丝洛娃,随后丢下一百卢布就把她抛弃了,并不是偶然的。对于骄奢淫逸的贵族阔少来说,这也是典型的。从此玛丝洛娃开始了悲剧的经历,她被撵出地主家的大门,在社会上几经凌辱,饱尝了妓院、监狱、苦役的辛酸可怕的生活,这一切都是贵族地主聂赫留朵夫一手造成的。小说通过聂赫留朵夫性格的刻画,明确地指出了造成玛丝洛娃悲剧命运的社会根源,并对聂赫留朵夫的罪行做了无情的批判。聂赫留朵夫作为花天酒地、危害社会、践踏人民的贵族青年的代表是一个典型的形象。

托尔斯泰总是把作品的人物放在具体的时代环境中来展示人物的思想面貌，因而作品的人物反映着时代的面目，具有强大的生命力。聂赫留朵夫生活在19世纪末八九十年代，即第一次俄国革命爆发的前夜。他面临着时代的阶级斗争风雨的冲击，不能不把社会的前途和个人的命运联系起来。切身经历了与本阶级一切传统观念决裂的托尔斯泰，通过在某些方面带有自传性的聂赫留朵夫形象，反映了时代冲击所造成的必然结果。聂赫留朵夫在与社会广泛接触中，感受到了生活的巨流和生活的新的方面。他认识到自己与本阶级的罪恶，但又没有完全摆脱封建意识的影响，于是就产生了"忏悔的贵族"的思想性格。聂赫留朵夫的形象，在托尔斯泰创造的人物画廊中是一个"特殊"的典型，他同《战争与和平》《安娜·卡列尼娜》中探索人生意义和社会出路的贵族主人公不同，他对统治阶级及其国家机器、经济制度有着清醒的认识，他意识到本阶级的没落和罪恶，不时地忏悔，常想赎罪，力图与本阶级决裂。

　　托尔斯泰以惊人的艺术力量描绘了他精神世界所经历的艰巨复杂的斗争。在法庭上与玛丝洛娃的相遇，为她的受审而震惊。他开始认识自己"犯了罪"："我就是那个坏蛋，那个流氓"，但又怕认出自己，在大庭广众丢脸，像干了坏事想要逃走的"哈巴狗"。他极力营救玛丝洛娃打算同她结婚，又有贵族老爷的施恩于人的骄傲。他厌倦庸俗的上流社会生活，但又不能与其断绝来往。他打算把土地低价租给农民，但又担心生儿育女以及自己将来怎么生活，因而迟疑不决。他前进的每一步都充满着矛盾，都打着阶级的烙印。托尔斯泰善于在独特现象中分析人物的心理，因而他的人物形象鲜明，性格突出。

　　尽管根深蒂固的贵族气质在阻挠他背离本阶级的常规，但触目惊心的现实又迫使他在矛盾中、踌躇中不断地举步。他到狱中看望玛丝洛娃，接触了无数无辜的"犯人"；他到庄园处理田产，接触了贫困的农民；他为玛丝洛娃上诉奔走，接触了高级官员；在前往西伯利亚的路上，他目睹了"犯人"受虐待和死亡的情况，这些使他进一步认识到贵族阶级的罪恶。他放弃了两处田产，解囊救济贫困，他为无辜的囚犯求救……他的思想和行动同贵族社会格格不入。姐姐和他争吵，姐夫和他辩论，姨母对他冷淡，上流社会对他非难。托尔斯泰描写人物的心理变化和成长总是与具体环境、各种社会关系连在一起，从而广泛地反映了社会现实，成功地刻画了他的人物。

聂赫留朵夫虽逐步背离贵族阶级，但并没有归附人民。他痛恨社会及自己周围的罪恶，但他并没有改造社会的积极有效的方法和行动。他开始接近人民，但没有投入群众斗争的漩涡。聂赫留朵夫的典型性格是有其独特性的。

世界观转变后的托尔斯泰，不但不再到贵族阶级中去寻找正面人物，相反，他把聂赫留夫朵写成"忏悔贵族"的形象。他力求与贵族阶级决裂，在穷途之际探索新路。在这个意义上说，聂赫留朵夫形象具有重大的典型意义。"在阶级斗争接近决战的时期，统治阶级内部的，整个社会的瓦解过程，就达到了非常激烈，非常尖锐的程度，甚至使得统治阶级中一小部分人脱离统治阶级而归附于革命的阶级。"当然，聂赫留朵夫远没有"归附于革命的阶级"，但这并不影响他成为"他们时代的一定思想的代表"。贵族阶级力图与本阶级决裂，这在俄国革命的前夜无疑是具有本质意义的社会现象。它表明贵族阶级的内部分裂，专制制度的阶级基础已经动摇，贵族阶级灭亡的历史命运不可避免，扫荡它们的革命风暴已经临近，聂赫留朵夫的形象透露了这个信息。如果说巴尔扎克的伟大作品是对上流社会必然崩溃的一曲无尽的挽歌，他的全部的同情都在注定要灭亡的那个阶级方面；那么托尔斯泰的《复活》这部伟大的作品是对上流社会必然崩溃的一曲无尽的赞歌，他的全部同情都在千百万农民方面。

托尔斯泰饱蘸同情的笔墨描绘了女主人公玛丝洛娃的形象。玛丝洛娃是被侮辱被压迫的妇女的典型，小说写道："女犯玛丝洛娃的身世是一个平平常常的故事。"作者强调女主人公的命运在贵族资产阶级社会中具有典型意义。玛丝洛娃生在地主的牛棚里，母亲是地主的佣人，三岁时母亡，寄人篱下，成了地主的"半养女，半家奴"。贫困无权的社会地位，决定了她悲惨的命运。

少女时代，玛洛丝娃是个天真、乐观、憧憬美好生活的热情的姑娘："眼睛黑得像野李子一样，脸上快活得发光"，看上一眼就会"心神怡荡"，她的出现好像拨开乌云而出现的太阳。但是严酷的现实粉碎了她美好的幻想，使她蒙受了屈辱和经历了惨重的灾难，被奸污遗弃的精神痛苦使"她想卧轨自杀"。她走投无路，坠入青楼，成为社会的牺牲品，只能借烟酒来排解心愁，妓院伤害了她的心灵，造成她精神的麻木，使她产生对妓女职业的、病态的、畸形的自豪感。这时她整个人也变了样："她头上扎着的头巾，明明故意让一两缕头发从头巾里溜了出来，披在额头"，面色苍白得像"番薯所发的芽"。她变得轻佻而又孱弱。玛丝洛娃的沉沦是对贵族资产阶级社会的血泪控诉。

小说在描写她堕落之后，又精心地描绘了她的精神复活。苦难的深渊并没有把她的心灵压碎。在监狱中与难友们的患难与共，这新的条件使她的内心纯洁的品质不断地挥发正确的生活信念。她目睹了穷人受迫害，政治犯受虐待，法律的不公，看守的野蛮。她把自身的不幸遭遇和底层劳苦群众的命运联结起来，于是她的爱憎和荣辱观念也变得和被压迫群众相一致起来。她戒除了烟酒，厌恶男人的纠缠。她帮助狱中同伴，为"犯人"求情。她俨然成了正派、善良、有清醒意识的妇女。监狱中与聂赫留朵夫的会面，她感到要把她领到"另一个世界去"，她怕失去"自尊"。她的新生来自革命者的影响和底层人民不可征服的坚强意志。她同革命者接近，"他们对她的性格起了决定的、顶顶有益的影响"。革命者为摆脱人民的苦难甘愿牺牲的精神，深深地感动了她，"她既是平民中的一分子，就充分地同情他们"。她迅速地向新生的道路迈进，她又回到人民中来了。在托尔斯泰的笔下，普通人民思想的苏醒并不是她过去精神面貌的重现，而是经过野火的烧炼、春风的吹拂，在大地上再次出现的永不枯竭的生机。随着人物精神的变化，在外貌上也发生了变化："她晒黑了，消瘦了，显得苍老，她的鬓角唇边见了细纹，现在她的脑门子没有发卷了，她的头发用头巾盖住了……她的衣服和态度也好，都没有一点卖弄风情的痕迹。"她变得朴实而矫健了。她同政治犯西蒙松的结合是她对生活长期探索和抉择的结果。

玛丝洛娃的形象具有典型的意义。她的社会地位，她的悲惨命运以及她摆脱麻木处境、恢复自己做人的地位所做的剧烈的努力，反映了时代的阶级的历史。

如果说聂赫留朵夫先是骄奢淫逸为害人民的纨袴子弟，后来认识到自己与本阶级的罪过，力图与本阶级决裂是向贵族阶级投了致命的一枪的话，那么玛丝洛娃这个饱尝辛酸，历尽屈辱，一度沉沦，最后走上新生的妇女则是对给群众带来深重灾难的统治阶级及其社会罪恶进行了有力控诉，表现了群众摆脱压迫的强烈愿望。他们都是19世纪末沙皇俄国社会中的典型人物。他们反映着急剧变化的时代风貌以及阶级关系、社会状况的变动。《复活》是照出特定时代不同阶级的思想面貌的清晰的镜子。

聂赫留朵夫与玛丝洛娃是两个复杂的形象。作者在他们身上反映了时代的冲突和阶级的对立，同时也散布了作者的人性论、人道主义思想。作者把男主角写成具有"动物的人"与"精神的人"的两重性格，前者战胜后者时，他便侮辱了玛丝洛娃，这就冲淡了阶级矛盾。由于他的忏悔赎罪，为她奔走上诉，后来玛丝洛娃又爱上了他，只是为了不拖累他，才拒绝与他结婚。作者主观上要用一种莫名其妙的爱来取代两个人物间的阶级对立，但作品的客观意义否定了作者的主观意图。托尔斯泰的"饶恕一切人""人人相爱"的道德原则突出表现在聂赫留朵夫经过漫长的探索，最后在《福音书》中得出的结论上："那就是永远饶恕一切人，饶恕无数次。"小说结尾时聂赫留朵夫不再是专制制度的揭发者，他成了托尔斯泰的新宗教的传教士，在这一点上人物失去了典型性。作者通过他提出的改造社会的方案——道德自我修养，勿以暴力抵抗邪恶，虽然在这位伟大作家遗产中占次要地位，但是应当彻底抛弃。与无产阶级的生活和斗争相对立的托尔斯泰主义的改造社会的药方，绝不是根除社会灾难的灵丹妙药。托尔斯泰思想的缺陷，是受历史条件限制的宗法农民不理解产生俄国所遭遇的危机的原因和摆脱危机的办法的表现。"像托尔斯泰那样不抵抗邪恶"，"是第一次革命运动失败的极重要的原因"。托尔斯泰如此真实地反映了宗法农民的思想情绪，他们的抗议和他们的绝望都融合在他的学说里，反映在他的作品里。《复活》是反映俄国革命的一面完整的镜子。

《复活》给我们提供了极为宝贵材料的批判成分，它对当代的国家制度、教会制度、社会制度和经济制度所做的激烈的批判，对我们的启示是深远的。人民群众从托尔斯泰的作品中"会更清楚地认识自己的敌人"，而全体人民研究托尔斯泰的作品也会了解自己本身的弱点在什么地方，会增长斗争的才干和革命勇气。

  ——载《沈阳师范学院学报》1980年第1期
  ——高校教材《外国文学简编》中《复活》，由本人执笔
  ——《青少年读书向导》（文学卷）中《复活》，由本人执笔

《复活》总评

《复活》对旧世界的批判

列夫·托尔斯泰在1889年开始写《复活》，这时他的世界观已经发生了激变。这部小说对沙皇专制制度、教会制度、经济制度以及新崛起的资本主义，进行了全面、猛烈而深刻的批判，反映了俄国资产阶级革命前夕千百万农民的思想情绪和对沙皇政府的强烈仇恨和抗议，以最清醒的现实主义撕下了一切假面具，"以最大的力量和真诚鞭打了统治阶级"，愤怒地谴责了沙皇专制主义统治给人民带来的深重灾难。《复活》的批判力量和艺术表现，在世界文学中是罕见的。小说一问世便产生巨大的反响，作家批判现实的勇气，描写生活本质的才能和高超的艺术技巧，令西方许多大作家惊叹。福楼拜、左拉、莫泊桑等都给予了极高的评价，确定了托尔斯泰的世界地位。契诃夫把托尔斯泰视为艺术之神，高尔基说："不了解托尔斯泰，就不能认为自己了解祖国，不能认为自己是个文明人。"列宁指出：在托尔斯泰的遗产里"有着没有成为过去而是属于未来的东西"[1]，托尔斯泰"创造了可供群众在推翻了地主和资本家的压迫而为自己建立了人的生活条件的时候永远珍视和阅读的艺术作品"[2]。

---

[1] 《列·尼·托尔斯泰》，载《列宁全集》第20卷，人民出版社1989年版，第19—20页。

[2] 同上。

沙皇俄国是座大监狱

　　小说通过玛丝洛娃的悲惨遭遇以及聂赫留朵夫为她上诉奔走的过程，有力地揭发了沙皇专制国家的反人民本质。作者批判的锋芒直指整个国家机器，包括法庭、监狱、警察、军队等统治工具。

　　托尔斯泰以极大的艺术力量描写了法庭审判的图景。法庭审判是帝俄官场现形记。参加审判的法庭人员是一些冷酷无情、荒淫无耻、为非作歹之徒。庭长"虽然已经结婚，却过着极其放荡的生活，他的妻子也是这样"。他明知玛丝洛娃的案子判错，但为了提前去和情妇会见，根本无心纠正。一个法官刚跟妻子吵过架，在整个审判过程中无心审判，一直担心回家后老婆不给饭吃。另一个法官是"机会论者"，他玩弄数字来判案，竟然用公文号码是否能用三除尽，来决定受审人的命运。一个书记员在法庭偷看一篇秘密文章，一心想跟别人讨论这篇文章，完全没有注意审判的案件。尤其是那个副检察官，他在玛丝洛娃住过的妓院里寻欢作乐了一夜，匆忙赶到法庭时连衣服的纽扣还没来得及扣好，以致开审前还不知案情。他心狠手辣，不管什么案子都要严判，以便青云直上。他以公诉人身份，学着名律师演说的姿态高谈阔论，什么遗传论、进化论、颓废论、犯罪性格论等，他讲了一小时零十五分钟，法庭成了淫棍和骗子胡说八道的讲坛。法医令人作呕的验尸报告念了一个多钟头，庭长爱听自己动听的声调，他的总结重复别人的发言，不厌其烦讲一些人尽皆知的道理，审判成为一场疲劳轰炸，弄得大家昏昏欲睡。托尔斯泰仔细地描写了整个审判的过程，通过严肃的外表暴露法庭人员装腔作势、轻薄无行。

　　小说通过玛丝洛娃同狱"罪犯"的遭遇表明，受迫害的绝不是玛丝洛娃一个人，而是千百万人民群众。蒙受冤狱的有为生活所迫四处漂泊的流浪汉；有妻子被酒店老板霸占，本人却被打得头破血流，母子又被诬告成所谓的"纵火犯"；有外出谋生因护照过期就受到监禁的石匠们；有坚持自己的宗教信仰而被判刑的异教徒。托尔斯泰愤怒地指责说："被逮捕、被监禁或者被流放，全不是因为这些人破坏正义，或者做了不法之事，而只是因为他们妨碍官吏和富人们享有他们从人民那里所搜刮的财产罢了。"

　　沙皇专制机关的残暴，深刻地反映在监狱和流放途中。监狱里人满为患，臭气熏天，阴森可怕。男女犯人混杂在一起大小便，拥挤不堪，走路无法下脚，竟有人睡在流淌臭水的粪桶旁。监狱看守随意毒打犯人，稍有不满就将其打死。流放犯的押解军官为所欲为，凶恶残忍；临盆生产的妇女得不到照顾；不准父亲抱着孩子走路；一路上许多犯人被折磨致死。

托尔斯泰又通过聂赫留朵夫为玛丝洛娃上诉奔走，冤案始终得不到平反的情节，说明残忍冷酷、昏愦腐败绝不是个别官吏，而是从地方到中央，从外省到首都整个官僚集团所共有的反动本质。在《战争与和平》和《安娜·卡列尼娜》中，还能看到贵族阶级中一些优秀人物，在托尔斯泰世界观转变后创作的《复活》中已看不到这样的人物了。前国务大臣查尔斯基的生活信条是千方百计地从国库里捞钱，同皇族男女成员接近，捞取各种勋章。他既不讲道德，又不顾廉耻，必要时能威风凛凛不可一世，也能低声下气百依百顺。他在政府机关和各种委员会挂名，充当要员和主席，得到各种权利和实惠。他的学识只能看懂法规的含义和起草不流畅的没有错字的公文，然而退休前人们都把他看成英明的国务人员。

大理院大法官沃尔夫是一个无恶不作的家伙，霸占妻子和姨妹的财产，窃取公款，接受贿赂，虐待犯人，残害无辜，谋取名利是他性格的特点。当省长时，他曾流放和残杀成百的波兰爱国者。

彼得堡要塞司令克里格斯穆特曾率领军队屠杀了一千多名高加索暴动的农民，因而获得白十字勋章。在波兰他也犯下了种种罪行。他把政治犯囚禁在地牢里"不出十年就死掉一半，其中一部分人发了疯，一部分人死于肺痨病，一部分人自杀，有的人绝食而亡，有的人用玻璃片割破血管，有的人悬梁自尽，有的人放火自焚"。在作家笔下，首都彼得堡掌权的高官全是厚颜无耻、卖身求荣、贪赃枉法、专横跋扈的无耻之徒。

在托尔斯泰之前只有果戈理"把俄国官僚的病理解剖过程写得这样完整。他一面嘲笑，一面穿透这种卑鄙、可恶的灵魂的最隐秘的角落"。但托尔斯泰的揭露是严峻的，不带任何主观性，没有果戈理的"微笑"，却"隐藏着热烈的眼泪"。

作者还进一步指出：问题不仅在于"执法者"，而且在于法律的反人民的本质："法律，他先抢劫每一个人，窃取所有的土地，凡属于别人的财产统统强占过来，供自己享用；他杀死所有反对他的人，然后定出法律禁止抢劫和杀人。"托尔斯泰一针见血地指出："法律只不过是一种工具，用来维持那对我们的阶级有利的现行社会制度罢了。"托尔斯泰对镇压人民的工具——沙皇暴力机构的批判,是直接指向"对现行制度的批判"。

但是,托尔斯泰否定反动暴力的同时也否定革命暴力,他批判沙皇专制制度,又反对用暴力推翻它。他写道:"据说普加乔夫和拉辛之类的人是可怕的。"小说通过农民出身的革命者纳巴托夫表达他改良主义的主张:革命"不应该摧毁整个大厦",只要略微变一变这个"古老大建筑物内部装置"就成了。列宁指出:"这位强烈的抗议者、愤怒的揭发者和伟大的批评家,同时也在自己的作品里暴露了他不理解产生俄国所面临的危机的原因和摆脱这个危机的方法。"①

官方教会是欺骗人民的工具

官方教会是沙皇专制制度的精神支柱。《复活》对官方教会的伪善、欺骗和诡诈发出愤怒的谴责,反映了几世纪受宗教蒙骗的农民情绪。在俄国,基督教由沙皇和有钱人的提倡得到了广泛的普及,凡有人居住的地方就有教堂,宗教对维护沙皇的统治起着重要作用。托尔斯泰反对官方教会是与他反对专制制度联系在一起的,他以极大的愤怒从三个方面对教会进行了揭露与批判。

首先,揭露教会与政府相互勾结,教会配合官僚、警察、监狱等暴力机构来实现对人民的统治。托尔斯泰说僧侣阶级"把民众拉到迷信和蒙昧无知的黑暗中去,并努力使得他们无力自拔"。教会是统治阶级的帮凶,是愚昧人民的工具。宗教议会议长托波罗夫并不相信上帝,他担任这种高级职务则是为了维持有钱有势的人的"社会秩序",惩治脱离东正教的基督教徒,"拆散那些宗教教徒的家人,把他们流放到别处去"。法庭的墙上左边挂着沙皇的肖像,右边挂着基督圣像,形象地再现了教会与沙皇政权的勾结;法院开庭时首先由神父领着法官、陪审员进行宣誓,生动地揭示了暴力机关和教会的配合。祈祷词中的"饶恕我吧"是让无辜的受害者承认自己有罪,是为制造罪行的统治者开脱罪责,这简直是对善良百姓的侮辱。小说以生动的细节描绘了教会的罪恶。

其次,指出官方教会打着基督的旗号来反对基督。按照宗教的观点,上帝本来是应该怜悯人的苦痛,禁止虐待人、迫害人。而官方教会却助纣

---

① 《列·尼·托尔斯泰》,载《列宁全集》第 20 卷,人民出版社 1989 年版,第 23 页。

为虐，与虐待人民的专制机构狼狈为奸。小说描写了各级神职人员敬重的不是上帝，而是金钱和财富。司祭"十八年来他多亏奉行这种信仰的种种规定，才得到一笔收入，足以赡养他的家属，送他的儿子进中学，送他的女儿进宗教学校"。诵经士"根本忘记了这种信仰的教义的实质，只知道教徒所缴的香火费、做追悼亡者的法事、诵经、做普通祈祷、做带赞美歌的祈祷等，都有固定的价钱"。领着法庭人员宣誓的神父干了46年，挣得了一所房子和三万卢布。《福音书》明白地写着禁止一切发誓，而他为了钱财和结交名流却做着违背教义的事。

再次，揭露神父对基督的亵渎。诵经士念的"各式各样的斯拉夫语祈祷词"，冗长、艰涩而难懂；司祭把面包切成碎块放在葡萄酒里，"随着某些手法和祈祷，就变成了上帝的肉和血"，然后叫人们"吃掉上帝的血和肉"。教士们把上帝当饭吃，作者的讽刺辛辣、意味深长。宗教议会议长"他看待他们维护的宗教就跟养鸡的人看待他用来喂鸡的腐肉一样，腐肉很讨厌，不过鸡喜欢吃它，那么用腐肉来喂鸡是对的"。他们贩卖教义"如人们卖木柴、卖面粉、卖土豆"一样。他们对宗教的亵渎，在小说中对监狱教堂做礼拜的描写中得到了绝妙的表现。犯人们"饶恕我吧"的祈祷声和镣铐声响成一片。小说第三部出现的古怪老人，他对基督教的轻蔑和否定更为直接。他说：上帝在哪儿？谁见过上帝？各种教派"都是在地上乱爬一气，好比瞎了眼的'小狗'"。小说写道："关于正义、法律、宗教、上帝等等一切都是空话，用来掩盖最粗暴的贪欲和残忍！"托尔斯泰对官方教会的揭露，引起沙皇政府和教会的恐惧和不满，监狱祈祷这一章被书报检查机关砍掉，只剩下五个字："礼拜开始了"。托尔斯泰也因此被以"邪教徒"的罪名，像农民起义领袖拉辛和普加乔夫一样，开除了教籍。

托尔斯泰猛烈地抨击官方教会的同时，又提出了自己的宗教主张——"心灵中的上帝"，即基督教的"博爱"思想，在古怪老人身上和小说结尾有具体的表现，那就是宽恕人，爱一切人，包括爱敌人。托尔斯泰所鼓吹的净化了的新宗教，实际上是把人从官方神父的锁链中解放出来，又给人的心灵套上了道德神父的锁链。他想用人人平等、和睦友爱来建立"地上的天国"，这只能是一种天真的幻想。

地主土地占有制是农民贫困的根源

地主土地占有制是沙皇专制制度赖以存在的基础，也是造成农民贫困的原因。地主对广大农民的剥削与压榨，农村的凋敝和贫困，农民与地主的对立，在库兹明斯科耶和巴诺沃两村得到了鲜明的反映。地主总管只因为农民砍了东家一棵树就把他"送进了监牢，喂了三个月的虱子"，农民的牛走进地主的牧场就被扣下，或赔 30 戈比，或白白地为地主做三天苦工。玛尔法的丈夫因砍了东家两棵树被关了六个月，一家只得讨饭度日。她的婴儿脸上没有血色，干瘦的小腿像毛毛虫那么粗。农民们衣服褴褛，吃得很糟，住的房子又脏又小，弥漫着难闻的气味，"小屋快要坍下来了，说不定哪天会压死人"。农民说："除了顶糟的生活，我们的生活还会是什么呢？""他们把我们搓成绳子啦，这比当年的农奴的日子还要糟哟。"小说描绘了农奴制废除后农民生活的困境，"老百姓正在死亡"；"儿童大量夭折，妇女过度的劳动，人们营养不良，特别是老年人"；到处是饥饿，"四处讨饭"。

托尔斯泰不仅描写了农民贫困的现象，而且还指出了老百姓赤贫的主要原因，"那就是，唯一能够养活他们的土地，却被地主从他们的手里夺去了"。他主张应把土地还给农民。聂赫留朵夫同他的姐夫拉戈仁斯基关于土地问题的激烈争论，是对地主土地占有制的辩护士的强有力的回击。托尔斯泰通过聂赫留朵夫之口说："只有消灭土地私有，土地才不会像现在这样荒废，现在那些地主就像狗霸占着马槽一样，既不让会种地的人来种，自己又不会耕耘土地。"他大声疾呼："土地不能成为任何人的财产，它跟水、空气、阳光一样，不能买卖，凡是土地给予人类的种种利益，所有的人都有同等的享受权利。"但他同时又把农民写成温顺忍让，幻想"好老爷"发善心，把土地"恩赐"给农民，建立一种"自由、平等"的自给自足的小农社会。托尔斯泰对土地私有制的彻底否定表达了农民对土地的强烈要求，但他"只同情贫民而不主张阶级斗争"（鲁迅语），小说也反映了作者宗法农民的阶级的、历史的局限性。

资本主义是掠夺人民的野兽

　　资本主义的急剧发展，破坏了农村生活的一切"基础"。空前的破产、贫困和饥饿，威胁着广大农民。《复活》对资本主义的揭发和批判，表达了千百万农民丧失土地的痛苦和对资本主义掠夺的激烈抗议。马车夫对聂赫留朵夫的谈话，表现了破产农民的愤怒，"老百姓成群地赶到城里来"，财主老爷们"把土地卖光啦，生意人倒把田统统弄到手里去了。从他们那里是租不到田的——他们自己经营"。小说反映了农民同资产阶级的矛盾。大批破产的农民流浪到城市里，充当资本家的廉价劳动力，过着"底层"的生活。"有些人的境况却比在乡下还要糟，比乡下人还要可怜。"那些在黑暗地下室工作的鞋匠，脸色苍白的洗衣妇，瘦弱的"暴出条条青筋的油漆匠"，风吹雨淋的车夫，"衣服破烂、身边带着孩子，站在街头讨饭的成年男女"，都是受资本主义浩劫、受苦受难的人。《复活》再现了俄国资本主义崛起时期，广大农民在死亡线上挣扎的悲惨景象。正如列宁所说："这些农民刚刚摆脱农奴制度获得了自由，就发现这种自由不过意味着破产、饿死和城市'底层'的流浪生活等等新灾难罢了。"

　　托尔斯泰对资本主义的批判，是从农民生活的旧基础、宗法关系和道德规范被破坏的角度进行的，表达了农民对破产和丧失土地的抗议，也表现了宗法农民对俄国出现的这个"吓人的怪物"不理解而产生的全部恐惧。

　　对剥削制度的批判，托尔斯泰用的是宗法制农民的观点，因而与无产阶级的批判有着本质的不同。在批判的目的上，在探索前景和出路上，在改造旧世界的手段上，在对待资本主义的态度上，列宁在论托尔斯泰的著作中明确地划分了两种批判的不同界限。《复活》反映了作者世界观的深刻矛盾，作者批判了沙皇国家的暴力机器和官僚世界的腐败，残害人民，但又反对用暴力推翻它，幻想用道德自我完善、普遍的爱来改造社会；他揭露了官方教会是统治和欺骗人民的工具，但又鼓吹精制的"新毒药"，劝人们从道德宗教中寻找摆脱灾难的出路；他反对地主土地占有制，认为这是农民贫困的根源，但又把宗法制的小农经济看成理想的经济制度；他揭发资本主义给群众带来的灾难，但对无产阶级领导的全世界解放斗争抱着冷漠的态度；他同情农民的贫困、不幸和灾难，但又否定他们为改变自己的生活状况而进行的反抗斗争。列宁说："作为俄国千百万农民在俄国资产阶级革命快到来的时候的思想和情绪的表达者，托尔斯泰是伟大的"，"作为一个发明救世新术的先知，托尔斯泰是可笑的"。《复活》是一面反映农民在俄国革命中的历史活动所处的各种矛盾状况的镜子。

男女主人公精神的复活

贵族阶级的叛逆形象

聂赫留朵夫是俄国文学中第一次出现也是独一无二的地主贵族阶级的叛逆形象。与《红楼梦》中的地主阶级叛逆者贾宝玉不同，他的叛逆经历了艰巨复杂的过程，他对自己和自己的阶级，乃至整个社会、国家制度做了彻底的否定。

车尔尼雪夫斯基指出："托尔斯泰才华的特征在于他并不局限在揭示心理活动的结果，他感兴趣的是过程的本身。"在《复活》中的人物塑造上，真正体现了文学描写的动态表现的原则。

聂赫留朵夫的性格经历了三个发展阶段。大学时代他是个善良有理想的青年，受资产阶级启蒙主义思想的影响，读了斯宾塞的《社会动力学》，"第一次理解到土地私有制的种种残忍和不公"，立即把从父亲名下继承的土地分给了农民。这是他性格发展的第一阶段。后来这个"正直的、不自私的青年"在军营中腐化堕落了，思想发生了巨变，"顺从他那如今脱了缰的动物的我的暗示"奸污了玛丝洛娃。小说中对他在军队生活的描写是暴露沙皇军队和专政机器腐败的有力篇章。在堕落中，他的内心有过斗争、忏悔和自责，小说对他内心的斗争，做了精彩的描绘。享乐放荡又不满现状，屈服人世诱惑又向往自新向上，不相信自己又不自轻自贱，这种内心的冲突构成了意蕴深邃、魅力久远的聂赫留朵夫的艺术典型，这是他性格发展变化的第二阶段。

法庭上与玛丝洛娃的巧遇，他的心灵受到猛烈撞击，开始灵魂大扫除，对自己十年的堕落生活进行反省。"我就是流氓，我就是坏蛋"，他像被主人抓住的做了坏事的小狗。他感到自己做了坏事，造成了她的堕落，但又怕她认出自己来，弄得他当众出丑。当宣读判处她四年苦役时，他如释重负，这样就可以割断同她的联系而不会影响他的生活了。她悲切的哭声，震动了他的心灵，他不顾自己的举动会引起别人的注意，决心为她上诉，并打算跟她结婚，帮助她摆脱灾难。作家的笔深入人物灵魂的深处，写出了人物内心的不安与波动，活生生的人的精神状态。这种情境中聂赫留朵夫的情感，交错着各种复杂的内容，形成他内心情感的特殊内涵，是很难用自私、冷酷和虚伪，真诚、质朴和善良加以概括的。这里有朦胧的忏悔，也有淡淡的施恩；有以个人为本位，又有以他人为本位；有真诚的良心自我谴责，又有虚假的道德自我完善；似乎在吞食苦果，又似乎是在吐出苦果。是忏悔？是同情？是无可奈何？令人难以捉摸。正是这种情感两极内容的撞击的朦胧性，为读者留下了回味无穷的审美空间，不是一位高明的作家和心理描写的大师，很难做到这一点。

　　第二次探监，他提出要与玛丝洛娃结婚来赎罪，受到她的怒斥和谴责后，他展开了"沉重而痛苦"的内心斗争，这是他思想转变的关键。从此他才真正地开始反省，进而否定了自己十年的堕落生活，认识到自己的罪恶，走上了精神复活的道路。在几次探监过程中了解到狱中的恶劣环境和冤假错案比比皆是，闻所未闻，他的认识得到了提高，走入了他精神复活的第二阶段。他认为只限于个人的悔罪是改变不了被压迫人民的命运的。处理两处田产的农村之行，加深了他对土地私有制及其造成农民贫困原因的认识。农村的凋敝，农民的贫困，农民与地主的对立和对他的改良措施的不信任，让他感到地火在运行，地主阶级面临着严重的危机。他对自己的阶级做了否定。他性格中的正、反两极有了明显的转化，他为无辜的囚犯奔走求救，为赤贫的农民解囊济贫，并放弃了两处田产，决心陪伴玛丝洛娃去流放。但思想矛盾和各种感情形态依然在心灵中撞击、搏斗，从而闪烁出人性的光辉。他意识到地主占有土地造成农民的贫困，把土地交给了农民，同时又顾虑重重，忧虑自己未来的生活。在他前进中作者揭示了人物心理活动的过程。彼得堡之行，他去最高法院上诉，法院"不管案情的是非曲直"，官吏们穷奢极欲、与人民为敌，他认识到"当代的俄国，正直的人的唯一的去处，就是监狱"。他由对地主贵族阶级的否定上升到对整个社会的全面彻底的否定，他进入了精神复活的第三阶段，这时他的叛逆性格已基本形成，完成了质的飞跃。但依然进行着心灵的搏斗，他厌倦了上流社会的庸俗生活，但有时又向往灯红酒绿的交际场，他经受住了玛丽叶特色情的诱惑，拒绝了与花花公子、年轻时的朋友申包克的交往，愿作姨母所指责的"大傻瓜"。从彼得堡归来，他毅然搬进平常的小旅馆，过平民的生活。他与姐夫拉戈仁斯基关于土地和法律问题的争论，表现出叛逆性格的坚定和成熟。他在去西伯利亚前夜的日记上庄严地写道："别了，旧生活，从此一刀两断了！"表明了他叛逆到底的决心和勇往直前的叛逆气魄。

西伯利亚之行，他由于同群众和革命者的接触，思想得到了进一步的升华。他不乘头等车厢而与塔拉斯坐三等车厢，以平民化约束自己，从此走向了被压迫人民的世界，他深有体会地说：这是"一个全新的世界"。他认为革命者道德高尚，富有牺牲精神，他对他们"不但怀着敬意，而且充满热爱"，他把玛丝洛娃的思想变化归结为革命者的重大影响。他打破统治阶级对革命者的仇视和传统偏见。尽管作者反对暴力革命，革命者形象有许多地方受到歪曲，但他把对国家的前途、社会的出路和自己的命运的探索，停留在革命者身上，联系到小说的开头法庭审判，首尾呼应，前后对比，其中的深刻含义不是很明显的吗？忠于生活的敏感作家如实地反映了历史发展的趋势。

聂赫留朵夫否定整个社会，但没有找到解决社会问题的道路，最后从《圣经》中找到答案，得出"勿以暴力抗恶""道德自我完善"的错误结论。社会的愤怒的揭发者，立时成了宣扬爱的宗教的基督徒，未免与他性格发展的规律相矛盾。有人认为聂赫留朵夫这一形象不真实、不典型，是托尔斯泰主义的思想传声筒。我们认为作者成功地塑造了贵族阶级的叛逆典型，是血肉丰满的艺术形象。至于小说结尾从爱的宗教中找到归宿只不过是"狗尾续貂"，硬贴上去的狗皮膏药罢了。他的悔过自新、去掉特权、仇视贪官、平等待人、同情人民并为他们的痛苦奔走呼唤以及他那种勇于探索、走向新生活的决心，在今天也没有失去它的意义。

聂赫留朵夫是具有时代意义的典型，他认识到贵族阶级的罪恶和坚持与本阶级决裂的举动，在俄国资产阶级民主革命前夕的动荡年代，是具有本质意义的社会现象。它表明革命风暴已经临近，贵族阶级内部出现了分裂，沙皇专制制度已经动摇，反映了"山雨欲来风满楼"的社会现实。如果说"巴尔扎克的伟大作品是对上流社会必然崩溃的一曲无尽的挽歌，他的全部同情都在注定要灭亡的那个阶级方面"；那么托尔斯泰的《复活》这部伟大的作品是对上流社会必然崩溃的一曲无尽的赞歌，他的全部同情都在千百万农民方面。

被压迫人民的觉醒

托尔斯泰第一次采用普通人民作为主人公,这与他的世界观转变是分不开的。玛丝洛娃是被侮辱被压迫的妇女的典型,她的精神复活反映了被压迫人民的觉醒。

从表面上看,她的精神复活也同样经历了纯洁、堕落、复活三个阶段,但与聂赫留朵夫不同,他的堕落是由于地主阶级本性,他的复活则表明他脱离本阶级而依附农民。而玛丝洛娃的堕落则是由聂赫留朵夫的罪恶和社会逼迫造成的,她的复活表明她又回到人民中间,不像他经历那么多矛盾、艰难和痛苦。其主要原因,是她来自人民。

少女时代,她是个天真、纯洁、乐观,憧憬美好生活的热情的姑娘,"眼睛黑得像野李子一样,脸上快活得放光"。16岁时和女主人的侄子真诚相爱,幻想爱情的幸福,但是,严酷的阶级对立的现实粉碎了她美好的幻想。三年后当上了军官、思想已经堕落的聂赫留朵夫玷污了她并把她遗弃,这是她悲剧命运的开端。凄风苦雨的黑夜,她跑到车站等候他乘坐的火车,灯光耀眼的车厢,谈笑风生的聂赫留朵夫和黑夜淋在雨里的玛丝洛娃形成鲜明的对照。她意识到自己被遗弃,"所有关于上帝和善良的话,全是骗人的话","人人都只是为了自己,只是为了自己的快乐而生活着"。她像安娜·卡列尼娜一样,认为世界上一切都是虚伪和欺骗,在绝望中"她想卧轨自杀"。被女地主赶出家门后,她流离失所,屡遭凌辱。她走投无路,堕入青楼,成为社会的牺牲品,只能借抽烟饮酒来排解愁闷。妓院伤害了她的心灵,造成了她精神的麻木。她的种种恶习,她的病态心理与本来清白纯洁的卡秋莎是个鲜明的对照。被妓院淫荡生活所摧残的玛丝洛娃,这时的形象也变了样,"她头上扎着的头巾,明明故意让一两绺头发从头巾里溜出来,披在额头",面色苍白得"叫人联想到地窖里储藏着的番薯所发的芽"。她变得轻佻而又孱弱。

聂赫留朵夫第一次到狱中来看她,她只模糊记起过去,当时他爱着她,为她打开了美好的感情世界。她不想再把自己和他联系起来,怕失去目前的内心平衡。现在站在她面前的这个人,同其他有钱人没有什么不同,需要时把她使用一下,因此她尽量利用他,向他要了10个卢布。聂赫留朵夫感到她已经是一个死了的女人,心中非常难过。

托尔斯泰塑造普通人的悲剧形象，目的在于揭露造成她悲剧的社会根源，同时也为了揭示那为普通人所特有的不可摧毁的精神气质。因此，作者在满怀同情地叙述玛丝洛娃的堕落之后，又精心地描绘了她的精神复活。

聂赫留朵夫第二次来探监，认真地提出要赎罪，要跟她结婚时，她愤怒了："上帝？什么上帝？当初那个时候您才应该想起上帝呢！""我是苦役犯，是窑姐儿……您是老爷，是公爵，你用不着跟我打交道……你在尘世的生活里拿我取乐还不算，又要用我来拯救你自己，好让你能上天堂！我讨厌你……你走开！"这是她对侮辱她的贵族老爷们的抗议，是她对自己苏醒了的内心的人的尊严的呵护，这是她觉醒的开始。回到牢房，她痛苦难熬，跟狱中同伴喝起酒来。

从巴诺沃回来，他带来一张旧照片，这张姑姑家的合照唤起了她幸福的回忆。她在病房高兴得差点滑倒，几次拿出悄悄地欣赏。她又爱他了，"而且爱得那么深"。这主要原因是她确认他的悔改是真诚的，他为她其他犯人奔走感动了她。他关心她的命运和劝她向善，使她的怨恨消失，爱情苏醒走上新生，"凡是他希望她做的，她都不由自主地照着做了：她已经戒掉烟酒，不再卖弄风情"。但每次他提出要同她结婚，她总是断然拒绝。她不想给他的生活带来牺牲和不幸，这表明她无私、纯洁和高尚的精神面貌，也表明她对不可逾越的阶级鸿沟有着清醒的认识。

她精神复活的另一个重要原因是政治犯的重大影响。在流放途中，她与政治犯并肩同行。政治犯站在人民一边反对上层社会，不惜放弃自己的特权、自由和生命，深深地感动了她。对人民苦难的同情是这个下层妇女与政治犯产生感情联系的纽带，而这条纽带又把她与西蒙松结合在一起。西蒙松的爱复活了她早已失去了的人的自尊心和自信心，最后她与为赎罪向她求婚的聂赫留朵夫分道扬镳。她出身劳动人民，又回到了人民中间。上述两点是她转变的外部依据，其内部依据是底层人民不可摧毁的意志、善良的天性以及没有完全泯灭的纯洁感情。作者通过外貌的变化成功地表现了她内心世界的变化，"她晒黑了，消瘦了，显得苍老，她的鬓角唇边见了细纹。现在她的脑门上没有发卷了，她的头发用头巾盖住了……她的衣服和态度，都没有一点卖弄风情的痕迹"。她变得比过去朴实了。

《复活》的艺术特色

深刻细致的心理描写

　　托尔斯泰是世界著名的心理描写大师,他善于深刻细腻地展示人物在矛盾发展中的心理状态。前边分析的聂赫留朵夫,作者主要是通过人物的内心独白和自我剖析来塑造,而玛丝洛娃的描写则主要是通过人物的外貌和对话,表现人物心理变化过程。现在看看他是怎样通过"心灵的窗子",人的眼睛来揭示人物的内心世界的。

　　少女时代的玛丝洛娃眼睛里的笑意充满着青春的欢乐,押送法庭路上看见身边掠过的鸽子的微笑是感叹她不自由的处境。法官问她的住址,她回答前的笑,饱含着难言的辛酸。在狱中第一次与聂赫留朵夫见面时的"媚笑"是青楼女人的习惯,想利用这个有钱的人。聂赫留朵夫记忆中的玛丝洛娃不存在了,"这女人已经死了"。狱中第二次见面,他提出要跟她结婚,要用行动来赎罪,她露出惊恐的眼神,她眼睛里的愤怒,是对他的罪恶的谴责和怒斥。回到牢房躺在床板上,她眼睛一直看着墙角,是往事的回忆掀起内心斗争的波涛。第三次见面她向他道歉后,仍"用厉害的眼光看着他",是内心的愤怒仍未消失。当她表示愿意照他的话去监狱医院工作,而且不再喝酒时,"她的眼睛里含着笑意",是自新向上的心理表现。聂赫留朵夫从乡下回来与她第四次见面,一见到他,玛丝洛娃脸就红了,眼睛往下看,露出害臊的表情。她接过他从巴诺沃带来的旧照片,她"用探问的眼光"瞧着他,这是她要了解他的决定是否改变。明白以后,"她费力地忍住了笑容",走进儿童病房差点滑倒,"忍不住扬声大笑"。在她住的小屋几次拿出照片来看,两次忍不住笑出声来。然而,想到自己凄凉的身世时不由地又哭起来,这是爱和恨同时在心中猛烈地撞击。第五次见面是他从彼得堡回来。她又爱他了,而且爱得那么深。他告诉她上诉失败了,她说早就预料到了,"她的眼眶里充满了泪水"。这泪水不是怕服苦役,而是医院助理医生纠缠她,反而诬陷她"调情",她为孤苦无助而难过,又担心他不理解她内心已经发生的变化。第六次见面,她在去西伯利亚的车厢里向他发出"凄凉的微笑",是为他陪伴她而去感到高兴,又为他不该去受苦而难过。最后她表示与革命者西蒙松结合时,

"她用神秘的眼光瞧着他",是看他的反应。他表示今后依然愿意帮助她,她露出"古怪的微笑",是她不愿意他再为自己受苦的心理。当两人分手时,她的眼睛里"闪着泪水"表示心里的难过。作家通过不同的眼神、不同的笑貌写出了玛丝洛娃精神复活的历程,表现出她波澜跌宕的喜怒哀乐的复杂内心感受,真实感人。托尔斯泰不愧被称为"心灵辩证法"的艺术大师。

对比的手法

为加强艺术效果,深化主题,作者确定"整部小说从开头到结尾始终不断地采用对比的方法"。《复活》大量地运用了多种形式的对比手法,其中有场面与场面的对比,有形象与形象的对比,有过去与现在的对比,有大自然与社会的对比,等等。例如:玛丝洛娃被押送法庭受审时,聂赫留朵夫正躺在弹簧床上想着是否要娶贵族小姐米西为妻;一个是有罪当陪审员,一个是无罪受审下狱;一个在车厢里饮酒取乐,一个在泥泞里悲声哭泣;一队犯人在烈日下成串地走过街头,迎面走来的是官僚贵族华丽的马车;犯人家属"在探监日"的痛苦、哭泣,副省长太太"在家日"家庭聚会的欢乐、谈笑;贵族妇女玛丽叶特在剧院包厢中勾引情夫,妓女沦落在街头寻找嫖客;官僚贵族的豪华住宅,贫苦农民即将塌陷的小屋;高官犯法任总督,平民无罪遭冤狱;大地回春鸟雀歌唱,人间社会悲剧迭起……不同阶级不同命运,不同人物不同生活的鲜明对比,揭示了阶级的对立和矛盾,增强了作品揭露与批判的力量。

辛辣的讽刺

讽刺是现象典型化的一种特殊方法,是揭露社会生活与个人生活丑恶现象的有力武器。《复活》中采用的讽刺手法也是多种多样的。有时作者直接进行讽刺(如身穿法衣而相貌威严的审判官们,面对严肃案件,都心不在焉);有时通过被讽刺对象对事物的看法,表达出无意识的自我讽刺(如一个商人陪审员这样表示对案件的看法:"嘿,老兄,他玩得可真痛快,很有点西伯利亚的气派呢。他挺有眼光,看中的那个妞儿真不错。");有时通过一个人物讽刺另一个人物(如副检察官演说时任意胡扯，使得庭长侧身对身旁的法官说："你瞧，他好像是胡说八道起来啦。"法官回答说："十足的蠢货。"）；有时运用带有象征意义的肖像描写进行讽刺（如性格残忍的柯尔查金"镶着一口假牙"、"布满血丝的眼睛"、"肥胖的脖子"、"贪吃的嘴唇"）；有时通过生动的细节进行讽刺（如商人陪审员总是响亮地打着气嗝；害病的法官用走路的步数来推算自己胃病新疗法是否有效）；有时用带有针砭意味的比喻进行讽刺（如聂赫留朵夫在法庭上见到玛丝洛娃，他"好像一只在房子里干了坏事的哈巴狗"，作者把各种不同的教派比作"全跟瞎眼的哈巴狗似的爬来爬去"）；有时运用形式与内容的矛盾，造成有力的讽刺效果（如法庭庄严的外表与处理案件的轻率。又如监狱的礼拜，教堂金碧辉煌，神父仪表威严，然而在神父喋喋不休、充满着"爱"的祈祷声中，犯人磨伤手脚的手铐脚镣的叮当声和犯人婴儿哭叫声响成一片）。这些讽刺手法鲜明地体现了作家的批判态度。

开放式的小说结构

在艺术结构上，布局周密，情节单线发展。以地方法院—监狱—农村—彼得堡—西伯利亚作为人物活动的场景，广泛地展示了俄国的社会生活。这种独具匠心的结构，发挥了长篇小说开放性、流动性和艺术描写的"动态表现"的原则，展现了人物心灵发展的历程：聂赫留朵夫由惊醒到叛逆，由否定到再认识，由动摇到成熟，作家艺术地再现了其性格变化的复杂过程。托尔斯泰的单一情节结构，与其他作家不同，欧洲传统小说总是有开端、发展、高潮和结尾，结尾时故事的各种矛盾都得到妥善的解决。托尔斯泰的单一情节革新之处，在于它打破了欧洲传统小说首尾完整的封闭结构的固定模式，小说中戏剧性的高潮和结局消失了。作品的内容和男女主人公的命运像生活一样流动无尽。这种开放型的结构，给20世纪小说形式开创了新风。

此外，作家还用哲理思考和道德说教来表明对重大社会问题的观点，使小说具有鲜明的论辩性和批判的激情，增加了小说的感人力度。

震撼世界的文学大师

托尔斯泰的创作具有"世界意义"。列宁说:"列·托尔斯泰在自己的作品里能以提出这么多重大问题,能以达到这样大的艺术力量,使他的作品在世界文学中占了一个第一流的位子。由于托尔斯泰的天才描述,一个被农奴主压迫的国家的革命准备时期,竟成为全人类艺术发展中向前跨进的一步了。"同时又说他是一个"天才的艺术家,不仅创作了无与伦比的俄国生活的图画,而且创作了世界文学中第一流的作品"。

欧洲近代文学出现过两个高峰,一个是文艺复兴时期现实主义文学发展的顶峰,一个是19世纪批判现实主义文学发展的顶峰,前者以莎士比亚为杰出代表,后者以托尔斯泰为杰出代表。这两个站在顶峰的作家,对文学的发展作出了巨大的贡献,受到世人的高度评价。马克思、恩格斯、列宁对世界文学宝库中的"双璧"都极为重视。列宁曾写过七篇论文,正确地分析、评价托尔斯泰的思想与艺术,称他为"俄国革命的镜子",并认为当代欧洲没有人能和他并列。

最清醒的现实主义

在确定托尔斯泰在文学史上的地位与贡献时,列宁用"最清醒的现实主义"进行了科学的概括。19世纪前半期的一些大作家如司汤达、巴尔扎克、狄更斯等,都对现实主义文学的发展作出了杰出的贡献,他们的创作充分地展示了现实主义创作方法在反映生活方面所具有的巨大容量和能力。人们认为他们的创作,已经达到了尽善尽美的地步。可是托尔斯泰小说的出现,令人惊叹他在揭示社会生活的广度与深度方面超越了前人,把现实主义文学推到了顶峰。

托尔斯泰的作品反映了俄国农奴制崩溃、资本主义生长这一历史急剧转变时期的社会基本矛盾的激化。农民与贵族地主的矛盾,农民和资产阶级的矛盾,贵族地主与资产阶级的矛盾及时代的历史内容在他的作品中得到了鲜明的反映。他的作品被认为是反映俄国社会生活的镜子。他的创作揭露了俄国一切现行制度的反人民的本质。他抓住了社会生活的本质问题，以"最深沉的感情"和敏锐的目光，揭示了地主贵族社会必然灭亡的历史趋势，贵族阶级的叛逆者聂赫留朵夫形象的意义就在这里。托尔斯泰的作品表现了农民对地主资产阶级社会自发的反抗和愤怒的情绪，这与巴尔扎克以冷静态度，带着伤悼感情描写贵族阶级的灭亡命运，有着显著的不同。托尔斯泰好像一位威严的法官，排除一切顾虑，决心伸张正义，毫不动摇地把统治者押上历史的审判台。列宁说："作为俄国千百万农民在俄国资产阶级革命快到来的时候的思想和情绪的表达者，托尔斯泰是伟大的。"

"这位激烈的抗议者、愤怒的揭发者和伟大的批评家"在表现生活时，能用严峻的态度、锐利的目光，揭掉统治阶级用假面罩住了的罪恶。大胆地"撕去一切假面具"是托尔斯泰的"最清醒的现实主义"的突出表现。狡诈残暴是旧社会的产物，也是统治阶级的思想和性格的表现，但是他们总用堂皇的外表包装起来，掩盖起来，造成一种骗人的假象。在托尔斯泰笔下教堂的金碧辉煌、法庭的庄严外表和伸张正义的招牌、官员们华美的言词，都掩盖不了自身的罪恶，就连贵族夫人和小姐漂亮的衣装和打扮所隐藏着的淫荡也被他无情地暴露无遗。托尔斯泰利用外表与内在的矛盾，取得了讽刺的效果。把冒充伟大的渺小、扮作高尚的卑鄙、假托诚实的虚伪、伪装善良的残暴，揭露得淋漓尽致。正如列宁所指出的："托尔斯泰以巨大的力量和真诚鞭打了统治阶级，十分明显地揭露了现代社会所借以维持的一切制度——教堂、法庭、军国主义、'合法'婚姻、资产阶级科学——的内在虚伪。"这位作家拨正了统治阶级借以愚弄人民的歪理邪说，工厂主说工人偷东西，托尔斯泰则认为是"工厂主借了压低工资偷工人"；农奴主说农民抢劫，托尔斯泰认为地主抢劫了农民们所有的土地，有钱人的富裕豪华的生活都是抢劫来的。这种深刻的见解在《复活》中随处可见。

托尔斯泰的"最清醒的现实主义"，又表现在"追根究底"，"找出群众灾难的真实原因"。他认为"老百姓赤贫的主要原因"是"唯一能够养活他们的土地，却给地主从他们手里夺去了"。"改善他们的生活情形的唯一可靠的方法"是"把他们迫切需要的、原先从他们手里夺去的土地，还给他们"。他深刻地揭示了私有财产及统治阶级靠剥削劳动人民而获得财富的积累是人民不幸和痛苦的根源，从而真实地反映了消除农奴制、废除土地私有，解决农民土地问题的历史趋势，表现出俄国革命的性质和历史特点。

托尔斯泰从道德自我完善的角度出发，艰苦地探索着解决社会矛盾的办法，却往往陷入迷途，但他对统治阶级愤怒的揭发和猛烈批判的事实否定了他所提出的救世药方，这是现实主义的胜利。他以所创造的时代典型，所追求的美好道德理想以及人与人之间的和谐关系，作为解决社会问题的途径，这在贵族资产阶级统治的社会无疑是一种空想，但毕竟是人类社会的最高理想。他的反对压迫和剥削、追求道德自我完善和精神纯洁的艺术形象将永葆其艺术生命力。

"心灵的辩证法"

与传统现实主义小说的人物不同，托尔斯泰塑造的人物性格不是单一的、定型的，而是复杂的、多层次的，又是发展和变化的。

每一个人性格都具有多重性，从而构成性格的多色彩、多层次、多趋向，而且每一个人的性格又有它的主导方面，从而确定性格质的区别。性格的发展和变化，体现着性格的总体趋向。托尔斯泰笔下的人物千姿百态是和他对人的正确认识分不开的。他在《复活》中写道：

> 有一种极为常见的而且流传很广的迷信，认为每一个人都有他独特的确定的品性，认为人有善良的，有凶恶的，有聪明的，有愚蠢的，有精力充沛的，有冷漠疲沓的，等等，其实人不是这样。我们谈到一个人，可以说他善良的时候多于凶恶的时候，聪明的时候多于愚蠢的时候，精力充沛的时候多于冷漠疲沓的时候，或者刚好相反。至于我们谈到一个人，说他善良或者聪明，又谈到另一个人，说他凶恶或者愚蠢，那就不对了。然而我们总是这样把人分类，这是不合实情的。人好比河，所有的河里的水都一样，到处都是同一个样子，可是每一条河都是有的地方河身狭窄，有的地方水流湍急，有的地方河身宽阔，有的地方水流缓慢，有的地方河水清澄，有的地方河水冰凉，有的地方河水混浊，有的地方河水暖和。人也是这样，每一个人身上都有一切人性的胚胎，有的时候表现这一些人性，有的时候又表现那一些人性。他常常变得不像自己，同时却又始终是他自己。

正是由于不把人物绝对化的认识，他成功地写出了多重性格组合，塑造出"真的人物"和"活的人物"，比起从前的小说中大量一重性格，好人绝对好，坏人绝对坏是截然不同的，这是他创作的历史性超越。他作品中的人物性格复杂丰满，层次多样，多姿多彩，真实可信，同现实生活中的人更为贴近。托尔斯泰对他心爱的人物同样描写缺点和弱点，例如《战争与和平》中的安得烈·包尔康斯基有贵族的傲气；彼埃尔追求外貌美，竟娶了荡妇爱伦为妻；娜塔莎幼稚，感情大于理智，险些被浪荡公子阿纳托尔·库拉金拐走。在写他厌恶的人物时，也从不抹杀这些人的优点。如道洛霍夫是个放荡的花花公子，无恶不作，但同时他又是个孝子，对母亲怀有真挚的感情，在战场上也是条好汉。至于《复活》中的聂赫留朵夫身上的优点和缺点更为鲜明突出，作者写道："我在考虑聂赫留朵夫的二重性，应该把他表现得更加明显些。"

事物是发展变化的，人也是因环境的不同而发生变化的。托尔斯泰不仅仅是描写人，而且要写人的变化，他的人物在开始和结束时迥然不同。例如《复活》中的聂赫留朵夫开始是个纯洁向上的青年，后来自私堕落，法庭上与玛丝洛娃相遇后开始精神复活。性格改变了，成了贵族阶级的叛逆。玛丝洛娃也经历了类似的变化，她又回到了人民中间。在人物性格发展变化中反映出时代的声音。变化，像流动的河水一样没有止境，因此托尔斯泰曾打算写《复活》的续篇，继续进行他的精神探索。

与传统的现实主义作家心理描写不同，托尔斯泰不仅写人物的心理活动的结果，更重要的是他写人的心理活动的过程。他写道："主要的，是内在的、精神的运动。要加以表现的不是运动结果，而是实际运动的过程。"这好比我们看运动员的跳马比赛一样，看的不是谁取得冠军，而是看怎样起跳、翻身和落地的运动连续变化过程。描写人物心理变化，写出各种复杂感情交织和更替，思想情绪瞬息变化的过程，这是托尔斯泰给文学带来的新现象，也是他对文学的重大贡献。

他运用各种手法表现人物的心理活动。首先，他的人物性格不是马上显现，而是在多次冲突或不同场景中逐渐变得明朗起来。如《安娜·卡列尼娜》中不学无术的渥伦斯基，初次出场时还能引起人们的好感，而聂赫留朵夫初次出现时，是个花花公子。申包克这个资产阶级浪子初看起来文雅、慷慨，还拿出钱来赏给仆人和乞丐。其次是通过人物的内心独白、自我分析和心理活动的对话，来描绘人物的心理活动。再次是通过人物面临重大抉择的时机,来表现内心的震荡与激变。比如娜塔莎·罗斯托娃陷入阿纳托里设下的情网时,她对与自己订婚的安得烈以及阿纳托里在爱情上的矛盾心态。安娜·卡列尼娜卧轨自杀前复杂矛盾的心理描写,是世界文学中心理描写的最高典范。《复活》中玛丝洛娃在凄风苦雨的夜晚,追赶聂赫留朵夫乘坐的火车时的复杂心理,同样是心理描写的著名篇章。她意识到自己被遗弃,认识到世上的一切都是虚伪和欺骗:"所有关于上帝和关于善的那些话,全是欺人之谈。"安娜·卡列尼娜死前也这样想过,她看不到生活的希望卧轨自杀了。玛丝洛娃也出现过卧轨的念头,但由于肚子里孩子的颤动,她没有跳入车轨。她们两个人在生命抉择的关口的心理活动,都是对社会有力的抗议和批判。玛丝洛娃活下来,绝不是一念之差,在她看来孩子是新的生命,她对孩子以及对无辜人的爱超过自己的爱情。在绝望中,她的生活信念和安娜有所不同,这主要由于生活的土壤不同,卧轨不应是受苦人的归宿。世界观转变到农民立场上来的托尔斯泰对底层人民抱有深厚的同情。从作者创作意图上说,爱情纠葛不是《复活》要表达的思想。作者是要把底层人民的遭遇与整个社会问题联系起来,寻找造成悲剧的原因和解决问题的办法,暴露专制制度和表现人民的觉醒是小说的主题。

由于托尔斯泰善于描写人物的复杂感情和瞬息万变的心理活动,他的人物真实感人。他像杰出的画家精巧地画出了"光线在起伏的波浪上刹那间的反射、阳光在颤抖着的树叶上闪动、飘浮的云彩晦明变化"[1]。他不愧被誉为前所未有的心理大师。

19世纪后期和20世纪初期的许多作家都受到托尔斯泰的影响。西方的大作家福楼拜、左拉、莫泊桑、法朗士、罗曼·罗兰、萧伯纳等,都强调托尔斯泰在世界文学的地位和影响。法朗士认为托尔斯泰"是我们共同的老师",德莱塞、海明威、罗曼·罗兰都承认受过托尔斯泰小说技巧的影响。在作家的本国,契诃夫把他看作艺术之神,高尔基号召青年了解祖国首先要了解托尔斯泰,苏联文学大师阿·托尔斯泰把列·托尔斯泰作品奉为作家必读的"百科全书"。

在中国,托尔斯泰的作品被当作反对地主资产阶级社会的有力武器。鲁迅称托尔斯泰是"偶像破坏的大人物",郭沫若说托尔斯泰的文风是

---

[1] 伍蠡甫主编:《西方文论选》下册,上海译文出版社1979年版,第427页。

"反抗贵族神圣的文风"。瞿秋白称托尔斯泰的创作"开人类文学史的异彩",他们都为译介托尔斯泰作品作出了贡献,自身的创作也受到不同程度的影响。

中国最早介绍托尔斯泰是在20世纪初。1900年上海广学会《俄国政俗通考》首次向中国读者介绍托尔斯泰。1904年《福建日日新闻》刊登的《托尔斯泰略传及其思想》一文被认为是中国最早的托尔斯泰的传记文章。但直到"五四"运动时期才开始大量地介绍托尔斯泰,《复活》《安娜·卡列尼娜》都是此间用文言翻译的。在抗日战争时期,托尔斯泰的《复活》曾由剧作家田汉、夏衍分别改编成剧本上演。田汉的剧本以土地问题为中心,强调青年的反抗精神;夏衍的剧本主要写的是俄国人民思想觉悟的过程。从文学影响上看,中国人民的反帝反封建的斗争与俄罗斯现实主义文学的批判精神有着紧密的联系。正如鲁迅所说,他们是将托尔斯泰"算作为被压迫者而呼号的作家的"。

从1906年托尔斯泰的作品第一次译成中文以来,他的作品不断地被翻译、介绍到中国。他的绝大部分作品都有中译本,其中主要作品甚至有好几种译本。据不完全统计,他的长篇小说《战争与和平》《安娜·卡列尼娜》《复活》各有四种译本。托尔斯泰是我国广大读者最熟悉、最喜爱的外国作家之一,他的不朽的作品永远受到中国人民热烈的欢迎。

——载《〈复活〉导读》,中华书局2002年版

对"黑暗王国"的勇敢挑战

——评奥斯特洛夫斯基的《大雷雨》

奥斯特洛夫斯基（1823—1886）是勤奋多产的作家。他一生创作了五十部剧本，塑造各类人物一千多个，广泛地描绘了俄国社会生活。

自从奥斯特洛夫斯基登上俄国剧坛之后，皇家剧院演出的那些来自外国的合乎官方和上层阶级脾胃的感伤的传奇剧、矫揉造作的悲剧以及内容贫乏的玩笑剧，都黯然失色。他的剧本对社会现实生活发出反响，提出抗议，因而受到官方检查机构的严审斧削，有的甚至禁止上演。作家本人被解除公职，受到官方的歧视和迫害，经济拮据，被迫借债度日。然而物质上的困难以及官方的压力，并没有使他屈服。他在革命民主主义者杜勃罗留波夫等人的帮助与支持下，彻底清除了斯拉夫主义的影响，靠近左翼作家，勇敢地进行斗争。他坚决反对官方对剧场的垄断以及对作家权益的侵害，为建立自由独立的真正的艺术剧场，为保卫作家的权益，为改造和建立俄罗斯民族戏剧，他付出了巨大的劳动。奥斯特洛夫斯基是俄罗斯民族戏剧的真正创造者，后人称他是"俄罗斯戏剧之父"。他严格要求自己，不知疲倦地工作，直到1886年6月2日，他坐在写字台前，手里紧握着一支笔与世长辞。

列宁非常推崇奥斯特洛夫斯基，在论文中不止一次地运用奥斯特洛夫斯基笔下顽固保守的商人形象，来揭露民粹派以及资产阶级代表人物，并号召以此为鉴，改进当前的工作。

一

　　《大雷雨》是奥斯特洛夫斯基的代表作。杜勃罗留波夫写了《黑暗王国中的一线光明》一文，专门阐述这部名剧的意义，指出作家在暴露专制农奴制这个"黑暗王国"上，对俄罗斯社会生活有深刻的了解，"表现人民的生活，人民的愿望"。

　　《大雷雨》发表于1860年，它出现在人民群众反对专制农奴制革命的高涨年代。农奴制已经成了当时俄国经济发展的严重障碍，农奴主的残酷剥削，使农民不断起义。以车尔尼雪夫斯基为首的革命民主主义者代表广大农民的利益和代表地主利益的贵族自由派展开了坚决的斗争。国内矛盾尖锐化，沙皇亚历山大二世为缓和阶级矛盾，防止革命爆发，被迫于1861年2月宣布废除农奴制，"解放"农奴。列宁指出："臭名昭彰的'解放'，实际上是对农民进行残酷的掠夺，是对农民施行一系列的暴力和一连串的侮辱。"（《"农民改革"和无产阶级农民革命》）改革虽没有使农民获得真正的解放，但它是标志着俄国从农奴制社会向资本主义过渡的历史转折点。

　　《大雷雨》真实地表现了改革前夕俄国社会的矛盾。它是通过宗法制度下商人家庭的野蛮的生活习惯、封建的传统观念与要求自由和解放、摆脱奴役之间的斗争来体现的。因此我们不能把剧本的冲突简单地理解成家庭的伦理道德冲突，不能把剧本的主题简单地归结为妇女解放的主题。

　　以卡杰林娜为代表的要求自由独立的新生力量与以卡巴诺娃为代表的宗法制的顽固势力的矛盾，两种力量的猛烈撞击，构成剧本的基本冲突。这种冲突是社会的冲突。

　　《大雷雨》写的是一个商人家的儿媳妇忍受不了婆婆的虐待，投河自杀的故事。这类故事在封建社会是平常的，也是过去文学作品中常见的。奥斯特洛夫斯基独到之处是把他的女主人公安排在不平凡的环境中，她面临强大的专制顽固势力而不惧，冲破"黑暗王国"的严酷统治，追求自由和解放的理想。在人物形象上注入了深刻的社会内容。

　　作者没有把女主人公的精神追求当作喜剧处理，它反映了生活的真实，具有强烈的感染力，给人造成鲜明的印象：专制农奴制的俄罗斯的黑暗与野蛮，扼杀了一切生机，它渗透到社会的各个角落，甚至渗透到家庭生活中，要生存必须进行斗争。

为了揭露"残酷的社会风气"，作者把故事背景放在伏尔加河畔偏僻的外省小城卡里诺夫镇，并把这里清新的空气、绚丽的风光和人们的愚昧无知、野蛮的风俗加以对比。与世隔绝，死气沉沉，残酷的风习把人们弄到昏睡状态。他们已经连欣赏自然风光的能力都没有了。每天吃睡、聊天、祈祷，对异国他乡的事情毫无所知。因此香客菲克鲁莎可以胡说："还有个地方，那儿的人全长着狗头"，他们对这种无稽之谈竟然信以为真。人们失去了理性的判断力，就连"立陶宛是从天上掉下来的"也不怀疑。他们对雷电等自然现象不能理解，对宗教和神无限信仰和恐惧。封建专制把人们愚弄到无知的地步，古旧的风习、传统的陈腐观念窒息了人们的思想活力。库力金想用自然科学开导人们，但他不敢写成诗来表达。

提郭意是"黑暗王国"的代表，是具有资产阶级气质的顽固分子的典型。他身上保存农奴主和新兴资产阶级的双重特点，反映着过渡时期生活主人的精神面貌和思想本质。专横、野蛮、无知、压榨是他性格的特点。他没有文化教养，"靠骂人过日子"。他随意谩骂和侮辱人，"脾气特别暴躁"。他专横跋扈，要别人都服从他的意志，稍有违抗就要大动肝火。遇到不如意的事情，常常把家里人当作出气筒，任意折磨，弄得全家一连两个礼拜"躲到楼顶或堆房里"，妻子每天流着泪。这个野蛮的暴君愚蠢无知，他认为"打雷是老天爷处罚我们"；同时他又贪婪无赖，雇工不付钱，总逼得穷人吃亏。他说："如果我少给每个人一个戈比，那我就可以积成好几千卢布了！这对我多好！"一提到钱，他"浑身都会冒火"。钱是他作威作福、逞凶肆虐的物质基础。只要能发财，就不择手段。他勾结官府，为非作歹，霸占财产，克扣工资，虐待亲属，什么坏事都干得出来，谁也不敢惹他。如有人告发他，他能随便地拍拍市长的肩膀就算完事。剧本深刻地揭示了社会的本质，提郭意不是孤立的个别人物，而是"黑暗王国"顽固势力的代表。

卡巴诺娃是"黑暗王国"中的另一种典型。在丑恶本质上，她与提郭意是相互补充的。提郭意粗暴，卡巴诺娃伪善。她虔信宗教，养着香客，施舍叫花子，"可是对家里的人却狠极了"。如果说提郭意在社会上是专制的魔王，那么卡巴诺娃在家庭中是掌权的恶鬼。提郭意辱骂、痛打人；卡巴诺娃用宗法制旧风习折磨人的灵魂。这个恶鬼的专横更加荒唐，更加难以忍受，提郭意的专横，只有她能够制服。就是在情感上两个人也有所不同：提郭意暴躁，卡巴诺娃冷淡。提郭意骂得过分还有时感到忏悔，而卡巴诺娃对一切忏悔都幸灾乐祸，卡杰林娜的忏悔和死也不能触动她的心，她阻止奇虹去打捞尸体，更不准奇虹哭妻子。在落后保守方面，她比提郭意更加顽固：提郭意对于避雷针根本不想了解是怎么回事，没有根据地反对新事物；卡巴诺娃反对火车是意识到火车破坏了宗法生活和习惯，是人们"为了贪快"才发明了"火龙"。对于自私自利的提郭意，只要不请他捐献资金，也许装上避雷针他毫不过问，可是火车对于顽固的卡巴诺娃，"你就是撒金子给我，我也不坐它"。提郭意的粗暴有些胡闹和任性，卡巴诺娃的专制严格地遵守家法家规以及古旧的生活原则，她的激动、责难和挑拨离间，都是从这里出发的，林荫道上散步和送子上路时，她的繁文缛节，逼真地画出了封建礼教吃人的本质。它毁了青年一代，它把这个家庭弄得四分五裂。在卡巴诺娃严酷的统治下，卡杰林娜断送了生命，瓦尔瓦拉弃家逃走，奇虹成了不幸的人。这幅生动的图画反映了"黑暗王国"的日暮穷途，不可避免要灭亡。但反动势力不愿自动退出历史舞台，总是要垂死挣扎，折磨和仇视新事物。

二

卡杰林娜的形象是"黑暗王国"中的一线光明。她争取自由和解放的思想，坚强不屈的毅力和冲破黑暗势力的一往无前的精神，是同人民反抗封建专制的英勇精神相通的。她不幸的命运和自由独立的要求具有普遍意义。作者是把卡杰林娜形象放在敌对的环境和尖锐的冲突中，抓住人物的最后一段生活，选择最尖锐、紧张的时刻来精心塑造的。

出现在我们面前的卡杰林娜，已经是结了婚的备受婆婆虐待的愁容满面的妇女。她忧伤地回忆起她少年时代的幸福生活：享受着母亲的抚爱，过着无忧无虑的生活，经常走入幻想的世界，把一切都理解得那么美好，甚至在宗教迷信的故事中也能选取美好的幻想，在她美梦中"金色的圣殿、奇异的花园、看不见的精灵歌唱的歌声"，经常出现。她想给自己建立一种没有苦难和忧愁的幸福世界，像小鸟一样自由飞翔！这个富于幻想的天真的姑娘，性格像一团火，热烈而刚毅。她说："我天生就是这种烈性子。"六岁时家里惹了她，黑夜她划船逃到伏尔加河很远的地方去。若是忍耐不了的话"什么力量也抓不住我"，跳窗、投河、砍头什么都不怕。然而她的心地又善良、纯洁、直爽，"在人面前也好，不在人面前也好，我都是一个样"，"我不会骗人，也不会瞒人"。

她的美好的幻想和热烈的性格，在婚后立即同现实发生了矛盾。她落入了卡巴诺娃的魔掌。封建婚姻把她嫁给了"没有头脑"的，自己不爱的人。婆婆的专制，使其行动受到限制，感情受到压抑，人格受到屈辱。封建家规摧残了她的心灵。她的丈夫奇虹又是处在母亲和妻子之间的可怜人物，成了母亲的顺从工具。在这种家庭环境中，一个妇女的痛苦是可想而知的。卡杰林娜讲到自己悲惨的命运时说："这样的痛苦会把我逼死的！""我活着，受苦，没有出头的日子。"

尽管如此，她开始时还是尽最大力量来克制和容忍。她对婆婆想用尊敬和听从来换取对自己的尊重；对待丈夫努力寻找灵魂上的和谐一致，甚至想到"要是有个孩子多好"，可以占据自己的心灵，想"缝几件衣服送给穷人"来打发时间。她想做一个好儿媳和好妻子，表现了她的纯洁善良。但这一切都是徒然。她那摆脱压迫、追求自由和幸福的渴望，像烈火般猛烈地燃烧起来，于是萌发了对鲍里斯的爱情。当她发现性格怯懦的鲍里斯无力支持她时，她找不到出路，忍受不了"黑暗王国"的统治，不自由，毋宁死，于是跳河自杀了。

卡杰林娜的悲剧是黑暗专制的社会造成的。专制顽固势力不给她任何自由的权利和活动的余地，把她逼上了死路。她的丈夫奇虹，被宗法社会的古旧风习吞噬了灵魂，他虽然不断地抱怨自己受压迫的地位，但他一切听从母命，软弱而糊涂，在烈酒中寻找安慰。他同情妻子的处境，但又不自觉地去执行母亲的命令打了妻子几下；他虽然爱妻子，但在母亲的压力下，他对妻子的感情和善良的愿望却变得冷淡而粗野起来。当卡杰林娜要求带她一块走时，他认为自己可以自由两个礼拜——"那我还管什么妻子呢！"而且居然讲出："无论我怎么样，到底我还是个男子汉。"他是封建礼教的受害者，又是被迫的执行者，因而在某种意义上来说卡杰林娜的悲剧，奇虹也有一定的责任。鲍里斯谦虚、纯朴、富于同情心、没有卑劣行为，但他没有坚强的意志和为爱情斗争的决心，只能抱怨自己的命运，忍受叔父的辱骂，并且劝卡杰林娜也服从命运。他发觉她要出什么事情，但他没有帮助她，还是远走了。这个一心等待叔父遗产、听从别人安排命运的怯懦者，同样也没给她应有的支持。造成悲剧的社会原因，从卡杰林娜本身看，是她没有受过文化教育，远离社会的政治生活，没有达到为反抗现存制度与压迫而积极斗争的高度；孤立的个人的自发反抗，必然遭到悲剧的结局。

卡杰林娜的悲剧是对宗法社会的有力的控诉。在这个社会中，提郭意和卡巴诺娃们为所欲为，他们利用旧风习、宗法观念、宗教迷信，对青年一代进行残暴的野蛮的统治，造成人们的贫困愚昧和死亡，逼得人们走投无路。卡杰林娜的悲剧意义是深远的，它启发人们为争取自由和解放，必须向反动保守势力作坚决的斗争，绝不向黑暗势力妥协投降。卡杰林娜的死被杜勃罗留波夫称为是"对专制顽固势力的激烈挑战"，它给"黑暗王国"的必然崩溃投射了胜利的曙光。

三

《大雷雨》在艺术上有很高的成就。

作家充分利用外景的作用。全剧共四幕，有三幕是外景，这不是偶然的。作家有意识地把自然界景物的美好与人类社会的丑恶加以对比。伏尔加河畔自然风光的优美动人，被生活主人压迫的卡里诺夫的人们的愚昧无知，形成强烈的对照，突出顽固势力的野蛮和人们对现实的不满。外景在揭示人物性格、推动情节发展上的重要意义，特别明显地表现在两次出现的大雷雨上。雷雨本来是天空中的自然现象，但它却影响了主人公的内心世界。第一次雷雨是个警号，它预示了卡杰林娜的悲剧。卡杰林娜说："我不爱丈夫，爱别人，难道还不算一件坏事，一个可怕的罪恶吗？"她似乎感到灾难临头，于是响起了第一次雷雨，她紧张得要命。大雷雨展示了她内心的矛盾，成功地表现了一个被宗教偏见所束缚的纯洁真挚的妇女的内心的痛苦。第二次雷雨到来时，游客乙说："不是劈死一个人，就得烧毁一所房子"，卡杰林娜害怕地躲了起来，半疯癫的贵妇说："你藏到哪儿去？你躲不了上帝"，人物内心的矛盾达到了顶峰，她当众忏悔了自己的"罪恶"，第二次雷雨把情节推向了高潮，再往后她就投河了。

剧中人物都具有深刻的典型意义，而且性格突出。无耻的专横、极端的顽固是"黑暗王国"中两个代表人物提郭意和卡巴诺娃的共同本质，但前者粗暴，后者伪善。奇虹和鲍里斯是两个受压迫的怯懦者，但前者庸俗，后者纯朴。瓦尔瓦拉与卡杰林娜两个青年妇女的性格都是坚毅的，但前者说谎和随机应变，后者诚实和光明磊落。库得略西与库力金都有意志力，但前者善于保护自己，后者关心贫民的处境。人物形象丰满，栩栩如生是奥斯特洛夫斯基剧作的重要特征。

作者塑造人物的才能也表现在善于使人物的语言个性化上面。剧中每个人物的语言都具有鲜明的个性特征。如通过"混蛋""强盗""骗子""该死的东西""他妈的"等庸俗下流的词语，揭示了郭提意专横野蛮的性格。用"滚！""少说废话！"等命令式的语言，以及滥用外来语和使用不连贯的句子，说明他精神的贫乏和无知。用"不要脸的""别那份德行""要是人家没有问到你，我看你还是少开口吧"等粗暴语言揭示卡巴诺娃粗野残暴的性格。其他人物的语言也各有特色，如库得略西的语言特点是哪儿的话都有，土语、方言、外来语都有。库力金爱好文学，喜欢自然科学，因此他的语言有生动的文学用语和自然科学术语。卡杰林娜生长在乡村，与民间语言联系紧密。她的台词生动，有成语、民歌，带有抒情色彩，语言流畅。如："狂风呵，你把我的忧愁和相思带给他去吧！天呀，我寂寞得很，寂寞得很！我的欢乐，我的生命，我的灵魂，我爱你！你回答我呀！"

作者塑造人物形象时，又常用表意的姓名，借此来强调人物性格的主要特征。如提郭意是"野蛮"的意思，卡巴诺娃是指野猪，库得略西是"愉快"的意思。

奥斯特洛夫斯基善于根据人物的精神面貌，个性气质选择富有特色的语言。剧中人物对话的语言运用得十分巧妙，高尔基称他为"语言的魔术师"。像《大雷雨》这样优秀的戏剧创作，无论思想内容或艺术技巧，都有很多东西值得我们借鉴。

——载《世界文学名著选评》（第 2 集），
江西人民出版社 1979 年版

谈契诃夫的《变色龙》

19世纪俄国著名作家契诃夫的创作，特别是他的短篇小说，是世界文学的瑰宝。革命导师列宁和斯大林都非常喜爱他的作品，在他们的经典著作中，都借用过契诃夫作品的人物形象。同样，契诃夫的作品，也深受我国人民的欢迎。鲁迅先生称赞契诃夫的作品时说："我以为没有一篇是可以一笑就了的。"契诃夫创作在思想艺术上取得的成就，值得我们研究和借鉴。

《变色龙》是契诃夫讽刺作品的代表作之一。它写于1884年，当时作家刚24岁，表现了契诃夫的非凡的写作才能。

19世纪80年代的俄国社会，正是沙皇亚历山大三世统治的最反动时期。民粹派采取个人恐怖手段，刺杀了亚历山大二世，不但没有解决任何社会问题，反而促使新上台的沙皇亚历山大三世采取更加反动的高压政策，新沙皇加强了宪兵警察等专政机构。在意识形态领域中，加强了书报检查制度，封闭进步刊物，各大学均实施了警察监督制。整个俄罗斯笼罩在军警宪兵的白色恐怖之中。尽管如此，俄罗斯的民主主义作家，仍坚持批判现实主义的文学传统，对反动统治进行无情的揭露。契诃夫的《变色龙》《普里希别叶夫中士》《套中人》等短篇小说，是当时揭露警察宪兵制度的优秀作品。契诃夫在这些著名的作品中，创造了奥楚蔑洛夫、普里希别叶夫、别里科夫等人物形象，反映了沙俄社会最典型的现象，具有时代的特征。

契诃夫善于从日常平凡的生活中选取题材。习以为常的事件一经进入他的作品，不仅具有活生生的真实气氛，而且能反映出社会现象的实质，构成具有时代特征的生活图画，成为独具特色的俄罗斯社会生活的讽刺史诗。《变色龙》正是这样，它只选取了社会生活的一个片断——街头巷尾极为平常的狗咬人的小事，却表现了一个尖锐的重大的社会问题，即警察是维护统治阶级利益的工具，它肆无忌惮地欺压人民。小事情反映大问题，以小见大，正是契诃夫短篇独特之处。

《变色龙》的艺术构思是巧妙的。平淡无奇的故事，能引起哄堂大笑，引人深思，这是作者根据人物的独特性格提炼情节的结果。这篇小说的情节是建立在警察制度同广大人民矛盾的基础上的。通过警官对首饰匠被狗咬伤事件的处理，揭发了警察制度同人民的对立，鞭笞了望风使舵、反复无常、谄上欺下的奥楚蔑洛夫精神。在短暂的时间内，奥楚蔑洛夫处事态度五次改变：最初，他摆出一副公正的面孔，企图收揽人心，决定惩办狗的主人，要教训不遵守法令的老爷。可是作家出人不意，掉转笔锋。人群中有人说："这好像是席加洛夫将军家的狗"，于是奥楚蔑洛夫马上改变了态度，替狗辩护起来："它怎么会咬着你？难道它够得到你的手指头吗？它是那么小。"这好像很突然，但完全符合人物性格发展的逻辑。后来巡警猜断"这不是将军家里的狗"，这时他第二次改变了态度："你呢，赫留金，受了害，那我们绝不能不管。"但是巡警对自己的见解怀疑起来："不过也说不定就是将军家的狗。"于是警官第三次改变了态度，他声色俱厉地骂赫留金是"混蛋"，"怪你自己不好！"巡警对狗的主人的两次推断，使得警官的态度两次改变。

将军的厨师也对狗的主人进行两次断定，但这不是两种相反的论断，而是后者比先前更为准确的论断。这种精心巧妙的安排，产生了动人的艺术魅力。厨师说："我们那儿从来没有这样的狗"，于是警官心里有了底，显出威风来"这是条野狗……弄死它算了"。他第四次改变了态度。狗的死刑已宣布，即待执行了。可是厨师接着说："这不是我们的狗，这是将军哥哥的狗"，警官第五次改变了态度。脸上立即堆起了温情的笑容，竟然对狗也阿谀起来。情节的跌宕不仅使故事波澜起伏，吸引读者，而且深化了人物的性格，统治阶级看家狗的丑恶面目，跃然纸上。

作者不厌其烦地描写奥楚蔑洛夫的态度五次变化的过程，绝不是无意义的重复，这是对人物性格层层展现的方法。这与《一个官员的死》中，借小公务员一次又一次道歉来揭示他的怯懦和《苦恼》中马车夫姚纳四次向人诉说他死了儿子的苦恼相类似，起到推动情节发展，加强戏剧效果的作用。契诃夫在《变色龙》中，通过人物的不断变色，自我表演，自我暴露，把其放在前后矛盾、丑态百出中，进行淋漓尽致的讽刺，严峻无情的鞭笞。作家不动任何声色，不加任何议论，把人的心灵反复透视，这是契诃夫创作常用的艺术手法。

《变色龙》通过人物的自我表演，随机应变，塑造了一个溜须拍马、谄上欺下、见风使舵、趋炎附势的奥楚蔑洛夫的形象。小说的题目《变色龙》和主人公的名字"奥楚蔑洛夫"起得准确、巧妙、新颖、形象。它们同文章的主题思想有着内在联系，具有深刻的讽刺和象征意义。变色龙是蜥蜴类的一种，能随时改变皮肤的颜色以适应环境的需要。俄文"变色龙"也可译为易变心的人。作者借此强调主人公善变的性格特征。主人公的名字奥楚蔑洛夫是音译，意译就是"呆傻""疯颠"的意思，作者借此来讽刺、嘲笑和否定奥楚蔑洛夫这类人在社会生活中的价值和意义。这个警官的唯一技能就是善变，但是万变不离其宗，那就是甘心情愿当统治阶级的看家狗，使人不仅感到可笑，而且还感到可憎。他的存在只能造成是非颠倒和对公理的损害。

小说环境的描写，是揭示人物性格的重要手段。但是短篇作家契诃夫不像巴尔扎克和托尔斯泰那样细致描写环境和场面。他只截取最典型的社会环境的一个横断面，既能反映出时代的特征，又有助于揭示人物的性格。小说的开头是警官奥楚蔑洛夫走过的市场："四下里一片寂静……广场上一个人也没有……商店和饭馆的敞开的门口，连一个乞丐也没有。"只用寥寥几笔就真实地再现出沙皇统治的社会一片萧条败落的景象，反映出19世纪80年代俄国社会的阴森可怖的黑暗面貌。主人公奥楚蔑洛夫就活动在这样的典型环境中。他一出场是仪表威严，威风凛凛，"穿着新的军用大衣"，身后还跟着一个巡警。但是"他手里提着一个小包"和巡警端着"没收来的醋栗"是对他威严仪表的有力讽刺，严整的外貌无法掩盖他对人民财产的搜刮。作者通过人物的外表和行动的矛盾，揭示其灵魂的丑恶和肮脏。作者强调人物与环境的血肉联系，80年代俄国社会是历史上最反动的时期，这种社会环境是产生迎合现实、阿谀逢迎的奥楚蔑洛夫的性格的土壤，而奥楚蔑洛夫精神又维护了腐败黑暗的社会制度。因此鞭笞奥楚蔑洛夫的性格，具有重要的社会意义。

为了集中笔力，小说选择了最精采的场面，故事从发生到结束的地点仅限于木柴厂的门口。一群人围着警官，那个咬人的小"罪犯"也在其中。这个小小的场面，好像剧院舞台的聚光灯一样，使奥楚蔑洛夫在大庭广众之前，在光天化日之下，演出了一场极为可笑的滑稽喜剧。

在契诃夫小说中，人物动作表情是刻画人物性格的重要组成部分。然而，契诃夫在写反面人物时，笔调是严肃的，在严肃的客观描写中隐藏着讽刺。奥楚蔑洛夫有副严肃的仪表，举止郑重。当他听到有人喊叫声时，他把身子微微一"转"，"挤"进人群，"咳"了一声，"拧起"眉毛，"严肃的"开始问话。这位警官一副官老爷的架子，装模作样的丑态，只用"转""挤""咳"几个字，几个动作就形象地表现出来了，语言精练而富于表现力。特别应该指出的奥楚蔑洛夫"脱""穿"大衣的两个动作，生动地传达出主人公的内心活动与思想起伏。他刚威风凛凛地恫吓狗主人，决定严加惩处，忽然听说狗是席加洛夫将军家的，他为自己的放肆而惴惴不安了，"席加洛夫将军？哦！叶尔德林，把我身上的大衣脱下来吧……真要命，天这么热！"他心理的尴尬和外表的狼狈呈现在读者的眼前，讽刺得多么尖刻。变色龙在寻找变色术，仿佛脱掉大衣能减轻他的负担，能解脱他的窘境似的。正在这时，得知狗不是将军家的，他立即又神气起来，说了要法办狗主人的话。然而他的话音刚落，巡警判断这狗可能是将军家的，他又为方才的得意忘形而恐惧了，"哦！……叶尔德林老弟，给我穿上大衣吧。……好像要起风了，……挺冷。"变色龙又在寻找变色术，仿佛大衣能挽救他的失言似的。变色龙的灵魂通过一热一冷、一脱一穿的细节描写，得到了生动的表现。作者无须花费笔墨去做人物心理描写，只就一件大衣的处理，就把人物在当时当地具体变化着的心理状态，揭示得如此透彻、如此深刻。

契诃夫的短篇小说以对话取胜，语言有显著的特色。人物的语言是充分个性化的，从人物的语言可以看到人物的精神面貌和性格特征。奥楚蔑洛夫对下是太上皇，傲慢自大，他说话就是"我""我要""我绝不"……如："我绝不轻易放过这件事"，"我要拿出点颜色来"，"我要好好的教训他一顿"。他的话不仅专横而且粗野，且掺杂着骂人的字眼。什么"混蛋""猪猡""下贱胚子"五花八门；可是对上，在他的一副媚态中，是一片阿谀奉迎的语言："这是他老人家的狗？高兴得很"，"把这条狗带到将军家去……就说这狗是我找着，派人送上来的"。于是"野狗""疯狗"变成了"娇贵""伶俐"的动物了，甜言媚语，令人作呕。为了趋炎附势，他还会翻云覆雨，甚至倒打一耙，嫁祸于人，这在他的话语中也得到了充分的体现，他指责赫留金说："你那手指头一定是给小钉子弄破的，后来却异想天开，想得到一笔什么赔偿损失费了。"一百八十度的大转弯，在他轻而易举，一会儿冒似公允要给你出气，一会儿就会编出谎言来诬害你，善变者有善变的语言和手法。尽管人群发出了笑声，他临走时还威胁说："我早晚要收拾你。"这一结尾发人深省，余音绕梁，对认识变色龙为虎作伥的反动实质，提醒人们防备毒虫，具有深刻的启发意义。

奥楚蔑洛夫这个变色龙的形象，在今天仍有现实意义。"四人帮"一伙就是危害党、危害国家和人民的变色龙。王、张、江、姚都善于随机应变，都有一套变色术。江青由叛徒到"文化大革命的"旗手，由勾结林彪到"反林英雄"；张春桥由国民党复兴社的特务到"正确路线的代表"；姚文元由阶级异己分子变成"理论权威"；王洪文由流氓变成"工人领袖"，这些当代的变色龙都是奥楚蔑洛夫的后代。还有，卖身投靠"四人帮"的"帮派"体系，紧跟"四人帮"的鼓点跳舞、善于观风向和气候、见机行事的所谓"风派"人物，在他们身上同样可以看出变色龙的丑恶的灵魂。"四人帮"举着棍棒，把外国的具有进步意义的资产阶级文学统统打成"剥削阶级文艺"，野蛮地加以扫荡，充分暴露了他们害怕在外国文学所批判的反面人物身上看到他们自己可憎的面目。

《变色龙》对我们识别各种两面派、投机变节分子具有一定意义。但是，必须指出契诃夫同刚刚兴起的俄国工人运动没有联系，他不了解工人阶级的历史使命，当然不可能描写出扫荡变色龙的群众革命斗争，这是由后人来彻底完成的任务。

——载《河北师范学院学报》1979年第1期

契诃夫的《凡卡》评析

契诃夫的《凡卡》是一篇感人的作品,作者以深切的同情的笔调,描写资本家剥削下的童工的苦难生活,有力地鞭挞了资本主义制度。鲁迅先生在《狂人日记》中揭发剥削制度"吃人"的本质时写道:"我翻开历史一查,这历史没有年代,歪歪斜斜的每页上都写着'仁义道德'几个字。我横竖睡不着,仔细看了半夜,才从字缝里看出字来,满本都写着两个字'吃人'!"在旧社会,中国如此,外国也是如此。"天下乌鸦一般黑",这句话是千真万确的。

在俄国历史上,农奴制的废除,标志着生产方式由封建主义向资本主义过渡的转折点。农奴制的废除给资本主义的发展创造了条件,资本家获得了必要的劳动力和市场,而广大劳动人民则受地主和资本家的双重压迫。列宁论述资本主义崛起情况时写道:"它破坏了农村生活的一切'基础',带来了空前未有的破产、贫困、饿死、野蛮、卖淫以及梅毒——'原始积累时代'的一切灾难,而这些灾难又由于息票先生所制造的最新的掠夺方法被移植到俄国土地上而百倍地加重了。"资本主义的祸水无孔不入,不仅成年人,就是儿童也深受其害。契诃夫的《凡卡》真实地描绘了童工所受的压迫和剥削。

在契诃夫的小说中,创造了一系列的被压迫被侮辱的"小人物"形象。其中描写劳动人民的重要作品,有失去独子的姚纳(《苦恼》),失去双臂双腿的旋工格里高里·彼得洛夫(《哀伤》),不幸的凡卡(《凡卡》)等。这些人都是生活在社会底层的勤苦的劳动者,都有着共同不幸的遭遇。作者通过这些被侮辱、被损害的形象,展示了帝俄社会劳动人民的悲惨生活的图景。

《凡卡》这篇作品独到之处，是通过天真无邪的儿童的感受，用书信的形式和作者生动的描写写成的。凡卡的天真和孤苦被写得十分具体生动，完全符合儿童的心理特征。作者的思想感情和人物命运溶化在一起，抒情的形象和抒情的语调，在小说中占有重要地位。因而小说紧扣读者的心弦，感人至深。

　　契诃夫写出如此真实感人的作品，与他的生活经历和对社会的仔细观察是分不开的。契诃夫的童年是不幸的。学校的教育和家庭的生活都给他留下了痛苦的烙印。大冈罗格中学的棍棒教育和父亲的专横粗暴，使他的自尊心遭到极大的侮辱。契诃夫从小蹲在父亲开的杂货店里，过着体罚、劳动和睡眠不足的生活。"毒打的痕迹从来没有在我的心头痊愈"，契诃夫回忆童年生活时沉痛地说："我没有童年。"因此他同情"小人物"的命运，反对小市民的庸俗，并以此作为他自己创作的主题。

　　凡卡是个孤苦无助，天真可爱的儿童。他精神道德崇高，对自由生活热烈地向往。他从小失去父母，和穷苦的爷爷相依为命。爷爷是地主的守夜人，养活不了他。资本主义把他从爷爷身边夺走，他在鞋店里当童工。他对爷爷有深厚的感情，同地主家佣人有亲密的友谊。他有自己的爱好，那珍贵的小手风琴和那小小的绿匣子，简直就是他的宝贝。他热爱大自然，对自然风光有独特的鉴赏力。他热爱劳动人民的风俗习惯，资本主义的城市生活同他格格不入。他又是那么细心，有敏锐的观察力。他熟悉爷爷"笑眯眯地眨着一双醉眼""宽大的羊皮袄""高筒毡靴"，甚至爷爷身边的两条狗的不同脾性，他都一清二楚。然而最可贵的是他不被生活的压迫所屈服的性格，他想逃脱所受的压迫，他想"跑"回村子，逃出虎口。他敢于向爷爷写信，哪怕是偷偷地，他也要控诉资本家的残酷压榨，激烈地抗议老板的虐待。在给爷爷的信中，发出了急迫的呼救的声音。

　　作者塑造凡卡的形象时，紧紧抓住凡卡在资本家虎口里所受到的痛苦折磨以及逃出虎口的强烈愿望作为描写的中心。作者没有对其描写的人物展开历史的叙述，而选取其生活中的片断来概括人物的命运和社会面貌。小说描写的是凡卡到鞋店当学徒的三个月的生活，在短短的三个月里，他经历了难以忍受的痛苦。资本主义社会带给儿童的灾难得到了充分的展示。

　　小说只选择了一个最能表现人物思想的场景，圣诞节前夜，趁主人和伙计不在家时，凡卡偷偷给爷爷写信，成功地塑造了凡卡的形象。用书信的形式讲述他的痛苦生活，这种艺术形式的好处有：（1）便于把主人公平日吃过的许多苦头集中起来，把最典型最能揭示事物本质的事件写进去。作品中虽没有出现老板的形象，但老板的残暴和凶狠得到了充分的揭示；（2）书信形式的第一人称，便于表现主人公的亲身感受，特别是儿童心灵的纯朴、感情的真挚、对待事物的公正，更易于打动读者。

书信的形式便于诉苦，但还有它的局限。它看不见人物的面目和表情，看不见人物的动作，这使刻画人物性格的必要的艺术手段难以施展。为了人物更加丰满，因而小说除以书信作为主干外，出现了作者的描述，使作品枝叶并茂，生动活泼。但契诃夫描述生活时，他的态度是冷静的。他极力避免作者个人的议论和直接对生活的干预。他在客观的冷静的对生活的真实描绘中，渗透着作者的感情。所谓"弦外之音"轻柔地在读者耳边回响着，引起读者对凡卡的悬念，激起读者"救救孩子"的反响。

凡卡的信是用泪水写成的；他经常挨打，老板打人是凶狠的（"揪着我的头发，把我拖到院子里，拿皮带揍了我"，"老板拿楦头打我的脑袋，我昏倒了"），而且是无缘无故的，收拾鱼"从尾巴弄起"也要发脾气。手艺是学不到的，什么杂活都干。整夜给老板的小崽子摇摇篮，整天吃不饱，"我饿得要命"。

信中不仅写他受苦的事实，而且还写了受苦的程度："我再也受不住了！""难受得没法说""连狗都不如""只有死路一条了""可怜可怜我这个不幸的孤儿吧"，字里行间渗透着作者抒情的语调。

作者对凡卡请求爷爷带他离开鞋店的苦苦哀求和许愿的描写，突出了凡卡处境的艰难："我给您下跪了，我会永远为您祷告上帝"，"我会替您搓烟叶"，"我做错了，您就结结实实地打我一顿好了"。为了不加重爷爷的负担，求管家"让我擦皮鞋"，或者去"放羊"，而且写他如何照顾爷爷，甚至等爷爷去世为他祈祷……他越是恳求爷爷（因为爷爷本来是爱他的）越是能强调他急于逃出火坑的欲念。作者抓住他"逃回"的愿望，烘托了他苦难的深重。这种用墨独到、匠心独运的手法，技巧高明，感染力强。

凡卡的信中关于莫斯科的插曲，表面看好像是多余的，然而它实际上进一步展示了凡卡的心灵。他爱商店里卖的钓鱼用具和猎枪，但这些东西都很贵。他对生活有无限的热爱，但生活对他是冷酷的。

作者在凡卡写信中，两次穿插了凡卡对爷爷和乡村生活的回忆，这是用强烈的艺术对比的手法，突出凡卡的童工生活的苦痛和回到爷爷身边的向往。爷爷的形象出现非常自然：凡卡看着黑糊糊的窗子，从玻璃上映出的蜡烛的模糊的影子中，想到爷爷的身影。爷爷的形象鲜明，性格突出。他是65岁的瘦小的伶俐活泼的老头儿，和蔼可亲，"老是笑眯眯地眨着一双醉眼"，工作守职，爱开玩笑，逗笑是他辛酸生活的唯一的慰藉。爷爷是快活的，乡村生活也是快活的，就连乡村的风景也特别美好：晴朗的天空，风平浪静，干冷的冬夜，就是没有月亮，烟啦、树木啦、雪堆啦，一清二楚。"披着浓霜一身洁白的树木"，"天空撒满了快活的眨着眼的星星"，自然景物也完全人格化了。风景描写得具体、生动、传神，具有抒情诗的特点，散发着童话般的气息。冬夜，也是从天真儿童的心理去描写和欣赏的，没留下作者的任何"痕迹"。情景交融，美好的风景与凡卡的怀乡结合在一起。在契诃夫的笔下，大自然的美经常同被压迫的主人公想使生活变得美好是一致的。

凡卡叹口气，接着又写信，请爷爷在老爷的圣诞树上给他摘一颗金色的胡桃。于是他同爷爷一块去砍圣诞树的快乐情景，爷爷的逗笑，野兔的惊跑出现在他的眼前，小说出现了第二次回忆。用两次回忆，把和爷爷在一起的乡村的愉快生活同鞋店的生活相对照。在对照中，又透露了爷爷的生活并不是理想的生活，寒冬深夜给地主打更"冻得缩成一团"，给老爷砍圣诞树爷俩"冷得吭吭地咳"。本来不是好的生活，在凡卡的回忆中竟是那么美好，而且深深地怀恋，这就更加衬托出了鞋店生活的悲苦。两次回忆可以看到凡卡写信时不同的心境，情感的波动，思绪的变幻；两次回忆可以看到凡卡把两种生活不断地加以对比，离开鞋店的愿望强烈，在艺术上起着强调和渲染的作用。

让凡卡在圣诞节前夜给爷爷写信，这个时间的选择，构思的深邃，抒情气氛浓厚。旧时俗话说："每逢佳节倍思亲"，圣诞节是纪念耶稣诞生的西方民族的传统节日、快乐的节日。立起圣诞树，挂上糖果，乡村的孩子们还举着星星灯走来走去，圣诞老人还给孩子们一份礼物。圣诞节加重了凡卡的忧思。另外，主人去做礼拜，趁屋里没人来写信，表现主人统治的残酷和严厉。凡卡写信的环境，文字不多，表达有力。粗陋的作坊，什么摆设也没有，一个工作台，两排摆满楦头的架子，昏暗的神像，暗淡的蜡烛。凡卡写信用的是"生锈了的钢笔"和"揉皱了的白纸"。这样的恶劣条件，童工的生活是可想而知的。小说通过环境气氛的渲染，烘托了人物，深化了主题。

凡卡写信时的精神和动作，表现了他的心理状态："在写第一个字以前，他担心地朝门口和窗户看了几眼"，在写信中不断地"叹气"，写到他不堪容忍的生活时"凡卡撇撇嘴，拿脏手背揉揉眼睛，抽咽了一下"。凡卡的恐惧和担心，痛苦和难过的具体情景呈现在读者的眼前。在《凡卡》中可以听到作者深沉的叹息，他真实有力地描写了一个孤苦伶仃的儿童的痛苦和机警。

作者一刻也没有脱离形象思维，没有从概念出发去"拔高"九岁儿童的形象，而是按照生活的逻辑，按照人物的年龄、经历、处境和独特的思想去塑造人物形象。

小说的结构严谨，开门见山。开头只用几句话，就把凡卡的悲剧命运摆到读者的面前，中间部分是情节的中心，是以凡卡的"写信"和"回忆"交织而成。小说的结尾深刻含蓄：这封没有明确地址的信以及寄信后主人公怀着甜蜜的希望的梦的结局，在艺术处理上出人意料之外，而又在情理之中，耐人寻味。艺术上含蓄，它暗示凡卡的愿望，在当时社会里等于梦想，是实现不了的。即使爷爷收到这封没有地址的信，爷爷也搭救不了他。即使爷爷把他领回来，他也同样受苦。作者把社会生活的问题，摆到读者的面前，让读者去深思。实际上作者把这封无法投递的信，寄给了广大读者。小说结尾构思独特、新颖，但它既符合儿童的知识结构又完全符合生活的逻辑，表现出作者杰出的艺术才能。

契诃夫接触了资本主义社会的劳资矛盾这一重大的社会问题，批判了资本家老板对儿童的摧残，表达了他对被压迫人民的同情，这是这篇小说的进步意义。但是小说没有指出解决社会问题的出路和方法，这是作者世界观的局限。

——载《河北师院学报》1978 年第 2 期

魔术般的本领
——谈契诃夫的《苦恼》中表现人物心理的方法

人生的不幸莫过于可怕的孤独。连饭也混不上的马车夫姚纳，不料又死了儿子。他愁肠欲断，心乱如麻，一腔苦水无处倾泻。帝俄时代世态炎凉，人际关系冷漠无情，他的苦恼无人置理，他的悲伤无人同情。最后，他向动物——拉车的老马倾诉了自己难以忍受的哀伤。这就是契诃夫的著名小说《苦恼》叙述的情节和揭示的主题。

在契诃夫的创作道路上，1886年写的《苦恼》是个巨大的飞跃，也是他创作的重大转折。他的创作风格有了明显的变化：他以忧郁、冷峻的风格代替了早期创作的诙谐和滑稽，摆脱了感伤的情调，因此作品更加含蓄、深沉和有力。

有苦难言，是人内心冲突的表现，但总还能忍受；而有苦无处言，则表现为内心与环境的冲突。采用哪种方式表现马车夫的苦恼好？是通过人物自己直诉，还是通过侧面描写加以表现，这是摆在作家面前的选择。契诃夫摈弃了前者，选取了后者。这是因为直抒胸臆地讲述痛苦，显得单薄，难以引起深度思考和突出姚纳苦恼的社会性以及提高作品的批判力和感染力。

在心理描写上，作者主张"应当尽力使人物的精神状态能够从他的行动中看明白"。为此契诃夫很少表现人物怎样说和怎样想，而是让人物心理体现在行动中，从人物的举止、行动中揭示其精神状态和内心底蕴。小说开头通过环境与场面的描写，制造一种沉重的气氛来表现陷入沉思中人物的痛苦状态："大片的湿雪"满天飞舞，姚纳"周身发白"，"像个幽灵"弯着腰，缩着脖子，呆坐在车座上一动不动地想着心事。作家把人物僵硬的外形、苦痛的沉思与飞舞的雪片融为一体，呈现人物沉默中的思想在流动；在静与动、内与外的交织中展现马车夫的孤苦无助、愁云密布、愁思难解的内心世界。

作家还通过那匹瘦马的感受来衬托人物的心理活动：马也在沉思，想到"它那瘦骨嶙峋的身架"，食不果腹的穷困生活以及从犁头上拉到"不断的喧哗、熙攘行人的旋涡"的城市来的遭际，实际上是展示人物的苦难经历。用简练的文字从侧面揭示遭受资本洗劫贫困破产的农民，沦落到城市面临的困境和心理负担，反映了俄国社会的生活规律。从艺术表现形式上说，马的视角和马的感受是作家采用新的艺术方法，以新的角度、新的视野进行创作的新模式。

知觉麻木和失去常态，是医生出身的契诃夫表现人物心理善于运用的艺术手法。忧愁沉重的马车夫姚纳，头昏眼花"不知在哪儿"，马车不知"往哪里闯"，相遇的车夫在骂他，被马头碰了肩膀的行人用眼睛瞪他。挨了打，只听到拳头的响声而没有感觉到。挨了骂还发出"嘻嘻"的笑声。赶车的老把式竟然不会赶车了，对殴打和辱骂失去感觉。作家通过感官反应，揭示出人物陷入苦海而无力自拔的内心世界。契诃夫把姚纳的苦恼，写到了令人撕心裂肺的地步。

借场景描写刻画人物心理是这篇小说的重要特征。契诃夫选择了四个场景，写了姚纳四次碰到的四种人的冷遇，深化姚纳内心的苦恼并揭示出不同阶层的社会心理。

第一次遇到的顾客是个军人。军人因车子乱闯而生气：行人"要扑到马蹄底下"了，以此打断他的呆思。这时姚纳活动着嘴唇，想要说出什么，可"喉咙里没吐出一个字来"。之后"撇着嘴笑一笑，声调沙哑地说：老爷，那个，我的儿子这个星期死了"。可是军人竟然在车上"闭上了眼睛"，闭目养神了。这是一次受冷落这是令人心寒的冷遇。

第二次遇到的乘客是三个年轻的浪子。他们相互抢座、对骂和嬉闹并对姚纳嘲弄、辱骂和殴打。等他们的下流话刚停顿，姚纳喃喃地说：我的儿子这个星期死了。而他们居然问："赶车的，你娶过亲吧？"用这种无聊的废话来打趣，然后满不在意地说"大家都要死的"而漠然置之。这是一次被侮辱和被嘲弄的令人心恼的冷遇。

第三次遇到的是有钱人家的扫院人。姚纳问几点钟了，想同他搭话"攀谈一下"，不料被他赶开。这是一次令人心酸的冷遇。

第四次遇到的是睡在大车店里夜里起来喝水的年轻车夫。姚纳对他说："老弟，我的儿子死了。听见了吗？"可那年轻人蒙上被子睡着了。这是一次令人心疼的同行冷遇。

　　四种人不同的反响，表现了不同阶层的不同社会心态。他们有的闭目养神，有的打趣逗乐，有的只顾忙于主人的家务，有的自己累得疲惫不堪无暇顾及别人。他们的心态可归为两种：一种是不愿意过问；一种是无力过问。而这四种人的态度投射到姚纳身上，造成苦辣酸涩不同的滋味和不同的冷感。契诃夫以多侧面、多角度和多色彩，描写了姚纳内心中不同的感受。

　　马车夫姚纳四次遇到的冷遇，他的苦恼并未因此减退，相反凝聚在一起以巨大的冲击力撕裂着他的胸膛。作家用抒情的笔法写道："姚纳的眼睛焦灼痛苦地打量着街道两旁川流不息的人群：那成千上万的人当中连一个愿意听他讲话的人都没有吗？然而人群在奔跑，既没有注意到他，也没有注意到他的苦恼……那苦恼是广大的，无边无际。要是姚纳的胸膛裂开，苦恼从中滚滚地流出来，那它好像就会淹没全世界似的……"契诃夫把自己的情思巧妙地融汇在作品人物中，把故事情节和人物苦痛推向了高潮，浩大无边的苦恼会淹没全世界，这是一种什么样的苦恼，有着什么样的力量，会产生怎样的后果？作家给读者留下了想象的艺术空间，让读者去解读和充填。

　　小说结尾是相当精彩的。姚纳向他的小母马倾诉苦恼："我已经老了，赶不了车了……应该由儿子来赶车才对……他才是地道的马车夫呢……要是他活着就好了……好比说，你生了个小崽子，你就是那个小崽子的亲妈……忽然间，比方说，那个小崽子跟你告了别……你不难受吗？"这几句平易多情的家常话中，表现出的父子之情和老人无奈的感情，很有感染力。小马虽不识人间烟火，但似乎理解主人的心情耐心地听着。这与姚纳诉说苦痛遭到四次冷遇形成了鲜明的对比，表现了人心不如兽心的时代气氛。

　　高尔基称赞《苦恼》是"非常真实生动的小说"，他在《我的大学》中叙述道：外祖母的逝世，他感到"万分憋闷"很想找一个人来诉说他的苦闷，但没有人愿意听，读了《苦恼》以后才后悔当初没讲给老鼠听。

　　如果把《苦恼》与《凡卡》加以比较，可以看出两个短篇有异曲同工之妙。无论童工凡卡用眼泪写成的向爷爷哭诉的没有明确地址的信；还是马车夫姚纳无可奈何地只有向马讲述苦痛，小说结尾的表现手法类似，都给读者留下了想象的空间——不摧毁旧世界，摆脱困境的理想是不能实现的。两个短篇对资本主义社会的批判，达到了同样的高度。

契诃夫是表现人类感情的两级——笑与哭的天才。他的创作经常把悲剧与喜剧的成分交织在一起，悲中含喜，喜中含悲。在他19世纪80年代的创作中以悲中见喜取代了早期创作中喜中见悲的倾向。遭到不幸死了儿子的姚纳，他把自己的悲苦讲给小马听，以喜剧的形式结尾，深化了姚纳命运的悲剧性，使人笑后产生深沉的悲愤。姚纳行动的可笑，是对吃人的冷酷社会的莫大讽刺和谴责，唤起人们自我反省，崇尚社会公德，改变社会现状。

契诃夫在谈到他的小说构思观念时说："我要等到想出一个跟开头一样妙的结局的时候才会写它。"《苦恼》和《凡卡》出人意料的结尾，表现了这位短篇小说巨匠的杰出才能。高尔基称赞契诃夫时，说他有"魔术般的本领"。

——2013年2月写于研究生院家属宿舍

契诃夫《套中人》的结构

作家简介

　　契诃夫（1860—1904）是俄国短篇小说巨匠、戏剧大师。1860年1月29日生于罗斯托夫省的小城塔干罗格。其祖父为赎身农奴，父亲开过杂货铺，1876年破产后举家迁居莫斯科，只有契诃夫一人留在塔干罗格继续读书，靠做家庭教师维持生活。艰难的处境使他开始体验到人世的冷暖。1879年契诃夫入莫斯科大学医学系，次年开始发表作品。当时俄国处于革命低潮，社会黑暗，书报检查空前严格，反映小市民情趣的庸俗无聊的幽默刊物风行一时。1880年，契诃夫以"安东沙·契洪特"等笔名在《蜻蜓》《断片》等幽默刊物上发表了短篇小说《一封给有学问的友邻的信》和幽默小品《在长篇、中篇小说中最常见的是什么？》等。19世纪80年代中叶他发表了大量的这类小品和短篇小说，多数是笑料，其中比较有价值的有《一个小官员的死》《变色龙》《普里希别叶夫中士》等。80年代下半叶，契诃夫的创作进入成熟阶段，发表了短篇小说《凡卡》《苦恼》和中篇小说《草原》《没有意思的故事》等。同时，契诃夫开始戏剧创作，先后发表了《伊凡诺夫》（1887—1889）、独幕剧《结婚》（1890）等。契诃夫1890年4月至12月的库页岛之行使他进一步认识了俄国社会的黑暗，增强了对社会的责任感，写出了《第六病室》（1892）那样惊心动魄的中篇小说。从19世纪末到20世纪初，俄国无产阶级革命兴起，民主精神活跃，契诃夫也摆脱了他不问政治的倾向，其爱国主义和乐观主义精神高涨，进入创作的全盛时期，发表了短篇小说《套中人》《醋栗》《约内奇》《新娘》，中篇小说《带阁楼的房子》《我的一生》，和剧本《万尼亚舅舅》《三姊妹》和《樱桃园》等。1904年，契诃夫不幸病故。

  《套中人》的故事情节以倒叙手法从别里科夫死后开始写的，兽医伊凡·伊凡内奇和中学教员布尔金去打猎，晚上住在村长的堆房里，讲起村长妻子玛芙拉来。她一辈子从没走出过家乡的村子，从没见到过城市和铁路，近十年来一直守着炉灶，只有夜间出来走一走。
  布尔金说：像寄居蟹或蜗牛那样极力缩进自己外壳的人有的是。刚刚死去的别里科夫就是这样的人。他是希腊语教师。他晴天出门也穿雨靴，带雨伞，穿棉大衣。他的雨伞、怀表、小折刀都装在套子里。他把脸藏在竖起的衣领里。他戴墨镜，耳朵塞着棉花，坐马车也要支起篷来。一句话，他总想给自己包上一层外壳，给自己做一个套子，以便同人世隔绝。他老是称赞过去，他教古代语言，也正好借此逃避现实。别里科夫觉得只有禁令才清楚明白，即使官方批准和允许的事，他也觉得有可疑的地方。成立一个戏剧小组、阅览室或者茶馆，他就摇头说："千万别出什么乱子啊！"每遇到违背法令脱离常规的事，他就垂头丧气。看见女老师与军官在一起或学生顽皮的事，他老是说千万别出乱子啊！在教务会议上，他发表套子式的论调，主张把调皮捣蛋的学生开除。他访问老师家，呆坐着，一言不发，然后就走了，说这是和同事保持良好关系。老师和校长都怕他，他把中学，甚至全城都抓在手心里。由于怕他知道，教士不敢吃荤和打牌，教员家不敢搞家庭舞会。全城不敢大声说话、寄信、交朋友、看书和教人识字。
  他的卧室像个箱子，床上挂着帐子，他睡觉总是蒙上被子。他担心别人说他的闲话，不用女仆，他雇的一个60岁的厨师老是叹气说："如今这种人多得不行啊！"
  大家出于无聊给别里科夫做起媒来。女方是新派教师柯瓦连科的姐姐瓦连卡。她活泼可爱，爱笑爱唱。谁会想到，一个不问天气好坏总是穿着套靴而且睡觉总要放下帐子的人，居然能够想到结婚呢。而瓦连卡也巴望有自己的小窝，30岁的年纪没有再选择的余地，好歹嫁出去就行。别里科夫对于终身大事顾虑重重，通宵难眠。考虑要承担的义务和责任以及瓦连卡和弟弟接受新事物的思想方式，有点古怪，怕以后出乱子。于是总在拖延，但他每天与瓦连卡一块散步。弟弟柯瓦连科从认识别里科夫那天起就恨他,他对老师们说:"我不明白你们怎么能够跟这个告密的家伙,这个丑八怪相处……你们怎么能在这儿生活呀!你们这儿的空气活活把人闷死,恶劣极了……你们这儿不是科学的殿堂,而是官气十足的衙门,有一股子酸臭气,像在警察局里一样。"他给别里科夫起个外号叫"蜘蛛",他反对姐姐嫁给这样一个人。

有个爱捉弄人的人画了一张漫画:别里科夫穿着雨靴走路,打着雨伞,臂挽着瓦连卡。中学教师每人都收到一张,别里科夫也收到了,他气得嘴唇发抖。忽然看见瓦连卡姐弟骑着自行车过来,别里科夫脸色发白地说:"中学教员以及女人骑自行车还成体统吗?"第二天,他来到柯瓦连科家;前去解释那张漫画与自己无关。其次,作为年长的同事向柯瓦连科提出忠告,您骑自行车,而这种娱乐对青年教育工作者来说是完全不成体统的。如果教员骑自行车,那么学生就会头朝下、拿大顶走路了。政府告示里没有写准许这件事,那就不能做。一个女人骑自行车,太可怕了!柯瓦连科生气地说:"谁来管我的家事和私事,我就叫谁滚他的蛋。"别里科夫站起来说:"你对当局应尊重才对。为了免得我们的谈话被人曲解和出什么乱子,我要把谈话的内容报告给校长。"一向讨厌告密的柯瓦连科,抓住他的衣领把他推下楼,别里科夫乒乒乓乓地滚下楼去。这时瓦连卡走进来,还带来两个女友。这对别里科夫来说,比自己摔断脖子和腿还可怕。他怕留下笑柄,人家又要画出一张漫画来,事情要是传到校长和督学耳朵里,就会弄得他被迫辞职了。"哎呀,千万别闹出什么乱子啊!"瓦连卡认出是他,以为他不小心才摔下来的,就忍不住扬声大笑。这一串嘹亮清脆的笑声结束了婚事,也结束了别里科夫在人间的生活。别里科夫回到家再没有起床。

中学老师都去送葬。别里科夫躺在棺材里,他的神情温和、愉快、甚至高兴,仿佛庆幸他终于被放进一个套子里。天气也似乎对他致敬,阴霾而有雨,大家都穿着套鞋,打着雨伞。埋葬别里科夫这样的人,是一件大快人心的事,大家都感到享受充分自由的愉快:"啊,自由呀,自由!哪怕有享受自由的一点点影子,哪怕有那么一线希望,就使得人的灵魂生出翅膀来。"

别里科夫死了不到一个星期,生活又恢复了老样子。别里科夫下葬了,可是还有多少这类套中人还活着,而且将来还会有多少!

布尔金走出堆房,深情地望着天空,赞美着月色。午夜,一切都沉入了安静而深沉的睡乡，一点声音也没有。村子在安心休息，避开了操劳、烦闷、愁苦，显得温和、哀伤、美丽，看上去似乎连天空的繁星也在亲切而动情地瞧着它，似乎人世间已经没有坏人坏事，一切都好。

伊凡·伊里内奇说，问题就在这儿，套子一类的人还活着，写不必要的公文、玩纸牌，我们在懒汉、好打官司的人和愚蠢而闲散的女人当中消磨我们的一生，自己说，也听人家说各式各样的废话，这不也是一种套子吗？

他们这时忽然听见轻微的脚步声。玛芙拉吧嗒、吧嗒地在走路。

"自己看着别人做假，听别人说假话，"伊凡·伊凡内奇翻个身说，"于是自己由于容忍这种虚伪而被人骂成蠢货，自己受到委屈和侮辱而隐忍不发，不敢公开站在正直人一边，反而自己也弄虚作假，还不住微笑，而这样做无非是为了混口饭吃，为了有个温暖的小窝，为了做一钱不值的小官，不行，再也不能照这样生活下去了！"

布尔金讲完故事睡着了，可伊凡·伊凡内奇不住翻身，叹气，怎么也睡不着。他起来，又坐到门口去抽烟。

契诃夫的短篇名著《套中人》（1898）于19世纪最后两年在文坛上出现，人们所熟知的别里科夫性格，在今天仍有现实意义。这篇小说以要求彻底改变旧生活的思想与塑造典型的技巧，在世界文学中独树一帜。

19世纪90年代末，俄国社会处于革命的前夜。这位敏感的作家预感到了"山雨欲来风满楼"的革命形势，看到了光明的未来。但是现实中的旧习惯和传统观念束缚着人们的手脚，"装在套子里的人们"极力维护旧世界，反对新事物。这引起了忧国忧民的作家无限的惆怅："眼下这种关在四堵墙中的生活，没有自由，没有祖国，没有健康和胃口——这不是生活。"对丑恶现实的无限憎恨和对美好未来的热烈渴望，推动契诃夫将酝酿已久的题材，写成了发人深省的《套中人》。

作品通过因循守旧、思想僵化、害怕和敌视一切新生事物的别里科夫的形象，有力地揭露了19世纪90年代末俄国社会极力维护旧制度、旧秩序的保守思想的危害性。

《套中人》中没有离奇复杂的故事，它的情节是从日常生活中提炼出来的，用新、旧两种不同的社会思想矛盾构成小说情节冲突的基础。故事讲的是一个教希腊语的中学教师别里科夫害怕变革现实，整天提心吊胆地过日子，总想把自己装在密封的套子里，与世隔绝。可是人人都怕他，有他在人们不敢自由行动。他利用看不见的法律，所谓"常规"辖制着全城，压得人们喘不过气来（这是情节的开端）。他和瓦连卡姐弟的相遇是情节转折的契机，也是主人公悲剧命运的开始。爱唱爱笑的瓦连卡的出现，在一潭死水似的现实生活中激起一朵浪花。人们极力把别里科夫从死水中拉出来，让他俩结合。但别里科夫担心将来的"义务与责任"，怕惹出麻烦、"闹出乱子"来。"促狭鬼"画《恋爱中的人》的漫画，推动了情节的发展。瓦连卡姐弟骑自行车郊游，别里科夫到瓦连卡弟弟柯瓦连科面前发出警告，被激怒了的柯瓦连科叫他滚蛋，抓住他的衣领，在楼梯上使劲一推，把情节推向了高潮。主人公的生病和埋葬是情节的结局。他死后出现的玛芙拉的脚步声是小说的尾声。小说反映了两种思想冲突的发生、发展和解决的完整过程。

《套中人》以严谨而巧妙的艺术结构而著称，它的特点是"故事套故事"，即用"镶边故事"写成的。作者按着自己的创作意图和主题要求，把小说分为三个部分，使其成为互相联系的结构上的节点，层次清楚，首尾呼应。

第一部分是由村长老婆玛芙拉的故事构成的，它为小说第二部分别里科夫的故事做了铺垫，是对顽固保守的社会现象的概括。像玛芙拉这样"健康而且并不愚蠢的女人"，整天守着炉灶，"从没见到过城市或者铁路"，与世隔绝，思想落后于时代，并不是稀有的现象。在性格上玛芙拉与别里科夫有着内在的血肉联系，由玛芙拉的故事引出别里科夫的故事，顺理成章，并起着深化主题的重要作用。

第二部分是小说的中心和主体，它是由别里科夫的故事组成的。主体部分相当完整，如果删去伊凡·伊凡内奇的三次插话可以独立成篇。它深刻地刻画了别里科夫的性格，并描述了他的命运。在结构上，采用转折式的结构方式，人物的命运先在顺境中发展，喜剧式的结婚事件，使别里科夫的命运急转直下，造成悲剧的结局。作者把他的死放在主体部分的开头，突出强调了"装在套子里的人们"的悲剧，对读者起着警醒和吸引阅读的双重作用。紧接着写他同周围人的矛盾以及写他不可避免的毁灭的命运，最后才写他的悲剧下场。这样的结构安排，增强了作品的艺术效果。

别里科夫的悲剧来自社会，也来自他的独特性格。作者抓住人物外部特征与性格有关的部分,突出加以勾画,造成鲜明的印象。"一闭眼睛,就可以看见那个画面。"作者在《套中人》中突出别里科夫"隔绝人世"、顽固保守的独特怪癖,进行夸张的描写。用寥寥几笔,一张讽刺画像便栩栩如生地出现在读者面前:晴天脚穿雨靴,拿着雨伞,身穿棉大衣,脸藏在竖起的衣领里,戴着墨镜,耳朵堵着棉花团,雨伞、小刀、表等都用套子套起来,甚至可以听到他胆怯的声音"千万别闹出什么乱子啊!"——这就是别里科夫。这种漫画式、突出特点地介绍人物,在主人公的卧室描写中同样可以看到:卧室像口箱子,门窗紧闭,床上挂着帐子,他在帐子里蒙着被子,战战兢兢地睡觉,做着噩梦——这就是别里科夫。他死后,躺进棺材才好像终于松了一口气:"神情温和,愉快,甚至高兴,仿佛在庆幸他终于被放进一个套子里,从此再也不必出来了似的。"人物勾画可谓色彩明快,姿态生动。三幅画像画出了逃避、害怕现实的胆小鬼的活的和死的形象。但是三幅画像不是接连出现的,它们在结构上起着不同的作用。前者出现在小说的开头,强调别里科夫顽固保守的怪癖;中间的画像出现辖制全城之后揭示他内心的虚弱;最后的画像出现在他干预瓦连卡家的私事后,揭示他失败的下场和必然灭亡的命运。

作者采用由表及里的描写方式,从外部特征进而深入人物的精神世界:"他老是歌颂过去","现实生活刺激他,惊吓他促使他经常心神不安",原来他是个守旧的顽固派,在革命的洪流面前吓破了胆。契诃夫没有也不可能写出革命的壮举,但他忠实于生活的真实,在自己的作品中反映出人们"不能这样生活下去了"的愿望与需求。

别里科夫对新事物胆小如鼠,恨之入骨。新成立一个戏剧小组、阅览室,或新开办一个茶馆,他都认为有可疑的成分,摇头说:"千万别闹出什么乱子啊!"每遇到违背法令、脱离常规的偏离行为,他就垂头丧气。看见女教师和军官在一起,或者看见学生调皮捣蛋,课堂秩序不好,他总是说:"千万别闹出乱子啊!"他在会上发言也总是"发表纯粹套子式的论调"。他把自己思想装在套子里,一切新鲜事物都吓得他眼前发黑,心里打哆嗦,并竭力地加以禁止;然而维护旧事物,他却胆大如虎。他认为"没有存在过的东西"就永远不应出现,即使是经过政府部门批准的,他也敢"摇头"。他向上级搞小汇报,"背地里进谗言"跑到别人面前去发出警告,讨论会上压人,他极力把周围人乃至整个社会的思想都装进套子里。他反对任何进步,憎恨一切变革。他的顽固保守已经带有"警察局那股酸臭的气味",像"蜘蛛"一样网住弱小的生机。他既是缩在壳里的蜗牛,又是四处张网的"蜘蛛";他既是专制制度的牺牲者,又是它的帮凶。小说中对别里科夫性格特征是从两个方面选用生动细节揭示出来的,别里科夫成为顽固保守、反对新鲜事物的典型。

没有官位,不受名望、地位和金钱骚扰的别里科夫,何以如此怕惹出乱子,何以如此顽固和嚣张?其根源有两方面:就其套子式的个人思想根源来说,他怕乱了套丧失自己穷教员既得的温饱生活。当柯瓦连科拒绝他的忠告说出粗鲁话时,他认为是对当局不尊敬,害怕他们的谈话被人偷听加以曲解,因而牵连到他本人,他要去当局报告。他"宁可摔断脖子,摔断两条腿",也不要传到当局的耳朵里,"弄得他奉命辞职";就其套子式性格的社会根源来说,是旧的"常规"和"体统"、风俗习惯和传统观念禁锢了他的头脑,使其成为旧制度的捍卫者,成为统治阶级的忠实鹰犬。他不但用套子把自己套起来,还要用这条精神枷锁把别人也套起来,压得大家都透不过气来:"在别里科夫这样的人的影响下……我们全城的人变得什么都怕。他们不敢大声说话、寄信、交朋友、读书,不敢周济穷人,教人认字。"小说形象地说明了产生"套中人"的原因,它虽没有指出解放思想的具体道路,但描绘出了阻碍生活前进的精神枷锁,完成了小说的应挣脱枷锁,解放思想的主题。

第三部分是小说的结尾。别里科夫的故事结束以后出现了美好的月夜,有如黑暗中露出一线光明:"村子在安心休息,包缠着乌黑的夜色,避开了操劳、烦闷、愁苦,显得温和、哀伤、美丽,看上去似乎连天空的繁星也在亲切而动情地瞧着它,似乎人世间已经没有坏人坏事,一切都很好。"作者借景抒情,倾吐了他对幸福和自由的渴望。这同埋葬别里科夫那天抒发的快活感情相呼应:"啊,自由呀,自由!哪怕有享受自由的一点点影子,哪怕有那么一线希望,就使得人的灵魂生出翅膀来。"作者以诗意盎然的语言唱出了自由的赞歌,表达了对自由的热爱,在作品的结构上看是十分调和而又自然的。对丑恶现实揭发之后,作者表示了对光明未来的热切希望,唤醒人们改变现实。

就在寂静的美好的月夜下响起了玛芙拉的脚步声,她"吧嗒,吧嗒"地走着。这个结尾与开头相呼应,并唤起人们的联想,余味深长。套子式的生活和思想方式,已经作为禁锢人们思想的产物在历史上"吧嗒，吧嗒"地走了几千年，即使埋葬了旧的社会制度，它也会继续走下去，作为历史的回声继续走下去。听着玛芙拉"吧嗒"的脚步声，这种缓慢的、单调的、固步自封的、践踏一切生机的脚步声，使人联想起周围的现实，唤起人们的警觉。

人物配置是一切艺术作品结构的重要组成部分。《套中人》的人物配置以现实生活中的基本矛盾为依据，选择两种对立人物，使其性格在相互冲突与撞击中显出各自的特点。小说的人物可分为四组：玛芙拉与别里科夫；用漫画嘲弄主人公的"促狭鬼"和总是醉酒、叹气、嘟哝"别里科夫那样的人多得不行"的厨师阿法纳西；有自己的生活方式和独立思考能力的柯瓦连科，他的姐姐、自由活泼的瓦连卡；头脑清醒、善于判断生活的兽医伊凡·伊凡内奇和故事叙述人、中学教师布尔金。但每组人物又有各自的不同。玛芙拉不像别里科夫，她没有用传统的"套子"去套别人；"促狭鬼"不像阿法纳西那样喝酒叹气，他的漫画是对"套中人"的一点点冲击和报复；柯瓦连科不像瓦连卡那样以微笑迎接生活，他感到社会空气"闷死人"，"有一股酸臭气，像在警察局里一样"；他蔑视"套中人"是"蜘蛛"，叫他滚蛋；布尔金认为"套中人"是"寄生蟹或者蜗牛"、"是隔代遗传的现象"，伊凡·伊凡内奇则认为是人们"忍受侮辱"不敢"跟正直和自由的人站在一边"造成的社会现象，这些人物中柯瓦连科和伊凡·伊凡内奇的思想境界较高。作品的主题思想就是借伊凡·伊凡内奇的口表达出来的。布尔金等虽对别里科夫的压抑不满，但却怕他。容忍别里科夫、安于别里科夫习气是他们共同的特点，即使是"促狭鬼"，他的行动也只是背后的小动作，谈不上是什么壮举。作者竭力把庸俗无聊的人物和别里科夫习气收集到一起，意在广泛地进行揭露，再现那个时代生活的特点。不同人物性格的交织，有力地突出了小说的主题。

《套中人》以严谨巧妙的艺术结构，强大的艺术概括力和生动的别里科夫形象的塑造，而被公认为世界文学中短篇小说的名篇。

——载《语文教学通讯》1980 年第 5 期
——载《19 世纪 60 部外国小说名著赏读》，
中国人民公安大学出版社 2000 年版

百万富翁的丑恶灵魂

——蒲宁的小说《从旧金山来的先生》初探

由于国内对这位作家评介较少,本文首先应向读者介绍他的生平与创作。伊凡·阿列克谢耶维奇·蒲宁(1870—1953),俄国诗人、小说家,诺贝尔文学奖获得者。他生于贵族世家,其父嗜赌如命,酗酒成瘾,故家境每况愈下。他很小就崇拜和模仿普希金、莱蒙托夫的诗作。11岁入中学,因家境窘迫而辍学,在家由大哥帮助自修。他当过校对员、统计员、图书管理员和刊物推销员。17岁开始发表诗作。1891年出版第一部诗集,1901年曾以诗集《落叶》荣获普希金奖。19世纪90年代他转向小说创作,1897年出版第一部短篇小说集,受到批评界的好评。

蒲宁的短篇小说《田间》《在山丘上》(1892)和《末日》(1903)描写家业衰败、贵族庄园凋零的故事;《天涯海角》《故乡的消息》《塔尼卡》(1892)描写的是农村贫穷落后面貌;《矿石》《安东诺夫卡的苹果》(1900)、《新路》(1901)描写资本主义给农村带来的灾难和对地主庄园生活的留恋;《富裕的日子》(1911)、《弟兄们》(1914)和《来自旧金山的先生》(1915)抨击了资本主义和殖民主义的罪恶。此外,他还有一类描写爱与死、美与丑等主题的小说,如《美人》等。

蒲宁与高尔基合作过,曾是高尔基主持的《知识》集刊的主要撰稿人,他也曾在社会民主党人领导的《真理》杂志社工作过,他为推动俄国文学发展起过一定作用。他退出该刊工作后到过许多国家,写了不少表现异国风情、神话故事的诗歌。1909年被选为俄国皇家科学院的名誉院士。他不理解十月革命,在白俄刊物上咒骂革命,1920年逃亡国外,侨居法国达33年。1933年他完成了描写贵族生活的挽歌——长篇小说《阿尔谢尼耶夫的一生》，同年"由于他严谨的艺术才能使俄罗斯古典传统在散文中得到继承"而获得诺贝尔文学奖。他晚年家境凄凉，怀念祖国，多次表示"想回国"，因希特勒进攻苏联未能如愿。1953年在巴黎逝世。

蒲宁是"俄国批判现实主义最后一位经典作家"，也是第一位获得诺贝尔文学奖的俄国作家。他的创作缺乏社会政治色彩。由于他对十月革命的敌对态度和逃离俄国，他的作品没有载入俄国文学史册。因此，他的创作在中国的译本也是凤毛麟角。20世纪80年代，我国出版了《蒲宁短篇小说选》、《蒲宁选集》（第一卷），《诺贝尔文学奖金获奖作家小说选》中有他的几个短篇。至于评介他的作品的文章，目前仍是外国文学评论园地的一块空白。

在蒲宁身上，结合着两个不同的时代，即贵族地主统治的时代和无产阶级取得政权的时代。他出身没落的贵族世家，患有"贵族老爷式的神经衰弱症"，政治视野带有"贵族的某些偏见"，即使他最优秀的作品，也往往把贵族地主理想化，为瓦解的封建贵族社会唱挽歌。他对资本主义在俄国农村的发展持否定态度，认为它是万恶之源，葬送了地主庄园的安宁生活。在资本主义冲击下，面对农村的破产，他认为农民与贵族地主的命运和利益是一致的，二者应携起手来共同抵制和战胜资本主义在俄国的发展，因此其创作具有阶级调和的情调。现实生活中农民与贵族地主的对立，又使他苦恼和绝望，因此也使他的作品带有灰暗、幻灭的色彩。在无产阶级与地主资产阶级进行历史性决战时，他的思想矛盾发展到敌视伟大的十月社会主义革命，这并不是偶然的。

当我们指出这些与他的天才智慧不相称的缺陷时，我们对他的创作和他对俄国文学的贡献应给以公正的评价。他篇幅不大的数百篇中、短篇小说对农民苦难的描写，对资本主义的暴露，对人情世态的描绘，高度的写实技巧，冷静的笔法，独特的构思，景物的传神和语言的简洁，使其在杰出的现实主义作家中占有一席位置。

《从旧金山来的先生》是蒲宁早期创作中的代表作。这篇小说不以巨大的社会历史内容、引人入胜的情节和性格突出的人物取胜，它以海上不断变化的风光，丰富多彩的人情世态，委婉凄切的气氛，独特的艺术构思和冷静含蓄的笔法而吸引读者。作者只通过一个亿万富翁的旅游生活，暴露了资本主义的腐朽和资本家灵魂的空虚以及"金钱万能"的虚伪本质。

小说主人公——从旧金山来的先生,作者没有写出他的名字,也没有交代他的经历。"他的姓名无论在那波利还是在卡普里没有一个人记得",只说明他是个58岁的富翁,以此说明人物的代表性。上流社会的富翁们"一些人狂热地醉心于汽车的竞赛和帆船竞赛,另一些人迷恋于轮盘赌博,还有些人忙于种种被称为吊膀子的事,也有些人热衷于猎鸽"。他们借助不同的兴趣来填补精神的空虚。作者把他的主人公置身于富翁的旅行中,通过他们一伙在轮船上的奢侈生活和夜总会的放纵,揭示了资本家们灵魂的丑恶。每晚夜总会的宴饮有无数的侍从端着数不尽的美酒佳肴和各种水果侍候这些商业巨子。舞会"构成整个这种生活的最高目的,是这种生活的桂冠"。在灯火通明的大厅,绅士和淑女摩肩接踵,响起绫罗绸缎的窸窣声,名媛淑女袒胸露背,乐队再三地用甜蜜、靡靡、衰艳缠绵的舞曲央求人们"去做那件事",还有一对用高价雇用来专门表演爱情的情侣,来娱悦和刺激这些绅士,"从旧金山来的先生也在其内"。作者不单独以主人公的活动作为情节的中心,打破了传统小说的固定模式。正是由于运用点面结合的描绘方法,因而展示主人公的思想性格节省了大量的笔墨。

主人公的登场,是被作者安排在为出席舞会而换装的场面出现的。他在这样的场面出现,也在这样的场面消失(死亡)。作者的构思极其精巧,并有力地突出了人物性格。主人公为出席轮船上的舞会精心打扮起来,紧接着作者简单介绍了他的外貌:"他瘦瘦的,个子不高,虽称不上仪表堂堂,却相当强壮。"两排大牙中间镶着放光的金牙,他的秃头发光。这位绅士旅游的目的,除了欣赏异地风光之外,还有个重要目的就是到异地去寻花问柳,"领略那波利妙龄女郎的爱情"。如果机缘巧合,也给女儿找个理想的爱人。小说中在甲板上出现的父女各取心欢的场面,对人物内心世界的揭露令人拍案叫绝。女儿同一个亚洲国家的皇储并肩站在甲板上,专心致志地眺望着皇储指给她看的远方,她的内心由于莫名其妙的喜悦而狂跳着。她感到皇储身上的一切都不同凡响,就连他那抹着一层薄漆似的皮肤下面流着的古代帝王的血液,也令她神往;而从旧金山来的先生正一个劲儿地瞟着站在他近旁的一位摩登美女,尽管这个金发女郎一直在对她的哈巴狗讲话。先生的女儿出于一种羞耻感,竭力装作没有看见父亲。女儿的羞耻感被作者运用得恰到好处,起了一箭双雕的讽刺作用。

这位皇储是"大西洋号"上的新客，个子矮小，面无血色，外貌难看。但这位小姐与其邂逅相遇后像中了魔似的爱上了他。他的金钱、荣誉和显赫的门第扣开了她的心扉，把她弄到喜怒无常的地步。在圣马丁山吃饭时竟在她眼前出现了幻觉，仿佛皇储也在这个大饭店吃饭，她"几乎昏了过去"。她把皇族血统看得异常高贵，不顾他的丑陋难看，甘愿委身做他的皇后，令人吃惊。而他的父亲也想攀龙附凤，在那波利选择旅馆时，"朝着皇储也可能下榻其间的那家旅走去"。

来自旧金山的先生感到在那波利气候恶劣单调无味，决定去卡普里岛。在船上，由于他在那波利"在花街柳巷过多地欣赏了'活画'"和每晚喝了过多的酒，再加上去卡普里的汽船颠簸摇晃，使得他头晕作呕，直到登陆走进旅馆还觉得地板摇晃。但是一听到旅馆领班说今晚前厅有誉满意大利的舞蹈家卡尔梅拉的舞蹈，立即亢奋起来。他像去结婚似的进行打扮，刮脸、盥洗，对着镜子梳理残留在他秃头上的几根头发，穿上紧身衣、黑丝袜和舞鞋。费了很大的劲儿，两眼冒金星才勉强扣上领扣，折腾得全身无力了，在看报等待太太小姐打扮时断了气。舞会没去成，人命归天了。他的死，作者给其抹上了可笑的油彩，深刻地抨击了资产阶级生活的道德的腐朽。

按照常规人物在他活动的舞台上消失，小说就应结束了。但作者没有这样做，他还要写出主人公死后的情况，进一步揭示"金钱万能"的虚伪本质。来自旧金山的先生在卡普里登陆时，迎接他的人一大群，他走下缆车时人们抢着搀扶他一家三人，巴结他的人跑在前边引路，他一跨进旅馆前厅，就响起了镗锣表示欢迎。老板向他鞠躬，给他拨出最好的房间，选出三个侍役供他一家使唤。但他死后，尸骨未寒，老板就一反殷勤好客的常态，把其拖入下等的房间，并通知天一亮就得把尸体运走。太太满脸怒容，觉得轻视有钱人，连尊敬的影子也没有了。老板说："如果夫人不喜欢鄙店的规矩，我决不强留夫人"，这简直是下了逐客令。这位富翁的尸体装在盛货用过的木箱里，在转运站遭到屈辱冷遇，经历了世态炎凉，运回新大陆去埋葬。作者以冷静的笔法，表现了人情世态的变化和"金钱万能"的虚伪性。

这篇小说能给人以鲜明的印象，是与作者大量地使用对比的表现手法分不开的。小说中运用了丰富多样的对比手法，其中有人物形象的对比，如先生与他的妻子，他俩是男矮女高，男瘦女胖；皇储与先生的女儿，他俩是男的丑陋,女的漂亮,男的还未察觉,女的爱河已开闸,神魂颠倒了;先生在乱梦中梦见的人与旅馆老板模样极其相似,梦兆预示了凶祸,他死后老板判若两人,对他毫不客气。还有场面的对比,如先生与女儿站在甲板上各取心欢的场面;先生到卡普里旅馆受到迎接的盛大场面与他死后凄凉的场面。还有不同生活的对比,如富翁们在船上吃喝玩乐、女士们袒胸露臂;"瞭望塔上的值更员在冰天雪地中已冻得发僵"、邮船的伙夫往锅炉里添煤汗流浃背;轮船上灯火通明,富商们衣着讲究;渔夫低矮的石屋发了霉,小划子上晾着破衣服;绅士们高兴地走下轮船,口齿不清的男孩带着哭腔尖叫着招揽顾客,流浪汉们蜂拥而来为他们效劳;富翁的家属为死者悲伤,运尸的车夫为挣到外快而高兴。作者在不同生活的对比中揭露出富翁们的生活腐败和厚颜无耻,表达了对穷苦人的同情。

  小说的风景描写千变万化,婀娜多姿。海上奇异的风光,海面上汹涌的波涛,轮船迎着风暴卷起的浪峰,初升的太阳,苍茫的暮色,恶劣的天气,沥沥的细雨,呼号的海风,都被这位作家用来表现人物的心理状态,并把美丽逼真的风景画奉献给读者。

惨遭迫害的俄国作家群

19世纪俄罗斯文学出现了一种令人惊奇的稀有现象。没有哪个国家像俄国那样，在不到百年时间涌现出那样多灿若星群的伟大作家；也没有哪个国家像俄国那样，有那样多的作家遭到严酷的迫害。

革命民主义者《从彼得堡到莫斯科旅行记》（1790）的作者拉季谢夫（1749—1802）因《旅行记》的出版给他带来莫大的声誉，同时也带来了深重的灾难。1789年法国大革命后，叶卡捷琳二世女皇一直为自己的皇位担忧，认为《旅行记》作者是"比普加乔夫更坏的暴徒"，于1790年将作者逮捕。在监狱中关了三个月后，将死刑改成十年流放。戴上镣铐押送到西伯利亚流放地。过了六年，新皇保罗一世允许他回家由省长监视。到了亚历山大一世时代为缓和人民的革命情绪，拉季谢夫才获得完全的自由。

拉季谢夫是俄国第一位革命家，共和主义者。他主张用革命方法推翻专制制度解放农奴。列宁认为皇权贵族的压迫剥削在俄国必然出现知识分子革命家。

雷列耶夫（1795—1826）是十二月党人文学的代表。讽刺诗《致宠臣》（1820）给他在文坛上带来极大声誉。诗的矛头刺向沙皇宠臣阿拉克切耶夫（普希金也写过揭露此人的诗《咏阿拉克切耶夫》），他把俄国变成了监狱，整个俄国在他的铁索下颤抖。谁要对社会不满和反抗就把他押送西伯利亚去服苦役，或者送往彼得保罗要塞做囚徒，雷列耶夫是进步组织《北社》的负责人，十二月党人的五位领袖之一。他主张必须解放农奴和分配土地，将来选举俄罗斯议会时必须取消财产资格，并主张肃清皇族，建立人民的政权。起义失败后被处以绞刑，时年31岁。

在"国事犯表册"中对他有如下记载:

> 该犯蓄意杀害沙皇陛下,且遣专人司其责;该犯还企图剥夺皇族之自由,并加以驱逐和斩除,且为此作了种种部署;该犯加强了北方协会之活动,并亲自指挥该会,策划了叛乱之方法,草拟叛乱之计划,强使他人撰作颠覆政府之宣言,不仅如此,该犯还亲笔撰写煽动性之歌曲和诗篇,且加以四处传播;该犯还曾广招信徒,策划暴乱应采取之主要手段,并亲自指挥暴乱;该犯还利用军队之长官策动下级士官参加暴动,在暴动之际,该犯还亲赴广场监督。①

这些对雷列耶夫犯罪事实的真实记载,在后人看来恰似对英雄事迹的动人颂歌。

普希金(1799—1837)在短短一生中,遭到两次流放的刑罚并长期受到监视,他呼唤自由的嘹亮歌声,震撼帝王的宝座。沙皇和上流社会显贵欲置诗人于死地,密探跟踪、警察私拆信件,上流社会制造侮辱诗人的谣言。最后竟利用情场纠葛进行决斗,实现蓄谋已久的谋杀计划,借异邦冒险家丹特士的黑手将其杀害。诗人当时只有38岁,正是风华正茂、创作丰收的年龄。

莱蒙托夫(1814—1841)写了《诗人之死》的悼诗,反映了俄国人民愤怒的声音,公开号召为诗人普希金复仇:

> 你们,这蜂拥在宝座前的贪婪的一群
> 扼杀"自由""天才""光荣"的屠夫呵!
> 你们即使用你们所有的污黑的血
> 也洗涤不净诗人正义的血痕!

这首诗引起统治集团的恐惧与愤怒,他也像普希金一样遭到两次流放,被上层统治集团谋杀时还不到27岁。

别林斯基(1811—1848)是著名的文学批评家、革命民主主义者,

---

① 季莫菲耶夫主编:《俄罗斯古典作家论》(上),程代熙等译,人民文学出版社1958年版,第266页。

他不顾生活的贫困和肺病缠身,以超出寻常的热情在《望远镜》《祖国纪事》等杂志上发表大量文学论文(如《文学的幻想》《论俄国中篇小说和果戈理君的中篇小说》等),因反专制的笔锋犀利,被认为是"文学的暴徒在杂志上造反"。由于战友帮助凑钱,在1847年前往德国疗养。这时得知果戈理向反动势力妥协,否定自己创作的积极意义,发表《与友人书信选》。别林斯基忍受病痛写成著名的、我国外国文学界熟知的《给果戈理的一封信》,批评他思想倒退和向专制制度屈从,"是相当皇太孙的太傅",因思想的尖锐和语言的犀利而面临苦役和坐牢的威胁。

《谁之罪》作者赫尔岑(1812—1870)是思想激进的革命民主主义者。莫斯科大学哲学系毕业,在文化界积极宣传圣西门空想社会主义学说,成为莫斯科思想界领袖,与当时在彼得堡活动的别林斯基齐名。他因参加奥加辽夫进步小组而被捕。政府对其审判一再拖延,1835年以"对社会极端危险大胆的自由思想者"的罪名,流放达八年之久。1847年开始流亡国外,成为亡命西欧的政治流亡者。

谢甫琴科(1814—1861)是农奴出身的诗人。从祖父到他本人三代都是农奴。一些文化人士发现他绘画天才出众,俄国名画家勃柳洛夫将自己的一幅画(大诗人茹可夫斯基画像)拍卖为其赎身,到美术学院学习。1840年这位"庄稼汉诗人"出版了民间文学气息浓厚的第一本诗集《科布扎歌手》。1846年参加秘密社团活动,有人告密说他在社团会议上朗诵诗指名道姓地攻击沙皇,因而被捕。被审问时他回答说:反对沙皇是因为人民对沙皇政府不满。他被判流放到奥连堡当兵服苦役。沙皇尼古拉一世在判决书上亲批"严加监视",于是开始了七年的流放生涯。

屠格涅夫(1818—1883)在政治上属于渐进和改良的自由主义者。受社会进步思潮和别林斯基的影响,写出不少有影响的作品。他的六部长篇小说,在俄国文学史上占有重要地位。

他的随笔《猎人笔记》(1847—1851)在进步刊物《现代人》上连续发表,作品中强烈的反农奴制思想,给他带来广泛的社会影响。进步思想界称《猎人笔记》是一部"燃烧火种的书",能听到"阵阵猛烈的炮火"的声音。1852年8月12日教育部大臣向沙皇尼古拉一世密告说"文章带有消灭地主的绝对倾向",呈请沙皇解除图书审查官的官职。《猎人笔记》引起沙皇政府的愤怒和恐惧,借口屠格涅夫因发表纪念果戈理逝世的悼文"违反审查条例",将其逮捕监禁一年多时间。1853年被解除。

陀思妥耶夫斯基（1821—1881）是长篇小说大师和描写小人物的作家，《罪与罚》是他的代表作。他因朗诵别林斯基的《给果戈理的一封信》和筹备秘密印刷而被捕，并被判处死刑。直到执行前几分钟才被撤销，改为服苦役（1850—1854）。服役四年后发配到西伯利亚充军（1854—1859）。十年的痛苦折磨，不仅毁坏了他的身体，也击毁了他创作的心灵。此后他的作品表现出极其矛盾性和复杂性。

涅克拉索夫（1821—1878）是革命民主主义诗人。他的诗以描写普通劳动人民与被压迫妇女的命运为主，揭示社会矛盾和抨击农奴制。长诗《严寒，通红的鼻子》（1863）、《俄罗斯女人》（1871）、《谁在俄罗斯能过好日子》（1863—1871）是他的代表作。诗中指出专制压迫和封建剥削是人民苦难的根源，号召人们用革命手段来改变现实。涅克拉索夫是进步刊物《现代人》《祖国纪事》的主编人，把许多进步作家团结在刊物的周围，形成了先进文化界的堡垒，引起当局的不满，认为涅克拉索夫是"狂妄的共产主义者……为革命拼命地呼号"，他的一切行动都受到监视。

车尔尼雪夫斯基（1828—1889）是俄国卓越的革命民主主义者，解放事业的英勇战士，也是杰出的理论家和文学批评家，他的声望可以同别林斯基并肩媲美。他把文学称为"生活的教科书"，长篇小说《怎么办》是他的代表作。涅克拉索夫出国后接替《现代人》编辑工作，他的许多政论影响俄国革命的发展。他的革命宣传与活动，引起沙皇的恐惧，1862年7月，当局以为号召农民起义的《告农民书》出自他的手笔，将其逮捕，关入彼得保罗要塞的政治犯牢房。1864年2月对其作出判决：剥夺一切财产和政治权利，终身流放西伯利亚。马克思、恩格斯设法营救，均未成功。经过二十多年的监禁、流放和苦役，1889年被允许回家。据目睹者回忆："他从阿斯特拉罕回到萨拉托夫的时候，竟成了我们看到的这个样子：面如土色，厉害的血液病毒逐渐驱赶他走向坟墓。"[①] 当年10月离开人世。赫尔岑在《论俄国革命思想的发展》一文中写道：

> 我们整个文学史不是殉道者的列传，就是苦役囚犯的名单，甚至

[①] ［苏］尼·鲍戈斯略夫斯基：《车尔尼雪夫斯基传》，黑龙江人民出版社1986年版，第395页。

于蒙赦于政府的人们也不例外。只要绽蕾吐蕊，立刻就与世诀别。①

上列并不齐全的受迫害作家的名字，在俄罗斯乃至世界各国人民中都引为光荣和骄傲。他们的人格和事业、理论和作品都成为人类宝贵的精神财富。

——载《中国法制报》1984年11月9日第4版
（此文内容有较大的扩充）

---

① 于宪宗：《俄罗斯文学史》，陕西人民出版社1995年版，第7页。

谈高尔基的《海燕》

高尔基是伟大的无产阶级作家。他的创作，紧密地配合无产阶级革命斗争，艺术地反映了无产阶级革命的新时代，对全世界无产阶级革命事业作出了卓越的贡献。列宁称高尔基是"**无产阶级艺术的最杰出的代表**"。鲁迅先生也非常佩服高尔基，他说："至于高尔基，那是伟大的，我看无人可比。"

"四人帮"出于篡党夺权的政治野心，竭力否定高尔基，声嘶力竭地叫喊高尔基是"同路人"，要把高尔基也当成"民主派"来打倒。叛徒江青狂叫要把高尔基的作品"倒过来看"，公然把矛头指向革命导师列宁和伟大的共产主义战士鲁迅。他们肆无忌惮地攻击和否定高尔基，是为"四人帮"的"空白论"制造理论根据，为叛徒江青开辟"文艺新纪元"扫清障碍。"四人帮"这样仇恨和惧怕高尔基，正如1932年庆祝高尔基文学活动40周年时，斯大林给高尔基的贺电中所指出的：高尔基"**使全体劳动人民欢欣鼓舞，使工人阶级的敌人胆战心惊**"。

高尔基原名阿列克塞·马克西莫维奇·彼什可夫，他的笔名叫高尔基。他出身劳动人民家庭，从小失去双亲，寄居在外祖父家。刚满十岁，就独自谋生。做过童工，捡过破烂，当过跑堂的和看门人等，后来又到处流浪，受尽了屈辱，尝尽了"人间"的各种痛苦，对人民生活的苦难，有切身的体验。鲁迅指出："他的一生，就是大众的一体，喜怒哀乐，无不相通。"

这位来自生活"底层"的作家，由于生活的贫困，只读过两年小学。毛主席明确地指出"**高尔基的学问完全是自学的**"。高尔基在"我的大学"，即社会大学中，在繁重劳动之余，挤出时间刻苦自学。他阅读过马克思、恩格斯的著作，并与马克思主义秘密小组发生联系，到农村中去进行革命宣传。他同俄国工人运动血肉相连，因此屡遭沙皇政府的迫害。

高尔基积极参加第一次俄国革命，并会见了列宁。在第一次俄国革命风暴中，高尔基参加了布尔什维克党。1907 年他出席了在伦敦召开的俄国社会民主工党第五次代表大会，与列宁结成了革命的友谊。列宁对他的教导，使其思想不断成长和提高。他的出身和经历，他对社会生活的深刻了解，他参加革命实践，他刻苦学习，这一切都是高尔基成为伟大的无产阶级作家的重要条件。

《海燕》发表于 1901 年 3 月，正是俄国第一次大革命的前夜。它是俄国工人运动高涨的产物。这时列宁和社会民主工党领导下的俄国工人阶级和革命群众，正在胜利地开展"打倒沙皇专制制度"的斗争。工人运动、学生运动波澜壮阔，遍及全国。站在时代最前列的高尔基，深切感到时代脉搏的跳动。他在彼得堡目睹了革命学生反对沙皇政府颁布的、强迫学生服兵役的"临时法规"而举行的示威游行，目睹了反动当局镇压示威学生的罪行以及沙皇政府发表的欺骗人民的"公告书"，感到万分愤慨。他联合彼得堡文艺工作者，发表了抗议沙皇政府的《驳斥政府公告书》，揭露沙皇的罪行，号召人民起来斗争，紧接着就写了一篇《春曲》（又译《春天的旋律》），它分为两部分，前部分借用几只鸟，议论当前的社会问题，尖锐抨击沙皇制度。后部分是一只不安静的金翅雀唱的《海燕之歌》。由于作品思想内容强烈，沙皇检查机关不准发表全文，而《春曲》的后部分《海燕》，愚蠢的检查机构不能识别，得以通过，这就是我们现在看到的《海燕》。

《海燕》是一首歌颂革命风暴，鼓舞人们迎接战斗和胜利的颂歌。高尔基满怀革命激情，在暴风雨急剧多变的大自然广阔背景下，通过海燕的形象，抒写了无产阶级革命战士不畏强暴、敢于斗争、敢于胜利的革命精神，热情洋溢地号召人民用新的战斗去迎接革命暴风雨。

《海燕》这篇作品，塑造形象所采用的艺术方法有两个显著的特点。首先，是广泛地采用了象征手法。作者以鲜明的阶级观点，准确地把握自然景物的本质特征，赋予一定的社会意义，来象征现实生活中不同的人和社会力量，使作品形象生动、鲜明，所表现的思想含蓄、深厚。象征手法在这篇作品中的运用，是与沙皇反动检查制度作斗争的需要，也是塑造形象表达主题思想的需要。作品中的暴风雨象征革命风暴，它的象征意义在于摧毁一切旧事物。波涛汹涌的大海象征人民群众，它的象征意义在于其力无穷。勇敢的海燕象征无产阶级革命战士，它的象征意义在于冲破乌云、迎接革命风暴。太阳象征无产阶级的伟大胜利。乌云、狂风象征嚣张一时的反动势力。海鸥、海鸭、企鹅等象征害怕革命的资产阶级代表人物。作者为了确切地再现暴风雨来临海上的具体情景，不得不把一些不可缺少的、不包括政治含义的自然景物写进去。因此分析象征手法，不应在每个自然景物上求之过实（如雷、电等），避免牵强附会，曲解文意。

其次，是通过生动具体的海上风云变幻，把海燕放在典型环境中，在斗争的发展中来刻画海燕的形象。《海燕》中，按暴风雨到来的时间顺序和发展的趋势描绘了三幅不同的革命风暴的壮丽图景，通过暴风雨越来越紧张的形势，成功地完成了海燕形象的塑造。

展现在我们面前的第一幅图景，是暴风雨初起的海上风云：乌云初起，天空阴沉，海水扬波。画面上再现了革命风暴到来前现实阶级斗争的图景。一方面是具有无穷无尽力量的人民（"苍茫的大海"）在觉醒（"翻起白沫的大海"），一方面是反动力量在做垂死挣扎，拼凑反动力量准备镇压人民（"风聚集着乌云"），革命力量与反动势力各自摆开了阵势。一场殊死的阶级大搏斗，即将开始。在这壮丽的场面中，革命者可以演奏出威武雄壮的音乐，而那些贪生怕死的胆小鬼，只能在革命的春雷面前发抖。海燕就在这紧张的时刻"在乌云和大海之间"以战斗的姿态出现。

作者在第一幅图景中，对海燕形象的刻画，运用比喻、反衬和对比三种手法。

海燕动作神速，矫健敏捷，具有掠海低飞、展翅浮浪、凌空高翔、穿云破雾的本领和英雄气概。"海燕像黑色的闪电高傲地飞翔。""闪电"是雷雨交加前出现的一刹那的自然现象，用它来比喻海燕的飞翔不仅有力地表现了海燕的勇猛、迅速，而且用"闪电"——暴风雨前必然出现的自然现象，来说明革命风暴前革命战士必然出现。同时"闪电"能划破乌云，比喻海燕有对付阴云的本领，而"黑色"正是海燕本身的颜色。这个比喻，既符合雷雨交加的情景，又能传达出形象的神态和性格特征。比喻恰当，寓意深刻，充分表现了高尔基修辞技巧的高明。"一会儿……"，"一会儿……"，不仅写出海燕行动敏捷，像箭一样神速，海阔天空，任意飞翔，而且也刻画出了海燕性格的镇定、从容，具有英勇向前、冲决一切、蔑视阴云的英雄气概。仅用"碰"和"冲"两个字，通过两个动作成功地表现了海燕豪情满怀，斗志昂扬。

海燕的精神面貌又从乌云的感受加以表现。"乌云感到了愤怒的力量，热情的火焰和胜利的信心"，就连敌人也感到了无产阶级革命力量的强大和不可战胜。用乌云的感觉反衬海燕的英雄气质。对海燕不着笔墨，却突出了海燕的形象。

海燕的战斗风貌，英雄的风姿，又从其他海鸟的对比中加以表现。在暴风雨面前，海鸥、海鸭、企鹅表现出可笑的慌乱和惊人的胆怯。它们有的在"呻吟"，有的在"飞窜"，有的在"躲藏"，革命的雷声"把它们吓坏了"。这些水鸟在暴风雨前夕所表现出的惊恐万状，真实地反映了1905年革命前，俄国资产阶级的种种丑态。高尔基愤怒地揭发了资产阶级自由派的虚伪面貌。他们平时戴着反对沙皇的假面具，骗取人民的信任，等革命真来了，他们就走了。革命风暴是考验真假革命的试金石。

展现在我们面前的第二幅海上风暴的图景，是暴风雨的逼近：乌云压顶，雷声震响，怒涛汹涌，海浪翻天。画面上出现的紧张斗争形势也是通过双方行动的变化加以表现的：乌云压顶，雷声震耳，狂风抱起巨浪，恶狠狠地摔在峭崖上；而巨浪不畏风险"一边歌唱，一边冲向高空去迎接那雷声"，跟狂风搏斗。这正是初战交锋。高尔基为我们提供了形象的革命斗争的历史画面。这幅画面，既反映了反动派镇压革命群众的罪行，又反映了革命群众不畏强暴的英勇斗争。作者笔下的大海浩瀚有力，波浪欢欣鼓舞。波浪的三个动作"唱、冲、迎接"，有力地表现了人民群众满怀信心、勇敢冲锋、迎接胜利的英雄气魄，群众的力量得到了充分地体现。作者在描写群众革命力量的基础上，进一步刻画了海燕的形象。

在第二幅图景中对海燕的描写，首先把海燕放在乌云与波涛短兵相接的斗争环境中，矫健地飞翔，而让那些海鸥、海鸭和企鹅们销声匿迹，退出斗争的舞台，不要陪衬和铺垫，单独描写海燕。其次，在发展中描写海燕，和风云初变时比较，海燕更加欢快和勇敢。它由"叫喊"而"高叫"，由"欢乐"而"大笑"，由"碰着波浪""直冲云霄"，而"刮起波浪的飞沫""穿过乌云"，并且"它笑那乌云"，嘲笑敌人的愚蠢，妄想在大海上逞凶肆虐。海燕形象发展得更加光辉了。再次，在展示革命群众力量的基础上，描写海燕。最后，借用欧洲古代神话中反抗上天统治者的叛逆形象"精灵",来比喻海燕,强调它敢于反抗强大黑暗势力的革命精神。"高傲的精灵"表明海燕以自己的革命行动而自豪。"敏感的精灵"表明海燕有洞悉一切的、敏锐的革命观察力,因而它能透过震怒的雷声,听出雷声的"困乏",透过浓密的乌云,看到光明的"太阳",透过表面现象,看到事物的本质。从而揭露了敌人貌似强大,而实际外强中干的虚弱本质,揭示了海燕的坚定的革命信心,展示了必胜的前景。

展现在我们面前的第三幅海上风暴的图景,是暴风雨的来临。画面上出现的是乌云滚滚,风雷交加,闪电袭击。大海和乌云展开了英勇的搏斗,愤怒的大海显示了自己的威力。大海吞噬了乌云,熄灭了闪电。就在人民力量壮大、反动势力削弱的重要关头,作为"胜利的预言家"的海燕,不失时机地、热烈地发出了呼唤:**"让暴风雨来得更猛烈些吧!"**

"让暴风雨来得更猛烈些吧!" 独立成段,作为点题之笔,有力地结束了全篇。这豪迈的诗句,洋溢着战斗的激情,胜利的信心,充满了无畏的革命气概。这战斗的诗句,鼓舞人们的革命意志,振奋人们不断进击的革命精神,去扫荡污泥浊水,去迎接革命的胜利。

《海燕》这篇反映无产阶级革命理想的战斗檄文的发表,立刻受到广大读者的欢迎。人们有的争先传诵,辗转翻印;有的当做革命传单,广为散发。这时代的最强音,在俄罗斯大地上到处回响。高尔基的《海燕》总结了群众跟专制制度斗争的情绪和愿望。它流传之广,影响之深,当时还没有任何作品可以与之相比。沙皇政府被它的宣传鼓动作用吓破了胆,下令封闭了发表《海燕》的《生活》杂志,并把当时患重病的高尔基逮捕入狱。

革命导师列宁和斯大林都非常重视革命战歌《海燕》。列宁在1906年写的《暴风雨之前》一文,借用《海燕》中"蠢笨的企鹅"的形象来揭露立宪民主党人的反动嘴脸,并用"让暴风雨来得更猛烈些吧!"的诗句来结束他的文章。斯大林在《告全体工人书》中写道:**"让霹雳响得更厉害吧!让暴风雨来得更猛烈吧!胜利的时刻迫近了!"** 这里也借用了《海燕》中的诗句。

"四人帮"否定《海燕》的革命精神,把《海燕》表现的革命思想污蔑为"小资产阶级的狂热",他们像老沙皇一样,害怕《海燕》的思想威力，害怕无产阶级革命风暴。他们对高尔基的污蔑和否定无损于这位伟大作家的一根毫毛。相反，这些污泥浊水最终被海燕呼唤的革命风暴扫荡得一干二净。

——载《河北师范学院学报》1978年第2期

马雅可夫斯基和他的长诗《列宁》

马雅可夫斯基是苏联无产阶级诗歌的主要奠基人和革新家。他的诗是社会主义革命进军的号角，他的诗歌特点是战斗性强、想象丰富、热情奔放、节奏鲜明、灵活流畅。他用诗篇为社会主义事业，为苏联共产党和革命领袖树立了不朽的艺术丰碑；他突破传统诗体的束缚，把当代最新的词汇引进诗歌，并创造了一种新型的诗体——"阶梯式"的诗节形式。他对诗歌从内容到形式都进行了大胆的、富有成效的创新，为无产阶级诗歌的发展作出了卓越的贡献。斯大林称他是"苏维埃时代最优秀、最有才华的诗人"。

马雅可夫斯基的思想经历了剔除未来主义的糟粕，吸取其精华的过程，逐渐走上了社会主义现实主义道路，成为杰出的诗人。

罗斯塔之窗是他在内战艰苦年代创造的宣传鼓动的文艺形式，给文学为社会服务、为人民服务提供了宝贵的经验。长诗《列宁》和《好！》是他的代表作，被认为是社会主义现实主义诗歌的典范。

生平与创作

符拉基米尔·符拉基米罗维奇·马雅可夫斯基（1893—1930）生在格鲁吉亚山区的巴格达吉村，父亲是职位低微的林务官。1905年革命时，马雅可夫斯基正念中学，他积极参加了学校的罢课和游行。1906年他父亲去世，全家搬到莫斯科。在具有革命思想的大学生影响下，他开始阅读革命书籍，接触社会主义者。1908年他加入共产党，化名康斯坦丁，担任宣传员工作，被选为莫斯科市市委委员。1908—1909 年，他曾三次被捕，在狱中开始了诗歌创作。1911 年他考入莫斯科绘画雕刻建筑学校，结识了未来派画家和诗人布尔柳克，并与他在 1912 年共同出版了俄国未来派诗集《给社会趣味一记耳光》，其中有他的《夜》和《早晨》。诗人在未来主义旗帜下走上文坛。

未来派属于西方现代派的一种。1909 年由意大利诗人、画家马里内蒂倡导，随后传入俄、法、英、德等国。未来派是急剧变化的资本主义社会中小资产阶级的虚无主义与无政府主义思想在艺术上的反映。其主要特点是：否定一切文化遗产和传统，提出"摧毁一切博物馆、图书馆和科学院"。然而，各国未来派的思想倾向不尽相同。俄国未来派宣称要把俄国古典作家"从现代轮船上丢下水去"。在艺术形式上，强调直觉，排斥理性，表现朦胧和梦境的感受；提倡杜撰新词，破坏语法结构，主张标新立异。但未来主义不是没有可取之处，未来主义主张通过运动表现现实，从未来汲取激情，追求艺术形式的创新，这些还是可以借鉴的。

马雅可夫斯基与一般未来派有所不同，他有强烈的批判资本主义的精神，热烈拥护十月革命和苏维埃政权，并坚决反对法西斯战争。

十月革命前是诗人创作的探索时期。长诗《穿裤子的云》（1915）是他十月革命前的代表作，反映了诗人早期创作的特点。全诗由"打倒你们的爱情""打倒你们的艺术""打倒你们的制度""打倒你们的宗教"四个乐章组成。诗人愤怒地揭发了资本主义社会，号召人们起来反抗，预言革命即将来临。长诗表现了革命的主题，但带有虚无主义与无政府主义的倾向；同情人民的疾苦，但流露出痛苦绝望的情绪；追求艺术上的创新，但比喻象征过分复杂，用词古怪，形象模糊。它一方面表现了诗人所受的未来派的影响，一方面表现了才华初露的诗人的丰富想象力和独特风格。

从十月革命起到长诗《列宁》写成前，是诗人创作的第二个时期，即诗人创作的发展时期。诗人亲切地把十月革命称为"我的革命"，革命后第二天，他就到起义司令部斯莫尔尼宫参加工作。1918 年，他写出了《向左进行曲》《革命颂》《给艺术大军的命令》等优秀诗篇，热情讴歌十月革命。

他的剧本《滑稽宗教剧》（1918）和长诗《一亿五千万》（1920）的

情节都是建立在新旧世界两种力量冲突的基础上。前者运用宗教神秘剧的形式，通过《圣经》中洪水淹没大地的传说，来反映"十月革命"的胜利；后者运用英雄歌谣的形式，通过代表一亿五千万苏联人民的勇士伊凡战胜美国总统威尔逊的苏美间的决战，表现苏联人民爱国主义精神。人物缺乏个性，夸张过分是二者的共同缺点。诗人后来经过《罗斯塔之窗》的工作锻炼，才剔除了未来主义的糟粕。

1919年10月到1922年2月，诗人参加了《罗斯塔》（俄罗斯电讯社）的工作，与画家切利姆内赫共同组织了《罗斯塔之窗》。这是内战艰苦年代向群众进行宣传教育的伟大创举。由于它利用商店橱窗陈列配有短诗的宣传画，诗画并茂，形式引人，宣传及时，产生了有力的效果。诗人说《罗斯塔之窗》是"革命斗争最艰苦的三年的纪录"。《罗斯塔之窗》共展出诗画1600幅，其中十分之九的诗是他写的，约有500幅画是他画的。1929年编辑成集，题名为《森严的笑》。

《罗斯塔之窗》的内容极为丰富。有的讽刺了外国武装干涉者及其走狗白匪军和孟什维克；有的号召红军英勇杀敌，后方支援前线。其基本主题是打击敌人，鼓舞人民。

《罗斯塔之窗》的艺术特点，首先是形式短小而多样。它经常采用寓言诗、故事诗、标语诗、顺口溜等生动活泼、群众喜闻乐见的形式。其次是语言简练、通俗。它经常采用谚语式的两段式结构（如："资产阶级和地主老爷——两只靴子配成一对"，"既然他们不想用笔签订和约——我们就用刺刀签订它"）富有战斗性。再次是反映现实迅速。重要的新闻，一个多小时就会在窗中出现，如诗人所说"除了电报和机关枪的速度，别的不能和它相比"。

《罗斯塔之窗》对诗人的创作发展具有重要意义。它使诗人面向群众，加强了与生活的联系，帮助他正确认识了未来主义，诗人说"自己的趣味也革命化了"。

内战结束后新经济政策时期，诗人写了许多揭露人民内部矛盾的讽刺诗，其中著名的是《开会迷》（1922）。这首诗用夸张的手法，揭露了不干实事、崇尚空谈的官僚主义者的愚蠢和荒唐可笑（"围桌而坐的都是半截身子的人"），受到列宁的称赞。列宁说："从政治和行政的观点来看，我很久没有感到这样愉快了。他在这首诗里尖刻地嘲笑了会议，讥讽老是开会和不断开会的共产党员。诗写得怎样，我不知道，然而在政治方面，我敢担保这是完全正确的。"①

从 1923 年起诗人为国营企业写广告诗,他称之为"业务鼓动诗",帮助国家同私商进行斗争。

从 1924 年开始写长诗《列宁》到诗人逝世,是他创作的第三个时期,即创作的成熟时期。20 年代后半期,诗人多次在国内外旅行,接见读者,发表演说,朗诵诗歌。他认为自己是新时代的"行吟诗人"。这一时期,他写了三部著名长诗《列宁》《好!》和《放开喉咙歌唱》,写了近三百首抒情诗(其中著名的有《苏联护照》《给奈特同志——船和人》《库兹涅茨克的建设和库兹涅茨克人的故事》等),写了一些儿童诗和电影脚本、两个讽刺喜剧(《臭虫》和《澡堂》)此外还发表了关于诗的论文。

诗人九次出国,在《摩天大楼横断面》(1925)中,对美国之行做了深刻的概括:

> 我跋涉了
> 七千俄里
> 来到的地方
> 却退后了七年!

把两种社会制度相比较,诗人为自己是一个社会主义国家的公民而自豪:"看吧,羡慕吧,我是苏联的公民。"(《苏联护照》,1929)

马雅可夫斯基关于中国的诗,表达了他关心和支持中国人民反帝反封建的革命斗争的心情。他呼吁中国人民把帝国主义"摔下中国的城墙",要他们"滚出中国"(《不准干涉中国!》,1924),渴望"十月的风暴在中国出现"(《莫斯科的中国》,1926),欢呼上海工人武装起义的胜利(《最好的诗》,1927),表示要同中国人民一道作战(《致中国照会》,1929)。

献给十月革命十周年的长诗《好!》(1927)是和长诗《列宁》并列为社会主义现实主义的典范作品。长诗《好!》以抒情和叙事相结合的方

---

① 列宁:《论苏维埃共和国的国内外形势》,《列宁全集》第 33 卷,人民出版社 1992 年版,第 194 页。

法，描绘了社会主义共和国的诞生（第二—八章）、巩固成长（第九—十六章）和欣欣向荣（第十七—十九章）。它是用 19 个乐章组成的爱国主义颂歌。

长诗《好！》的艺术特点是：叙述历史事件气势雄伟，抒发感情高亢激越，抒情主人公同祖国和人民融成一体，具有苏联公民的高度主人翁感情。长诗浪漫主义色彩强烈，语言精练、新颖，韵律丰富多彩，节奏铿锵有力。卢那察尔斯基称它为"十月革命的青铜塑像"。

1930 年，马雅可夫斯基在为自己举办的"创作二十周年"展览会上朗诵了长诗《放开喉咙歌唱》的序曲。这部长诗是诗人创作道路的总结，也是他的美学宣言。诗中申明他的创作与无产阶级和社会主义事业的血肉联系，他自豪地说："我要像举起布尔什维克党证那样，高举我一百本党的诗集"。

诗人于 1930 年 4 月 14 日不幸逝世。

《列宁》

马雅可夫斯基无限热爱革命导师列宁。列宁的人格与事业一直激动着诗人，并在其创作中占有重要地位。1920 年 4 月，为庆祝列宁五十寿辰诗人写了第一篇歌颂列宁的诗《符拉基米尔·伊里奇》。1923 年 3 月，在列宁患病的日子里，他写了《我们不相信》。1924 年 1 月 21 日列宁逝世，震惊了诗人，致使诗人沉痛得不能动笔，先写了一首悼诗《共青团员之歌》，后专心致力于《列宁》的写作。为了加深对列宁的理解，诗人认真地研究列宁的著作和有关列宁的传记、回忆录，特别是斯大林论列宁的文章。此外，还进行访问和座谈，了解同时代人接触列宁的情景。在坚定的思想基础上，经过半年的紧张劳动，终于在 1924 年 10 月完成了这部杰作。诗人反复到群众中去朗诵，接受群众的考验。后于 1925 年出版，前面题着"献给俄罗斯共产党"。

长诗《列宁》（1924）由序诗和三章正诗组成。

长诗的序诗，说明创作的动机是号召大家化悲痛为力量，继承列宁的事业，高举列宁的旗帜继续前进。

第一章，开头部分是阐发诗人的唯物史观，为既是领袖又是普通人的列宁画像，描写列宁的崇高伟大和平易近人；后半部分是描述列宁诞生前欧洲历史的发展，揭示无产阶级领袖的出现是历史的必然。

第二章，是长诗的中心部分。描写列宁的革命活动和光辉的一生，指出列宁的历史作用。

第三章，描写苏联和全世界人民失去自己领袖的巨大悲痛和继承列宁事业的坚强决心。

诗人以满腔的政治热情、鲜明的党性原则和精湛的艺术手法，歌颂了列宁和列宁主义，歌颂了列宁缔造的党和革命群众运动，歌颂了革命领袖和劳动群众的血肉联系。

长诗第一次成功地塑造了革命领袖列宁的光辉形象。诗人对如何描写伟人做了深刻的思考和重大的突破。过去描写伟大人物的作品多受唯心史观的束缚，把伟人写成天降英雄，无所不知，无所不能。诗人认为不能"拿这样的尺度来衡量列宁"。"如果说他是帝王和天上的"，诗人要"像克里姆林炸弹似的掷出'打倒'"！他坚决反对把无产阶级的领袖"神化"，坚决反对"个人崇拜"，因为"崇拜的仪式会用甜腻腻的圣油浸坏了列宁的朴实"。列宁既不是"把你碾翻在地上的暴君式的跋扈飞扬"，也不是"眼睛只盯着食槽的俗子庸夫"。

诗人真实地、正确地描写了列宁。首先，列宁是一个平凡的人，又是一个伟大的人。平凡与伟大在列宁身上的有机的融合，体现了劳动人民的朴实和杰出领袖的才能。从外貌上看，"他，正同你和我，完全一样的人"，并不比普通人"高大"。他走进房门，头也没有碰到"房顶"。不同的是他头脑里想的是人民，"他一眼望尽了整个世界，看透了时间掩盖着的一切"，他"眼窝近旁，思想掘下比我们更多的皱纹，而嘴唇比我们更风趣更坚强"。从兴趣上看，"他也有同我们一样的癖好"，爱下象棋、爱打台球，不同的是"他由象棋转向真实的敌人"，带领千万小卒摧毁资本主义的城堡，建立无产阶级专政。诗人把列宁的普通人的肖像和爱好同伟大革命领袖的智慧和勇敢结合起来，塑造了崇高伟大而又平易近人的列宁形象。

其次，诗人通过领袖和阶级、政党的关系来塑造列宁的形象。十月革命的准备和发动，社会主义革命和建设，是列宁带领俄国无产阶级走过的战斗历程："我们知道——无产阶级是胜利者，而胜利的组织者——是列宁。从共产国际，直到用新铜铸造印着镰刀与铁锤的、当当作响的戈比为止，这是一部由胜利走向胜利的伊里奇的脚步写下的未完的史诗。"列宁不仅是俄国无产阶级的领袖,也是全世界无产阶级的领袖,由于他的指引,"各族人民——黑色的、白色的、有色的——都站到共产国际的旗帜下"。列宁与无产阶级的关系,他既是导师,又是学生:"蒙昧的阶级碰到了列宁,由于列宁的启示逐步觉醒;吸收了群众的力量和思想,列宁也跟阶级一同成长。"

列宁对无产阶级的一个重要贡献,就是他建立了马克思主义政党。诗人通过列宁与党的关系,对党和列宁做了诗意盎然的赞扬:

> 阶级的头脑、阶级的事业、
> 阶级的力量、
> 阶级的光荣——
> 这就是党。
> 党和列宁——
> 一对双生弟兄,——
> 在母亲——历史看来
> 谁个更为贵重?
> 我们说——列宁,
> 就是指的——
> 党,
> 我们说——
> 党,
> 就是指的——
> 列宁。

最后,诗人通过列宁与群众不可分割的血肉联系塑造了列宁的形象,描写了在决定人类命运的关键时刻,为革命操劳有些疲倦的列宁背着双手,和一个青年谈话的情景,真实地再现了列宁和蔼可亲、同人民紧密联系的品质。作为群众的领袖,列宁最了解人民的愿望和要求,并带领人民向反动势力进行坚决的斗争:他一眼看清了"农民的呼声、前线的呻吟、诺贝尔厂和普梯洛夫厂工人的决心","他的脑海里转动着几百个省份",他思索世界大事,关心人类幸福,向世界宣布:"政权归于苏维埃!土地归于农民!和平归于各国人民!面包归于饥饿的人!"他和人民心连心,他的思想指导着人民的行动："伊里奇的话——得到了最好的土壤：他的话落到地上，我们的事业就立刻生长。"正因为列宁同人民息息相关，他才能不断地从群众中汲取营养和力量，他的智慧和力量才永不枯竭，"他以人的脚步、工人的手、自己的头脑，走过这段路程"。

诗人又从人民对列宁的敬爱，表现出列宁与人民不可分割的联系。高山上唯一的山民，他"褴褛的衣襟上闪耀着一枚列宁的纪念章"，"每个农民在自己心中写上，比教堂日历上的名字更为亲切的列宁的名字"。列宁逝世，全民悲痛。工人们"像子弹射进心房，仿佛是一杯泪水泼到他的工具上"，庄稼汉"用拳头擦过的眼圈，泄露出他的悲伤"，"白胡子老人哭得像孩子一样，孩子严肃得像老人"。人民情愿交出自己的生命，来换回他的轻轻呼吸。伊里奇的逝世，也成了最伟大的共产主义的号角，成了号召人民迎接"即将到来的欢乐的革命"总动员。

长诗的艺术特点表现在下列几个方面：

诗人在世界革命运动的广阔历史背景下刻画列宁的光辉形象，具有高度的艺术概括力和历史真实性，生动地表现了无产阶级领袖掌握革命航向、战胜惊涛骇浪的英雄本色。叙事具有史诗的规模，抒情具有浓厚的感情，二者的紧密结合，产生了强大的感染力。

抒情与议论的结合，产生了强大的政治鼓动力量。大量政治词语的使用、激烈的论战和对当代社会政治问题的评价，不仅表现了内容的丰富和艺术形式上的突破，而且也表现了作者的坚定立场和党性原则，使全诗更富于政治性和鼓动性。

独特的比喻，给长诗插上了想象的翅膀。诗人把资本主义比作躺在历史大路上的"瘫痪病人"，把殖民地开拓者比作走在沙滩上的"骆驼"，把党比作工人的"脊梁"，把党和列宁比作一对"双生弟兄"。贯串全诗作为主旋律的比喻是把苏维埃共和国比作一艘远航的巨舰，把革命比作暴风雨，把革命人民比作水兵和乘客，把列宁比作舵手。这艘巨舰在惊涛骇浪中起航，经历了艰难险阻，由于有英明的舵手最后驶向"和平建设的船坞"。他的比喻，具有时代特色。

长诗的语言，融汇了当代生动的口语、崭新的政治词语、革命歌词和歌谣诗句。语言丰富多彩，富有表现力。诗人善于把现存的语言构词方式稍加变异，创造出含义深刻、新颖独特的词。诗人在语言上的革新，是他整个诗歌创作的突出特点。

长诗采用"阶梯式"形式，表现了诗人大胆独创的革新精神。马雅可夫斯基在学习法国立体未来派诗人阿波利奈尔的诗行排列法的基础上，结合俄语音韵的特点，创造出了"马氏诗体"。它的优点是：在视觉上给人以立体的感受，在听觉上造成语言的音乐性；结构灵活，便于强调诗中重要的词语，表达重要的思想；适合口语的特点，抑扬顿挫清晰有力，朗诵时易于在听众中产生共鸣。

最后，我选择10个词语对长诗的艺术表现加以总结。这10个词语是——结合，转换，交融，独特，新奇，渗透，节奏，气息，境界和创新，些许能扼要说明长诗的艺术特点和感人的力量。

长诗中叙事与抒情有机的结合，欢乐与悲痛情感的交替与转换，历史事件与诗人感受的交融，讽刺与赞扬手法的独特，比喻和对比的新奇，哲学对文学的介入与渗透，活泼跳跃的节奏和浓郁的抒情气息以及高尚的思想境界和艺术的创新，这些使这部长诗独树一帜，魅力无穷。

——《外国文学》（下）（高等教育自学考试用书），
高等教育出版社1988年版

钢铁就是这样炼成的
——奥斯特洛夫斯基的《钢铁是怎样炼成的》评析

作者与保尔

尼古拉·阿列克谢耶维奇·奥斯特洛夫斯基（1904—1936）的一生是一座丰碑，将永远留在人们的记忆里。这位作家的英雄形象，在小说的主人公保尔·柯察金身上得到了完美的表现。

奥斯特洛夫斯基生于乌克兰一个贫困的工人家庭。12岁时开始当童工，屈辱的生活使他幼小的心灵中产生了强烈的反抗意识。十月革命后，在党的教育下，投身于保卫苏维埃政权的斗争。1919年加入共青团，随后参加红军。由于作战勇敢，受到部队的嘉奖。1920年，在战斗中头部受重伤，颅骨被打穿，出院时右眼失明。后转入地方工作。1921年秋，他不顾身体虚弱，带领共青团员冒着风雪奋战在筑路工地上。1922年秋，他带病在洪水中抢捞木材，身体受到严重损伤。1924年加入共产党，曾任共青团区委和地委书记。1927年全身瘫痪，在病床上开始写作。1928年写成中篇小说《暴风雨所诞生的》原稿在邮寄中丢失。紧接着左眼失明，他以顽强的毅力，克服难以想象的困难，于1933年完成了著名长篇小说《钢铁是怎样炼成的》，1935年获列宁勋章。小说成功地塑造了保尔的形象是与作家的经历分不开的。

保尔的风采

保尔受到神父的侮辱，把烟末撒在神父复活节用的面团上，被学校开除。12岁的保尔在车站食堂当茶炉工,因自来水流进食堂,被打得遍体鳞伤。

十月革命推翻了沙皇,又发生了内战。帝国主义和国内反动派相互勾结,妄图推翻新生的苏维埃政权。保尔的家乡谢别托夫卡镇同苏联其他地方一样,经历了外国武装干涉和内战的烽火年代。红军撤走时,留下老党员朱赫来在本镇做地下工作。在发电厂,他和保尔成了朋友。

一个漆黑的夜晚,被追捕的朱赫来藏在了保尔家。八天的生活和谈话,对保尔一生有决定意义。他告诉保尔:"单枪匹马去斗争是不能改变现状的",希望保尔"成为一个献身工人阶级事业的优秀战士"。许多革命道理让保尔听得入神。

突然朱赫来被捕了,急得保尔到处打听。一天,保尔看到一个匪兵押着朱赫来在路上走着。他的心狂跳起来,咬着牙等待有利时机,出其不意地扑上去,拼命夺匪兵的枪。一声枪响,朱赫来猛回头看到狂怒的保尔和押送兵扭打在一起,便举起铁拳把押送兵打到沟里,两人逃走了。但由于波兰贵族的儿子维克多告密,保尔被捕了。在狱中,保尔受到严刑拷打,但他始终坚贞不屈,守口如瓶。匪首检查监狱,问保尔为什么被关的?他机智地回答说:"我把哥萨克兵的旧马鞍子割下一块来做鞋底。"结果得到无罪释放。他拼命奔跑,来到了冬妮亚家的花园。

冬妮亚是林务官的女儿,保尔钓鱼时在河边和她初次相遇。两个坏小子要戏弄冬妮亚,叫保尔离开,并动手打了保尔。保尔便用朱赫来教他的拳术,痛打了苏哈里科。冬妮亚拍手称赞,大笑说:"好呵,打得太漂亮了。"第二次相遇是在湖边。冬妮亚在看书,保尔在湖里游泳。两人坐在石头上互相介绍了姓名,他们谈得很愉快。她喜欢保尔的"热情和倔强",保尔"也心神不安"了。但他对林务官家的、受过教育的姑娘怀着不信任的态度。冬妮亚把他领到自己的房间,看了她的藏书,还给他梳了头,告诉他不要像野人似的,临别时叮嘱他常来。一天,保尔忽然出现在她家门前,他的整齐打扮,使冬妮亚惊讶。在花园里保尔把偷了德军中尉手枪的秘密告诉了她,他们成了知心朋友。这是第三次见面。第四次是他俩在街上偶然相遇。冬妮亚请他傍晚去她家,可是在她家中碰到的是有钱的少爷和小姐,保尔回身便走,表示自己不再来了。他惊慌地逃到她家的花园。她冒着危险,留他住在她家。两个人谈了一夜,感到极大的幸福。第二天清晨,保尔登上火车参军去了。这是他们第五次会面。

保尔在军队里，冲锋陷阵，英勇杀敌，在浴血奋战中成长起来：
"他，像每个战士一样，已经把'我'字给忘了，只知道'我们'。"在
军队中，他仍抽空读书。他朗读《牛虻》引起战士们对人生价值和英雄
行为的强烈反响。

师长的牺牲，燃起战士们复仇的怒火。保尔在愤怒追击逃敌时，一个
弹片钻进他的头部，他从马上摔到地上。昏迷了13天后才恢复了知觉。
青年医生尼娜在日记中记下他伤情的严重程度以及与病魔的顽强斗争：
"疼得几乎失去知觉，但是从来不叫唤一声"，"他那惊人的忍耐力使我们
所有的医生都吃惊"。

保尔住院时，冬妮亚常来看他。出院时请他住在她寄宿的家里。这是
第六次相会。他吸引冬妮亚参加革命工作，但由于她漂亮的打扮，引起团
员们的议论，保尔和她发生了冲突，感情开始破裂。保尔说："如果你要
求我把你放在党的前头，我不会是你的好丈夫。我首先是属于党的，其次
才是属于你和别的亲人们的。"他们在公园做最后一次谈话，便不欢而
散了。

受伤后，保尔的身体不适宜再重返前线，同时国内战争也即将结束。
保尔积极投入到被战争破坏的国民经济恢复工作中。他参加过肃反、剿
匪、打击奸商等各种工作。

为解决城市供暖问题，要从博雅尔卡站到伐木场铺一条窄轨铁路，必
须在一个半月内完成。筑路是小说中精彩的篇章。丽达在日记中记下了筑
路遇到的困难：暴风雪和冻硬的土地，伤寒病的威胁，匪帮的侵袭，粮食
的不足，工人们忍受的饥寒痛苦。但是，保尔排除万难，情绪昂然地奋战
在筑路工地上。在共青团员中，他是一面鲜红的旗帜，是一个钢铁铸成的
巨人。

大雪覆盖了路基，列车上的旅客下来清扫积雪，其中有冬妮亚和她的
阔丈夫。她好容易才认出这个衣服褴褛的人就是保尔，她说："老实说，
我真没有想到你会弄成这个样子。难道你不能在现在的政府里找到一个比
挖土好一点的差事吗？我还以为你早就当了委员或是什么同样的职位了
呢。你的生活怎么搞得这样惨呵。"保尔立即回答说："我也没有想到你
会这么……这么酸臭。"这是他们第七次，也是最后一次会面。

筑路工程快完工时，保尔得了伤寒。从火车上抬下时都以为他已经死
了，但保尔死里逃生，这是第四次了。他在家养病时，到烈士墓去凭吊牺

牲了的同志。在极端悲愤中，抒发了一段众所周知的关于生命和事业的著名的内心独白。

保尔病愈后立即要求工作。省团委人事处负责人对他说：保尔已经死了，团员名单上已经勾掉了名字。几经努力，保尔回到铁路工场当了电工。这时保尔入了党。

一次，保尔到波兰外交专车上去检修电路，遇到了打扮华丽的维克多的姐姐，便对她说："有一小笔债还没有还清。您看见维克多的时候，就对他说，我并没有忘掉和他清算这一笔债。"

保尔被调到边境任区团委书记和民兵大队政委，日日夜夜忙碌着苏维埃新区的建设工作。一天，他骑着马飞驰奔跑，鸣枪报警，冲向厮杀的人群，英勇地制止了两村农民为争夺地界进行的械斗，避免了流血和牺牲。他奉命带领民兵大队参加地方部队秋季大演习，他忍受着关节的剧疼，连跑带走的演习把他累垮了。

由于战争中多次受伤和忘我的工作，保尔的身体越来越坏。他住过几个医院，动过几次手术，但病情毫无好转。根据医务委员会的报告，党中央决定解除他的工作，长期住院疗养。这对保尔是可怕的打击，他认为"只要我的心在跳动，我就不能离开党，能使我离开战斗行列的只有死"，他站在休养地的海边，考虑他生活的历程以及今后怎么办。回想过去的24年他很满意：在火热斗争的年代他并没有睡觉，在争夺政权的残酷斗争中，他找到了自己的岗位，而且在那革命的红旗上，也有他的几滴鲜血。可是以后怎么办呢？成为生活的旁观者和社会的累赘吗？于是他掏出手枪，对着头部，但马上想到"随时杀死自己，这是怯懦也是最容易的出路……即使生活到了实在是难以忍受的地步，也要能够活下去，使生命作出贡献！"

他终于找到了"归队"的力量，"他怀着一个初学者无餍的渴望，不断地阅读"，通过文学重返战斗的行列。他和达雅的结合，生活上得到了照顾，他帮助妻子成长为共产党员。在全身瘫痪、双目失明的情况下，他开始写作。起初借用硬纸板做的格子写，后来是自己叙述，请人记录。他付出了肉体和精神的极大的代价，1934年著名的长篇小说《钢铁是怎样炼成的》终于出版了。他拿起新的武器，又回到战斗的队伍，开始了新的生活。

保尔的形象

《钢铁是怎样炼成的》题材虽来自作家的亲身经历，小说主人公保尔·柯察金以作者自己为原型，但"这是小说，不是传记"，作家在艺术上进行了概括和加工，在作品中创造了一种典型——无产阶级革命时代的青年革命者的典型。作家明确表示保尔是他学习的榜样。

这部小说以国内战争的烽火年代和经济恢复时期的艰苦年代为背景，展示青年一代在党的领导下战胜阶级敌人和各种困难的英雄业绩和献身精神，揭示他们在革命熔炉中锻炼成长的过程。

自觉投身革命

保尔的形象概括了社会主义新人的各种特征。他的成长道路，具有普遍意义。他在贫困中长大，生活在底层，饱受生活的折磨，性格倔强，具有自发的反抗意识。为了向神父报复，他在面团上撒了烟末；食堂男工被打、女工被凌辱，他胸中积郁着难以克制的怒火，幻想自己变成大力士，打死坏人；好打人的厨子头生怕保尔"戳他一刀"；他把欺压他的、调车场场长的儿子苏哈里科打得连声哀叫。保尔把对旧世界的仇恨发泄在他们身上。这种朴素的阶级感情是可贵的，但这种反抗形式显得软弱无力。首先是没有对准真正的阶级敌人和剥削制度，他不了解造成社会罪恶的根源；其次是属于个人的反抗，单枪匹马的斗争是不能改变现状的，他没有找到化阶级仇恨为力量的革命斗争方式。

他和久经风浪的老党员朱赫来的相识，使他的生活发生了根本变化。接受党的教育后，他的思想水平迅速提高。这位波罗的海舰队的老水兵告诉他："现在整个世界都着了火，奴隶们起义了，他们要把旧社会推翻。但是，为了这个，需要的是一伙勇敢的弟兄，而不是娇生惯养的宝贝蛋儿；需要的是能够坚决斗争的顽强战士，而不是那种遇到打仗就像蟑螂见到阳光马上就钻缝儿的胆小鬼。"朱赫来用简明易懂的话语向他讲述了残酷的生活真理，阶级斗争，摧毁旧世界的手段，并鼓励他"成为献身工人阶级事业的优秀战士"。革命道理使年轻的保尔茅塞顿开，开始了从自发的反抗走向自觉的斗争。他决心以朱赫来为榜样，勇敢地向旧世界开战。他的第一个革命自觉行动是冒着生命危险从押解兵手中救出被捕的朱赫来。保尔被捕后又经过了严峻的考验,从此进入了自觉投身革命的新时期。

生活就是学习

贫困的生活,艰苦的劳动,并没有窒息保尔内心燃起的求知欲。他渴求用人类积累起来的知识充实自己。他尤其喜欢文学。不论在嘈杂纷乱的车站食堂,在战火纷飞的战场,还是躺卧在病床上,即使休养在战友家里,他总是在书籍的海洋中打捞有用的知识。《牛虻》《斯巴达克思》《朱泽培·加里波第》等书中为正义事业而献身的英雄形象,不仅激起他生活的勇气和对生活的追求,而且曾鼓舞他在战场上英勇杀敌、在劳动中奋不顾身。回到工厂时"每天晚上保尔都到图书馆去,直到很晚才走。……在那巨大的书橱前面一本一本地一连翻它几个钟头"。全身瘫痪后,为争取"归队"他更是拼命地学习。在短时间内,读完了共产主义函授大学一年级课程,并通过了考试。他每天坚持学习18小时,广泛地阅读了俄罗斯和外国的文学。他认为:生活就是学习,学习是为了人类美好的生活作出贡献。

坚定的革命意志

在战场上,在劳动以及日常生活和政治斗争中,保尔都是一个意志坚定的革命者。在军队中,他是出色的侦察员、英勇的骑兵。他满怀对旧世界的仇恨,策马扬刀、无畏无惧地驰骋在战场上,"随着几千个同他一样的战友,几乎衣不蔽体,但为建立本阶级的政权始终燃烧着不灭的斗争火焰,他的足迹踏遍了全国"。

在工作中,保尔全力以赴地出色完成任务。他带着伤病参加肃反工作,"时常头疼得像针扎的一样","累得站不稳",紧张的工作曾使他昏倒。在铁路工厂不仅带动团员清理厂房和车间,还对破坏工具和纪律涣散现象展开斗争。他对独断独行、刚愎自用、计较名利的厂团委书记进行严厉的斥责,并伸出热情的手帮助他改正缺点。他说:"要是你还是舍不得扔掉你那些无聊的念头……那么我可以老实告诉你,它在我们工作中所造成的每一件损失，都要引起你我无情的斗争。"过去的伤疤，他记忆犹新，他一直想清算维克多出卖他的罪行。

对于官僚主义、腐败行为、党内反对派，他坚决与之斗争，绝不手软。他拿着省团委书记的介绍信来到省团委人事处负责人屠弗塔面前，要求恢复团籍。这位官僚主义的负责人看到保尔还活着，于是说你名字已在团员名单上勾掉了。保尔气愤地说他是"档案库里的糊涂的老耗子"，讥笑他照官样文章办事：你有什么妙法去处罚人的生和死呢？恐怕上级没有指示吧！屠弗塔因犯官僚主义错误被解除了工作，后来加入党内的反对派，官僚主义成为托洛茨基分子是令人深思的。

托洛茨基趁列宁患病时机，大搞反党阴谋活动。保尔面临党内两条路线的激烈斗争，立场坚定，他旗帜鲜明地捍卫列宁的革命路线。在州军委党支部会议上，托洛茨基分子公开叫嚷说："假使党政机关不投降，我们就用武力消灭它"，保尔听到反对派的反党言论，气愤地走上主席台发言，义正词严地进行反击。

腐败分子是党内的蛀虫，保尔对腐败行为恨之入骨。他听说州财务处长法伊洛用欺骗手段诱奸州妇女主任，联想此人诱骗女团员之事，他的神经哆嗦起来。拿起木凳，气愤地把这个流氓打倒在地。在党的法庭上，保尔理直气壮地说："在我们共产主义者的生活中，法伊洛事件是一个丑恶的现象。我不明白，一个革命者，一个共产党员，怎么可以同时又是一个淫棍，一个流氓。我永远不能跟这种丑恶现象妥协。"他不仅赞成大家的意见——把法伊洛开除党籍，而且主张把维护党的伦理道德问题提到党的工作日程中。

筑路的描写是一曲对保尔式的一代青年的动人心弦的赞歌。秋雨打着人们的脸，泥浆冲走了路基。湿透了的衣服又冷又重，人们穿着溅满泥浆的衣服，睡在四面透风的房子的水泥地上。冷风不断地吹进来，他们相互用体温来取暖。吃的是扁豆汤和煤一样黑的面包，有时还供应不上。在这样恶劣条件下劳动，只有青春的活力才能使他们支持下去。难怪朱赫来激动地说："钢铁就是这样炼成的啊！"保尔在筑路的共青团员中是一面旗帜。他穿着"胡乱拼凑的衣服"，"瘦削憔悴，两眼通红"，"脖子上已经长了两个大痈疮"，脚上生了冻疮。面临风雪严寒以及敌人的袭击，坚守在工地上。他一面向怠工行为斗争，一面带头劳动，天亮前就主动给同志们预备好开水。警卫队队长被匪徒砍死、党委书记受重伤后，保尔主持哀悼和动员大会，并电告省党委和团委，保证在元旦前完成任务。保尔一连发烧五天了，两眼发黑，两腿发软，还继续去上工，伤寒病终于使他栽倒在工地上。

保尔的精神力量的源泉究竟是什么？那就是他对人为什么活着有深刻的、正确的认识和理解：

> 人最宝贵的是生命。生命，人只有一次，人的一生应当这样度过：当他回首往事的时候，他不因虚度年华而悔恨，也不因碌碌无为而羞耻——这样，在临死的时候，他就能够说："我的整个生命和全部精力，都已经献给了世界上最壮丽的事业——为人类的解放而斗争。"

这段激动人心的内心独白，气壮山河的豪言壮语，是对生命的赞美，是揭示人生的意义和价值最正确、最深刻的至理名言。它已成为人们为建设新生活而进行积极斗争的座右铭。

革命和爱情

爱情是衡量一个人道德品质的重要标志之一。保尔没有使爱情同革命对立，他总是用革命来检验自己的爱情。他年轻时爱上冬妮亚，也并不是浪漫主义色彩的爱情冲动。冬妮亚喜欢倔强勇敢的性格，钦佩英雄行为。她并没有因为保尔是工人，穿着破旧而远离他。关于保尔偷德军中尉手枪之事，她严肃而诚实地表示："我决不把你的秘密告诉任何人。"当保尔逃出监狱时，她不惜冒险掩护过保尔。保尔负伤住院，她常去看他，出院时临时接他到她寄宿的住处。她同情革命，但不能置身于火热的革命斗争中。随着岁月的增长，经过浴血奋战的保尔锻炼得更加成熟，而冬妮亚的资产阶级个人主义和享乐思想却进一步发展，两个人发生了感情上的破裂。保尔再三劝她"一道为摧毁统治阶级而奋斗"，但终未能如愿。保尔怀着痛苦心情，毅然断绝了和她的来往。在筑路工地上，两人最后相遇的对话，反映了两种全然对立的价值观。小说极力表明在如何对待爱情这个问题上，革命向人们提出了一种全新的道德要求。灵魂中充满名利地位的爱情观念，必将遭到爱情的破灭，而对崇高事业的追求和无限忠诚，必然会产生一种崇高的道德力量，并获得精神的充实。保尔与达雅的结合，正是这种道德力量的体现。他帮助她成长为一名正式党员，并向她表示自己如果变成一个残废人，决不拖累她。小说有力地揭示出保尔性格的坦率和真诚，爱情的纯洁和崇高。

向疾病作斗争

战胜疾病，从某种意义上说，比参加战斗和劳动需要更大的勇气。严重的疾病摧垮了保尔的身体，但没有摧垮他的革命意志。他在双目失明、全身瘫痪的极端困难情况下，为继续留在战斗行列而进行的顽强斗争，是十分感人的。在病情严重时，他曾想到过自杀，避免成为生活的旁观者和社会的累赘。这一错误念头一出现，他马上批判自己的怯懦思想。他用在战场上杀敌的勇气，用共产主义伟大理想来鼓舞自己。他认为"没有比掉队更可怕的事情"。他确信在冲锋陷阵的大军中有他的一把刺刀，那么在团结教育人民的文艺大军中也会有他的一支力笔。他以惊人的毅力，克服难以想象的困难开始写作。格子板卡得他疼痛难忍，他为找不到生动的字句而着急，为记不住前边写过的细节而苦恼。有时气得把铅笔一支一支地弄断，把嘴唇咬出血来。但困难并没有战胜他的意志，他克服肉体上的痛苦，在文化战线上贡献了自己的全部力量。

这部小说向人们提出了一系列生活中的重要问题：一个人应该怎样活着，怎样对待革命事业，怎样对待工作，怎样对待生活中的曲折和困难，怎样对待友谊和爱情，怎样对待学习？作家通过对保尔形象的刻画，做了全面、深刻、生动的回答。因此，人们称这部小说是"生活的教科书"。

《钢铁是怎样炼成的》的艺术特点

作家没有简单地机械地叙述历史事件，而是在叙述中探究历史的发展规律。在客观叙述中，有人物的亲身感受，流露出浓重的主观色彩和革命激情，使读者感到亲切。

把人物放在具体的历史背景下加以描写。在保尔一生的经历中，可窥见苏联国内战争和经济恢复时期革命的壮丽图景，感受到激烈而严酷的阶级斗争的气息，从而认识到革命的艰巨性和年青一代革命者成长的历史必然性。

作家没有掩饰生活中的矛盾，没有回避主人公在前进道路上所遇到的困难，没有把保尔描写成十全十美的英雄，突出表现的是他成长的过程。他不听政治指导员劝阻，擅自从科托夫斯基师团跳到著名的布琼尼骑兵团，尽管出自他求战心切；他举起板凳打了流氓，尽管出自他疾恶如仇；在绝望中他产生自杀的念头，尽管他不愿成为社会的累赘，但在客观上造成不良影响。写出英雄人物的缺点和愧疚，不仅没有贬低和损害人物形象，相反更加使人物有血有肉、性格鲜明。保尔的英雄性格是在斗争实践中自我克服、战胜非英雄因素中成长的，因而真实感人。

作家为了充分展示保尔的性格，采用了内心独白、警句、书信、日记等多种艺术手段。保尔在海边回忆自己生活的历程和不愿成为生活的旁观者的那段内心独白，震撼人们的心灵，令人对他产生由衷的敬佩和深厚的同情。他在烈士墓前关于生命价值的那段内心独白，是他向革命先烈立下的庄严誓言，是他对自己光辉一生的完美总结，具有深刻的哲理和强烈的艺术感染力。书信和日记从侧面揭示了保尔对敌斗争的英勇，战胜病魔的毅力，克服困难的勇气以及对母亲和哥哥的骨肉亲情。医生和丽达的日记，从一个侧面成为展示保尔形象的重要艺术手段。

《钢铁是怎样炼成的》在中国已有二十多种译本，它培育了我国几代人的成长。保尔·柯察金精神，已成为时代的旗帜，成为世界各国进步青年学习的榜样。他的爱国主义和革命英雄主义精神，向疾病和损害公益事业的不良习气斗争的坚定意志，为革命无私奉献的赤胆忠心，今天依然放射着时代的光辉。

——载《阅读》，北京师范大学出版社 2002 年版

道德的审判

——田德里亚科夫的《审判》评析

20世纪60年代出现的"反对修正主义"和"文化大革命"的政治运动，割断了我们同苏联文学的联系，造成一种奇特的现象，苏联文学变成了熟悉的陌生文学。因此在鉴赏中篇小说《审判》之前，有必要对60年代前后苏联文学的特点做一简短的介绍。五六十年代的苏联文学从内容到技巧都有了明显的发展与变化。首先是作家不再以惊心动魄的事件和英雄豪迈的气概作为主要描写对象，日常生活的题材和普通人的命运成为描写的中心。揭露社会矛盾，对社会道德和人生道路的探索，受到作家普遍的重视。其次是对艺术形式和表现手段进行了多方面的探索。技艺更加圆熟，风格多姿多彩，人物形象个性突出、变得丰富和复杂。田德里亚科夫是这一时期具有代表性的作家之一，他的创作反映了苏联文学的成长和变化。

符·田德里亚科夫被称为50年代中期崛起的"奥维奇金派"。他的创作摆脱了"无冲突论"的影响，大胆地揭露生活的矛盾，表现普通人的日常生活、复杂的内心世界和紧张的道德探索。他的短篇小说《伊凡·楚普罗夫的堕落》（1953）和中篇小说《死结》（1956）以敏锐的思想和新颖的艺术形式深刻地揭露了官僚主义的危害，引起文学界的巨大反响。他的三部中篇《三点，七点，爱司》（1960）、《审判》（1961）和《短路》（1962），开拓了道德题材创作的新路，被称为著名的"良心审判"的组作，《审判》是其中的杰作。

《审判》写的是一起误杀人命案件的发生和审理经过。生产队长米哈依洛告诉猎熊能手谢明，一只熊活动在森林里，践踏了附近的麦田，咬死了一条小牛，请他去捕获。谢明带上猎犬加林卡、卫生站助理医生米佳金和联合木材加工厂工地主任杜德列夫追捕了一夜，直到天明才发现了目标。"三支枪同时瞄准"，这时谢明忽然听到远处有手风琴声，立即发出警告：不要开枪，但为时已晚。两支猎枪同时发出子弹，人与熊同时倒地。中弹的是青年拖拉机手、米哈依洛的儿子。侦察员吉佳季切夫、检察长切斯托夫和法医来到现场调查，根据射击的位置和射手的身高武断地得出结论：误杀人命的是米佳金。第二天，谢明切开熊体找到了法医在现场未找到的子弹。他将它碾园核对枪口，发现打中黑熊的是狩猎生手米佳金，误杀人命的是杜德列夫。谢明带着弹头来到杜德列夫的面前说："你的子弹结束了那个小伙子的性命"，"你就凭良心说吧，怎么办"。杜德列夫感到恐怖，不敢承担罪责。谢明又带着弹头去找侦察员，希望他能改变现场调查的错误结论。侦察员不但不面对现实，反而指责谢明，并给他罗织许多罪状。

谢明陷入困境和苦痛中。他不敢向米佳金说出真情，怕被打成同伙；不敢对妻子讲，怕女人口不严。在苦闷中他去找老朋友农庄主席杜那脱求教。杜那脱说世界上的真理有两个，除了米佳金的真理外，还有别的真理。

谢明的心绪被侦察员和弹头搅乱了，他被折磨得像个囚犯。他走进寂静的森林反复思索，认为真理帮不了米佳金的忙，对杜德列夫这有影响的人物，自己是鸡蛋碰石头，于是他把象征真理的弹头扔进了森林。

在法庭上，谢明迫于压力违心地承认弹头是从弹袋取出的，是为了米佳金免于受罚。由于杜德列夫声称自己与米佳金对误伤人命共同有责，并以法律没有限制猎人在森林中开枪作辩护，最后法庭宣布米佳金无罪。于是皆大欢喜，唯有死者的父亲和谢明心情特别沉重，感到不公。谢明茫然若失，为自己说了谎受到良心的谴责。他感到"再也没有比自己良心的审判更严厉的审判了"。

作者的艺术构思精深奇妙。小说以打猎事件为中心，通过误伤人命后法官现场侦察，解剖熊体寻找子弹，谢明拿着弹头奔走和法庭审判等几个场面，揭示了不同人物的道德内涵。

作者在法律的天秤上检验了执法者的道德观念。地方法官偏袒权势，欺压弱者，蔑视物证，嫁祸于人。他们现场调查可谓周详，但得出的结论却是可笑荒唐。断定子弹是从熊的咽喉穿出，打猎生手是杀人凶手。作者运用严肃与可笑的对比，造成讽刺效果，揭示了形式主义者与玩忽职守之间的内在联系。作者在侦察员和检察长身上揭示出在法律面前人人不平等的事实和执法者利己主义的性格。侦察员吉佳季切夫在杜德列夫面前表现了一副阿谀的面孔，他安抚心慌意乱的杜德列夫说："我们不是死死抓住法律条文不放的形式主义者"，"我想法庭会宽大处理的"，并向他暗送秋波，把谢明找到的弹头说成"一个笨重的诡计"，想陷害区里的头面人物，但只要他不敢坚持下去，"事情立刻就要开倒车了"。为使案件处理倒转，他威吓谢明伪造证据，迷惑司法机关，陷害有影响人物，罪过严重。又指责他带生手去打猎，罪责难逃，侦察员奸邪诡媚、颠倒是非的性格，在地位不同的人面前、在真理与谬误面前得到了深刻的揭露。良心和道德在他灵魂中已被权势观念所吞没。为了揭示其肮脏的内心世界，作者给他一副丑陋的外貌：细长的脖子，没有血色的脸，灰色的眼睛，两只招风耳朵，一张老太婆的嘴。检察长切斯托夫着墨不多，但性格突出。他跛脚，派头十足。来到现场先点上一支烟，然后威严地说："既然有人喊了话，那么就得有人坐牢。"吓得猎人不敢出声。他老奸巨猾，说话不多，凡对杜德列夫有利的细节，他都用"眼色"对侦察员加以暗示。当杜德列夫感到自己有罪时，侦察员说他像"唐·吉诃德"，检察长说他像"聂赫留朵夫"，他们对良心发现进行嘲笑。杜德列夫在法庭上为自己辩护后，检察长立即放弃惩治的主张。司法人员并不是真理的捍卫者。作者通过侦察员和检察长的形象大胆地揭露了苏联司法机构的阴暗面，它说明新的社会制度并未彻底解决在法律面前人人平等的问题，有法不依比没法可依更坏，作者把他们押上道德法庭进行了良心的审判。

  农庄主席杜那脱是具有时代意义的典型。在他身上说明随着科技的发展和西欧文明的影响，造成人们对物质享受的追求，迫使传统的道德观念淡化和人的价值的丧失。他近几年干出了成绩，报上常登他的名字，区里会议常请他出席。地位变了，举止言语和精神道德也变了。他警告老朋友谢明别拿着弹头"到处去瞎嚷嚷"，"除了米佳金的真理以外，还有别的真理"。他认知模式的不同，反映了人们日常生活中价值观念的不同。他并不高兴把杜德列夫关进牢房，原因是联合加工厂在农庄旁建立起来，农庄的大白菜、西红柿、黄瓜就有了长期的买主，再不会喂猪了。拿到钱的庄员可以买自行车、摩托车。他若垮台，我们就得摔跤了。他说："生活不是蜜制的姜饼，有时吃起来，颧骨都变得歪了，可是你还得吞下它。"

他认为生活是复杂的，假如真理帮不上你忙，那就把它丢开。作者在法官的形象上启迪人们对权势和道德关系的探索，在这个形象上则启发人们对物质追求和道德良心的关系的哲理思考。

杜德列夫是复杂矛盾的形象，它体现着作者对社会荣誉和道德良心的思考。杜德列夫把生活从沉睡中唤醒，把人们看惯了的世界翻了个个儿。他为改变人们的落后生活贡献了力量，成为众人仰慕的奇迹创造者，得到了崇高的社会荣誉。这种人的社会道德如何？作者通过他误杀人命的案件进行了检验，并以卓绝的心理描写表现了他内心斗争所经历的四个阶段。第一阶段，他虽然感到恐惧，但他认为不论是否影响他的飞黄腾达，他都要讲公道，利用权势打掩护是可耻的。他准备承担一半罪责，但这只是为了慰藉良心，不使自己苦恼。当谢明把弹头放在他面前时，"他的崇高思想就从他的脑中飞走了"，叫他招认杀人罪，根本办不到。良心道德被荣誉心战胜了。第二阶段是同侦察员谈话后，了解到侦察员怕由他引起与区里和省里"交涉的危险"，把责任推到地位卑微的米佳金身上，他认为侦察员卑鄙下流。良心道德取得初步胜利。第三阶段是再次与侦察员会面，这时"杜德列夫在反对杜德列夫"，他不能借他人之手干出卑鄙的勾当。他说："如果我能为我的罪过负责，而不是躲藏在别人的背后，那我更轻松些。"他不再玩弄崇高思想，荣誉观念被精神道德所战胜。第四个阶段是他在法庭上的表现。他宣布：法庭所注意的一切罪证，都在加重米佳金而减轻他的罪。他承认两人都有罪。良心道德驱使他不忍心把责任推到米佳金身上，荣誉观念又使他否认自己负有全责。结果是良心道德与社会荣誉平分秋色。他在净化灵魂，完善道德的路上只走了一半。

作者的创作意图，不仅在人物形象中得到了揭示，在小说哲理性语言中也得到了更为深刻的表达："人的变化要比生活本身慢。……联合工厂能用三、四年的时间建设起来，人的性格需在几十年的创造。"光有物质文明的建设还不够，"还要教导人们怎样生活"。作者对正确确定人生价值观念的热情呼唤，使他的小说射出的思想光辉具有无限的生命力。

作者在对社会各阶层不同人物的审视过程中，描绘了朴素的人民的道德风尚，塑造了两个自然之子——农民的形象。用以同权力观念、荣誉观念和对物质财富的贪求加以对比。死者的父亲、生产队长米哈依洛是一个"安分守己"性格"温和"的庄稼人。他来到儿子尸体旁，由于看到别人的痛苦，他不质问任何人，只在内心滚动着无从抱怨的痛苦。缰绳从手中脱落，两腿发软，不由自主地坐在地上。在最痛苦的时刻，他也不忘记关怀别人。他对案件的随意处理感到不公，但又不愿给别人带来不幸，他认为猎熊是为了大家的安宁。他说："犯不上破坏别人的生活，我绝不会因为别人受难自己就舒服些。"他既没有痛恨，又没有失去善良心地，"仍然是一个普通人"。作者在一个面临最大不幸，依然心地善良、宽宏大度、保持传统美德的普通人身上，发掘了民族文化财富的宝藏。在猎人谢明身上，作者饱蘸笔墨对农村老人淳朴古风和传统道德所受到践踏和蹂躏做了生动的描绘，以此批判流行的利己主义道德时尚。谢明身强体壮，性格勇敢（一生撂倒过 60 只大熊，战争年代负过伤），道德高尚。他关心人，体贴人，理解人。青年司机来到现场用好奇的目光去看打死的野兽，而对遇见灾难的人不理不问，引起谢明内心的愤怒。在现场只有谢明一个人帮助死者的父亲把尸体运回。他看见米哈依洛失去最后一个儿子的痛苦，眼泪夺眶而出，感到世界上最可怕的痛苦是孤独。

　　打猎发生的不幸事件，搅乱了他内心世界的平静，陷入了道德冲突和内心的苦痛中。作者以冷静的笔法，展现了人物内心的复杂斗争和心理变化的不同层次。第一次出现的内心冲突，是在他碾磨变形的铅弹核对枪口时出现的。一方面他想到人群对猎人的咒骂和谴责，只有把事情弄个水落石出，找到凶手才能使自己良心平静；一方面又想到灾难落到米佳金头上，他一家就要变成孤儿寡母，怪可怜的。查明凶手后，他又不愿意使杜德列夫遭到不幸。于是他想把弹头藏起来或者丢掉，但又觉得这样不行，灾难会落到无辜的米佳金头上，内心的矛盾使他左右为难。这种内心的矛盾所带来的感情重压，是由于要宽容一切人而又不可能造成的。他带着弹头去找杜德列夫遭到否认，去找侦察员遭到恫吓，去找农庄主席受到劝阻，于是他的感情进入另一个内心冲突的境地。这种内心冲突的强度，是由于外力的冲击和周围人的围困造成的，因此心理的重压更为沉重。他不敢向米佳金说出真情，怕打成同伙。他对妻子严守秘密，怕惹出麻烦。内心的苦痛使他不愿意见人，怕问长问短，盼望又害怕早日开审。在苦痛的煎熬中，他走进森林去汲取力量和排除人间的烦恼，于是出现了逃避现实与道德义务之间的另一种内心冲突。大自然的沉寂和空旷，加重了他孤独和寂寞的心境，使他进入另一个水平的感受阶段。他想让一切都滚它的吧，自己拿着弹头到处奔走是自找苦恼，多管闲事。胳膊拧不过大腿，弹头帮不上米佳金的忙，于是他把弹头扔进了森林。苦痛感情得到暂时的缓解，但并没有得到彻底消解，相反埋藏在这个诚实人心灵的深处。他带着激动和烦躁的心情走进森林，又带着沉重和阴郁的感情走出森林。法庭审判时他昧着良心，顺着审判员的逼问说出了假话，内心冲突达到了高潮。诚实的人说了假话犹如硬汉子掉了眼泪，其道德心理的冲突和感情压力的程度可想而知。作者成功地借鉴了托尔斯泰《复活》中表现聂赫留道夫思想矛盾时用的心理表现方法。谢明用弹头核对枪口时的内心活动以及他在烦恼中走进森林后的思想矛盾是采用内心独白来表现的，在森林里他谴责自己糊涂："谢明，你可真是个头脑简单的人啊！算一算吧，活了一辈子，现在还不明白一个浅显的道理：鸡蛋不能去碰石头。杜德列夫和侦察员不是狗熊……"扔掉弹头后，谢明想的是："你们这些有学问的机灵人能长久地巧妙地欺弄你吗？不，办不到，弹头埋在森林里，现在任他们怎么逼也逼不出关于弹头的一个字儿了。但是，要知道，他们即使没有弹头也会找茬儿的。他们会使你……坐免费车到遥远的地方。"这段内心独白生动地表现了谢明进退两难的处境，法庭上当审判员问到弹头时，谢明"掌心出了汗水，默默不语，弓着背，忧心忡忡地看着地板"，他的忧虑和胆怯的心理，是通过动作和表情加以表现的。当被逼问到死胡同时，他对一切都用低沉的声音挤出骗人的"是"字。作者只用人物语言的一个字有力地表现了真、善、美的心灵被践踏和揉碎的程度。作者对人物性格的冲突和复杂、细腻、微妙的感情变化的生动描绘，使其作品产生了巨大的艺术魅力。

小说的语言朴实，富有表现力，有时一个字就能表现出人物的复杂感情。人物的语言符合人物的性格，在农村土生土长的谢明的语言没有长句和华丽的辞藻，他说话直来直去。谚语和比喻随时出现，但简短有力，乡土味浓厚。如侦察员对他罗织罪名时，他说："要是知道往哪儿摔的话，何不先铺些稻草"，以此表示对方的阴险和自己没有防备。侦察员提到虽没掌握米佳金有罪的直接证据，但有间接的。谢明回答说："没有直的——那么，弯的也行"，以此进行有针对性的反讽。侦察员以有多年狩猎经验为理由来为杜德列夫辩护，谢明马上回答说："牙齿还会咬疼了舌头呢"，以恰当的比喻来说明失误现象对任何人都会有的。侦察员威胁谢明，还得对他提出控告，谢明说："哎哟嗬！你们要审查一下，是不是我杀小伙子吗？我看您倒是想往哪儿转就往哪儿转了"，以此指出司法人员执法的随意性。作者通过人物自身富有特色的语言，生动地刻画了谢明憨厚、直爽和朴素的农民性格。

小说中大量地运用对比的手法，在艺术上造成了鲜明和强烈的效果。但是作者经常采用的不是同类人物和事物的比较，达到衬托或交相辉映的效果；而是采用不同类人物和事物的对立比较方法，起到突出人物性格、强化矛盾和渲染气氛的作用。如把躺在地上的两具尸体——人和熊加以对照描写，强调人死的偶然和凄惨，并用布谷鸟婉转地叫声仿佛祝人长寿以及充满生气的愉快世界，形成强烈的对比，烘托人世间发生的悲剧气氛。又如把猎犬加林卡和猎人谢明对比，"它的荣誉恐怕不见得比谢明小"，现在它受伤了，打猎时弄坏了脚掌，力气没有了，它为自己的不幸在凄凉地号叫着。这时谢明的感情受到了法庭的伤害，他为自己没有坚持真理而受到良心的折磨，"打算和加林卡同声号哭起来"。用猎犬和猎人的痛苦对比，强调道德良心审判的严厉性。杜德列夫与谢明的对比，属于不同人物的对比。杜德列夫是知名人物，他办起的规模庞大的木材加工厂，严重地威胁着谢明的生活方式。"工地要把乡村吞掉，建筑工地破坏了习惯于森林寂静人的天赋的内心平静"，拖拉机、电锯和汽车的鸣叫声"把熊纷纷吓跑了，谢明的统治要结束了"。作者把社会发展中出现的工业与农业、企业家与农民利益的矛盾，及时地提到改革日程上来了。两种身份地位和社会影响不同的人，其社会力量和道德信念自然也不同，造成无地位的猎人谢明放弃崇高的道德法则是必然的。这个错误不仅属于他个人的，也属于法律制度不完善的社会。这两个人的对比，具有重大意义的社会内涵，人的价值观（包括道德观）受社会的制约，但应摆脱社会的束缚，坚持正义和真理是通向未来的唯一出路。

《审判》中的人物不多，篇幅不长，但提出的问题非常重要，主题挖掘得相当深刻。小说一出版就引起社会的轰动和普遍的欢迎，并不是偶然的。作者以客观冷静的描写，给读者留下广阔的审美空间。造成谢明的苦痛和辛酸，令人掩卷长思。小说的缺点表现在格调上的沉郁和哀伤，缺少积极向上和前进的信心。同时这也表现了苏联社会的复杂性和道德完善的艰巨性。这部作品打破了苏联战后小说歌舞升平、昂扬奋发的固定格局，以新的内容和新的形式丰富和发展了苏联文学。

1989 年 1 月 14 日
于中国社会科学院研究生院

艾特玛托夫和他的《一日长于百年》

艾特玛托夫是勇于进行艺术探索和创新的、享有世界声誉的当代吉尔吉斯作家。他的小说突破了传统的表现方式，取得了创造性的成就。他不同时期的创作出现新特点和表现手法，他创作中对神话传说的运用和现代派不同。

生平与创作

钦吉斯·托列库洛维奇·艾特玛托夫（1928—2008），是享有世界声誉的当代吉尔吉斯作家。从小受祖母讲述的民间故事的熏陶，从民间文学中汲取了营养。父亲是老一代共产党员，曾两次去莫斯科红色教授学院学习，一直担任党的领导工作。1937年任州委书记时，惨遭清洗和镇压，这在他幼小的心灵中留下了难以平复的创伤，培育了他同情无辜、疾恶如仇的思想。卫国战争期间，他被迫辍学，担任过村秘书、税收员和新闻记者，增强了他的社会责任感和爱国主义思想，同时也积累了丰富的创作素材。1952年发表处女作短篇小说《记者久约》。1953年毕业于吉尔吉斯农学院，1956年进高尔基文学院文学进修班深造。从20世纪50年代到现在，已发表作品二十多部，并多次获奖。他的作品被译成七十多种文字，从1986年起，担任苏联作协书记等要职。

艾特玛托夫是以探究人类心灵中爱情的道德问题登上文坛的。20世纪50年代是他创作的早期阶段，其创作特点是以浪漫主义手法揭示吉尔吉斯人的心理和性格美。早期发表的短篇小说有《阿什姆》（1953）、《修筑拦河坝的人》（1954）、《在旱地上》（1954）、《白雨》（1954）、《夜灌》(1955)、《在巴达姆塔尔河上》(1956)等。《查密莉雅》(1958)是他的成名之作,法国作家阿拉贡称之为"一部描写爱情的空前杰作"。小说通过吉尔吉斯少妇查密莉雅冲破宗法观念的束缚与残疾军人丹尼亚尔真诚相爱和出走的故事,表现了对自由爱情的追求和对新道德的赞美。这部小说以倒叙方式安排结构,用音乐和绘画的形象揭示人物的内心世界,并运用对比衬托手法刻画人物性格,使普通的爱情故事产生了动人的艺术魅力。

20世纪60年代,他的创作题材不断有新的开拓。当文坛受到"非英雄化"冲击,否定正面形象、大写庸人琐事之时,他创作了一系列歌颂人性美和理想美的作品。《我的包着红头巾的小白杨》(1961)、《骆驼眼》(1961)、《第一位教师》(1962)与《查密莉雅》一起荣获1963年度列宁文学奖。这些作品的共同特色是颂扬劳动人民的品质和精神力量,具有独特的民族风情和浓郁的抒情格调。中篇小说《永别了,古里萨雷!》(1966)标志作家创作进入成熟阶段,于1968年获国家文学奖。它以回忆形式,通过主人公塔纳巴依一生坎坷命运及其爱马古里萨雷的遭遇,反映了一个时代的功过是非,揭示了"左"倾路线给人们带来的危害。

20世纪70年代,是他的创作走向哲理探索的时期。神话传说、民歌寓言成为他创作的新题材,抒情悲剧倾向成为他创作的突出特点。《白轮船》(1970)、《早来的仙鹤》(1975)和《花狗崖》(1977)等作品,表现出作家艺术探索的新倾向:对生活的哲理思考,寓言性的加强,创作手法上的写实与假定性互相交融。《白轮船》写的是一个父母离异、寄养在外祖父家的天真淳朴的七岁小男孩,听了外祖父莫蒙讲长角鹿曾救过并使吉尔吉斯族繁殖起来的故事,深为感动。小孩的姨父护林官奥罗兹库尔贪婪成性,强令莫蒙杀害了象征民族救星的长角鹿,大摆酒宴。绝望了的男孩,想象湖上有幸福的白轮船,他要变成一条鱼,向它游去寻找那失踪的父亲。小说表现了善与恶的斗争、生与死的思考。有关吉尔吉斯民族起源的长角鹿的故事和小男孩想象的白轮船的故事,属于神话传说。作者将神话传说与现实生活以及人们的道德观念的冲突交织在一起组成情节,作出了道德评价。激烈冲突的情节,鲜明对立的人物以及深刻哲理的内容,构成了小说的抒情悲剧的显著特色。

20世纪80年代,他的创作进入炉火纯青阶段。他开始用"全球思维"和选用其他流派的艺术手法,并以新奇的构思,探讨全人类的命运问题,哲理性更强。《一日长于百年》(1980)和《断头台》(1986)都体现了这些新的特点。

《一日长于百年》

获得1983年度苏联国家奖的《一日长于百年》,被誉为当代苏联文学的"指路牌"和"方向标"。它是一部关于命运的小说,通过铁路工人叶吉盖为亡友、老养路工卡赞加普发丧送葬的一夜一天的回忆与见闻,囊括了几千年的多种社会悲剧。小说以各自独立又互相联系的三组悲剧构成情节的三条线索:远古传说乃曼—阿纳的悲剧和赖马雷的悲剧;现实生活中卡赞加普的悲剧和阿布塔利普的悲剧;科学幻想的"均等号"空间站中苏美两国宇航员的悲剧。在三组悲剧中乃曼—阿纳的悲剧占中心地位,它不仅是小说整体结构的联结点,而且统率小说的基本思想。

乃曼—阿纳的悲剧,是古代传说中失去理智的儿子用箭射死母亲的故事。相传柔然人从亚洲游牧地带被赶了出来,侵占了乃曼人的萨雷—奥捷卡草原,双方进行过无数次战争。柔然人对待战俘施以酷刑——头上戴"希利",即用刚剥下的黏糊糊的骆驼皮,蒙在俘虏剃光的头上,然后让太阳猛晒,紧紧箍住头部。活下来的很少,即使活下来,也已丧失记忆,失去理智,变成主人随意摆布的工具——曼库特。母亲乃曼—阿纳为寻找在战斗中下落不明的儿子,反被变成曼库特的儿子一箭射死。母亲的白头巾变成一只杜拜年鸟,啼叫着呼唤儿子醒悟。作者以此告诫人们不要忘记民族优良传统。

赖马雷的悲剧,是传说中向往自由、爱情和幸福的人惨遭迫害的故事。相传天赋出众、歌声动人的著名的民间老歌手赖马雷和少女白姬梅相爱,招致人们的非难,并被施以酷刑。死前赖马雷依然歌唱《白姬梅之歌》。这是人类社会野蛮地扼杀天赋和自由理想的悲剧。化作杜拜年鸟的啼叫和赖马雷死前的吟唱,都是呼唤人们不要忘记过去,不要重蹈历史上摧残人性的覆辙,因此这部小说被称为"警世小说"。作者以古喻今,以此影射和鞭笞现实生活中种种丧失人性的现象。

现实生活的悲剧,写的是卡赞加普和阿布塔利普的遭遇。卡赞加普的父亲在集体化时期被划为富农,兄弟姐妹流离失所,后来得到纠正死于流放的归途中。卡赞加普身遭过火行为之害，强迫他当众谴责父亲，划清界限。为摆脱凌辱，他申请到边远地方去挖沟开渠。他当过挖土工人、拖拉机手、劳动班长，得过奖状。他在撒马拉罕的饥饿草原结婚。婚后本打算重返故乡，但那里当权的还是搞过火行为的人。内心难以平复的创伤，使他来到了荒凉的布兰内小站，当了养路工。他忍受暴风雪的袭击，克服各种困难，保证火车正常通过。他关怀别人，以高度人道主义精神帮助处在困境的叶吉盖，使他生活得以维持。他含辛茹苦地抚养儿女，支持他们上学。不料儿子萨比特让把父亲的财物搜刮得一干二净，忘记了父亲养育之恩，成了当代的曼库特。卡赞加普孤苦伶仃，惨死在空荡荡的泥板房里。儿子百般阻挠，不让遗骨葬在阿纳贝特墓地。一个对社会、对他人无私奉献的人，却遭到各种反理性的迫害，在现实生活中重演了阿纳的悲剧。

　　正直善良的阿布塔利普原是小学教师，卫国战争时入伍，不幸被俘，逃出战俘营后加入南斯拉夫游击队，受过伤，得过军功勋章，登过报。由于当过战俘，复员后不但不给他正常的复员军人待遇，反而屡遭迫害。学生指责他，亲友躲避他，教育部门排挤他，监察部门怀疑他。他被剥夺了当教师的权利，沦落到布兰内小站当了养路工。"罪"连妻儿，使他万分痛苦，甚至愁白了头。他妻子原来也是教师，她那同丈夫一道分担战争留下的灾难的精神，忠贞如一的感情，坚韧不拔的毅力以及同厄运搏击的斗志，使他得到温暖，增强了生活的勇气，并用心教育子女。他写下了自己的见闻和经历《游击队笔记》，记下了乃曼—阿纳的传说和赖马雷的传说，作为教育后代的珍贵礼物。不料到了1953年苏南关系紧张时，这些笔录成了罗织罪行的反动材料，被认为是反苏、反斯大林、与英国侦察机构有联系以及道德败坏的罪证。检查工作的铁路稽查员打了陷害人的小报告，他因而被捕。传说中赖马雷横遭惩处致死的悲剧在现实生活中阿布塔利普身上又重演了。在社会暴力和变形的环境中，丧失理性的现实生活，给无辜的人带来了毁灭性的灾难。在阿布塔利普得到平反时，叶吉盖的老友、地质学家叶利查罗夫给他的信中，特别提到那个告密者稽查员，"是什么促使他干这种缺德的事？"这本来不属于他的职责范围，与受害者又没有什么利害关系，为什么抱着这么大的仇恨，是特定历史时代的传染病，还是一种嫉妒心，或是向上爬的私欲，值得深思。这实际上是把克服人本身存在的仇视他人的恶习摆到人们的面前。

科学幻想的悲剧，写的是苏美两国为开辟外太空的能源、矿藏和水利而平等合作建立的外太空"均等号"空间站上两个宇航员的悲剧。这个空间站受停泊在太平洋的航空母舰"公约号"两国联合指挥中心的指挥。但突然发生了非常事件，"均等号"空间站上的苏美两个宇航员受林海星的邀请进行了离奇的访问，并发回了电报。电报谈到，林海星上的人是宇宙文明水平最高的理性动物，他们会开采太阳能，并掌握了控制气候的技术，用辐射法驱散乌云和浓雾，能控制空气和海水的流动。在食品方面，从来没有不足的现象。林海人具有高度集体主义的星球意识，他们与人为善，和睦相处，精神达到美满的境界。平均寿命是130岁到150岁，有的活到200岁。最令人惊奇的是那里没有国家机器，没有武器和战争。电报中还传达了林海人访问地球的愿望，他们渴望与地球联合，去开辟宇宙各星球间人类思想和精神的新纪元。但美苏双方为稳定地球现有秩序，将拥有高度文明的外星人拒之天外，从而使地球上的人类失去了学习和借鉴先进文明的良机。为避免传播他星文明的后患，竟把两个宇航员困死在太空中，扼杀了对外太空文明的理性思考。这与"希利"之刑、阿纳悲剧存在着本质上的联系，作家从"全球性思维"的角度对人类未来命运的思考，达到了空前的深度，在世界文学史上，是没有先例的。

作品通过三组悲剧，表达了严肃的主题：失去理性造成人们的谬误，而人们的谬误堵塞着人类自身求得充分发展的道路。

三组悲剧，在时间上连接着过去、现在和未来，在空间上涉及小站、省城基地和宇宙太空；在内容上包容了真善美与假丑恶、是与非、荣与辱、平凡与伟大、灵与肉、生与死等许多问题。作者通过小说的中心人物叶吉盖的经历和见闻，以回忆形式巧妙地组成了整体结构。

叶吉盖是作者心目中的理想人物和道德力量的体现者。小说从三个主要方面突出主人公的精神力量：首先是他的以苦为乐的高度责任感。他在荒漠的小站工作四十余年，平凡中见伟大。他是个荣誉军人，卫国战争中受过伤，立过功，得过军功章。在生活艰苦、气候恶劣、人烟稀少的小站当平凡的养路工，他埋头苦干，任劳任怨。在罕见的暴风雪中清理铁路两旁的深雪时，他表现出坚强的毅力。其次是他的同情人、关怀人的博大胸怀。他热心操持老友的葬礼，不顾卡赞加普儿子萨比特让的阻挠，坚持按死者的遗愿葬在阿纳贝特墓地，并且强烈反对官方平毁维系历史教训的阿纳贝特墓地。他在生活上照顾走投无路、被迫害的阿布塔利普一家，帮助他们修火炉、搭门斗、挖菜窖、运土豆。在强大的政治压力下，他不落井下石，坚持正义。面对审讯员，他理直气壮地为阿布塔利普辩护，并痛斥和赶走告密者。阿布塔利普被捕后，他照料生病的孩子，并鼓励死者妻子查莉芭不要丧失生活的勇气。受害者冤死在狱中，他陪同查莉芭去领取死亡通知书，归来的路上他机智地来了个紧急刹车。他想到如果孩子姓父亲的姓没有出路，就姓自己的姓好了。他为蒙冤者奔走，申请平反。他对查莉芭的爱慕之情，既表现了他的丰富感情，也表现了他能用理智战胜自己的坚强意志，同时也表现作家对人和社会进行"自我改正，自我清洗"的热望。作家通过主人公的内心感受和对事物的思索，深入开掘了人物的精神世界。作者以"全球性思维"来思考与国家、民族、世界、星球息息相关的生死、善恶、荣辱等一系列哲理问题。他把维护人类利益作为自己神圣的职责，正如评论家指出的：他虽没有建立任何惊天动地的功勋，却有权被称为时代英雄。

艾特玛托夫是一位具有鲜明创作特色的作家。他的艺术视野广阔，取材广泛，构思新颖，布局独特，善于对复杂的现实做高度的概括反映，这些都体现在《一日长于百年》中。它是一部多题材、多主题的小说。个人命运、国家命运和地球命运互为交织，政治的失误、家庭的离散、爱情的纠葛、认识的谬误、心灵的创伤、理性的思考都融合在这部小说中。把一时一地发生的现象，与过去、未来相联系，进行总体的解剖，具有深刻的认识意义。写过去提醒人们勿蹈历史覆辙，写未来引导人们防患于未然。从历史的连续性、继承性考察问题，联系现实生活，更易于把握事物的本质，总结人生哲理。了解过去和现在，可以预测未来，因而他的科幻描写不是没有根基的。"林海"星球虽属于科幻虚构，但寄寓着作家的理想。人们可以从作家的历史的、现代的、未来的忧患声中领悟人生哲理，加强社会责任感。正如作家自己所说，"文学应当奋不顾身地背负自己的十字架——干预复杂的生活"。

艾特玛托夫永不满足自己所取得的艺术成就，声称"我不会停留在过去的阶段上"。他在创作道路上不断探索，刻意求新的进取精神，在《一日长于百年》中得到了充分的反映：

1. 抒情悲剧的独特性

艾特玛托夫写道："悲剧是艺术的最高形式……在任何社会条件下，

甚至当社会已经提高到社会道德发展的最高阶段的时候，艺术也不应该回避同悲剧性局势的决斗……真正的悲剧是现实主义的属性。"这部小说中的人物，甚至动物的生活充满大量的悲剧性事件。母亲被射死，奉献者不得善终，好人遭到镇压，家庭和情侣被拆散，真正的人性被扭曲。就连地球上的动物也被推向毁灭的边缘，觅食的狐狸得不到温饱，自由的雄鹰不能任意飞翔，发情的骆驼受到鞭打。在相互不信任的社会意识下，从人到动物都带有浓重的悲剧色彩。作者对这些悲剧哀而不叹。社会和自然的关系如何调和，社会的和自然的属性如何统一，作者提出了令人深思的哲理问题。

2. 别开生面地运用艺术假定性形式

运用象征、寓言、神话、传说、怪诞等假定性的艺术方法，作为表现生活和典型化的手段，现代派作家早已运用并取得了成就。艾特玛托夫的独创性，正如作家自己所说："我把传奇、神话、民间传说作为前辈留给我们的遗产当经验来依靠。"因此，他不是套用神话的模式，而是对神话传说进行了加工和改造，使之与作家对现实的思考紧密相连，作为洞察历史、改造现实的工具。从艺术手段上说，这是为了强化作品主题和艺术表现力。因而他笔下的神话传说没有现代派的怪诞性和非理性，没有朦胧和虚幻。他的科幻描写也是立足于现实的，以独特的幻想展示星球世界的文明和地球世界的差异。他立足于对高度文明的渴望，谴责地球上人类互相嫉妒、不信任和互相残害，呼吁人们要从"全球性思维"的高度来考虑人类的前途和命运，因而显得真实感人、富有哲理性。他把神话传说、科学幻想与现实生活融为一体，提出了传统价值和行为方式同现代科技发展关系的重大课题。

3. 多层次多线索的网状结构

小说用回忆方式把不同时间、不同地点、不同事件压缩到较短时间内叙述，扩大了艺术空间，增加了时间跨度，使作品容量丰满，表现简洁，对比鲜明，哲理深刻。从时间上看，小说呈现多时性，随着叶吉盖的意识流动，忽而过去，忽而现在和未来，交错糅合，脉络清楚；从空间上看，忽而天上，忽而地下，忽而"林海星"和草原，忽而家庭和办公室；从事件上看，包容了天上地下、人世间、自然界发生的空中的、国际的、社会的、家庭的多种事件，因而形成了多题材、多线索、多层次、多主题的新体小说。

4. 动物在小说中发挥了独特作用

古今中外的文学作品描写动物形象并非罕见，但艾特玛托夫笔下的动物不是符号化的道具，而是血肉丰满的生命，在作品中起着独特的作用。首先是提供了审视社会的新的视角。如小说以狼的视角开篇。除提供人和动物活动的荒凉背景外，还以动物的视角来看人类的生存方式，让人们从人与自然、人与社会、人与人的关系审视和反省自身的行为方式。如送殡队伍在禁区受阻，被迫在土崖下埋葬死者时出现在高空中的雄鹰的视角，蕴含着作家深邃的思考。雄鹰不断飞翔，它的眼里一会儿出现禁区发射场上正准备用先进技术发射火箭，阻止林海人与地球外空间接近；一会儿出现土崖边上正在举行的庄严葬礼，二者形成了鲜明的对照。前者是对人类理性的禁锢和扼杀；后者虽然是古老的行为方式，却闪耀着人性的光辉。其次，提供情节转折的契机。骆驼卡拉纳尔发情逃走，导致叶吉盖离开会让站前去追赶，从而使不易处理好的他对查莉芭爱恋的问题，获得了符合作家愿望的结局。再次，借助动物的感情独特地表现人物的内心冲突。叶吉盖的爱恋感情与道德责任感的冲突表现得非常真实，这得力于卡拉纳尔。一方面借助卡拉纳尔的发情，渲染了难以遏制的生物的自然感情；另一方面，骆驼的发情被强行制止，又喻示着自然感情受着社会和人的理性制约。

——载《外国文学》（下）高等教育出版社
2009 年 11 月（三版）

尤尼娜和她的小说《女厂长》

柳鲍夫·尤尼娜出生于平札省波钦基村，先后毕业于莫斯科法律学院和苏共中央高级党校，当过新闻记者。1960年开始从事文学创作，立即引起人们的关注。尤尼娜对当代社会现象，特别是妇女命运和家庭的问题观察敏锐而细致，经常提出带有普遍意义的社会问题。她的作品风格独特，情节和结构颇具匠心，笔调亲切自然、朴实无华，心理描写十分细腻，但有时略带伤感色彩。主要作品有《退休的人》《再见，爸爸，祝你健康》《独居女人》《前线小照》等。

近年来，她常在《星火》《我们的同时代人》《莫斯科》等被大型刊物上发表中、短篇小说。她的中篇小说《女厂长》曾获得1981年《星火》杂志奖。

《女厂长》以电子管生产为题材，从一个侧面反映了当前苏联社会的现实。小说的情节并不复杂，新上任不到两个月的女厂长楚里柯娃是属于能干的女强人。在女人不能担当领导职务的习惯势力面前，她被破格提拔并不是偶然的。她年富力强，精明能干，有专业知识，办事认真，事业心强，懂得科学管理，富有创新精神。

但是，摆在她面前的道路并不是平坦的，她的工作面临许多困难。首先，是总局领导只抓生产指标，而不顾产品质量，直接影响工人追求生产指标，完成任务搞突击，觉得只要完成年产计划，奖金就可以到手，工厂的计划科长为此向上级虚报数字。这种只顾物质利益忽视产品质量的做法，虽然得到工人的拥护，却损害了消费者的利益和工厂的信誉。其次，前任厂长也是一味注重产品的数量，提高产品质量不合形势的要求；墨守成规，习惯于老一套陈旧的工作方法，工厂搞得毫无生气；回避矛盾，最忌家丑外扬，报喜不报忧，得过且过混到退休；不关心群众生活，留下问题一大堆。再次，是作为女同志的特殊困难。楚里柯娃上有老下有小，年迈力衰、百病缠身的双亲无人照顾，母亲病卧在床上，已经不能走动了，孩子需要教育，女儿瓦莲卡厌倦学习，追求物质享受的思想初露苗头。

楚里柯娃面对种种困难，经历了复杂的内心斗争。终于以坚强的毅力，巨大的工作热情和工作的原则性，克服了困难。小说最后以唱着战斗的歌曲，准备拿出一个大胆的改革方案来实现她的计划而结束。

小说的篇幅不长，所反映的社会生活内容十分丰富。在如何对待职业和工作，如何对待领导和群众，如何对待父母和子女等一系列问题上都进行了认真的探索，并作出了明确的回答。

与20世纪70年代苏联文学中出现的"能干的人"不同，楚里柯娃不仅抓生产有一套，而且具有民主作风，关心工人的生活。她个儿不高，长得漂亮，心地善良，和蔼可亲，工作麻利。她每天的工作有固定的时间表，把接见群众，解决困难放在重要地位。因此，"登记求见新厂长的人照例比见老厂长的多"。通过接见，她摸清了这个庞大机构人们关心的是什么，需要的又是什么。她认为"自己的责任不只保证生产出一定数量的优质产品，同时还要使生产产品的人能身体健康，安居乐业，日子尽可能过得幸福"。

作者在来访求见的人中只写了两个人。一个是26岁的青工谢苗丘克，他八年级没有念完，一心指望轻松地挣钱就工作了，很后悔自己没有上大学，现在成了家，有了孩子，想当工程师要到大学去深造，请求女厂长想个办法"用不着考试就进大学"。楚里柯娃说："违反制度的事我们不能做"，"我根本无权要求人家破例免试录取您"。但是她向他提出了建议：先念预科，争取以优异成绩读完预科免试直接升入大学。她关心地说："要是学习起来有困难，再回来，我们另想办法，这么办好不好？"同时又告诫他，大学毕业后有一段时间工资要比现在还低。这个情节，既表现了她对工人的亲切关怀，又表现了她坚持原则。

另一个求见的是上了年岁的女工彼得罗肖娃·莉莉娅。她脸上皱纹纵横，眼睛暗淡无光。她的家庭遭到了不幸，丈夫因酗酒离异了，26岁的儿子维吉卡也是酒鬼，婚后一个月被妻子踢出了家门，不得不跟母亲挤在一个房间里。家当被儿子卖得精光，母亲穿的是别人不要的旧衣服，睡在褴褛的棉絮里冷得浑身发抖，饿得难受时抽烟来解闷，健康日益恶化，心脏病时刻有发作的危险。她生活唯一的要求是要一间房子和儿子分居。但是，丈夫、儿子和她本人都分过房子，正如老太婆自己所说："按规定不给我自然有道理，可就是不合情理。""前任厂长照章办事"，不考虑她的实际困难和处境，拒绝了。女厂长对这位困苦的老人动了恻隐之心，同情她的命运和处境，但认为"这种事情我个人不好做主"，劝她先设法帮儿子戒酒，房子事需要开会研究，叫她下星期再来听信。虽然没作出决定，但老人感到了温暖。走出办公室时，她内心充满了希望和喜悦，连女秘书都以为答应给她房子了，老人想去教堂求圣母显灵，请这位新厂长帮她的忙。

小说写了一个细节，女厂长会见职工时办公室不准吸烟，但看到莉莉娅注意那包烟的眼神，便把烟和火柴推给了她，说声"请吧"。临走时还把那包烟送给了莉莉娅。此时女厂长想到父亲有病做手术时，自己焦急不安的心情，和向一位坦克手要了一支烟的情况，恰如香烟分担了她的痛苦一般，莉莉娅走进办公室时提心吊胆，唯恐受到奚落，却不料受到女厂长的亲切接待和热情帮助，于是她对生活充满了美好的幻想："一个单独的房间，再也不跟儿子缠在一起。让她自己当家做主——这便是她梦寐以求的愿望。房间里床铺干干净净，褥子是新的，软软的，她的衣衫、头巾全可以太太平平，不怕被维吉卡拿去换酒喝掉。"

尽管分房子是个棘手的问题，但"非要帮助她不可"，这是女厂长下的决心。为了解决莉莉娅的困难，她专门召集莉莉娅工作的车间三人领导小组开会。经过了解，工会主任居然没有去过她的家。他说："她不请我们去，怎好去呢？"党支部书记认为："她自己不来说明困难，我们怎么好管她家的事呢？"另一位领导则认为"厂里分给她房子了"，问题不需要再解决了。对多年在一起工作遭到不幸的老工人没有一个基层领导关心，女厂长心情感到很沉重。她得出的结论是工会主任太年轻，做工会工作"应该是工作经验丰富的人"。穿高跟鞋的党支部书记，只顾打扮自己，另一个总用手帕抹秃顶的人，唯唯诺诺，怕负责任。女厂长是在了解莉莉娅的情况，但同时也了解了车间干部的水平，间接地写出了女厂长思想的敏锐。她认为"最好能免费供应她的伙食，天哪，我们国家里还有人在挨饿。一个劳动者因为家里不幸出了酒鬼，穷得连饭也吃不上"，表明了她对人的人道主义的态度。在原则与情理之间的关系上，她是从实际出发认真考虑使二者统一起来，她比不动脑筋、机械教条地执行原则的领导显得水平高出一截；也比办事无原则，只看情面的领导胸怀坦荡。她关心群众，关心每一个工人，"应该好好地了解每一个工人的家庭情况，是不是还有像彼得罗肖娃这样的人家"。

对待上级领导，她从不阿谀逢迎，不唯命是从，在原则问题上坚持己见。总局长切波塔连夫任命她做厂长时一再说电子管厂"实力雄厚，设备先进，不久前刚改建过"，"已经成为完全现代化的企业"。而楚里柯娃则有她自己的看法："一个工厂从制订方案到投产通常要花数年时间。往往没等出产品，人的精神面貌先老化了。该厂改建至今只有两年，时间不算长，可是要保持现代化水平，非得年年月月、时时刻刻不断改进不可。可是这里却毫无作为……计划提高了，基本上靠的是简化产品，非得来个彻底改造不可，这就需要整个集体，上自厂长，下至清洁工同心协力紧张劳动。"她把提高产品的质量放在首位，看作改造工厂的重点，因而与总局长产生了矛盾和分歧。她始终坚持己见，并用自己经历的不可驳辩的事实来与总局长辩论。她说25年前我父母用的"吉司"牌电冰箱，至今一点毛病也没有，主要部件质量过得硬。可是25年内我就用坏了两台。赶任务生产出来的几百万只的管子用不了几个月就坏了，有什么意义？"应该生产出经久耐用的产品"。总局长认为，她的削减产量，提高产品质量和价格的主张"得不到一个人的理解"。认为她年轻，凭热情办事不会有好的结果，并用自己见多识广的经验来说服她，可她则认为质量低劣的产品生产越多，危害越大。

总局长追求生产指标，对"虚报数字"睁只眼、闭只眼，可女厂长却一丝不苟，她为此批评了计划科长，叫他交出符合实际情况的年终总结。她如实地向总局报告本厂没有完成年度计划的指标，请求领导批评。经过精心考虑，最后她拿出一个消减产量、提高质量的改革计划。总局长认为是"马尼洛夫精神——痴心妄想"，而女厂长对自己的改革方案充满信心，准备与总局长斗争下去，争取胜利。

小说中提出了当今社会普遍存在的社会问题——赡养父母、教育子女的问题。作者不仅把她的女主人公放在工厂的领导工作中加以表现，而且还通过家庭生活来表现她的伦理道德观念。楚里柯娃的父亲原是一位出色的工程师，78岁了，头脑虽然还清楚，但在家务上已经无能为力了；她的母亲病卧在床不能下楼了。两位老人风烛残年，百病缠身，房子多年失修，显得十分颓败，屋内凌乱不堪。女儿公务在身，整天忙得焦头烂额，甚至抽不出时间来给父母打个电话，直到爸爸来电话才知道妈妈病了。作为女儿楚里柯娃非常孝敬父母，平时叫全家人每周轮流送去食物，前去探望。她一进父母的家门，妈妈就向她诉苦，她一边安慰，一边给妈妈按摩，做可口的饭菜，打扫房间，一刻不停地忙碌起来，最后决定把父母接到自己家来常住，让孩子们来照料。她认为："我们成年人不与老人混在一起，当然是暂时的。我的父母正需要孙儿的照料，孙儿也需要老人的指点，过去与未来应该联系起来，只顾眼前是危险的。"她讲的是朴素的真理，父母养育之恩不能忘记；不孝顺父母的人，自己老了是危险的，尊敬老人，照顾父母是子女应尽的义务，可当今社会不少青年只顾小家庭生活，把年迈的父母丢在一边不理不问，有的把父母看作累赘，有的把父母看作摇钱树，尽量榨取，甚至兄弟姐妹间为此争吵。小说中提出的如何对待父母的问题，也是伦理道德问题，很有现实意义，作者通过楚里柯娃的形象为人们树立了榜样。

对子女的教育问题和青年人应如何对待生活的问题，是小说中提出的另一个重要问题。彼得罗肖娃·莉莉娅的独生子维吉卡酗酒成性，荡尽家产，最后上吊，妈妈被惊吓而死，就是因为她对儿子没有抓紧教育的结果。儿子小的时候，酗酒的丈夫整天和她吵架，她没空过问儿子的起居和结交哪些朋友。儿子挣钱了，母亲娇纵他，为他买漂亮的西服和一切东西。在儿子身上花钱她毫不吝惜，儿子酒气扑鼻，她也没放在心上，儿子说喝的是啤酒，她认为这算不了什么，又不伤害人。参军前儿子喝得烂醉如泥说是与朋友告别也没引起她的重视，她认为到了纪律严明的军队自然会得到锻炼。儿子喝酒发展到偷卖家中衣物的地步，口袋里没钱就像一头野兽，不接济他，狠起来简直要杀人。母亲虽然难过，但家丑不可外扬，受了罪不敢对人讲，只是上教堂去祷告。看见儿子已经不可救药，还像毛毛虫一样在生活道路上挣扎、彷徨、委曲求全。母亲虽有母子之情，儿子并不可怜天下父母心。莉莉娅饱尝了母爱之苦，悲哀地了却了一生，莉莉娅看到儿子上吊受惊吓而死，到死也没与儿子割断联系。她的归宿使悲剧意义高度升华，给人以"直观自身感"，教训是深刻的。

楚里柯娃整天忙于工作，难得同孩子见面，更不用说过问他们的学习、思想和生活了。她的女孩瓦莲卡染上当代青年的"时代病"。学习懒惰，不想考大学，甚至中学也不想念完："我干吗要念五年的大学呢。进了技校，十八岁我就是有工作的人了。"当个司机每月最低可以拿 250 卢布的工资，"干吗花五年时间受那份罪呢"？她选择职业的标准，主要是看挣多少钱。在生活上，比穿戴，比享乐，比轻闲。她把母亲整天满脑子想工作、忙忙碌碌、累得半死不活，看作"一点意思也没有"。她羡慕柳霞的妈妈，在理发馆当按摩师，晚去早归，工作自由，"每月还有十卢布的外快"，柳霞的爸爸大学毕业改了行，当理发师，每天能挣"半百"。瓦莲卡向妈妈提出的新年礼物是要一件进口的连衣裙，价值120卢布，相当于一个人一个月的工资。妈妈感到惊奇，瓦莲卡说："要是连自己喜爱的东西也不能买，工作还有什么意思？"妈妈对她进行严肃的教育，她回答说："我跟得上时代潮流。"妈妈心里很难过，认为女儿"恰像一匹瞎闯的野马，自以为找到了正确的路"。

在对待职业的问题上，作者提出了发人深省的哲理："职业决定不了人的价值，而是人使他所从事的职业增色添香。"当司机、裁缝和理发师，没有大学文凭也可以成为本行业的能手，问题是一些青年对前途所抱的庸俗观点、追求物质享受的恶习和为个人而生活的欲望，作者向社会提出了带有普遍意义的青年一代的教育问题，维吉卡和瓦莲卡形象的意义正在这里。

小说《女厂长》的艺术特色，表现在如下几个方面。

首先，在情节、结构方面颇具匠心。小说以总局长召见女厂长，对她的工作表示信任和支持作为情节的开端，以女厂长与总局长对待生产指标和产品质量的不同看法和各自坚持自己的观点而展开情节的冲突；以女厂长坚持产品质量，提出大胆的改革方案作为情节的结束。小说情节的独到之处，在于没有安排一个上级领导来解决这个问题，也没有用报纸发布的文件来生硬地作为收场。情节虽然结束了，但事件和矛盾还在继续。小说留有余味，令人深思，结尾寥寥几笔和盘托出了主人公崇高的内心世界和顽强的改革、进取的精神，这种大刀阔斧式的快速收场，减少了许多废话，做到了含蓄和简洁。

小说的结构，从整体上看是以直线延伸为结构形态，但在这种首尾相应的框架结构中，又有纵横交叉的网络结构在其中，作者把莉莉娅和女厂长家庭遭到的不幸和困难，同女厂长的日常工作联系在一起穿插描写。莉莉娅的儿子维吉卡和女厂长的女儿瓦莲卡虽然着墨不多，但他们却是联络情节的支撑点，并为小说情节的发展起了推波助澜的作用。穿插的结构，不但没有使小说拉长，反而摆脱了情节直线延伸结构、形态单一性所造成的呆板和平淡，增强了情节结构的美感，既活跃了故事情节，又深化了人物性格。但是小说并没有采用"话分两头，各表一枝"的笔法，以维吉卡和瓦莲卡各自为中心，构成情节的独立性，去专门表现受到不同的母爱的问题。在直线延伸的结构框架下，安排纵横交叉的网络结构，使女厂长的矛盾和转变成为必然的事件序列。

其次，在刻画人物方面，作者用简练概括的笔法，围绕女厂长展示了三代人各自不同的精神面貌。领导落后于形势的总局长，受宗教神权奴役和儿子牵连的莉莉娅，倚老卖老、有些傲气的厂长女秘书，反对女人参政、爱孙儿如命的厂长妈妈，忠于职守的厂长父亲和厂长司机、是属于老一代人的不同形象。思想敏锐的厂长和她的冷静沉着的丈夫，善于捞"外快"的柳霞的父母属于中年一代。要求深造的谢苗丘克，酒鬼维吉卡，厌倦学习的瓦莲卡和准备考大学的安东属于青年一代。三代人有不同性格和价值观念，作者从多角度选择作品多层次的人物，对人生进行全面的道德评价，显示了社会生活的复杂性。全景式的生活画面和宏观地概括生活，增加了情节的内涵和反映生活的广度。作者采用对比的手法概括描写了三代人的形象：26岁堕落的酒鬼维吉卡与同为26岁追求上进的谢苗丘克，关心工厂的女厂长的父亲和只关心后代的女厂长的母亲，勇于革新的女厂长和思想保守的总局长。各个人物在对比中跃然纸上，栩栩如生。人物群体形象行如流水，简洁自然，无突兀之感和斧凿之痕。

再次，细腻的心理描写是小说的另一特色。楚里柯娃的性格是在矛盾冲突中展示的。她工作缠身，父母无人照顾，家里房间没工夫收拾，孩子和丈夫常在食堂吃饭。两个孩子很晚不回家，安东在同学家做作业，瓦莲卡在同学家听响声震耳的现代派音乐，对前途抱有庸俗观点，开始追求物质享受。家庭平静的爱湖起了涟漪，冲击着女主人公的内心世界。她对女儿的前途感到惶惑不安。她对女儿进行教育，女儿回答说："我跟得上时代潮流。"她跟丈夫讲，丈夫说："一方面，她也许想成为像你这样的人——有魄力、能干、威望高；另一方面，你的这种终日紧张，繁忙的生活起了反作用，使她宁愿做个平平凡凡的人。"这种两分法看来正确，但也刺激了她的心灵，据此认为丈夫说她是"十全十美的女性"是对她的奚落。连孩子整天难得见到一面，更不能过问，完美在哪儿？害人的霉菌漫延到她的家里了。她有一种失落感和危机感："自己一心想的是工厂，事实上，跟瓦莲卡要好的那个丫头对我来说比工厂，比计划还重要，瞧瓦莲卡那些糊涂思想不就是向她学的吗？我是要为工厂负责，可是我不是工厂的亲娘。管理工厂的又不是我一个人，而我的女儿却要我付出整个生命为她负责到底。"她开始抱怨自己，并出现了撂挑子思想。探望妈妈时，妈妈说：女人嘛，工作毕竟不是主要的，要紧的是孩子。不如同丈夫一样去做技术工作，又心静，又安稳。母亲的话加重了她的苦恼和负担。特别是女儿说爸爸和同教研组的女同志去听音乐，一股醋意涌上心头。她虽然知道这位女同志跟当飞行员的丈夫爱得神魂颠倒，但这位女同志在电话中告诉她"节目马马虎虎，第二提琴手不怎么样"，使她如同受到潮水般的猛烈冲击，"第二提琴手不怎么样"几个字把她的精神全给打垮了。

　　于是她决定调到一个较为安定的岗位上去，以便抽出更多的时间来教育孩子，虽然收入要减少，反正够用就行了。在上班的路上，她的司机在车上提到"现在这世道，孩子的事够人操心的"，又引起了她的联想，"他说得不错，这全怪我们女人忽视自己的天职，干一些不该由我们女人干的事"。她越想，调工作的决心越大，"要我们这婆娘担当一厂之主的重任，现在还力不从心"。上班后，例行召开的会议也不想开了，母亲的话，和丈夫去听音乐会的女同志的电话，老司机的谈话，有力地推动了人物内心世界冲突的发展。但是，她又舍不得扔掉自己精心考虑的设想，于是决定把她的设想交给留任者，计划科长报来的年终总结虚报数字，作为生产指挥人员，她感到要负首要责任，对欺上瞒下的行为她看不惯。她又觉得工厂未来的担子应该挑起来。想到面容枯槁、穿着破烂衣服的莉莉娅的生活，感到自己引退的决定和莉莉娅对待生活一样消极。引退就是逃跑，不采取积极斗争的途径就是妥协。感到自己的想法糊涂，丢下工厂，丢下事业，是胆怯无能的表现。她决定把父母接到她家，明智地安排好了自己的生活。于是她充满了信心，生活发生了一次大转折，以出征前激动的心情准备迎接一场战斗。

　　主人公的思想矛盾用若干的思维瞬间所组成，随着人物心理的变化，感情的波澜，心理的撞击，形成多层次立体感的性格，表现了人物性格的丰富和复杂性以及其发展变化的过程。一位改革家投入了全部精力想干一番事业，不仅需要她自己冲破家庭的困难，社会也应为其创造条件。人物不仅反省内心，而且也在审视社会。小说还渗透着真正妇女解放的呼声，作品中虽有某些感伤色彩，情调不那么明快和高昂，但具有沉郁、凝重的力量。

最后，小说的语言朴实、简洁。小说中没有冗长的对话，人物的语言符合人物的性格。关心群众、办事认真、没有官僚气的楚里柯娃，她的语言是热情的、礼貌的、平易近人的。她接见青工谢苗丘克时只讲了几句话："请进来吧""请坐""请说下去""碰到什么难题了？""给人比下来了？""那么再好好准备准备""这么办吧，套用一句老话，祝您万事如意"。她的语言直截了当，没有形容词和副词，这也体现了她的朴实和办事利落的性格特点。生活遭到了不幸的上了年纪的莉莉娅，她的语言是忧伤的、失望的，常使用否定的词语："别提了""别，别，别翻那些文件报告。谁一翻这些报告，都一口拒绝我"。当女厂长问到她儿子的情况时，她手一挥说："别提了。他像只山羊，干一行撂一行。""那魔王喝上了黄汤。"女厂长16岁女儿瓦莲卡的语言是孩子气的，有时，是幼稚的、短见的："我看自己画地图是傻透了""那玩意儿毫无用处，我又不想当旅行家"，要过十年我才二十六岁，干么要想那么远"；有时是撒娇的：如"喔唷唷，说些什么呀""我们还以为妈妈撇下我们不管了呢！"她的语言有鲜明的青年女性的特征，常说"干吗""得了""我才不愿意""多无聊"。作者不用讽刺幽默和诙谐以及谈笑风生和机智俏皮的语言来表现事件和人物，而是以反映日常生活事件的亲切自然的朴实的语言进行描述和对话，构成了作品的朴实无华的独特风格。

——载《当代苏联文学》，河南大学出版社 1985 年 5 期
——载《外国文学研究》1989 年第 2 期

安徒生的《皇帝的新装》艺术特色

《皇帝的新装》，作品新颖的标题首先就吸引了读者。皇帝，封建社会的君主，一国之王，他的新衣会是什么样子？读者抱着极大的兴趣想看一看，见识见识。然而作者展现在我们面前的皇帝的新装，不是龙袍锦缎，更不是金镂玉衣，而是"什么也没有"的所谓衣服，（美其名"皇帝的新装"，实际是赤身露体）。作品把皇帝一丝不挂、赤裸裸地暴露在光天化日之下，并且还让皇帝自鸣得意地参加游行大典，在大庭广众中进行展览，引起读者捧腹大笑。安徒生这位鞋匠的儿子把讽刺的锋芒直指最高的统治者、独裁者——皇帝，对其贪婪腐化和愚蠢无知，痛快淋漓地进行了鞭笞，实在令人拍手称快！

在现实生活中找不到一个神经正常的皇帝会把自己的赤身露体看成穿上了最美丽的服装，但是统治者的腐化和愚蠢，促使其追求华丽的服装达到奇异的程度，不断地在挥霍中寻找新的刺激，确是剥削阶级中常见的社会现象。因此读过作品之后，我们不但不怀疑作品的真实性，相反感到作品揭示了社会生活的某些本质方面。作者曾说："最奇异的童话是从真实的生活里产生出来的。"这篇作品高度的生活真实和深刻的讽刺，使其产生了动人的艺术魅力。

暴露皇帝的腐化堕落、专制残暴和愚昧无知，在古今中外的文学作品和民间传说中屡见不鲜。但是像安徒生这样用夸张的手法、奇特的想象，把皇帝、贵族官员及其随从一并加以揭露和嘲笑是独具一格的。

为了展示皇帝的主题，作者精心设计了作品的结构。全篇由四个部分组成。第一部分写皇帝对新衣的爱好和两个织工为他织布做衣的情况，这是情节的开端；第二部分是皇帝两次派官员深入现场检查工作进展的情况，这是情节的展开；第三部分是皇帝亲临现场观看、试衣和游行的情况，这是情节的高潮；第四部分是孩子喊出他没有穿衣服，皇帝发抖，又强打精神游行到底，这是情节的结束。故事围绕奇异服装的做、看、试而展开，情节生动，引人入胜、结构严谨，紧扣主题。

皇帝是作品的中心人物，作者没有写他的外貌，就连他的姓名也没做介绍。作为封建统治的最高代表，作者着重揭示的是他腐朽的本质。他不关心国家大事，"也不关心他的军队"，他拒绝文化娱乐。他最关心最爱好的是"好看的新衣服"，"为了要穿的漂亮，把所有的钱都花到衣服上"。这位皇帝既挥霍无度，又昏庸透顶。作者从下面几方面揭示了他的昏庸和愚蠢：

（1）他相信"新装"的奇异作用，"那就是不称职的人或者愚蠢的人，都看不见这衣服"。他想借助"新装"的奇异作用来测验手下官员的工作能力。（2）他自己就看不见"新装"，但怕说自己"愚蠢"和不称职，面对什么也没有的"新装"，表示赞不绝口。（3）他付了许多生丝、金子和现款给两个骗子，并且还赐给他们每人一个"爵士的头衔"和"御聘织师"的称号。（4）他最信任的两位要人，所谓"诚实"的老部长和"诚实"的官员都用假话欺骗了他。（5）他光着身子两次照镜子，转动着身体，欣赏"美丽的服装"，赤身露体地去参加游行大典。听到说他没有穿衣服，他虽然有些发抖，但还不赶紧收场。

在皇帝的这些愚蠢的举动中，作者深刻地揭示了他的昏聩无能、自欺欺人、顽固不化和卑鄙无耻。我们读作品时会不停地发出笑声。在笑声中我们认识了封建君主的丑恶本质，提高了智慧和审美能力。

皇帝的愚蠢与他具有"无上的权威"有关。大权在握，金口玉言，谁敢反对。随意封官谁不向往，令出如山谁不害怕。因此虚情假意，阿谀逢迎，互相欺骗，随声附和成了那个社会的恶习。"两位诚实的大臣"先后来过现场，都"把没有看见的布称赞了一番"，并呈报了皇上。跟皇帝来的"全体随员""所有的骑士"，"每人都随声附和着"说："真是好极了"，其实他们也都"什么也没有看见"。这些骗子不但惧怕"皇威"，而且还靠"骗"来窃取皇帝的信任，靠"拍"来爬上高位。作者揭示了上层统治者自欺欺人、自私自利的通病和"皇威无上"所造成的恶果。一件看不见的新衣，却成了一面看得见的镜子，清楚地照出了社会的弊病，揭露了整个官僚集团的腐败。作品反映生活的广度和深度，使其成为不朽的名篇。

两个织工虽不是作品的中心人物，但在构成情节和表现主题上却占有重要地位。爱好新衣的皇帝和两个织工的相遇构成了作品的情节。他们不断地使皇帝上当是推动作品情节发展的原动力。两个织工为什么这样胆大妄为敢于欺骗皇帝？这正如鲁迅《谈皇帝》一文中所说："皇帝和大臣有'愚民政策'，百姓们也自有其'愚君政策'。"对于权威无上、作威作福、贪得无厌的皇帝，不甘忍受的平民百姓也自有惩治他的办法。同情人民命运的安徒生，站在人民方面，通过两个织工对皇帝尽情地加以戏弄，让他丑态百出，丧尽尊严。作品反映了人民的情绪与愿望，这正是它的人民性所在。

受压迫的老百姓，没有任何名位和官职可保，因此无所顾忌地讲出真话。作品艺术地表现了老百姓尊重事实，服从真理的道德品质，在两个阶级的对比中，热情地颂扬了人民。在人物形象中，特别应该提出的是不占重要篇幅的儿童形象。在情节发展的关键时刻，一个孩子只讲了一句话就把谁也不敢说出的真相揭穿，"新装"顿然失去奇异作用。儿童的天真、直爽发出巨大的威力，吓得皇帝发抖。孩子观察自然，认识真理的真挚爽直，纯真美好的精神境界，被这位童话作家成功地表现在他的作品里。

《皇帝的新装》的题材来源于14世纪西班牙文学家堂·曼纽埃尔的《卢卡诺伯爵》第七章：一件奇异的服装可以测验私生子的故事。经过安徒生的再创造，变成针对丹麦时弊，揭露社会问题的讽刺作品。作者重新安排了情节，配置了人物。把皇帝、文武百官、织工、儿童、老百姓集中在一个画面上，构成了一幅丰富多彩的社会图景，出现了引人入胜的情节。它的动人之处是喜欢漂亮衣服的皇帝赤身露体，在文武官员簇拥下游行。在情节中放进了丰富的想象，制造了生活的气氛。两个织工在空中剪裁，空手递上新装，在皇帝腰部的摆弄以及内臣们在地上乱摸，手中捧着空气好像托起衣裙，把读者带向艺术想象的迷宫。学过裁缝的安徒生的丰富想象根植于对现实的真实描写之中。心理描写也是作品成功之处，把皇帝、文武官员都拉到看不见的"新装"的跟前，通过他们对自己才智能力的怀疑和胆怯狡猾的心理活动，对他们丑恶的灵魂进行了深刻地剖析。夸张的描写也是本篇的艺术特色之一，爱好新装的皇帝"每天每个钟头要换一套新衣服"，"人们一提到他时总是说：'皇上在更衣室里'"。他对新装迷恋到荒唐的地步，最后竟至于光着身子去游行。安徒生把事物夸张到不可置信的程度，又能使人心悦诚服地感到真实可信，奇妙之处在于他的艺术夸张抓住了事物的内在本质。这种夸张手法的运用，突出了人物的性格，造成鲜明的印象，对描写的反面人物起了彻底否定的作用。

《皇帝的新装》题材新颖，构思巧妙，情节引人，结构紧凑，人物描写与想象夸张，讽刺幽默熔铸一体，格调轻松愉快。这些构成了这篇名作的艺术特色。

——载《语文教学通讯》1980 年第 10 期

评夏绿蒂·勃朗特的《简·爱》

夏绿蒂·勃朗特是19世纪英国杰出的女作家。她和狄更斯、萨克雷等并列齐名，被马克思称赞为英国光辉一派的小说家。她的代表作《简·爱》较深刻地暴露了英国资产阶级社会的丑恶现实。对普通人的命运寄予了深厚同情，在我国读者中有着较大的影响。

一

夏绿蒂·勃朗特（1816—1855）出生在农村一个贫苦牧师的家里。她的家庭生活是不幸的，父亲性格粗暴，母亲又早亡。留下六个孩子，有四个女孩（包括作者本人）被送进孤儿院，其中两个患肺结核回家后夭折了。对于孤儿院的痛苦生活和俩姐妹的死亡的悲伤回忆，在《简·爱》海兰·朋斯的形象上得到了反映。

离开孤儿院，夏绿蒂曾在一个工厂厂主家做过家庭教师。随后继续上学，同时在寄宿学校讲授英语。

在夏绿蒂姐妹中出现了三个作家，她们用包装纸来练习写作，19世纪40年代她们先后发表了自己的著作。艾米莉的小说是《呼啸山庄》，安娜的小说是《阿格尼斯·葛莱》。在三姐妹中夏绿蒂的才能最高，她出版过一个诗集和三部小说：《简·爱》《雪利》和《威列特》。三姐妹同时出现在文坛上，在英国文学史上传为佳话。但是由于生活贫苦，相继造成三个女作家的早亡，这也成为英国文坛上奇特的凄惨现象。

《简·爱》这部在某些方面带有自传性的小说，发表于1847年。当时正是英国阶级斗争十分尖锐的年代，席卷整个英国的著名的宪章运动

(1836—1854)正在波澜壮阔地开展。这是"世界上第一次广泛的、真正群众性的、政治性的无产阶级革命运动"。(《列宁全集》第29卷第276页)工人阶级要求普选权，极大地震撼了英国资产阶级的统治。在农村，由于资本主义的冲击，广大农民不断破产，加上连年灾荒和霍乱、天花、伤寒等传染病的流行，死亡率很高，大量无人抚养的儿童落入了济贫院，农民被逼得走投无路，纷纷起来捣毁地主庄园。阶级矛盾的加剧，严重地威胁着资产阶级的统治，也直接影响19世纪中叶的英国文学。《简·爱》这部小说正是当时被压迫人民的悲惨生活、斗争精神和革命情绪的真实写照。

二

《简·爱》是一部反映被压迫妇女的生活处境和精神面貌的小说。女主人公简·爱从小失去父母，寄养在舅母里德太太家里，挨打受骂，受尽了虐待，最后被赶进了穷人收养所。她在孤儿院，精神和肉体继续受到摧残。饥饿、体罚、疾病，再加上念不完的"圣经"折磨着儿童的身心。在孤儿院八年里，简·爱当了六年学生，两年教师。由于追求独立、自由的生活，她用登广告的办法，找到给大地主罗契司特尔当家庭教师的职业。在桑恩费尔德，他们两人发生了爱情，并决定结为夫妻，但在教堂举行婚礼时，突然有人出证罗契司特尔在15年前已经结了婚，他的妻子得了疯病，现在被锁在他家楼顶上一间密室里。因此根据法律规定，罗契司特尔不能再与他人结婚。这件事对他们是一个沉重的打击，特别是对简·爱。于是在一个凄雨之夜，她毅然离开了桑恩费尔德。在寻找前途的渺茫的道路上，经受了许多折磨。她露宿在石崖下，吃过喂猪的食物。经过辗转周折，来到了泽地房。被牧师圣·约翰所收留，得到了热情地照顾。但简·爱不愿寄人篱下，圣·约翰给她找到了一个乡村小学教师的工作。在一个漫天大雪的黑夜，圣·约翰突然出现在她的面前，向她报告一个消息：简·爱的叔父在国外去世了，她得到了大批的遗产，并得知圣·约翰是她的姑表兄。她将所得遗产与表兄表姐四人平分。圣·约翰为了寻找印度传教的助手，要与简·爱结婚。简·爱拒绝了这个把感情献给上帝的冷酷的人。她看望罗契司特尔来到桑恩费尔德。庄园已被大火烧尽，从别人口中得知，这是疯女人放火酿成的灾难，疯女人已坠楼身亡，罗契司特尔也被埋入瓦砾之中，幸被救出，但已成残废。最后简·爱还是同他结了婚，得到了自己理想的幸福生活。

三

简·爱，作为资本主义社会中一个被侮辱、被迫害的不幸的妇女，她的整个生活遭遇是令人同情的；而她直爽、单纯、倔强的性格特征，她那不甘屈辱，为维护妇女的人格尊严，勇于抗争的精神，更是给人留下深刻的印象。

还在童年时期，在里德太太家里，她的倔强性格已经形成并充分表现出来。面对少爷的专横，小姐的傲慢，夫人的恶意，仆人的偏见，她感到"痛苦难堪"，同时也萌生了反抗的情绪。她指着经常虐待她的表哥约翰少爷说："残酷的坏孩子，你像一个杀人的凶手——你像一个驱使奴隶的人——你像罗马的皇帝！"里德太太叫自己的孩子远离她。她高声喊道："她们不配跟我在一块。"她在被囚禁的空房中想到平常所受的虐待和摧残，想到自己为什么百般忍受，尽一切努力讨人喜欢，而得到的却是冷遇、欺凌和毒打。她从内心深处发出了"不公道！——不公道！"的声音。里德太太把她赶走时，向孤儿院主管人布鲁克尔哈斯式造谣，说简·爱品格坏，爱说谎，需严加管教。面对谎言和侮辱，简·爱揭露说："人们以为你是一个好妇人，其实你又坏又无情。你是欺骗的！"并坚决地说："你不是我的亲戚……在我活着的时候，决不愿意再叫你舅母了。我长成人的时候，决不愿意来看你……一想到你就使我憎恶，我要说你用悲惨的残酷对待我。"她敢于揭露谎言和伪善，面对压迫者发出仇恨的怒火。在罗沃德孤儿院时期是简·爱思想的成熟时期，她对黑暗环境和不公正的待遇的斗争、反抗，也更为鲜明。孤儿院是挂着慈善招牌的人间地狱，饥饿、体罚以及宗教摧残着所有的孤儿。女教师用枝条抽打海兰·朋斯，简·爱看在眼里，恨在心里。她对海兰·朋斯说："假如她用那根条子打我，我要从她手里把它夺过来，并且当面折断它。"孤儿院想把孩子们培养成顺从的羔羊。她对忍耐顺从的海兰·朋斯说："假如人们对于残酷不公的人老是仁厚顺从，那么坏人就要为所欲为了……我们无缘无故被打的时候，我们应当很严厉地回打……可以教训打我们的人永远不再打了。……不公平的惩罚我的人，我一定反抗。"这坚定有力的语言，不仅清楚地表现出当时英国下层妇女所受到的屈辱的深重，而且表现出了她不与环境、命运相妥协，勇于反抗斗争，争取做人的权利的可贵精神，而这正是当时广大妇女新的觉醒的重要标志。

简·爱与罗契司特尔的恋爱经历，是全书的主要情节之一，通过这一情节，作者深化了简·爱的性格特征，突出了她在追求个人幸福中所表现的异乎寻常的纯真、朴实的思想感情。简·爱所以钟情于罗契司特尔，首先她认为罗契司特尔能平等待人，罗契司特尔虽然比简·爱年长，门第高贵，又有生活经验，但他打破门第观念，在她面前一点也不高傲，所以简·爱感到，"他的态度随便，使我没有痛苦的约束，他那又正直又诚心的，用来对待我的友谊的坦白，使我想接近他。我有时觉得他与其说是我的主人，倒更像我的亲属"。其次，是认为"他能推诚相见"。他以悔过的心情向她讲述被法国舞女玩弄的故事以及阿代列的来历。他抚养阿代列是"做一件好事来赎清许多大小罪过"，这使她感动，感到自己"总享受着一种诚心的接待"。再次，是她看到他有善良的愿望和改正错误的决心。罗契司特尔当着她的面承认自己从 21 岁开始，就被推上错误道路，"以后就没有走上正路"，"我正立下好心意，这些我相信会像火石一般持久"，"我要打破阻碍，到幸福，到善良——是的，善良。我愿意成为一个比我以前、比我现在都更好的人"。这也打动了单纯、善良的简·爱的心。最后，她同情他不幸的命运，认为他的错误是客观环境造成的。他父亲的不公，父兄二人联合对他的打击，他和家庭的决裂，多年过着不稳定的生活，这引起她的同情："我相信，他的忧伤，他的粗暴和以前道德上的过失（我说以前，因为他现在似乎改正了），都是从他的残暴的命运不幸中发出来的……我以为在他身上有着绝好的质料。"小说通过结婚前罗契司特尔购买衣物的情节，表现了简·爱在爱情上对金钱的厌恶。罗契司特尔要像娶个贵族小姐那样，要给她钻石、珍宝、一半的田产。简·爱鄙弃地说："我要你一半田产做什么？你以为我是个犹太放高利债的人，想在田地上找好的投资吗？"罗契司特尔要把她打扮成"像平地花坛一般闪光"，简·爱却反对把自己当成男人的装饰品。她爱罗契司特尔，尽管他其貌不扬，后来又破产并成了缺眼少臂的残废，但他有着内心的美，有着令人同情的不幸命运，所以坚持与他结婚。凡此种种，都清楚地反映出一个来自社会下层的觉醒中的新女性，在反抗社会压迫和社会偏见的同时，是如何为争取经济上的独立，道德上的纯洁而努力的。在她身上，再现了当时一般资产阶级妇女所不具备的优秀品质,因而特别引人注目。

简·爱是不甘忍受资本主义社会压迫的个性反抗的形象。她的贫困无权的社会地位,她的漂泊无靠的生活,她的痛苦的不幸遭遇,是19世纪英国人民群众的苦难生活的真实反映。作者把贫困的普通的妇女作为小说的正面主人公,并热情地描绘了她为争取妇女的社会地位和幸福生活所进行的顽强斗争,这一点在批判现实主义文学中是难能可贵的。

四

《简·爱》针对英国资产阶级社会所进行的揭露和批判,是相当广泛、深刻。作者首先针对"慈善事业"的虚伪性进行了揭露。

小说对孤儿院的描写是暴露资产阶级社会的撼动人心的篇章。罗沃德公益学校是摧残儿童身心的监狱。在那里孩子们忍饥挨冻,吃的是"烧糊的稀饭"和"叫人恶心的食物",床位拥挤,室内寒冷。许多孩子脚冻坏了白天肿得穿不进鞋,疼痛难忍。夜晚发烫,整夜难眠。环境肮脏、疾病蔓延。一次斑疹伤寒,80个孩子病倒了45人,瘟疫夺去了许多小生命。除了念经、祈祷等精神枷锁外,还经常进行罚站、鞭打以及挂牌子等侮辱人的惩罚,美其名曰"惩罚肉体以拯救灵魂"。小说对宗教进行了辛辣的讽刺,寒冬季节礼拜的祈祷,使孩子们冻得"几乎瘫了",晚间女教师领着念经,她自己在打瞌睡,孩子们"脚支持不住,摔做一团"。孤儿院主管人布鲁克尔哈斯忒神甫,实际是杀害孤儿的刽子手。他公然宣称:"我养育这些女孩的计划不是要她们养成奢侈放纵的习惯,还是要使她们吃苦,忍耐,克己……鼓励学生们在暂时的缺乏下而显出勇气,来熏陶他们的精神……人不仅靠面包,还靠上帝口中所说出的每句话生活。"他不仅在衣食住等方面苛待学生,而且还制定一套院规来限制孩子们的自由,就连孩子们的头发什么样也要管。

但是在揭露孤儿院的黑暗的同时,也表现了作者改良主义思想和她的阶级局限。作者把希望寄托于善良的有钱人身上,在他们资助下,改地重建,立下新规,衣食改进,使孤儿院"渐渐变成一个真正有用而且高贵的机关了"。这里暴露了作者改良主义思想。

小说对宗教的伪善和欺骗的揭露也很有力,这在另一个代表人物圣·约翰身上得到了体现。他自信是上帝的使者,要为上帝献身,其实他是一个极端自私自利的伪善者。他狂热地要去印度传教,死心塌地充当英国殖民主义的忠实奴仆。在他对简·爱的求婚这一情节的描绘中,读者可以看到他灵魂的丑恶。

海兰·朋斯在宗教麻痹下可悲的牺牲是对宗教的有力控诉。可爱的海兰·朋斯,心地善良、爱学习,记忆力出众,知识丰富。她在孤儿院不断地遭到凌辱,却没有一丝的反抗。宗教信条占据了她的头脑:"爱你的仇人,诅咒你们的,替他们祝福;憎恨你们、毒待你们的,对他们做好事。"宗教熄灭了她的生活理想和复仇的火焰,她逆来顺受,期待着末日。每天计算着钟点,盼望早日和上帝会面。咽气前她骨瘦如柴,手脚发凉,她不感到痛苦和惋惜,她含着微笑和人间告别:"我非常快乐……年青时候死去,我可以逃避许多大苦……我相信上帝是善的,我可以毫无疑惧地把我永生的部分归附他。上帝是我的父亲,上帝是我的朋友,我爱他,我相信他爱我。"宗教把这个天真可爱的孩子麻痹到惊人的地步,她唱着上帝的圣歌,带着微笑走向死亡。通过海兰·朋斯悲惨的遭遇,作者深刻地揭露了宗教毒害人民的罪行。

作者让里德小姐以利沙最后出家进修道院是意味深长的,把自私投机和宗教结合在一起,颇有讽刺意味。

夏绿蒂不是一个无神论者,她在揭露宗教时流露出她对宗教的幻想。如她对圣·约翰这个人物有理想化的一面,不仅给了他一副漂亮的外貌,而且说他有"才干",意志坚强,为神圣事业而献身。这反映了作为牧师女儿的作者身上有着宗教的烙印。这种局限性也表现在小说中对仙女的提示,梦的预感,远方的呼唤等一些带有神秘色彩的描写中。

小说还从爱情、婚姻、家庭的角度揭露了资产阶级社会。里德太太一家的覆灭,是对资产阶级社会的有力的批判。娇生惯养的里德少爷是被金钱毁灭的,他还是孩子时就骄傲地教训简·爱说:"妈妈说你是一个靠人养活的人,你没有钱,你爸爸也没有给你留下钱来,你应当讨饭,不应和我们一般绅士的孩子住在这里,吃我们所吃的同样的饭,而且花妈妈的钱穿衣服。"长大以后,他在伦敦放荡、赌博、入狱、负债,最后自杀了。自杀——这是资本主义社会常见的现象。以利沙小时候就在家里做买卖,向母亲放高利贷。小说写道:"以利沙连她头上的头发都会卖去的,假如能得到很好的利钱。"里德太太因为儿子花光了家财而得了中风病。她临死时,尽管两个女儿都在身旁,但却没人照料。乔治安娜丝毫不关心母亲的病，兄弟的死亡以及眼前家庭惨淡的情况。只盼望母亲早死，自己好去享乐。以利沙整天忙于钻研圣经，准备出家。姐妹俩互相倾轧、互相嫉妒，你不认我，我不认你。最后姐姐以利沙进了修道院，妹妹乔治安娜到伦敦追求享乐去了。里德太太一家的土崩瓦解，是贵族阶级必然灭亡的艺术表现。金钱造成剥削阶级的腐化堕落，灵魂的腐朽，也促使了它的灭亡。

在爱情上，作者批判了以金钱为基础的资产阶级的恋爱观。罗契司特尔第一次不幸的婚姻，就是金钱造成的。他父亲和哥哥看到白沙·马逊有三万镑的财产，却不顾她的放荡和疯病，两家的金钱交易促成了这种不幸的婚姻。婚后罗契司特尔和家庭决裂，带着忧郁和苦闷，到欧洲去过放荡的生活。他供给法国舞女色立奈·瓦朗一切开支，但她又与好色的子爵私通，这就引起了资本主义社会常见的可耻的现象——决斗。他打伤了子爵，瓦朗又和一个音乐家跑到意大利去了。出走之前，她交给罗契司特尔一个孩子，这就是阿代列，另一种类型的孤儿——私生子，这也是资本主义社会常见的畸形现象。情场的风波，决斗的风险，加重了罗契司特尔的精神创伤。久经沧桑之后，他厌弃了上流社会。他带着愤懑和悔恨的心情回到了自己的庄园。在简·爱身上他看到了上流社会妇女所没有的可贵的性格和品质，闻到了农村田野上的花朵所特有的清香，从而令他心向神往。作者通过罗契司特尔前后截然不同的爱情经历和感受，通过对比的手法，有力地揭露了建立在金钱基础上的资产阶级婚姻、家庭的丑恶和污浊。

小说中男女平等的思想，对幸福生活的追求等，体现了广大被压迫妇女的愿望和要求，但也表现了作者的阶级局限。固然，妇女经济上的独立，是她们获得解放和摆脱依附地位的先决条件。但在资本主义社会，生产资料掌握在剥削阶级手中，不推翻剥削阶级的统治，也就很难取得经济的完全独立。简·爱做了贵族家庭教师，还做了小学教师，都摆脱不了对剥削阶级的依附关系。其次，把小家庭的安乐看成幸福的主要标志和人生的最后归宿，这又是狭隘的人生理想的表现，是不足效法的。

夏绿蒂对资产阶级社会的批判，提出和探索问题的角度是从小资产阶级立场出发的。她反对资本主义社会主宰一切的金钱力量，认为人民受压迫的根源是财富被地主资产阶级所占有，但又用遗产来解决贫困问题；她暴露了孤儿院是残害儿童的人间地狱，但又宣扬了孤儿院在有钱人资助下可以得到改善,她揭发了宗教的虚伪和残暴,但又把圣·约翰的"圣职"理想化;她批判了资本主义社会男女不平等,在爱情和婚姻上主张自由平等,但又宣扬了爱情至上;她歌颂了反压迫反剥削,但又鼓吹了个人奋斗。作为一个作家,她表达了宪章运动时期千百万英国人民的思想和情绪,作为一个发明救世新术的先知,夏绿蒂却是软弱无力的。

五

《简·爱》这部英国古典文学名著,在艺术上有其显著的特点。

整部小说是以自叙的形式写成的,小说依据"我"的经历,来安排结构,来表现主人公性格成长的不同阶段。作者以第一人称来叙述故事,介绍人物,评价事件。这种方法便于直接表达人物的内心活动,也缩短了同读者的距离,易于取得亲切感人的艺术效果。

为了同读者在感情上交流,作者有时跟读者对谈,但作者并不大发议论,耽搁情节,与读者对谈在小说中的作用是:它或者为了叙述故事,如"读者,我嫁了他,我们举行了安静的婚礼",或者为了组织结构,如第十一章开头写道:"一部小说新的一章……在我这次拉起幕来的时候,读者啊,你必须想象你看见米尔口特乔治旅舍的一间房舍",或者为了表达主人公的感受,如写到婚礼破产简·爱逃走时,作者写道:"温存的读者啊,我那时所感觉的,愿你永远不要感觉!愿你的眼睛永远不要像我的眼睛一样,洒那种火性的,烫人的,绞心的眼泪",或者为了加深主人公对客观事物的印象:"读者,你以为他在这样盲目凶暴的情形中,我害怕他吗?——你若以为这样,你就不大知道我。"

心理描写是这部小说的重要特征。小说中运用了大量的心理描写,紧扣着读者的心弦,如简·爱被无理地关在红房子里,她的思绪万千:反复思索"为什么我常受苦",接二连三地发出"不公正"的声音,表现了被压迫者的痛苦心情;她被赶出革特谢德府,当时的心理活动,表现了被驱逐被抛弃者的凄凉的感情;简·爱离开孤儿院,去寻求独立生活的内心活动,表现了一个孤苦无助,前途渺茫,对未来缺乏信心,但又急于寻找职业,以求谋生的人的复杂心理;简·爱第一次婚礼的破产,慌忙逃走时的心理描写,表现了一个无家可归,无目标的漂泊流浪逃亡的凄惨景象。小说通过大量的心理描写,把剥削阶级社会对人民精神的摧残,被压迫妇女的悲惨命运展现在读者的面前，对资本主义社会进行了淋漓尽致地揭露，从而加强了小说的批判力量，增强了作品的感染力。

风景描写在《简·爱》中也颇有特色，它有时成为情节发展的环节，如小说对五月大自然的描写，把万物苏生的美好景象和瘟疫流行所造成的孤儿院儿童的悲惨死亡相对照，从而衬托出了孤儿们的不幸命运。有时风景描写和人物的命运相关：简·爱同意了罗契司特尔的求爱，这时雷声伴随着闪电，把院里的一棵树劈成两半。一场暴风雨的到来成了对简·爱的爱情悲剧的预示。

对比手法的运用也增强了作品的艺术魅力。例如为了突出简·爱的性格，把她同海兰·朋斯对比，同殷格来姆小姐对比。又例如孤儿院管理人布鲁克尔哈斯忒对孤儿的一切都要管，连孩子天生的卷发也要管，他正在高谈什么朴素之类的话时，他的夫人同两个女儿走进来，都是穿着华丽贵重的服装，两个小姐的头发"卷得顶讲究"，他的夫人还戴着法国进口的"假卷发"。这种对比对贵族神甫的虚伪是有力的批判。小说为了造成对事物的鲜明印象，还经常用回忆的手法：简·爱回到几年前受虐待的革特谢德府，看见手扶椅、脚凳，想起她跪在凳子上求饶的情景；简·爱从泽地房去桑恩费尔德，经过白十字路标，想到一年前离开桑恩费尔德时落荒逃亡和绝望的情景。以人物目前所处的顺境和她过去所处的逆境相对照，人物的内心活动和感受，更加使人洞察入微。

构思的精巧和情节的起伏，使读者兴趣盎然。小说的情节虽按主人公的经历顺序发展，但不是平铺直叙，在情节发展中波澜起伏。简·爱经过动荡的生活要与罗契司特尔结婚了，但在婚礼上两个证人突然出现，揭穿罗契司特尔婚姻的非法。"幸福"刚一露头就跑掉了，逼得简·爱再一次寻找人生的道路。当举行第二次婚礼时，罗契司特尔已经破产。看来离奇，但却合乎生活的逻辑、人物性格和作者的理想。

在艺术上，《简·爱》也有它的缺欠。作品的某些章节存在着阴森恐怖的气氛，疯女人在夜晚的出现、怪笑和呼喊；里查德·马逊的头破血流、抢救包扎，秘密送走。这种阴森可怕的气氛，带有神秘恐怖小说的痕迹。

——载《百花洲》文学丛刊，江西人民出版社 1979 年第 1 期
——收入《世界文学名著选评》（第 1 集），江西人民出版社 1979 年版

易卜生和他的《玩偶之家》

易卜生是19世纪后期伟大的现实主义戏剧家。他一生写了26个剧本，在戏剧内容和形式上都有很大突破，对世界各国的戏剧产生了深远影响。

生平和创作

易卜生是挪威文学的伟大代表，也是19世纪后半期整个欧洲批判现实主义的一面旗帜。在戏剧史上，他被誉为"现代戏剧之父"。

亨里克·易卜生（1828—1906）诞生在挪威的一个木材商家庭。8岁时家庭破产，15岁时他独自谋生。1844—1850年，他到一个小镇的药店当学徒连续六年。所经历的艰苦生活，激起了他对贫富悬殊的社会的不满。他废寝忘食地阅读文学和历史书籍，不时地写诗作画讽刺财主和官吏，抒发胸中的郁闷。1848年欧洲风起云涌的革命浪潮，激发了他的民族意识和政治热情。他积极支持匈牙利革命，写了诗歌《致马扎尔人》；他号召挪威和瑞典共同出兵支援丹麦抵抗普鲁士的入侵，写了长诗《醒醒吧，斯堪的纳维亚人》。他的第一部戏剧《凯替来恩》（1848—1849）也是在欧洲革命风暴影响下写成的，他把史学家称为"叛徒"的历史人物写成反抗专制暴政、为自由而斗争的英雄。

1850年，他来到首都克里斯蒂安尼亚（即今奥斯陆）报考大学医科。考试失败后，他积极投身于首都的社会活动。他参加过为营救受迫害的作家而举行的游行，参加过挪威革命党人特列恩领导的工人运动，并给工人组织的刊物当编辑、写文章。

从 1851 年起，易卜生在卑尔根剧院工作六年。1857 年，他被奥斯陆的"挪威剧院"聘为编导。他为挪威民族戏剧的建设，作出了卓越的贡献。

1864—1891 年，易卜生在国外漂泊 27 年。他出国的原因是由于对挪威感到失望，精神苦闷。他的几部著名社会问题剧都是在国外写成的。

易卜生的创作活动大致可分为三个时期。

早期创作（1848—1864），属于浪漫主义文学流派。剧本的题材采用挪威的民间传说和历史故事，再现古代英雄的英勇斗争，作品激发了民族的爱国主义感情，鼓舞了民族解放斗争。坚强的人物性格、强烈的激情和尖锐的冲突构成他的历史剧的特点。作品有《英格夫人》（1855）、《赫尔格兰德的海盗》（1858）、《觊觎王位的人》（1863）等。

中期创作（1865—1890）。易卜生在国外那段时期，是他创作的鼎盛时期。他目睹了资本主义社会的矛盾，加深了对资本主义制度的认识，他的创作由早期的浪漫主义走上了批判现实主义的道路。他抛弃了带有离奇夸张色彩的古代英雄传说的题材，转向描写日常的生活，对资本主义社会进行真实的描绘和无情的揭露。他围绕道德、法律、婚姻、家庭等一系列尖锐的社会问题，创作了大量的"社会问题剧"。《布朗德》（1866）和《彼尔·金特》（1867）两部诗剧取材于现实，揭露了资产阶级社会的矛盾，对人的社会职责做了探索。布朗德是为人类幸福和道德纯洁而孤身奋斗的反抗形象，也是易卜生笔下一系列个人主义理想家、"人的精神的反叛"形象中最早的一个；彼尔·金特是自私自利、贪图享乐、随波逐流的利己主义者。两个对立形象的两种人生哲学，表现了易卜生的生活理想与资产阶级的道德标准、社会结构之间的矛盾和冲突。易卜生著名的社会问题剧主要有下列几部。

《社会支柱》（1877）剧中主人公博尼克是当地保守党的头面人物，众望所归的造船公司的经理，社会上的"模范公民"，家庭中的"理想丈夫"。这个被称为"社会栋梁"的人却是靠散布自己连襟约翰的谣言，套购铁路沿线的土地和上了保险的破船，才大发横财的。实际上他是利欲熏心的吸血鬼，贪污公款的盗窃犯，诱奸女演员的恶棍，陷害船员和旅客的坏蛋，造谣说谎的无耻之徒。这就是全城张灯结彩为之举行庆祝晚会的"社会支柱"的本来面目。剧本结束时，博尼克因儿子免遭葬身大海而良心发现，发表演说表示忏悔，要在道德上自我完善。这表现了易卜生把改变现实的希望寄托在个人良心和道德力量上。

《玩偶之家》（1879）是易卜生第一部描写妇女对资产阶级虚伪道德和伦理观念进行反抗的剧本。剧中对觉醒的女性娜拉的决断能力和行动的勇气进行热烈赞扬，有人称它为"妇女独立宣言书"。

《群鬼》（1881）是为回答资产阶级对《玩偶之家》的攻击而写成的剧本。它描写的是没有出走、留在放荡丈夫身边的妇女的悲剧。女主人公海伦·阿尔文太太恪守妻子的"职责"，操持丈夫的事业，隐瞒他的恶习，维护他的名声，在虚伪的基础上保全家庭。为避免儿子欧士华受父亲恶习的影响，送他到国外去学习。几年后，成了艺术家的儿子回来了，不料爱上了父亲与女仆生的私生女吕嘉纳。对海伦更为严重的打击是儿子从父亲那里遗传了花柳病，浑身抽做一团。海伦悲痛欲狂。妇女为了孩子和丈夫，屈从于虚伪的社会道德和传统的婚姻制度，造成了悲剧，这就是作者对旧制度卫道士的回答和批判。

《人民公敌》（1882）揭露了资本主义社会反人民的本质。剧中主人公斯多克芒是个忠于科学、维护真理的医生。他发现温泉中有传染病菌，提出必须暂时关闭浴场进行改建的计划，但遭到了以市长（他的哥哥）为首的城市当权者和与疗养区有利害关系的小业主们的激烈反对。他们对他施加压力和迫害，但他"死守真理，以拒昏庸"，并举行演讲会向群众说明真相。会上以市长为首的有产者煽动群众以"民主方式"表决，宣布斯多克芒为"人民公敌"。斯多克芒单枪匹马地对抗挂着自由招牌的"多数派"。剧终时他声明："世界上最有力量的人是最孤立的人。"剧本揭露了资产阶级利己主义、资产阶级民主的虚伪性，指出资本主义社会是制造病菌的根源；肯定了斯多克芒坚持真理、敢于斗争的精神。同时，也宣扬了"精神反叛"的个人主义思想。

晚期创作（1891—1906）。易卜生回国后，处于19世纪末社会矛盾激化和资产阶级颓废思想泛滥的时期，他感到"人的精神的反叛"的思想幻灭，又找不到解决社会矛盾的途径，陷入悲观主义。他作品中的战斗音响大为减弱，社会意义也大为逊色。作品中虽然心理分析深化，人道主义思想进一步发展，但同时象征主义手法的运用和病态人物经常出现，令人感到抽象难懂，神秘莫测。他晚期作品有《建筑师》（1892）、《小艾友夫》（1894）、《博克曼》（1896）和《当我们死人醒来的时候》（1899）等。

《玩偶之家》

　　《玩偶之家》(1879)（又译《傀儡家庭》《娜拉》）是易卜生的代表作。这部剧作曾震动剧坛，引起强烈反响，"观众不仅疯狂地喝彩，还用脚跺地板，并且把椅子摇得嘎嘎作响"[①]。凡看过此剧的人，没有一个不在家里谈论。辩论激烈的时候，甚至破坏了家庭的和睦。因此，请客吃饭时，主人先在饭桌上放个字条："莫谈娜拉！"

　　剧本所反映的社会问题是围绕娜拉与海尔茂的性格冲突展开的。娜拉的丈夫海尔茂得了重病，她瞒着丈夫和正在病危的父亲，伪造父亲签字向银行职员柯洛克斯泰借了一笔钱，陪同丈夫去南方疗养。她救了丈夫的生命，保全了美满的家庭。她不仅对丈夫体贴入微，还勤俭持家，靠自己的劳动贴补家庭费用并悄悄地还债。她乐观、自信，表现出热爱生活，搏击生活风浪的勇气。八年后，海尔茂出任银行经理，决定辞退柯洛克斯泰。后者为保住自己的职务，以借据要挟娜拉。娜拉相信丈夫会在关键时刻保护她，万万没想到丈夫骤然翻脸，认为娜拉破坏了他的名誉，断送了他的前程。他大骂娜拉并剥夺了她教育子女的权利。后来柯洛克斯泰受到林丹太太克利斯替纳的感化，退回了借据。这时海尔茂感到不会身败名裂了，又假惺惺地对妻子亲热起来。娜拉看透了海尔茂卑鄙自私的灵魂，明白了自己在家庭中的地位只不过是丈夫的"玩偶"。她发现社会道德和法律的虚伪，对它们，也对海尔茂进行了严厉的批判。之后，她砰的一声关上门，离家出走，去追求"新生活"。

　　《玩偶之家》对资产阶级的婚姻、家庭、伦理、道德、宗教和法律的不合理进行了大胆的揭露，对婚姻自由、男女平等、妇女解放发出了热烈的呼唤，这就是它的重要价值，也是它的主题思想。

　　娜拉是觉醒的知识女性，她的性格是发展变化的。天真活泼，诚恳热情，坚毅倔强，追求理想是她性格的主要特征。她像孩子一样，喜欢唱歌跳舞，炫耀自己的漂亮和幸福。她向往自由幸福的生活，因而同情人们不幸的命运。她满口答应帮助生活坎坷的老同学娜拉的朋友林丹太太找工作。阮克大夫患有遗传病，她对他伸出友谊之手。对于在严寒中为她运圣

[①] 高中甫编选：《易卜生评论集》，外语教学与研究出版社1982年版，第308页。

诞树的脚夫，尽管她债务缠身，还是付了加倍的工钱。丈夫因柯洛克斯泰经常叫他的小名，就把老同学辞退，她认为是"心眼太小"。她为人善良，乐于助人。

她相信丈夫爱她，更真诚地爱丈夫。为了给丈夫治病，她伪造父亲的签字去借债，但从不在丈夫面前炫耀自己的功劳。相反，她节俭度日，省出零用钱和靠给别人编织、绣花、抄写等工作来悄悄还债。伪造签字暴露时，她勇敢地承担责任，甚至准备自杀，以生命的代价来保全丈夫的名誉。为了还债，她幻想有个富翁留下遗言，把遗产送给"可爱的娜拉"，但决不向阮克大夫借钱，因为他向她表示过痴情。她清白自尊，爱情纯真。

娜拉最可贵的性格是追求人格的独立、人的地位和生活的权利。当她认清海尔茂虚伪自私的丑恶灵魂和自己在家庭所处的玩偶地位时，便进行了勇敢的抗争。"首先我自己是一个人"，这是她的战斗宣言。觉醒的娜拉否定了现存的世俗偏见和伦理道德。海尔茂企图用妻子的"职责"和社会舆论来限制娜拉的平等独立要求，阻止她的离去。然而这些对她已经失去了约束力，她说："这些话现在我都不信了。"她不能完全相信"书本里"的话和"多数人的话"。她认为限制妇女正当权利的法律是"笨法律"。"父亲病得快死了，法律不允许女儿给他省麻烦。丈夫病得快死了，法律不许老婆想法子救他的性命！我不信世界上有这种不讲理的法律。"对于违反人性的宗教，她蔑视地说："我真不知道宗教是什么。"她对整个资本主义社会产生了怀疑，"我一定要弄清楚，究竟是社会正确，还是我正确"。娜拉勇敢地冲破资本主义法律、宗教和道德习俗的枷锁，实现了"人的精神的反叛"。

娜拉走上叛逆女性的道路，是与她的性格、所受的教育以及社会环境分不开的。

挪威社会的历史和阶级状况是娜拉反抗个性产生的客观条件。娜拉受过资产阶级教育，当时自由、平等、博爱的思想在挪威课堂上已畅行无阻，挪威社会高涨的女权运动的洪流冲击着她的精神世界。作为一个有知识的女子，她并不是不懂法律，而是出于父女和夫妻之情，她才伪造签字借钱。她对冒名借款的行为敢作敢当，决不后悔。如果在她身上没有觉醒的基因，她不会与海尔茂一刀两断，更不会对社会习俗、法律和道德进行批判。她向往自由的生活，在她身上爆发出的炽热的火花，预示着她不会堕落，也不会再回来。她虽然不是怀有崇高理想而英勇奋斗的革命战士，但她毕竟是一个追求"新生活"的新型女性。

易卜生描写的娜拉的"精神反叛"，无疑对妇女解放运动有重大的历史进步意义。但是对于怎样争得人的地位，过真正的人的生活，易卜生并没有指出正确的道路。像娜拉那样脱离物质基础、没有正确思想指引的个人反抗，并不能改变不合理的社会制度，这正是资产阶级个性反抗的局限。在易卜生生活的时代，社会生活没有给他提供解决社会问题的正确道路，挪威社会发展的历史进程还没有提出革命的任务，这是历史的局限。

海尔茂是与娜拉性格相对立的人物。他是资产阶级社会的卫道士，男权主义者，卑劣自私的伪君子。在剧中，作者让他以"正人君子"的面貌出现，有力地抨击了资产阶级的世俗观念。他从小职员起做到银行经理，从表面上看，他事业心强，奉公守法，讲究道德，笃信宗教，但这一切用他的话说为的是"稳固的地位和丰富的收入"。他利用资产阶级的法律、宗教和道德作为他向上爬的阶梯，并以此作为束缚妻子的绳索和维护资产阶级家庭婚姻制度的法宝。当娜拉看透他的本质要同他决裂时，他把法律、宗教和道德全都搬了出来，企图阻止她的离走。"难道你不信仰宗教？""要是宗教不能带你走正路，让我唤醒你的良心来帮助你——你大概还有点道德观念吧？"他极力宣扬资产阶级法律道德的威力，逼迫娜拉就范。他认为养儿育女、侍候丈夫是妇女的"神圣职责"。妻子只能听从丈夫的摆布，不允许有独立的意志、见解和兴趣，就连娜拉的爱好也要以他的爱好为转移。娜拉痛苦地说："跟你在一块儿，事情都归你安排。你爱什么我也爱什么，或者假装爱什么……这些年我在这儿简直像个要饭的叫花子，要一口，吃一口。"尽管娜拉用最大的代价救了他的命，但他从没有把妻子放在与自己平等的地位。他所以爱娜拉，只因为她可以做他的"玩偶"。八年的夫妻生活，他"从来不谈正经事"，娜拉觉得跟他在一起只是简单同居而已，给他生了三个孩子，心里特别难过和后悔。面对债权人的威逼，为了保全丈夫的名誉，她准备牺牲一切；而自私的海尔茂却认为"男人不能为他爱的女人牺牲自己的名誉"，卑怯地准备接受柯洛克斯泰提出的交易条件。讲究名声、咒骂谎言的"道德家"海尔茂，是在谎言和欺骗中过着利己的生活。他对娜拉说："亲爱的宝贝！我总是觉得把你搂得不够紧。娜拉，你知道不知道，我常常盼望有桩危险事情威胁你，好让我拼着命，牺牲一切去救你。"可是在一张借据前，这个"正人君子"的丑恶灵魂，却暴露无遗。

《玩偶之家》对资本主义社会，包括法律、道德、宗教和受金钱支配的社会结构进行了严厉的判决。剧本中另外三个人物也揭示了这个主题。林丹太太为了养活母亲和弟弟，不得已嫁给一个她不爱的富人，结果造成了爱情的悲剧。柯洛克斯泰因为穷而失去了克利斯替纳姑娘（即林丹太太），后来无钱给妻子治病，也同娜拉一样被迫伪造签字，从此被认为是"邪恶小人"。阮克大夫因患遗传性花柳病断送了生命。他们的悲剧命运和娜拉的悲剧结合在一起，加深了对资本主义社会罪恶的揭露。剧本鼓励妇女为争取独立人格而斗争，尖锐地提出妇女解放的问题。但是易卜生笔下的人物所进行的斗争是伦理的，而不是社会的。他们反抗的是社会习俗，而不是产生习俗的社会条件。"忧虑道德，关心良心问题"是易卜生提倡"人的精神的反叛"的基石。他把个人力量看得高于一切，歌颂娜拉式的单枪匹马的斗争和她走出家门时所宣布的为发展个性而生活的权利。他不是从根本改革社会制度上去寻找解决社会矛盾的途径，而是强调人的内心解放，认为这是实现社会幸福的必由之路。他改造社会的幻想，一旦被现实所粉碎，便产生对生活的怀疑和动摇。他晚期创作的消极悲观思想和神秘主义，便是它的直接后果。

《玩偶之家》的艺术技巧是杰出的。它以对爱情题材的创新，生动简练的手法，单纯朴实的风格和充满哲理的语言，在世界文学名著中占有重要的地位。

突破传统的爱情描写的模式，大胆地进行艺术创新，是易卜生在艺术上取得的重大成就。过去中、外文学作品的爱情描写，多是不同阶级男女青年的爱情被出身和门户的偏见所断送，作品的矛盾经常是相恋的男女青年与守旧势力家长的矛盾，如卢梭的《新爱洛伊丝》、席勒的《阴谋与爱情》等。这些作品揭露了森严的等级制度对妇女的残害，表现了妇女不幸的命运和她们争取自由、幸福所付出的巨大牺牲，具有重大的价值。但是随着社会的发展，社会生活与社会结构的变化，传统文学的模式已经不能满足读者的需要。易卜生摒弃了旧的框子，出身与门户的悬殊不再被描写为酿成爱情悲剧的原因。他立足于自己的时代和本国民族的土壤，对婚后感情出现的鸿沟和家庭破裂的原因进行了新的探索，反映了生活的演变和时代的变迁，并把值得思考的现实问题提到读者的面前。过去中外文学的爱情描写，多以误会、谋杀、决斗，或以含恨而死、或以破镜重圆而告终，用惊险的场面、离奇的情节吸引读者。易卜生突破了传统的格局，排除了至今常见的三角和多角之类的纠葛，抛弃了意外的事件和偶然的因素，描写日常的生活和平凡的事件，立足于生活的真实，严格遵守现实主义的创作原则。

情节的单纯与集中是这部作品的重要特点，这与作者采用倒叙的手法、"回顾式"的结构是分不开的。《玩偶之家》从故事接近结局的地方开始，把娜拉伪造签字的往事放在第一幕，作为剧情的开端。"第一幕好像剧本最后一幕"。这样处理不仅缩短了剧情开展的时间，节省了许多场面，而且制造了悬念，构成了推动剧情发展的外部动力，引起娜拉和海尔茂之间关系的变化和矛盾冲突的爆发，集中揭示了人物的内心世界。柯洛克斯泰为保住在银行的职务，提起八年前签署的字据以此要挟娜拉（第一幕），他接到解雇通知后把揭发伪造签字的信投到海尔茂的信箱里（第二幕），他与林丹太太破镜重圆后又把借据退还给娜拉（第三幕）——柯洛克斯泰的三个重要举动，使娜拉与海尔茂面临的危机逐渐加深，生动有力地展示了剧情。作为生活骗局的揭露者，柯洛克斯泰的出现不仅推动剧情的发展，造成戏剧的跌宕起伏，而且还对海尔茂的性格起着陪衬作用，次要人物的选择和安排，表现了易卜生的艺术才华。

以深刻的心理描写展示人物的性格，使作品取得了突出的艺术效果。娜拉的觉醒过程，自始至终是通过她的心理变化来实现的。她伪造签字借债给丈夫治病，并拼命地工作来还债，以自我牺牲的精神尽到保护丈夫的责任，为此她感到"又得意又高兴"。债权人的要挟，掀起了她内心的风暴，她为家庭的命运焦灼不安，心慌意乱。她胆怯地向丈夫求情，劝他改变解雇柯洛克斯泰的决定。丈夫的拒绝和对柯洛克斯泰伪造过签字的不名誉历史的斥责，加重了她的精神负担。她想要自杀，又想借一笔钱还债，又期待林丹太太劝说柯洛克斯泰退回借据，失望与期望的感情交织在一起。她用装饰圣诞树来掩饰内心的忧虑，用化装舞会来度过难熬的时刻，表现了处在生死关头的内心搏斗。丈夫的甜言蜜语，使她相信他会承担保护妻子的责任。她幻想"奇迹"的出现而安下心来。海尔茂看到揭发信后对她的怒斥和责骂，终于使她的头脑清醒了，她严峻地对海尔茂进行了批判。愉快—惊惧—平静—愤怒，是她心理变化的轨迹，也是她性格成长的过程。易卜生通过娜拉内心世界的起伏变化，生动、真实地表现了娜拉丰满和复杂的性格。

人生哲理的探索加深了作品的思想深度，这也是易卜生戏剧的重要特点和艺术上的革新成就。"社会问题剧"的创造者易卜生，把传统道德、法律、宗教和妇女的"神圣责任问题"，带进了戏剧，展开了辩论，促进人们的思考。娜拉经历的人生道路，向我们揭示了深刻的哲理：人不能没有对理想的追求，但仅限于个人小天地的理想追求，在生活中的失败是必然的。娜拉的爱情塔的倒塌引起人们深刻地思考。在"社会问题剧"的"讨论"部分，娜拉讲出了许多发人深省的哲理，她说："什么事我都要用自己脑子想一想，把事情的道理弄明白。"这也是易卜生对社会问题提出的哲理性的思考。它包括丰富的内容，具有实践和指导的意义。作品中的哲理思考具有艺术的说服力，因为它是从人物的悲惨命运中总结出来的血泪教训。作家与哲学家的不同，就在于作家不是单纯地说理，而是将哲理渗透到形象中，用艺术展示对生活的看法。优秀的文学作品应当在美学和哲学上达到和谐统一，易卜生在这一方面给我们提供了有益的启示，并作出榜样。

——载《外国文学》（上册），高等教育出版社 1988 年 4 月第一版
——载《外国文学》（上册），高等教育出版社 1994 年 6 月第二版
——载《外国文学》（上册），高等教育出版社 2009 年 11 月第三版

马克·吐温的《哈克贝利·费恩历险记》

作家简介

马克·吐温真名塞缪尔·朗赫恩·克莱门斯（1835—1910），生于美国密苏里州佛罗里达镇一个穷法官家庭。12岁丧父后便自谋生活，他当过报童，印刷所童工，矿工，领港员和新闻记者。短篇小说《卡拉韦拉斯县有名的跳蛙》（1865）的成功，使他以马克·吐温的笔名走上文坛。

19世纪70年代以前，他的早期创作多是短篇小说。其创作特点是：笔调诙谐，富于夸张，故事离奇，人物滑稽可笑，幽默与讽刺融为一体。《竞选州长》和《高尔斯密士的朋友再度出洋》（1870）是他早期创作中的两篇重要作品，触及了美国政治制度中带有根本性的问题，标志着马克·吐温走上了批判现实主义的创作道路。

70—90年代初是马克·吐温创作的中期，也是他创作的繁荣期。他写了许多优秀的长篇小说。其中有他与华纳合写的讽刺揭露内战结束后美国政界、司法界、新闻界腐败风气的《镀金时代》（1837）。自创有谴责学校教育陈腐、教会伪善和小市民拜金主义的《汤姆·索亚历险记》（1876），有反对蓄奴制、暴露社会黑暗的《哈克贝利·费恩历险记》（1884），有批判"白人优越论"、谴责贵族歧视的《傻瓜威尔逊》（1893）；有历史题材、借古喻今的长篇小说《王子与贫儿》（1882）、《在亚瑟王朝廷里的康涅狄格州的美国人》（1889）等。

19世纪90年代到20世纪头10年，是他创作的晚期。重要作品有揭露资产阶级的贪婪和道德虚伪的优秀中篇小说《败坏了赫德莱堡的人》（1899）和歌颂法国百年战争时期的女农民英雄的历史小说《冉·达克》

（1896）以及政论等。他的政论内容涉及反对种族歧视（《使用私刑的合众国》，1901）、抨击美帝国主义侵略中国的罪行（《给坐在黑暗中的人》，1901）、（《托钵僧和傲慢无礼的陌生人》，1902）、痛斥美国侵略军头子用诈骗方式杀害菲律宾起义领袖的罪行（《为芬斯顿将军辩护》，1902）、揭露沙俄专制和侵略（《沙皇的自由》，1905）和抨击英国殖民政策（《赤道环游记》）等。

1907年后，马克·吐温撰写自传，1910年病逝。

内容提要

《哈克贝利·费恩历险记》叙述的是哈克和黑奴吉姆为追求自由生活而流浪冒险的故事。故事发生在南北战争前，白人少年哈克贝利·费恩忍受不了寄养人道格拉斯寡妇和她姐姐华森老小姐的严格管教，喜欢与好朋友汤姆一起玩"强盗游戏"，厌倦学校里斯文体面的文明教化。

一天夜晚哈克和汤姆在寡妇的花园里游戏。华森小姐的黑奴吉姆听到外边有声响，就踮着脚尖走下来。哈克和汤姆坐在地上一声不响。吉姆也坐在地上静听人的走动声，过一会儿他打起呼噜来。汤姆把吉姆的帽子轻轻摘下挂在树枝上。以后吉姆说到这件事时认为是妖巫迷住了他，把他弄得昏昏沉沉，骑在他身上游遍了全州。吉姆很迷信，他用一根绳子串上五分钱挂在脖子上，说那是魔鬼亲手给他的一道符，拿它可以给人治病。

哈克和汤姆爬过山岭，找到几个男孩，一起解开一只小船，划到一个有山洞的地方。他们在山洞里组织起"强盗帮"，并从海盗和强盗小说里抄来誓词，宣誓对本帮绝不变心，绝不泄密，有谁泄露秘密就杀他的全家。哈克没有家，他有个酒鬼父亲，一年前不知哪去了，没什么人可杀，他们因而要取消他的入帮资格，于是哈克提出可以杀华森小姐。之后大家都从手指上划出血来签名画押，并选了汤姆做大头目。玩完回到家时天快亮了。

第二天早上，华森小姐带着哈克到小屋去祷告。她说天天祷告什么都可以求到。哈克试了几次，想祷告来一个钓鱼钩儿，可是不灵。华森小姐说他是个傻瓜，哈克认为祷告没用。

大家传说哈克的父亲在河里淹死了，哈克不相信。冬天，哈克的父亲突然露面了。他50岁左右，头发又乱又脏，脸上没有血色。他的衣服破破烂烂，靴子里露出脚指头，帽子像个大锅盖。哈克怕挨打，不愿意见到他。父亲听说哈克发了财（见《汤姆·索亚历险记》的结尾），要他把钱交出来买酒喝。父亲每次喝了酒就要闹出乱子被关起来。他抓住哈克的手，强迫哈克离开小镇跟他一块住在林边一间破旧的小屋里，靠捉鱼打猎为生。哈克喜欢在树林里过无拘无束的生活，但又痛恨父亲的残酷。父亲经常用猎物到码头换酒，回来后喝得酩酊大醉，然后大发酒疯，毒打哈克，哈克浑身都是伤痕。于是，他趁父亲去镇上卖木头的机会逃跑了。他制造被人谋杀后尸体扔进河里的假象，其实藏在不远的杰克逊岛上。第二天上午，他看见镇上的居民在水上放炮，好让他的尸体浮出水面。最初他在岛上一个人也没有碰到，有一天他发现有一堆刚熄灭的灰烬。当晚他又回到有灰烬的地方，发现了华森小姐的黑奴吉姆。吉姆是因为华森小姐要把他转卖出去，才逃到这里的。于是，他俩结伴在岛上生活。虽然哈克对是否该向逃奴表示友好存有疑虑，但还是同吉姆成了朋友。一天，哈克男扮女装到附近去打听消息，得知关于他本人遭谋杀、外面悬赏捉拿失踪的吉姆、镇上正要派人搜查杰克逊岛的消息。他们便连夜动身，乘木筏由密西西比河顺流而下。为避人耳目他们每天夜间漂流，白天躲在岸边的树林里。他们打算漂流到伊利诺依州尽头的卡罗镇，从那里搭船前往不买卖黑奴的"自由州"去。

　　一天夜里下起雾来，不能乘木筏。哈克乘小划子去拴木筏时，一股急流把木筏和小划子冲散了。在白茫茫的大雾中，吉姆拼命地呼叫，寻找哈克。吉姆在木筏上东冲西撞，经过了不少风险，直到大雾消散后，他们才又相遇。吉姆高兴得谢天谢地，可哈克跟吉姆开了个玩笑，说他们一直在聊天，根本没有自己遇险走失的事。他硬说吉姆做了个噩梦，把吉姆弄得又狼狈又糊涂。等他明白过来之后，瞪着眼睛瞧着哈克，一点笑容也没有，说："我来告诉你吧。我因为拼命地划木筏，又大声喊你，简直快累死了，后来我困得打瞌睡的时候，我因为你不见了，真是伤心透顶……瞧见你平平安安，全须全尾地回来了，我就掉下眼泪来，简直恨不得跪下来亲你的脚……可是你就光想着怎么扯个谎来拿老吉姆开玩笑。"吉姆说完就走进小窝棚，这下子哈克感到自己的玩笑开得太缺德了，他恨不得要过去用嘴亲亲吉姆的脚，好叫他收回那些话。过了一刻钟，哈克鼓起了勇气，跑到这个黑人面前低头认罪。

　　他们继续漂流着，大河宽得很，两边都长着密密的树林，像两道墙似的。吉姆以为已到卡罗镇附近，从此可以脱离蓄奴地区了，他"马上就会成个自由人"了，便高兴得浑身发抖。而哈克这时却不安起来，帮助黑奴逃跑的犯罪感从心底深处冒了出来："可是你明明知道他是要逃出去找自由，你本来可以划上岸去，告诉别人嘛……倒霉的华森小姐有什么事对不起你呢？你就睁着眼睛看着她的黑奴从你面前跑掉，连一句话也不说吗？这个可怜的女人究竟怎样得罪了你，叫你对她这么昧着良心呢？"哈克心慌意乱地在木筏上踱来踱去。吉姆也在心慌意乱地踱来踱去，他大声大气地说：到了自由州头一件大事就是要拼命攒钱，攒够了就到华森小姐老家附近的庄子上把老婆赎出来。他们拼命干活，再把两个孩子赎出来。要是主人不肯，他就找反对蓄奴制的人把他们偷出来。哈克内心陷入了自责：他是我帮助逃掉的，他还要把孩子偷出来，他们的主人根本没有惹过我呀。于是哈克决定上岸告发，这时他的良心才平静下来。他坐上小划子谎称去看看是不是卡罗镇，吉姆给他把小划子准备好之后说："全靠哈克帮忙，现在我要成为自由人了，要不是有哈克，我是得不到自由的。吉姆一辈子也忘不了你，你真是我一辈子也没碰到过的好朋友呀！"这些话又使哈克失去了告发的勇气，心里不知如何是好。正好这时来了一条船，船上的人带着枪支，是来抓刚跑掉的五个黑奴的。哈克想要说出来，但马上打消了这个念头。抓人的人要进行搜查，哈克说划子上他的父亲害了天花，请他们赶快来帮帮忙。船上的人怕染上天花就走开了。吉姆称赞哈克对付得太妙了。经过打听，这里不是卡罗镇，他们又继续往下漂流。

一天深夜，一条大轮船开过去把他们的木筏撞翻。哈克抓住一块木板，推着它安全地上了岸，却发现吉姆失踪了。

这时他才明白过来，原来他们走错了航向，已经深入到蓄奴制地区了。哈克被格兰纪福家收留下来。格兰纪福的儿子巴克跟他年龄、性格都很相近。格兰纪福上校是南方守旧绅士派，多年来与邻居谢伯逊一直是冤家对头。一天，格兰纪福的一个黑奴借故把哈克带到附近的苇塘一块小小空地来，四周围着藤子，原来黑人吉姆藏在这里。他每晚由黑人送来食物，并把哈克的情况告诉他。索菲亚·格兰纪福与谢伯逊的儿子私奔了，两家之间旧恨添新仇，重又开战。格兰纪福家的人，包括巴克，大部分丧生。哈克同吉姆又逃到河边，坐上木筏赶快逃走。俩人坐在木筏上感觉又自由又轻松又舒服。

他俩在河上漂流着。一天拂晓，有两个被愤怒的人群追赶的家伙要到筏上来寻求庇护,他们都是东游西荡的骗子。年纪轻的 30 来岁,自称是"公爵"。年纪大的 70 来岁,自我介绍说是被放逐的法国国王。他俩控制了这个木筏,一路上搞诈骗活动。"国王"带哈克去参加了一次信仰复兴者的会议,在会上他告诉公众,他是一个改邪归正的海盗,并娓娓动听地讲了他的转变经过,骗得一笔募捐。在另一个小镇,"国王"和"公爵"冒充明星,只是在身上画上五颜六色的条纹,在台上乱蹦乱跳,说这是"惊人的悲剧"《国王的驼豹》,骗得大笔门票钱。观众极不满意,他俩好不容易才逃脱愤怒群众的惩罚。

到了下一个市镇,"国王"和"公爵"冒充刚去世的彼得在国外的两个兄弟,声称刚从英国回来,企图骗取遗产。哈克被迫充当他们的仆人,并十分憎恨他们的卑鄙行径,决定揭穿骗局。"公爵"和"国王"将本该归彼得的侄女玛丽所得的 6000 美元弄到手,哈克偷回这笔钱。为妥善保管,便把钱藏在棺材里。葬礼之后,"国王"拍卖了彼得的奴隶并登广告出售产业。哈克向玛丽讲明了事情的真相,可他们还未采取行动,死者的真正兄弟到了,出现了一场尴尬的局面,真假双方都声称自己有凭据。哈克跑到木筏上,"公爵"和"国王"也接踵而至。他们大发雷霆,责备哈克扔下他们。他们继续进行诈骗,搞戒酒宣传、教授演说术等。待这些骗人的花招被揭穿后,他们陷入了困境。这两个丧尽天良的骗子因手中无钱,竟然背着哈克把吉姆卖掉了,并将酬金放进自己的腰包。哈克觉得这两个家伙黑心肠,只为了 40 块臭钱就让吉姆当一辈子奴隶,流落到外乡。哈克想吉姆在外地当奴隶还不如在老家当奴隶,想写封信告诉汤姆·索亚,叫他通知华森小姐,吉姆在什么地方。可马上又打消了这个念头,原因是华森小姐会讨厌逃跑的吉姆,认为他忘恩负义,会把他卖到大河下游去。即使不卖掉,吉姆自己也会感到处境难堪。另外,别人会说哈克帮助吉姆寻找自由,自己会感到丢脸。哈克内心充满矛盾和斗争,觉得自己干了坏事,对不住老天爷,跪在地上做祷告,看自己能不能改邪归正,结果连祷告的词也想不出,原因是自己还在耍滑头,舍不得与吉姆分手。后来决定给华森小姐写信,告诉她吉姆逃到大河下游,叫她带着赏金来取人。写完信觉得心情愉快得多了,沉重的负担减去了。可他一想到吉姆在逃跑过程中对自己的照顾,他盼望做自由人的喜悦心情及把哈克看作世界上最好的朋友,自己又左右为难起来,甚至拿着信浑身打哆嗦。最后对自己说:"好吧,那么,下地狱就下地狱吧!"接着一下子就把信撕了。他决心把吉姆偷出来，叫他摆脱奴隶生活。

哈克到了赛拉斯·斐尔普斯锯木厂，他知道吉姆被卖到斐尔普斯家。这正好是哈克的好朋友汤姆的姨父家，他们全家正在迎接汤姆来作客。哈克被莎莉阿姨误认为是盼望已久的汤姆。哈克将错就错，顺势冒充汤姆。然后，哈克到半路上截住汤姆。汤姆也同意不戳穿这场把戏，商量好一起营救吉姆。哈克仍是"汤姆"，而汤姆装作是自己的弟弟"席德"。哈克很惊奇，汤姆居然满口答应帮助吉姆获得自由，不过他坚持要根据书上学到的浪漫而不切实际的方法来进行。他甚至寄出一封匿名信，提醒四邻注意，吉姆即将逃跑。于是，一队本地庄稼汉集合起来了，但策划"阴谋"者还是逃掉了，不过汤姆小腿上遭了枪伤。待到吉姆被抓回时，汤姆宣布：吉姆已经不是奴隶了，他也像世界上一切逍遥自在的人一样自由了。他的主人华森老小姐两个月前死去了，她本打算把吉姆卖到大河下游去，临死的时候想起来觉得怪难为情，于是她在遗嘱里恢复了他的自由。莎利阿姨说："你既然早就知道他已经恢复了自由，到底为什么还要来把他放走呢？"汤姆回答说："我是要尝尝冒险的滋味呀！"小说的结尾写莎莉阿姨打算收养哈克做干儿子，要把他教育成文明人。但哈克另有打算，他想仍旧去过漂泊流浪的生活。

作品鉴赏

《哈克贝利·费恩历险记》是《汤姆·索亚历险记》的姐妹篇，是马克·吐温的代表作，马克·吐温认为在他所有的作品中，他最喜欢的就是这部长篇小说。批评家认为它是"美国唯一的经典著作"。马克·吐温的忠实信徒、美国著名小说家海明威的评价更高，他说："所有的美国文学都来自马克·吐温写的那部《哈克贝利·费恩历险记》。它是我们所有的书中最好的一本。它是一本空前绝后的好书。"由于这部小说对美国社会揭露较为深刻和艺术上独具特色，被认为是美国文学史的空前成就。这本书出版时，在许多图书馆被列为禁书，不准人们借阅。有些图书馆干脆把它销毁，"以绝后患"。这恰好说明小说具有深刻的社会批判意义。

小说通过白人少年哈克和黑人奴隶吉姆的冒险经历，再现了19世纪50年代美国社会生活的广阔画卷：种族歧视盛行，蓄奴制给黑奴带来悲惨的命运；宗教害人，弄得人们"疯疯癫癫"；市民生活庸俗无聊，流氓无赖横行霸道；绅士们习性野蛮，家族仇杀盛行；江湖骗子耍尽花招，到处骗取钱财，人们贪图金钱和悬赏，追捕逃亡黑奴；社会风气败坏，土匪、强盗、杀人犯、骗子手比比皆是。正在发展中的美国资本主义社会常常被吹嘘成文明的理想，自由的天堂，马克·吐温则深刻揭示了自由、文明、民主的美国社会的虚伪性。在密西西比河两岸，充满了贫困和肮脏、欺骗和野蛮。在这里，哈克和吉姆要寻找的自由和愉快是没有的，只有在木筏和孤岛上，他们才能感到轻松自在。

小说的重要人物之一黑人吉姆的形象，体现着小说反对蓄奴制和种族歧视的主题。南北战争后，蓄奴制在法律上废除了，但种族歧视和压迫依然存在。反对种族压迫、保卫黑人的权利依然是迫切需要解决的社会问题。小说通过吉姆的逃亡、寻找不买卖黑人的"自由州"的故事，谴责了19世纪中叶美国的种族歧视政策。吉姆逃亡是为了躲避被卖到南方的更为悲惨的命运。在美国南部，蓄奴制的统治比中部还要残酷，即使身强体壮的奴隶，在南方种植园里也经受不住痛苦的折磨，最终凄惨死去。作者在小说《后记》中写道："……无论对我们白人，还是对于黑人来说，南方农场都纯粹是地狱，再没有更温和的字眼可以形容它了。"蓄奴制是当时美国社会的基础。到处悬赏捕抓吉姆以及人们对黑奴的偏见，使得吉姆难以藏身，他在逃亡中的苦难经历，暴露了蓄奴制的惨无人道。

针对种族主义者诬蔑黑人有奴隶心理和品质低劣的谬论，作者从勇于追求自由和品质高贵两个侧面刻画了黑人吉姆的形象。吉姆虽处于奴隶地位，但他不屈服于被奴役的命运。当他知道女主人华森小姐要把他高价卖到奥尔良时就毅然跑掉了。尽管在树林里忍饥挨饿，不敢在白天露面，但他觉得自由了。他说："现在我是我自己的。"这是他摆脱奴隶地位获得独立和自由的感受，也是他梦寐以求的理想。他幻想到"自由州"去，靠自己的劳动，赚了钱后把老婆孩子赎出来，过自由幸福的生活。多年的奴隶身份并没有摧毁他争取自由的坚强意志以及内心固有的高尚品质。他诚实善良、感情丰富，并具有舍己为人的精神。当吉姆在哈克和汤姆帮助下被救出逃跑时，汤姆被打伤，吉姆甘愿冒着失去自由的危险来服侍他，决不肯抛弃朋友而自己逃走。他的一颗"黄金似的心"使哈克不但承认黑人品质高尚，甚至还说："我恨不得要过去用嘴亲亲他的脚"，内心的感动使哈克摆脱了蓄奴制传统道德形成的对黑人的思想偏见。融为一体的无私精神和善良本质构成了吉姆整个的思想面貌和行为特点。有一次，他生气，打了四岁女儿一个耳光，想起这件事他就痛恨自己，懊悔不已。父亲对女儿的疼爱和内疚的心情，通过他那淳朴的语言，表现得令人心灵震撼。小说通过具体的细节描写指出：黑人同白人一样，同样具有细腻的感情。但是作者在塑造吉姆这一黑奴形象时，也并没有忽视阶级压迫使他不能受教育而造成的迷信和无知。他的无知和迷信（如他相信梦兆，相信符咒等）更加突出了这个被压迫者形象的真实性和丰满性，也更加激起人们对造成他愚昧无知的阶级压迫和种族歧视的痛恨！吉姆形象的塑造使美国文学对黑人形象的塑造走上了一个崭新阶段。它比起斯陀夫人的著名小说《汤姆叔叔的小屋》中主人公汤姆的形象，前进了一大步。在吉姆身上已经看不到那种逆来顺受的奴性。

哈克是小说的中心人物。同《汤姆·索亚历险记》中的哈克相比，他已经有了生活经验，成长起来了。作者把哈克作为生活的观察者和反抗者来加以描写，使环境和人物性格有机地联系起来。作为生活的观察者，作者通过哈克的所见所闻，对密西西比河西岸乡镇进行了广泛的描写。小说描写的两个家族间世代相传的血腥仇杀，连孩子也不放过，实际上这是欧洲中世纪封建陋习的残余。它发生在19世纪的美国，是对美国现代文明的莫大讽刺。小说描写的"国王"和"公爵"两个厚颜无耻的江湖骗子，集中反映了资产阶级的贪婪无耻和巧取豪夺的本性。作为生活观察者的哈克，并没有受14岁孩子的视野和感受的局限，他对事件并不是旁观者。密西西比河两岸城乡居民的贫困和愚昧，拜金主义的盛行，人们贪得无厌和杀人越货的强盗行径，哈克都有自己的议论，并表示了内心的憎恨。格兰纪福的女儿和谢伯逊的儿子私奔，他对这对青年男女的罗密欧与朱丽叶式的爱情，感到由衷的高兴，并无意中充当了爱情的信使。作为生活的反抗者，哈克不仅自己追求独立自由的生活，而且甘愿冒犯法律和违反传统道德的偏见，帮助黑人吉姆摆脱奴隶的枷锁。他的正直、善良、敏锐和勇敢的性格，一旦接触残酷的现实，就能迸发出炽热的火花，从而摆脱了在蓄奴制特定环境和教育下形成的种族偏见。起初他并没有对吉姆平等相待，他总是戏弄和嘲笑他。后来他发现吉姆善良忠厚，对自己态度诚恳，关怀殷切，特别是他对待朋友的那种舍身忘我的精神，于是使哈克作出了自己的判断：吉姆"倒是一个挺好的黑人哩"，并作出自己的选择："好吧，那么下地狱就下地狱吧！"他把自己的命运同吉姆的命运联结在一起，俩人成了知心的朋友。

哈克形象的动人之处，在于他的聪明机智、仁爱精神和纯洁的心灵。他对毒打他的醉汉爸爸的作弄，他拿吉姆迷信开的玩笑，他对追捕吉姆的两个带枪人的搪塞，尤其他为探听爸爸和自己被谋杀的消息时男扮女装、随机应变地对付老太婆的场面，表明了他的机敏和聪明。他探听到了追捕吉姆的消息，能及时地转移；他被错当汤姆在汤姆姨父家时，他让莎莉阿姨打开话匣子，然后回答问题，说得一点不露马脚；他还把"国王"和"公爵"骗来的钱袋偷了出来，物归原主；他向玛丽揭露了这两个诈骗犯冒充她的叔父对她进行的讹诈，并提出惩罚骗子的计策。哈克不仅是生活的观察者，也是勇敢的惩恶扬善和救助孤弱的正义行为的实施者。作者把哈克这个14岁孩子的聪明、机智和勇敢写得活灵活现，极其动人。

马克·吐温在塑造哈克形象时，遵循现实主义的创作原则，真实地描写了哈克克服传统偏见与黑人吉姆建立真诚、平等的友谊的艰难过程。在那个社会里，帮助一个黑奴争取自由，被认为是大逆不道和对整个社会的挑战。因此，哈克进行激烈的思想斗争是很自然的。他一面帮助吉姆逃跑，一面又在受着"良心"的谴责。他一度表现出退却，给吉姆的主人华森小姐写了一封告发吉姆行踪的信。可是他想到吉姆对他的友谊和关怀，又极度不安。小说写道：

  这事真叫人左右为难。我把那张纸拾起来，拿在手里。我浑身哆嗦起来了，因为我得打定主意，在两条路当中选定一条，永远不能反悔，这是我看得清清楚楚的。我琢磨了一会儿，好像连气都不敢出似的，随后才对自己说："好吧，那么，下地狱就下地狱吧"——接着，我就一下子把它扯掉了。

最后正义战胜了偏见，哈克和吉姆一同去追求自由的生活。哈克摆脱传统偏见的过程，他对友谊的无限忠诚和对黑人命运的深厚同情，体现了作者反对种族歧视，主张不分肤色人人平等的理想。小说结尾，哈克拒绝汤姆姨母的收养，不愿意被教化成有身份的人，这与哈克喜欢自由的性格是和谐统一的。

小说不足之处表现在下列几个方面：

作者把哈克摆脱传统道德偏见的原因归结为"健全的心灵"战胜"被毒害的心灵"，用马克·吐温的话说是"健全的心灵与畸形的意识发生了冲突，畸形的意识吃了败仗"。作者忽视了从哈克的社会经历中寻找其性格形成的原因，而过多地强调了儿童的自然天性没有被社会偏见所泯灭。

小说的结尾写到吉姆的命运时，他的女主人华森小姐在遗嘱中宣布吉姆为自由人。奴隶获得自由不是靠自己去争取，而是靠奴隶主的恩赐，削弱了作品的批判力量，回避了小说本身提出的蓄奴制的严肃问题。另外，汤姆明明知道吉姆已是自由人，再来一番惊险的营救，就显得节外生枝了。

作者为哈克与汤姆的旅程安排了一个幻想中的自由州卡罗镇，但它隐藏在迷雾中，被压迫者幻想中的天堂始终未能找到。它既表现了作者对美国资产阶级"民主自由"所抱的幻想，又表现了这个幻想的破灭。这种幻想与现实的矛盾现象，是作家世界观矛盾的反映。

小说的艺术手法高超。它以对儿童心理隐秘的剖析、优美的景物描绘、令人发笑的幽默、辛辣尖刻的讽刺和引人入胜的惊险情节而具有强烈的艺术魅力。小说在广阔的背景上和典型的环境中展开社会冲突，塑造人物，既真实生动，又增加了思想容量。现实主义的描写与浪漫主义的抒情在小说中交相辉映，使小说既冷静、严肃，又充满热情和想象。作者用现实主义的手法描写了密西西比河一带城乡贫困的景象和小市民世界的庸俗；同时又用浪漫主义的手法描写大自然的景色和主人公对自由的追求。大自然的美妙世界和自由天地，同资本主义社会种种丑恶现实形成了鲜明的对照，产生了强烈的艺术效果。这种对比的手法，也表现在人物的刻画上。吉姆的诚恳、慈祥和忠厚，衬托了哈克的天真、淘气和善良；哈克摆脱传统道德的矛盾，衬托了黑奴吉姆争取自由的艰难。汤姆读过许多浪漫传奇小说，能表演出许多无聊的闹剧，但对大自然缺少感受能力；而哈克没有受过教化，脑子里装的是民间故事和传说，讲话实际而不故弄玄虚，对大自然有强烈的感受力，能叙述出大自然的诗情画意。

以幽默著称的马克·吐温，在这部小说中表现的幽默手法多种多样。有时借人物的思想与语言的矛盾使小说妙趣横生，并达到讽刺的效果，如谈到骗子的戒酒演说时，哈克说：他们演说挣的钱还不够自己喝个醉呢！谈到白人的道德观念时，哈克说：他们肯定会为我帮助了流氓无赖而感到自豪，因为他们关心的就是这种人。谈到宗教时，哈克说：传教士的威信大为提高，因为世界上最老的人对他的说教也一窍不通。有时借人物与环境的不协调造成幽默和滑稽可笑的效果，如乡村的"野孩子"哈克被安置在斯文体面的道格拉斯寡妇家中，一切他都觉得不习惯，吃菜为什么要单炒？"要是一桶乱七八糟什么都有……连汤带菜搅和搅和，那就会好吃多了。"有时是作者直接表现的幽默，如不好好上学的哈克有了长进，能拼音写字了，"还能把乘法表背到七七三十五"。马克·吐温的幽默妙趣横生，发人深省。

这部小说是以作者常用的第一人称叙述方式写成的。透过天真无邪的孩子眼光来观察周围世界，因而更有新鲜感和真实感。哈克的语言大量地使用生动的民间口语、粗俗的俚语和各种方言，但都符合这个乡村孩子的性格和他漂流异乡的实际，并富有民间气息，但这一切都没有超过哈克这个14岁的孩子所能承担的负载量。作者自始至终地运用美国的方言土语，成功地塑造了来自民间的小叛逆者的性格。正如萧伯纳所说，马克·吐温是英语语言大师。

——载《19世纪60部外国小说名著赏读》，中国公安大学出版社2000年7月版

——载《外国文学》（上）高等教育出版社2009年11月第三版（此文艺术分析部分增添了新的内容）

一夜幸福荣华,十年痛苦挣扎
——莫泊桑的《项链》评析

莫泊桑(1850—1893)是法国著名的批判现实主义作家。1880年到1890年是莫泊桑文学创作的重要阶段,在这十年里,他大约写了三百篇短篇小说和六部长篇小说。莫泊桑以其短篇小说的辉煌成就博得"世界短篇小说巨匠"的美称。《项链》是其优秀代表作,自1884年问世以来,一直深受世界各国人民的喜爱。

小说的情节并不复杂,女主人公玛蒂尔德虽然生得"漂亮迷人",但因为没有陪嫁,只好嫁给了一个教育部的小科员,为此,"她感到连绵不绝的痛苦"。有一天她丈夫弄到一张教育部长家庭晚会的请柬,让她参加,她为了在晚会上炫耀自己,不惜花重金做了一件华丽的袍子,又去向朋友借来一串项链。果然,玛蒂尔德在晚会上出尽风头,得到了最大的满足,然而晚会结束回到家里突然发现脖子上的项链不见了。夫妻二人惊慌失措,四处搜寻,一个星期没有下落,只好到处借债,用36000法朗买了一串新的赔给女友。从此,他们含辛茹苦,整整用去十年才把债务还清。十年后,玛蒂尔德与女友福莱斯蒂埃太太在公园里偶然相遇,谈话中才知道,她丢失的那串项链原来是假的,顶多值五百法朗。小说到此戛然而止。

这篇小说所以具有震撼人心的力量,它的最大的成功之处在于真实,生动地描绘了19世纪末资本主义处于腐朽没落阶段的巴黎社会风貌:金钱成为主宰社会的力量,金钱决定着人们的社会地位,决定着人们的婚姻关系,也决定着人们的价值观念。虚荣心成为一种普遍的社会恶习,有钱人肚子挺得高高,让人敬畏;没钱人为了使人瞧得起,硬是"打肿脸充胖子"。玛蒂尔德的思想性格，正是这种社会现实的反映。

她生长在一个小职员家庭，没有资产，不能高攀，只好嫁个小职员，过窘困寒酸的日子。可是她偏不安于这种现状，经常想入非非，幻想着"宽大的客厅""高大的男仆""精制的家具""闪光的银餐具""精美的筵席"以及男人对她的追求，等等。在她的生活里，理想与现实存在着尖锐的矛盾。她感到羞惭、痛苦，多次流过眼泪。小说里，作者以较多的笔墨对她的内心活动做了细致地描写。

她的丈夫费了许多周折弄到了一张部长家庭舞会的请帖。面对这千载难逢的好机会，玛蒂尔德当然是既惊讶又欣喜的，可是她一转念立即又冒起火来，她把请帖往桌上一扔，嘟囔着说："你不想想，我要这干吗？"接着是痛哭。粗心的丈夫一时懵了，再三追问，她才一面抹着眼泪一面回答："我没有衣服，这次盛会我就去不成了。你有哪位同事，他的太太的衣衫总比我强的，你就把请柬送给他吧。"对玛蒂尔德来说，穿着普通的衣服去赴盛会，简直是耻辱。所以，她宁肯不参加晚会也不去露穷。可是她的本心还是非常想参加的，所以她又发火，又哭泣，为有可能失掉这个机会感到无比痛苦。她让丈夫去把请柬转让给别人，并不是真心话，而是一种"激将法"。果然，丈夫拿出积蓄让她去做新衣。衣服很快做成了，但是，玛蒂尔德的虚荣心还是不能得到满足，她又为没有首饰而忧虑重重，心烦意乱。她认为，没有首饰，"在阔太太中显出一副穷酸相，没有什么比这更丢脸的了"。而自己又买不起，怎么办？只有去借。她甘愿低三下四地找人去借，也要把自己装潢起来，这是一种多么可悲而又可怜的心理，然而她对这种打肿脸充胖子的做法却心满意足。当她从女友福莱斯蒂埃太太的首饰盒里发现一长串钻石项链时，"一种过于强烈的欲望使她怦然心跳"，手也"直打哆嗦"。

在这里，我们看到了一个典型的小市民形象。她的一切努力，她的痛哭，她的激动，她的全部寄托，都只是为了能够在一次晚会上出出风头。果然，她成功了。舞会上，她无比漂亮迷人，"所有的男子都尽瞧着她，打听她的名字，设法能被介绍。办公厅的随员全都想跟她跳华尔兹舞。部长也注意到她"。玛蒂尔德感到自己获得了十全十美的胜利，因而快乐得发狂，陶醉在幸福的云雾里。……所有这些，都非常形象而生动地表现了人物的性格，有力地揭示了一个小资产阶级妇女思想的浅薄，精神的空虚和作风的庸俗。在这些描写中，尽管作者的态度非常冷静、非常客观，但我们仍然能够从中感受到他对这个人物的嘲讽之意。

作品还告诉我们，在资本主义制度下，虚荣心是普遍的社会恶习，它不仅控制着玛蒂尔德的灵魂，在其他人物身上也有着各自的表现。例如，丈夫买不起项链，叫妻子去借别人的来摆阔气，女友福莱斯蒂埃太太用假项链来装饰自己，还专门在珠宝店配上一个体面的黑缎子盒。在舞会上，玛蒂尔德使所有的男人为之倾倒，只是因为她穿了一件漂亮的衣服和戴了一串借来的项链。这说明，玛蒂尔德的虚荣心在一定程度上是受了这种无处不有、无所不到的社会恶习的污染。因此，《项链》这篇作品与其说是作者讽刺了玛蒂尔德的虚荣心，不如说是无情地鞭笞了整个资本主义社会庸俗腐败的社会风气。

有人把玛蒂尔德爱慕虚荣追求奢华理解为她"不满当时的阶级关系，希图改变自己阶级地位"，而莫泊桑对此加以嘲笑，"认为阶级关系万古不变，阶级界限永远不能逾越，阶级地位永远不能改变，玛蒂尔德既然生于贫贱，便应安于贫贱"。显然这种看法是脱离作品实际的，因而也是没有说服力的。

玛蒂尔德是一个小资产阶级妇女。追求虚荣和享乐固然是她性格的核心，但她性格中还有正直、诚实和善良的一面。她是作者既批判而又同情的人物。当项链遗失以后，她虽然陷入灾难的深渊，但在生活的无情打击下，她既没有为保全自己而采取那个社会所惯用的欺骗手段，也没有为追求豪华生活而出卖风情，更没有屈服生活的压力而倒下。她是默默地忍受着"对未来的忧患，即将压到身上的赤贫，瞻望到各种物质上的缺乏和种种精神上折磨"，毅然决然地借巨额高利贷来赔偿。她虽然债台高筑，然而"她勇气十足地横下一条心"，"立誓还清这笔骇人的债"。她辞退了女仆，搬进了阁楼，承担起全部家务劳动："每天清早她把垃圾搬到楼下，送到街上，还要提水上楼⋯⋯她穿着同下层妇女一样，挎着篮子上水果店、杂货店、猪肉店，讨价还价，挨骂受气"。丈夫每天夜里为低微的酬金给商人誊清账目。一年又一年地在生活的重压和人们鄙视的环境中苦熬苦省着，顽强的意志和吃苦耐劳的精神支持着她饱尝了十年的辛酸。在这里我们看到尽管她醉心于虚荣和奢华，但她思想性格中所固有的美好素质并没有完全泯灭，她仍然保持着独立的人格。

经过十年的痛苦的磨炼，玛蒂尔德发生了巨大的变化。作家这样写道："她成了穷人家健壮有力的女人，又硬直，又粗犷。头发乱糟糟，裙子歪歪斜斜，两手通红，说话粗声大气，刷地板大冲大洗。"对她的这种变化也有两种不同的看法：一种看法认为，玛蒂尔德"从思想感情以至性格都发生了根本的变化"，"由于劳动""没有走上堕落的道路"，成了"好的主妇"；另一种看法与此相反，认为"她的外形有了很大的变化……她那希图凭色相向上爬的腐朽思想丝毫没有变化"。

  我认为上述两种看法，对人物思想性格把握得都不够准确。应该说：玛蒂尔德的思想感情确实有所变化，但没有发生根本的变化。首先，我们看到她债务还清以后，确实变得"又硬直，又粗犷"了，但她对昔日的追求虚荣、想入非非并没有感到自责。相反，她对十年前那次舞会依然十分怀恋，十分得意："有时候……她坐到窗前，就想起从前那一次晚会，在舞会上她是那么美丽，真是出够了风头。"其次，她对造成自己悲剧命运的主、客观原因并没有正确的认识，相反，到由此发出"人生无常"的感叹。作者写道："如果她没有丢失这串项链，那又会怎么样呢？谁知道？谁知道？生活是多么奇异，多么变化莫测啊！真是一丁点事就能断送你或者拯救你！"女主人公把自己的悲剧命运归结为偶然性和一时差错，真是可笑又可怜！作家这样描写不仅有极大的讽刺意味，而且也符合人物思想性格的真实，反映了掌握不住自己命运的小市民对人生悲剧的总结。

  的确，在资本主义制度下，玛蒂尔德是无法掌握自己的命运的，她即使没有丢失项链，她的厄运也是难以避免的。因为在资本主义激烈竞争的时代，整个社会都处在激烈的动荡中，作为小资产阶级的一分子，更是随时都会受到冲击，甚至会被吞没。玛蒂尔德丢失项链，酿成悲剧，看起来好像是由于偶然的疏忽，是属于偶然性。其实，任何偶然性都寓于必然性之中，必然性是通过偶然性来实现的。玛蒂尔德的家庭出身、社会地位以及她所特有的那种理想与现实的矛盾，这些都是必然的。从项链丢失的细节来看，其所以丢失，也是玛蒂尔德虚荣心膨胀、发展的必然结果。当时她陶醉在舞会所取得的成功和满足中，兴奋得忘乎所以，回到家还没有完全清醒，直到在镜前欣赏自己的美貌时才发现项链不见了。从她失去控制能力的心理状态来说，丢失东西是不可避免的。除此以外，小说还多次写到偶然性。例如，玛蒂尔德的丈夫拿到请柬；玛蒂尔德借到项链；她去还项链时，女友没有打开盒子看看，没有发现项链被换，等等。看来这些都是偶然因素，但仔细推敲，其中都隐藏着必然成分，既属意料之外，又在情理之中，是资本主义社会风气和玛蒂尔德特殊性格的必然产物。由此我们看到，莫泊桑运用偶然性的生活细节，表现深刻的思想内涵、塑造鲜明的人物形象，其手法是十分高明的。

就艺术风格来说，这篇小说没有曲折离奇的情节和传奇的色彩，看不到抽象的哲理思辨和诗情画意的抒情描写。作者只是追求对日常生活和客观现实的真实描摹，选择对他有用的、具有特征性的细节，白描式地展现人物的生活，叙述着他们的遭际。

作品以女主人公参加晚会为主线，以项链的"借、失、赔"和分清真假为辅线，纵横交错地织成了一个连贯进展、跌宕起伏、动人心弦的故事，并且通过一环扣一环的情节发展，将女主人公的感情活动写得极尽变化，丰富多彩。例如：玛蒂尔德正在为家境贫困而烦恼，一张请帖给她带来了愉快，接着又因为没有衣服勾起了新的烦恼。衣服做成给她带来了喜悦，又因没有首饰而郁郁不快，借到项链和参加舞会，使她极为得意，偏偏又丢了项链，带来了可怕的灾难。十年劳苦偿还了债务，刚刚舒了一口气，却又得知错把假项链用真的来还。烦恼中伴随着愉快，愉快又跟随着痛苦，波澜起伏，变化多端，引人入胜。

《项链》的情节虽然跌宕起伏，但发展中有铺垫，流转自如。结局出人意料，却又在情理之中。小说的深刻寓意正蕴藏在貌似喜剧实则悲剧的隽永的结局中。玛蒂尔德参加一次晚会，招致十年痛苦，而到头来又证明她的十年辛苦全是白干，这对她的精神打击是可想而知的。作家在完成人物性格成长的历史之后，再倒上一杯苦酒，加深了人物命运悲剧的意蕴，表现了莫泊桑艺术的老辣和独特。这令人哭笑不得的结尾，饱含着极大的讽刺力量，它对玛蒂尔德的"人生无常"的宿命论是个有力的嘲笑。从审美的角度看，小说的结尾造成客观世界与内心世界的极大反差，产生间离效果，使人回味无穷。

《项链》不用自我剖析式的内心独白，不直接描摹人物的精神状态和内心活动，而是写出一定心理状态下所必然出现的举止言行，让读者从中揣测人物的心理，获得寻幽探胜的审美乐趣。例如：玛蒂尔德看见装有请帖的大信封以后，有这样几个动作：先是"赶快撕开"，然后"往桌上一扔"，接着是眼睛"瞪着丈夫"，最后"哭了起来"。这一连串的动作，极其细微地表现了这位女主人公由惊喜到颓丧、由气恼到伤心的心理变化。又如在女友家借项链，她戴上华丽的首饰对着镜子"试来试去"，"舍不得摘下来"；看到耀眼的项链，她的心"怦怦直跳"，手"直打哆嗦"；朋友答应借给她时，她"扑过去，搂住朋友的脖子，激动地吻着她，随后带着宝贝一溜烟跑了"。我们从她"试来试去""手抖""心跳""搂"和"吻"，飞快地"跑"等一系列动作中，可以深刻感到女主人公被虚荣心激起的内心跳动的脉搏。丢失项链的内心惊恐和惶惑不安，也是通过人物的行为举止表现的。例如：她在镜子面前"突然大叫一声"，这是发现项链丢失的内心震动；"搜遍全身""变得痴呆"，表现她的不知所措，六神无主；连上床的力气都没有，"颓然倒在一张椅子上"，表现她的彻底失望。总之，人物的每一个细微动作都蕴含着丰富的感情活动。

莫泊桑曾说："作家不要啰嗦地解释一个人物的精神状态，而要寻求这种心理状态在一定环境里使得这个人必定完成的行为和举止。作家在整个作品中，使他的人物行动都按着这种方式，以至人物所有的行动和动作都是其内在本性、思想、意志或犹疑的反映。"这是这位大作家的创作经验。

——载《中外名作欣赏》，花山文艺出版社 1990 年版